和漢混淆文の生成と展開

藤井俊博　著

和泉書院

目次

第二部　和漢混淆文の語彙・語法

第三部　和漢混淆文の文章構造

第十五章　『雨月物語』『春雨物語』の過去・完了の助動詞と文章構造

序章

一　本書の立場と目的

本書は、和漢混淆文がどのように生成し展開したかについて、翻読語をはじめとする語彙、さらに、語法、表記、文章構成などから探り、和漢混淆文の文体を特徴付ける要素を探索していくことを目的とする。和漢混淆文は院政鎌倉時代の作品群を指すことが多いが、本書では翻読語を通して上代から中世の完成期までの和漢混淆文の沿革を辿り、また室町時代から江戸時代に至る作品も射程に入れて検討する。本書では「和漢混淆文」を、「漢文的表現と和文的表現を叙述内容に応じて意図的に用いて融合させた文学的文章」と定義する。文学作品としての典型は中世の『覚一本平家物語』と見る。漢文訓読調を主体とする実用的・学問的文章は関連する資料群ではあるが、この定義からは外れることになる。本書では、和漢混淆文を次のような段階を経て生成・展開したものと考える。

草創期　上代の『万葉集』『続日本紀宣命』はウタやミコトノリの分野自体を創出するために漢文的表現を下敷きに和語を運用した段階。本書では触れるところは少ないが、平安初期の『竹取物語』や『古今集仮名序』『土左日記』は、文章を造る過程で漢文的表現が導入され、和文体の創出に利用された例である。

生成期　中古の『源氏物語』では、和文体の文章に漢文的表現を導入して表現の幅を広げている。また、『今昔物語集』では、出典の漢文的表現を下敷きに和文的表現を混入させたり、逆に和文の出典に漢文的表現を混入させたりしている。いくつかの文体要素を混在させて溶け込ませようとする段階である。

完成期　中世の『覚一本平家物語』のように、和と漢の対立的な文体意識に基づき、叙述内容により意図的に文体要素を書き分ける段階である。その他、『方丈記』『徒然草』などの随筆や、説話・紀行文を含む。『延慶本平家物語』は、漢文的資料の影響が大きく、和文体の融合は未熟で生成期の段階と捉える。

展開期　室町時代以降の物語作品の『雨月物語』『南総里見八犬伝』など、漢と和の言語要素が必ずしも対立的意識によらず自然に融和した段階である。

右の漢文的表現には、漢語・訓読特有語・記録語・翻読語がある。第一部では従来取り上げられていない翻読語を指標に、草創期の『万葉集』『続日本紀宣命』、生成期の『源氏物語』『今昔物語集』『打聞集』、完成期の『平家物語』を分析する。第二部では語彙・語法の特質を述べ、第三部では『平家物語』国字本『伊曽保物語』『雨月物語』『春雨物語』の文章構造を分析する。

二　和漢混淆文についての記述

「和漢混淆文」という名称について、西田直敏『平家物語の国語学的研究』（和泉書院　一九九〇）に詳しく来歴が考察されている。西田は、見坊豪紀「『和漢混淆文』という名称の起源」（『国立国語研究所論集1　ことばの研究』昭和34年）を踏まえ、「和漢混淆文」の名称を始めて用いたのは小中村清矩（明治11年〈一八七八〉）であるとする。見坊や西田の説を踏まえて略述すると、小中村は、「仮字文」「漢字文」と並んで「和漢混淆文」を挙げ、『古事類苑』文学部四「和文」では、奈良時代の漢文に日本語を交えた墓誌銘、漢文を模倣した『日本霊異記』『将門記』

などと並んで、中世の『源平盛衰記』『太平記』などを和漢混淆文の例に挙げている。その後、明治二十三年の上田万年閲、芳賀矢一・立花銑三郎共編の『国文学読本』でもこの名称が用いられたが、こちらは江戸時代の新井白石らの漢学者の文章をさしており、名称としては小中村が述べた文学作品とは別系統の内容を指しての呼称と言う。後者の系統には、その他に、和漢混和文〈三上参次・高津鍬三郎、田口卯吉〉、和漢折衷体〈五十嵐力〉、雅俗折衷体・稗史体《よみほん》〈坪内逍遙〉、雑文体〈矢野文雄〉等の名称もあったが、これらはいずれも上田らの言う和漢混淆文の系列であって、明治初年以来課題となった、普通の文章を書くのにどのような文体を用いるべきかという文体改革論の中で用いられた用語であると言う。西田は、明治時代の新しい公用文体（いわゆる明治普通文）にふさわしいものとして、和文や漢文よりも漢字片仮名交じりで書かれた和漢混淆文が推賞された経緯を明らかにしている。西田は、和漢混淆文の沿革にも触れ、奈良時代、平安初期に和文体や漢文訓読体、変体漢文体などが成立したのを背景に、中世に『平家物語』が完成し、さらに、近世以降も漢学者らの啓蒙的な分野などを中心に実用、文学、読み物、教訓書などに用いられ、近代〈明治初期〉の「普通文」に繋がったことを述べている。

広義の和漢混淆文が日本文章史に占める位置は、時代としては極めて長期にわたる。平安時代の和文体の要素は、現在の文章ではその名残すらも指摘しにくいが、中世に成立した和漢混淆文の文体要素は、山田孝雄のいう「漢文の訓読によりて伝へられたる」語法として、現在の論説文などの文章にまでその影響は残っている。西田は和漢混淆文の典型を文学作品の『平家物語』や『太平記』に見るが、その延長上に、近世の新井白石や貝原益軒らの啓蒙的な文章、さらには明治普通文までの歴史を射程に入れている。このように和漢混淆文が広範な時代や分野から捉えられるということは、和漢混淆文が日本語の文章体の中核をなす重要なスタイルであることを示唆し、和漢混淆文の研究が日本文章史の重要な研究分野の一つであることを物語る。

次に、これまでの日本文章史を記述する先学の研究の中で、和漢混淆文がどのように位置づけられているかを見ておく（引用文の傍線は筆者による）。それを通して研究の前提となる筆者の観点を示しておきたい。

【参考一】山田孝雄（『日本文体の変遷』勉誠出版　二〇一七、もとになった自筆原稿は一九二七年頃執筆かと思われる〈田中草大の解説による〉）

按ずるにこの和漢混淆の文といふものも、素より国文たるに相違なければ、その点よりいへばこれは漢語又は漢文脈を交へしに止まるものならば、これを特にことごとしく和漢混淆文といふ如き名称を以てよぶには及ばざるが如し。然るに、かくの如くに世人も唱へ、吾人も今之を特に説かむとする所以のものは何等か特別の点を認めたるが故にあらずとせず。即ち第一はこれによりて国語国文の純粋性を減じたりといふ重大なる事実の発現せると共に、第二は国語国文の上に異種の語音を有する分子を加へて、声調の上に著しき変化を与へ、又国語の純粋の措辞法の外に、全然異なる措辞法を加へて、国語国文の声調と、措辞法とを多様の変化に富ましむるに至れるの事実あり。この二大事実の存するによりて、一方には純粋の国文とは見做すべからざるものなりとの見解も生ずべきが、時世の変遷はこの一大事件を既に生ぜしめて、人力を以て今更これを如何ともすべからざらしめたり。これ即ち、和漢混淆文といふ名を以て呼はるべき文章の特殊性にして、この特殊性によりて、吾人はただ漢字と仮名とを交へてかけるのみの文章といふ外面的の事相を離れて、別に和漢混淆文といふ一体の存することを認むるを得るものなり、而してこの和漢混淆文の出現はわが文体史上、仮名文の出現に劣らざる重大事件にして、或る点よりいへば、仮名文の出現はただ文字上の事件にとゞまるに、この和漢混淆文の出現は、国文の性質上の変革にして、その点よりいへば文体史上の一革命にして仮名文出現以上の一大事変たりといふを当れりとすべきものなり。

山田の論では、漢文の措辞、漢語、漢字を多く用いるという外形上の特徴が注目されている。山田は、国語国文

（すなわち和文）を基礎にして、そこに異種の語音（漢字音）や漢文の措辞法（訓読文的な文法）を加えてできあがったものが和漢混淆文であると捉えている。「異種の語音」と言う点は、耳で聞いたときに違和感を感じるような外来要素をそのまま取り入れた点に変革性を認めているのである。漢語の中でも抽象的な名詞や漢語サ変動詞が多い文章は和漢混淆文の特徴と考えられるため、後の研究でも漢語サ変動詞の導入などは多く調査・分析の観点として取られてきた。また、漢字と仮名を交えるという表記上の特徴にも触れている。和文であれば、一部の漢字表記される慣用的な語句以外は漢語であっても平仮名表記されるから、漢字を多く交えることは、いちおう外形上の特徴とも言える。この点は、漢語が混じることとも連動しており、表記と語彙を関連付けた考察が必要である。

【参考二】 春日政治（『国語文体発達史序説』 勉誠社 一九八三、著者の博士論文として戦前に書かれたものを骨子とする）

さて鎌倉時代に表れた新興文学は、主として和漢混淆文であるといはれる。しかし和漢混淆文といふ呼称は、其の用法が頗る広汎であり、亦同時に漠然としてゐて、従つて之が標準とすべきものを示すことは困難である。元来この名称を単に漢文要素と国語要素との混淆といふ義に取るならば、已述の古事記体の如き又記録体の如きも其の中に入れ得るであらうが、かゝる漢字専用のものは除いて、新国字を交へて書く国語文のみに限ることは妥当であらう。元来国語文といふ以上、それは国語基調の語彙・語法から成立つてゐるのが本来のものたるべきであるのに、和漢混淆文といふものは

一、其の語彙に漢語・仏語を多く含むこと。

二、其の文脈（「言回し」ともいふべき広義の語法）に漢文風のものを有すること。

三、而してそれら漢語彙・漢文脈のよく国語文のそれと調和すること。

などを特徴としたものである。従つて其の語彙の多少、文脈の強弱、而もその調和の如何といふことになると、

自ら種々の段階がある筈であつて、標準を示し難いと言つたのは之が為である。

春日も、国語（和文）を基調としたがら漢語（漢籍語のみならず仏教語を含める）や言い回し（文法的な語法）に漢文風の要素が導入されていることを指摘する点は山田の指摘と重なる。また、これらの要素の含まれ方に段階性があることに触れており、その標準が示しがたいとの指摘もなされている。これに加えて、和文的な語や語法との調和性に触れているところがある。調和性は、和漢の要素の併用や折衷的な表現が多い点に着目したものでもあろう。和漢の要素が表現として調和のとれたものは、文学性の評価の高い作品となる。日本語文体の改革は文学分野で起こることが多く、『平家物語』などを対象に、表現の文学性の観点から完成度を考察すべき点があろう。

【参考三】佐藤喜代治（『日本文章史の研究』明治書院　一九六六）

仮名交じり文が単なる漢文直訳の文体から前進して和文脈に接近し、さらに、主としてやまとことばを用ゐて書きつづられる仮名文と合流することによつて、雄健な漢文口調と優雅なやまとことばが相和し、間々くだけた俗語をも交へ、和漢雅俗の入り交じつて、変化に富む文章が発達した。その変化曲折がよく調和の美を保つ時、それはきはめて調べの高い文章として人の胸に迫るものがある。これが和漢混淆文と呼ばれるもので、「平家物語」をはじめとしてこの時代の大きな特色となつてゐる。和漢混淆文は人のよく知るところであつて、今詳しく述べるまでもない。しかし、和漢混淆文といふのは単に漢文調と和文調とが同じ割合で混合してゐるといふのでなく、素地となるものはあくまでも仮名交じり文であり、仮名文がこれに交じつてゐるといふ性質のものであることは注意しなければならぬ。

佐藤は、山田や春日とは異なり、和漢混淆文の基礎を漢文直訳の文体（漢文訓読文）にあると見て、それに和文脈（俗語を含む）が接近して生じたと考えている。漢文調の仮名交じり文の要素を基礎にして、そこに仮名文（和文調）が入り込んで和漢混淆文が成立したという文体生成の経緯を想定しているようである。和漢混淆文の基礎を漢文訓読文的なものと見た場合、和文調の混入がどのような契機で生じたかの具体的な検討が望まれる。この立場に立つなら、和漢混淆文の主たる考察対象が説話や軍記物語などの文学的文章が中心となるのは必然である。

【参考四】山田俊雄「和漢混淆文」（『岩波講座日本語10　文体』岩波書店　一九七七）

「和漢混淆文」とは、先に山田孝雄のいわゆる「漢文の訓読によりて伝へられたる語法を含む和文」であり、またその割合を逆にして「漢文の訓読の文に和文の混入したもの」である。

「和漢混淆」は、その形式美的完成のいかんを問わず、実は、古くからも存し、また新しくも発生するところの、汎時代的な、また多元的発生にかかわる現象であることを見逃してはならない。

言語史的に見れば、むしろ漢文訓読が行われる限り、「和漢混淆」は、その原文に対して、幾度も繰り返して、別個の読者によって行われ、しかも別個の読み下し文として再生されうるものである。

つまり、文体の一種としての「和漢混淆文」とは、「和文」ならざるものを包含する文章というにとどまるものであって、一つの文体として、それを確立したものとは認めがたい。「和漢混淆」は、すべての時代について、程度の差としてあらわれており、ことに現代の文章語は、「漢文の訓読によりて伝へられたる語法」を、むしろ主軸にしている点から、「和漢混淆」である。

山田は、和漢混淆文は、程度の差はあれ和文ならざる漢の要素を包含するというに止まるものであり、包含の仕方は多様であり、一つの確立した文体ではないとする。成立過程として和と漢の要素のいずれかに基礎があるのではなく、いずれか一方を基礎にしつつ他方を取り入れた形で和漢混淆現象が生じうるとする。和漢混淆は汎時代的で、さまざまな場面で多元的に起こるため、和漢混淆文を和文に対する一つの確立した文体とは認めがたいとする。

山田が言うように、作品によって和漢の混淆の程度の差が大きいことは事実であり、その点では一つの類型的文体として指摘することがしにくい面がある。典型と目される『平家物語』でさえ覚一本と延慶本の和漢混淆のありようには大きな隔たりがある。しかし、多様性ゆえにそれを類型として捉え研究対象としないことは逆に生産的ではない。むしろ、その多様さを和漢混淆文の特徴として捉え、さらには一般に和文体とされている作品からも漢文訓読的要素を抽出すれば、和漢混淆文の中核的な要素を明らかにすることが期待できる。

【参考五】 山本真吾「和漢混淆文」（『日本語史概説』朝倉書店　二〇一〇）

平安時代の後半期には、仮名文学作品の和文体と、訓点によって読み下した漢文訓読文体とは語彙・語法の上で顕著な対立を見せ、両者の文体が確立してくる。和文語を用いる文章には、通常訓読語はみえず、逆に訓読語を用いる訓点資料に和文語は無条件には出現しないのである。

この、和文語と漢文訓読語が一文章中に混在することをもって、和漢混淆文ということができるのであり、それは、早くに最古の片仮名交じり文として著名な9世紀（平安時代初期）の『東大寺諷誦文稿』にその現象が現れている。しかし、一般には、平安時代後期（11世紀）、すなわち、両文体が確立して以降の文章にこういった混在現象が確認される場合に、和漢混淆文と呼んでいる。

12世紀（院政時代）の代表的な説話集『今昔物語集』は、和文語と漢文訓読語の双方が用いられている。しかし、それは、満遍なく混在しているのではなく、巻二十を境として前半に訓読語が、後半に和文語が偏って出現している。これは、仏教説話を集めた前半が漢訳仏典の類、世俗説話を集めた後半が仮名文学の類を出典としているために、その元の文体の影響を承けた結果であると解釈されている。その意味では、和漢混淆文というよりは、和漢折衷文と呼んだ方が適当である。

山本は、築島裕『平安時代の漢文訓読語につきての研究』（東京大学出版会　一九六三）の成果を踏まえ、和文体と漢文訓読体の文体要素の確立を前提として、その混淆を考えている。山本の言うように、同じ文章の中に和文語と訓読語（これらは同義的な語であろう）が混在していることは和漢混淆文の認定基準の一つにもなり得る。一方、『今昔物語集』のように、出典の文体の影響により作品中に混淆が生じた場合を「和漢折衷文」と呼ぶことを提案している。作品中に和文語や訓読語が混在していても巻によって条件が違うのであり和漢混淆文とする基準になりにくいとも言える。これに従うなら、中世以降の『平家物語』のように出典の影響ではない独自の述作について「和漢混淆文」と呼称すべきということになろう。ただし、『今昔物語集』のような漢文の影響を受けた和漢折衷文においても、後の和漢混淆文の核となる要素が含まれていることはなお想定できる。その要素がどのようなものであるか、出典と独自要素とを峻別し和漢混淆文に独自の部分を探究する研究が必要となろう。

【参考六】木田章義「文体史」（『国語史を学ぶ人のために』世界思想社　二〇一三）

漢文を読み下した文は「訓読文」で、漢文に従属した文章である。この訓読文の表現形式を借りて、自分の考えを表現したものは、日本語の文体の一つであり、「訓読文体」と仮に呼んでおく。この訓読文体は少しずつ、原文の制限を受けた窮屈な訓読文の表現から離れてゆき、和文体の要素を増やして、和漢混淆文と言われる文体へ変わってゆく。……（中略）……「訓読文体」と「和漢混淆文」との関係も、訓読文体からどれくらい離れると和漢混淆文であるのか定義が難しい。このように訓読文、訓読文体、和漢混淆文の相互の区別ははなはだ曖昧であるが、平安時代には、訓読文の語彙・語法を含んだ、和文体とは明らかに異なる文体が存在しており、それを指す術語が必要である。それを、これまでの術語を利用して「和漢混淆文」としておく。つまり、『諷誦文稿』『修善講式』などは訓読文体に近い和漢混淆文、『三宝絵』は和文体に近い和漢混淆文と考えるのである。

和漢混淆文は漢文の世界から発展し、和文体的要素を少しずつ増やしてゆく。

木田の見解も、佐藤と同じく訓読文体（漢文訓読文体）を基礎と考える立場であり、その制限を超えて和文体の要素を増やす中で、多様な和漢混淆文が成立すると考えている。木田は、混淆に様々な程度があることを認めた上で、和文体とは明らかに異なる文体として「和漢混淆文」の名称をなお温存する立場をとっている。

以上のように、山田や春日が和文を基礎にした文章に訓読調が混入したと見るのに対し、佐藤や木田は訓読調の文章に和文要素が入り込んだとする立場をとる。これらは、いずれかが誤りなのではなく、前者は『宇治拾遺物語』、後者は『今昔物語集』『延慶本平家物語』などであり、和漢混淆文の形成過程には大きく二つの流れがあったと思われる。『宇治拾遺物語』は漢文由来の説話を含むが、平仮名で記されており和文調が強い。『宇治拾遺物語』の出典は院政期以前に成立した『宇治大納言物語』（平仮名書き）であり、さらに遡ると平安中期の『三宝絵』（関戸本・東大寺切れなど）があり、その流れは平安中期頃まで遡れそうである。一方、片仮名使用の『今昔物語集』『延慶本平家物語』など漢文訓読調（変体漢文要素を含む）を文体基調としつつ、和文的な要素を取り入れた流れの作品群がある。こちらの源流は『東大寺諷誦文稿』や『西大寺本金光明最勝王経古点』の書き入れなどを始め平安初期まで遡れる。片仮名使用の作品の方が、古く作品数も多い点から主流と考えられる。筆者は、片仮名書きで訓読調を基調とする文章が次第に和文調を加えて和漢混淆文が形成されていったと考える。『東大寺諷誦文稿』などの訓読調の強い段階から、出典漢文の影響の強い『今昔物語集』や『延慶本平家物語』の段階を経て、和文的要素を増やし彫琢を加えて成立した『覚一本平家物語』を和漢混淆文の代表（完成）と見る。『覚一本平家物語』は平仮名で書かれており、王朝物語的な文体要素も強く窺える。『覚一本平家物語』は『宇治拾遺物語』のような和文調を基礎とする平仮名系統の文体の影響も想定され、和漢混淆文の二つの流れの合流点とも考え得よう。

「和漢混淆文」の成立を射程に入れ、『今昔物語集』の文体分析を通してその成立に迫ろうとした研究として、峰岸明『平安時代古記録の国語学的研究』（東京大学出版会　一九八六）、山口佳紀『古代日本文体史論考』（有精堂　一九九三）、舩城俊太郎『院政時代文章様式史論考』（勉誠出版　二〇一一）がある。また、『平家物語』では、西田直敏『平家物語の文体論的研究』（明治書院　一九七八）や小川栄一『延慶本平家物語の日本語史的研究』（勉誠出版　二〇〇八）などの著作は現在までの一つの到達点とも評せよう。後掲の乾善彦、山本真吾の一連の研究などをはじめ、現在もその存在を見越した研究は継続されている。

和漢混淆文は、一つの文体と認める根拠となるような言語的条件が確定しにくいため、この文体に分類される作品も現在まで曖昧なままである。和漢混淆文の名称は便宜的に用いられるに止まっている点も否定できず、論者によっては和漢混淆文を類型的文体の一つとしては認めない立場もある。しかし、「和漢混淆文」を緩やかではあるが一つの文体と見るならば、その言語的要素を分析し、一つの文体としての枠組みを模索する研究は可能と思われる。本章冒頭で和漢混淆文の定義として「文学的文章」と条件付けたのは、古く山田孝雄、春日政治、佐藤喜代治らの重視した「和」と「漢」の文学的な調和という点にこの文体の本質の一つを認めたためである。この点を近年の研究者が重視しないためか、些末な和漢混淆現象の指摘に固執してしまっている感もないではない。先学の研究の目指していた和漢混淆文の文体的特質の解明のためには、中核となる語彙や語法を見出していく必要があろう。

三　和漢混淆文の言語的特質

ここでは、和漢混淆文を考察する前提として、その言語的特質と考えられる側面を分野別にまとめておく。

①文字・表記

文字・表記の特徴としては、和漢混淆文では表記に片仮名を用いる作品が多い点が挙げられる。片仮名はもともと漢文訓読の場で生み出されたため、漢語や漢文訓読体と親和性が高く、内容や文体にも漢文に関わる点が多いのである。片仮名と漢字を交える表記では、主に自立語を漢字で大書し送り仮名や付属語を片仮名で小書する片仮名宣命体の場合（『今昔物語集』『海道記』など）と、片仮名を大書して漢字よりも多く用いる場合（『大福光寺本方丈記』『愚管抄』など）とがある。古くから見られる宣命体の場合、『東大寺諷誦文稿』のように返読表記をとるものと、真仮名による『続日本紀宣命』や片仮名の『今昔物語集』のように、「不」「可」などの助動詞類を除いて返読表記をとらないものがある。祝詞や宣命に見られる宣命書きは、日本語を書くのに適した規範的な漢字仮名交じり文として後代まで長く用いられたため、貴族はもちろん僧侶においても潜在的知識として受け継がれ、各時代の表記法に影響したと思われる。公家日記などの変体漢文でも、「宣命」の表記の影響を受けた宣命体の箇所が散見し、これが非返読表記とともに用いられ変体漢文から漢字仮名交じり文を醸成することになったであろう（『中外抄』『富家語』『江談抄』『古事談』等）。一方、『東大寺諷誦文稿』のような返読表記の片仮名宣命体も、後に非返読となって『今昔物語集』などの作品の表記につながった。また、訓読調を多く含む作品は漢文的な表現を多く含むため、後にいわゆる真名本に書き換えられたものがある（『三宝絵』『方丈記』『平家物語』など）。

片仮名は漢文調に親しく、平仮名は和文調に親しい文字であるが、和漢混淆文は両面を含むため、どちらを意識するかで表記の変換が起こりやすい。平仮名を採る作品であっても、もともと漢文の典拠などの影響から訓読調に合わせて片仮名で書かれても、書写や改作の過程で和文的要素を作者が強く意識し、後に平仮名に変更される場合がある（『平家物語』『発心集』『十訓抄』『宝物集』『海道記』は、古態本は片仮名本、流布本は平仮名本）。三角（二〇〇一）によると、冷泉時雨亭文庫蔵の『撰集抄』や『唐物語』は、はじめは平仮名で書きながら途中から片仮名へ表記を変えた例があることを指摘する。芸術的な文字としての平仮名と、実用的で簡略な体裁の片仮名という面など書記上の意識によっても仮名の使用は流動する。三角は『撰集抄』『宝物集』など片仮名と平仮名の写本が存する作品について、簡略な草稿としてまず片仮名で書かれ、後に正式のものとして平仮名で書かれた場合もあるとする。全体の傾向としては、古態本が片仮名で流布本が平仮名になるという例が多いが、これは、後に和文調を混入させ文章を書き換えることが多い点や、中世以降における平仮名の一般化なども背景に考えられる。

なお、『宇治拾遺物語』『古今著聞集』『東関紀行』など平仮名の写本しか残っていない和漢混淆文の作品は、平安時代の和文作品（『土佐日記』『源氏物語』等）に比べ漢字の比率が高い。これらの作品は、和文的な文体を基礎にして、そこに漢文訓読的要素を交えてできた和漢混淆文であり、文体としては和文調が勝る面がある。平安時代の物語でも『大鏡』『栄華物語』『浜松中納言物語』など、和文物語の中にも漢文訓読の要素を取り入れる文章の流れがあったが、これら中世の平仮名の作品はこれら平安時代の平仮名文の延長上にある。櫻井（一九九〇）は、和文体の表記法によりながら漢字を多く含み和漢混淆現象をも含む『宇治拾遺物語』のような文体を平安時代の和文体と区別し「中世和文体」と称することを提唱している。

②文法

文法の特徴としては、和文的な語法と漢文訓読的な語法が混在して用いられる点がある。特に「す・さす」と「シム」、「ぬ」と「ザル」など基礎的な助動詞において和文と漢文訓読文の対立語形があり、例えば『今昔物語集』の文体が天竺震旦部（巻一～巻十）本朝仏法部（巻十一～巻二十）と本朝世俗部（巻二十二～巻三十一）で、前者が漢文調に、後者が和文調に傾くことが、多くの対立語形から証明されている。また、和文的な語法と漢文訓読的な語法の混淆した語法がある点（「え……ズシテ」「……アタハで」のような例）も指摘され、和漢混淆文の特徴の一つと考えられる。

③語彙

語彙の特徴としては、漢語サ変動詞や漢文訓読語（特に動詞・副詞）と、和文語が混在する点がまず挙げられる。単に漢文訓読語が含まれるというのではなく、和漢混淆文においては独自の用法を持つ面があり、山本（一九八八）の指摘した漢文訓読語「スミヤカニ」のように、本来の漢文的用法と異なる日本化した意味・用法も指摘されている。また、「漢」の要素である漢語サ変動詞の語彙が用いにくい古代物語類においては、これに加え、漢語の直訳によってできた翻読語（複合動詞）が多い点がある。『万葉集』や平安和文の訓読調を含む物語類で生み出され継承された語や、和漢混淆文の作品で臨時的・独自的に生み出された翻読語がある。

④修辞法

修辞法の面では、漢文的な対句的な表現が好まれる。すなわち漢文的な対照的内容の対句が多い一方で、道行き文では和歌的な縁語表現などの修辞も用いられ、修辞においても和漢混交の面が指摘できる。また、三角（二〇一一）では、和漢混淆文では漢字使用が多いことが対語を際立たせたり、意図的な宛字による技巧などが可能になることを述べている。

⑤成立事情

成立事情の面から見ると、漢文調の表現を基本とする場合では、漢文の出典に大きく依存する場合（『続日本紀宣命』『三宝絵』『今昔物語集』等）と、出典に依存せずある程度自由に書かれた場合がある（『沙石集』『覚一本平家物語』等）。出典漢文に依存した作品には漢文訓読調が現れやすい。それは出典の踏襲による場合もあるが、独自の付加・改変される要素に漢文訓読調の語が見える場合もあり、そこに和漢混淆文の特徴が現れる。一方、出典に基づかず書かれる場合は、和文的要素や俗語的要素が加わる割合が増える。逆に、和文的な文体を基礎にした作品では、漢文訓読的要素を加えて和漢混淆文化したと見られる作品もある（『宇治拾遺物語』『東関紀行』）。この場合は、漢字平仮名交じり文が基本となり、和語を書きあらわす際の漢字の量が多くなる。

⑥時代・分野

時代・分野の面では、広義には、奈良時代の宣命や、古代から近代までの学問的・宗教的・啓蒙的な漢文訓読的な文章を含む。ただ、文学以外の著作は和文的要素が少ない場合が多く、狭義の和漢混淆文とは別扱いすべきであろう。狭義の和漢混淆文は、文学的に洗練するために和文的要素が適度に交えられたものをさす。典型となるのは、中世の説話や、『覚一本平家物語』などの軍記物語、『方丈記』『徒然草』『東関紀行』などの随筆・紀行で、近世の『南総里見八犬伝』『雨月物語』などの物語類も含まれる。

四　和漢混淆文の研究動向と本書の内容

和漢混淆文は、語彙・語法・表記などを歴史的に検討する際の日本語資料として利用されることが多いが、ここでは和漢混淆文という文体自体に焦点を当てた研究を概観しておく。和漢混淆文の言語の研究方法には、築島前掲書の漢文訓読語と和文語の対立的な語彙構造を踏まえて峰岸（一九七四）（一九七六）が提示した分析方法とその実践的研究がある。峰岸は語彙や構文（文法）の面から和漢混淆の段階を細かく分類しようとした。峰岸は説話全体の語彙を対象とて分析方法を提示し、実践としては随筆の『方丈記』を扱ったが、その後の具体的研究は、言語量の多い『今昔物語集』や『平家物語（延慶本・覚一本）』の二作品を中心に進められた。

本節では、これまでの和漢混淆文の研究動向について分野毎に主要な論著を紹介するとともに、本書の問題とした内容についても併せて述べておく。先行研究の紹介は『今昔物語集』『平家物語』を対象とした論が中心となる。

○文字・表記と文体の関わり

古代文字言語の書記法では、和文体的な文体が平仮名表記に、漢文訓読体的な文体が片仮名表記と親しい関係にあり、文体と文字・表記にはある程度の対応関係が存在する。ところが、古典作品では同じ作品が異なる表記で残る例が多く（『三宝絵』『平家物語』等）、表記の書き換えに伴って、新たな和漢混淆の表現が生み出されることがある。これは乾（二〇一〇）（二〇一六）が述べるように、表記体が用いることばを規定する面があるためで、ある作品の書写や内容の改変時に、漢字化や仮名の種類の変換を伴えば、その表記体に応じた新たな表現が選択され、その積み重ねの結果、新たな形の和漢混淆文が生成されていく。『平家物語』で言えば、古態を留める『延慶本平家物語』は漢字片仮名交じり文で変体漢文の影響が強いが、『覚一本平家物語』ではより和文的彫琢を加えたテキストとなり、漢字平仮名交じり文で書かれている。このような文体の変遷・進化の問題をを伝本の表記のありようと関連させて細かく検討する必要がある。和漢混淆文の代表とされ、多様な写本を持つ『平家物語』はその格好の資料である。小川栄一『延慶本平家物語の日本語学的研究』（勉誠出版　二〇〇八）は、『延慶本平家物語』の表記について、和漢混淆文体の文体が漢字と仮名の融合を促し、結果として漢字交じり表記（すなわち仮名主体の表記）と仮名交じり表記（すなわち漢字主体の表記）の融合した漢字仮名交じり表記が生じたとした。また、『平家物語』諸本では、片仮名の写本と平仮名の写本とがあるが、双方向の書き換えが行われたことも和漢の融合した文体の形成に関連すると述べている。今後、さまざまな表記を取るテキスト間で、どのような文体上の相違があるか検討していく必要がある。本書第八章では、漢字仮名交じり文の『延慶本平家物語』と漢字平仮名交じり文の『覚一本（高野本）平家物語』を比較して、語彙や表記の面から文体上の相違を明らかにしようとする。

峰岸（一九七六）では、片仮名漢字交じり文の大福光寺本『方丈記』の漢字表記は、語を日常的な一漢字で表しており、それらは漢文や変体漢文に見える漢字使用と共通しているが、その一方、「アカ月（暁）」「事〻ク（悉）」

「事シ（如）」「事ハリ（理）」「事ハ（詞）」「日（火）」「身ツカラ（自）」のような和文的表記（交ぜ書き）が見られ、表記面に和漢混淆が見られることが指摘されている。しかし、平仮名漢字交じり本の覚一本ではこれらは（ ）内のような漢文的な漢字表記で書かれており、『方丈記』とは逆の対応で和漢混淆になっているかに見える。これは漢字表記の標準が漢文的なものになり、仮名表記の標準が平仮名へと定着した結果と思われる。ただ、覚一本でも「のたまふ」は「の給ふ」と和文的表記が残されており、個別テキスト毎の表記システムは、テキスト毎になお調査の蓄積が必要である。また、和文の平仮名による表記システムの体系化が今後必要であろう。

この他、仮名と漢字の選択の問題があり、また、宛字、捨て仮名・送り仮名の使用、仮名の大小の書き分けの由来や機能など検討すべき課題は多い。上代では、和漢混淆文の宣命についての小谷博泰『木簡と宣命の国語学的研究』（和泉書院　一九八六）に宣命の返読や送り仮名についての論がある。平安以降では、『三宝絵』の表記と文体の関係や、『今昔物語集』『平家物語』の文体について研究が多い。『今昔物語集』に見られる片仮名宣命体の片仮名表記や宛字については、山口佳紀（前掲書）の論があり、漢字表記される語と対照して和文性や俗語性が指摘されている。『今昔物語集』『打聞集』『注好選』などの漢字の異体字や記号類については、谷光忠彦『今昔物語集の文体の研究』（高文堂出版社　二〇〇六）の論に詳しい。特異な表記体系をとる作品として『打聞集』があるが、同作品では、宛字、捨て仮名・振り仮名が多く、従来成立に関わってその使用理由が問題となっていた。従来は宛字の解釈を打ち聞きという行為に求める論も見られたが、森（一九八二）は、『打聞集』の宛字の多くが親本の平仮名テキストから漢字片仮名交じりテキストへの書き換え時に起こった誤読の結果であることを論証した。この点を踏まえるならば、『打聞集』は平仮名テキストから漢字片仮名テキストへの文字種の変換の窺える生の資料として希有なものと言えよう。本書第七章では、森の論を踏まえ、『打聞集』において、親本から表記体系を書き換える際に用いられた漢字表記について語学的な背景を論じる。

○文法・構文と文体の関わり

文法・構文は、文や文章の骨組みになる側面だけに、そこに混淆があることは語彙レベルの検討に先立って確認しておくべき基礎的な点である。文法の分析は、例えば、「ぬ・ね」と「ザル・ざれ」、「る・らる」と「シム」、「やうなり」と「ゴトシ」のような助動詞、「で」と「ズシテ」、「ど」と「ドモ・トイヘドモ」のように和文と漢文訓読文とで使用される助動詞・助詞に差があることを利用した研究が古くから見られた。これらの分布状況によって和漢混淆文の和漢の浸透度を測ることができるため、特に『今昔物語集』において巻二十を境とした文体の変化については多くの研究の蓄積がある。さらに巻二十を境とせず全巻に用いる語などに注目することで、和漢混淆文の文体基調語を探ろうとした方向も注目される（山口佳紀前掲書、舩城俊太郎前掲書等）。言語量が多い『今昔物語集』や『平家物語』等の調査を起点に、他の和漢混淆文と目される作品を渉猟し、和漢混淆文の目印となる特徴語を見出していく地道な研究が望まれる。峰岸（一九七四）（一九七六）は、構文から分析する方法として、「え……ず」のような和文型、「……スルコトアタハズ」「……スルコト（ヲ）エズ」のような漢文訓読文型に対し、「え……ズシテ」「……アタハで」「……スルコト（ヲ）エで」のような和漢混淆型を設定し、山本（二〇〇七）も和漢混淆型を和漢混淆文の特有の要素として捉えようとする。山本によると、諷誦文類の文献では平安初期からこのような和漢混淆型が見られるとされ、その深淵は深いと思われる。山本は和文系統の和漢混淆文でもそのような例が多く見られるともしており、和漢混淆文の生成過程で現れた事象として注目される。本書第十章では、不可能や禁止の意味から否定推量の意味になった「べきにあらず」「べからず」の用法の変遷を検討し、第十一章では、可能表現「～することを得」の和漢混淆文での振る舞いについて考察する。

○語彙・表現と文体の関わり

和漢混淆文の語彙の研究では、漢語サ変動詞・漢文訓読語・記録語等が「漢」の要素、和文語・歌語・俗語等が「和」の要素と目される。ここでは、①漢語・漢文訓読語・和文語・記録語等、②翻読語に分けて述べておく。

①漢語・漢文訓読語・和文語・記録語等の観点

文体を創り出す「和」と「漢」を構成する語彙要素について、築島前掲書を研究の前提としたものが多い。築島は、和文に特有の語や漢文訓読文に特有の語を見出し、特に同義的な和語が文体位相として和文語と漢文訓読語に見られるものを二形対立語として捉えたが、それらの例数を根拠にして文体の影響度・混淆度を考える研究が多く見られる。かつて盛んに行われた『今昔物語集』の巻別の文体を調査する研究は、松尾拾『今昔物語集の文体の研究』（明治書院　一九六七）、佐藤武義『今昔物語集の語彙と語法』（明治書院　一九八四）などが代表である。ただ、二形対立の語については、関（一九八三）に同義性に疑問がある場合も指摘されており、文体の指標とするためには、今後個々の語毎に意味用法を丁寧に押さえていく必要もある。また、漢文訓読語の中にも和文体に馴染みやすいものや、特に『源氏物語』に意図的に取り入れられた語があることも予測される。築島が和文語の代表とした『源氏物語』には、例えば「いよいよ」のように例数がかなり多いのに、他の和文作品にはごく少数しか見られない語がある。そのような語は、築島が和文語とした語の中にいくつか含まれているのであるが、『源氏物語』と漢文訓読語との関連を改めて見直すべきである。その他、文体に関わる和語の研究としては、副詞について谷光忠彦『今昔物語集の文体の研究』（高文堂出版社　二〇〇六）、和文語の表現・特質について山口仲美『平安朝の言葉と文体』（風間書房　一九九八）、関一雄『平安時代和文語の研究』（笠間書院　一九九三）などの論もある。本書第四章・第五章では、『源氏物語』の漢文訓読の影響のある語を取り上げ、和文への漢文訓読語の浸透を論じる。

『今昔物語集』における漢語サ変動詞については、櫻井光昭『今昔物語集の語法の研究』（明治書院　一九六六）、高橋敬一『今昔物語集の構文研究』（勉誠出版　二〇一八）に論がある。『平家物語』では、山本真吾『平安鎌倉時代に於ける表白・願文の文体の研究』（汲古書院　二〇〇六）は、漢字仮名交じり文の表白類が和漢混淆文として11C頃に定着しており、『平家物語』の漢語表現に平安時代の漢詩文集とりわけ表白・願文の類の影響が見られることを論じている。近世以降の作品では、白話語の影響を指摘する研究が多い。

和漢混淆文の文体の存在を主張するためには、漢語や漢文訓読語から和漢混淆文に特有の語や多く用いられる特徴語を見出す必要がある。山口佳紀（前掲書）では、夢の引用形式や「由」「以テ」などの特徴的用法について、和文、漢文訓読文、変体漢文と『今昔物語集』を比較した。山口の論では、本作の語彙語法の特徴的な面について、和漢混淆文の類型的文体の側面として解釈する場合（夢の引用形式）と、撰者の個性的文体の現れと解釈する場合（「由」「以テ」の用法を「今昔体」「今昔の基本的文体」とする）とがあり、観点が揺れているようにも見える。この点は、『今昔物語集』の「きたる」「有り」の独自用法を根拠に和漢混淆文の存在を主張した李（二〇一四）の論でも同様の問題を孕むと思われる。『今昔物語集』に広く用いられる特徴的な用法があるときは、和漢混淆文特有語としての使用であるのか、撰者の個性の発露により例が多いのかについては、他の和漢混淆文に存在するか確認することが必要になる。その他、近年は田中・山元（二〇一四）、大川（二〇一九）などの計量文体論による研究も見られる。多くの作品を計量的に比較する研究は、個別の語の詳細な分析と組み併せることで、より成果を上げられよう。第九章では、『今昔物語集』の特徴となる語を析出し、出典漢文との関係を考察する。

「漢」の要素としては、漢文訓読語の他に変体漢文の用語（記録語）の影響もある。『今昔物語集』では、「了（をはんぬ）」の例はなく「云々」も一例しか用いないが、「件（くだんの）」は多く用いている。これらの記録語は『古事談』『江談抄』のような変体漢文が仮名交じり文化した作品で用いられる他、『打聞集』でも説話の簡略化した部分で「云々」を用いている。峰岸明（前掲書）では変体漢文の用語が『今昔物語集』『平家物語』に影響したことを述べている。山口佳紀（前掲書）も『今昔物語集』への変体漢文の影響を指摘しているが、実用的書記用文体として変体漢文の用語は和漢混淆文の用語と近い関係であることが想定されるためこの観点は重要である。『覚一本平家物語』の文体について、西田直敏『平家物語の文体論的研究』（明治書院　一九七八）および『平家物語の国語学的研究』（和泉書院　一九九〇）は、覚一本の基幹語彙について漢文訓読に基礎をおいているという見解を否定し、平安時代の和文脈系文学の語彙（和文語）との共通度が高いことを実証した。この点は現在定説化していると言ってよかろうが、『平家物語』においては、変体漢文の影響が想定される延慶本のような古態のテキストからどのような経緯を経て覚一本の文体が成ったのかが問われよう。本書第八章では、『延慶本平家物語』では変体漢文用語「いできたる」が多く用いられたが、『覚一本平家物語』では忌避されていることを指摘する。

②翻読語の観点

語彙としては、漢語を和語で直訳して生み出された翻読語（翻訳語）がある。例えば、漢語「白雲」「故郷」を元に「しらくも」「ふるさと」のように直訳した複合語が典型だが、「寒霧」から生じた「霧寒し」のような句（小島一九八五）による翻読表現も見られる。翻読語は、小島（一九六四）などから用いられはじめた用語で、『万葉集』『古今集』など韻文を彩る表現手法として注目されたが、散文の文体研究の指標にはこれまで用いられず、作品毎に網羅的に調査した研究もなかった。しかし、複合動詞による翻読語は、漢語の受容法（理解法と使用法）の面で漢語サ変動詞と選択的関係にある。翻読語は、語構成や意味が漢語に由来しながら語種としては和語であるから、まさに和漢の要素が混淆した「和漢混淆語」である。翻読語は和語擬きの漢語とも言え、元になった漢語が意識される点で和漢混淆文の「漢」の要素の指標となる。また、和文では用いにくい漢語サ変動詞に替って用いられた翻読語もある。複合動詞の翻読語は用例数（延べ語数、異なり語数）が多く、和文にも一定数見られるため、物語・日記類の「漢」の影響の指標にすることもできる点で有効な観点となる。

翻読語とは呼ばれなくとも、すでにこれまで論じられている語句もいくつかある。奥村（一九七八）などが散文の例として正倉院万葉仮名文書の「たてまつりあぐ（進上）」の例などを指摘し、その後、中古の物語などにも漢文表現によるものいくつか指摘されている。例えば「無限」を応用した「〜こと限り無し」は、その文体的価値や文章機能が幾度か論じられてきた（小峯（一九八五）、山口（一九八四）、拙著（二〇〇三）等）。動詞では、滋野（二〇〇二）、青木（二〇〇五）が「おぢおそる」「なきかなしむ」などの動詞句について文体的位相を検討しているが、これらも「恐怖」「悲泣」などにもとづく翻読語であり和漢混淆文で頻度が高い語である。李（二〇一四）の取り上げた「きたる」も重要な翻読語の一つである。李は、『今昔物語集』の「キタル」「有テ」など例数が多く巻の広がりがあり、用法も出典と異なる独自の言語要素を「和漢混淆語」として捉え、和漢混淆文の存在を積極的に認めようとしている。「きたる」はもとは「来至（き・いたる）」からきた翻読語で、平安時代に漢文訓読語として定着し、漢字片仮名交じり文の和漢混淆文に多く見られる特徴語となっている。『日本古典対照分類語彙表』から「きたる」を用いる文献を挙げると、『万葉集』『竹取物語』『方丈記』『宇治拾遺物語』『平家物語』『徒然草』に見られる。『万葉集』での使用は、翻読語としてこの語が作られた草創期での使用であるが、平安以降では漢文訓読調を含むとされる作品群に使用されるようになり、和漢混淆文の指標となってくる。

複合動詞の翻読語は、異なり語数や延べ語数が多いため、個別作品の和漢混淆度を測ったり作品の文体特徴を分析するのに有効である。作品の内容に応じて独自に作り出された語であれば個性的文体を窺う指標としても有効である。また、平安和文の作品に用いられた語が継承して使用される場合があるため、通時的な考察が可能であり、和漢混淆文の形成過程を通時的に捉える指標となる。「きたる」のように和漢混淆文で特徴的に用いられる語もあり、類型的文体としての和漢混淆文の指標語ともなる。本書では、第一章で複合動詞の翻読語の文体的価値について論じ、第二章〜第八章で上代から中世の主要作品の翻読語を網羅的に調査し、文体との関わりを考察する。

○文章構造と文体の関わり

和漢混淆文の文章の分析として、山口康子『今昔物語集の文章研究―書きとめられた「ものがたり」―』（おうふう　二〇〇〇）は、『今昔物語集』の「引用」や「強調」の形式に着目し、引用の分布による文章構造や修辞法にまでおよぶ論を展開している。『覚一本平家物語』の文章展開法については、西田直敏『平家物語の文体論的研究』（明治書院　一九七八）が、「対比的構成・対比的展開」「補注的構成・補足的展開」「道行的文章展開」「文書類・詩歌等を挿入した文章展開」「言語遊戯的文章展開」を挙げているが、それ以前の漢文や和文の文章の構成法や修辞的側面の影響を踏まえた指摘をしている。このような文章展開法の他、多様な接続表現・指示語の分析などは、和漢混淆文の文章構成・展開の特徴となる事象であり、様々な角度から考察すべき点である。

和漢混淆文の文章の中でも、特に物語類に見られる文章構成上の特色として、「けり」「き」による文章の枠付け（枠機能）が指摘される。この点は、阪倉（一九七五）によって平安物語作品の『竹取物語』から見出された特徴であるが、『今昔物語集』においても、物語の始めと終わりに「けり」を用いて、展開部には「非けり」叙述をとる構成が多く指摘できる。『竹取物語』は、展開部に漢文訓読的な表現が多く見られることが特徴として指摘され、和漢混淆文に近い性質が指摘できる。「けり」文が「非けり」文の内容を枠のように囲むということは、漢文訓読による具体的な場面叙述を訓読語を含む文体で書き、その外枠を「和」の文体要素である「けり」をとってまとめるという文章構成法と捉えられ、文章構成上の和漢混淆とも言える。展開部に「けり」を用いず末尾を「けり」で纏める構成法は、仏典類の漢文訓読文で、文末が基本的に「非けり」をとり「き」で枠づける訓読法と関連すると思われる。「けり」「き」の枠構造による文章構成をとる作品は、漢文訓読調が強い物語の特徴ともなっている例が多いこともそれを裏書きする。この典型例は、『今昔物語集』天竺震旦部で、展開部ではほぼ「非けり」で書かれ冒頭一文や末尾一文に「けり」が用いられる話が散見する。一方、和文的な文体が強まる本朝世俗部では「けり」

が全体に分散化している例が多い。今でも「話にけりをつける」と言うことばがあるように、「けり」で枠を作って物語を締め括る類型は、古代から近世まで受け継がれ、和漢混淆文系統の物語の文章を構成する標準的なスタイルとして意識されていたようである。鎌倉時代までの説話類については、拙著（二〇一六）で、『今昔物語集』をはじめとする説話作品における実態を詳しく論じている。本書第十四章では「けり」の文法機能と文章機能を述べ、第十二章〜第十五章で『平家物語』以降の物語作品において、「けり」「き」の周辺の語の枠機能を活用した文章構成の事例を分析する。

○修辞法と文体の関わり

『平家物語』の表現の分析では、「人物描写」「自然描写」「心理描写」「行動描写」などに漢詩や和文の表現を踏まえた装飾的特徴に着目した西田直敏『平家物語の国語学的研究』（和泉書院　一九九〇）の研究がある。『今昔物語集』『方丈記』『平家物語』などにも広く見られる対句の分析や、和歌・和文の修辞法が和漢混淆文の表現としてどのように活用されているかについて論じていくべき点があろう。例えば比喩については、山口（一九八四）の『今昔物語集』の個性的文体を論じたものがあるが、類型的文体から見た比喩の形態や内容の特徴についても和漢混淆文の特徴の面から論じる余地がありそうに思われる。西田は『平家物語』の対比的構成として冒頭の対句的詞章を挙げ、同様の叙述法が全体に及んでいることことを指摘している。「対句」は『方丈記』『平家物語』冒頭などが有名であるが、『今昔物語集』でも、「身ノ色ハ九色ニシテ角ノ色ハ白キ鹿住ケリ」（巻五・17）のような表現は随所に見え、和漢混淆文の作品の特徴的な叙述法となっているようであり、広く調査する必要があろう。また、文字によるレトリックとして、『今昔物語集』に見える漢字の「避板法」について高橋（一九八二）、浅野（一九八二）等の研究も見られる。実用的文章では一語一漢字の傾向が強いが、避板法は和漢混淆文で複数の漢字が用いられる理由の一つと考えられる。また、仮名交じり文の中で果たす漢字の実態や言語的機能について、修辞的機能も含め考察すべきである。

○和漢混淆文の形成過程の問題

和漢混淆文の完成した時代を中世に見ることは概ね認められるところであろうが、その起源は定見を見ない。山本（二〇一〇）が中世の直前段階に当たる『今昔物語集』を「和漢折衷文」と述べて区別したように、和文も含め中世以前の諸作品を和漢混淆文完成以前の生成段階として捉える必要がある。山本（二〇〇七）は、平安時代に和文体や漢文訓読体の確立したとされる平安時代に既に和漢混淆の事象がなかったかどうか検証する必要があるとし、平安初期の『東大寺諷誦文稿』にすでに「ぬガゴトク」のような混淆形式があり、また平救阿闍梨の表白、平仮名文の『宇津保物語』『三宝絵』『栄華物語』などにも同様の混淆した語法が見られることを指摘している。

平安時代初期から既に混淆現象の前兆的な事象があることは注意すべきであるが、さらに和漢混淆文の深淵を遡るならば、上代の宣命や和歌の位置づけが重要になる。小谷博泰（前掲書）は、宣命を漢文詔勅を土台に成立した文章として和漢混淆文の源流として捉えている。しかし、宣命は、漢文詔勅の訓読に基礎を置きつつそこに口語的要素を加えて宣読しやすくしたもので、そこには和文体、漢文訓読体といった対立的文体意識がないことは言うまでもない。また、『万葉集』に見える和歌では、第一期の歌（額田王など、第二章参照）などから既に漢詩漢文の影響が見えるが、これも漢詩漢文に用いられる漢語表現を和歌の様式に合わせて読み込んだものと見られる。宣命や万葉歌の表現は、和漢混淆現象というよりは、漢文の表現を和語化した表現として捉えられるものであり、各ジャンル生成のために、後の和漢混淆文の「漢」の要素となる語法（～コトナ、～コトエズ、アヘテ～ズ、～ズアル等）や語彙（翻読語）を生み出した段階として評価すべきものであろう。

平安初期に入ると、訓点資料『飯室切金光明最勝王経注釈』『西大寺本金光明最勝王経』等の欄外注記や『東大寺諷誦文稿』に見える返読による漢字片仮名交じり文（片仮名宣命体）なども あり、僧侶の実用的文体として漢文訓読的な表現を基礎とした一種の文体が生成されている。和歌や宣命のようにジャンル生成に資するための漢語漢文の利用とは異なり、これらの中では、すでに僧侶らの日常的・実用的な書記言語になりつつあると見られ、和漢混淆文の「漢」的要素が次第に醸成されていることを示すであろう。和漢混淆文の成立基盤について、乾善彦『日本語の書記用文体の成立基盤』（塙書房　二〇一七）が、「変体漢文と宣命書きによる日本語要素の埋め込み」にあるとする見通しを提案しているが、その内実は僧侶や貴族などの位相によっても異なり多様なものを含んでいる。筆者は、平安初期から見られる僧侶の漢文訓読調の文学的著作（例えば『東大寺諷誦文稿』等の表白・願文、和讃、仏教説話など、変体漢文ないしは漢字片仮名交じり文による唱導文）において文学的彫琢を加えるために和文的要素が付加されて成長し、和漢の要素が内容に応じて自在に融合するに至った作品（完成形を『覚一本平家物語』と考える）を和漢混淆文の本流と考えている。また一方、『古事談』『江談抄』などのように変体漢文から漢字片仮名交じり文の表記も生まれるが、『古事談』を取り入れ『宇治拾遺物語』が成されたように、変体漢文から生じた漢字片仮名交じり文を漢字平仮名交じり文に書き換えたことによる和漢混淆文への流れも考えられる。

『平家物語』で完成した和漢混淆文の近世以降の展開も課題である。近世以降では、文語の語彙・語法を取り上げた研究は多いが、文体としての和漢混淆文を取り上げるものは多くない。橋本（一九五六）鈴木（一九七八）の『南総里見八犬伝』、坂詰（二〇一五）の『雨月物語』などが目につくのみである。近世の和漢混淆文は、新たな展開として、白話小説が近世文語文に影響を与えた点が多く指摘され、白話語の影響による語彙・語法・表記等を対象とした研究などは盛んに行われている。また、和文語についても万葉語を含めた和語造出の方法（鈴木二〇〇一）や、俗語が増え「雅俗折衷体」が生まれるなど、近世作品の独自の性格が指摘されている。今後それらの知見を総合し、文学作品と啓蒙的著作等を類別しつつ、和漢混淆文に関連する文体の整理していく作業が必要であろう。本書第十四章で国字本『伊曽保物語』、第十五章で上田秋成『雨月物語』『春雨物語』について、「けり」「き」を利用した文章構造の面から前代との連続性（標準化）を検討した。

参考文献（本文中に著書としてあげたものは除く）

青木毅（二〇〇五）「『今昔物語集』における「オヂオソル」の文体的性格について―『水鏡』との比較を通して―」（『訓点語と訓点資料』114）

浅野敏彦（一九八二）「今昔物語集の漢語語彙―避板法を手がかりに―」（『日本霊異記の世界』三弥井書店）

乾善彦（二〇一〇）「表記体の変遷と和漢の混淆」（『古典語研究の焦点』武蔵野書院）

乾善彦（二〇一六）「「和漢混淆文」と和漢の混淆」（『国語と国文学』93―7）

大川孔明（二〇一九）「平安鎌倉時代の文学作品の文体類型―多変量解析を用いて―」（『計量国語学』31―8）

奥村悦三（一九七八）「仮名文書の成立以前」（『論集日本文学・日本語――上代』角川書店）

小島憲之（一九六四）『上代日本文学と中国文学　中』（塙書房）

小島憲之（一九八五）「日本文学における漢語的表現　Ⅳ―その飜読語を中心として―」（『文学』53―4）

小峯一明（一九八五）『今昔物語集の形成と構造』（笠間書院）

阪倉篤義（一九七五）『文章と表現』（角川書店）

坂詰力治（二〇一五）「和漢混交文としての『雨月物語』の文章―二形対立の用語を中心とした一考察―」（『近代語研究18』武蔵野書院）

櫻井光昭（一九九〇）「敬語の表記から見た『宇治拾遺物語』の文体」（『国語語彙史の研究』11　和泉書院）

滋野雅民（二〇〇二）「『今昔物語集』における「オヂオソル」について」（『山形大学紀要（人文科学）』15―1）

鈴木丹士郎（一九七八）「読本から見た馬琴の文語と文体」（『国語と国文学』55―11）

鈴木丹士郎（二〇〇一）「読本に見られる和語語彙造出の方法―曲亭馬琴を中心に―」（『日本語史研究の課題』武蔵野書

院）
関一雄（一九八三）「宇治拾遺物語の「和文語」動詞と「訓読語」動詞の一考察―中古仮名文学用語の性格に関する一試論―」（『山口国文』6）
高橋敬一（一九八二）「今昔物語集における避板法・変字法」（『福岡女子短大紀要』23）
田中牧郎・山元啓史（二〇一四）「『今昔物語集』と『宇治拾遺物語』の同文説話における語の対応―語の文体的価値の記述」（『日本語の研究』10―1）
塚原鉄雄（一九八〇）「諷誦文稿の史的座標―訓読史的意味と文章史的位置―」（『国語国文』49―9）
橋本四郎（一九五六）「里見八犬伝の文体とその文語―文語史研究の基礎として―」（『国語国文』25―11）
三角洋一（二〇一一）「和漢混淆文の成立―漢字と仮名による表記をめぐって」（『古典日本語の世界［二］』　東京大学出版会）
峰岸明（一九七四）「和漢混淆文の語彙」（『日本の説話7　言葉と表現』東京美術）
峰岸明（一九七六）「大福光寺本『方丈記』の文章における和漢の混淆について―和漢混淆文の文体分析に関する試案」（『佐伯梅友博士喜寿記念　国語学論集』　表現社）
森正人（一九八二）「打聞集本文の成立」（『愛知県立大学文学部論集（国文学科編）』31）
山口仲美（一九八四）『平安文学の文体の研究』（明治書院）
山本真吾（一九八八）「今昔物語集に於ける「速ニ」の用法について」（『鎌倉時代語研究』26　武蔵野書院）
山本真吾（二〇〇七）「平安時代の和漢混淆現象と和漢混淆文」（『国語語彙史の研究』26　和泉書院）
山本真吾（二〇一〇）「和漢混淆文」（『日本語史概説』朝倉書店）
李長波（二〇一四）「『今昔物語集』の比較文体史的考察―訓点語「来タル」と翻訳話を中心に―」（『類型学研究』4）
拙著（二〇〇三）『今昔物語集の表現形成』（和泉書院）
拙著（二〇一六）『院政鎌倉期説話の文章文体研究』（和泉書院）

第一部　連文による翻読語から見る和漢混淆の諸相

第一章　連文による翻読語の文体的価値

――「見れど飽かず（飽き足らず）」の成立と展開――

一　問題の所在

古代の文章の漢語・漢文の摂取の方法の一つに翻読語がある。翻読語とは、奥村（一九八五）が「『漢文の構成の形のまま、国語に直訳し出したる』、『元来本邦には存せざりし語又は語法』のことを、それが必ずしも『漢文の訓読の為に按出せられしもの』とは言えず、翻訳を契機として、外国の―具体的に言えば中国の―未知の事物を表すために借用された表現形式」としたもので、多く二字漢語を和語で直訳して作り出した語である。漢文訓読語も漢文に由来するが、漢文訓読の場で頻出表現を繰り返し読むうちに、次第に独自の語彙・語法として固定化したものである。それに対し、翻読語は、漢文訓読の場を離れた自作の文章の中で、訓読の場で得た漢語知識をもとに、和語で漢語を直訳した複合表現を新たに作り出したものである。翻読語は、小島（一九六四）（一九八五）や佐藤（二〇〇二）（二〇〇六）など、当初は漢詩語に基づいて作られた歌語の面から注目されたが、散文も含めた日本語全体への影響を解明することは、語彙史や文体史・文章表現史の大きな課題であると言えよう。

本章では、散文にも多く例が見られる翻読語として同義的結合の複合動詞を取り上げ検討する。また具体例として、上代から中世までの諸文献に見られる「あきだる」の例を検討し、その文体的価値を明らかにしたい。

二　連文と同義的結合の複合動詞

同義的結合の複合動詞は、漢語の「連文」を元にしたものが多くを占める。連文とは「熟語ノ一種デアツテ、一義ヲ通有セル二箇、又ハ稀ニ二箇以上ノ文字ガ、其ノ一義ヲ紐帯トシテ結合スルトキ、其ノ結合語ガ乃チ連文デアル」（湯浅廉孫『漢文解釈に於ける連文の利用』朋友書店）とされるもので、多義的な語義を持つ漢字のある一義が他の語の一義と共通する場合、その二字を結びつけることで漢字の意味用法を明確にした熟語である。漢語にはこのタイプが多いが、日本語の複合動詞では同義的結合は本来的ではないため、そのような例を集めると元になる漢語に行き着く場合が多い。同義的結合の複合動詞は翻読語である可能性が高いのである。

ここで扱う同義的結合の複合動詞は、含まれる個々の和語の語義ではなく、それを漢字に還元した字義のレベルで「連文」に相当する訓詁的な裏付けがあるもので（漢文の注で「A、B也」ならA＝B、「A、B也」「C、B也」ならA＝Cなど）、かつ、いわゆる「連文」の漢語があるものである。一語ごとの漢語との関連については今後検証していかなければならないが、ここでは翻読語の候補となる語の見通しをつけるため、『大漢和辞典』の訓詁情報や熟語項目を目安に漢語との関わりが推測される語のリストを作成しておきたい。

三　同義的結合の複合動詞の概観

まず、翻読語の候補となるものとして、上代から中世までの同義的結合による複合動詞を、『日本古典対照分類語彙表』（以下、語彙表）から抽出し、その性質を検討する。★印は『大漢和辞典』に見出しに掲出された漢語を示し、数字は語彙表での総用例数と使用作品数を表す（一作品一例のみの語は省略）。

いでく（★出来391・14）おしはかる（★推量145・9）きたる（★来至133・6）すぎゆく（★過行41・11）をめきさけぶ（喚叫（★叫喚）30・1）なきかなしむ（泣悲（★悲泣）21・3）うけひく（★承引20・2）せめたたかふ（★攻戦19・1）うつぶしふす（★俯伏15・3）きえうす（「けうす」を含む、★消失16・5）あきたる（★飽足14・2）のこりとどまる（★残留14・2）あひしらふ（四段★応答12・3）からめとる（★捉取12・2）あへしらふ（★応答11・3）ときさく（★解放10・1）なげきかなしむ（歎悲（★悲歎）9・1）にげさる（★逃去9・3）おちくだる（★落下8・1）おいおとろふ（★老衰7・4）おそれをののく（★恐慄7・2）おどろきさわぐ（★驚騒7・4）ちりみだる（★散乱7・5）あそびたはぶる（★遊戯6・2）おぢおそる（下二・★怖恐6・2）たづねとふ（★尋問6・4）にげかくる（★逃隠6・3）うばひとる（★奪取5・2）おこなひつとむ（行勤5・2）おりくだる（★降下5・2）こひかなしむ（「こひかなしぶ」を含む、恋悲5・2）せいしとどむ（★制止5・2）にげのく（逃退5・1）ばひとる（★奪取5・3）あきみつ（★飽満4・3）いたりつく（致着（★到着）4・2）いとひはなる（★厭離4・1）いひかたらふ（★言語4・3）うつりかはる（★移変4・2）たづねもとむ（★尋求4・2）てりかがやく（★照耀4・2）とひたづぬ（問尋（★尋問）4・4）とりおこなふ（★執行4・3）のこりとまる（★残留4・1）のぼりあがる（登上4・1）ひきのく（★引退4・2）へゆく（★経行4・1）あがめかしづく（崇傅3・1）あらはれいづ（★現出3・3）うれへなげく（★憂歎3・3）おこしたつ（★起立3・3）おぢはばかる（★恐憚3・1）おもひねんず（★思念3・2）こいふす（★反側3・1）とびかける（★飛翔3・2）まひをどる（★舞躍3・1）ほろびうす（★亡失3・1）あがめうやまふ（★崇敬2・1）あそびあるく（★遊歩2・1）あひあたる（★相当2・1）あらはれいでく（★現出2・1）いたはりかしづく（労傅2・1）うけたもつ（★受持2・2）うちたひらぐ（★討平2・1）うづくまりゐる

（★蹲踞2・1）おきたつ（★起立2・2）おひはなつ（★追放2・1）かくれしのぶ（★隠忍2・1）かへりさる（★帰去2・2）こえふとる（★肥大2・1）こぼれやぶる（★壊破2・2）さきわかつ（★割分2・1）せきふさがる（★塞塞2・1）たへしのぶ（堪忍（★忍耐）2・2）とらへからむ（★捕捉）2・2）なでかしづく（★撫労2・1）ならひまねぶ（★習学2・1）なりとよむ（★鳴動2・2）ぬすみとる（★盗取2・2）はききよむ（★掃清2・2）はきのごふ（★掃拭2・2）はなちやる（★放遣2・2）ひかりかがやく（★光輝2・2）にくみいやしむ（憎賤2・1）やせほそる（痩細（★細痩）2・1）あかれちる（★分散）あそびありく（★遊歩）あそびたのしむ（★遊楽）あそびゆく（★遊行）あはれみかなしむ（★憐悲）あひしらふ（★応答）あらがひろんず（★争論）あらためかはる（★改変）あらひすすぐ（★洗濯）あれきたる（★生来）いかりうらむ（★怒恨）いたはりなぐさむ（★労慰）いつきかしづく（斉傅）いつきやしなふ（傅養）いとなみかしづく（営傅）うかがひたづぬ（窺尋）うけたまはりしる（★承知）うせをはる（失終）うつろひかはる（★移変）うまれいづ（★生出）うみいづ（★生出）うめきずんず（★吟誦））うらみいかる（★恨怒）うれへかなしむ（★憂悲）おいぼる（★老耄）おそれかしこまる（★恐畏）おぢおそる（★怖恐）おつぱなつ（★追放）おどろきおづ（★驚怖）おどろきまどふ（★驚惑）おもひはかる（★思量）かくししのぶ（★隠忍）かくれしのぶ（★隠忍）かくろへしのぶ（★隠忍）かしづきあいす（★傅愛）かしづきあがむ（傅崇）かなしびこふ（★悲恋）かよひゆく（★通行）かんじうごく（★感動）くみはかる（★酌量）こえへなる（越隔）こぞりあつまる（挙集）このみあいす（★好愛）こりあつまる（★凝聚）さききる（★割截）したためまうく（調設）しぼみかる（★凋枯）せめののしる（★責罵）たちきる（断切（★断截））たづねとぶらふ（★尋訪）ちりあかる（散分（★分散））つかひもちゐる（★使用）つかれよわる（★疲弱）つつしみおそる（★畏怖）つつしみおづ（★畏怖）ときゆるす（★解放）とぢふさぐ（★閉塞）とりうばふ（取奪（★奪取））なしたつ（★成立）なでやしなふ（★撫養）なやみわづらふ（悩煩（★煩悩））なりさわぐ（★鳴噪）にくみうらむ（★憎怨）にげちる（★逃散）になひいただく

（担戴）にほえさかゆ（香栄）ぬれしめる（★濡湿）ねんじおもふ（★念思）のがれさる（★逃去）のこしとどむ（★残留）はかりあざむく（謀欺）はなちいづ（★放出）ばひしらがひとる（★奪取）ひきのく（★引退）へだてわく（隔分（★分隔））ほけしる（惚痴）ほめあがむ（褒崇）ほめかんず（賞感）ほろびそんず（亡損）ほろぼしうしなふ（★亡失）まもりふせぐ（守防（★防衛））むすびあつむ（★結集）めしつどふ（★召集）もとめたづぬ（求尋（★尋求））よこたはれふす（★横臥）よこほりふす（★横臥）わらひあざける（★笑嘲）をどりまふ（躍舞（★舞踊））

次に作品別用例数を（表）に纏め、作品ごとの文体との関わりを見ておく。なお、『今昔物語集自立語索引』を元に作成した『今昔物語集』の例数を加えた。（表）では各作品に含まれる同義的結合の複合動詞の異なり語数と、

（表）同義的結合の複合動詞の比率

	同義	複合動詞	同義比
万葉集	21	1133	19
竹取物語	8	198	40
伊勢物語	4	197	20
古今和歌集	3	281	11
土佐日記	6	77	78
後撰和歌集	1	301	3
蜻蛉日記	12	779	15
枕草子	15	1114	13
源氏物語	96	3794	25
紫式部日記	7	427	16
更級日記	8	352	23
大鏡	10	589	17
今昔物語集	245	3638	66
新古今和歌集	2	378	5
方丈記	5	64	78
宇治拾遺物語	41	1351	30
平家物語	56	1484	38
徒然草	23	552	42

注）同義比＝（同義÷全体）×1000（単位：‰）

複合動詞全体の中に占める同義的結合の比率を「同義比」の項目に示した。この同義比に注目すると、突出して例数の多い『今昔物語集』を始め、『方丈記』『平家物語』『宇治拾遺物語』『徒然草』など中世の和漢混淆文の作品で比率が高い。和文系統の物語作品では、『源氏物語』の例数の多さが目に付く。その他、和文でも漢文訓読の影響があるとされる男性作者の『竹取物語』『土佐日記』などの同義比が高く、『更級日記』を除くと女性の日記や随筆には少ない。歌集では『万葉集』が中古以降の歌集に比べて高い比率を示し、特異性が窺える。以下、同義的結合の複合動詞の高頻度語、語形や意味用法の特徴、資料による使用傾向を列記する。

(1)「高頻度語」　同義的結合の複合動詞には例数1のものが多い一方で、「きたる」「おしはかる」「いでく」のように多くの作品に見られ使用頻度の高いものがある。この種の翻読語の代表的な語と目されるものである。

「きたる（来至）」は、「来、至也」（爾雅釈詁・毛伝など）のような漢字の訓詁、また「我不レ知二其反期一、何時当二来至一哉」（毛詩、王風）など漢文の例から学んだ知識を利用し、同義的連結の複合動詞「き・いたる」の縮小形として成立したものである（築島一九六三）。「来至」は仏典類でも大正新脩大蔵経データベース（SAT2015）に6542例と極めて多く検出される。語彙表によると「きたる」は、万葉18・竹取2・方丈2・宇治59・平家32・徒然22など使用作品が偏る。平安時代には漢文訓読文で「来」の訓に定着し（築島裕『訓点語彙集成』に244例）、『観智院本類聚名義抄』にも「来キタレリ」の訓がある。すでに『万葉集』の和歌にも18例（「せめよりきたる」「ながらへきたる」を含めると20例）が見られ、上代から漢語による翻読語として用いている。この語が使用された和歌（仮名書き例）は、旅人・憶良・家持・狭野弟上娘子ら特定人か旅人周辺の官人の作でいわゆる漢文訓読語を使用しやすい人の作に限られることが指摘されている（小林一九六七）。

「おしはかる」は、「推、度也」（管子注）「測、意度也」（礼記注）などの訓詁を背景に「推測」「推量」等から生じたと思われる。『訓点語彙集成』によると「推」字に9例、「忖」字に3例が掲出されており『観智院本類聚名義抄』には「推」字の訓に「オシハカル」があり訓読語としても定着している。語彙表によると、蜻蛉7・枕10・源氏94・紫3・更級1・大鏡5・宇治3・平家19・徒然3で、『源氏物語』に例が多い点は文体面で注意される。和漢混淆文では『今昔物語集』に「オシハカル」19例中「推量テ」（巻三・14）の表記が1例見られ、『延慶本平家物語』に同40例中「推量」の表記が3例ある。辞書では『色葉字類抄』に「推量スイリヤウ」、『温故知新書』『運歩色葉集』に「推量ヲシハカル」の例がある（大正新脩大蔵経データベースで「推量」62例「推測」13例）。

「いでく」は、漢語「出来」との関係が考えられ、語義は「出現」「来現」などの漢語から「現れる」という意味を持つ語の結合であると思われる（大蔵経データベースに「出来」は1270例）。語彙表によると、万葉13・竹取4・伊勢6・土佐4・蜻蛉9・枕23・源氏129・紫4・更級3・大鏡22・方丈2・宇治95・平家73・徒然4で、『源氏物語』をはじめ和文にも浸透している。『万葉集』から例があり、和漢混淆文に用例が多い点は「きたる」と類似しているが、より分布が広い。和文では『平中物語』『源氏物語』で、「出でて来」のように助詞「て」を介した例が見られ、同義的結合としての意識は曖昧な場合がある。しかし、『訓点語彙集成』によると『法華文句』平安後期点、『大毗盧舎那経』寛治七年・嘉保元年点の「出」に「イデク」の付訓例が見られ、『黒本本節用集』に「出来イキテ《ママ》キ」とあり「出来」との関連が意識された面も窺える。「出来」は『古事記』に4例『日本書紀』に6例があり、古記録フルテキストデータベース（東京大学史料編纂所）で「出来」1007例が検出され、変体漢文に例が多い。なお、「いできたる」は「いでく」と「きたる」の混交であり、語彙表所収作品に例が見られないが、『延慶本平家物語』に44例、『今昔物語集（本朝部）』に118例など和漢混淆文に多数見られる。

(2)「意味借用」

「おしはかる（推測）」の「おす」、「くみはかる（酌量）」の「くむ」、「うけひく（承引）」の「うく」「ひく」の意味はいずれも本来の語義から変化している。和語の意味変化の要因として漢文の直訳から用法を摂取する「意味借用」があるが、漢語の翻読語である複合動詞がその一端を担っている。例えば「おどろく」がはっと気づく意味を持つに至るのは寝覚めの意味の「驚悟」（おどろきさむ）の用法の影響、「ののしる」が罵倒の意味を持つのは「責罵」（せめののしる）の用法の影響などのように、漢語あるいは複合語の影響で発生し固定化したと考えることもできる。

（3）「複合の自由さ」「おどろく」「あがむ」「かしづく」「いたはる」「なづ」「やしなふ」などを含む語は漢語の対応のないものも含め例が多い。自由な複合により新語が造られ、例えば「おどろきおづ」「おどろきまどふ」に用いる「おどろき〜」、「おもひ念ず」の「おもひ〜」ように、造語の軸になり複合動詞を造り出しやすい要素がある。『源氏物語』にのみ2例見られる「あらはれいでく」は、物の怪の出現場面に用いる語だが、「あらはれいづ（現出）」と「いでく（出来）」、または「あらはれ（現）」と、「いでく（出来）」のような連文漢語を結合・混交させた例と思われる。

（4）「転倒形」「はなちいづ（放出）」と「いだしはなつ」、「あかれちる（分散）」と「ちりあかる」、「たづねとふ（尋問）」と「とひたづぬ」、「まひをどる（舞躍）」と「をどりまふ」、「うばひとる（奪取）」と「とりうばふ」のような漢語の直訳形と転倒形が併存する場合がある。「なきかなしむ」「なげきかなしむ」「なやみわづらふ」「おこなひつとむ」「へだてわく」は漢語「悲泣」「悲歎」「煩悩」「勤行」「分隔」の転倒形のみ存する場合である。直訳形「つとめおこなふ」は『今鏡』『今昔物語集』『沙石集』など訓読体の影響を受けた作品には見られるのであり、転倒形は和文作品で漢語の直訳形を回避しようとする意識があることから生じたと思われる。

（5）「語形の派生」「隠忍」を元にした「かくししのぶ」「かくれしのぶ」「かくろへしのぶ」など複数の語形が存在する例がある。これらは一つの漢語に基づき派生的な語形が生じた例である。このことは、先の**（3）**や**（4）**とともに、翻読語が漢語の訓詁知識を元に自由に和語を組み合わせて創作する面があることを示す。

（6）「一語化」　音韻変化を伴う例がある。「あひしらふ・あへしらふ（応答）」のような母音変化、「きたる」のような母音脱落、「あきだる（「アイダル」の音便例も）」「ゆきがへる」等の連濁がある。古典語の複合動詞は語としての結合度が弱いとされるが、これらは、翻読語が一語的に意識される側面があることを示す。[1]

（7）「和漢混淆文の特徴語」 同義的結合の複合動詞は、漢文の影響のある和文や和漢混淆文に例が多い。章末の（別表）には同義的結合のうち複数例のある語について、物語ジャンルごとの用例数を示しておいた。分布を見ると、歌物語では極少ないが、『源氏物語』など作り物語や歴史物語にやや多く、特に『今昔物語集』と『平家物語』などの説話や軍記物語に多くの例が見られる。特に「きたる」は和漢混淆文のリトマス試験紙ともいうべき存在で、[2]軍記物語や説話に例が多い他、訓読の影響がある『宇津保物語』『栄花物語』『水鏡』にも例がある。次に「きたる」と同様に、軍記物語や説話に偏って多く分布する和漢混淆文の特徴語と目される語を挙げておく（頻度順）。

きたる（来至）をめきさけぶ（喚叫）せめたたかふ（攻戦）なきかなしむ（泣悲）あきだる（飽足）のこりとどまる（残留）からめとる（捉取）なげきかなしむ（歎悲）（悲歎）にげさる（逃去）おちくだる（落下）おそれをののく（恐慄）あそびたはぶる（遊戯）おぢおそる（怖恐）たづねとふ（尋問）うばひとる（奪取）おりくだる（降下）こひかなしむ（ぶ）（恋悲）せいしとどむ（制止）にげのく（逃退）あきみつ（飽満）いたりつく（到着）たづねもとむ（尋求）てりかがやく（照耀）とりおこなふ（執行）ひきのく（引退）うれへなげく（憂歎）とびかける（飛翔）まひをどる（舞躍）ほろびうす（亡失）あがめうやまふ（崇敬）あそびありく（遊歩）あひあたる（相当）うけたもつ（受持）うちたひらぐ（討平）うづくまりゐる（蹲踞）おきたつ（起立）おひはなつ（追放）かへりさる（帰去）こえふとる（肥大）こぼれやぶる（壊破）さきわかつ（割分）せきふさがる（塞塞）たへしのぶ（堪忍）（忍耐）とらへからむ（捕捉）なりとよむ（鳴動）ぬすみとる（盗取）にくみいやしむ（憎賎）

逆に、次のように和文体の強い作品にも比較的例が多い語がある（頻度順）。

いでく（出来）おしはかる（推量）すぎゆく（過行）うけひく（承引）たえいる（絶入）たえはつ（絶果）きえ

うす（消失）ちりみだる（散乱）おこなひつとむ（行勤）いひかたらふ（言語）おもひねんず（思念）ひかりかがやく（光輝）

和文語と対立的関係にある漢文訓読語と違い、和文作品にも浸透しやすいことが、翻読語の特徴である。右の語を例外的なものとして除き、同義的結合の複合動詞がほとんど用いられない作品があれば、和文的傾向が強い作品と考えられるであろう。（別表）を参照すると、歌物語『伊勢物語』『大和物語』『平中物語』や作り物語『堤中納言物語』などは、和文に用いやすいもの以外にほとんど例がなく、和文的傾向が強い作品群と考えられよう。

四　「あきだる」の場合

四・一　「不厭」「無厭足」と『万葉集』の「飽かず」「飽き足らず」

山本（二〇一五）は、中古の和歌や和文に見られない「あきだる」が中世の和漢混淆文『平家物語』に見られることについて、〈愛する物や、景物に対して〉なおも執心する〉という共通した用法が『万葉集』に見えることから、上代の「古語」が和漢混淆文に取り入れられたものと推定した。また、山本（二〇一七）では、この語は「訓点特有語」といえるが、訓点資料の例は上代および平安初期語を伝承したものであり、「漢文訓読の原理によって醸成された」「漢文訓読語」ではないことを指摘した。山本は、上代に由来を持ち、中古の和歌や和文に用いられない古語を用いた点に和漢混淆文の語彙の豊穣さを見出そうとしている。しかし、『万葉集』に用いられながら中古和文に見られないのは、これが単なる古語なのではなく漢語を元に作られた語であるためであり、中古以降も漢文的発想で書かれた文章（漢詩文〈訓読文〉・変体漢文・和漢混淆文）で広く用いられた翻読語の一つであることが見逃されている。そこで本節では「あきだる」が『万葉集』で翻読語として発生し、中古以降の漢詩文や変体漢文の中で用いられ、それが和漢混淆文に受容された経緯について明らかにしておきたい。

「あきだる」の成立は「厭」「飽」「足」の訓詁に関わる[3]。この三字は『説文解字』に「厭、飽也、足也」「飽、厭也」とあるように同義的であるため連文を作りやすい。「厭、飽足也」（『漢書』『資治通鑑』の顔師古注）のように「厭」の注に連文「飽足」が用いられたことは、翻読語「あきだる」が成立する契機となったであろう。「あきだる」は単字の「厭」「飽」「足」の訓として定着し、『観智院本類聚名義抄』にも「饜」「飽」「足」に「アキタル」「アク」の訓がある。

古代語の「あく」（四段）は現代語の「飽きる」（上一段）の「いやになる」の意味でなく、漢字の意味と同じ「満足する」意味で主に用いられる。「たる」は「仏造る真朱足《まそほ》らずは」（16・三八四一）のように「（物が）足りる・十分である」意味があるが、翻読語「あきだる」では「たる」は漢語「厭足」「飽足」の語義の影響で精神的に「満足する」意味になる。「十分である」意味が本来とすると、いわゆる「意味借用」の例となる。なお、和歌や漢詩で用いる否定形「あきだらず」が「不満足」の意味にならないのは、漢詩や和歌では「すでに満足な事態にある」が「猶満足できない（ほど心惹かれる）」意味により対象を肯定的に讃美する類型があるためと思われる。

『万葉集』の「あきだる」の元になった漢語「厭足」「飽足」は、中国漢文では、四書五経の類には見られないが、史書（三史）には次のような表現で見られる（『文淵閣四庫全書』の検索による例）。

○『史記』「不知厭足」1例、『漢書』「靡有厭足」1例「無厭足」1例「亡厭足」1例「不知厭足」2例、『後漢書』「不知厭足」2例

漢詩では、『文選』『先秦漢魏晋南北朝詩』等を検索しても「不厭足」「不飽足」は見られず、『全唐詩』に次の「無厭足」の1例が見えるのみである（凱希メディアサービス版による。「無厭足」は後出「隋詩」にもあり）。

○雪罷氷復開、春潭千丈緑。軽舟恣来往、探玩無二厭足一。（孟浩然「初春漢中漾レ舟」）

これらの史書や漢詩の「厭足」は「不知」「有」「無」「亡」などの補語になる名詞であり、「不厭足」「不飽足」のような動詞の否定形ではない（仏典類に「不厭足・不飽足」はあるが「不満足」の意味。四・二参照）。

右のように「不厭足」は漢詩に例がないが、一方、「不厭」の形は、『文選』7例、『先秦漢魏晉南北朝詩』1例が見える（「厭わない」意味の「不厭」は除く。なお用法は精査していないが『全唐詩』に「不厭」は108例検索される）。このことは、翻読語「あきだらず」が「不厭足」「不飽足」でなく「不厭」から生じたことを示唆する。『文選』には、満足な事態を承けても猶満足しないことを表す例がある。典型は次の『六臣注文選』に「不知厭足」と注された「離騒経」の例で、その他、「アキダラズ」とも訓める「不厭」の類例を挙げておく。

○衆皆競進以貪婪兮、憑不レ厭二求索一（屈平「離騒経」）（注に「翰曰――雖レ満不レ知二厭足一」。衆人が望みが満ちてなお満足せず求めることを言う）

○永服御而不レ厭、信古今之所レ貴。（嵆叔夜「琴賦」）（琴の持ち主が琴を永く用いても猶満足でないことを言う）

○於レ心有レ不レ厭、奮レ翅凌二紫氛一。（劉公幹「贈従弟三首」）（注に「向曰、厭、足」。鳳凰が竹の根元を歩きながら猶満足しないことを言う）

○詠二歌之一不レ厭、不レ知二手之舞レ之、足之踏一レ之也。（王褒「四子講徳論」）（詩人が詠歌しただけでは満足せず踊り出すことを言う）

「離騒経」（屈原）は『楚辞』に由来し、「憑不厭」への六臣注「翰曰――雖満不知厭足」は「ミチテアキタラ（ズ）」（寛文本）の訓読と対応する。このような連文訓の注を契機に和訓「アキダル」が生まれ、「厭」「飽」「足」の訓として定着したと推測できる。ただし、「離騒経」の例は逆接的に内容を受ける点で「見れど飽かず（飽き足らず）」と共通面があるが、意味の上では表現対象（衆人、琴の持ち主、鳳凰、詩人）が「猶満足でない」様を表しており、表現主体の立場から対象を讃美する「見れど飽かず（飽き足らず）」と異なる面もある。

否定形の「あきだらず」には、景物や人物を見て讃美する類型表現「見れど飽き足らず」が見られるが、「不厭」「無厭足」にも『楚辞』や「随詩」に景物や人物を「見」て猶満足できないほど心惹かれる意味の例がある。

○辺つ波の　いやしくしくに　月に異に　日に日に見とも　今のみに　飽き足らめやも
（6・九三一）車持千年

○年月は　新た新たに　相見れど　我が思ふ君は　飽き足ら（安伎太良）ぬかも
（20・四二九九）大伴村上

○馳二鶩於杳冥之中一兮休二息虖崑崙之墟一、楽窮極而不レ猒兮願従二容虖神明一
（『楚辞』十一　賈誼「惜誓章句」）（王逸注「観望楽無二窮極一、志猶不レ猒願下復與二神明一倶遊戯上也」）

○偏憎二良夜促一、曼眼腕中嬌、相看無二厭足一。
（隋詩　丁六娘「十索四首」）

九三一歌は、住吉の浜辺の美しさを歌ったもので、波が「いやしくしくに（ますます追いかけてくるように）」月ごと日ごとに見ていてもなお満足できないほど心惹かれる意味である。四二九九歌も、年月が改まるごとにお会いするが、私の思う君は見てなお満足できないほど心惹かれるという意味で対象は違えど同じ讃美表現である。『楚辞』の例は、注が表現のニュアンスをよく伝えており、崑崙を見て無窮の楽しみを得ながらもなお心は満足せずさらに神と戯れたい意味とわかる。丁六娘「相看無二厭足一」は、眼の美しい手中の女性をいくら見ていても猶満足しないほど魅力に満ちている意味で、四二九九歌の「相見れど」を受ける表現形式とも類似している。

以上のような類似は、漢文の「不厭」「無厭足」が翻読語「あきだらず」として『万葉集』に受容されたとの推定を導くが、一方、「不厭」は「あかず」とも訓み得る。『万葉集』の「あく」は全95例であるが、75例が「ず」に続く否定形である。「あきだる」では「飽き足らず」9例で反語の「飽き足らめやも」3例を入れると全て否定的内容に用いているが、「あく」も否定形が多い中で「見れど（も）飽かず」51例が一つの類型をなしている。

○この山の　いや高知らす　みなそそく　滝のみやこは　見れど飽かぬ（不飽）かも
（1・三六）柿本人麻呂

○見れど飽かぬ（飽奴）　吉野の川の　常滑の　絶ゆることなく　またかへり見む　（1・三七）柿本人麻呂
○宝とも　なれる山かも　駿河なる　富士の高嶺は　見れど飽かぬ（不飽）かも　（3・三一九）高橋虫麻呂
○家にして　見れども飽かぬ（不飽）を　草枕　旅にも妻と　あるがともしさ　（4・六三四）作者未詳
○向かひ居て　見れども飽かぬ（不飽）　我妹子に　立ち離れ行かむ　たづき知らずも　（4・六六五）安倍虫麻呂
○宇奈比川　清き瀬ごとに　鵜川立ち　か行きかく行き　見つれども　そこも飽かに（安加尓）と　布勢の海に
　舟浮け据ゑて　沖辺漕ぎ……　（17・三九九一）大伴家持

「見れど（も）飽かず」でも、吉野讃歌で知られる三六・三七を始めとした景物を対象にして讃美する場合（41例）と、六三四・六六五のように女性を対象にその素晴らしさをいくら見てもなお満足できないほど心惹かれる魅力があると称える場合（10例）と、二つの意味の系列があることは「あきだらず」の場合と同様である。

二つの表現は用法が類似する。「あかず」は「見れど（も）飽かず」51例、「見とも飽かめや（飽かむ）」4例など「見る」を逆接で承ける用法が慣用的である（「見る」以外の動詞を含めると逆接を承ける例は62例。その他「見飽かぬ妹（君）」2例）。「あきだらず」も、12例中、逆接「ど（も）」「とも」を承ける例が8例で、「見とも」1例、「相見らく」1例、「相見れど」1例などのように「見る」を承ける例も見られる。これらの共通点から、「あかず」「あきだらず」は漢文の「不厭（無厭足）」を源に作られた兄弟的な表現と推察されよう。

古代・中世の和歌に見られる「見れど飽かず」は、柿本人麻呂の吉野讃歌（前掲1・三六、三七）で創作され、人麻呂の影響力によって慣用化したとするのが土橋（一九六五）以来の定説である。しかし、右の二つの表現の漢語との関係を踏まえると、吉野讃歌に先行する人麻呂歌集（非略体歌）に「あかず」3例と「あきだらず」2例がある点が改めて注目される。「見れど飽かず（飽き足らず）」は一から創作された表現ではなく、人麻呂の漢語摂取の面から捉え直すべき表現なのである。

「あかず」は人麻呂歌集以前に例がない。次の一七二五歌は「麻呂歌一首」とあり人麻呂作と考えられるが、[4]吉野川を「古の賢しき人」との精神的交流ができる場所として「見れど飽かぬ」で讃美している。

○古の　賢しき人の　遊びけむ　吉野の川原　見れど飽かぬ（不飽）かも　（9・一七二五）

吉野讃歌はこれをさらに洗練昇華させたものと解され、島田（一九八五）はクニタマの充満（タマフリ）を讃美内容と見る。人麻呂歌は、前掲『楚辞』「惜誓章句」の「不厭」（王逸注「観望～猶不厭～」）が崑崙を望み見て讃美しつつなお神々との交流を願う内容に用いられているのと表現・内容が近似し、影響関係が考えられる。

「あきだらず」も人麻呂歌集の例が最古だが、次の二〇二二歌の「相見らく飽き足らね」は前掲の丁六娘「相看無二厭足一」の人物讃美の表現が影響したと考えられる。「相見」をク語法で訓読したかのような「相見らく」の表現、漢語「厭足」に元づく「猒足」[5]の表記など、集中で唯一の特徴が詩の表現に一致している。また、後続する「明け去りにけり」も「偏憎二良夜促一」と同じく夜が早く明けるのを惜しむ意味である点で対応している。

○相見らく　飽き足ら（猒足）ねども　いなのめの　明けさりにけり　舟出せむ君　（10・二〇二二）

これらの点を踏まえると、人麻呂周辺では『楚辞』『文選』「隋詩」等の漢語（注を含む）の知識を背景にした「見れど飽かず（飽き足らず）」の表現が形成されていたと推定することができる。藤井（二〇一八）では、人麻呂が「去来」による翻読語「春去り来れば」から和歌の慣用句「春去れば」「夕去れば」を案出した可能性があることを述べた。「見れど飽かず（飽き足らず）」についても、人麻呂が漢詩文に由来する翻読語を和歌に応用したものが類型化し、以降の和歌に継承されたと考えられよう。

四・二　中古以降の「飽き足らず」の継承

中古以降、「見れど飽かず」は和歌で慣用化し、「見れども飽き足らず」は漢詩・漢文で継承されていった。

『東大寺諷誦文稿』（八三〇頃）には、「見れども」を承けた否定形の「あきだらず」が見られる。

○見（れ）ドモ見（れ）ドモ飽（き）足（らは）不モノハ父公ガ愛ラニ念セリシ御貌ナリ。

平安期の漢詩集では、『凌雲集』（八一四）『文華秀麗集』（八一八）『田氏家集』（平安前期）『本朝麗藻』（一〇一〇）『千載佳句』（平安中期）『和漢朗詠集』（平安中期）『菅家文草』（九〇〇）『新撰朗詠集』（平安後期）に「不厭足」「不飽足」はない。一方、「（看）不厭」「（看）未飽」の形で人物や景物に対し「なお満足しないほど心惹かれる」意味に解せる例がある。これらには中国漢詩に見られない「飽」字をとる例の多い点が注意される。

○泣眼看看不二曽厭一、徒然奪レ魂亦損レ明。（『凌雲集』六〇　小野岑守「奉レ和下観二佳人躍歌一御製上」）

○風月結レ交非二古今一、相思未レ飽毎年心。（『本朝麗藻』下・一二〇　儀同三司「夏日同賦レ未レ飽二風月思一」）

○風月自通幾客心、相携未レ飽思尤深。（『本朝麗藻』下・一二二　源則忠「夏日同賦レ未レ飽二風月思一」）

○六十余廻看未レ飽、他生定作二愛レ花人一。（『新撰朗詠集』花　一一一　大江佐国「逐レ年未レ飽レ花」）

中国漢詩では『白氏文集』「長恨歌」の「尽日君王看不レ足」（金沢文庫本「ミアキズ」）のように玄宗皇帝が楊貴妃を讃美する著名な例をはじめ、「看不足」が4例が見える（「長恨歌」以外はすべて景物讃美）。そのうち、神田本『白氏文集』（天永四年点・一一一三）「西涼伎」には「ミテミルニアイタラス」の訓読例がある。

○笑《（エミ）》看《（ミ）》て看《（ミ）》（ル）に〔不〕足《アイタラス》（左アキタラス）（金沢文庫本では「ミテミレドモアキタラズ」）

さらに、『白氏文集』や、李頎や銭起など唐代の漢詩に「看未厭」「看不厭」の例も見出せる。

○唯有二春江一看未レ厭（『白氏文集』「春江」）

○芳菲看不レ厭、采摘願来レ茲。（李頎「魏倉曹宅各賦二一物一得二当レ軒石竹一」）

○晴山看不レ厭、流水趣何長。（銭起「陪二考功王員外城東池亭宴一」）

『白氏文集』「長恨歌」のように人口に膾炙した作品で「ミルニアキダラズ」「ミレドモアキダラズ」と訓読された

「看不足」「看未厭」等の例があることは、これらが漢詩の類型表現として意識され定着する契機となろう。実際これらの表現は、日本漢詩文に類例を容易に見出すことができる（「看不足」は『経国集』1例、『本朝麗藻』2例、『新撰朗詠集』1例、『本朝無題詩』1例。「看未厭」は『本朝無題詩』1例。「看不厭」は『経国集』1例）。

一方、『新撰万葉集』（八九三）には「無」を伴う「飽足」「厭足」の例が3例が見られるのは例外的である。

○秋花秋葉班班声、誰知両興無二飽足一（116）

○未レ弁白雲領上屯、終日看来無二厭足一（176）

○怨府切盛未レ留レ愁、君思鶴恋院飽足（467）

『新撰字鏡』（昌住　昌泰年間〈八九八～九〇一〉）に、「婣」字の訓として肯定形の例がある。

○「婣……好良太志牟又阿支太留又己乃牟」（「婣」は、『広韻』に「好貌」〈みめよいさま〉とある）

平安中期以降の漢籍・仏典類の訓点資料からは、否定形の例を中心に、次のような例が検出できる。

○「不足アキタ（らずして）」『法華義疏　長保点』（一〇〇二）

○「慊アキタル志」『史記孝文本紀　第十延久五年点』（一〇七三）

○「怏怏アキタラス」『大慈恩寺三蔵法師伝　承徳朱点』（一〇九九）

○「不足アキタラ（サ）ルソ」『弘決外典抄　院政初期点』（一一〇〇）

○「乏アキタラス」『往生要集　院政初期期点』（一一〇〇）

○「足アキタルコト能タ（は）不ス」『往生要集　院政初期点』（一一〇〇）

○「不足アイタラス」『法華経伝記　大治五年点』（一一一三）

○「不足アキタラス」『石山寺本大唐西域記　長寛元年点』（一一六三）

○「未謝アキタルマシ」『石山寺本大唐西域記　長寛元年点』（一一六三）

○「不厭アキタラ（ス）」『高山寺蔵本荘子　古点』（一二五〇）
○「厭足（あき）タル知（る）」『金沢文庫本群書治要　鎌倉期点』
○「不厭足アキタラ（ズ）」『金沢文庫本群書治要　鎌倉期点』

否定形を訳した場合「アキタラズ」となるが、「怏怏」（うらむさま）「乏」（とぼしい）のように否定語を含まない語にも「アキダラズ」の例がある点に注意したい。これは院政期頃には否定形が慣用化している可能性を示す。『図書寮本類聚名義抄』（一一五〇）にも「不足イマタアキタラス」のように否定形で掲出されている。語源にあたる漢語「（不）厭足」へ付訓した例があることも注意されよう。

変体漢文による記録文の系統では、宣命、古文書、公家日記などに、「（不）飽足」の例が見える。

○太上天皇尓親仕奉尓依弖思忍都都御座然猶不二飽足一止之弖二所朝庭乎母言隔弖遂尓波大乱可レ起。

（『日本後紀』巻二十　弘仁元年（八一〇）九月十日宣命）

○平安遺文「魚得レ食已悉皆飽足」（『政治要略』（一〇〇二頃）二三）

○鎌倉遺文「衆徒之本意、聊不二飽足一、重可レ達二案内一之由」（『某書肆待買文書』建保二年（一二一四）六月）「巨富飽足」（『大和西大寺文書』文永二年（一二六五）九月四日）「悪行猶以不二飽足一、為レ削二法華経行者跡一」（『日蓮聖人遺文』弘安二年（一二七九）十月）「加レ之、利生方便、不二飽足一之余リ、再興二今ノ大会ヲ一、之勤行」（『金沢文庫文書』文保三年（一三一九））。〈以上、東京大学史料編纂所データベースより〉

平安初期の宣命には逆接を承け「不満」の意味を表す「不飽足」がある。平安遺文・鎌倉遺文にも、「魚」「本意」「巨富」「悪行」「方便」等について（不）満足であることを表す「（不）飽足」の例がある。これらは、現状に飽き足らず更に貪欲に求めることを表す仏教語「不飽足」「不厭足」(6)の影響によると考えられる。

一方、公家日記には「興趣ある事物」に猶満足しないほど心惹かれる意味で、「アキダラズ」と読み得る「不飽」

の例がある。『後二条師通記』の「看不飽」の例は大江匡房の漢詩の引用で、「飽」字の慣用化が窺える。

○勝地宸遊看不レ飽、千秋万歳幾相迎　（『後二条師通記』寛治四年（一〇九〇）四月二十日）

○源氏・狭衣已下事相語、自他有二其興一、不レ飽者也　（『後二条師通記』寛喜三年（一二三一）八月十一日）

○芳志之至、表而有レ余、閑談不レ飽　（『民経記』天福一年（一二三三）五月三日）

以上のように、日本漢詩では「飽」字も用いるため仏教的用法と紛れやすいが、漢詩語「看不足」「看不厭」と仏教語「不飽足」の影響により、意味用法の異なる二系統の翻読語「あきだる」が発生していたと見られる。

四・三　中世の和漢混淆文での受容

中世の和漢混淆文では『平家物語』『閑居友』『撰集抄』『沙石集』『曽我物語』『太平記』などに「あきだらず」の例がある。次の用例は、前節に挙げた鎌倉遺文の例と同様「不満足」を表す仏教語的用法の例で、現代語の「〜だけではあきたらず、〜する」のような表現に通じる貪欲さを表す慣用表現になっている。(7)

○官位俸禄皆身にあまる斗なり。されども人の心のならひなれば、猶あきだらで、「あツぱれ、其人のほろびたらば其国はあきなむ。其人うせたらば其官にはなりなむ」など

（『覚一本平家物語』殿下乗合、なお、覚一本はこの1例のみだが、『延慶本平家物語』には5例あり）

○つねにはなみだぐみてのみみゐければ、ゆきかふところの事をあきだらずおもひて、かかるにこそ、とぞゆるぎなく、しうも人も思ひさだめける　（『閑居友』十九）

○かかる有知高僧の人々にも、なほあきだらずやおぼしけん、もろこしに渡給へりけるか　（『撰集抄』六・一）

○流転生死ノ業因ヲバ、ナセドモナセドモアキダラズシテ、〜カツテススマズ　（『沙石集』巻六）

○七カ国ノ管領ヲ、尚アキダラズ思シ程ノ心ナレバ、此方ノ五カ国、三カ国ノ恩賞ヲ、不足ナシト可思ヤ

（『太平記』三六・八10）

一方、次の『延慶本平家物語』『曽我物語』では、「猶満足せず心惹かれる」意味で「見るに」を伴う例も見られる。『延慶本平家物語』では女房や我が子、『曽我物語』では鏡を対象にした讃美表現である。

○袖ノシガラミセキカネテ、夜ヲ重ネ日ヲ重トモ、猶アキダラズゾ思給ケル。（『延慶本平家物語』第五末）

○是ハ生ヲトシテ後ハ今ニ至ルマデ、一日片時身ヲ放タル事モナシ。朝夕二人ノ中ニヲ、シ立テ、明テモ晩テモ見ニアキダラズ。（『延慶本平家物語』第六末）

○花の袂を改めて濃き墨染にやつしつつ、朝夕見るに飽き足らぬ袖の鏡を取り出し（『曽我物語』一〇）

これらの「見るに飽き足らず」は、前節で指摘した『白氏文集』「長恨歌」などの「ミルニアキタラズ」のような讃美表現が日本漢詩文などで慣用化し、中世物語にも導入されたものと見られよう。

五　翻読語と漢語サ変動詞の歴史的展開

本章の指摘をまとめておこう。「見れど飽かず（飽き足らず）」は、上代に人麻呂周辺で漢詩文や注釈類の訓詁知識を元に成立したと思われる。「見れど飽かず」は人麻呂以降和歌の慣用句としての位置を占めて平安以降も和歌の慣用句として用いられ続けた。一方、「見れど飽き足らず」は中古以降、仏教語の用法の影響も受けながら、漢詩・漢文訓読文・宣命・諷誦文・記録文・和漢混淆文など種々の文章に使用され定着していった。翻読語「あきだる」は、否定形で慣用化したことや漢詩や仏教の文脈で用いるという限定があるため、「きたる」「おしはかる」「いでく」等に比べると例は少ないのであるが、それでも漢語由来の語として和漢混淆文の文章の中で自由に使用されるようになった。「～だけでは飽き足らないで」のような表現は、現在に至っても口頭語に用いられるほどに一般化し慣用句として定着している。「飽き足る」のこの用法は仏教漢文に深淵を持ち、中世和漢混淆文で広く用いられたが、遡れば語形そのものはすでに上代において漢文由来の慣用句として固定化していたのである。翻読語の特徴は、本章でも指摘したように一語意識の高さにあると思われるが、その一語意識は漢語の表現に基づく語という点に根拠があるのではなかろうか。

日本における漢語の摂取は、外国語としての漢語字面を発音・語形・意味の知識として身につけることから始まる。漢語名詞ならば、新しい事物として漢語でしか表せない概念である場合、すぐ定着した語もある。しかし、漢語動詞の場合、発音そのものが難しい拗音・撥音・入声音を多く含み、また音読みで発音し得たとしても同音語が多く意味理解がしにくい漢語サ変動詞は日常会話や仮名文で使用することが難しい。そこで漢語の語形を対応する和語に置き換えることから漢語動詞の摂取が始まる。すなわち、二字漢語を二語の和語で表現し直し一語化した複合語として表現したものが翻読語である。翻読語は漢文で漢字表記する場合はもとより仮名表記できる点も利点であり、平安期の物語類で翻読語が広く定着する。院政期頃になると長大語形となりがちな翻読語でなく、簡略なもとの漢語表記で書く漢語サ変動詞を多く用いるようになる（『今昔物語集』では「いでく」「いできたる」とともに漢語サ変動詞「出来ス」が見える。第六章参照）。漢語サ変動詞が広く定着するのは中世以降であるが、それ以前の奈良時代・平安時代に漢語サ変動詞に相当する語として翻読語が多く用いられたのである。

このような過程は、日本語に漢語語彙を定着させる回路の一つとして捉えることができる。日本語歴史コーパス（CHJ）によると漢語サ変動詞は平安初期の『西大寺本金光明最勝王経古点』などにすでに多く見えるが、仮名文、漢字仮名交じり文に一般化するのは中世になる。例えば、本書で多く取り上げた「おしはかる」を例にとって見る。この語は、『儀礼疏』などに見える漢語「推量」によると思しい。同書の影響か、六国史などの漢文や公家日記・古文書などの変体漢文の文献で早くから漢字表記した「推量」が散見しており、翻読語「おしはかる」の発生する基盤となったであろう。訓点資料では「推」「忖」に「オシハカル」の訓が見られる一方、『蜻蛉日記』や『源氏物語』など物語・日記などの仮名書き作品では表現語彙として「おしはかる」が用いられている。漢字音の日本化や漢字仮名交じり文の一般化を背景に、院政・鎌倉時代以降になると、『太平記』のように「推量ル」と漢語サ変動詞「推量ス」が併存する作品が出てくる。その結果、「おしはかる」と「推量する」が併存するようになり現在に至るのである。漢語「出来」から「いでく」「いできたる」を生じ、院政期の『今昔物語集』で「出来ス」が用いられ、さらに中世に「いでく」の後継として生じた「できる」と「出来（シュッタイ）」が現在に至るまで類義語として併存しているのも、大きくは同様の過程を辿った例であろう（以上、第五章・第八章参照）。

右のような観点で「飽き足る」を見るならば、「不飽足」という漢語表現を元に、万葉歌の中で翻読語「飽き足らず」が生み出された。そのとき和語「足る」の意味は、本来の「十分」の意味から「満足する」の意味に転ずること、つまり漢語の意味の「意味借用」を伴っていた。平安期以降、「飽き足らず」は漢文・変体漢文・和漢混淆文を中心に定着していった。しかし、元になった漢語表現「飽足」は否定表現で固定的に使用されたこともあり、中世以降に漢語サ変動詞「飽足（ホウソク）す」が日本語に定着することはなかった。

翻読語は、漢語を和語に置き換えて日本語的な文章に馴致させた「和語もどきの漢語」であり、読み手には元の漢語を想起させる力がある。理解語彙の域を超え表現語彙として用いられるため、使用範囲は広く、漢文・変体漢文の訓読に用いられる一方、和漢混淆文の作品に多く取り入れられ、さらに和文にも相当浸透している。翻読語は、自作の文章に自由に用いられるため、語形や意味が応用的に用られる場合があるが、この点は、和漢混淆文の指標にしばしば用いられる漢文訓読語でも同様である。訓読語も翻読語と同様、自由に用いられる語彙やその用法はおのずと限定される。和漢混淆文の漢文的要素の指標としては、院政頃までは漢文訓読語と翻読語が大きな位置を占め、中世以降の和漢混淆文になってはじめて漢語サ変動詞が増してくるという和漢混淆文の展開が想定できよう。

翻読語の深淵は、上代の『万葉集』や宣命に遡り、『源氏物語』のような漢文の影響のある和文作品、さらに漢文的な表現に大きく影響を受けた『今昔物語集』『平家物語』など和漢混淆文の作品に多く見出されるという見通しが立てられる。右の作品群における翻読語の使用実態について、以下本書第一部を通して詳しく論じていく。

注

（1）山口（二〇一一）は『万葉集』には「ありがよふ」「あきだる」「ゆきがへる」などの複合動詞の連濁例があり、『図書寮本類聚名義抄』の「未足《イマタアキタラス》」と『観智院本類聚名義抄』の「欠《タラス》」とでは語頭アクセントが異なることから一語化していたとする。一語化の面は、（6）の連濁形など音声変化を伴う例があることとともに、漢文訓読文において翻読語が漢字一字の訓読に用いられる例（「きたる（来）」「おしはかる（推）」「あきだる（足・飽・厭など）」「いでく（出）」等）がある点からも窺える。

（2）李（二〇一四）では、『今昔物語集』の「キタル」を「和漢混淆語」とし、出典からの自由な使用を特徴として指摘している。

（3）表記の面では、『万葉集』で「あく」は「飽」字42例、「厭」字3例で、俗語的な「飽」が多い。「あきだる」も「飽」8例、「猒」1例で同じ傾向である。『万葉集』の用字では、「飽足」が多い理由は、連文の語形を顔師古などの漢文の注釈から学んだ結果であろう。

（4）大浦（一九九九）は作者に「麻呂」とある9・一七二五歌（人麻呂歌集・非略体歌）を人麻呂作と考え、吉野讃歌に先行し吉野川を讃美する歌が人麻呂周辺で形成されつつあったと推定している。『万葉集』全体では吉野讃歌の影響で自然讃美の例が多いが、人麻呂歌集では吉野川を対象とする3例以外は人物（女性）を対象とした5例（「飽き足らず」2例を含む）であり、使用例は人物讃美の方が多い。その中に「見れど飽かぬ人国山の木の葉をば心から懐かしみ思ふ」（7・一三〇五）のように人妻を景物「木の葉」に喩えた例があることを踏まえれば、対象を女性讃美から自然讃美に転化・応用した可能性があろう。なお、「見れど飽かず」を現代語の類推で「見飽きない」と訳す注を見かけるが厳密には誤りである。

（5）『万葉集』の「あきだる」12例の表記と作者は次の通り。人麻呂歌集以外では大伴家持ら第四期の男性宮廷歌人に例が多い。
（飽足）2・二〇四／置始東人、10・二〇〇九／柿本人麻呂歌集、11・二七一九／未詳、12・三二一六／未詳、13・三三二六／未詳、19・四一六六／大伴家持、19・四一七六／大伴家持、19・四一八七／大伴家持
（猒足）10・二〇二二／柿本人麻呂歌集
（仮名書き）5・八三六磯氏法麻呂（阿岐太良）、20・四二九九／大伴村上（阿伎太良）、6・九三一／車持千年（秋足）

（6）大正新脩大蔵経データベース（SAT2015）によると「不飽足」7例「不厭足」95例で、「生已随レ啾、終不二飽足一」（『撰集百縁経』五）、「多起二殺罪一而不二飽足一」（『大宝積経』七九）のように用いる。これらの否定形は、史書・経書・全唐文等の漢籍類からは検出できない。

（7）説話や軍記の例は、「不知足とは財宝に飽き足らぬ心なり。宝に貪る貪欲の深きも多くは妻子を養ふ因縁なれば、源は色欲より発れり」（米沢本『沙石集』四ノ二）のように仏教的「貪欲」の意が含まれる。仏典に「爾時彼天五楽音声在二彼林中一久時遊戯。愛レ火所レ焼。猶不二厭足一。復向二余林一。彼林名為二鳥音声楽一。」（『正法念処経』）等の「〜猶不厭足、復〜」の例も3例見られる。『伊京集』『天正十五年本節用集』に「アキダラズ」、『日葡辞書』に「Aqidaranu, aqidarazu　否定動詞〔否定形〕飽き足ることがない、あるいは、満足しない」と否定形で載せている。

参考文献

大浦誠士（一九九九）「「見れど飽かぬ」考」（『万葉史を問う』美夫君志会）
奥村悦三（一九八五）「和語、訓読語、翻読語」（『萬葉』121）
小島憲之（一九六四）『上代日本文学と中国文学　中』（塙書房）
小島憲之（一九八五）「日本文学における漢語的表現　Ⅳ—その翻読語を中心として—」（『文学』53-4）
小林芳規（一九六七）『平安鎌倉時代に於ける漢籍訓読の国語史的研究』（東京大学出版会）
佐藤武義（二〇〇二）「万葉語「朝＋〜」の考察」（『国語論究　第9集　現代の位相研究』明治書院）

佐藤武義（二〇〇六）「万葉語「霜＋〜」考」（『解釈』52－3・4）
島田修三（一九八五）「〈見れど飽かず〉の考察—その意味と用法をめぐって—」（『美夫君志』31）
築島裕（一九六三）『平安時代における漢文訓読語につきての研究』（東京大学出版会）
土橋寛（一九六五）『古代歌謡と儀礼の研究』（岩波書店）
藤井俊博（二〇一八）「『万葉集』における連文の翻読語—「春さりくれば」「春されば」の解釈におよぶ—」（『人文学』202号）
山口佳紀（二〇一一）『古代日本語史論究』（風間書房）
山本真吾（二〇一五）「『あきだる（飽足）』の史的展開—中世軍記物語における訓点語の受容—」（中山緑朗編『日本語史の研究と資料』明治書院）
山本真吾（二〇一七）「訓点特有語と漢字仮名交じり文—延慶本平家物語の仮名書き訓点特有語をめぐる—」（『訓点語と訓点資料』139）
李長波（二〇一四）「『今昔物語集』の比較文体史的考察—訓点語「来タル」と翻訳話を中心に—」（『類型学研究』4）

【使用した資料】

《訓点資料・古辞書・辞典類》『神田本白氏文集の研究』（勉誠社）、『金沢文庫本白氏文集』（勉誠社）、『九条本文選古訓集』（風間書房）、『宮内庁書陵部蔵本群書治要経部語彙索引』（汲古書院）、『図書寮本類聚名義抄　本文影印　解説索引』（勉誠出版）、『類聚名義抄』（風間書房）、『改訂新版古本節用集六種研究並びに総合索引』（勉誠社）、『訓点語彙集成』（汲古書院）、『古語大鑑』（東京大学出版会）
《漢詩集》『新撰万葉集総索引』（和泉書院）、『菅家文草・菅家後集詩句総索引』（明治書院）、『凌雲集索引』（和泉書院）、『文華秀麗集索引』（和泉書院）、『田氏家集索引』（和泉書院）、『校本本朝麗藻附索引』（汲古書院）、『新撰朗詠集漢字索引』（勉誠社）、『千載佳句漢字索引』（勉誠社）、『和漢朗詠集漢字索引』（勉誠社）
《物語》『大和物語語彙索引』（笠間書院）、『平中物語　本文と索引』（洛文社）、『宇津保物語　本文と索引』（笠間書院）、『夜の寝覚総索引』（明治書院）、『狭衣物語語彙索引』（笠間書院）、『浜松中納言物語総索引』（武蔵野書院）、『落窪物語総索引』（明治書院）、『堤中納言物語　校本及び総索引』（風間書房）、『栄花物語本文と索引』（武蔵野書院）、『今鏡本文及び総索引』（笠間書院）、『水鏡本文及び総索引』（笠間書院）、『増鏡総索引』（明治書院）、『保元物語総索引』（武蔵野書院）、『平治物語総索引』（武蔵野書院）、『延慶本平家物語　索引編』（勉誠社）、『三宝絵詞自立語索引』（笠間書院）、『今昔物語集自立語索引』（笠間書院）、『宇治拾遺物語総索引』（清文堂出版）、『発心集本文・自立語索引』（清文堂出版）、『撰集抄自立語索引』（笠間書院）、『十訓抄本文と索引』（笠間書院）、『古今著聞集総索引』（笠間書院）、『慶長十年古活字本沙石集索引編』（勉誠社）、『邦訳日葡辞書』（岩波書店）、なお、『伊勢物語』『竹取物語』『源氏物語』『大鏡』『平家物語』の数値は『日本古典対照分類語彙表』（笠間書院）による。

作り物語								歌物語			
堤中	落窪	浜松	狭衣	寝覚	源氏	宇津	竹取	平中	大和	伊勢	
4	27	29	20	19	129	96	4	3	9	6	いでく
2	6	13	14	16	94	1	0	0	0	0	おしはかる
0	1	0	0	0	0	9	2	0	0	0	きたる
0	0	3	3	4	11	1	0	0	0	2	すぎゆく
0	0	0	0	0	0	0	0	0	0	0	をめきさけぶ
0	0	1	0	0	0	1	0	0	0	0	なきかなしむ
0	1	1	5	13	19	2	0	0	0	0	うけひく
0	0	0	0	0	0	0	0	0	0	0	せめたたかふ
0	4	0	0	0	10	2	0	0	0	0	うつぶしふす
0	2	2	3	0	8	2	1	0	0	0	きえうす
0	0	0	0	0	0	0	0	0	0	0	あきだる
0	0	0	0	0	2	0	0	0	0	0	のこりとどまる
0	0	0	1	0	5	0	0	0	0	0	あひしらふ
0	0	0	0	0	0	0	0	0	0	0	からめとる
0	0	0	0	0	6	0	0	0	0	0	あへしらふ
0	0	2	0	0	0	0	0	0	0	0	なげきかなしむ
0	0	0	0	0	1	0	1	0	0	1	にげさる
0	0	0	0	0	0	0	0	0	0	0	おちくだる
0	1	0	0	0	2	0	1	0	0	0	おいおとろふ
0	0	0	0	0	0	0	0	0	0	0	おそれをののく
0	0	3	0	1	3	0	0	0	0	0	おどろきさわぐ
1	0	0	0	2	2	0	0	0	0	1	ちりみだる
0	0	0	0	0	2	0	0	0	0	0	あそびたはぶる
0	0	0	0	0	0	0	0	0	1	0	おぢおそる
0	0	0	2	0	1	3	0	0	0	1	しにいる
0	0	2	0	1	2	5	0	0	0	0	たづねとふ
0	1	2	0	0	3	6	0	0	0	0	にげかくる
0	0	0	0	0	1	2	0	0	0	0	うばひとる
0	0	1	2	0	4	1	0	0	0	0	おこなひつとむ
0	0	0	0	0	0	0	0	0	0	0	おりくだる
0	0	0	1	0	3	5	0	0	0	0	こひかなしむ
0	0	0	0	0	0	0	0	0	0	0	せいしとどむ
0	0	0	0	0	0	0	0	0	0	0	にげのく
0	0	0	0	0	0	3	0	0	0	0	あきみつ
0	0	0	0	0	1	2	0	0	0	0	いたりつく
0	0	0	1	1	4	0	0	0	0	0	いとひはなる
1	1	1	0	0	0	2	0	3	2	0	いひかたらふ
0	0	0	0	0	2	0	0	0	0	0	うつりかはる
0	1	1	0	0	0	1	0	0	0	0	たづねもとむ
0	0	1	0	0	0	6	1	0	0	0	てりかがやく
0	0	1	0	0	1	0	0	0	0	0	とひたづぬ
0	0	0	0	0	1	0	0	0	0	0	とりおこなふ

（別表）同義的結合の複合動詞

説話物語								軍記物語			歴史物語				
沙石	著聞	十訓	撰集	発心	宇治	今昔	三宝	平家	平治	保元	増鏡	水鏡	今鏡	大鏡	栄花
17	20	27	9	5	96	194	0	73	4	8	30	22	26	22	87
1	5	3	0	5	3	19	1	19	0	1	16	3	3	5	58
64	88	10	30	41	59	1467	102	59	16	6	1	13	0	0	7
0	0	1	4	2	4	5	0	3	1	0	2	0	0	0	9
2	0	2	0	1	0	0	0	30	0	4	0	0	0	0	0
4	2	1	1	5	7	145	5	12	4	2	0	7	0	0	0
0	0	0	0	2	0	6	0	0	0	0	1	1	0	0	1
0	1	1	0	0	0	1	0	18	3	3	0	0	0	0	0
0	0	0	0	0	4	14	0	0	0	0	0	0	0	0	1
0	5	0	0	1	0	3	5	3	0	0	0	0	0	0	0
4	0	0	1	0	0	0	0	2	0	0	0	0	0	0	0
0	0	0	2	0	0	5	0	12	0	3	0	0	0	0	0
0	3	1	0	3	0	0	0	6	1	0	0	0	0	0	0
2	7	2	0	0	1	1	0	11	0	6	2	0	0	0	0
0	0	0	0	0	0	0	0	0	0	0	0	0	1	0	0
2	1	0	2	4	0	112	0	9	0	1	0	3	0	0	0
3	3	1	3	1	3	42	0	5	0	3	0	2	0	1	0
1	1	0	0	0	0	1	0	8	0	0	1	0	0	0	0
0	0	0	0	0	0	0	2	2	2	0	0	0	0	0	0
1	4	0	0	4	0	0	1	6	0	2	0	0	0	0	0
2	3	1	1	2	0	32	0	3	0	0	3	3	0	1	0
0	0	0	1	0	0	0	0	0	0	0	0	0	0	0	0
7	0	0	0	0	0	8	1	4	0	0	0	0	0	0	0
0	1	0	1	1	2	59	0	4	0	2	0	9	0	0	0
0	1	0	0	0	4	13	0	0	0	0	0	1	0	0	0
0	0	0	0	2	2	12	1	1	0	1	1	0	0	0	1
1	1	0	0	0	0	5	1	2	0	0	0	0	0	0	0
0	4	0	0	0	0	33	1	4	2	0	0	1	1	0	0
0	0	0	0	1	0	0	4	0	0	0	0	0	0	1	1
0	2	0	1	0	1	0	1	4	0	0	0	1	0	0	0
0	0	1	1	0	0	50	2	2	0	0	0	0	0	0	1
0	0	0	0	0	4	0	0	1	0	0	0	0	0	0	0
0	1	1	0	0	5	0	0	0	0	0	0	0	0	0	0
0	0	1	0	0	2	9	0	1	0	0	0	0	0	0	0
0	0	0	1	3	0	6	1	0	0	0	0	0	0	0	0
0	0	0	0	0	0	0	4	0	0	0	0	0	0	0	0
0	0	0	0	0	1	2	0	0	0	0	0	0	0	2	0
0	0	0	0	0	0	0	0	0	0	0	2	0	0	0	0
0	1	1	1	6	3	22	3	1	0	2	0	0	0	0	0
0	0	0	0	0	0	3	1	3	0	0	0	0	0	0	3
0	0	0	0	0	1	2	0	0	0	0	0	0	0	1	0
0	0	0	1	0	0	1	3	2	4	5	1	0	1	0	3

作り物語								歌物語			
堤中	落窪	浜松	狭衣	寝覚	源氏	宇津	竹取	平中	大和	伊勢	
0	0	0	0	0	4	0	0	0	0	0	のこりとまる
0	0	0	0	0	0	0	0	0	0	0	のぼりあがる
0	0	0	0	0	0	0	0	0	0	0	ひきのく
0	0	0	0	0	3	0	0	0	0	0	あがめかしづく
0	0	1	5	1	0	0	0	0	0	0	あらはれいづ
0	0	0	0	0	1	1	0	0	0	0	うれへなげく
0	0	0	0	0	0	0	0	0	0	0	おこしたつ
0	0	0	0	1	3	0	0	0	0	0	おぢはばかる
0	0	3	1	2	2	0	0	0	0	0	おもひねんず
0	0	0	0	0	0	0	0	0	0	0	とびかける
0	0	0	0	0	0	0	0	0	0	0	まひをどる
0	0	0	0	0	0	0	0	0	0	0	ほろびうす
0	0	0	0	0	0	0	0	0	0	0	あがめうやまふ
0	0	0	0	0	0	1	0	0	0	0	あそびありく
0	0	0	0	0	0	0	0	0	0	0	あひあたる
0	0	0	0	0	2	0	0	0	0	0	あらはれいでく
0	0	0	0	0	2	0	0	0	0	0	いたはりかしづく
0	0	0	0	0	0	0	0	0	0	0	うけたもつ
0	0	0	0	0	0	0	0	0	0	0	うちたひらぐ
0	0	0	0	0	0	0	0	0	0	0	うづくまりゐる
0	0	0	0	0	0	0	0	0	0	0	おきたつ
0	0	0	0	0	0	0	0	0	0	0	おひはなつ
0	0	0	1	0	2	1	0	0	0	0	かくれしのぶ
0	0	0	0	0	1	0	0	0	0	0	かへりさる
0	0	0	0	0	0	0	0	0	0	0	こえふとる
0	0	0	0	0	0	0	0	0	0	0	こぼれやぶる
0	0	0	0	0	0	0	0	0	0	0	さきわかつ
0	0	0	0	0	0	0	0	0	0	0	せきふさがる
0	0	0	0	0	0	0	0	0	0	0	たへしのぶ
0	0	0	0	0	0	0	0	0	0	0	とらへからむ
0	0	0	0	0	2	0	0	0	0	0	なでかしづく
0	0	0	0	0	2	0	0	0	0	0	ならひまねぶ
0	0	0	0	0	0	0	0	0	0	0	なりとよむ
0	0	0	0	0	1	0	0	0	0	0	ぬすみとる
0	0	0	0	1	0	3	0	0	0	0	はききよむ
0	0	0	0	0	0	0	0	0	0	0	はきのごふ
0	0	0	0	0	1	1	0	0	0	0	はなちやる
0	0	1	2	1	1	2	0	0	0	0	ひかりかがやく
0	0	0	0	0	0	0	0	0	0	0	にくみいやしむ
0	0	1	0	0	2	0	0	0	0	0	やせほそる
8	45	69	61	63	346	159	10	6	12	11	合計（延語数）
4	10	19	14	13	40	25	6	2	3	5	項目数（異語数）

（続き）

説話物語								軍記物語			歴史物語				
沙石	著聞	十訓	撰集	発心	宇治	今昔	三宝	平家	平治	保元	増鏡	水鏡	今鏡	大鏡	栄花
0	0	0	0	0	0	0	0	0	0	0	0	0	0	0	0
0	0	0	0	0	0	0	0	4	0	0	0	0	0	0	0
1	3	0	2	0	1	2	0	3	1	4	0	0	0	0	2
0	0	0	0	0	0	0	0	0	0	0	0	0	0	0	0
0	1	0	1	0	1	0	0	1	0	0	0	0	0	1	0
1	0	0	0	0	0	4	0	0	0	0	0	1	0	0	0
0	0	0	0	0	1	2	0	1	0	0	0	0	1	0	0
0	0	0	0	0	0	0	0	0	0	0	0	0	0	0	0
0	1	0	0	0	1	7	0	0	0	0	0	0	0	0	1
0	0	0	0	0	0	2	0	0	0	0	0	0	0	0	0
3	0	0	0	0	0	0	0	3	0	0	0	0	0	0	0
3	1	1	0	4	0	0	0	3	0	1	0	1	0	0	0
0	0	0	0	0	0	2	0	2	0	0	0	0	0	0	0
0	0	0	0	0	0	11	1	0	0	0	0	0	0	0	0
0	1	0	2	0	0	1	0	2	0	0	0	0	0	0	0
0	0	0	0	0	0	0	0	0	0	0	0	0	0	0	0
0	0	0	0	0	0	0	1	0	0	0	0	0	0	0	0
0	0	0	0	0	0	13	1	1	0	0	0	0	0	0	0
0	0	0	0	0	0	0	1	2	0	0	0	2	0	0	0
0	0	1	0	0	2	2	0	0	0	0	0	0	0	0	0
0	0	0	0	0	1	1	0	0	0	0	0	0	0	0	0
0	0	1	0	0	2	1	0	1	0	0	0	0	0	0	0
0	0	0	1	0	0	0	1	0	0	0	0	0	0	0	0
0	0	1	1	1	0	6	2	1	0	0	0	0	0	0	0
0	1	0	0	0	2	0	0	0	0	0	0	0	0	0	0
0	0	0	0	0	2	0	0	0	0	0	0	0	0	0	0
0	0	0	0	0	1	0	0	0	0	0	0	0	0	0	0
0	0	0	0	0	0	0	0	2	0	0	0	0	0	0	0
3	2	2	0	6	0	0	0	1	0	0	0	0	0	0	0
0	0	0	0	0	1	1	0	1	0	0	0	0	0	0	0
0	0	0	0	0	0	0	0	0	0	0	0	0	0	0	1
0	0	0	0	0	0	0	0	0	0	0	0	0	0	0	0
0	0	0	0	1	0	0	0	1	0	0	0	0	0	0	0
0	0	0	0	0	0	16	1	0	0	0	0	0	0	0	0
0	0	0	0	0	1	1	0	0	0	0	0	0	0	0	0
0	0	0	0	0	0	0	0	0	0	0	0	0	1	0	0
0	0	2	0	0	0	1	0	1	0	0	0	0	0	0	0
0	0	1	0	0	0	7	0	0	0	0	0	1	0	0	0
0	0	0	0	0	2	0	0	0	0	0	0	0	0	0	0
0	1	0	0	0	0	0	0	0	0	0	0	0	0	0	1
122	165	63	67	101	220	2352	147	340	38	54	60	71	34	34	177
19	28	22	21	22	31	47	25	47	10	17	11	16	7	8	15

第二章　『万葉集』における連文の翻読語

――「春さりくれば」から「春されば」へ――

一　はじめに

古代日本の文章において漢語は、字音語として摂取されるとともに、和語による日本語表現に多くの影響を与えた。漢語の直訳による影響として、和語の新たな語形である「翻読語」が生み出されることが挙げられる。翻読語では、意味の面で漢語の字義が和語の意味に影響し、いわゆる「意味借用」を伴う場合もある。

翻読語は、奥村（一九八五）が、いわゆる漢文訓読語とは異なり、「『漢文の構成の形のまま、国語に直訳し出したる』、『元来本邦には存せざりし語又は語法』のことを、それが必ずしも『漢文の訓読の為に按出せられしもの』とは言えず、翻訳を契機として、外国の―具体的に言えば中国の―未知の事物を表すために借用された表現形式」とするものである。言い換えるならば、自作の文章表現のために案出された漢語由来の語であると言えよう。『万葉集』では、中国の六朝時代の漢詩文の語彙の影響を受けて、その表現においても漢語を基盤にした翻読語が数多く指摘されている。この面の日本語学の研究としては、佐藤武義（佐藤は「翻訳語」と称する）の一連の研究があり、「大海」「大舟」「故郷」「白雲」「人妻」などのようなの複合名詞や、「霜降」「日暮」「夕暮」などのような「名詞＋動詞」型の複合動詞を数多く取り上げて検討している（参考文献を参照）。和歌の場合、名詞が意味内容の基盤となるため、自然を詠うことが多い万葉歌の特徴を作る季節・時間・色彩・気候などに関する複合名詞を取り上げることは有効である。佐藤（二〇〇六）では、一連の研究を通して、『万葉集』の複合語の場合、中国の漢詩語・漢籍語と対応を前提に検討すべきであるとまで述べている。

佐藤の取り上げた「名詞＋動詞」型の複合動詞以外に、『万葉集』では、「動詞＋動詞」型の複合動詞がある。この場合、二つの動詞が同義的になる場合には漢語との関係が想定される例が多い。漢語には同義的結合の「連文」が多く、これを直訳した語彙が多く用いられるのである。連文とは、「熟語ノ一種デアツテ、一義ヲ通有セル二箇、又ハ稀ニ二箇以上ノ文字ガ、其ノ一義ヲ紐帯トシテ結合スルトキ、其ノ結合語ガ乃チ連文デアル」（湯浅廉孫『漢文解釈に於ける連文の利用』朋友書店）とされるものである。日本語の「動詞＋動詞」の複合動詞の中でも前項と後項が同義的なものは連文の漢語に由来する語が多くを占めており、散文系統の文献では和漢混淆文の特徴語にもなる。この場合、前項と後項の和語での語義ではなく、漢字での語義が同義的であることがその指標になる。すなわち、漢字の訓詁として「A、B也」とあり、「AB」という熟語が存在し、それを直訳したものが典型である。例えば、「来、至也」の訓詁があり、「来至」の熟語によって、「き・いたる（きたる）」の複合動詞が作られるような場合である。意味の面では「飽足」「厭足」による「あきだる」の「足る」の意味が「十分にある」から「足」字の字義の影響から「満足する」のような精神的意味になる場合のように「意味借用」を伴う場合がある。これによって動詞の翻読語の場合、和語本来の意味と異なる意味で用いる場合も見られる。

本章では、『万葉集』の翻読語として、連文の訓読による複合動詞や反義的結合の複合動詞を取り上げ、もとになった漢語との関連を検討する。次に候補となる語を『日本古典対照分類語彙表』（笠間書院　古典索引刊行会『万葉集索引』塙書房による）により検出し、同義的結合・類義的結合・反義的結合・同語反復に分けて挙げる。★は『大漢和辞典』に漢字表記が立項されていることを示し、数字は語彙表によって『万葉集』における例数を示したものであり、例数の多い順に挙げた。なお、類義的結合は同義的結合の類推で生じたと思われる例で、同語反復は連文を同訓の反復で訳した可能性のある例である。ここでは参考に挙げたが、具体的な検討は行わない。

【同義的結合】

きたる〈きいたる〉（★来至・18）いでく（★出来・13）あきだる（★飽足★厭足・12）ときさく（★解放・10）すぎゆく（★過去・8）へゆく（★経行・4）ささぐ〈さしあぐ〉（★指挙・3）あそびあるく（★遊行・2）とびかける（★飛翔・2）あらひすすぐ（★洗濯・1）うつろひかはる（★遷易・1）おきたつ（★起立・1）かよひゆく（★通行・1）きえうす（★消亡・1）けうす（★消亡・1）しぼみかる（★凋枯・1）ちりみだる（★散乱・1）はききよむ（★掃清・1）めしつどふ（★召集・1）

【類義的結合】

とりもつ（取持・25）こひのむ（乞祈・6）まきぬ（枕寝・6）なきとよむ（鳴響・5）うゑおほす（殖生・2）さりゆく（去行・2）あへかつ（堪難・1）あれきたる（★生来・1）うまれいづ（★生出・1）かへりまかる（帰罷・1）こえすぐ（越過・1）こえへなる（越隔・1）さわきなく（騒鳴・1）すゑおく（据置・2）つらなむ（連並・1）なきとよもす（鳴響・1）なびきこいふす（靡伏・1）なりいづ（成出・1）ぬれひつ（濡漬・2）はきそふ（佩副・1）まくらきぬ（枕寝・1）ゆきかよふ（行通・1）ゆきとほる（行通・1）

【反義的結合】

さりく（★去来・12）ゆきかへる（★往還・6）ゆきがへる（往還・4）ゆきく（★往来・2）いゆきかへらふ（★往還・1）いゆきかへる（★往還・1）おきゐる（★起居・2）きさる〈きゆく〉（★来去・1）ねざむ（寝覚・1）

【同語反復】

こひこふ（★恋恋・3）すみすむ（★住居・2）たちたつ（★起立・2）いつぎいつぐ（★継続・1）ゆきゆく（★行行・1）よそひよそふ（★荘厳・1）

次にひめまつの会『八代集総索引　和歌自立語篇』（大学堂書店）を使用し、八代集に見られるか否かで右の語を分類すると、同義的結合の動詞は後代の八代集に引き継がれない独自性のある語が多く含まれていることがわかる。

（八代集に見られない例）

【同義的結合】きたる〈きいたる〉・いでく・あきだる・ときさく・へゆく・ささぐ〈さしあぐ〉・あそびあるく・ゆきくく・あらひすすぐ・うつろひかはる・おきたつ・かよひゆく・きえうす（けうす）・こえへなる・しぼみかれ（ゆく）・めしつどふ

【反義的結合】さりく・ゆきく・いゆきかへらふ・いゆきかへる

【同語反復】すみすむ・たちたつ・いつぎいつぐ・よそひよそふ

（八代集にも見られる例）

すぎゆく・ゆきかへる・とびかける・ちりみだる・はききよむ

平安時代以降、主に散文で用いる「きたる」「いでく」をはじめ八代集には見られない語が『万葉集』に多いことは注意される。これらは後代の和歌に比べ漢詩漢文の影響をより多く受けた『万葉集』の特徴を示唆するであろう。

二　翻読語と漢語の検討

二・一　翻読語（同義的結合の複合動詞）と漢語

次に、同義的結合の複合動詞の19例について取り上げ、これらが翻読語である可能性と、どのような漢語が影響したかを推定する。漢語の検索は、『万葉集』に影響を与えた可能性のある『先秦漢魏晉南北朝詩』や『文選』『玉台新詠』の用例を中心に取り上げる。参考として韻文の『全唐詩』や、散文の『史記』『漢書』『後漢書』の三史の用例を中心として「二十五史」の例を検索した（用例の検索と引用は、『万葉集』（塙書房CD-ROM版）、小尾郊一・高志眞夫編『玉台新詠索引』（山本書店）を用い、その他は凱希メディアサービスのCD-ROM版によっている）。

(1) きたる〈きいたる〉（来至）　18例（「せめよりきたる」「ながらへきたる」を含め20例）

最も例の多い「きたる」は「来至」の翻読語「き・いたる」の縮約形と考えられるため、同義的結合の複合動詞の典型例として扱う。「きたる」は「来」の訓詁として「来、至也」（『爾雅』釈詁）とあり「来至」の翻読語として成立した語と思われ、漢籍仏典類の用例は多数見られる。「きたる」は平安時代には漢文訓読語として多用され和漢混淆文でも多用されるが、和歌においては八代集には見えず、『万葉集』における特徴語となっている。

○春過ぎて　夏来る（来）らし　白たへの　衣干したり　天の香具山　（1・二八）持統天皇

○思ふまで〈諸人の〉　聞きの恐く〈見惑ふまでに〉　引き放つ　矢の繁けく　大雪の〈あられなす〉　乱れて来れ（来礼）〈そちより来れば〉　まつろはず　立ち向かひしも　露霜の〈朝霜の〉　消なば消ぬべく〈消なば消と言ふに〉　（2・一九九）柿本人麻呂

○佐保川の　岸のつかさの　柴な刈りそね　ありつつも　春し来ら（来）ば　立ち隠るがね　（4・五二九）坂上郎女

○瓜食めば　子ども思ほゆ　栗食めば　まして偲はゆ　いづくより　来り（枳多利）しものそ　まなかひに　もとなかかりて　安眠しなさぬ　（5・八〇二）山上憶良

○取り続き　追ひ来るものは　百種に　迫め寄り来たる（伎多流）〈中略〉　いつの間か　霜の降りけむ　紅の

面の上に　いづくゆか　皺が来り（伎多利）し　ますらをの　男さびすと　剣大刀　腰に取り佩き
（5・八〇四）山上憶良

○正月立ち　春の来ら（吉多良）ば　かくしこそ　梅を招きつつ　楽しき終へめ
（5・八一五）紀男人

○年のはに　春の来ら（伎多良）ば　かくしこそ　梅をかざして　楽しく飲まめ
（5・八三三）野氏宿奈麻呂

○梅の花　今盛りなり　百鳥の　声の恋しき　春来る（岐多流）らし
（5・八三四）田氏肥人

○この月の　ここに来れ（来）ば　今とかも　妹が出で立ち　待ちつつあるらむ
（7・一〇七八）作者未詳

○うちなびく　春来る（来）らし　山のまの　遠き木末の　咲き行く見れば
（8・一四二二）尾張連

○冬過ぎて　春来る（来）らし　朝日さす　春日の山に　霞たなびく
（10・一八四四）作者未詳

○冬過ぎて　春し来れ（来）ば　年月は　新たなれども　人は古りゆく
（10・一八八四）作者未詳

○我が待ちし　秋は来り（来）ぬ　妹と我と　何事あれそ　紐解かざらむ
（10・二〇三六）作者未詳

○我が待ちし　秋は来り（来）ぬ　然れども　萩の花そも　いまだ咲かずける
（10・二一二三）作者未詳

○こもりくの　泊瀬の国に　さよばひに　我が来れ（来）ば　たな曇り　雪は降り来　さ曇り　雨は降り来
（13・三三一〇）作者未詳

○帰りける人来れ（伎多礼）りといひしかばほとほと死にき君かと思ひて
（15・三七七二）狭野弟上娘子

○み冬継ぎ　春は来れ（吉多礼）ど　梅の花　君にしあらねば　招く人もなし
（17・三九〇一）大伴書持

○天地の　遠き始めよ　世の中は　常無きものと　語り継ぎ　ながらへ来れ（伎多礼）
（19・四一六〇）大伴家持

○父母が　殿の後の　ももよ草　百代いでませ　我が来る（伎多流）まで
（20・四三二六）生玉部足国

訓字表記は10例あり、「来」「来礼」などで表記されている。「至る」にあたる部分は原則的には表記されず「来」で表記されるが、「春」「秋」「夏」の到来を表す例が多い。「く（来）」との差は「（一年をめぐって）ここに来ている」という語感を含む点にあると思われる。とりわけ例の多い春・秋の到来の例は、『万葉集』に影響を与えた漢詩に見える漢語「春来」「秋来」「夏来」等の影響による翻読表現と考えられる。

○春来無時豫、秋至恆早寒　（『文選』巻二十一　顔延年「秋胡詩」）

○歳去氷未已、春来雁不㆑還　（宋詩　謝荘「懐園引」）

○春来遍是桃花水　（王維「桃源行」）

○秋来冬及、節變歳移　（晉詩　曹攄「答趙景猷詩」）

○秋来懼㆓寒勁㆒、歳去畏㆓氷堅㆒　（梁詩　裴憲伯「朱鷺」）

○唯有㆓河辺雁㆒、秋来南向飛　（北周詩　庾信「重別周尚書詩二首」）

○翩翩堂前燕、冬蔵夏来見　（漢詩　瑟調曲「豔歌行」）

「きたる」は、平安時代以降に漢文訓読語として残る語であるが、上代における使用については築島（一九六三）小林（一九六七）に論があり、語源が「来・至る」であること（築島）、この語が使用された和歌（仮名書き例）は、旅人・憶良・家持・狭野弟上娘子ら特定人か旅人周辺の官人の作で漢文訓読語を使用しやすい人の作に限られることが指摘されている。ただ、訓字表記の例も含めると第二期の持統天皇や作者未詳で必ずしも漢文訓読に馴染んだ人の作と断定できない歌も多く、上代においても時代が進むごとに使用層が広がっていた可能性がある。これらは上代では漢文訓読によって固定化した語というより、漢語「来至」の翻読語として広く浸透していた可能性があるであろう。表現の面では季節の到来（「春」9例、「秋」2例、「夏」1例）を表す例が多く、とりわけ「春きたる」は、次節で述べる「春さりく（去来）」とともに、春の到来を翻読語によって彩ろうとしたことを示すものと推測される。

もとになった漢語「来至」は、『玉台新詠』になく、『先秦漢魏晉南北朝詩』の漢詩の1例や、『文選』の1例

（『六臣注文選』の注にも7例）が見られる他、『全唐詩』には8例が見えるにとどまる。

○王旅薄伐。伝レ首来二至京師一。古之為レ国。　（宋詩　何承天「巫山高篇」）

○整及母并奴婢等六人来二至范屋中一、高声大罵。　（『文選』巻四十　任彦昇「奏弾劉整」）

一方、『史記』5例、『漢書』10例、『後漢書』3例など比較的例が多く、大正新脩大蔵経データベース（SAT 2018）で検索すると六千を超える例のある仏典の影響も含め、広く散文系統の漢語から摂取した翻読語と考えられる。

(2) いでく（出来）　13例

○倉橋の　山を高みか　夜隠りに　出で来る（出来）月の　光乏しき　（3・二九〇）間人大浦

○雨隠る　三笠の山を　高みかも　月の出で来（出来）ぬ　夜はふけにつつ　（6・九八〇）安倍虫麻呂

○猟高の　高円山を　高みかも　出で来る（出来）月の　遅く照るらむ　（6・九八一）安倍虫麻呂

○妹があたり　我は袖振らむ　木の間より　出で来る（出来）月に　雲なたなびき　（7・一〇八五）作者未詳

○倉椅の　山を高みか　夜隠りに　出で来る（出来）月の　片待ち難き　（9・一七六三）沙弥女王

○さ夜ふけば　出で来む（出来）月を　高山の　峰の白雲　隠してむかも　（10・二三三二）作者未詳

○奥山の　真木の板戸を　押し開き　しゑや出で来（出来）ね　後は何せむ　（11・二五一九）作者未詳

○高山ゆ　出で来る（出来）水の　岩に触れ　砕けてそ思ふ　妹に逢はぬ夜は　（11・二七一六）作者未詳

○かくだにも　妹を待ちなむ　さ夜ふけて　出で来（出来）し月の　傾くまでに　（11・二八二〇）作者未詳

○逢ふよしの　出で来る（出来）までは　畳み薦　隔て編む数　夢にし見えむ　（12・二九九五）作者未詳

○汝が母に　こられ我は行く　青雲の　出で来（伊弖来）我妹子　相見て行かむ　（14・三五一九）東歌

○隠りのみ　恋ふれば苦し　山の端ゆ　出で来る（出来）月の　顕さばいかに　（16・三八〇三）作者未詳

○大君の　命恐み　出で来れ（伊弖久礼）ば　我ぬ取り付きて　言ひし児なはも　（20・四三五八）物部龍

訓字表記は11例で、いずれも「出来」で表記され、漢語「出来」との関係が想定される。

「出」は「出、見也」（『広韻』）の訓詁を持ち熟語としては「出現」があるが、「来」も「来現」があり、多く使用される。『万葉集』では月などが現れる意味で13例を見る。作者未詳が多いが阿倍虫麻呂のような宮廷歌人の用例もある。「出来」の意味は、『大漢和辞典』に「出て来る」とあるように隠れていたものが（外へ・見えるところへ）出て来る」意味である。『万葉集』に多い月の例は「月が（山陰などから）出て来る」意味であり、「出る」に焦点がある。『万葉集』に影響が想定される中国漢詩では、「月出」が『文選』3例『先秦漢魏晋南北朝詩』17例があり、『万葉集』と同様に、擬人的に山から出て来る月として「月出」の形で表現された例も見られる。

○白日淪二西河一　素月出二東嶺一　（晋詩　雑詩十二首『先秦漢魏晋南北朝詩』）

○朗月出二東山一　照二我綺窓前一　（宋詩　代朗月行『先秦漢魏晋南北朝詩』）

築島裕『訓点語彙集成』によると、「出」が「イデク」と訓読される例（『法華文句』（平安後期点）『大毘盧遮那経疏』（寛治七年・嘉保元年）など）も見られることを踏まえると、「月いでく」という表現は、これらの漢詩に発想を得て作られた可能性が指摘できるであろう。「いでく」のもとになったと思われる漢語「出来」は、漢詩文では『先秦漢魏晋南北朝詩』『玉台新詠』『文選』には見えないが、『全唐詩』には次例をはじめ27例が見える。

○樵客出来山帯レ雨　漁舟過去水生レ風。　（『全唐詩』劉威「遊東湖黄処士園林」）

○可レ惜今朝山景好　強能騎馬出来無　（『全唐詩』白居易「絶句代書贈銭員外」）

散文系統の漢籍でも『文淵閣四庫全書』で3913例（史書では『晋書』1例、『宋書』1例、『魏書』1例、『北齊書』1例、『北史』1例など「二十五史」で12例が見られる）、仏典類でも大正新脩大蔵経データベース（SAT2018）では1262例が検出され数多くの例が見られる。「いでく」が万葉歌に多く見られる一方、後の八代集に見られず、和文や和漢混淆文などの散文で広く用いられる点は、「きたる」と共通した傾向である。「きたる」「いでく」は「来至」「出来」が漢文（特に仏典）に例が多い語であるため、万葉歌の中では翻読語と意識されつつ利用されたが、平安以降では和歌的な表現としては避けられ、散文系統の和文に導入されていったのではなかろうか。『万葉集』が散文も含めた漢文の知識を元に翻読語を作り出していることは本節で扱う他の語にも見られる傾向であり、『万葉集』における造語の一方法として注目すべき点である。

(3) あきだる（飽足・厭足）12例

○昼はも　日のことごと　夜はも　夜のことごと　臥し居嘆けど　飽き足ら（飽足）ぬかも
（2・二〇四）置始東人

○梅の花　手折りかざして　遊べども　飽き足ら（阿岐太良）ぬ日は　今日にしありけり
（5・八三六）磯部法麻呂

○辺つ波の　いやしくしくに　月に異に　日に日に見とも　今のみに　飽き足ら（秋足）めやも　白波の　い咲き巡れる　住吉の浜
（6・九三一）車持千年

○汝が恋ふる　妹の命は　飽き足ら（飽足）に　袖振る見えつ　雲隠るまで
（10・二〇〇九）柿本人麻呂歌集

○相見らく　飽き足ら（猒足）ねども　いなのめの　明けさりにけり　舟出せむ妻
（10・二〇二二）柿本人麻呂歌集

○隠り沼の　下に恋ふれば　飽き足ら（飽足）ず　人に語りつ　忌むべきものを
（11・二七一九）作者未詳

○草枕　旅行く君を　荒津まで　送りそ来ぬる　飽き足ら（飽足）ねこそ
（12・三二一六）作者未詳

○磨ぎし心を　天雲に　思ひはぶらし　臥いまろび　ひづち泣けども　飽き足ら（飽足）ぬかも
（13・三三二六）作者未詳

○夜はすがらに　暁の　月に向かひて　行き帰り　鳴きとよむれど　なにか飽き足ら（飽足）む

（19・四一六六）大伴家持

○我が門ゆ　鳴き過ぎ渡る　ほととぎす　いやなつかしく　聞けど飽き足ら（飽足）ず（19・四一七六）大伴家持

○浜清く　白波騒き　しくしくに　恋は増されど　今日のみに　飽き足ら（飽足）めやも　かくしこそ　いや年のはに　春花の　繁き盛りに　秋の葉の（19・四一八七）大伴家持

○年月は　新た新たに　相見れど　我が思ふ君は　飽き足ら（安伎太良）ぬかも（20・四二九九）大伴村上

訓字表記は9例で、8例は「飽足」、1例は「猒足」で、他に「秋足」1例もある。仮名書き例に連濁が見え一語化していることが窺える。「あきだる」も『万葉集』に例が多く用いられたが、平安以降では八代集など和歌の世界では踏襲されず、和漢混淆文などの散文において踏襲された語である。作者としては、『万葉集』では柿本人麻呂歌集に2例ある他、大伴家持3例などをはじめ官人の歌に例が多い。『万葉集』の訓字に反映しているように「あきだる」は漢語「厭足」「飽足」によると考えられる。「厭」「飽」「足」の三字は『説文解字』に「厭、飽也、足也」「飽、厭也」とある同義的な文字で「満ち足りる」意味である。『類聚名義抄』には「饜」「飽」「足」の訓に「アキタル」「アク」の訓も見られる。「厭足」に比べ「飽足」は口語的で「厭、飽足也」（『漢書』『資治通鑑』の顔師古注）のような注釈の例が見られる。散文の漢文では『史記』の「不知厭足」、『漢書』の「無厭足」、『後漢書』の「不知厭足」の例がある。韻文では『先秦漢魏晉南北朝詩』では隋詩に「厭足」の1例があり、『全唐詩』にも「厭足」2例、「飽足」1例が見られる（『文選』『玉台新詠』に例はない）。次の『六臣注文選』に見える「不厭」の例は、「不知厭足」と注が付されていることから、「不厭」を「あきだらず」と訓読し得る例である。このような例が『万葉集』の「飽き足らず」を生み出す契機になったと考えられる（本書第一章）。

○衆皆競進以貪婪兮、憑不㆑猒㆓求索㆒（『文選』巻三十二　屈平「離騒経」、六臣注に「翰曰……雖㆑満不㆑知㆓猒足㆒」とあり、寛文本では「ミチテアキタラ（ズ）」と訓読されている）

また、次の隋詩（丁六娘）の「無厭足」の例は、人物を見てなお満足しない意味で、柿本人麻呂歌集の「見らく飽き足らね」に直接に影響したと思われる例である（本書第一章）。

○相見らく　飽き足らね（猒足）ねども　いなのめの　明けさりにけり　舟出せむ君　（10・二〇二二）

○偏憎良夜促。曼眼腕中嬌。相看無二厭足一。（隋詩　丁六娘「十索四首」）

(4) ときさく（解放）10例

○臣の女の　くしげに乗れる　鏡なす　三津の浜辺に　さにつらふ　紐解き放け（開離）ず　我妹子に　恋ひつつ居れば　明け闇の　朝霧隠り　鳴く鶴の　（4・五〇九）丹比笠麻呂

○難波津に　み船泊てぬと　聞こえ来ば　紐解き放け（佐気弖）て　立ち走りせむ　（5・八九六）山上憶良

○高麗錦　紐の結びも　解き放け（解放）ず　斎ひて待てど　験なきかも　（12・二九七五）作者未詳

○旅の夜の　久しくなれば　さにつらふ　紐解き放け（開離）ず　恋ふるこのころ　（12・三一四四）作者未詳

○高麗錦　紐解き放け（登伎佐気）て　寝るが上に　あどせろとかも　あやにかなしき　（14・三四六五）作者未詳

○かくのみや　我が恋ひ居らむ　ぬばたまの　夜の紐だに　解き放け（登吉佐気）ずして　（17・三九三八）平群女郎

○天離る　鄙にある我を　うたがたも　紐解き放け（登吉佐気）て　思ほすらめや　（17・三九四九）大伴池主

○家にして　結ひてし紐を　解き放け（登吉佐気）ず　思ふ心を　誰か知らむも　（17・三九五〇）大伴家持

○もののふの　八十伴の緒の　島山に　赤る橘　うずに刺し　紐解き放け（解放）て　千歳寿き　寿きとよもし　ゑらゑらに　仕へ奉るを　見るが貴さ　（19・四二六六）大伴家持

○ほととぎす　かけつつ君が　松陰に　紐解き放くる（等伎佐久流）　月近付きぬ　（20・四四六四）大伴家持

訓字表記は4例で、「開離」2例、「解放」2例である。作者は大伴家持の3例の他、大伴池主、山上憶良らの例がある。八代集には例がないが、上代では『万葉集』の他にも記紀歌謡に次の例がある。

○ささらがた錦の紐を解き放け（等気舎気）てあまたは寝ずに唯一夜のみ　（『日本書紀』允恭八年二月）

もとになったと思われる漢語「解放」は「解、放也」（『管子』注）とある連文による語で、『先秦漢魏晋南北朝詩』や『文選』『玉台新詠』に例がなく、『全唐詩』に鳥を放つ意味で用いた1例があるのみである。史書では『三国志』1例、『梁書』1例など「二十五史」に16例があるが、次例のように人を解放する意味である。

○解二放胡鷹一逐二塞鳥一、能将二代馬一猟二秋田一。　（『全唐詩』崔顥「雁門胡人歌」）

○儼既囚レ之、乃表レ府解放、自レ是威恩並著。　（『三国志』魏書二十三　和常楊杜趙裴伝）

○停レ遣二十郡慰労一、解二放老疾吏役一、及関市戍邏先所防レ人、一皆省併。　（『梁書』巻三十四　列伝　張緬）

『万葉集』では一様に「紐」を解き放つ意味で用いている。『大漢和辞典』には「解紐」の項があり「縛った紐がとけゆるむ」「印の紐をとく」などの意味を挙げる。『万葉集』の「紐を解き放けて」は「紐の緒解きて　家のごと解けて遊ぶ」（9・一七五三）のように「衣の紐を解いてくつろぐさま」（岩波文庫本『万葉集（五）』（二〇一五）の注）であり、意味が対応する。「解紐」「解放」などの熟語を合わせて応用した表現かと思われる。

(5) すぎゆく（過去）　8例

○しきたへの　袖交へし君　玉垂の　越智野過ぎ行く（過去）〈越智野に過ぎぬ〉　またも逢はめやも　（2・一九五）柿本人麻呂

○たらちしや　母が手離れ　常知らぬ　国の奥かを　百重山　越えて過ぎ行き（須疑由伎）　いつしかも　都を見むと　思ひつつ　語らひ居れど　己が身し　（5・八八六）山上憶良

○住吉の　遠里小野の　ま榛もち　摺れる衣の　盛り過ぎ行く（過去）　（7・一一五六）作者未詳

○妻恋に　鹿鳴く山辺の　秋萩は　露霜寒み　盛り過ぎ行く（須疑由君）　（8・一六〇〇）石川広成

○秋萩の　散り過ぎ行か（過去）ば　さ雄鹿は　わび鳴きせむな　見ずはともしみ　（10・二一五二）作者未詳

○秋萩の　下葉の黄葉　花に継ぎ　時過ぎ行か（過去）ば　後恋ひむかも　（10・二二〇九）作者未詳

○幸くあらば　またかへり見む　道の隈　八十隈ごとに　嘆きつつ　我が過ぎ行け（過去）ば　いや遠に　里離り来ぬ　いや高に　山も越え来ぬ　剣大刀　（13・三二四〇）作者未詳

○大舟を　漕ぎ我が行けば　沖つ波　高く立ち来ぬ　よそのみに　見つつ過ぎ行き（須疑由伎）　玉の浦に　舟を留めて　浜辺より　浦磯を見つつ　泣く子なす　（15・三六二七）作者未詳

○朝なぎに　潟にあさりし　潮満てば　妻呼びかはす　ともしきに　見つつ過ぎ行き（須疑由伎）　渋谿の　荒磯の崎に　沖つ波　寄せ来る玉藻　片搓りに　（17・三九九三）大伴池主

訓字表記は5例でいずれも「過去」で表記される。作者は柿本人麻呂・山上憶良・大伴池主・石川広成らが含まれる。八代集には『古今和歌集』1例、『後撰和歌集』4例、『拾遺和歌集』に1例、『後拾遺和歌集』3例、『千載和歌集』1例、『新古今和歌集』2例が見られる。『万葉集』の「すぎゆく」は人や景物が通り過ぎる意味と、時間が経過する意味とが見られる。もとになったと思われる漢語の「過去」は、「過、去也」（『太玄経』注）とある連文による熟語で、次のように人や景物が過ぎゆく意味と時間に関する比喩的な例と両方が見られる。『先秦漢魏晋南北朝詩』に次の1例がある。

○生時得㆓尊貴㆒。不如㆓過去栄㆒。　（北魏詩　仙道「太上皇老君哀歌七首」）

○過去雲衢断、旁来焼隔廻。　（裴説「廬山瀑布詩」）（『大漢和辞典』による）

その他、『玉台新詠』に例はなく『文選』では注文に2例があるのみだが、『全唐詩』には19例が見られる。

(6) へゆく（経行）　4例

○かくのみや　息づき居らむ　あらたまの　来経行く（倍由久）年の　限り知らずて　（5・八八一）山上憶良

○あらたまの　年の経行け（経往）ば　あどもふと　夜渡る我を　問ふ人や誰　（10・二一四〇）作者未詳

○天地の　神もはなはだ　我が思ふ　心知らずや　行く影の　月も経行け（経往）ば　玉かぎる　日も重なりて
　思へかも　胸安からぬ　恋ふれかも　（13・三二五〇）作者未詳

○もみち葉は　今はうつろふ　我妹子が　待たむと言ひし　時の経行け（倍由気）ば　（15・三七一三）作者未詳

訓字表記は2例でいずれも「経往」である。作者は山上憶良の作を含む。八代集には例がない。「へゆく」は(5)の「すぎゆく」と類義の表現であるが、「すぎゆく」が「時の経過」と「通過」の両義を持つのに対して、「へゆく」の意味は「時の経過」に限る点が異なる。

「ゆく」の表記「往」は「行、往也」（毛詩伝）とあり『万葉集』でも「行」で表す例もあるため、「経行」によると推定する。「経行」は、「行、由経也」（『管子』注）とあるように「へる・わたる」意味の連文である。「経行」は、『先秦漢魏晋南北朝詩』4例、『文選』1例、『全唐詩』54例が見られる。

○経二行林樹下一。求レ道志能堅。　（梁詩　庾肩吾「北城門沙門」）

○旋遶経二行砌一。目想如二神契一。　（隋詩　釈慧浄「雑言詩」）

『漢書』3例、『後漢書』4例など、「二十五史」にも96例が見られるが、詩以外では、次のように「常の行い・節操があること」（『大漢和辞典』）を表す意味の場合が一般的のようである。

○為之薙草開林、置二経行之室一。　（『文選』巻五十九　碑文下「頭陁寺碑文」）

○漢字仲和、以経行著名。　（『後漢書』巻二十六　伏湛伝）

『万葉集』のような「年月を経る」意味の「経」の用法は、次のような漢詩の用法に関連するであろうか。

○此物何足レ貴、但感別経レ時。　（『玉台新詠』巻一　枚乗「庭前有奇樹」）

○別来経二年歳一、歓心不レ可レ凌。　（『玉台新詠』巻三　謝恵連「代古」）

○経春不レ挙レ袖、秋落寧復看。　（『玉台新詠』巻四　呉邁遠「長相思」）

(7) **ささぐ〈さしあぐ〉（指挙）**　3例

○ささげたる（指挙有）　旗のまねきは　冬ごもり　春さり来れば　野ごとに　付きてある火の　風のむた　なぎかふごとく　取り持てる……　（2・一九九）柿本人麻呂

○我が背子が　捧げて（捧）持てる　ほほがしは　あたかも似るか　青き蓋　（19・四二〇四）僧恵行

○父母も　花にもがもや　草枕　旅は行くとも　捧ご（佐々己）て行かむ　（20・四三二五）丈部黒当

訓字表記は「捧」があるが、柿本人麻呂の「指挙有（ささげたる）」の表記は元になる漢文表現を示している。『大漢和辞典』では「指」は「まっすぐ立つ。ひたのぼる」、「挙」は「のぼる」「たつ」の意味を挙げており、意味に共通性がある。『大漢和辞典』では、「指挙」を「指し示してあげる」の意味とし、『新語』（俗激）「天下之大、指二挙之一而激、俗流失、世壊敗矣」の例を挙げる。「ささぐ」は、「指挙」の直訳「さしあぐ」から母音連続忌避によって生じた翻読語と推測される。「ささぐ」は平安時代以降に漢文訓読語として定着し、築島裕『訓点語彙集成』によると「捧」26例、「擎」26例、「奉」4例、「挙」4例、「戴」2例等が見られる。翻読語が漢文訓読語となった例は、「来至」から生じた「来」の訓読語「きたる」、「推量」から生じた「推」の訓読語「おしはかる」など類例がある。翻読語は和文にも浸透しやすい。『土佐日記』『伊勢物語』『大和物語』『平中物語』『和泉式部日記』『更級日記』『大鏡』『堤中納言物語』『夜の寝覚』などには見えないが、『竹取物語』3『蜻蛉日記』1『枕草子』4『源氏物語』11『紫式部日記』1など漢文調の影響が指摘される和文作品に見られる。その他、『今昔物語集（本朝部）』67例、『宇治拾遺物語』21例、『古今著聞集』9例、『覚一本平家物語』10例、『延慶本平家物語』36例など和漢混淆文で特に例が多い。漢文訓読調の徴表ともなる翻読語として和文や和漢混淆文に浸透している。

(8) **あそびあるく（遊行）**　2例

○さつ弓を　手握り持ちて　赤駒に　倭文鞍うち置き　這ひ乗りて　遊びあるき（阿蘇比阿留伎）し　世間や常にありける　娘子らが　さ寝す板戸を　押し開き　（5・八〇四）山上憶良

○そこ故に　心和ぐやと　高円の　山にも野にも　うち行きて　遊びあるけ（遊往）ど　花のみに　にほひてあれば　見るごとに　まして偲はゆ　いかにして　（8・一六二九）大伴家持

訓字表記は「遊往」1例である。作者は山上憶良と大伴家持で、八代集に例がない。『万葉集』で「あるく」の表記は右の「往」の例のみである。「遊」は「游、行」（毛詩伝）の訓詁があり「歩きまわる・旅行する」意味がある（『大漢和辞典』による。なお、『図書寮本日本書紀』の連文「歩行」に「アリク」、『類聚名義抄』の「行」「アリク」の訓がある）。これらをもとにすると「あちこちを逍遙する」意味に用いる漢語「遊行」などが想定される。右の家持の一六二九の例では「遊往」と表記されるが、これは直上の「うち行きて（打行而）」の「行」の変字法で「往」としたもので、背景には「遊行」があったと推測できる。

「遊行」は、『文選』に例がないが『先秦漢魏晉南北朝詩』に3例（「漢詩」1例「宋詩」1例、「北魏詩」1例）、『全唐詩』7例、「二十五史」に『史記』1例、『漢書』1例、『三国志』2例など、総計50例が見られる。

○語我不二遊行一。常常走二巷路一。（宋詩　清商曲辞「読曲歌八十九首」）

○王喬得二聖道一。遊二行五嶽間一。（北魏詩　仙道「尹喜哀歎五首」）

○老来処処遊行遍、不レ似二蘇州柳最多一。（『全唐詩』白居易「蘇州柳」）

○衣冠無不レ游二行市里一。（『三国志』魏史「鍾繇華歆王朗伝」）

⑼　とびかける（飛翔）　2例

○似ては鳴かず　己が母に　似ては鳴かず　卯の花の　咲きたる野辺ゆ　飛び翔り（飛翔）　来鳴きとよもし橘の　花を居散らし　ひねもすに　鳴けど聞き良し　（9・一七五五）高橋虫麻呂歌集

○絹の帯を　引き帯なす　韓帯に取らせ　海神の　殿の甍に　飛び翔る（飛翔）　すがるのごとき　腰細に　取り飾らひ　まそ鏡　取り並め掛けて　（16・三七九一）歌物語（竹取翁）

訓字表記は2例とも「飛翔」である。高橋虫麻呂歌集と歌物語の例である。八代集では『新古今和歌集』に1例が見られる。『万葉集』では長歌で鳥が飛ぶ様子を表す歌語として用いられる。「飛翔」は「飛、翔也」（廣韻）の訓詁に基づく連文の熟語である。「飛翔」は、『玉台新詠』にはないが、『先秦漢魏晉南北朝詩』の「魏詩」1例、「晉詩」1例、「梁詩」1例や、『文選』で2例（注文にも2例）、『全唐詩』に9例などの例がある。『万葉集』の例は鶯や蜂が飛ぶ様であるが、『万葉集』に影響のある文献に蝶や鳥が飛ぶのに用いた例があり、文学的な用語と言えよう。

○願為二晨風鳥一。双飛二翔北林一。（魏詩　魏文帝「清河作詩」）

○仮余翼鴻鶴高飛翔。経二芒阜一。済二河梁一。望二我旧館一心悦康。（晉詩　石崇「思帰引并序」）

○竹水倶葱翠。花蝶両飛翔。燕泥銜復落。（梁詩　梁簡文帝「和湘東王首夏詩」）

○莅若椒風、披香発越。蘭林蕙草、鴛鸞飛翔之列。（『文選』巻一　班孟堅「西都賦」）

○後宮則昭陽飛翔、増成合驩。蘭林披香、鳳皇鴛鸞。（『文選』巻二　張平子「西京賦」）

⑽　あらひすすぐ（洗濯）　1例

○したたみを　い拾ひ持ち来て　石もち　つつき破り　速川に　洗ひ濯ぎ（洗濯）　辛塩に　こごと揉み　高坏に盛り　机に立てて　母にあへつや　（16・三八八〇）作者未詳

訓字表記は「洗濯」1例である。八代集に例がない。「洗濯」は「洗、濯也」（『国語』注）とあり連文による熟語である。もとになったと思われる「洗濯」は『先秦漢魏晉南北朝詩』『文選』『玉台新詠』には例がないが、『全唐詩』に4例、「二十五史」に『後漢書』1例、『晉書』2例など、15例が見られ、散文にも用いる一般的な漢語である。

○何由一洗濯、執レ熱互相望。（『全唐詩』杜甫「夏夜歎」）

○官民皆絜二於東流水上一、曰二洗濯祓除一去二宿垢疢一為二大絜一。（『後漢書』巻十四　志第四　礼儀上）

⑾　**うつろひかはる（遷易）**　1例

○新た世の　事にしあれば　大君の　引きのまにまに　春花の　うつろひ変はり（遷日易）　群鳥の　朝立ち行けば　さすだけの　大宮人の　踏み平し　（6・一〇四七）田辺福麻呂歌集

訓字表記は「遷日易」1例である。大伴家持と関わりのある田辺福麻呂の例がある。八代集に例がない。「移変」では『先秦漢魏晋南北朝詩』や『文選』に見られない。原文の表記「遷日易」に反映している漢語「遷易」に関わる（「日」はヒの訓仮名）ようである。「遷易」は、「遷、易也」（『左氏伝』注）の訓詁がある連文の熟語である。この例は『文選』に2例、『玉台新詠』に1例、『全唐詩』に4例が見られ、漢詩において用いられる語である。

○市朝互遷易、城闕或丘荒。（『文選』巻二十八　陸機「門有車馬客行五言」）

○余芳随レ風捐。天道有二遷易一。（『文選』巻二十八　陸機「塘上行」、『玉台新詠』にもあり）

○一気無二死生一、三光自遷易。（『全唐詩』劉禹錫「遊桃源一百韻」）

○豈無二旧交結一、久別或遷易。（『全唐詩』白居易「寄楊六」）

陸機の「天道」、劉禹錫の「三光」（「日・月・星」のこと）など大きな時間の移ろいをいう例が見え、『万葉集』でも季節の移ろいを表現しており用法が近い。

⑿　**おきたつ（起立）**　1例

○我が天皇よ　奥床に　母は寝ねたり　外床に　父は寝ねたり　起き立た（起立）ば　母知りぬべし　出でて行かば　父知りぬべし　ぬばたまの　夜は明け行きぬ　（13・三三一二）作者未詳

訓字表記は「起立」1例である。作者未詳歌のみで、八代集に例がない。漢語「起立」は「起、能立也」（説文）の訓詁による連文の熟語である。「起立」は「たちあがる」意味であり、『文選』『玉台新詠』に例がないが、『先秦漢魏晉南北朝詩』の次の例の他、『全唐詩』8例、『漢書』4例、『後漢書』4例など「二十五史」に92例が検出され、どちらかというと散文に広く用いられた漢語を翻読した例と思われる。

○起立上著レ天、日月頭上瞰　（北魏詩　仙道「化胡歌七首」）

○一朝起立、生二枝葉一、有レ蟲食二其葉一。　（『漢書』巻二十七　五行志）

⒀　かよひゆく（通行）　1例

○神代より　生れ継ぎ来れば　人さはに　国には満ちて　あぢ群の　通ひは行け（去来行）ど　（4・四八五）舒明天皇

訓字表記は「去来行」1例である。舒明天皇の例のみで、八代集にも例がない。「かよひゆく」は人の往来の多さを「あぢ（鴨）」の群れる様子にたとえた表現で、「かよふ」の訓字に「去来」を使用している。「去来」は後出の「さりく」に関わる表記であるが、後述するように「去来」は時間や空間の中で循環を繰り返す語義を持っているために用いられたのであろう。ここでは漢語「通行」を想定する。「通」は「人迹所及為通」（『荘子』注。『大漢和辞典』「あるく。へる。すぎる」の意味項目の例）の意味があり、「行」は「行、歴也」（『国語』注）「行、由経」（『管子』注）があることから連文的な熟語と言えよう。「通行」は『先秦漢魏晉南北朝詩』『文選』『玉台新詠』に例がないが『全唐詩』に2例見られ、「二十五史」には『史記』の例を始め252例が見られる。どちらかというと散文の用語である。

○臥病荒郊遠、通行小径難。　（『全唐詩』杜甫「王竟携レ酒高亦同過共用寒字」）

○城未レ下者、聞レ声争開レ門而待二足下一、通行無レ所レ累。　（『史記』巻八　高祖本紀）

⒁　きえうす・けうす（消亡）　各1例

○雪こそば　春日消ゆらめ　心さへ　消え失せ（消失）たれや　言も通はぬ　（9・一七八二）柿本人麻呂歌集

○立ち走り　叫び袖振り　臥いまろび　足ずりしつつ　たちまちに　心消失《けう》せ（消失）ぬ　若かりし　肌もしわみぬ　黒かりし　髪も白けぬ　ゆなゆなは　（9・一七四〇）高橋虫麻呂歌集

訓字表記は「消失」各1例である。柿本人麻呂歌集・高橋虫麻呂歌集に例があり、八代集に例がない。「消失」は『大漢和辞典』で「消」「失」に「なくする」の意味を立てるが、両字を同義的に説明する訓詁例がなく、熟語「消失」の立項もない。「消失」は『先秦漢魏晉南北朝詩』『文選』『玉台新詠』『全唐詩』に例がなく、「二十五史」に次の一例を見るのみである。中国の漢語としては例を容易に見出しがたい語である。

○然銭有二定限一、而消失無レ方、剪鋳雖レ息、終致二窮尽一者。　（『宋書』巻七十五　列伝）

「きえうす」のもとになった漢語として「消亡」が考えられる（「亡、失也」『春秋穀梁伝』注）。「消亡」は『玉台新詠』『文選』に例がないが、『先秦漢魏晉南北朝詩』に1例、『全唐詩』に3例、「二十五史」に『史記』3例、『漢書』1例、『後漢書』1例など7例が見える。『万葉集』の歌はいずれも「心」（一七八二歌は真心、一七四〇歌は正気）に用いており、特に一七八二歌は『史記』の「精既消亡」と近い使い方である（「精、精誠」（『荀子』注））。

○政如二氷霜一。姦軌消亡。　（漢詩　諺語「王逸引諺」）

○人事互消亡、世路多悲傷。　（『全唐詩』劉希夷「洛川懐古」）

○今太子聞二光盛壮之時一、不レ知二臣精已消亡一矣。　（『史記』巻八十六「刺客列伝」）

『平安時代複合動詞索引』によると「きえうす」は『竹取物語』『蜻蛉日記』『三宝絵』『落窪物語』『宇津保物語』『源氏物語』『浜松中納言物語』『狭衣物語』『法華百座聞書抄』『今昔物語集』『とりかへばや』『宝物集』『高倉院昇霞記』に例がある。『史記』などの漢文の影響で『万葉集』に受容され、訓読調を含む作品に定着したようである。

⒂　**しぼみかれ〈ゆく〉（凋枯〈行〉）**　1例

○雨降らず　日の重なれば　植ゑし田も　蒔きし畠も　朝ごとに　凋み枯れ（之保美可礼）行く　そを見れば
　心を痛み　みどり子の　乳乞ふがごとく　天つ水　（18・四一二二）大伴家持

訓字表記は見られない。もとになった漢語に「凋枯」を想定すると、「凋、傷也」（『広雅』釈詁）「枯、猶病也」（『淮南子』注）などから連文的な熟語と思われる。「しぼみかれゆく」の例は大伴家持の例のみであり、八代集に例はない。漢語「凋枯」は『先秦漢魏晋南北朝詩』に次の1例が見出される。

○厚沢潤二凋枯一。虞琴起二歌詠一。（隋詩　虞世南「奉和幸江都応詔詩」）

その他、『文選』『玉台新詠』には例がないが、『全唐詩』に8例見られる。「二十五史」では『魏書』1例のみで、どちらかというと漢詩語であると考えられる。

⒃　**ちりみだる（散乱）**　1例

○川の瀬の　激ちを見れば　玉かも　散り乱れ（散乱）たる　川の常かも　（9・一六八五）柿本人麻呂歌集

訓字表記は「散乱」である。柿本人麻呂歌集の例のみで、八代集では『古今和歌集』1例、『拾遺和歌集』1例がある。想定される漢語「散乱」は「散、雑乱貌」（『淮南子』注）とあり連文の熟語である。「散乱」は『先秦漢魏晋南北朝詩』に1例あるが『玉台新詠』『文選』に例がない。その他『全唐詩』22例、「二十五史」にも34例がある。

○三山多雲霧。散乱一相失。（宋詩　鮑照「代別鶴操」）

○秦撥二去古文一、焚二滅詩書一、故明堂石室金鐀玉版図籍散乱。（『漢書』巻六十二　司馬遷伝）

⒄　**はききよむ（掃清）**　1例

○国まぎしつつ　ちはやぶる　神を言向け　まつろはぬ　人をも和し　掃き清め（波吉伎欲米）仕へ奉りて　秋
津島　大和の国の　橿原の　畝傍の宮に　（20・四四六五）大伴家持

訓字表記は見られない。「はききよむ」は大伴家持の例のみで「平定する」意味で用いている。八代集では『古今和歌集』1例、『拾遺和歌集』1例が見られる。もとになった漢語を「掃清」と想定すると、「掃」は「掃、掃除也」（『詩経』箋）とあるように掃除する意味であり、「清」も『大漢和辞典』は「清める。掃除する」意味を挙げる（『文選』西京賦）。一方、「掃」字は『大漢和辞典』は『万葉集』の意味と同じ「征討する」意味として次の例を挙げる。

○皇師外掃、輾鉞四臨。（梁簡文帝、與魏南荊州刺史李志書）

「掃清」は『先秦漢魏晉南北朝詩』や『文選』『玉台新詠』に次の例がある他、『全唐詩』に8例、『後漢書』2例、『晉書』7例など「二十五史」に41例がある。詩や『文選』に見える例は「枕席」「塵」「宗祊（宗廟）」を掃除する意味で用いているが、史書の例は討伐する意味である。家持は史書等に見られる意味を用いていることが注意される。

○在レ上衛二風霜一、灑掃二清枕席一。（漢詩　張衡「同声歌」）
○江東大道日華春、垂楊掛柳掃二清塵一。（梁詩　蕭子顕「春別詩四首詩」）
○兵交則醜虜授レ馘、遂掃二清宗祊一、蒸二禋皇祖一。（『文選』巻五十三　陸士衡「弁亡論・上」）
○掃二清寇逆一、共尊二王室一。（『後漢書』巻四十八　臧洪伝）
○摧二破姦党一、掃二清万里一。（『後漢書』巻五十七　劉陶伝）

(18)　**めしつどふ（召集）**　1例

○あやに恐し　我が大君　皇子の命　もののふの　八十伴の緒を　召し集へ（召集聚）　あどもひたまひ　朝狩に　鹿猪踏み起こし　夕狩に　鶉雉踏み立て　（3・四七八）大伴家持

訓字表記は「召集聚」1例である。「めしつどふ」は八代集に例がない。もとになった漢語に「召集」を想定すると、「召」は「よびよせる」「まねく」意味、「集」「聚」が「あつめる」意味であるから字義は完全には一致しないが、連文に近い熟語と言えよう。「つどふ」の訓字表記の「集聚」は「あつめる」意味の連文を利用した表記である。「集聚」の表記をとるのは、「人々を召し集める」意味に合わせたものであるかも知れない（『大漢和辞典』は、「集聚」の例として人が集まる意味の例（「治民尚其集聚、悪其流散」『左氏伝、昭、十七、疏』）を挙げている）。

「召集」は『先秦漢魏晉南北朝詩』『文選』『玉台新詠』『全唐詩』に見られないが、「二十五史」には84例がある。

○将欲㆑為㆑乱、召㆓集隴上士衆㆒、以㆑討㆑含為㆑名。　（『晉書』巻六十　列伝）

○騰称詔召㆓集公卿㆒、議以㆓大逆論㆒。　（『魏書』巻十六　道武七王列伝）

『万葉集』の例と同じく、臣下を呼び集める意味で多く用いられており、散文系統の用語と思われる。

二・二　翻読語（反義的結合の複合動詞）と漢語―「春さりくれば」「春されば」を中心に―

次に、反義的結合の複合動詞について、漢語の翻読語の可能性のある「さりく」と「ゆきかへる」を取り上げる。

⒆　ゆきかへる（往還）　12例

「ゆきかへる」は、仮名書きの連濁形「ゆきがへる」、接頭辞のついた「い・ゆきかへる」「い・ゆきかへら・ふ」など多様な語形がある。

「ゆきかへる」（往還）６例

○行き帰り（往還）　常に我が見し　香椎潟　明日ゆ後には　見むよしもなし　（6・九五九）大伴旅人

○浦波騒き　夕波に　玉藻は来寄る　白砂　清き浜辺は　行き帰り（去還）　見れども飽かず　うべしこそ　見る人ごとに　語り継ぎ　偲ひけらしき　（6・一〇六五）田辺福麻呂歌集

○春霞　立つ春日野を　行き帰り（往還）　我は相見む　いや年のはに　（10・一八八一）作者未詳

○夕なぎに　来寄る股海松　深海松の　深めし我を　股海松の　また行き反り（去反）　妻と言はじとかも　思ほせる君　（13・三三〇一）作者未詳

○八つ峰飛び越え　ぬばたまの　夜はすがらに　暁の　月に向かひて　行き帰り（往還）　鳴きとよむれど　なにか飽き足らむ　（19・四一六六）大伴家持

○天雲の　行き帰り（去還）なむ　もの故に　思ひそ我がする　別れ悲しみ　（19・四二四二）藤原仲麻呂

「ゆきがへる」（往還）4例

○天離る　鄙治めにと　別れ来し　その日の極み　あらたまの　年行き反り（由吉我敝利）　春花の　うつろふまでに　相見ねば　いたもすべなみ　しきたへの　（17・三九七八）大伴家持

○岩根踏み　山越え野行き　都辺に　参ゐし我が背を　あらたまの　年行き反り（由吉我弊理）　月重ね　見ぬ日さまねみ　恋ふるそら　安くしあらねば　ほととぎす　（18・四一一六）大伴家持

○あらたまの　年行き反り（往更）　春されば　花のみにほふ　あしひきの　山下とよみ　落ち激ち　（19・四一五六）大伴家持

○あらたまの　年行き帰り（由伎我敝理）　春立たば　まづ我がやどに　うぐひすは鳴け　（20・四四九〇）大伴家持

「いゆきかへらふ」（往還）1例

○若狭なる　三方の海の　浜清み　い行き反らひ（伊往變良比）　見れど飽かぬかも　（7・一一七七）作者未詳

「いゆきかへる」（往還）1例

○霞立つ　天の川原に　君待つと　い行き反る（伊往還）に　裳の裾濡れぬ　（8・一五二八）山上憶良

訓字表記は「往還」3例、「伊往還」1例「去還」2例、「往更」1例、「去反」1例、などで、「往還」が基本に用いられている。連濁の仮名書き表記「ゆきがへる」の例では「年」が巡る意味であるのに対し、「往還」などの訓字表記「ゆきかへる」の例では人が行ったり来たりする意味に用いているという用法の偏りがある。連濁の例は⑶「あきだる」の場合と同じくこの語が一語的に捉えられていることを示す。

『万葉集』では、第四期の大伴家持5例と多く、家持の愛用語と言えるものである。その他、大伴旅人や山上憶良らの歌人にも例が見られる。「ゆきかへる」は八代集では『古今和歌集』1例、『後撰和歌集』7例、『拾遺和歌集』4例、『後拾遺和歌集』3例、『金葉和歌集』2例、『詞花和歌集』1例、『千載和歌集』4例、『新古今和歌集』1例が見られ、平安時代以降も歌語として受容されていることがわかる。

「往還」は、『先秦漢魏晉南北朝詩』9例、『文選』4例、『玉台新詠』1例など、万葉語に影響のある文献に多く見え、『全唐詩』にも90例が見られる。

○任二厥性一兮往還。妾無レ罪兮負レ地。（先秦詩　歌下「烏鵲歌」）

○孤鴈夜往還。開レ軒当二戸牖一。（宋詩　鮑照「和王護軍秋夕詩」）

○身去長不レ返。簫声時往還。（宋詩　鮑照「蕭史曲」）

○聊因二断続唱一。試託二往還風一。（梁詩　庾肩吾「詠舞詩」）

○紅袖往還縈。素腕参差挙。（梁詩　費昶「華光省中夜聞城外擣衣詩」『玉台新詠』にあり）

○介鯨乗レ濤以出入、鯼鮆薺順レ時而往還。（『文選』巻十二　郭景純「江賦」）

○万古陳二往還一、百代労二起伏一。（『文選』巻二十七　顔延年「始安郡還都與張湘州登巴陵城楼作五言」）

○游泳之所二攢萃一、翔驟之所二往還一。於是離宮設衛、別殿周徼。（『文選』巻四十六　顔延年「三月三日曲水詩序一首」）

○神足遊息、霊心往還。（『文選』巻五十九　碑文下　王簡栖「頭陀寺碑文一首」）

「往還」は「二十五史」にも90例（『史記』8例『漢書』11例など）が見られ、一般的な語であるとも言えるが、漢詩関連の多さが目立つ。この語が連濁や接辞をつけた派生型も含め広く用いられるのは漢詩による使用を意識してのことであろうし、一語としての意識が強かったことも意味していよう。

⑳　さりく（去来）　12例（付：きゆく（来去）、ゆきく（往来））

○冬ごもり　春さり来れ（去来）ば　鳴かざりし　鳥も来鳴きぬ　咲かざりし　花も咲けれど　山をしみ　入りても取らず　草深み　取りても見ず　秋山の　木の葉を見ては　黄葉をば　取りてそしのふ　青きをば　置きてそ嘆く　そこし恨めし　秋山そ我は　（1・一六）額田王

○岩が根　禁樹押しなべ　坂鳥の　朝越えまして　玉かぎる　夕さり来れ（去来）ば　み雪降る　安騎の大野に　はたすすき　小竹を押しなべ　（1・四五）柿本人麻呂

○諸人の　おびゆるまでに　ささげたる　旗のまねきは　冬ごもり　春さり来れ（去来）ば　野ごとに　つけてある火の　風のむた　なびかふごとく　取り持てる　（2・一九九）柿本人麻呂

○天降りつく　神の香具山　うちなびく　春さり来れ（去来）ば　桜花　木の暗しげに　松風に　池波立ち　辺つへには　（3・二六〇）鴨君足人

○桜花　木の暗隠り　かほ鳥は　間なくしば鳴く　露霜の　秋さり来れ（去来）ば　生駒山　飛火が岡に　萩の枝を　しがらみ散らし　さ雄鹿は　（6・一〇四七）田辺福麻呂歌集

○ぬばたまの　夜さり来れ（去来）ば　巻向の　川音高しも　あらしかも早き　（7・一一〇一）柿本人麻呂歌集

○玉かぎる　夕さり来れ（去来）ば　猟人の　弓月が岳に　霞たなびく　（10・一八一六）柿本人麻呂歌集

○冬ごもり　春さり来れ（去来）ば　あしひきの　山にも野にも　うぐひす鳴くも　（10・一八二四）作者未詳

○うちなびく　春さり来れ（去来）ば　篠の末に　尾羽打ち触れて　うぐひす鳴くも　（10・一八三〇）作者未詳

○うちなびく　春さり来れ（去来）ば　しかすがに　天雲霧らひ　雪は降りつつ　（10・一八三二）作者未詳

○うちなびく　春さり来（避来）らし　山のまの　遠き木末の　咲き行く見れば　（10・一八六五）作者未詳

○冬ごもり　春さり来れ（去来）ば　朝には　白露置き　夕には　霞たなびく　（13・三二二一）作者未詳

訓字表記は「去来」11例が多くを占める。訓字表記に対応する漢語「去来」（「帰去来」の例は除く）は、『先秦漢魏晋南北朝詩』に24例、『文選』に2例、『玉台新詠』に3例、『全唐詩』に57例が見える。「二十五史」でも『史記』2例、『漢書』2例、『後漢書』2例が見えるが、詩において多く用例が見られる。次に挙げる六朝時代の梁詩（沈約「送別友人詩」）は、友人と自身の関係を「春秋」（春と秋の意）に準え、「去来」する二人が交錯して会うことがないだろうという意味に解される。春と秋を擬人法（比喩）的に使用した例として注目される。唐の駱賓王の「春去春来」の例は年月の経過することと解されるが、同じく擬人法的な例として挙げておく。

○君東我亦西、銜悲涕如レ霰、……春秋更去来、参差不二相見一。（梁詩　沈約「送別友人詩」）

○春去春来苦時、争レ名争レ利徒爾為。（『全唐詩』駱賓王「帝京篇」）

漢語「去来」は「行ったり来たり・物が去って行くことと来ること・一度去って又来り降るもの」（『大漢和辞典』）意味で反語的結合の熟語である。「さる」に「避」を用いた「避来」が1例があることもこれに関わる。「避去」（避け逃げる・逃げ去る）のような連文の漢語が存在することから、「去」は「避」と同義と解され、(1)「さりく」は「離れ去る」ことと「来る」ことを併せた反義的結合の複合動詞と解釈する根拠となる。しかし、『万葉集』の「さりく（去来）」は、諸注釈書類では一般に「さりく」全体を「時がやって来る・時になる」意味に解しているようである。詳しく言うと、『時代別国語大辞典　上代編』が単独動詞「さる」に「時間が到来する」と意味を記述する中で、「サリ来・サリ行クなどの形で用いることがある」としていることに現れているように、「来る」意味の「さる」に「く（来）」が続いた同義的結合の複合動詞として理解しているのである。しかし、「去来」や「避来」

の表記や、もとになった漢字「去」の意味を踏まえると、「さりく」がもともと到来の意味を表していたのかについては再検討が求められる。なぜなら、単独の「さる」が「来る」意味になるのは季節や時刻の場合に限られ、それ以外の対象（空間的移動の意味）では次のように「去る・離れる」意味に解される例があるのであり、この点に合理的な説明を与える必要があるからである。

○万世に坐したまひて天の下申し給はね朝廷去ら（佐良）ず　（5・八七九）山上憶良

○安太多良の嶺に臥す鹿猪のありつつも吾は至らむ寝処な去り（佐利）そね　（14・三四二八）東歌

季節（春・秋）、時刻（朝・夕）などに付く「さる」について様々な論がある。日本語史的な研究としては、佐藤（一九九八）が「夕さる」の語形に「夕去」「暮去」などの漢語の影響があると見ているが、「夕方に出て行く」の意味で用法が異なる。『万葉集』の「春さる」がなぜ「春が来る」意味になるのかについては万葉研究の中でいくつかの論があり、徳田（一九二五）は、「さる」を「ゐざる」と関係づけ「進行・移動」の意味を表したものが「意訳」によって「来る・至る」の意味になったとした。つまり、「移動・進行」は「去る」でもなく「来る」でもないニュートラルな移動と解する説であるが、季節や時刻に限って「来る」意味になる理由は述べていない。徳田説を承け、鶴（一九八六）が、「有り」に「あり」「さり」の二重形があり（「春さり」＝「春あり」）、「春が存在する」意味が転じ「進行・移動」となったとする説を提出した。これでは、「存在→進行・移動→到来」と二重に意味を置き換える解釈が必要であり、説明がさらに迂遠になる点は否めない。鄧（二〇〇〇）は、徳田の「意訳」という説明には飛躍があり、また、時間表現につく点も説明できていない点を批判し、唐以前の「去」の俗語用法としてコノカタの意味があり、『万葉集』ではそれが「さる」で表され「春になったそのときより後」の意味になるという解釈を述べた。鄧が季節や時刻に用いた「さる」の意味の根拠を漢文の「去」に求めようとした点は、『万葉集』に多くの翻読語が含まれるという先行研究の成果に照らせば有効な観点であると評せるものの、「時間副詞用法」をそのまま動詞「さる」の説明に当てはめようとする結論にはやはり無理があると言わざるを得ない。

諸注釈では徳田の「ゐざる」の「さる」に関係づける説が定着しているようである。「ゐざる」は、膝で歩む意味の漢語「坐行」の翻読語かと思われ（『春秋左氏伝』昭・二十七注に「坐行、膝行」、黒本本『色葉字類抄』中に「膝行　シツカウ　ヰサル」）、膝をついて（あるいは座って）進むという空間的移動の用法である。しかし、「膝行」には「前に進む」意味と「去る」と同じく「退座」の場合もある（『日本国語大辞典』第二版）。上代には単独の「さる」が、来るとも、去るとも言いがたい単なる空間的移動を表す用法の例も認められる。

○百伝ふ角鹿の蟹横さら（佐良）ふいづくに至る　（『古事記』応神記歌謡）

『万葉集』の「さる」には前掲の八七九番歌・三四二八番歌のような「ある場所から離れ去る」という空間的移動の意味もあり、現代語に通じる意味として疑問はない。しかし、そのような空間的移動の意味とは別に、特定の季節（「春」45例、「秋」19例で、「夏」「冬」の例はない）や、時刻（「夕」36例、「朝」1例）に限定して「到来した（その時になった）」という意味で用いる理由は、先行研究では十分明らかにされていないと判断される。

そこで、「さりく」の例のほとんどが「去来」と表記され、かつ漢語「去来」が六朝以降の漢詩の類に多く見られることに鑑みると、「さる」の意味も反義的結合の漢語「去来」に関連する可能性をまず検討すべきと思われる。このような観点は、実は筆者が初めてではない。これは久松（一九五七）が1・一六の額田王の歌の「冬ごもり春さりくれば」について「「春去り来る」が略されて「去れば」と用いた」「本来は「去来」であったから、「来」が略されて「去」だけになっても「来る」意になる」とした注解が注目される。久松の注解は本格的な論でなかったためか十分な検討もなされないままであり、『万葉集』の注釈書では永らく徳田の解釈が踏襲されているのが現状である。そこで次に、漢語「去来」の翻読語としての受容の観点から改めて論じておくことにしたい。

まず、「さる」と「く」の意味関係を考えるのに参考になる例として「さりく」の転倒形の「きさる」の例を見ておく。「きさる」と訓まれる説があるのは次の歌の「来去」の箇所である。

○あらたまの　年は来さり（来去）て　玉梓の　使ひの来ねば　霞立つ　長き春日を　天地に　（13・三二五八）

この例を「きさる」と訓む説として、『日本古典文学全集』では「来サルは、時間の到来を表す」として同義的結合に解釈し、『新編日本古典文学全集』や伊藤博『萬葉集釋注』では「「来去る」は時間が到来してまた去る」（釋注）と反義的結合に解している。これに対し阿蘇瑞枝『萬葉集全歌講義（七）』は、時間の到来の意味は「春さりくれば」のように「さりく」に見られること、「年」が過ぎることは「行く」が用いられることからこれらを否定し、「きゆく」と訓む立場をとっている。近年では阿蘇と同じく「来去」を「来ては去って行く」意味と考え「きゆく」と訓む説が多く（『萬葉集私注』『萬葉集注釈』『日本古典文学大系』『新日本古典文学大系』『万葉集全解』）、「きゆく」は次のような反義的結合の漢語「来去」の翻読語として理解できる。「来去」は「去来」の転倒形であるが、その翻読語である「きゆく」も反義的結合（来ては行く意）と解釈される。

○若能映二斯照一、万象無二来去一。（晉詩　鳩羅摩什「十喩詩」）

○思レ君若二風影一、来去不二会停一。（陳詩　叔宝「自君之出矣六首」）

このような点は、転倒形に当たる「さりく」が本来、反義的結合である可能性を示唆しよう。また、「きゆく」を転倒した複合動詞「ゆきく」もある。

○あさもよし　紀人ともしも　真土山　行き来（行来）と見らむ　紀人ともしも　（1・五五）

○葦屋の　菟原処女の　奥つ城を　行き来（往来）と見れば　音のみし泣かゆ　（9・一八一〇）

これも反義的結合の漢語「往来」の翻読語であろう。

○鳥則玄鶴白鷺、黄鵠鵁鶄。鶬鴰鴇鶂、鳧鷖鴻鴈。朝発二河海一、夕宿二江漢一。沈浮往来、雲集霧散。（『文選』巻一　班孟堅「西都賦」）

○江斐於レ是往来、海童於レ是宴語。斯実神妙之響象、嗟難二得而覼縷一。（『文選』巻五　左太沖「呉都賦」）

「きゆく（来去）」「ゆきく（往来）」のように、漢語をもとに「く」を含む反義的結合の複合動詞が種々作られているとすると、「さりく」もまた漢語「去来」に由来をもつ反義的結合の複合動詞と理解することは不自然ではない。前節で見たように『万葉集』の訓字表記が漢語の字面をそのまま踏襲した語が多い点を踏まえると、「去来」と表記される「さりく」は漢語「去来」の翻読語であったと解するのが自然ではなかろうか。この点を踏まえ、「さりく」「さる」の関係を次のように解釈したい。

「さる」は前出の憶良・東歌の例のように現代と同じ「去る・離れる」意味に解せる例があり、上代においても「さる」と「く」は本来は反義関係であったとすれば、『万葉集』で「さる」「さりく」「さりゆく」などを「時がやって来る・時になる」の意味で用いるのは、当時の日常言語の用法とは大いに異なる言葉遣いであったことになる。このような表現が成り立つ背景には、上代人の季節・時間への意識の面や、漢語的発想の面、さらには文学的表現としての技巧面が関わってくる。以下、「さりく」の例が最も多い「春さりく」を中心に考察する。

筆者は、七音句の「春さりくれば」の短縮形として五音句で「春されば」が案出される背景に、「季節の到来」を表現する一種の文学的用法として慣用化した過程を想定したい。「春さりくれば」から「春されば」へ展開したとする推定は、「春さりく」を用いる歌が、『万葉集』の古い時期の歌に偏る点から窺える。次に『万葉集』の「さりく」と「さる」の変遷について、「春」「秋」「夕」の別に、作者と時代区分を確認しておく（時代のわからない作者の歌や作者未詳の歌は除く。また、「夕さらず」等の例は意味用法が異なるため除く）。

「春さりく」2例

（第一期）額田王1例　（第二期）柿本人麻呂1例　（第三期）ナシ　（第四期）ナシ

「春さる」15例

（第一期）ナシ　（第二期）柿本人麻呂歌集4例　（第三期）山上憶良3例、大伴池主1例、高橋虫麻呂1例　（第四期）大伴家持6例

「秋さりく」1例

（第一期）ナシ　（第二期）ナシ　（第三期）ナシ　（第四期）田辺福麻呂歌集1例

「秋さる」5例

（第一期）ナシ　（第二期）長皇子1例　（第三期）ナシ

（第四期）今城王1例、大伴家持2例、大伴池主1例

「夕さりく」2例

（第一期）ナシ　（第二期）柿本人麻呂1例、柿本人麻呂歌集1例　（第三期）ナシ　（第四期）ナシ

「夕さる」17例

（第一期）ナシ　（第二期）柿本人麻呂1例、柿本人麻呂歌集2例、持統天皇2例、弓削皇子1例

（第三期）車持千年1例、膳王1例、笠金村1例、笠女郎1例　（第四期）大伴家持6例、大伴池主1例

万葉歌の中で、額田王の「春さりく」がこの類型の嚆矢であり、続く第二期の柿本人麻呂らに見えるが、第三期・第四期にはこの表現は見えない。一方、「春さる」の例は第二期の柿本人麻呂歌集に4例が見えて以降、第三期・第四期に多くなっており、表現の交代が窺える。「夕さりく」も第二期の柿本人麻呂・柿本人麻呂歌集に限るのに対し、「夕さる」は第二期の柿本人麻呂・持統天皇・弓削皇子らの例から見えはじめ、(2)第三期・第四期に定着しており、「春さる」と同様の経過が見られる。「秋さりく」はこれらと違い、第四期のみ見えるが、これは柿本人麻呂の伝統を引き継ぐ面の強い宮廷歌人・田辺福麻呂の使用であり例外的と言えよう。「秋さる」も第二期の長皇子に例がある他、第四期に例が多くなっており、他と近い傾向を示している。すなわち、右の整理から、「春」

「夕」では、「さりく」が第一期・第二期までに止まるのに対し、「さる」は第二期以降に見られ、第三期・第四期にかけて増加するという共通した傾向が見られる。(3) 時期の面からは、久松の言うように「春さりく」が先行すると解して問題はないと考えられる。

「春さりく」を初めて用いたのは、本項冒頭で挙げた額田王の1・一六の歌である。この歌は題詞によると、天智天皇が内大臣藤原鎌足に詔して「春山の萬花の艶」と「秋山の千葉の彩」といずれの憐れが深いかを競わせた折に額田王が歌で判定を下したものという。伊藤（二〇〇三）は、宴席で官人達の漢詩の応酬があった後に王が十六番歌で判定したものとする井手至（新潮日本古典集成『万葉集』五）の説をうけ、冒頭の「冬こもり春さり来れば鳴かざりし鳥も来鳴きぬ　咲かざりし花も咲けれ」は、「春山の萬花の艶」を勝るとした官人の漢詩（の訓読）に含まれていた漢詩的趣向の「花鳥」の内容を歌ったものと推測している。さらに伊藤は、一六番歌に「不」「者」「而」「哉」「之」など漢文の助字を含む点、「金野（アキノノ）」（1・七）「委曲（ツバラニ）」（1・一七）などの漢詩漢文を踏まえた表記を用いる点、その他、額田王の関連する和歌に漢詩の影響による内容や表記（去来＝イザを含む）が多く含まれる点などから、額田王の歌と漢詩漢文との関わりの深さを指摘している。井手や伊藤が官人の漢詩の応酬を想定した点については異論もある（岩波文庫『万葉集(1)』二〇一三）が、一六番歌が漢詩的な発想・表現に多く依っている点は、山岸（一九五四）、小島（一九六四）らをはじめとする論考によって通説になっているところである。「さりく」については言及されていないが、漢詩的趣向の表現として、「去来」表現を受容した可能性を考えることができる。額田王の逸話を含む一六番歌が「春さりく」表現の起点となって、後の歌人に継承されていったと考えることができるであろう。

右のように「春さりく」が第二期までに偏ることは、七音句の「春さりくれば」等の条件表現が早い時期に定着し、その後に短縮形「春されば」が五音句の環境で発生し固定化していったことを示している。その際、柿本人麻呂（柿本人麻呂歌集）が「春さりく」「夕さりく」を使用しつつ、同時に「春さる」「夕さる」をも用いており、以降の「春されば」「夕されば」の転換点になっていることは改めて注目されよう。表現毎に整理しておこう。

「春さりくれば」（2・一九九）、「春さらば」（7・一二八一〈柿本人麻呂歌集〉）、「春されば」（10・一八一五、10・一八九五、10・一八九六〈上三首は柿本人麻呂歌集〉）、「夕さりくれば」（1・四五、10・一八一六〈柿本人麻呂歌集〉）、「夕されば」（2・一三八、および、10・二〇九五、11・二五〇三〈上二首は柿本人麻呂歌集〉）

右の点から、「春さる」表現を案出したのは柿本人麻呂（その周辺）と見てよいであろう。人麻呂は、額田王の「春さりく」表現を承け、省略形の「春さる」表現を、条件句での等価な表現として使用することを試み、さらには、「夕さりくれば」から「夕されば」にまで応用したのであろう。その後は人麻呂の影響力から、さらに広く和歌表現として定着していったものと推測される。

『万葉集』では、翻読語とその短縮形が併存した例として「（見れど）飽き足らず」「（見れど）飽かず」もある。後に短縮形「見れど飽かず」が和歌の慣用句として固定化した点も、「春されば」の場合と同じである。第一章では、この「見れど飽かず」が柿本人麻呂歌集の中で漢詩の影響の元で創作されたことを指摘したが、「春されば」の場合も、やはり柿本人麻呂歌集の例が作者が確認できる最古の例である点が注意される。柿本人麻呂歌集の例は、いずれも古体を留めるとされる略体歌での使用であり、省略は人麻呂の意図した方法と推測される。

○君がため　手力疲れ　織りたる衣ぞ　春さら（春去）ば　いかなる色に　摺りてば良けむ　（7・一二八一）
○児らが手を　巻向山に　春され（春去）ば　木の葉凌ぎて　霞たなびく　（10・一八一五）
○春され（春去）ば　まづ三枝の　幸くあらば　後にも逢はむ　な恋ひそ我妹　（10・一八九五）
○春され（春去）ば　しだり柳の　とををにも　妹は心に　乗りにけるかも　（10・一八九六）

漢語表現を元にした翻読語は、漢詩の世界を踏まえ洗練された文学的表現を作り出す。春の到来を意味する表現に「去来」に基づく翻読語「（春）さりく」とともに、前節で示したように、翻読語「来たる」を含む「（春）来たる」も用いられた。「春来たる」は中国漢詩にある「春来」の翻読表現と考えられる。さらに翻読語「（春）さりく」から五音句に対応する省略表現を生み出さすのに「春されば」でなく「春くれば」とする選択肢もある。「春くれば」とすれば春の到来の意味はわかりやすいが、この表現では文学性が低いためか[4]『万葉集』にこの例は見られない。「さる」が採用されたのは、『万葉集』で最も詠われることが多い季節である春の到来を印象づける文学的表現として、翻読語「春さりく」の短縮形である「春さる」が相応しいと考えられたのであろう。

　このような推測が成り立つためには「春さりくれば」と「春されば」が同義であることが前提になる。この点を確認するために、「春さりくれば」と「春されば」の使用法を確認すると、「春さりくれば」では額田王・柿本人麻呂・鴨君足人らの長歌や作者未詳の短歌などすべて枕詞「うちなびく」「冬ごもり」に続く例であり、短歌でも第二句の七音で用いるという類型が見られる。一方、「春されば」では、初句の五音の例が37例中18例と多くなる。次に、類似の内容で、「春さりくれば」と「春されば」が用いられた例を挙げておく。

○冬ごもり　春さり来れ（去来）ば　あしひきの　山にも野にも　うぐひす鳴くも　（10・一八二四）作者未詳

○春され（之在）ば　妻を求むと　うぐひすの　木末を伝ひ　鳴きつつもとな　（10・一八二六）作者未詳

右のように「春さり来れば」と「春されば」で、後続句に春の景物を詠うことが多い点は同じである。額田王の「春さり来れば」と同じく「鳥（うぐひす）」「花」の描写が続く「春されば」の例をさらに挙げておく。

○春され（佐礼）ば　木末隠りて　うぐひすぞ　鳴きて去ぬなる　梅が下枝に　（5・八二七）山口忌寸若麻呂

○春され（去）ば　ををりにををり　うぐひすの　鳴く我が山斎そ　止まず通はせ　（6・一〇一二）作者未詳

○山背の　久邇の都は　春され（佐礼）ば　花咲きををり　秋されば　もみち葉にほひ　（17・三九〇七）作者未詳

○あしひきの　山の木末も　春され（去）ば　花咲きにほひ　秋づけば　露霜負ひて　風交じり　黄葉散りけり

（19・四一六〇）大伴家持

では、春の到来をなぜ「春さりく」と表現したのであろうか。「春さりくれば」は、枕詞の「冬ごもり」を前接する例があることや、右の「春されば」の歌に「秋されば」「秋づけば」が後接する例があるように、「春さりく」「春さる」の歌は、春を巡り来る季節の循環の中で捉えた歌が多い（三九〇七歌・四一六〇歌の已然形は「秋」と対比した恒常条件の内容）。そこに循環を意味する漢語「去来」が導入される契機を見出せる。漢語「去来」は本来は反義的意味があるが、「一度去って又来り降るもの」（『大漢和辞典』）とあるように「巡ってやって来る」意として「来」に重きを置いて解することもできる。また、和語の「さる」がもとは空間的移動を含意したとしても、前掲の「春秋（更）去来」（沈約）のように季節に用いた例があることから、擬人法的な漢詩の表現の影響によって、時間を主語とする用法が生じたと考えることができ、主語が「春」「秋」になる場合が多い点も説明できる。

　また、「さりく」の短縮形として「さる」が用いられる前提として、翻読語「さりく」が一語化・固定化している必要がある。翻読語には、(1)「きたる（き・いたる）」(14)「けうす（きえ・うす）」のような母音脱落の例や、(3)「あきだる」(19)「ゆきがへる」のような連濁の例が見られる。「ゆきかへる」では、「いゆきかへる」「いゆきかへらふ」などの派生形も見られる。語形変化は一語化・固定化の徴表と言え、特に高頻度で用いられる翻読語には一語化・固定化の傾向が強いようである。(20)「さりく」の場合は語形上の省略という面があるが、その前提として関わるのは漢語・翻読語としての認知度の高さである。「去来（さりく）」の漢語知識の出所は確定しにくいが、沈約の「春秋（更）去来」などのような季節を主語にした六朝漢詩の例は受容されていたと想像できるし、特に額田王の「春さりく（春去来）」表現が権威ある作者による応用例として認知されていたであろうことは、表現の固定化に関わろう。「去来」の表記は、「さりく」以外でも、多彩に用いられる。周知の「いざ」を始めとして、その他「にけり」「かよふ」など、さまざまな語句の表記に応用されている。[5] このような慣用化した「去来」表記が見られることは、この語が万葉歌人にとって極めて親しく認知された語になっていたことを意味しよう。万葉人は、季節（時間）の倒来の表現として「さる（去）」だけでも額田王の用いた「さりく（去来）」を容易に想起でき、「来る」という文脈上の意味を汲み取って理解できたと推測できるのである。

以上、漢語「去来」「さりく」をもとにして「さる」が「巡ってやって来る」の意味に解釈される理由を述べたが、さらに後には「さる」と「ゆく」と結合した「さりゆく」の形においてまでも「来る」の意に解せる例がある。

○春日の山は　うちなびく　春さり行く（去往）と　山峡に　霞たなびき　（6・九四八）作者未詳（727年の作）

○冬こもり　春さり行か（去行）ば　飛ぶ鳥の　早く来まさね　（6・九七一）高橋虫麻呂

この二例[6]は第三期の作で、「春になると」「春になったら」の意味と解される。「さりゆく」は同義的結合の複合動詞と解され、普通なら「去って離れて行く」意味を強調したかに見える表現でさえ「春の到来」を意味し得ている。右のような例までが生じるのは、「春されば」が「春が来れば」の意味として固定化・慣用化しているためであり、和歌の慣用的な用法の「さる（去）」が「ゆく（行）」の意味用法にまで影響した結果と解される。

以上のように考えるなら、「来る」ことを意味する「さりく」「さる」「さりゆく」が季節・時刻にのみに用いられた理由も、漢語表現をもとに文学的表現として成立した慣用句であるためと説明されよう。夙に澤瀉（一九五二）では、奈良時代から平安時代にかけて、「さる」の主語は「夕」、述語は「されば」が次第に固定化し、「夕されば」の表現が定着していった過程を推定している。本章で述べたように、その前段階には漢語「去来」を翻読した「春さりくれば」「夕さりくれば」等がある季節・時刻の到来を表す条件句として定着し、それを支えに第二期以降に「春されば」「夕されば」が案出され、平安以降には主に「夕されば」が用いられ定型化したという道筋が指摘できる。このような「さる」の文学用法は、柿本人麻呂や大伴家持らの使用により周辺歌人に影響を及ぼし慣用句として定着したと推測されよう。平安時代以降「さりく」は八代集に用いられないが、「さる」は「春されば」

が『古今和歌集』1例、「秋されば」が『新古今和歌集』4例、「冬されば」が『拾遺和歌集』1例と用いられる頻度は大きく減少した。一方、「夕されば」は『古今和歌集』4例、『後撰和歌集』3例、『拾遺和歌集』2例、『後拾遺和歌集』1例、『金葉和歌集』1例、『詞花和歌集』1例、『千載和歌集』4例、『新古今和歌集』3例と、和歌での慣用表現として後代に継承されていった。

三　まとめ

本章では『万葉集』の同義的結合の複合動詞を取り上げ、漢詩漢文の影響を考察した。歌人別では、大伴家持（右の挙例で17例）や山上憶良（同7例）、柿本人麻呂（同4例）や柿本人麻呂歌集（同7例）らの例が多く見られた。これらは漢語の摂取を積極的に行った歌人であり、周囲の人がそれを学び広まっていった過程が想定される。

特に漢詩の影響が考えられるものとして、同義的結合の「あきだる」「すぎゆく」「とびかける」「しぼみかる」や反義的結合の「ゆきかへる」「さりく」などがあった。これらは、漢詩から文学的な表現として意識的に取り入れられたもので、中には「すぎゆく」「とびかける」「ゆきかへる」など後代の歌集に継承された語も含まれている。「さりく」の短縮形としての「さる」も、和歌的表現として平安期以降の和歌に受け継がれた。

一方で、「はききよむ」をはじめとして、史書類から取り入れた語や用法と推測されるものもあり、影響を受けた漢文は必ずしも漢詩のような文学的なものだけではなく、散文的な漢文の影響を受けた場合もあったと推定された。「きたる」「いでく」「きえうす」などのように平安時代以降の散文に見られる語が多く見られることも踏まえると、『万葉集』の歌の用語がいまだ固定的・慣習化していないために、必ずしも韻文に限らず漢文の知識を幅広く駆使することによって表現を彩ろうとしたことを示しているように思われる。

注

（1）単独の「さる」でも訓字表記として「去」129例以外に、「離」字4例、「避」字4例、「僻」字1例が見られる。「春避来（さりく）」（10・一八六五）の例があるが、これが「春去来」と同義であるなら、「さる」には、原義の「離れ去る」が意識される証拠となり、「春さる」「夕さる」でも元のこの意味を意識している面があると推定できる。

（2）第一期の8・一五一一歌に「夕されば」を含む舒明天皇作とする歌があるが、『万葉集全注』（井手至）は「舒明天皇に仮託された伝承歌」と推定し、ほぼ同じ内容の雄略天皇作とされる9・一六六四歌も「雄略天皇の古歌として伝承されたもの」とされ、これらは第一期の作と判断できない。

（3）佐藤（一九九八）では、漢語「夕去」「暮去」は「夕方に出て行く・夕方に去って行く」意味であるため、「夕さる」が夕方になる意味を表すのは、「春さる」「秋さる」の影響で意味を転用した結果と推定している。

（4）『万葉集』で季節に関わる語の頻度は「春」127例、「夏」13例、「秋」112例、「冬」16例で「春」が最も多い。「時刻＋されば」では、「春されば」27例、「夏されば」0例、「秋されば」19例、「冬されば」0例の他、「夕されば」41例、「朝されば」1例がある（『中納言コーパス』短単位検索による）。

（5）訓字表記に「去来」を用いた語として「いざ」に宛てた8例がよく知られている（1・一〇〈中皇命〉、1・六三〈山上憶良〉、3・二八〇〈高市黒人〉、6・九五七〈大伴旅人〉、7・一一一二〈未詳〉、10・二二〇三〈未詳〉、10・二二七三〈未詳〉、19・四二二六〈大伴家持〉）。「いざ」は仮名書きも含めると25例あるが、係る動詞は「行く」12例（うち5例は文脈上）、「寝」4例、「漕ぎ出づ」2例、「告げ遣る」2例、「結ぶ」「摘む」「濡る」「見る」「す」各1例である。「来る」意味の語が見られず、「離れて行く」意味の語が多くを占める点は「去」字の意味との関わりを示唆している。また、「にけり」を「去来」で表記した10例が見られる（これと別に「稲の目の（夜は）明け去りにけり（明去来理）」（10・二〇二二）のように「さる（去）」に「にけり（来）」がついた「去来」もある）。「去」が「に」、「来」が「けり」を表すなら、助動詞「ぬ」の文法的意味や語源的意味が表記者の「去」字の解釈を反映していることになる。「ぬ」の語源は「いぬ（去）」とされ、「去、行也」（『広雅』釈詁）の訓詁を持つ「去」で表し、「けり」は「来有り」であるため、「にけり」を併せて「去来」で表したと推測できる。「去来」表記をとる「深けにけり」「経にけり」の「ぬ」は時間の移り行くことを表す用法であるため「行く」意味の「去」は「ぬ」の語源的意味に対応していると言える。むろん「にけり」自体は「去来」と無関係であるが、個々の助動詞の語源を考えて表記に利用したものと言えよう。その他、⒀で挙げた「かよふ（去来）」は、「行ったり来たり」する意味によるのであるから「去」には「去る」意味が意識されていることになる。これらの「去来」の字面をとる表現は、いずれも「去」が「去る・離れる・行く」ことを意識した面が指摘できる。また、このように「去来」の利用度の高いことは、この語が極めて親しい漢語であることを示し、「さりく」の語形を支え「く（来）」を省略しても理解できる背景になることを裏付けよう。

（6）　いずれも第三期の歌であるから「春さり来れば」は衰退しており用いられないのであろう。特に、虫麻呂の6・九七一歌の場合、「きたる」を用い「春の来たらば」ともできるが、「早く来まさね」の「く」と表現上の重なりが生じてしまうため、あえて「春さりゆかば」を用いたかと思われる。

参考文献

伊藤博（二〇〇三）『萬葉歌林』「漢文訓読と歌─額田王をめぐって─」（塙書房）

奥村悦三（一九八五）「和語、訓読語、翻読語」（『萬葉』121）

澤瀉久孝（一九五一）「「さる」考」（『国文学』5　関西大学）

小島憲之（一九六四）『上代日本文学と中国文学』（塙書房）

小林芳規（一九六七）『平安鎌倉時代に於ける漢籍訓読の国語史的研究』（汲古書院）

佐藤武義（一九七五）「翻訳語としての万葉語の考察─「白雲」を中心にして─」（『解釈』21─11）

佐藤武義（一九七七）「万葉語「夏＋～」考」（『宮城教育大学国語国文』8）

佐藤武義（一九七九a）「翻訳語としての万葉語─「秋」の複合語を中心に─」（『文芸研究』92）

佐藤武義（一九七九b）「万葉語「霜降」に関する一考察」（『国語学研究』19）

佐藤武義（一九八〇）「万葉語「人妻」考」（『解釈』26─3）

佐藤武義（一九八五a）「万葉語「舟」と「大舟」」（『文芸研究（東北大学）』109）

佐藤武義（一九八五b）「万葉語「海」「大海」考（一）（二）」（『解釈』31─4・7）

佐藤武義（一九九三）「翻訳語としての万葉語「天＋～」」（『国語学論集（鶴久教授退官記念）』おうふう）
佐藤武義（一九九八）「万葉語「夕＋～」の考察」（『万葉集の世界とその展開』白帝社）
佐藤武義（二〇〇〇ａ）「上代語「日暮」「夕暮」考」（『桜文論叢』51）
佐藤武義（二〇〇〇ｂ）「万葉集における「雲」の複合名詞の一考察」（『伝統と変容　日本の文芸・言語・思想』ぺりかん社）
佐藤武義（二〇〇〇ｃ）「万葉集における歌語「雲＋動詞」の一考察」（『日本大学人文科学研究所研究紀要』59）
佐藤武義（二〇〇二）「万葉語「朝＋～」の考察」（『国語論究　第9集　現代の位相研究』明治書院）
佐藤武義（二〇〇五）「古代歌語源流考―「青」を中心に」（『日本語学の蓄積と展望』明治書院）
佐藤武義（二〇〇六ａ）「万葉語「霜＋～」考」（『解釈』52-3・4）
佐藤武義（二〇〇六ｂ）「歌語「故郷」源流考」（『日本語辞書学の構築』おうふう）
築島裕（一九六三）『平安時代における漢文訓読語につきての研究』（東京大学出版会）
鶴久（一九八六）「「春されば」考―万葉集巻十の「春之在者」をめぐって―」（『香椎潟』32-9）
鄧慶真（二〇〇〇）「時間語彙に接続する「サル」についての一考察―『万葉集』を中心に―」（『叙説』28）
徳田浄（一九二五）「「夕されば」考」（『國學院雑誌』31-9）
久松潜一（一九五七）「冬ごもり春さりくれば―額田王の御歌・二―」（『国文学解釈と教材の研究』2-7）
山岸徳平（一九五四）「萬葉集と上代詩」（『萬葉集大成』7　平凡社）

第三章　『続日本紀宣命』の複合動詞と翻読語

一　複合動詞の構成と連文

『続日本紀』に見える六二詔の宣命は、文武天皇（文武元年〈六九七〉）から桓武天皇（延暦八年〈七八九〉）までの歴代天皇期において、外国使節による朝賀・即位・改元・立后・立太子などの国家的儀式に際し、天皇の意思を伝えるべく作成され、参議以上の公卿あるいは中務卿が儀式において朗読した文章である。すなわち、宣命は実際に聴衆の前で読まれる音声言語の台本としての意味を持つが、その中に次のような特徴的な表現が多く見られる。

心乎通天人乎伊佐奈比須須牟己止莫（31詔）

御命乎頂受給利歓備貴美懼知恐利（25詔）

猶之法乎興隆之牟流尓波（41詔）

以下底本は北川和秀『続日本紀宣命　校本・総索引』（吉川弘文館）による。

『続日本紀』宣命には、右の「イザナヒススム」「オヂオソリ」「オコシサカエシムル」のごとく前項と後項とが同義的と思われる語の結合した型の複合動詞が数多く存する（この時期の複合動詞は一語的ではないという立場に立てば、動詞句と言うべきかも知れないが、いちおう一語的な複合動詞として論を進める）。このような型の複合動詞は、同時期の日本語資料である祝詞には見られない一方で、漢語にはこの型の熟語が多く、右の例に対応すると考えられるものとして例えば『後漢書』に「誘進」（杜林伝）「恐懼」（光武帝紀）「興隆」（袁紹伝）が見られる。そこで、最初に挙げた宣命の複合動詞はこれらの漢語の言い和らげに当たると推測される。

「誘進」等の漢語は、同義的な語の結合した熟語の一類として「連文」[1]と呼ばれているものである。これが『古事記』や『万葉集』の「表記法」として一般的なものであったことは小山（一九七三）（一九七七）等に指摘があり、宣命でも例えば「イダク」を「抱蔵」と表記する類は中田（一九五四）が説かれている。しかし、宣命の場合は「表記法」であるに止まらず、「語彙」上の事実として右のような複合動詞が生み出されている点が注目されよう。

もっとも、これを従来は祝詞や歌謡の類に見られる類義の語を反復する手法と関連すると考えられることが多かったようであるが（小谷一九七一、太田一九八四など）、祝詞では、

(1) 複合する語が同義的と言えるものはなく、類義の語の複合（例えば、護恵美幸倍（伊勢大神宮祝詞同新嘗祭））に止まる。

(2) 複合動詞を形成するのでなく、対句的詞章（例えば、堅磐尓斎奉、茂御世尓幸閉奉（祝詞新嘗祭））が主流を占める。

(3) 漢語と対応すると考えられる例がほとんど存在しない。

などの点が、宣命の傾向と異なる。このうち、(1)や(2)の相違点は、結局(3)のように漢語の影響を受けた宣命の表現方法との差異という面から説明できるはずである。このような立場から、ここでは特に「連文」を訓読して生じた同義的な語の結合による複合動詞が宣命の語彙・文体に及ぼした影響を考察し、宣命の漢語受容の一端を明らかにしてみたい。

本章では、前項と後項によって様々な意味的関係をなす複合動詞のうち、右に述べた同義的関係による一類のものを対象とするが、かかる構成の複合動詞と内容上相紛れやすいものが存すると思われるので、それらとの関係について一言しておく。

例えば、秋本（一九六九）は、複合動詞の前項と後項との関係を、「対等」と「従属」に二大別した上で、「対等」関係に次のような下位分類を設けておられる。

- 対等
  - 併列
    - 類義（見聞く）
    - 対義（居立つ）
  - 序列（振り離れ下る）

秋本氏は、「同義」的反復と思われる「こぼれやぶる」を、「見聞く」などとともに「類義」に所属させておられるので、筆者の扱おうとする「同義」は「類義」の一部に含まれることになる。そこで「同義」と「類義」との関係を考えると、秋本氏も言われるように「見・聞く」は動作に類としての共通性はあっても意味は別義であることが明確であるから、この点で「こぼれやぶる」が「同義」的であるのと区別することは可能であると思われる。

このように考えてなお「同義」と「類義」の区別は「類義」における両項の意味の共通性によっては「同義」に紛れる曖昧さがあるし、原理的に全く同じ意味を持つ語というものが存在しないものならば、秋本氏のように「同義」は「類義」の一部としておくことも一つの考え方であろう。それにもかかわらず、筆者が「類義」と「同義」を区別する立場を採るなら、その類別の基準となる客観的な指標が要求されるであろう。

そこで、複合動詞の前項と後項が「同義」であることを言うために、両項を漢字の表記に直して、和漢の古辞書や注釈類から両字が等しい訓詁を持つ漢字であることを証明することにした。例えば、宣命の「加蘇毗奪」の音仮名表記「加蘇毗」と訓字「奪」において、『観智院本類聚名義抄』に「掠　カスム　トル　ウハフ　カソフ」（仏下本）とあることから「カソフ」に「掠」を当てられると考え、また「奪　ウハフ」（法下）とあることから「掠（カソフ）」と「奪」がともに「うばう」と言う意味を持つ漢字であると考えることができる。その際、熟語「掠奪」が「皆為三官兵所二掠奪一。」（『後漢書』董卓伝）のごとく漢語にあることもこの推定を助ける。漢語の「連文」は、湯浅廉孫氏が言われたごとく「其ノ共有ノ一義ヲ紐帯トシテ之ヲ結合シ以テ一成語ヲ創成シ」（『漢文解釈における連文の利用』97頁）たものであるから、宣命の「加蘇毗奪」は漢語と偶然一致したのではなく、漢語「掠奪」を訓読して取り入れたと考えるべき蓋然性が大きいのである。

ところで、宣命の文章に漢語的表現を用いる理由に、漢文詔勅と宣命が相互に関連をもって作られたという事情があったと考えられるが、その具体的な手続きは十分明らかにされていない。この点を歴史学の櫛木（一九八〇）、小林（一九八二）、大平（一九八四）の諸氏の論を参看したところ、詔書式の文書作成手続きの規定や宣命と漢文詔勅が対応する例を検討することによって、文書の流れとして、むしろ宣命から漢文詔勅（大平説では漢文詔を認めず勅旨とする）への作成順序を想定されているようである。すなわち、宣命が詔勅の翻案文であると言えるほど内容や表現が似ている面はあるとしても、訓読文そのものとは想定できないと言うことである。宣命は漢文詔勅の訓読文ではなく、独立した一つの文章であるから、カソヒウバフのような語句を漢語を訓読した結果という意味で漢文訓読語というのは適切ではない。すなわち、宣命の複合動詞は二字漢語を和語で直訳した語形を自作の文章に用いた「翻読語」として捉えるべきと考えられる。

二　連文の訓読による複合動詞の検討

宣命の実例を検討していく前に、対象とする範囲を述べておこう。語形は、「懼知恐利」「加蘇毗奪」のように仮名表記によるものを中心とする。その外に、「緩怠事」「諂曲流」のように送り仮名を含まぬ正訓漢字のみの表記のものも含める。これらは、前項の「緩」「諂」に送り仮名が表記されていないので、表記上「ユルビオコタル」「ヘツラヒマガレル」と二訓に読むべき根拠が直接には得られない。しかし、「教化」「撫恵備」等は、「教賜於毛布気賜」（6詔）「撫賜恵賜」（13詔）の形が見られるので二訓に読むべき蓋然性が高い。また、「緩怠」「諂曲」なども、同じ表記の漢語の用例が漢文から見出されれば「カソヒウバフ」の場合と同様に漢語に依拠した語として二訓に読むべき蓋然性が高いと言ってよい。これらの点を考え、従来の訓法（本居宣長『歴朝詔詞解』・金子武雄『続日本紀宣命講』・北川和秀『続日本紀宣命　校本・総索引』）が共通して二訓に読んでいるものを対象とし、仏教語、漢文詔勅語、中国史書の漢語の影響を考察することにした。

二・一　仏教語との関係

仏教語については、従来、41詔や45詔に『金光明最勝王経』等の仏典の詞章が引用されていることが春日（一九五六）、小谷（一九七一）、沖森（一九七六）によって説かれ、宣長の『歴朝詔詞解』でも「無上」「円満」（ともに41詔）に「仏書の常言」の注が見えるが、複合動詞の用例から更に多くの影響を指摘し得る。各天皇期ごとの例を漢字の訓詁と併せて挙げた後、問題点を順次考察していくことにする。

(1)　聖武期（5詔～13詔）

①アラハシシメス

・三宝乃勝神岐大御言乎蒙利……天皇御霊多知乃恵賜比撫賜夫事依弖顕自示給夫物在自止念召（13詔）〈『爾雅』釈詁に「顕、見也」、『篆隷万象名義』に「示、見也」〉

・心中悪久垢久濁天在人波必天地現之示給（44詔）

（2）淳仁期（23詔～29詔）

②ヨロコビタフトブ

・御命乎頂受給利歓備貴美懼知恐利弖（25詔、他に13詔48詔）〈『荀子』正論「下安則貴レ上」の楊倞注に「貴、猶レ愛也。」」、『礼記』楽記に「欣喜歓愛、楽之官」等から、大切にする、いつくしむ意を推定〉

・最勝王経乎令講読末都利……大瑞遠頂尓受給天……諸王多知臣多知乎召天共尓歓備尊備天地乃御恩乎奉報倍之止奈毛念召止詔布（42詔）

（3）称徳期（30詔～47詔）

③イザナヒススム

・君位乎謀竊仁心乎通天人乎伊佐奈比須須牟己止莫（31詔）〈原本系『玉篇』に「誘、相勧動也。」」、『尓雅』釈詁に「誘、進也。」」、猶32詔に「伊佐奈比進」〉

④ネガヒモトム

・此乃世間乃位乎波楽求多布事波都天无（41詔）〈『論語』雍也「知者楽レ水、仁者楽レ山」の皇侃義疏に「楽者、貪楽之称也。」」、『論語』子罕「不レ忮不レ求」の何晏注に「不二忮害一不二貪求一。」〉

・夫君乃位波願求乎以天得事方甚難（45詔）

⑤マモリタスク

・夜昼不レ退之天護助奉侍遠見礼波（41詔、他43詔45詔）〈『広雅』釈詁二に「護、助也。」〉

⑥ヘツラヒマガル

・夫臣下等云物波……奸偽利諂曲流心無之天奉侍倍伎物仁在（44詔）〈『妙法蓮華経釈文』に「諂、……似レ有レ下也。」」、

「曲、不レ真也。」〉

(4)

⑦マガリカタブク

光仁期（48詔～59詔）

・大臣乃万政惣以无怠緩事、無曲傾事久平奏比（51詔）〈『淮南子』説山訓「重鈞則衡不レ傾」の高誘注に「傾、邪也。」、『妙法蓮華経釈文』に「曲、不レ真也。」〉

宣命に用いられたこれらの用語は漢籍類に見えないが、『妙法蓮華経』『金光明最勝王経』等の仏典類には比較的多くの用例が見えているものがある。(2)

①'大聖転二法輪一、顕二示諸法相一。（『妙法蓮華経』化城喩品　偈）

④'持二此一心福一、願二求無上道一。（『妙法蓮華経』分別功徳品　偈）

⑤'普賢、汝能護二助是経一、今多所二衆生安楽利益一。（『妙法蓮華経』普賢菩薩勧発品）

⑥'国中最大臣、及以諸輔相、其心懐二諂曲一並、悉行二非法一。（『金光明最勝王経』正法正論品）

このうち、「顕示」が仏の効験の現れを表し、「諂曲」が臣下が自分の心を曲げて他人にへつらう意を表すことは、宣命の用法と共通する。仏典の「願求」は最高の悟りを願うことであるが、宣命の例は君位を願うことであり、仏典の「護助」は経典を守ることであるが、宣命の例は天子の政治を助けることであって、これらはそれぞれ対象は異なるけれども、意味において変わるところがない。

②「歓貴（歓喜）」③「誘進」は漢籍にも若干例を見るものの、次のような理由から仏教色の強い用語と考えた。まず②は漢語「歓喜」に依拠したと推定したが、その理由は「貴」と「喜」に訓詁上の類似があり、かつ、42詔の神護景雲元年八月の例に対応して同月八日の関連記事に同じ内容を、

慶雲見、……緇侶進退無二復法門之趣一。拍手歓喜一同二俗人一。

と記していることによる。また、この他に『続日本紀』で「歓喜」が用いられている唯一例は詔勅の中の「金光明最勝王経」（滅業障品）の引用部で、同経の講読によって「歓喜」が生ずることを述べた部分であり、42詔の例が同経の講読等により祥瑞が現れたことを述べる所に用いているのは、この経からの影響と考えられる。

案経云、若有下国土講宣読誦、恭敬供養流通此経上、……所願遂レ心、恒生二歓喜一。（天平十三年三月二十四日）

③「誘進」は漢籍にも「誘進以二仁義一」（『史記』礼書）のような例が見えるが、②と同じく『金光明最勝王経』の、

為レ欲レ利二益-案-楽衆生一故、常行二法施一、誘二進群迷一、令レ得二大果一。（『金光明最勝王経』滅業障品）

などが宣命の、

諸能劣家牟人等乎毛教伊佐奈比進（32詔）

に近いと思われる。

また、⑦の用例（旧訓マゲカタブクル）は、

无二怠緩事一
無二曲傾事一久　──平奏

と対句の形をとるが、宣命ではかかる対句形式では「傾事無久動事無久」（3詔）「聞食恐美受賜懼理」（4詔）のごとくほぼ同意の内容を繰り返すのが普通であるから、「曲傾」の意を「正しくない方向へ曲げ傾ける事なく」（金子武雄『続日本紀宣命講』）「怠緩の対なれば、マゲカタブクルと訓べし、不傾は、厳矛《イカシホコ》の中執《リ》持て、本末傾けずといへるごとく、平《ラカ》にする意也」（本居宣長『歴朝詔詞解』）などと解することには疑問がある。⑦の表現は、仏教語「諂曲」と「傾動」（仏典では「其心不二傾動一」〈『妙法蓮華経』分別功徳品〉のごとく心が揺れ動く意であり、「怠緩」と同趣の内容である）を組み合わせた内容と解されるので、マガリカタブクと読むべきである。

仏教語の例の分布は、元明、元正、孝謙、桓武の各期には例が見られず、聖武期一語二例、淳仁期一語一例、称徳期四語八例、光仁期二語二例で、偏りがある。殊に称徳期に多い点は、宣命の文体の生成に関わる事実として注目される。聖武・淳仁・称徳の三期は天武系の崇仏派の天皇によって政治が行われた時期であり、殊に称徳期における道鏡らの進出は目覚ましく、宣命の内容にも仏教思想が深く影響している。夙に沖森（一九七七）も称徳期に仏典訓読の語法が存する事実に注目し、その要因として、内容上仏教思想に負う箇所が多いことや、以前に参照すべき宣命がなく自分の慣れた文体・語法で起草したことを挙げているが、仏教語に基づく複合動詞が存することからいえば、むしろ意図的に仏教語を用いたことが考えられる。すなわち、宣命が仏教に関わる事柄を述べる場合、仏教語を用いることによって内容に相応しい表現を与えようとしたのである。なお、これに関係する事実として、聖武期の漢文詔勅に仏教語が見えることが注目されるが、右の背景から考えれば、漢文詔勅においても宣命の表現と同様に仏教語を用いるべく意図したものであろう。

・勅曰、先令レ幷レ寺者、自レ今以後更不レ須レ幷、宜レ令三寺々務加二修造一。若有下懈怠上肯二造成一者、准レ前幷レ之。
（『続日本紀』天平七年六月五日）

・勅曰、凡頃聞、諸国郡官人等不レ行二法令一、……即二随善悪一黜二陟其人一。遂令二涇渭殊レ流、賢愚得一レ所。若有二巡察使諂曲為レ心、昇降失一レ理。
（『続日本紀』天平十六年九月二十七日）

二・二　漢文詔勅語との関係

宣命の中に中国の詔勅類の表現を手本にした詞句があることは、既に小谷（一九七九）によって指摘されているが、複合動詞の面から更に多くの影響が看取できる。

(1)　文武期（1詔～2詔）

⑧ウミオコタル・ユルビオコタル
・昼毛夜毛倦怠己止无久謹美礼末比仕奉（41詔、他に「緩怠」1詔13詔31詔51詔）〈『漢書』司馬相如伝上「怠而後游二于清池一。」の郭璞注に「怠、倦也。」〉

(2)
聖武期（5詔～13詔）

⑨アナナヒタスク
・皇朝乎穴比扶奉而添加公民乎奏賜止詔（5詔、他に「穴奈比扶」24詔48詔61詔）〈『広雅』釈詁二に「輔、助也。」、『戦国策』宋策「若扶レ梁伐レ趙」の高誘注に「扶、助也。」、アナナフは『和名類聚抄』に「麻柱《阿奈々比》」とあり、動詞では助ける意〉

(3)
孝謙期（14詔～22詔）

⑩カソヒウバフ
・天日嗣高御座次乎加蘇毗奪将盗止為而（19詔）〈『観智院本類聚名義抄』に「掠カソフ　ウハフ」「奪ウハフ」〉

(4)
淳仁期（23詔～29詔）

⑪オヂカシコマル
・貴岐御命乎頂受給利歓備貴美懼知恐利弖（25詔）〈『説文』に「懼、恐也。」〉

(5)
称徳期

⑫ナガシツタフ
・昌死弖波善名乎遠世尓流伝天牟（45詔）〈『漢書』礼楽志「不レ流二其声音一。」の顔師古注に「流、猶レ移也。」、『礼記』内則「枕几不レ伝。」の鄭玄注に「伝、移也。」〉

⑬メグミモエハジム（「萌《メグミ》」は不読ともとれる）

・天雨天地毛潤万物毛萌毛延始天好阿流良牟止念尓（46詔）〈『漢書』文帝紀「万物之萌生」の顔師古注に「始生者、曰レ萌。」〉

(6)　光仁期（48詔〜59詔）

⑭ヲシヘオモブク

・若如此有牟人乎波己我教化訓直弖各々己我祖乃門不滅（59詔）〈『説文』に「化、教也。」〉

⑮ナデヤシナフ

・天下百姓乎可令撫育（59詔）〈『荀子』宥坐「勇力撫レ世。」の楊倞注に「撫、掩也。猶レ言レ蓋レ世。」、『孟子』小雅　蓼莪「長レ我育レ我。」の鄭玄箋に「育、覆育也。」〉

分布の上では、ほぼ各期に渡って例が現れていることがわかる。

ところで、⑧ユルビオコタル・ウミオコタル「緩怠・倦怠」⑩カソヒウバフ「掠奪」⑫ナガシツタフ「流伝」⑮ナデヤシナフ「撫育」等の漢語表現は、中国の詔勅（『全上古三代秦漢三国六朝文』）には一例も見えないのに、『続日本紀』の詔勅に見えているものである。その例を挙げる。

⑧′由レ是農夫怠倦開レ地復荒。（天平十五年五月二十七日）

⑧″若有二官人怠緩不レ行者一、科二違勅罪一。（天平宝字元年十月六日、他一例）

⑩′今月十一日、起レ兵作レ逆、掠二奪鈴印一。（天平宝字八年九月二十九日）

⑫′謚号称二其国其北郡朝廷馭宇天皇一、流二伝後世一。（養老五年十月十三日、他一例）

⑮′朕君二臨天下一、撫二育黎元一。（霊亀元年九月二日）

これらが本邦の詔勅に多く見えることは、宣命とこれらの詔勅との用語に共通する点があることを示すけれども、だからといって宣命が本邦の詔勅の訓読によって成ったことを直ちに意味するものではない。右の⑩′の「掠奪」を含む詔勅には、同一内容に関する次のような宣命が残っているが、詔勅の九日前に出たものであり、歴史学では、(3)宣命の内容を具体化して施行するためにこれが漢訳され詔勅が作られる場合があったことを推定している。

⑩起レ兵作レ逆、掠二奪鈴印一。　（天平宝字八年九月二十九日）

兵乎発朝庭乎傾動武止之天鈴印乎奪復皇位乎掠天　（28詔、天平宝字八年九月二十日）

この対応例では、「起兵」と「兵乎発」は、「起」「発」の漢字の違いだけであるが、「作逆」と「朝庭乎傾動武止之天」、「掠二奪鈴印一」と「金印乎奪復皇位乎掠天」は大まかな内容は合っているけれども、個々の表現はいちいち対応しているわけではない。宣命の中に含まれる「傾動（カタブケウゴカサム）」は「くつがへし動かす」意（『大漢和辞典』）で、『史記』などに見える用語であり、宣命において独自に用いている。このように、宣命の表現は漢文詔勅とは独立した内容として起草されているのであり、その中に翻読語としてこの種の複合動詞が多く用いられているのである。したがって、宣命の用語に本邦の漢文詔勅と一致するものがあるとしても、宣命の漢語的表現の発想の典拠となったものとしては、基本的には中国の漢籍類の影響をまず考えておくべきであろう。

次に、本邦の詔勅に例がなく、逆に中国の詔勅に例の見られる漢語を挙げてみる。例えば⑨アナナヒタスクの内容に対応する漢文の例に次のものがある。

丞相亮其悉朕意、無レ怠輔二朕之闕一助レ宣二重光一、以照二明天下一。　（『三国志』蜀書　諸葛亮伝）

この例では、「輔朕之闕、助宣重光」の四字句が対をなし、天子の政治を「輔助」することを述べる（「輔助」の例は『漢書』成帝紀にもあり）。これに対応すると思われるアナナヒタスクは、複合動詞だけでなく「阿奈々比奉、輔佐奉」（3詔）「助奉、輔奉」（7詔）のごとき並列表現（二―㈣参照）でも見られ、宣命の頻出語になっている。次に挙げる⑪「恐懼」⑭「教化」も中国の詔勅語に頻用されるものである。

⑪吾徳薄致レ災、謫見、日月戦慄恐懼。　（『後漢書』光武帝紀）

⑭公卿大夫、所レ使下総二方略一、壱二統類一、広二教化一、美中風俗上也。（『漢書』武帝紀）

また、やや個別的な場合として、⑬の例の出典が挙げられる。

天下万物之萌生、靡レ不レ有レ死。（『漢書』文帝紀）

宣命の表記「萌毛延」は「萌」の訓を万葉仮名で小記したものとする小谷（一九七九）の説に従うべきであろう。ただ、それならば「萌」はいらないはずであるが、起草者は何故このような一見迂遠な表記法を採ったのであろうか。これは起草者が『漢書』の「萌生」さらには顔師古注の「始生者、曰萌」を学んで、「（メグミ）モエハジム」を生み出したものと解されよう。以上の他に、従来宣命で一訓に読まれている語で、中国の詔勅（『全上古三代秦漢三国六朝文』による）に多いものとして、次のものが挙げられる。

＊発覚（アラハル）、＊詿誤（アザムク）、＊抱蔵〈包蔵〉（イダク）、感動（ウゴカス）、養治（ヒダス）、負荷（モツ）、休息（ヤスモフ）

これらは、特に頻度の高い詔勅語であって、＊印は『続日本紀』の漢文詔勅にも例が見えるものである。このうち、「養治」は、

人祖乃意能賀弱児乎養治事乃如久治賜（3詔）

の例を、金子氏と北川氏はヒダスの一訓で読まれるものであるが、

高年窮乏孝義人等養給治賜牟止勅（50詔）

のごとき例が見られることから、宣長のようにヤシナヒヒダス（またはヤシナヒヲサム）とも読み得る。また「休息」の例で、

天皇朝乎暫之間母罷出而休息安母布事母（51詔）

とあるのは、「休息安母布」全体を一訓に読める一方、「御称称」（1詔）を「ミハカリハカリ」（北川氏）「イヤスス

ミススミ」（宣長）のごとき同語反復に読む例と同じ型と見て「ヤスミヤスモフ」と二訓に読む可能性も考えられる。このように、詔勅語を用いて一訓を表す例は、複合動詞の二訓に読む例に連続する性質を持つものと思われる。宣命起草者は、右のごとき宣命の頻出語を宣命を作成する際の要句として内容に即して自在に用いることができたのである。

二・三　中国史書等の漢語との関係

以上の他にも、中国史書等に見える漢語に依拠した複合動詞が多く見られる。これは、仏教語や漢文詔勅語のごとく宣命の内容に即して用いられる漢語と違って、各宣命起草者に個別的な表現として現れるものである。以下、各期ごとに用例を挙げ、漢語取り入れの特色を概観する（文武・元明・元正は用例なし）。

(1)　聖武期（5詔～13詔）

⑯ナデウツクシブ

・天下遠撫恵備賜事理尓坐君乃御代尓当弖可在（13詔）〈『周礼』地官、司裘「以二王命一施レ恵。」の鄭玄注に「施レ恵、賙二恤之一。」、『左伝』定公四年「若以二君霊一撫レ之。」の杜預注に「撫、存恤也。」〉

⑰アラシケガス

・祖父大臣乃殿門荒穢須事无守川川（13詔）〈『後漢書』班固伝「並二踏潜穢一、窮虎奔突、狂兕触蹷。」の李賢注に「穢、謂二棒蕪之林、虎兕之所レ居。」〉

⑱イザナヒヒキヰル

・我皇天皇御世治弖拝仕奉利衆人乎伊謝奈比率弖仕奉（13詔、他19詔）〈『毛詩』召南　野有二死麕一「吉士誘レ之」の鄭玄箋に「誘、導也。」、『古微書』所引の『春秋元命包』「律之為レ言、率也。所二以率レ気令レ達。」の宋均

注に「率、導也。」、『類聚名義抄』に「率イサナフ　ヒキヰル」「唱イザナフ」〉

⑯ナデウツクシブの元になる「撫恵（恵撫）」は『三国志』の裴松之の注の一部に、

初有二其国一、未レ垂二恵撫一。（蜀書　諸葛亮伝）

と見える例などとの関連が考えられる。ただ、『続日本紀』や中国の漢文詔勅で「撫」を含む熟語は、「撫育」（宣命でも⑮で一例が見えた）が多く、他に「撫導」「撫養」「安撫」「撫恤」などが見られ、宣命の用語と差異が認められる。宣命に「撫」と「恵」「慈」との結合例が生まれたのは、ウツクシビオコス（慈起）、ウツクシビサキハフ（慈福）、ウツクシビスクフ（慈救）、ウツクシビマモル（慈護）、ウツクシビヤスム（恵安）など、天皇の動作を荘厳化する表現としてウツクシブ[4]が用いられる点も関わるであろう。つまり、宣命の表現は、詔勅の語形とともに、「育」「導」「養」「安」「恤」等をウツクシビにおきかえた表現として、ウツクシビナヅという語形を生み出したこととも考えられる。

⑰アラシケガス「荒穢」は、『晋書』馮跋載記に見える。

仮名書きを含む⑱イザナヒヒキヰルは、「率」を含む漢語とするなら『魏書』李寶伝に見える「誘率」や、『南史』蔡廓伝に見える「唱率」などが候補である。他に、『後漢書』張興伝に見える「誘引」もあり、特定はしにくい。

なお、これら聖武期の用例は、13詔の宣命に用例が偏っていることが注意されよう。

⑵　孝謙期（14詔～22詔）

⑲タブレマドフ

・狂迷遍流頑奈留奴心乎波慈悟志（16詔）〈『淮南子』主述訓「狂而操二利剣一。」の高誘注に「狂、猶レ乱也。」、『呂覧』論人「此不肖之所二以乱一也。」の高誘注に「乱、惑。」、『広韻』に「惑、迷也。」〉

⑲タブレマドフは『後漢書』『続日本紀』等に見える「誑惑」に相当するのであろう。

(3)　淳仁期（23詔～29詔）

⑳ヘツラヒアザムク

・是以無諂欺之心、以忠赤之誠食天下之政者衆助仕奉（24詔、他61詔）〈『類聚名義抄』に「諂　イツハル」〉

⑳ヘツラヒアザムク「諂欺」は『後漢書』呉良伝に見える

(4)　称徳期（30詔～47詔）

㉑ウベナミユルス

・然其人方天地乃宇倍奈弥由流之天授賜流人仁毛不在（33詔）〈『類聚名義抄』に「可」「諾」「宜」にムベナフ、「可」にユルス〉

㉒オコシサカエシム

・猶之法乎興隆之牟流尓波人尓依天継比呂牟流物尓在（41詔）〈『毛詩』小雅　天保「以莫㆑不㆑興。」の鄭玄箋に「興、盛也。」、『礼記』檀弓上「道隆則従而盛。」の鄭玄注に「興、盛也。」〉

㉓ウツクシビアハレム

・夫方万物乎能覆養賜比慈備愍美賜物尓坐須（42詔、他に44詔45詔）〈『広雅』釈詁二に「愍、㤅也。」、『国語』周語上「慈㆓保庶民㆒。」の韋昭注に「慈、愛也。」、『正字通』に「愛、本作㆑㤅」〉

㉔ヒカリテル

・如来乃尊岐大御舎利波常奉見波余利大御色毛光照（41詔）〈『広雅』釈詁四に「光、照也。」〉

㉕カダミイツハル

・夫臣下等云者波……奸偽利諂曲流心無之天奉侍倍岐物仁在（44詔）〈『広雅』釈言に「奸、偽也。」〉

㉖トトノヘナホス

・汝等乃心乎等等能倍直之朕我教事不違之天東祢治牟（45詔）〈『類聚名義抄』の「正」「斉」「整」「飭」[5]等にトトノフの訓、『広雅』釈詁に「直、正也。」〉

㉒オコシサカエシム「興隆」㉓ウツクシビアハレム「慈愍」㉔ヒカリテル「光照」は、漢籍仏典[6]ともに見える一般的な用語であるが、宣命では「興隆」を仏教について用いており、「光照」も、仏典に、

瑠璃頗梨色、斯由仏光照。（『妙法蓮華経』方便品）

諸化菩薩亦作二金色一、其金色光二照于東方無量世界一。（『仏説勧普賢菩薩行法経』）

などとあり、この二語は仏教色の強い用法と認められる。

しかし、「慈愍」の例は漢文詔勅の、

無眥又不レ得レ官、朕甚愍レ之。（『漢書』景帝紀）

毎レ念二於此一、朕甚愍レ之。（『続日本紀』和銅二年十月二十八日）

などの表現に対応しているもので、「甚愍」をウツクシブ（(1)⑯参照）を用いて意訳したのであろう。

その他、仮名書きの場合も含むが、㉑ウベナミユルス「許諾」、㉕カダミイツハル「奸偽」、㉖トトノヘナホス「正直（整飭）」は、それぞれ『史記』項羽紀、『史記』酷吏伝、『左伝』荘公三十二年伝等に例がある語である。

称徳期に仏教語に基づく複合動詞が多いことを二・一で指摘したが、「光照」のような仏教的な用法のものだけでなく、漢籍の用語に至るまで幅広く漢語を取り入れている点が、この期の文体の特色であると言えよう。

(5)　光仁期〜桓武期（48詔〜62詔）

㉗マカリイマス

・天皇朝乎置而罷退止聞看而（51詔）〈『毛詩』衛風　考槃「大夫夙退」の鄭玄箋に「退、罷也。」〉

㉘タスケスクフ

・日上乃湊之天溺軍乎扶拯閉流労尓縁弖（『戦国策』宋策「若扶レ梁伐レ趙」の高誘注に「扶、助也。」、『左伝』昭公十一年「力尽而敝レ之是以無レ拯。」の杜預注に「拯、猶二救助一也。」）

㉗マカリイマス「罷退」㉘タスケスクフ「扶拯」は、『漢書』（それぞれ楚元王伝、淳于長伝）に例がある。光仁期以降は用例数に減少の傾向が見えるが、平安期になるとこの表現は宣命の特色となり、かえって盛行するようである。例えば、『続日本後紀』仁明天皇の天長十年二月十八日の宣命には「虧怠」「撫安」「輔導」「教諭」などが見える。漢文訓読の発達や宣命の詞句の伝承などを背景にして、漢語を和語化した表現が固定化していったのであろう。

二・四　並列表現と漢語の関係

例えば13詔には、「撫恵備賜」の複合動詞に類似した表現として、

天皇御霊多知乃恵賜比撫賜夫事依弖

天下乎波撫賜恵賜夫止奈母神奈我良母念坐須

天下乃百姓衆乎撫賜比恵賜久止宣

のように、動詞に「賜」を下接して並列した表現がある。文法上は、「撫恵備」に複合動詞としてのまとまりが考えられるのに対して、これらの例は「撫賜」「恵賜」の二文節を並列したものである。しかし、「撫賜恵賜」等は、「撫」と「恵」とが同義的で、かつ、複合動詞「撫恵備」と「撫賜恵賜」との間に待遇以外の意味的相違がないことにおいて複合動詞「撫恵備」と連続するものであり、複合動詞と同じく「連文」の「撫恵」を和らげたものと考えられる。そこで、このような動詞句の並列表現を複合動詞に準ずるものとして取り上げ、漢語との関係を検討す

る。

㉙教詔

・天下之政乎授賜譲賜而教給詔賜都良久（5詔）〈『尚書』微子「詔二王子一出レ迪。」の原本系『玉篇』所引の孔安国注に「詔、教也。」〉

㉚驚怪

・負図亀一頭献止奏賜不尓所聞行驚賜怪賜（6詔）〈『妙法蓮華経釈文』に「怪、驚怪也。」〉

㉛改換

・辞別詔久此大瑞物者……貴瑞以御世年号改賜換賜（6詔）〈『国語』魯語下「執政未レ改」の韋昭注に「改、易也。」、『説文』に「換、易也。」〉

㉜忘失

・教賜比趣賜比奈何良受被持弖不忘不失可有（10詔）〈『妙法蓮華経釈文』に「失、遺忘也。」〉

㉝過失

・於母夫気教牟祁事不過不失家門不荒弖自天皇朝尓仕奉（13詔）〈『広韻』に「失、錯也。」、『類聚名義抄』に「失ウシナフ　アヤマツ」〉

㉞捨棄（棄捨）

・穢奴等乎伎良比賜棄賜布尓依弖（19詔）〈『日本紀私記』乙本に「手端吉棄」の訓に「多那須衛能余之岐羅毗」〉

㉟養治

・高年窮乏孝義人等養給治賜止牟勅（50詔）〈『孟子』尽心下「養レ心莫レ善二於寡欲一。」の趙岐注に「養、治也。」〉

㊱歎憂

・山川浄所者執倶加母見行阿加良閉賜牟止歎賜比憂賜比（51詔）〈『礼記』坊記「戯而不レ歎。」の鄭玄注に「歎、謂二憂戚之声一也。」〉

㊲免宥

・免賜奈太毎賜比弖遠流罪治尓治（53詔）〈『類聚名義抄』に「宥」「免」にナダムの訓、『広雅』釈言に「宥、赦也。」、『周礼』秋官、郷士「欲レ免レ之。」の鄭玄注に「免、猶レ赦也。」〉

これらの基になった漢語の性質を考えると、まず㉛「改換」㉟「養治」は、次のように詔勅に見えるものである

㉛伏望改二換連姓一、蒙二賜朝臣一。（『続日本紀』延暦九年六月十七日）

㉟天生レ民、為レ之置レ君、以養二治之一。（『漢書』文帝紀）

また㉜「忘失」㉝「過失」は、『漢書』刑法志の記述にある、

三宥、一曰二弗識一、二曰二過失一、三曰二遺忘一。（もと『周礼』による）

などを承けて『続日本紀』でも、

若有二誦経忘却戒行過失者一、待二衆人知一、然後改正。（天平宝字四年七月二十七日の勅）

などとあることから、諸臣の罪を許すべき「三宥」をふまえた用語と思われる。ただし、「忘失」の語形は仏典のみ「有レ所レ忘二失一句一偈一。」（『妙法蓮華経』普賢菩薩勧発品）のように見える。

また、㉚「驚怪」を13詔のように特異な事象について用いるのは、中国史書の五行志の類に見られる。

今雉以二博士行礼之日一大衆聚会、飛集二於庭一、歴レ階登レ堂、万衆睢睢、驚怪連日。（『漢書』五行志）

有一狗突出、走入二司徒府門一、或見レ之者、莫レ不二驚怪一。（『後漢書』五行志）

などの例との関連が考えられる。

その他㉙「教詔」㉞「捨棄」㊱「憂歎」㊲「免宥」も漢籍類に見えるものである。[7]

これに対して祝詞では、このような動詞の並列は「祓給比清給」（六月晦大祓）「荒備給比健備給」「崇給比健備給」（上の二例は遷二却崇神一）の三例のみで、漢語との対応も考えにくいようである。

また以上の例と同じ構成をもつ表現として、形容詞（形容動詞）を並列した例の中に、漢語に依拠したと思われる例を挙げることができる。(8) その用例をカタカナで示し、（　）に語幹の部分の表記を示し、また万葉仮名書きのものは〈　〉に推定字を示しておく。

アシクキタナキ（悪穢45詔・悪垢44詔）、アヤシクコトニアル（奇異42詔三例あり）、アヤシクタフトキ（奇貴42詔・奇尊41詔）、カルクヤスラケク（軽安58詔）、キタナクアシキ（岐多奈久悪〈穢悪〉43詔）、クスシクアヤシキ（久須之久奇〈奇奇〉41詔）、コトニアヤシク（異奇46詔）、サカシマニアシキ（逆悪28詔）、サダカニアカキ（貞明44詔）、タカキタフトキ（高貴6詔）、タカキヒロキ（高広1詔）、タダシクアキラカニ（貞明45詔）、タダシクナホキ（正直5詔48詔）、タヒラケクヤスラケク（平安13詔14詔23詔24詔48詔54詔61詔）、ツタナクヲジナク（拙劣5詔14詔24詔48詔61詔・拙弱24詔48詔49詔・怯劣26詔・劣弱49詔・寡薄56詔）、ナガクトホク（長遠2詔3詔11詔）、ヒロクアツク（広厚51詔）、マメニアカキ（忠赤24詔61詔）、ヤスケクオダヒニアリ（安久於多比尓在〈安穏〉31詔）

このような並列形容語は、祝詞ではタヒラケクヤスケク（平久安久）の一語が見られるにすぎないけれども、宣命では小谷（一九七一）が指摘するように、「韻律的効果をねらった口承文学的修辞」として頻用されたものと考えられる。しかし、単に「修辞」上の理由だけではなく、例えば最も例の多いツタナクヲジナクは詔勅に、

朕以二寡薄一嗣二膺宝政一。（『南斉書』鬱林王紀）

などの例が見られるように、その他の語についても、漢語の影響した表現（翻読語）と見るべきものが多い。

三　結び

以上、宣命の複合動詞やそれに準じる並列表現から同義的な語の結合によると思われるものを取り上げることにより、漢語を和らげた用語（翻読語）が宣命に多数見られることを指摘した。また、このような複合動詞のもとになった漢語との関係を考証することによって、宣命が詔勅語や仏教語を中心とする漢語を和らげて取り入れており、殊に聖武期（13詔）や称徳期（特に41詔〜46詔）に仏教語を中心とする漢語を元にした表現が多く見られることを明らかにした。

宣命に漢語の影響を受けた用語が多く見られる理由としては、一つには、小谷（一九七九）の説のように、宣命が中国の漢文詔勅の表現の影響を受けているという事情が考えられる。しかし、詔勅の用語だけがこの種の複合動詞に見られるのではなく、仏教語や歴史書の用語など多様な語句が含まれ、さらに並列表現など応用的な表現にまで影響が及んでいるのであった。この点を踏まえると、複合動詞の面で中国の漢文詔勅からの影響は詔勅の慣用句の類にとどまっている面が強いと思われる。しかも、それは詔勅の直訳ではなく、意訳的なものであり、意訳において詔勅とは別の漢語を踏まえた翻読語が用いられている場合も多々見られる。宣命では、起草者の脳裏にある様々な漢語の知識が動員され、口頭言語としての宣命に相応しい表現として作り上げられる。本章で挙げた⑩の例のように宣命と漢文詔勅の内容が対応する事例があり、口頭で宣言された宣命の内容を具体的に施行するために後に漢文詔勅に作り直したとすると、漢語に基づく複合動詞類や並列表現が多く用いられている点は、漢文への書き換えを容易にしたともいえる。また、それを見越してあえて漢語の直訳的な詞句を使用した側面もあるかも知れない（『日本書紀』に含まれる漢文詔勅は、もとは宣命体のものを漢文に書き改めたと推定されている）。

宣命にこれほど多くの翻読語が見られることは、口頭言語における漢語の受容の方向性を暗示している。中納言「日本語歴史コーパス」で宣命の漢語サ変動詞を検索すると、「謀反す」「講読す」「読誦す」「護持す」「禁制す」「順す」「治擯す」の7語が検索されるに止まるが、本章で示した翻読語ははるかにそれを上回る例数が見られた。漢語は、文章の読解の場では意味が理解されたとしても、口頭表現においては漢語サ変動詞を用いにくい面がある。右の7語は、あくまで官人ならば耳で聞いてもわかる漢語というにとどまるのである。一方、平安初期の漢文訓読文においては『西大寺本金光明最勝王経』からは漢語サ変動詞は延べ208例が検出できるが、多くは理解語彙としての使用と見るべきであろう。宣命は、朝賀・即位・改元・立后・立太子などの儀式において天皇の意思を伝えるべく、中務省の内記が起草し、それを公卿や中務卿が宣読する形をとるのが一般である。起草に当たる内記は漢籍・仏典の表現に通じた儒者であり、その漢文知識を駆使し、聴者に威厳を持って天皇の意思を伝えるため、音声言語を前提とした案文を書く。それを読み上げる際には、翻読語（和語の複合動詞）を多く含めることよって、外来音のわかりにくさもなく、意味も理解しやすく、律動的な音声言語で聴衆に聞かせることができるのである。

『続日本紀宣命』や前章で見た『万葉集』の翻読語は、音声言語において日本語を表現し理解する場において用いられた漢語受容のあり方と言えよう。この種の語を用いる表現上の意図から言えば、「連文」を和らげた表現を多く用いることによって、和語一語では表し得ない明確で強調的な表現を作り出し、読み上げる際に聴者に荘重な印象を与えようとしたことが考える。この点は、後の『今昔物語集』『平家物語』に見えるこの種の語彙の場合も含め、漢語・漢文の影響を受けた「語り」の一技法と言う面から評価することも可能であろう。

注

（1）「連文」の定義は、湯浅廉孫『漢文解釈における連文の利用』（昭和十六年　文求堂）96頁に「熟語ノ一種デアッテ、一義ヲ通有セル二個、又ハ稀レニ二個以上ノ文字ガ、其ノ一義ヲ紐帯トシテ結合スルトキ、其ノ結合語ガ乃チ連文デアル」とあるのに依る。

（2）本節で見た語のうち、「諂曲」は『大漢和辞典』に載せてはいるが、仏教語として扱っている。『文淵閣四庫全書』によると、史書にも『宋書』『北史』に各一例が見えるが、『法苑珠林』23例の多くの例が検出される。その他、「歓喜」「誘進」は漢籍にも用例が見えることは本論に述べたが、宣命の用法は仏典が影響していると思われる。

（3）櫛木（一九八〇）、小林（一九八一）、大平（一九八四）の三論文、とりわけ大平聡氏が詳述しておられる。

（4）「恵」「慈」がウツクシブと訓まれたことは、小谷（一九七〇）を参照。

（5）『説文』に「飭、致レ堅也。従二人力一、食声、若レ勅。」とあることから、食をまっすぐの意をもつ直に通ずるものと見て、「飭」「直」は同系の単語家族であるとする説がある（藤堂一九六三）。

（6）漢籍の用例は『文淵閣四庫全書』による。仏典は『法華経一字索引』『維摩経・勝曼経一字索引』（いずれも東洋哲学研究所）、中村元『仏教語大辞典』などを参照した。

（7）「教詔」は『戦国策』燕策、「棄捨」は『易』井の孔穎達疏の注の一部、「憂歎」は『後漢書』馬皇后紀、「宥免」は『北史』郭祚伝にそれぞれ例が見える。

（8）用例は、『大漢和辞典』の見出し語などを参考にして、漢語的と思われるものを示した。したがってこれらは、漢語と構成上の類似点があると推測され今後出典の精査がなされることが望まれる。

参考文献

秋本守英（一九六九）「語構成と文構成」（『王朝』第一冊　中央図書）
太田善麿（一九八四）「宣命」（『日本古典文学大辞典』岩波書店）
大平聡（一九八四）「奈良時代の詔書と宣命」（『奈良平安時代史論集』上巻　吉川弘文館）
沖森卓也（一九七六）「続日本紀宣命の用字と文体」（『国語と国文学』53-9）
沖森卓也（一九七七）「続紀宣命の表記と文体―称徳期について―」（『松村明教授還暦記念　国語学と国語史』明治書院）
小山登久（一九七三）「万葉集の熟字」（『和歌の本質と展開』　桜楓社）

小山登久（一九七七）「古事記の表記法に関する二三の問題について—同義の漢字二字から成る熟語を中心に—」（『愛媛国文研究』27）
春日政治（一九五六）「和漢の混淆」（『古訓点の研究』　風間書房）
櫛木謙周（一九八〇）「宣命に関する一考察—漢文詔勅との関係を中心に—」（『続日本紀研究』210）
小谷博泰（一九七〇）「続日本紀宣命の訓読に関して—心中古止・恵賜比・所思行—」（『解釈』187）
小谷博泰（一九七一）「宣命の文体と上代における漢籍の訓読」（『文学・語学』61）
小谷博泰（一九七九）「宣命の起源と詔勅—上代における漢文の訓読に関して—」（『訓点語と訓点資料』62）
小林敏男（一九八一）「宣命と詔書式」（『鹿児島短期大学研究紀要』27）
中田祝夫（一九五四）『古点本の国語学的研究』（61～86頁　勉誠社）
藤堂明保（一九六三）『漢語の語源研究』（學燈社）

第四章　『源氏物語』の翻読語と文体

――連文による複合動詞を通して――

はじめに

第一章から第三章までに、『万葉集』や『宣命』において、同義的結合の複合動詞が多数指摘され、これらの中には、同義的な漢字の結合した熟語である「連文」の漢語を直訳した翻読語が多く含まれていることを述べた。これを通じ、上代の文体研究の上でこれまで気づかれていなかった観点として、同義的結合の複合動詞のかたちの翻読語が有効な観点であることが明らかになってきた。『万葉集』や『宣命』は上代の韻文・散文であるが、これらは本書の目的とする和漢混淆文の段階面から言うと、ウタやミコトノリという分野そのものを作り出すために、中国の漢詩や詔勅の漢語の語形を借りてそれを和語に写しただけの段階であり、そこには和漢の文体を対立的に捉えて「漢」の要素と「和」の要素を融合させようというような意識はなかったと考えられる。

中古に入ると「仮名」が定着し、それによって書かれた物語には書記用文体の一つとして和文体という文体意識も生じてくる。中古では漢文訓読の固定化もあり、その対局に漢文の文章・文体が対置されるようになり、和漢のことばを対立的に捉える意識が次第に醸成されてくるようになる。そのような時代において、前代に作り出された翻読語は、新たな役割を担うことになる。すなわち、和文体の表現を基本としながらもそこに「漢」の要素を漢語

（字音語）としてではなく、和語の翻読語の形によって取り入れ、表現の幅を広げようとする試みである。複合動詞の翻読語は、背後にある漢語表現を思い浮かべることができ、文体的な価値としては漢文的な表現としての意味を持つであろう。しかし、和語であるから物語の文体には大きな忌避感を与えず、導入されやすい。

本章で取り上げる『源氏物語』は、純粋な和文体と見ることに疑問がもたれ、相当程度に漢語・漢文による要素を和語の形で溶け込ませて取り入れていると予測される。『源氏物語』では『白氏文集』の詞章が直接的に取り入れられたような部分もあるが、ここではそのような直接的な影響ではなく、いわゆる連文を直訳してできた複合動詞による翻読語によって物語内容に則した表現を豊かにするために取り入れられた方法を取り上げる(1)。

一　対象とする複合動詞と分類方法

まず『源氏物語』の複合動詞を「中納言」（日本語歴史コーパス　CHJ）の長単位検索を用いて調査してみる(2)。索引類では、ある程度定着した一語的な複合動詞が採られ、一回的・臨時的な複合動詞、あるいは語としてのまとまりの弱い句的な表現は採られない。しかし、「中納言」の長単位検索によることで、動詞の連接箇所を悉皆的に抽出することができる利点がある。これは、『源氏物語』の文体的特徴を明らかにしようとする目的にとっては有効な方法である。

『源氏物語』（大島本を底本とし青表紙本で校訂した新編日本古典文学全集本）の動詞を長単位検索により検索すると、異なり語数で4148例が抽出できる。これは『日本古典対照分類語彙表』（以下「語彙表」）の複合動詞3794例に比べ354例も多い数である。以下これを、出現状況によって次のように分類して、次節以降で分析する基準とする（同義的な語についての例数については、次節で具体的に上げる）。

（A）語彙表で複数作品に見られる例
（B）語彙表で『源氏物語』にのみ見られる例
（C）語彙表に見られない例

（A）の例は、多くの作品に見られることから、複合動詞として定着し、ある程度固定的になっていると思われる複合動詞群である。

（B）の例は、語彙表（青表紙系統本を底本とする『源氏物語大成』の索引による）にとられた点で複合動詞の扱いがなされていると言えるが、他作品に見られないため、『源氏物語』で独自に生み出された蓋然性が高いものである。

（C）の例は、語彙表で複合動詞としてとられず、二語の結合として分離して把握された句的なものが多いと思われる。これも臨時的に作者が生み出したものであり、従来は見逃されてきたものであるが、『源氏物語』の独自の文体に関わるものとして注目できる。

本章では、特に（B）（C）のような『源氏物語』に特徴的に見られる具体例に注目して考察する。検討する複合動詞は、意味の近い動詞を繰り返した複合表現で、前項後項の意味の差が小さいと判断される同義的結合を主とし、意味の差の大きい類義的結合や反義的結合を含めて検討する。同義的結合の例は連文による翻読語が多く含まれると予測されるので、いくつかの代表的な例を取り上げて検討する。類義的結合の複合動詞は、従来『源氏物語』の文体的特徴の一つとされている「形容詞＋形容詞」の句との関連から考察する。その他、反義的結合の例も漢語との関係が予測されるため調査に加えた。これらを通じ『源氏物語』が『白氏文集』などを始めとする漢文作品の漢語を応用的に利用した独自の翻読語を生み出している可能性を指摘する。

二　長単位検索による複合動詞の概要

『源氏物語』の動詞を長単位（品詞―大分類―動詞）によって検索して得た4148語の動詞から、さらに同義的結合・類義的結合・反義的結合の複合動詞を抽出すると、異なり語数で総計311例を得た。それらを、前節で示した（Ａ）（Ｂ）（Ｃ）に分類した結果を（表1）に示した。

『源氏物語』の独自性を示すと思われる（Ｂ）「源氏のみ」の語93語と、（Ｃ）「語彙表になし」の語145語の総計238語は、総数311語の77％を占める。意味別では、同義的結合の（Ｂ）「源氏のみ」と（Ｃ）「語彙表になし」のような『源氏物語』に独自と思われる語は合計86語で、総計124語の69％を占めている。類義的結合でも、同87％で、『源氏物語』作者は同義的結合や類義的結合の複合動詞を積極的に作り出していることが窺える。

（表1）異なり語数による使用度数

	（Ａ）	（Ｂ）	（Ｃ）	合計
同義的結合	39	54	32	124
類義的結合	22	36	107	165
反義的結合	13	3	6	22
合計	74	93	145	311

（表2）延べ語数による使用度数

同義的結合	類義的結合	反義的結合
523	324	107

平安時代の複合動詞は、動詞を自由に結合し作り出す面があるため、現代語のそれとは異なって結合が弱い面が指摘されている。しかし、日常化した漢語の少ない時代（あるいは文体）にあって、漢語による複合動詞は表現の

ための語彙を豊かにするのに有効な手段であったであろう。同義的結合や類義的結合では使用度数が少ない例が多く、使用度数1のものが、同義的結合では62％（異なり語数124語中77語）、類義的結合の例では同84％（異なり語数165語中139語）にも上っている。このような使用度数の少ない例は、内容に応じて臨時的に作られたものと思われる。また、延べ語数の面から見ると、同義的結合・類義的結合・反義的結合の複合動詞の総度数は954語である。その内訳を（表2）に示しておいた。延べ語数から見ると、類義的結合よりは同義的結合の例がかなり多く、異なり語数との比率から見ると反義的結合も多い。反義的結合の例が多いのは、「明かし暮らす」21例、「出で入る」16例、「起き居る」14例、「遅れ先立つ」9例、「聞こえ承る」9例など使用度数が高い語を含むことが影響している。一方で同義的結合の使用度数が高いのは、固定化した（A）の例が多いためである。使用度数が特に高い語は和漢混淆文において頻度の高い語であり文体的特徴の指標となるが、これら高頻度語については第六章・第八章等で考察したい。

三　同義的結合・類義的結合・反義結合の複合動詞

次に、（一）同義的結合の複合動詞、（二）類義的結合の複合動詞、（三）反義結合の複合動詞について、（A）語彙表で複数作品に見られる語、（B）語彙表で『源氏物語』にのみ見られる語、（C）語彙表に見られない語に分け、抽出された全例を挙げておく。括弧内に用例数と漢字表記を示す（□は漢字が当てがたい例）。翻読語の候補を抽出するために、『大漢和辞典』において項目が見られる漢語表現には傍線を付す（ただし「ゆきすぐ」に対する漢字「過行」が「誤った行い」のように別の意味である場合は除く）。点線は漢語が転倒形として項目にある場合である。また、長単位検索では、「(せ)たまふ」「きこゆ」「たてまつる」などの敬語要素が動詞の一部として扱われるが、除いて掲示する（「こしらえきこえなぐさめたまう」→「こしらえなぐさむ」等）。

（一）同義的結合の複合動詞（125語）

（A）語彙表で複数作品に見られる例（39語）

いでく（127出来）・おしはかる（89推量）・おひいづ（54生出）・うけひく（19承引）・えりいづ（13選出）・きえいる（13消入）・とひきく（12問聴）・すぎゆく（11過行）・うつふしふす（10俯臥）・きえうす（8消亡）・たえいる（5絶入）・おこなひつとむ（4行勤）・おどろきさわぐ（3驚騒）・こひかなしむ〈ぶ〉（3恋悲）・ともしつく（3灯点）・にげかくる（3逃隠）・ゆきかよふ（3行通）・あそびたはぶる（2遊戯）・おいおとろふ（2老衰）・たづねとふ（2訪問）・ちりみだる（2散乱）・つくしはつ（2尽果）・つげしらす（2告知）・なげきしづむ（2歎沈）・のこりとどまる（2残留）・〈以下一例〉いたりつく（到着）・うつりゆく（移行）・うばひとる（奪取）・うれへなげく（憂歎）・おいくづほる（老頽）・こひねがふ（請願）・しにいる（死入）・つきはつ（尽果）・とぶらひみる（訪見）・とりおこなふ（執行）・ののしりさわぐ（罵騒）・はなちやる（放遣）・ひかりかがやく（光輝）・まねびにす（学似）

（B）語彙表で『源氏物語』にのみ見られる例（54語）

おいしらふ（7老痴）・あへしらふ（4応答）・いとひはなる（4厭離）・おちあぶる（4落溢）・のこりとまる（4残留）・あひしらふ（3応答）・いだしはなつ（3出放）・おぢはばかる（3畏憚）・こひかなしむ〈ぶ〉（3悲恋）・やせほそる（3痩細）・あがめかしづく（2崇寵）・もてなしかしづく（2以成寵）・なれむつぶ（2馴擾）・ならひまねぶ（2習学）・なでかしづく（2撫寵）・かくろへしのぶ（2隠忍）・かくれしのぶ（2隠忍）・うけたまはりつたふ（2承伝）・いとひすつ（2厭捨）・あらはれいでく（2現出・出来）・〈以下一例〉あかれちる（分散）・あつかひうしろみる（扱後見）・いたはりかしづく（労傅）・いつきかしづく（傅傅）・うれへなく（憂泣）・えらびいづ（選出）・えりいだす（選出）・おちぶる（落溢）・おとづれよる（訪寄）・おとづれく（訪来）・おどろきおづ（驚怖）・おどろきまどふ（驚惑）・かしづきあがむ（寵崇）・かよはししる（通知）・くみはかる（酌量）・しづめまもる（鎮護）・ただよ

ひさすらふ（漂浪）・たづねとぶらふ（訪問）・ちかづきよる（近寄）・とどろきひびく（轟響）・なでやしなふ（撫養）・なよびやはらぐ（和和）・なれまじらふ（馴交）・にくみうらむ（憎恨）・ぬれしめる（濡湿）・のこしとどむ（残留）・はばかりおづ（憚畏）・ほけしる（惚痴）・まなびしる（学識）・みだれちる（乱散）・むつびなる（擾馴）・もてかしづきあがむ（寵崇）・やつれしのぶ（窶忍）・わきまへしる（弁知）

（C）語彙表に見られない例（32語）

うちささめきかたらふ（2□語）・おどろきかしこまる（2驚惶）・をしみあたらしがる（2惜惜）〈以下一例〉うそぶきずんず（嘯誦）・うちうそぶきくちずさぶ（嘯吟）・うちとけむつぶ（解睦）・うちしめりぬる（湿濡）・うつくしびもてあそぶ（愛弄）・うつくしみあつかふ（愛扱）・うらみそねむ（嫉妬）・おとしめそねむ（貶妬）・おもひあつかひうしろみる（思扱後見）・おもひそめはじむ（初始）・かろめあなづる（軽侮）・かろめろうず（軽弄）・くゆりかをる（燻香）・せいしいさむ（制諌）・せめうらむ（責恨）・そばみうらむ（側恨）・ととのへかざる（整飾）・とほしかよはす（通行）・なげきをしむ（歎惜）・なびきしたがふ（靡従）・なびきかしづく（靡寵）・なびきさぶらふ（靡侍）・なびきめづ（靡愛）・のがれそむきはなる（逃背離）・はぢらひしめる（羞湿）・まつりごちしる（政知）・わらひあなづる（笑侮）・ゐんじうけふ（怨誓）・をしみくちをしがる（惜惜）

（二）類義的結合の複合動詞（165語）

（A）語彙表で複数作品に見られる例（22語）

まかづ（43罷出）・まゐりく（39参来）・まうのぼる（18参上）・みきく（13見聞）・すぐしく（7過来）・まかりいづ（6罷出）・とどめおく（5留置）・わたりまゐる（5渡参）・せきとむ（4堰止）・ちかづきまゐる（4近参）・なげきわぶ（3歎侘）・やせおとろふ（3痩衰）・あけたつ（2明立）・ただよひありく（2漂歩）・とぶらひまうづ（2訪参

出）・〈以下一例〉しなえうらぶる（萎□）・しのびやつす（忍窶）・なきさけぶ（泣叫〈叫喚〉）・なきなげく（泣歎）・ならひよむ（習読）・はなちつかはす（放遣）・やせさらぼふ（痩□）

（B）語彙表で『源氏物語』にのみ見られる例（36語）

きき見る（6聞見）・こひしのぶ（4恋偲）・（うち）しのびやつる（2忍窶）・よばひののしる（2呼罵）・まじらひなる（2交馴）・とぶらひまゐる（2訪参）・ちぎりたのむ（2契頼）・そむきすつ（2背離）・ずんじののしる（2誦罵）・わたり通ふ（2渡通）〈以下一例〉うしろみかしづく（後見傅）・おいかがまる（老屈）・おぢまどふ（怖惑）・おどろきおくす（驚臆）・かよはしわたす（通渡）・さうぞきけさうず（装束化粧）・しつらひみがく（設磨）・しつらひかしづく（設傅）・しつらひすう（設据）・しのびかくろふ（忍隠）・しらべととのふ（調整）・そそめきさわぐ（□騒）・そむきかくる（背隠）・そむきさる（背去）・そむきはなる（背離）・たふれまろぶ（転倒）・ちかひたのむ（誓頼）・とぶらひいでく（訪出来）・なげきしをる（歎萎）・なりとどろく（鳴轟）・はばかりはづ（憚恥）・みちびきいる（導入）・めであさむ（愛浅）・やせあをむ（痩青）・よそへなずらふ（寄擬）・よみならふ（読習）

（C）語彙表に見られない例（107語）

ふうじこむ（3封入）・〈以下一例〉あはめうらむ（淡恨）・あはめにくむ（淡憎）・いのりかぢす（祈加持）・いひつづけののしる（言続罵）・うちしのびやつる（忍窶）・うちずんじひとりごつ（誦独言）・うちけさうじつくろふ（化粧繕）・うちなやみおもやす（悩面痩）・うちはなやぎさればむ（華戯）・うちまきしちらす（撒散）・うちまぜおもひわたる（混思）・うちまぜみだる（混乱）・うらみそむく（恨背）・えりととのへすぐる（選整選）・えんだちけしきばむ（艶気色）・えんだちいろめく（艶色）・おとなびととのふ（大人整）・おとりけつ（劣消）・おぼつかながりなげく（覚束無歎）・おもひおとりひげす（思劣卑下）・おもひあがりおよすく（思上□）・おもひかしづきうしろみる（思傅後見）・おもひつづけながむ（思続眺）・おもひやりうしろみる（思遣後見）・かかいしのぼる（加階上）・かかづらひ

たどりよる（繋辿寄）・かきたえほのめきまゐる（絶仄）・かきうつ（書打）・かきくらしおもひみだる（掻暗思乱）・かさなりまさる（重増）・かたさりはばかる（片去憚）・かたぶきあやしぶ（傾怪）・かへしたまはる（返賜）・ききわきおもひしる（聞分思知）・きこえさせのたまひおく（聞宣）・きこしめしのたまはす（聞宣）・きようじめづ（興愛）・くだしつかはす（下遣）・くろみおちいる（黒陥）・くろみやつる（黒窶）・けうじつかうまつる（孝仕）・けさうばみなまめく（懸想生）・けしきとりしたがふ（気色取従）・けしきばみほほえみわたる（気色微笑）・けづりつくろふ（梳繕）・こしらへなぐさむ（拵慰）・こしらへなびかす（拵靡）・さくじりおよすぐ（□□）・しなほしひきつくろふ（直繕）・したがひくづほる（従頽）・したがひなびく（従靡）・しりとどのふ（知調）・しろしめしごらんず（知御覧）・しろしめしととのふ（知調）・しをれしぬ（萎死）・すすめおもむく（勧赴）・すりししつらふ（修理設）・すりしつくろふ（修理繕）・そしりうらむ（謗恨）・たきしめさうぞく（焚染装束）・たちよりとぶらふ（立寄訪）・たちよりものす（立寄□）・たづねかはしいふ（尋交言）・たまはりあづかる（賜預）・ついせうしつかうまつる（追従仕）・つかはしとぶらふ（遣訪）・つきしろひめくはす（突目配）・つくろひけさうず（繕化粧）・つくろひようい す（繕用意）・つくろひみがく（繕磨）・ととのへみがく（整磨）・ながらへとまる（長止）・なぐさめまぎらはす（慰紛）・なげきいとほしがる（歎□）・なまめきわかぶ（生若）・なりかはる（成変）・のたまはせおぼす（宣思）・はしたなめさしはなつ（端無差放）・はしたなめわづらはす（端無煩）・はづかしめうらむ（辱恨）・はつれそそく（□□）・はなちたまはす（放賜）・はばかりまめだつ（憚□）・はらだちゐんず（腹立怨）・はらだちうらむ（腹立恨）・ひきいりしづみいる（引入沈入）・ひきいりしづむ（引入沈）・ひきつくろひかざる（繕飾）・ひきつくろひけさうず（繕化粧）・ふきふぶく（吹吹雪）・まゐりちかづきなる（参近馴）・みいれかずまふ（見入数）・みいれついしようす（見入追従）・みだれうれふ（乱憂）・みだれうちとく（乱解）・みみふりめなる（耳旧目馴）・めざましがりなげく（目覚歎）・もてけちかろむ（消軽）・もてはなれはしたなむ（離□）・もらしおとす（漏落）・ゆがみよろぼふ（歪蹌

踉）・ゆしあんず（揺按）・よしばみなさけだつ（由情）・よそひまうく（装設）・よわりそこなふ（弱損）・をしみなげく（惜歎）

（三）反義結合の複合動詞（22語）

（A）語彙表で複数作品に見られる例（13語）

あかしくらす（21明暮）・いでいる（16出入）・おきゐる（14起居）・おくれさきだつ（9遅先立）・あけくる（5明暮）・おとりまさる（5劣優）・あけくらす（4明暮）・たたずみありく（4佇歩）・たち居る（3起居）・ゆきかへる（3往還）・〈以下一例〉うきしづむ（浮沈）・ねおく（寝起）・みちひる（満干）

（B）語彙表で『源氏物語』にのみ見られる例（3語）

おほとのごもりおく（4寝起）・〈以下一例〉いだしいる（出入）・ゆきめぐりく（往巡来（往来））

（C）語彙表に見られない例（6語）

きこえうけたまはる（9聞承）・〈以下一例〉うかべしづむ（浮沈）・おきふしなびく（起臥靡）・きこえさせうけたまはる（聞承）・さきちる（咲散）・そうしくだす（奏下）

（一）の同義的結合とした例は、連文の漢語を元に作られた翻読語と思われる語が多く含まれている。個々の語毎に詳しい検討を行うべきであるが、ここでは大きな傾向を見ておきたい。（一）では他作品にもある（A）だけでなく、『源氏物語』のみに例が見える（B）においてもかなり『大漢和辞典』に見える項目との対応例が見られ、『源氏物語』に特徴的な語が翻読語である可能性が強いことが窺える。それに対して（C）は『源氏物語』の文体特性によって生じた個別的な句的表現が多いとみられる。

（A）は、他作品に見られることから、いちおう、すでに一般化していた複合動詞による翻読語と見られる。ただし、この中には『源氏物語』の例がもっとも古く、それ以降の作品にも見られる語を含んでいる。そこで、その内訳を『源氏物語』よりも前の時期か同時期の作品に例のあるものと、後の時期の作品に例のあるもの分けてそれぞれの最初の作品名とともに示してみる（掲出順は頻度による）。

○『源氏物語』より前の時代の作品に例のあるもの（括弧内は一番古い作品名）

「いでく」（万葉集）・「おしはかる」（蜻蛉日記）・「おひいづ」（万葉集）・「うけひく」（枕草子）・「えりいづ」（枕草子）・きえいる（枕草子）・「すぎゆく」（万葉集）。「とひきく」（枕草子）・「ゆきがよふ」（万葉集）・「たえいる」（竹取物語）・「きえうす」（万葉集）・「ともしつく」（蜻蛉日記）・「にげかくる」（蜻蛉日記）・「おどろきさわぐ」（蜻蛉日記）・「ちりみだる」（万葉集）・「いたりつく」（蜻蛉日記）・「うつりゆく」（万葉集）・「うれへなげく」（土佐日記）・「おいおとろふ」（竹取物語）・「おいくづほる」（枕草子）・「しにいる」（伊勢物語）・「つきはつ」（蜻蛉日記）・「つくしはつ」（竹取物語）・「とぶらひみる」（枕草子）・まねびにす（枕草子）

○『源氏物語』より後の時代の作品にも例のあるもの

「うつぶしふす」（宇治拾遺物語）・「おこなひつとむ」（大鏡）・「あそびたはぶる」（平家物語）「なげきしづむ」（平家物語）・「のこりとどまる」（平家物語）・「うばひとる」（平家物語）・「こひねがふ」（平家物語）・「こひかなしむ」（平家物語）・「たづねとふ」（更級日記）・「つげしらす」（平家物語）・「とりおこなふ」（平家物語）・「ののしりさわぐ」（宇治拾遺物語）・「はなちやる」（平家物語）・「ひかりかがやく」（更級日記）

右の整理によると、『源氏物語』は、成立以前すでに見える語彙を使用していることが窺える。しかし、その使用には一定の傾向が見られるようである。一つには、『万葉集』（いでく・ちりみだる）、『竹取物語』（たえいる・おいおとろふ）『伊勢物語』（しにいる）『土佐日記』（うれへなげく）など、歌集や平安初期の仮名文に見える語がある点が挙げられる。これらに見える語は、同義的結合の複合動詞が、漢文表現の影響を多分に受けている上代の歌や初期の和文作品において取り入れられたことを示すであろう。この中に、「たえいる」「しにいる」など必ずしも漢語の直訳ではない語も含まれるが、和文に溶け込みやすい表現として早くから用いられたのであろう。

また、共通して多く見られる作品が『蜻蛉日記』『枕草子』に偏ることも注意される。『蜻蛉日記』とのみ共通する語として「おどろきさわぐ」「ともしびつく」「にげかくる（平家にもあり）」「いたりつく」「つきはつ（宇治、平家にもあり）」があり、『枕草子』とのみ共通する語「うけひく」「えりいづ」「きえいる」「とひきく（紫式部日記にもあり）」「とぶらひみる」「おいくづほる」「まねびにす」など、この2作品との共通語が多い。『蜻蛉日記』は、「ごとし」「くして・ずして」「ら」など漢文訓読語とされる語を用いており、築島はこれらの語法が口語性を持つための使用と推定している。しかし、『蜻蛉日記』はその成立において白詩など漢詩文や漢文日記の影響があることが、神谷（一九九二）、石原（一九九四）、小野（一九九七）、斎藤（二〇〇二）などに論じられていることから、これらの語法は漢文表現の影響の一環と捉えられる可能性が高いであろう。右の共通語については、「驚騒」（『中右記』1例等）「点灯」（『碧山日録』2例等）「逃隠」（『小右記』14例）「到着」（『小右記』16例）など漢文日記に見える用例がほとんどであるから、一般的な漢語表現から想起された翻読語が一致した結果と思われる。つまり口語化というより、一般的な文章語として用いられる漢語知識の現れと思われるが、あるいは『蜻蛉日記』から『源氏物語』への影響も想定されよう。『蜻蛉日記』は、白詩などの漢詩文の表現を取り入れる点も指摘され、この点は後述するように『源氏物語』の翻読語の中にも指摘できるものがある。共通語の使用は、大きく言えば、漢文にもとづく表現である翻読語を導入しようとする両作の文体的傾向の一致と見なせるのである。また、『枕草子』との共通語についても、清少納言は式部と同じく漢詩漢文に通じた女性であり、「承引」による「うけひく」を用いるなど、やはり一般的な漢語知識を利用する傾向が一致したためと考えられる。

一方で、『源氏物語』を初出とし以降の平安時代には例が少ない語や、後の『宇治拾遺物語』『平家物語』など中世作品と共通する語もある。『更級日記』の「ひかりかがやく」などは、作品の内容自体に『源氏物語』の影響が窺え、直接的な影響を受けた使用と思われる。『大鏡』と共通する「おこなひつとむ」は、仏教語「勤行」を翻読して取り入れたとすれば、影響と言うより翻読語が和語造出の共通した方法であったことを示すであろう。また、「うつぶしふす（「俯伏」による）」は、『源氏物語』10例『紫式部日記』1例で、あとは『宇治拾遺物語』4例にも見えるが、平安時代では紫式部の独自語と言ってよい語である。さらに、平安時代では『源氏物語』にしか見えず、時代が飛んで、中世の和漢混淆文にのみ見られる語がある。『覚一本平家物語』と共通する例として「こひかなしむ」「あそびたはぶる」「つげしらす（徒然にもあり）」「なげきしづむ」「のこりとどまる」「うばひとる」「こひねがふ」「とりおこなふ（徒然にもあり）」「ののしりさわぐ（宇治にもあり）」「はなちやる」などである。これらは、和文的な語彙を多く含む『覚一本平家物語』が王朝文学の用語を取り入れた可能性もあるが、元の漢語と置き換えやすい語であり、両作品で独自に使用された可能性もある。

（C）になると、漢語との対応例は少なくなり、単語と言うよりは臨時的に結びついた句と見られる表現が多くを占める。その中でも、「うらみそねむ」「おどろきかしこまる」「かろめあなづる」「ととのへかざる」「とほしかよはす」など漢語との関係が推測される例も含んでいる。ここでは、翻読語を背景にした例として、「そばみうらむ」を取り上げておく。この複合動詞に含まれる「そばむ」は、『観智院本類聚名義抄』に「側　ソバム」とある訓読語であり、『源氏物語』での使用は、冒頭の桐壺巻から、以降の使用に先駆けた例が指摘される。

○上達部、上人なども、あいなく目を側めつつ、いとまばゆき人の御おぼえなり。（桐壺）

○京師長吏為之側目（京師ノ長吏モ之ガ為ニ目ヲ側ム）（『白氏文集』「長恨歌伝」陳鴻）

『源氏物語』の「目を側め」は『白氏文集』の「側目」による翻読語であることはすでに注釈等で触れられている

ところである。『大漢和辞典』の「側目」の項では「にくんで横目で見る」意として『漢書』劉向伝、『歴代名畫記』などの例を指摘している。和語動詞「そばむ」は、他作品では例は多くなく、『源氏物語』に先行する『落窪物語』に1例、『蜻蛉日記』に2例があり、「顔を横に背ける」「疎遠になる」などの意味で用いている。次の『落窪物語』の例では、単に横を向く意味であるが、漢文の影響のある『蜻蛉日記』の例では「疎遠」「横を向く」など心理的内容も感じられる意味である点が注意される。

○腰より下にひきかけて、側みてあれば、顔は見えず。（『落窪物語』巻一）

○わがなかはそばみぬるかと思ふまでみきとばかりもけしきばむかな（疎遠）（『蜻蛉日記』下）

○うちそばみ君ひとり御世まろこすげまろは人すげなしといふなり（横を向く）（『蜻蛉日記』巻末歌集）

『源氏物語』の「そばむ」では『長恨歌伝』の「側目」の「顔を背けて嫉妬する」という意味の影響を受けており、例数も多い（四段動詞8例、下二段動詞4例）。動詞「そばむ」は、『源氏物語大辞典』の意味記述を参照すると、下二段活用では「顔を背ける」「目を背ける」、四段活用では「横を向く」「すねる・僻む」「正統を外す」の意味とされる。単独動詞「側む」が動作的な「目を背ける」動作的な意味とともに、心理的な「すねる・僻む」意味を持つのは、『長恨歌伝』の「側目」の用法による影響があろう。すなわち、『源氏物語』では、漢語「側目」の翻読表現「目を側む」により「そばむ」は心理面を含む意味を獲得し（意味借用）、「うらむ」と近い語と認識した結果、(C)「そばみうらむ」のように応用的・臨時的な複合動詞が用いられたと考えられる。

○明け暮れにつけてよろづに思しやりとぶらひきこえたまふを頼みにて過ぐいたまふ所なれば、いまめかしう心にくきさまにそばみ恨みたまふべきならねば、心やすげなり。（すねたり恨んだりの意）（澪標）

なお、『源氏物語』に13例見られる名詞の「そばめ（側目）」もあるが、『源氏物語』より古い例がなく、「側目」の翻読語として生じた可能性がある。ただ、意味は「横から見ること」「横から見える姿」等とされ（秋山虔・室伏信介編『源氏物語大辞典』）、心理的意味がない。後の『平家物語』などでは「側目」の影響から「側目たつ」「側目にかく」の形で「睨んだり、憎しみの視線を向ける」意の例があるという（『日本国語大辞典（第二版）』語誌）。『源氏物語』では「そばむ」の他にも、他の和文に比べて突出して例が多く、かつ漢文の用法と近い語がいくつか見られる語がある。その意味用法は、『源氏物語』における漢文的表現を和語に置き換えた方法として注目される（本章第五節、第五章参照）。その他に、漢文と関わる複合動詞の例については、本章の四節・五節で後述する。

（二）の類義的結合の例では、「見聞く」のように漢語との関係が考えられるものは少数で、意味のやや離れた語を並列的に組み合わせ、臨時的に作られた句の性格が強いものが含まれるが、（C）のような句的な表現が極めて多い点は注意すべきである。このように並列的な表現を作り出すことが文章の基調になっており、第五節で指摘する形容詞の並列の場合とともに『源氏物語』の文章表現の特徴になっている。（B）（C）では、「さうぞきけさうず」「おもひおとりひげす」（思劣卑下）「おもひかしづきうしろみる」「ききわきおもひしる」「みみふりめなる」のような句（対句）的な例も見られる。本章ではこれらの類義の例については詳細な考察は省くが、たとえば「めであさむ」は、賞美する意味の「めで」に一見不釣り合いな「あさむ」が結合している。「あさむ」は驚きあきれる意味でどちらかというと悪い意味が多いが、「めであさむ」の「あさむ」は「（すばらしくて）あっけにとられる」意と解される（『日本国語大辞典』の意味項目（二）ではあっけにとられる意味の「あさむ」はよい意味にも用いることを指摘している）。このような一見突飛な結びつきを作るところにも、式部の造語の応用力の高さが窺えるのではなかろうか。

（三）の反義結合の語も漢語との関係の想定される語が含まれる。「あかしくらす（明暮）」「いでいる（出入）」「おきゐる（起居）」などは『源氏物語』での頻度が高いが、平安和文では『源氏物語』に多く、その他では漢文訓読の影響のある作品に例の多い点が注意される。特に「あかしくらす」「いでいる」はその傾向が強く見られる。

○あかしくらす　竹取1・蜻蛉3・源氏21・紫1・宇治1・平家8・徒然2
○いでいる　土佐1・枕7・源氏15・紫1・方丈1・宇治3・平家2・徒然1
○おきゐる　万葉2・竹取1・古今1・後撰6・枕4・源氏15・更級1・新古今1・宇治1

一方、「おきゐる」は、『万葉集』以降、『古今集』『後撰和歌集』『新古今集』など和歌で多く用いられた語である。少数の例であるが、『万葉集』で家持が愛用した「ゆきがへる（往還）」も見られる（第二章参照）。

四　『源氏物語』の翻読語の特質

前節で挙げた（一）～（三）において、（A）のように複数作品に見られ、使用度数が高いものがある。一方、（B）「『源氏物語』にのみ見られる語」、（C）「語彙表に見られない語」があるが、これらは概ね『源氏物語』で一例しか見られないものが多い。つまり、『源氏物語』には他作品に見られ例数も多い一般的な語と、他作品に見られず臨時的に用いられた語が含まれるのである。

ここでは、複数の複合動詞にわたって用いた語を含む例に着目し、作者が好んで使用した表現を考えてみたい。次に三節で挙げた語群から該当例を挙げ、（B）「源氏物語にのみ見られる例」に＊印、（C）「語彙表に見られない例」に○印を付して示す。また、関連すると思われる漢語を↓に示し、『六国史』や中国史書・『白氏文集』等から検索される資料名を挙げておく。

①あがめかしづく＊・かしづきあがむ＊・もてかしづきあがむ＊・（もてなしかしづく＊）
↓崇寵（続日本後紀・後漢書・三国志・白氏文集）『類聚名義抄』で「崇」「寵」にアガム、「崇」にカシヅクの訓がある。

②いとひすつ＊・いとひはなる＊
↓厭離（白氏文集）
③うらみそねむ○・にくみうらむ＊
↓嫉妬（日本書紀・史記・漢書・後漢書・三国志・晋書）『類聚名義抄』で「嫉」にウラム、「妬」にソネム。

怨恨（史記・漢書・後漢書・三国志・晋書・白氏文集）
④うれへなく＊・うれへなげく
↓憂歎（三代実録・後漢書・三国志・晋書・白氏文集）
⑤えらびいづ＊・えりいだす＊・えりいづ
↓選出（宋史・白氏文集）
⑥おいおとろふ・おいかる・おいくづほる・おいしらふ＊
↓老衰（後漢書・白氏文集）・老枯（白氏文集）・老耄（三代実録・文徳天皇実録・史記・漢書・後漢書・三国志・晋書）
⑦おぢはばかる＊・はばかりおづ＊
↓畏憚（続日本紀・三代実録・史記・漢書・後漢書・三国志・晋書）・恐懼（日本書紀・続日本紀・三代実録・史記・漢書・後漢書・三国志・晋書・白氏文集）
⑧おどろきさわぐ・おどろきおづ＊・おどろきかしこまる○・おどろきまどふ＊
↓驚騒・驚怖（続日本紀・史記・後漢書・三国志・晋書）・驚惶（後漢書・三国志・晋書・白氏文集）・驚惑（後漢書）『類聚名義抄』で「惶」にカシコマル。
⑨かろめあなづる○・かろめろうず○・わらひあなづる○

↓軽侮（史記・漢書・後漢書・三国志）・軽慢（漢書・後漢書・三国志・晋書）・侮弄（三国志）・嘲笑（魏書）

⑩きえうす・きえいる

↓消失（三代実録・宋書）・消亡（史記・漢書・後漢書・三国志・晋書）消盡（三国志・白氏文集）

⑪しにいる・たへいる

↓入滅（史記・白氏文集）※「たへいる」は「気絶」「入滅」等の混淆と見ておく。

⑫たづねとふ・たづねとぶらふ＊

↓訪問（史記・漢書・後漢書・三国志・晋書・白氏文集）・尋訪（後漢書・晋書）

⑬なげきをしむ○・なげきしづむ

↓歎惜（日本書紀・三代実録・後漢書・三国志・晋書・白氏文集）・歎息（日本書紀・続日本後紀・史記・漢書・後漢書・三国志・白氏文集）

⑭なでやしなふ＊・なでかしづく＊

↓撫養（続日本紀・文徳天皇実録・史記・漢書・三国志・晋書・白氏文集）・撫育（続日本紀・日本後紀・文徳天皇実録・三代実録・後漢書・三国志・晋書）

⑮なびきしたがふ○・なびきかしづく○・なびきさぶらふ○・なびきめづ○

↓靡靡（日本書紀・史記・白氏文集）

⑯なれむつぶ＊・むつびなる＊

↓馴擾（後漢書・晋書）『類聚名義抄』で「擾」にナレタリ、「馴」にムツル。

⑰のこしとどむ＊・のこりとどまる・のこりとまる＊

↓残留（魏書）

⑱をしみくちをしがる○・をしみあたらしがる
↓惜傷・痛惜（日本書紀・続日本紀・漢書・後漢書・三国志・晋書・白氏文集）・悼惜（続日本紀・史記・後漢書・三国志・晋書）『類聚名義抄』で「惜」にアタラシカル。

⑩⑪⑬以外の複合動詞は、（B）（C）の例を含み、『源氏物語』独自の例が多い。これらは『日本書紀』などの日本史書や中国史書、『白氏文集』に見える漢語の対応例が見える。「日本紀の御局」と言われた紫式部だけに『日本書紀』との対応例も注意されるが、それ以上に『源氏物語』に影響した『白氏文集』が関連する語が15項目に見られる点が注意されよう。[3] 式部は、漢籍を読む中で覚えた熟語の知識を元にした可能性が高い。例えば次の例。

○帝よりはじめたてまつりて、もてかしづきあがめたてまつりたまひしを、人の上もわが御身のありさまも思し出でられて……　（明石）

○昨日まで高き親の家にあがめられかしづかれし人のむすめの、今日はなほなほしく下れる際のすき者どもに名を立ちあざむかれて……　（若菜上）

○なほ人のあがめかしづきたまへらんに助けられてこそ　（夕霧）

○乃加二家卿一、以示二崇寵一　（『白氏文集』巻三十八「除二韓皐東都留守一制」）

『観智院本類聚名義抄』によると、「崇」「寵」に「アガム」、「崇」に「カシヅク」の和訓があり、同義的な両字を結びつけた連文の漢語「崇寵」が『源氏物語』に影響を与えた『白氏文集』に見られる（石塚（二〇一三）に、この表現への漢語の影響の指摘がある）。これに照らせば、『源氏物語』においては、「崇寵」の直訳形である「かしづきあがむ」に「もて」を加えた「もてかしづきあがむ」、転倒形「あがめかしづく」、句的な「あがめられかしづかれ」などが作られ、さらに「もて」を「もてなし」とした「もてなしかしづく」が応用的に生み出されたと解される。用法面で見ると、『白氏文集』は帝の制詔の例であるが、『源氏物語』でも明石巻で帝の寵愛に用いており、その他、庇護者が大切に養育することに広く使われていることが看取され、内容の関連を伴う。『源氏物語』の翻読語は、漢文の表現を下敷きにしながら、語形や用法を加工して和文的な文体に馴染ませている。以下、右の翻読語の例から窺える語形や意味用法の特質を列記しておく。

(1)　複数の複合動詞にわたっている要素を含むもののほとんどが源氏のみであるか語彙表にない語である。これは同義的結合の複合動詞が『源氏物語』で独自であるものが中核を占め、作者が積極的にこの種の語や表現を生み出そうとしたことを物語る。

(2)　意味の上では精神的な内容の動詞が多く、『源氏物語』では人物の心理を描くのに漢語の翻読語を多く利用している。後述するように、並立形容詞でも感情・思考に関わる表現が多く、人物の内面を表すのに漢語を基礎にした翻読表現で心理の陰影を描き出そうとした作者の工夫が窺える。

(3)　『源氏物語』のみの例には『今昔物語集』などにも多く見られるような転倒形が含まれる。「あがめかしづく」「かしづきあがむ」、「おぢはばかる」「はばかりおづ」、「なれむつぶ」「むつびなる」などである。これらは同義的であることの証左である。

(4)　「あがむ」「あざける」「やしなふ」のような漢文訓読文に多い語や、「弄ず」のような漢語サ変動詞が含まれ、漢語との関わりを示唆している。

(5)　「おどろき〜」は複合動詞の前項に多く用いているが、この語は『今昔物語集』など漢文の影響が強い和漢混淆文で、翻読語「おどろきあやしぶ（驚怪）」をはじめ人物の心理を強調的に表す場面でよく活用される（拙著二〇一六）。『源氏物語』の表現が、和漢混淆文のそれに通じる面があることを示す証左である。

(6)　「なびきしたがふ（服従する）」「なでやしなふ（慈しむ）」の他、「まつりごちしる（統治する）」「しづめまもる（鎮護する）」「はぢらひしめる（卑下する）」など漢字の語義を踏まえた「意味借用」の動詞を含む例が見られる。既述の「そばみうらむ」も同じである。出家を表す仏教語「いとひはなる（厭離）」、住吉神社の「しづめまもる（鎮護）」ことなど、場面内容に応じた漢語を和らげて用いた例も見られる。

五　並列形容語との文体面での連続性

二節で複合動詞の意味別の例数を上げておいたが、複合動詞において注目すべき点は、（一）同義的結合では（C）の割合は26％（124例中32例）にとどまるのに対して（二）類義的結合では（C）の割合が65％（165例中107例）と極めて高いことであった。複合動詞の類義的結合が索引にとられにくいのは、同義的結合に比べて結びつきが弱く感じられ、類義語を連接させた句にしか見なせない場合が多いためであろう。つまり、類義的結合の場合は、語と言うよりは動詞の並列した句のような表現として解釈されやすい。一方、同義的結合の場合は、漢語を元にしているため結びつきが強く意識され、一語化した語として解釈されやすいのであろう。

同義的結合の場合にも、（B）では『大漢和辞典』に例の見出される語も多かったが、（C）になると項目から拾えるのは少数であり、漢字の訓詁的な知識に基づいて応用的に作り出した臨時的な動詞句と考えられるものがある。例えば三節で挙げた「そばみうらむ」も、もともと「側目」から生じた翻読語「めをそばむ」の意味を基盤にした単独動詞の「そばむ」を活用し「うらむ」と組み合わせ複合動詞的に用いたのであろう。類例は他にも見える。「まつりごちしる」は、連文「政治」の翻読語と思われるが、「まつりごと」を動詞化した「まつりごつ」、「知、主也」（字彙）のように治める意味の「知る」を組み合わせて生み出されているのであろう。

○されど、かしこしとても、一人二人世の中をまつりごちしるべきならねば、上は下に輔けられ、下は上に靡きて……（治める意味）　（帚木）

「はじらひしめる」の「しめる」は、「湿、謂㆘自卑下如㆓地之下湿㆒然㆖也」（荀子注）のように「湿」に「卑下」の意味があるという知識から「はじらひ」と組み合わせたものであると解することができる。

○そこはかと苦しげなることも見えたまはず、いといたく恥ぢらひしめりて、さやかにも見あはせたてまつりたまはぬを……（恥ずかしく思って）　（若菜下）

「なびきしたがふ」は、『観智院本類聚名義抄』で「靡　ナビク　シタカフ」の和訓があり「靡靡」の熟語で服従の意味もある（『史記』『文選』等）ことから「靡」字を媒介にして「なびきしたがふ」が生まれたと考えられる。これらは、式部の漢語理解の所産として同義的結合を作り出した例であろうと推測できる。

○もしは位高く、時世の寄せいま一きはまさる人には、なびき従ひて、その心むけをたどるべきものなりけり、（明石）

これらのように、（B）（C）の例は『源氏物語』の特徴的な語彙であると同時に、漢文的知識を応用した表現の文体的特徴として捉えるべきものが多く存しているのである。それとともに、第三節で示した類義的結合の複合動詞165例は、漢語の対応語がないものが多いが、これらのように漢語に基づく同義的結合の複合動詞の応用の結果生じたものであり、その延長上にある造語ではないかと推測されるのである。

このような動詞に見られるような同義的・類義的な語を並列する傾向は、すでに『源氏物語』の形容詞において指摘されていて、武田（一九三四）橘（一九七八）松浦（一九七八）山口（二〇一八）らに論がある。橘の論では、武田の言う『源氏物語』作者の文章に見られる「対偶意識」を形容詞の並列において見ようとし、形容詞の類義語（同義語的なものを含む）の並列した例を多く指摘している。山口の論は、これらの使用法を「並列形容語」と称し細かく検討したもので、対偶的に語を配置しようとする紫式部の表現を文体的特徴の面から多面的に分析していて有益である。

これらの論では、文構成に現れた文体的特徴として捉えられており、そのような把握に異論はない。しかし、同じく用言の並列であることから言えば、動詞の場合と同じく翻読語の場合を含むことが考えられる。同義的結合の複合動詞多くが漢語から生じたものとすれば、形容詞においても同義的結合の例は翻読語の可能性があるからである。ただ一般に「形容詞連用形＋形容詞」は複合形容詞としては扱われない。形容詞では、並列された句表現（山口の言う「並列形容語」）における漢語の影響と考えることになる。

並列形容語が漢語を媒介に成立したことは、紫式部の漢文の知識を考えれば十分に想定できよう。例えば、松浦（一九七八）では並列形容詞に多く用いる語として「かなし」を挙げ、「心細し」（9）「あはれ」（7）「恋し」（7）「口惜し・惜し・あたらし」（各6例、3例、3例）「くやし」（3）「心苦し」（3）「心憂し」（2）「つらし」（1）「はづかし」（1）「さうざうし」（1）など24例の並列語を挙げている。これらは各々「悲摧」「悲哀」「悲恋」「悲惜」「悲悔」「悲苦」「悲憂（憂悲）」「悲辛」「悲羞」「悲涼」（以上は『大漢和辞典』の項目語。『白氏文集』の用語には傍線を付した）など意味の対応する漢語があり、もとにした語の候補と考えることができる。

右の中には「悲辛」（つらい）「悲涼」（寂しい）のように形容詞的意味を含む漢語もあるが、その他は概ね動詞的な意味の漢語である。これらの訓読に用いる和語は「こふ・こひし」「惜しむ・惜し」「あはれむ・あはれなり」「くやむ・くやし」「くるしむ・くるし」「はづ・はづかし」「憂れふ・憂し」のように、語根を共有するため動詞から形容詞への転用が容易なものがあり、[4]「かなしくこひし」（柏木）と「こひかなしぶ」（柏木）「こひかなしむ」（手習）のように形容詞と動詞で共通する組み合わせも見られる。これらの漢語の語形を踏まえ、それを加工して造られる翻読語は、並列形容詞にも複合動詞にもなる契機を持つのである。

例えば「悲羞」「悲悔」は、『白氏文集』に次の例が見られる。

○潜来更不レ通二消息一、今日悲羞帰不レ得　（『白氏文集』巻四「井底引二銀瓶一詩」）

○操レ之多二惴慄一、失レ之又悲悔　（『白氏文集』巻六「遺懐詩」）

「悲羞」は「悲しみ羞ぢて帰り得ず」と動詞で訓読できるが、「悲しく恥ずかしくて帰ることができない」と形容詞的な解釈もできる。「悲悔」も「これを失へばまた悲しみ悔ゆ」と訓読できるが、「これを失ったら悲しくて悔しい」と解釈するのが自然である。「悲」のような感情語は、漢文法的には動詞であろうと、解釈上は形容詞的に理解した方が自然な日本語になり、これらに「悲し（と思ふ）」「悲し（む）」を補えば動詞でも理解できる。「悲羞」「悲悔」も同様であり、次のような並立形容詞を生みだした可能性がある。

○亡き御影どもも、我をば、いかにこよなきあはつけさと見たまふらん、と恥づかしく悲しく思せど、……　（宿木）

○思ふさまなりける人をと、わがしたらむ過ちのやうに、惜しく悔しう悲しければ、つつみもあへず、もの狂ほしきまでけはひも聞こえぬべければ……　（手習）

宿木の例は、中の君が匂宮の妻に迎えられ、「軽々しき心ども使ひたまふな……山里をあくがれたまふな」という父の遺言に背き宇治を出た「あはつけさ（軽率さ）」を恥じる文脈である。直前の地の文にも「心軽さを、恥づかしくもつらくも思ひ知りたまふ」とある。前掲「井底引銀瓶詩」も、男と潜かに家を出た「軽許（身を軽々しく人に許す）」を恥じる内容で、『源氏物語』と同じく、親に背いて家を出た女が顔向けできなくなるという文脈である。この詩は日本古典作品に多く影響を与えているが、式部愛読の「新楽府」の一つであり『源氏物語』でも若菜巻の女三宮降嫁の構想に影響したことが指摘されている（中西一九九七）。宿木の例も「井底引銀瓶詩」からの影響が考えられるであろう。

『源氏物語』が同義的結合の複合動詞を多く用いる点は、後の『今昔物語集』や『平家物語』にも共通して見られる傾向である（第六章・第八章参照）。このような翻訳調とも言える文体・表現を生み出す基盤は何であろうか。

中古・中世における漢文の学習は訓詁学的な側面を有し、ある漢字について同義の漢字や和訓などの情報を記憶していく形で進められたと思われる。そのことは、漢字を掲出した古辞書類がそれらの情報を掲示する体裁で作られていることからも暗示されよう。実際の漢文を読む際には、同義の漢字が連文の熟語として現れることが多いことも自然と自覚される。そのような学習を経た人であれば、自作の文章を作る際にも同義的な漢語に発想を得た和語の複合語を創り出し、その結果として翻訳的文体が形成されやすいのではなかろうか。『源氏物語』においても、漢語・漢字の知識を習得した結果、それを踏まえた同義的結合の複合動詞や並立形容詞を多く用いることになり、さらにこれを応用した並列的・対偶的な句表現をも多用したと考えられる。『源氏物語』の翻訳調とも言える表現は、日頃読み習わした『白氏文集』や正史類の漢語の語形やその意味用法を踏まえ、自ら創作しようとする物語の文脈に応じた語句を創り出した結果であろう。『源氏物語』の作者は、中世の和漢混淆文の作者と同じような漢文学習を行った結果、漢語を和語に置き換えて表現する述作方法を身につけていたと推測される。

六　まとめ

『源氏物語』には、『白氏文集』の直接的影響による箇所が指摘されている。本章で取り上げた複合動詞や動詞句・形容詞句は、『白氏文集』や正史類の漢籍の用語をもとにした翻読語であり、物語の内容を描き出すのに広く用いられていた。また、翻読語でなくとも、作者が翻読語擬きの漢語的な発想で創作した表現も多く数含まれていた。これら同義的結合・類義的結合・反義的結合の複合動詞や動詞句は、和文体の文章に漢文的発想の語や表現を巧みに溶け込ませようとしたものであり、『源氏物語』の表現を彩ることに大きく寄与している。上代の『宣命』では、漢文の出典が表現の基盤になっており、いわば漢語表現の「借用」として翻読語を用いた面が強かった。これに対して言えば、『源氏物語』では、すでに確立されつつあった書記文体である和文の文章に漢文的な表現要素を取り入れる主体的な行為として、翻読語を応用的に駆使している段階と言えよう。

このような点から、『源氏物語』を中古語の資料として用いる際には、漢文表現に発想を得た語句・表現の使用が多く含まれていることを前提とした扱いが求められるであろう。築島（一九六三）が『源氏物語』について「その中に用ゐられている語彙語法等は、典型的な「和文」的言語であると考へられる」「地の文には殆ど和文が純粋な形で用ゐられてをり、一方、會話文や引用文の中には、訓讀語的要素が取入れられ」（791頁）とする。単純語の面から語彙の有無を見るならばそのように言える面もあるが、単純語の動詞の意味に漢文的意味が含まれる点（「側む」「知る」「湿る」「靡く」等）や、漢語の直訳による複合動詞の構成要素に用いられる点などに注意する必要がある。この種の複合動詞は、少なからぬ種類や用例数を持っているのであり、その意味で本作の文章に漢文的表現の影響が相当程度見られることは明らかである。『源氏物語』では、漢語的な複合動詞を地の文にまで意識的に取り入れており、築島が言うような会話文や引用など部分的影響に止まってはいない。この種の表現を地の文ではとんど用いない『伊勢物語』『大和物語』『平中物語』など歌物語の文章がある。これらは、口承の歌語りを基礎とするため、漢文的表現の影響をほとんど受けていない点から、これらを和文体の典型と評することができる。『源氏物語』が用いた翻読語を基礎とした語彙の創出は、後の『今昔物語集』や軍記の表現手法の先取りとも言えるものであり、その意味において、和漢混淆文生成の一段階として位置づけることも可能であると思われる。

注

（1）翻読語とは、奥村（一九八五）が「『漢文の構成の形のまま、国語に直訳し出したる』、『元来本邦には存せざりし語又は語法』のことを、それが必ずしも『漢文の訓読の為に按出せられしもの』とは言えず、翻訳を契機として、外国の—具体的に言えば中国の—未知の事物を表すために借用された表現形式」とするものである。ここでは漢語に多い「連文」によるものを扱った。連文とは「一義ヲ通有セル二箇、又ハ稀ニ二箇以上ノ文字ガ、其ノ一義ヲ紐帯トシテ結合」（湯浅廉孫『漢文解釈に於ける連文の利用』朋友書店　一九四一）した熟語である。したがって、連文に基づく翻読語では同義かいなかの判断は和語でなく、元になった漢語の字義で考える必要がある。本章では、翻読語の候補として同義的結合と推定される例の漢字表記を示したが、どのような漢語表現と対応するかについては、さらに検証すべき面がある。

（2）長単位検索によると、末尾に「給ふ」「聞こゆ」「奉る」「侍り」「す・さす」などの敬語補助動詞や助動詞が付く場合があるが、これらを除いて「動詞＋動詞」の複合動詞になる例を抽出した。また、前項動詞と後項動詞の間に「す・さす」「る・らる」「聞こゆ」「奉る」「給ふ」などの敬語補助動詞や使役・受け身の助動詞が介在する例があるが、これらを除いた形で「動詞＋動詞」の複合動詞とした。なお、接頭辞的な「うち」「もて」は複合動詞の前項として数えた。

なお、全4148語の中で、『源氏物語』のみに見られる例1916語（46％）、語彙表にない例675語（16％）であり、独自例が半数以上を占める。

（3）佐竹（一九九三）は、「『源氏物語』には「あがめかしづく」「あつかひおこなふ」「あはせいとなむ」「あらがひかくす」「あらためかはる」というような動詞と動詞を連結させた複合動詞の多用が目立つ。この種の複合動詞は、殆どすべて『日本書紀』の複合動詞に由来すると竹内美智子氏は指摘している。『日本紀の御局』と異名を取った紫式部……」と述べている。佐竹氏の引用は、竹内（一九八二）が『時代別国語大辞典　上代編』に見える「あがめゐやまふ」「あかりかかやく」などの複合動詞が「ほとんどすべて日本書紀を出典としている」としたのを、『源氏物語』の実質動詞同士の複合動詞と関連付けて紹介した牽強付会の紹介であり一語毎の調査も経ていない。「あがめかしづく（崇寵）」は『白氏文集』に対応し、他の語は『日本書紀』の対応例も見えるが『白氏文集』の方が多く対応し、「殆どすべて『日本書紀』の複合動詞」とは言えない。

（4）漢語が動詞的なものが多いのに、『源氏物語』では「かなし」の並立形容詞だ多く、「かなしむ」による複合動詞が少ないのは、動詞「かなしむ」の文体的な制約が背景にある。語彙表によると「かなしむ」は漢文訓読文に例が多いが、平安和文では『源氏物語』『紫式部日記』以外に見られない。

参考文献

石塚晴通（二〇一三）「日本語表現の原動力としての漢文訓読」（第108回訓点語学会研究発表会要旨）（『訓点語と訓点資料』131）
石原昭平（一九九四）「女流日記文学と漢詩文―蜻蛉日記前後と父子同邸・朗詠などを中心に―」（『紀要　中央大学文学部文学科』73）
奥村悦三（一九八五）「和語、訓読語、翻読語」（『萬葉』121）
小野泰央（一九九七）「『蜻蛉日記』における漢詩文表現」（『東洋文化』78）
神谷かをる（一九九二）「女流日記と漢詩文」（『光華女子大学研究紀要』30）
斎藤菜穂子（二〇〇二）「蜻蛉日記下巻における漢文的表現―兼家との関係の相対化へ―」（『国文学研究』137）
佐竹昭広（一九九三）「日本語論―和語と漢語の間」（『岩波講座日本通史　第一巻』岩波書店）
竹内美智子（一九八二）「和語の性格と特色」（『講座日本語の語彙2　日本語の語彙の特色』明治書院、『平安時代和文の研究』明治書院　一九八六に所収。一九八二年の論から若干表現の修正がある）
武田祐吉（一九三四）「源氏物語に於ける対偶意識」（金沢庄三郎・折口信夫編『国文学論究』高遠書房）
橘誠（一九七八）「源氏物語の語法・用語例の一考察―形容詞語彙の対偶性・並列性―」（『滋賀大国文』16）
築島裕（一九六三）『平安時代の漢文訓読語につきての研究』（東京大学出版会）
築島裕（一九七〇）「訓点語彙と和文語彙」（『文学・語学』57）
中西進（一九九七）『源氏物語と白楽天』（岩波書店）
松浦照子（一九七八）「「かなし」を中心とする感情形容詞の一考察―『源氏物語』を資料として―」（『国語学研究』18）
山口仲美（二〇一八）「『源氏物語』の並列形容語」『言葉から迫る平安文学1　源氏物語』（風間書房）
拙著（二〇一六）『院政鎌倉期説話の文章文体研究』（和泉書院）

第五章　『源氏物語』における漢文訓読語と翻読語

――「いよいよ」「悲しぶ」「愁ふ」「推し量る」「いづれの御時にか」――

一　はじめに

本章では、第四章を受けて、『源氏物語』の語彙の中で、漢文訓読語や複合動詞の翻読語の中で特に注意すべき例を取り上げて考察する。具体的に取り上げる漢文訓読語の「いよいよ」「悲しぶ」「愁ふ」の3語は、漢文訓読文に例が多い一方、平安和文の中では用例が限定される傾向がある。ところが、これらは『源氏物語』において多く用いられることから、和文体の用語と見做される場合がある。『源氏物語』が漢文に基づく表現を多く導入していることを考えると、これらは訓読的語彙の導入という観点から再検討する必要がある。また、漢文訓読文に例の多い「悲しぶ」「愁ふ」は、『白氏文集』などの漢語の影響を受けた翻読語の観点からも検討すべき語である。

筆者は前章で、『源氏物語』に連文の漢語による同義的結合の複合動詞（翻読語）が多く用いられていることを指摘した。その際、例数の少ない翻読語を『源氏物語』独自の用法としていくつか検討したが、「推し量る」など他作品にも見える高頻度の翻読語については考察を留保した。本章では、これら高頻度の翻読語として「推し量る」も、『源氏物語』の文体的特徴の面から考察する。

本章では、『源氏物語』に例の多い右の4語を取り上げ、漢文訓読語や翻読語の観点から文体的特徴を検討することにする。なお、『源氏物語』の例数および本文は、基本的に新編日本古典文学全集本による「中納言」（日本語歴史コーパス　CHJ）を用い、その他、各種索引類を用いて用例数等を示す。(1)

二　『源氏物語』に頻用される漢文訓読語「いよいよ」

副詞「いよいよ」は、『源氏物語』では極めて多くの例が見られる一方、漢文訓読文にも多く見られる語である。ただし、次のように『源氏物語』を除くとその例は少なく、分布に偏りがある点が注意される。

宇津保物語15例、源氏物語104例、浜松中納言物語15例、夜の寝覚9例、栄華物語9例、紫式部日記3例、大鏡3例、蜻蛉日記2例、狭衣物語2例、伊勢物語1例、落窪物語1例、枕草子1例、更級日記1例、讃岐典侍日記1例（竹取物語・土佐日記・大和物語・平中物語・和泉式部日記・堤中納言物語に例なし）

平安初期の物語類や日記には例が少ないが、漢文訓読調を含む『宇津保物語』から見え始め、用例の多い『源氏物語』以降は、『浜松中納言物語』『夜の寝覚』『栄華物語』などに例が多く、その他、紫式部自身の『紫式部日記』や漢文訓読調を含む『大鏡』などの例が目に付く。このような和文作品での偏りを考慮すると、「いよいよ」を和文語とすることには疑問が生じてくる。「いよいよ」の性質について、築島（一九六三）は、

A　源氏物語に見えないもの
B　源氏物語にも見えるが、用法や用例がかぎられてゐるもの
C　源氏物語にも見えるもの

にわけ、AとBを以て訓点特有語とし、Cに属する「いよいよ」を仮名文学の用語とし、「マスマス―いとど・いよいよ」の二形対立をなすと把握している（351頁）。しかし、『源氏物語』に極めて例が多いとはいえ、その他の作

品での使用が限定的であること考慮すると「いよいよ」を和文に一般的な語とすることは疑問が残る。漢文訓読文では、『訓点語彙集成』に「イヨイヨ」は162例が見え、漢文訓読語として特徴的であるからである（「弥」50例「逾」46「転」42例等）。そこで、『源氏物語』に「いよいよ」が極めて多いことは、この語が和文語であったためではなく、漢文訓読語的な用語を排除しない『源氏物語』の文体上の性格によるのではないかという面を検討する必要が出てくる。次に、「いよいよ」「いとど」「ますます」の文体的な性質を検討していくことにする。

『源氏物語』の「いとど」「いよいよ」は、いずれも「あはれなり」「心苦し」「恥づかし」「悲し」などのような心理表現に係り、その度が増す意味を表す用法が多く見られる。

○いといたう思ひわびたるをいとどあはれと御覧じて、（桐壺）

○さればよと思しあはせて、いよいよあはれまさりぬ。（夕顔）

○『参りては、いとど心苦しう、心肝も尽くるやうになん』と典侍の奏したまひしを、（桐壺）

○え忍びたまはぬ御気色を、いよいよ心苦しう、なほ思しとまるべきさまにぞ聞こえたまふめる。（賢木）

○心のみおかれて、いとど疎く恥づかしく思さるべし（紅葉賀）

○ささめき聞こゆれば、いよいよ恥づかしと思して、（明石）

○冬になりゆくままに、いとどかきつかむ方なく悲しげにながめ過ごしたまふ。（蓬生）

○大臣も、かく重き御おぼえを見たまふにつけても、いよいよ悲しうあたらしと思しまどふ。（柏木）

これら心理表現の例に加え、情景描写でも共通する語に係る例がある。両語に明確な区別は指摘しがたく同義的と言えよう。

○まだほの暗けれど、雪の光に、いとどきよらに若う見えたまふを、老人ども笑みさかえて見たてまつる。（末摘花）

○あまた宮たちのかくおとなびととのひたまへど、大宮は、いよいよ若くをかしきけはひなんまさりたまひける。（総角）

『源氏物語』で両語に明確な意味の相違は認めがたいとすれば、もともとの出自ないしは文体位相の相違に求められるのではなかろうか。次に、「いよいよ」の文体や意味の特徴について見ておく。

「いよいよ」は、次第に程度を増す意味の漢語表現「弥弥」（『漢書』『後漢書』等）、あるいは後述するように「愈愈」（『毛詩』等）をヒントにした翻読語と思われ、平安時代の訓点資料では「弥」「転」「逾」等の訓読に多く用いられた。上代に生じた省略形の「いよ」は、漢文訓読語として平安中期頃まで例がある（『天理本金剛般若経験記平安初期点（八五〇）』「逾イヨ、」『立本寺本法華経寛治明詮移点（一〇八七）』「転イヨ、」など）。

「いよいよ」は、上代に多い「いや」の変化した「いよ」を繰り返したものと思われるが、上代の「いや」と「いよいよ（上代では（いよよ））」では用法や作者の偏りに差が見られる。『万葉集』の「いや」一〇〇例の中に、山部赤人の「いやますますに」の例がある。

○清き河内そ　春へには　花咲きををり　秋へには　霧立ち渡る　その山の　いやますますに　この川の　絶ゆることなく　ももしきの　大宮人は　常に通はむ（『万葉集』6・九二三・山部赤人）

右の例の「いや」は、客観表現「絶ゆることなく」に係って、ますます程度が甚だしくなることを表す。『万葉集』の副詞「いや」は、一般に客観的状態を表す語に係ってその程度の甚だしくなる（または、甚だしい）様を表す。「いや」が心情表現に係る例も、「いやなつかしき梅の花かも」（5・八四六・小野氏淡理）「いやますますに恋こそまされ」（10・二一三二・作者不明）「いやなつかしく相見れば」（17・三九七八・大伴家持）「いやなつかしく聞けど飽き足らず」（19・四一七六・大伴家持）などがあるが、作者が限定され「なつかし」「恋」などに係る例に限られる。

「いよいよ」は、「いや」の母音交替形の「いよ」の反復形である。上代では母音連続忌避により「いよよ」の語形で用いられたのである。小林（一九六七）は、漢文訓読語を用いたとする大伴旅人の和歌に、「いよよ」が「ますます」と組み合わさった「いよよますます」の例を指摘する。

○世の中は　空しきものと　知る時し　いよよますます　悲しかりけり　（『万葉集』5・七九三・大伴旅人）

「ますます」は平安時代では漢文訓読語となる語である。小林のいうように「いよいよ」「ますます」は漢文に詳しい旅人の用いた漢文訓読語と考えられる。岩波新古典文学大系では、『法華経玄賛六』の「転益悲生」を関連づけている。

なお、「いよよますます」に対応する表現に「愈益」もある。次に心情表現に係る『史記』の例を挙げておく。

○少年聞レ之、愈益慕二解之行一（『史記』游俠列伝）

「ますます」ももとは翻読語と推測できる語であり、次の「いっそう増える」意味の「倍増」（『梁書』『陳書』等）の字面による可能性がある。『観智院本類聚名義抄』では「益」「増」「倍」は「マス」「マスマス」の訓読が可能な字で、「倍」は「イヨイヨ」の訓もある。次の『陳書』『梁書』の例は、「（いよいよ）ますます＋心情」の例である。訓点資料でも、「倍増」を「マスマス」と訓読した『西大寺本金光明最勝王経古点』巻十の例がある。

○奄焉薨殞、倍増傷悼（『陳書』衡陽献王昌）

○復緩二誅刑一、倍増号憤（『梁書』高祖三王）

「倍」を『観智院本類聚名義抄』にある「イラ〱（「イヨイヨ」の誤り）」で読む場合、右側は「いよいよ＋心情＋を増す」の訓読も可能である。「倍増」は、「ますます～」「いよいよますます～」「いよいよ～増す」等を導く。

「いよよ（いよいよ）」は、旅人の例では心理表現「悲し」に係っていたが、『史記』の「愈益」の例では「慕」に係っており、心理表現としては意味内容が異なる。「いよいよ」の語形は、次の『毛詩』などに見える「愈愈」

の翻読語の可能性があるが、次の例のように「悲し」に近い意味を表しており、意味的な関連も考えられる。

○憂心愈愈、是以有侮平（『毛詩』〈小雅・正月〉）（『毛伝』に「愈愈、憂懼也」、『朱熹集伝』に「益甚之意」）

これらを踏まえると「愈愈」は愁いの気持ちの甚だしいことを表すと解される。平安以降の「いよいよ」が心情表現の高まりについて用いるに至ったのは、このような種々の漢語表現の影響が考えられる。『万葉集』では例数の多い「いや」に対し、「いよよ」は全体で5例しか例がなく、大伴家持3例、大伴旅人2例で、漢詩・漢文と関係が想定される特定の作者に限っている。これは「いよよ（いよいよ）」が「いや」から自然に展開した語ではなく漢詩・漢文の影響によって意図的に作られた語であることを示唆していよう。家持歌では「いよよ恋まさりけり」（大伴家持／4・七五三）「いよよ思ひて」（大伴家持／18・四〇九四）のように用いており、意味用法も『史記』の「慕」の例に近く、影響が推測できる。

　さらに、「いよいよ・いよよ」が心情表現に偏る点は、「弥」「愈（逾）」の用法との関連も考えられる。次に、『全唐詩』からこの二字が心情表現に係っている例を挙げておく。心情表現に係る例は「愈」より「弥」の例が多い。

○弥覚二静者安一（沈佺期「紹隆寺」）
○遊子弥不レ歓（王昌齢「代扶風主人答」）
○弥歎二春罷レ酒一（蕭穎士「早春過七嶺寄題硤石裴丞庁壁」）
○弥憐双鬢漸如レ糸（李嘉祐「聞逝者自驚」）
○待レ君揮レ灑兮不レ可二弥忘一（任華「懐素上人草書歌」）
○以此方人世、弥令レ感二盛衰一（鄭昉「落花」）
○暮節看已謝、茲晨愈可レ惜（韋応物「三月三日寄諸弟兼懐崔都水」）

○竄伏常戦慄、懐故逾悲辛（柳宗元「種白蘘」）
なお『全唐詩』には、旅人の「いよよますます悲し」に対応する「弥悲」は見えないが、「益悲」の例が見られる。
○聞蟬但益悲（孟浩然「秦中感秋寄遠上人」）
○相対益悲吟（高適「淇上別劉少府子英」）
○相遇益悲辛（杜甫「寄張十二山人彪三十韻」）

以上まとめると、和語「いや」は客観的に程度が高まる様を言う語であったが、「愈愈」等の翻読語として生じた「いよいよ」は漢詩・漢文の「弥」等の用法の影響を受けて心情が高まる意味で用いられ始め、平安時代以降では「弥」「転」「愈（逾）」などの訓読語として定着したものと思われるのである。

その後、『万葉集』に多い「いや」は、平安時代の八代集では衰退し、替わって「いとど」を多く用いるようになった。八代集の例数を上げておく。

（いや）　古今2例（序1例）、後撰2例、拾遺3例、後拾遺0例、金葉0例、詞花0例、千載0例、新古今2例
（いとど）古今2例、後撰11例、拾遺8例、後拾遺8例、金葉3例、詞花1例、千載8例、新古今21例

「いとど」は、『源氏物語』では、次例のように、作中歌でも15例が見られる。
○羽衣のうすきにかはる今日よりはうつせみの世ぞいとど悲しき（幻）

和歌の用語は、「つゆ（露）→副詞（少しも）」のように和文体の物語の基調語に用いられる場合がある。「いよいよ」が比較的多い『宇津保物語』『源氏物語』でも、「いとど」は各々46例・337例もの例が地の文を中心に用いられている。

「いとど」に対し、和歌では「いよいよ」の使用は例外的で、八代集では『古今和歌集』『詞花和歌集』に次の各1例が見られるのみである。漢文訓読文や一部の和文など、散文の用語として定着しているのである。

○おひぬればさらぬ別もありといへばいよいよ見まくほしき君哉　（『古今和歌集』九〇〇・伊豆内親王）
○あふ事はまばらにあめるいよすだれいよいよ我をわびさする哉　（『詞花和歌集』二四四・恵慶）
「ますます」も、『後拾遺和歌集』に1例あるのみである。
○くもりなき鏡の光ますますもてらさん影にかくれざらめや　（『後拾遺和歌集』四四三・能信）

なお、「いとど」は「いと」の反復形「いといと」から作られたと思われるが、これは奈良時代の和歌で先行して成立していた翻読語「いよいよ」の類推から創作されたと思われる。この語を作る際、漢文訓読文の「いよよ・いよいよ」の用法が影響し、「いといと」とは異なる用法を獲得しているようである。すなわち、「いといと」では「いといとめでたし」のように程度副詞として形容詞のみを修飾するが、「いとど」は、「いよいよ恥づかしと思して」（明石）の「いよいよ」と同じく、「いとど疎く恥づかしく思さる」（紅葉賀）のように形容詞に動詞を加えた句全体を修飾する用法があり、情態副詞的に心情・感覚を強めるのに用いられるのである。

以上のごとく、平安時代の例では、「いとど」が和歌に多いのに対し、「いよいよ」は漢文訓読文で例が多い語である。「いよいよ」は、石山寺本『大智度論』天安二年点（八五八）（大坪二〇一七が指摘）や、『漢書楊雄伝』天暦二年点（九四八）などの古例があり、以降の漢文訓読文での常用語になっていった。「いよいよ」は『万葉集』で「いよよますます」の形の翻読表現として用いられ、平安時代に訓読文を中心に用いられたことを勘案すると、平安初期の『古今和歌集』『伊勢物語』『宇津保物語』『源氏物語』の「いよいよ」は、和歌の用語としてではなく、漢詩などで漢文訓読調の用語として馴れたことで、直接的に摂取した可能性が強いのではないかと思われる。

この点は、訓読調の強い中世の和漢混淆文を中心に「いよいよ」が定着していることとも符合する。院政期の『今昔物語集』には342例もの例がある。「ますます」「いとど」とともに三部の例数を示すと（表1）のようであり、「いよいよ」は本朝仏法部を中心に広く分布していることがわかる。船城（二〇一一）は、「いよいよ」は当時の新しい文章様式の用語であったと解釈している。すなわち、漢文訓読文で頻用される「いよいよ」は新しい文章様式である和漢混淆文の一般的用語となって定着していったと考えるのである。

（表2）に院政鎌倉時代の説話集や軍記物語の例を示しておいたが、漢文訓読調の強い仏教説話集などでは概ね「いよいよ」を多く用いており、訓読的な性格が強い「ますます」の例は概して少ない。その一方、『撰集抄』など和文調の強い作品では「いとど」が多く用いられる場合があり、「いよいよ」と「いとど」が各々、漢文訓読体と和文体の文体指標語になっていることが窺えるであろう。

（表1）『今昔物語集』の例数

	天竺震旦部	本朝仏法部	本朝世俗部
いよいよ	88	179	75
ますます	1	0	0
いとど	0	0	1

（表2）中世の説話集・軍記物語の例数

	いよいよ	ますます	いとど
打聞集	3	0	0
法華百座	12	0	0
金沢文庫	6	2	0
三宝絵	24	3	0
宇治拾遺	20	0	19
発心集	5	1	15
撰集抄	14	6	34
十訓抄	8	1	9
古今著聞	43	3	7
沙石集	35	0	1
保元物語	11	0	5
平治物語	3	0	4
延慶平家	90	6	83
覚一平家	27	1	24

和漢混淆文に多く用いられる漢文訓読語は、同時に和文体にも馴染みやすい語であることが多い。「いよいよ」の場合は、「いとど（いといと）」と語構成上の類似もあり、バリエーションとして用いやすいと考えられる。「いよいよ」は奈良時代に早く漢文訓読語（翻読語）として使用されており、『源氏物語』においても、和歌的表現の「いとど」を基調にしながら、おそらく漢詩の訓読語として使い馴れた語を多く導入したものと考えられる。

三　漢文訓読語「悲しぶ」の和文・和漢混淆文での活用

「いよいよ」と同じく、漢文訓読文に頻出しながら『源氏物語』で例の多い語として「悲しぶ」が挙げられる。「悲しぶ」は、築島（一九六三）では、B「源氏物語にも見えるが用法や用例が限られているもの」とされ訓点特有語として扱われている。単独動詞の「悲しぶ」は3例だけだが、ここでは、名詞形「悲しび」12例や、「恋ひ悲しぶ」2例「悲しび思ふ（悲しび思す）」3例の複合動詞など、応用的な用法が多い点に注目したい。

○「過ぎはべりにし人を、世に思うたまへ忘るる世なくのみ、今に悲しびはべるを、この御事になむ、もしはべる世ならましかば、……　動詞（須磨）

○さしもあるまじき公人、女房などの年古めきたるどもさへ、恋ひ悲しびきこゆる。　複合動詞（柏木）

○母なる人なんいみじく恋ひ悲しぶなるを、かくなん聞き出でたると告げ知らせまほしくはべれど　複合動詞（夢浮橋）

○御土器まゐりて、「酔ひの悲しび涙灑く春の盃の裏」ともろ声に誦じたまふ。　名詞（須磨）

○願ひたまひしるしにや、つひに亡せたまひぬれば、また、これを悲しび思すこと限りなし。　複合動詞（桐壺）

意味の面から言うと、これらの例は単純に悲しいと言うだけではなく「慕う・恋う」の含意があると思われる。第一例の「悲しぶ」は「過ぎはべりにし人」を慕う・恋う意味を含んでおり、第二例第三例の複合動詞「恋ひ悲しぶ」と意味が重なる点があろう。

「恋ひ悲しぶ」はどのような漢語の翻読語であるかは未詳とせざるを得ないが、漢語「悲恋」（『魏書』『隋書』等）

や「哀慕」（『白氏文集』巻五十七「與二南詔清平館一書」等）などが候補に考えられる。あるいは第一例のような意味を明確化するために翻読語的な語形として作った造語であるかも知れない。

第四例の名詞「酔ひの悲しび」は『白氏文集』巻十七・律詩「十年三月三十日……」にある「酔悲灑レ涙春盃裏」の引用箇所である。

第五例の「悲しび思す」は「悲しぶ」だけで意味が通じるところを「哀思」（『史記』『漢書』『後漢書』等）、あるいは「悲思」（『史記』『漢書』『後漢書』、魏文帝「雑詩」等）などの漢語の類推で「思す」を付した翻読語ではなかろうか。さらに、和漢混淆文に多い漢文訓読調の「事限り無し」を加え強調しているのである。

なお「悲しび思ふ」のように、「思ふ（思す）」を構成要素にとる例は『源氏物語』に多く見られる。これには、次のように「思ひ＋心理動詞」と「心理動詞＋思ふ」の場合がある。これらは「心理動作」を重ねて用いる点で、連文による翻読語の構成に近い面がある。

（思ひ＋心理動作）

「思し崇む」「思ひ飽く」「思し（ひ）侮る」「思し（ひ）焦らる」「思しひ浮かる」「思し（ひ）疑ふ」「思ひ恨む」「思し鬱《う》ず」「思ひ倦《うむ》ず」「思ひおごる」「思し怖づ」「思しおごる」「思しおぼほる」「思し（ひ）驚く」「思し（ひ）くづほる」「思し（ひ）屈す」「思ひ困ず」「思し焦がる」「思し志す」「思し好む」「思しことわる」「思し（ひ）懲る」「思し忍ぶ」「思し（ひ）知る」「思し（ひ）しをる」「思したばかる」「思し慰む」「思し（ひ）歎く」「思し（ひ）悩む」「思し願ふ」「思し念ず」「思し（ひ）憚る」「思し僻む」「思ひ惚く」「思し（ひ）惚る」「思し迷ふ」「思し喜ぶ」「思し（ひ）忘る」「思ひわぶ」

（心理動作＋思ふ）

「焦られ思ふ」「推し量り思ふ」「怖ぢ思ふ」「おとしめ思ふ」「驚き思ふ」「悲しび思す（ふ）」「悔い思す（ふ）」

「歎き思す（ふ）」「願ひ思す（ふ）」「喜び思ふ」「惜しみ思しめす」

『白氏文集』にも、「思」を心理動作に結びつけた次のような漢語が見られる。

「思謀」「思苦」「思量」「思憶」「怨思」「疑思」「凝思」

人物の様々な思いを描く『源氏物語』に関わりが深い語ばかりで、実際に「怨思」「疑思」に対応する「思ひ恨む」や「思ひ疑ふ」「思し疑ふ」「疑ひ思す」が用いられている。『源氏物語』の心理を描く複合動詞について竹内（一九八六）は、「思ひ〜」に「心のうちにじっと抑えながら抱く」意があると説くが、右の共通点を考え合わせるならば、その使用の背景には『白氏文集』の影響が想定されるであろう。

「悲しぶ」の使用が漢語・漢文に関わるとすれば、漢文訓読文に例が多いはずである。築島裕『訓点語彙集成』で見ると、「カナシブ」「カナシビ」は各167例、25例と多くの例が掲出されている（なお、「カナシム」25例、「カナシミ」4例）。一方、和文作品では用例は極めて少なく、「悲しぶ」は平安和文では、漢文訓読の影響がある『宇津保物語』5例の他、『紫式部日記』1例『浜松中納言物語』2例『大鏡』2例『今鏡』2例（「悲しぶ」「悲しむ」各1例）がある程度で、その他では、『竹取物語』『伊勢物語』『大和物語』『平中物語』『落窪物語』『堤中納言物語』『土佐日記』『蜻蛉日記』『枕草子』『更級日記』『夜の寝覚』（但し名詞「悲しび」1例あり）『狭衣物語』『栄華物語』『水鏡』『増鏡』には例が見られない。これらの和文作品では「悲しと思ふ」「悲しく（う）思ふ」が対応し存在する。一方、漢文訓読の場では、「悲」の動詞用法を訳すために「悲し・ぶ」が造語され、一部の和文に影響したと推測される。

ただし、『源氏物語』に見られた「恋ひ悲しぶ」などの複合動詞は、「悲しぶ」を用いる他作品にも比較的多く見られる。右の中で例数の多い『宇津保物語』では、「恋ひ悲しぶ」2例「恋ひ悲しむ」2例、「泣き悲しぶ」1例と、複合動詞の例数が多い。『狭衣物語』では単独動詞の例はないが、「恋ひ悲しむ」1例「惜しみ悲しむ」1例の複合動詞の例がある。『浜松中納言物語』では単独動詞2例だが、「驚き悲しむ」1例「思し悲しむ」1例「悲しみ思す」1例「泣き悲しむ」1例「歎き悲しむ」2例「惜しみ悲しむ」3例などの複合動詞の例が多い。『栄華物語』も単独動詞の例はないが、「惜しみ悲しぶ」1例が見える。このように、漢文訓読語が和文作品に導入される際には、単独動詞より複合動詞（翻読語）として用いられやすいことが注意される。

右の中でも、「泣き悲しむ」「歎き悲しむ」は漢文訓読調を含む『水鏡』にも例が比較的多く見られ（「泣き悲しむ」6例「泣き悲しぶ」1例「歎き悲しぶ」1例）、『今昔物語集』になると後述のように数多くの例が見られるようになる。漢語「悲泣」「悲歎」を転倒して生じた翻読語と思われる「泣き悲しむ」「歎き悲しむ」はやがて和漢混淆文の特徴語として定着するが、平安後期の和文作品にすでにその先蹤が見られるのである。

院政鎌倉期の和漢混淆文では、「悲しむ」の形が多くなる。院政期の『今昔物語集』では「悲しむ」「悲しぶ」の両形が存している。（表3）に各部毎の例数をまとめたが、巻二十以前の漢文訓読調の強い巻が中心になるが全体に分布しており、「悲しむ」が和漢混淆文の用語として定着し一般化していることが窺える。『今昔物語集』では単独動詞に加えて、次のような複合動詞の例が多いことが特徴的である。「悲しぶ」「悲しむ」を前項にとる例は次のようである。

（表3）『今昔物語集』の例数

	天竺震旦部	本朝仏法部	本朝世俗部
悲しぶ	22	51	11
悲しむ	160	180	30
悲しみ	4	0	0

「悲び愛す」5例、「悲び哀ぶ」2例、「悲び合ふ」2例、「悲び云ふ」1例、「悲び懼る」1例、「悲び傅く」1例、「悲び悔ゆ」1例、「悲び困ぶ」1例、「悲び助く」1例、「悲び貴ぶ」32例、「悲び貴む」5例、「悲び泣く」5例、「悲び歎く」5例、「悲しみ歎く」3例「悲び迷ふ」2例、「悲び養ふ」2例、「悲び喜ぶ」4例

これらは、連文の翻読語による同義的結合が多いため、次のように転倒形が多いが、「～悲しむ」の形では特に

「泣き悲しむ」「歎き悲しむ」の例が多く、和漢混淆文の特徴語となっている。

「哀び悲ぶ」2例、「哀び悲む」2例、「悔い悲む」1例、「貴び悲ぶ」11例、「貴み悲む」1例、「泣き悲む」143例、「歎き悲ぶ」12例、「歎き悲む」100例、「喜び悲ぶ」3例、「喜び悲む」11例

『今昔物語集』では、『浜松中納言物語』『水鏡』にも見られた「泣き悲しむ」「歎き悲しむ」を筆頭に、同義的結合の複合動詞の形で多く用いている。ただし、『今昔物語集』の「悲しむ」「悲しぶ」は「愛す」「哀ぶ」「助く」「貴ぶ」「喜ぶ」「養ふ」など仏教的感動・仏教的慈悲を表す動詞との結合が中心であり、『源氏物語』の人を恋う意味とは必ずしも重なるわけではない（これらの「悲しぶ」の意味用法については、拙著二〇一六を参照）。

中世では「悲しぶ」の形はさらに後退し、『延慶本平家物語』では「悲しぶ」2例「悲しむ」37例である。「悲しむ」の形は、『宇治拾遺物語』7例、『覚一本平家物語』46例など、物語用語として定着していく。このような流れの中で、『宇津保物語』や『源氏物語』の用いた「悲しぶ」は、漢文訓読語を物語の文章にいち早く用いた例として注目される。「悲しぶ」をはじめ、築島（一九六三）がBとして挙げた77語の動詞は、『源氏物語』が取り入れた漢文訓読語として、文体史の面から注目すべき存在と言えよう。

四　漢文訓読語「愁ふ」とその翻読語

「いよいよ」「悲しぶ」と同様、漢文訓読文に例が多いが、『源氏物語』にも例の多い語として「愁ふ」が挙げられる。『源氏物語』の「愁ふ」は「悲しぶ」と同じように名詞形でも例が多く、動詞「愁ふ」28例、名詞「愁へ」23例が見える。「愁ふ」は築島（一九六三）の分類でC「源氏物語にも見えるもの」として処理されている。しかし、「愁ふ」は、漢文訓読文では極めて多くの例が見られる（『訓点語彙集成』で「ウレフ」175例「ウレヘ」45例）の

に対して、『源氏物語』以外の平安和文では概して例が少ない。すなわち『宇津保物語』6例、『夜の寝覚』『今鏡』に各3例、『狭衣物語』『水鏡』『増鏡』に2例、『枕草子』『大鏡』『栄華物語』『浜松中納言物語』に各1例が見える程度で、『竹取物語』『伊勢物語』『大和物語』『平中物語』『落窪物語』『堤中納言物語』『土佐日記』『蜻蛉日記』『紫式部日記』『更級日記』には例が見られない。物語の叙述であれば喜怒哀楽の表現は多用されるはずであるが、このような偏りには意味があるのではないか。漢文訓読の影響が指摘される『宇津保物語』にもあるが、「いよいよ」と同じく『源氏物語』以後の作品で徐々に例が増加することが窺える。

『源氏物語』の「愁ふ」は漢文訓読語の性格を持つと思われるが、この語は「愁へ顔」「愁へ泣く」「愁へ歎く」などの複合語で多く用いており、その中に翻読語と考えられる例がある。

○日のわづかにさし出でたるに、愁へ顔なる庭の露きらきらとして、空はいとすごく霧りわたれるに、（野分）

○鹿はただ籬のもとにたたずみつつ、山田の引板にも驚かず、色濃き稲どもの中にまじりてうちなくも愁へ顔なり。（夕霧）

野分巻の例は、夜来の風雨で乱れた庭の露のきらめきに涙を流すかのごとき「愁へ顔」を見出し、紫の上を思慕する夕霧の心情と重ねる。夕霧巻の例は、妻を恋ふ鹿の「愁へ顔」を通して、落葉宮を恋う夕霧の心情を投影している。[2]「愁へ顔」のような「用言連用形＋顔」は、62種137例が見られ、人間の内面を自然描写を通して象徴的に描く『源氏物語』の特徴的な擬人法とされている（山口二〇一八）。「愁へ顔」は、『白氏文集』に例が見える漢語「愁顔」「憂顔」をヒントにした式部の応用的表現であろうことはすでに神谷（二〇〇八）にも指摘があるが、語形のみならず表現内容の面でも次のような例に関連が指摘できる。

○且持二一盃酒一、聊以開二愁顔一。（『白氏文集』巻九「贈二別楊穎士・盧克柔・殷堯藩一」）

○戯及レ此者、亦欲三三千里外、一破二愁顔一。（『白氏文集』巻五十二「和二微子一詩二十二首　并序」）

『白氏文集』の例は、いずれも親しい人との行き別れとなった白楽天の「愁い顔」を描いている。『源氏物語』と『白氏文集』では、ともに人を恋う心情という点に共通性が見出せよう。

複合動詞「愁へ歎く」[3]は、『源氏物語』の他、『宇津保物語』『水鏡』にも見られる。これは、『白氏文集』『文選』『後漢書』等に見える漢語「憂歎」、もしくは『楚辞』『陶淵明集』『元氏長慶集』等に見える「愁歎」による翻読語であろうと思われる。

○この選びに入らぬをば恥に愁へ嘆きたるすき者どももありけり。（若菜下）

○受レ命以来夙夜憂歎（『文選』巻三十七　諸葛孔明「出師表」）

○苦詞無二一字一、憂歎無二一声一。（『白氏文集』巻六十一「序二洛詩一」）

若菜下の例は、源氏の住吉詣の際、神楽の舞人に選ばれなかった者の嘆きを表す。『文選』の例は、孔明が大命を受けた気持ちである。『白氏文集』の例は「洛陽の詩の序文」であり、多くの詩人たちは不遇を詩に詠んだが、自らの詩は境遇に苦しみや愁い歎く言葉は一声もなく、閑居の中で詩を詠む喜びを述べたものである。不運を歎く舞人たちと自身の境遇に不満を抱かずに人生を送る白楽天との心情には落差があるが、同じ「すき者」（風流人）としての境遇をめぐる感情表現という面で共通点も見出せる。

「愁へ泣く」に対応する「愁泣」は『後漢書』に例が見える。

○姫君たち、さてはいと幼きとをぞ率ておはしにける、あるは上を恋ひたてまつりて愁へ泣きたまふを、心苦しと思す。（夕霧）

○皆日夜愁泣、思欲二東帰一。（『後漢書』巻四十一　劉盆子伝）

『源氏物語』の翻読語の元になる漢語は、前節の「悲しぶ」でもいくつか例を示したように、『白氏文集』のみならず中国正史類の漢語の影響も想定できるであろう（第四章参照）。

五　高頻度の翻読語「推し量る」

最後に『源氏物語』の高頻度の翻読語として「推し量る」を取り上げておく。「推し量る」は、「推、度也」（管子注）「測、意度也」（礼記注）などの訓詁を背景に「推量」等の漢語から生じたと思われる（第八章参照）。「オシハカル」は、『観智院本類聚名義抄』に「推」の訓読語として見える他、築島裕『訓点語彙集成』によると、『法華義疏』平安中期点など「推」の訓読語に9例、『金光明経文句』延喜頃など「忖」の訓読語に3例などが見られる。訓読語としても用いられたが、和文に溶け込みやすい語であったらしく、次のように漢文訓読調の強い作品以外でも広く用例が見られる。

宇津保物語1例、蜻蛉日記7例、落窪物語6例、枕草子10例、源氏物語94例、狭衣物語14例、夜の寝覚16例、浜松中納言物語13例、栄華物語57例、紫式部日記3例、更級日記1例、大鏡5例、今鏡3例、水鏡3例、増鏡16例、讃岐典侍日記5例、堤中納言物語2例、今昔物語集（本朝部のみ）13例、金沢文庫本仏教説話集2例、観智院本三宝絵1例、保元物語1例、宇治拾遺物語3例、発心集4例、覚一本平家物語19例、延慶本平家物語40例、建礼門院右京大夫集3例、十訓抄3例、古今著聞集5例、十六夜日記1例、とはずがたり10例、徒然草3例（なお、竹取物語、伊勢物語、大和物語、土佐日記、法華百座聞書抄、平中物語、平治物語には例がない）

初期の物語・日記『竹取物語』『伊勢物語』『大和物語』『土佐日記』には例が見えないが、漢文訓読の影響のある『宇津保物語』『蜻蛉日記』などから見え始め、『源氏物語』以降の『狭衣物語』『夜の寝覚』『浜松中納言物語』や『栄華物語』などに比較的例が多く見られる。「いよいよ」と同じように、例数の多い『源氏物語』の影響によって物語類の文体に溶け込んだ語の一つであろう。さらに、漢文訓読的な語として、中世以降の和文や和漢混淆文にも受け継がれたことが窺える（第八章参照）。

『源氏物語』では、客観的状況を推測する次のような例がある。

○かくて、院も離れおはしますほど、人目すくなくしめやかならむを推しはかりて、小侍従を迎へとりつつ、いみじう語らふ。（若菜下）

○今宵は例の御遊びにやあらむと推しはかりて、兵部卿宮渡りたまへり。（鈴虫）

『源氏物語』で注意されるのは、登場人物や語り手の立場から、人物の心理（心ばせ・心地・心の中）やそれに伴う行動を推測する例が多いことである。

○はかなき木草、空のけしきにつけてもとりなしなどして、心ばせ推しはからるるをりをりあらむこそあはれなるべけれ、　中司の君→姫君の心柄（末摘花）

○とまりたまふべきにもあらぬを見たてまつる心地ども、ただ推しはかるべし。　語り手→源氏の心理（若菜下）

○忘れたまはぬにこそはとあはれと思ふにも、いとど母君の御心の中推しはからるれど、なかなか言ふかひなきさまを見え聞こ　えたてまつらむは、　浮舟→母君の心中（手習）

登場人物の心理を忖度する場面の多い『源氏物語』において、「推し量る」は鍵語の一つであると言えよう。人物の心理を推し量る例は、転成名詞となり、「推し量り」3例「推し量り事」1例などの形でも例が見える（平安和文での「推し量り」は、他に『紫式部日記』に1例、「推し量り事」は『枕草子』に1例のみ）。

○この「音無の滝」こそうたていとほしく、南の上の御推しはかり事にかなひて、軽々しかるべき御名なれ。（行幸）

○あやしき御推しはかりになむ。（朝顔）

行幸の例は、「音無の滝（光源氏の玉鬘への恋心を暗示）」は「南の上（紫の上）」の「忖度」通りの名であるとの意味である。朝顔の例は源氏の言葉で、女五の宮の「さりとも劣りたまへらむとこそ推しはかりはべれ」という発言を受けて、その内容を名詞化したものである。既述の「かなしぶ」「うれふ」が「かなしび」12例「うれへ」23例など転成名詞の例が多いことにも照らすと、漢語・漢文に関わる概念として捉えられた語（漢語的意味を表す語）として意識されるためか、通常の動詞と異なり名詞で使われやすい傾向が窺える。「〜ごと」などはそのような概念化の過程を暗示する表現であろうと思われる。

右のように「心＋推し量る」の例が多く、かつ「推しはかり」のように、紫式部が心を推し量ることを概念化して捉えて多用した背景には、『白氏文集』新楽府の漢語「推心」の影響があるかもしれない。

○功成理定何神速、速在㆔推㆑心置㆓人腹㆒。（『白氏文集』巻三・新楽府「七徳舞」）

右は、太宗の功業が速かったのは、自らの赤心を推察し他人の心に置き換えたからとの意味である。『源氏物語』に登場する人物は、他者の心を忖度し葛藤しながら行動する。他者の心を推し量る行為は、物語を展開させる重要な契機の一つなのである。

六　まとめ――（付）気づかない翻読語「いづれの御時にか」――

『源氏物語』の文体は一般には和文と言われるが、夙に玉上琢彌『源氏物語音読論』（岩波書店　二〇〇三）が「漢語の訳」を用いる本作を「一種の和漢混淆文」と評したように、地の文においても漢文訓読の影響は小さくない。本章では、『源氏物語』が「いよいよ」のように漢文訓読語的な性格を持つ語を漢詩での使用などを背景に意識的に取り入れたことや、漢文訓読語が翻読語の中に組み込まれた形で和文に導入されることなどを指摘した。紫式部は、『白氏文集』や正史・漢詩を始めとする漢文の知識を元に、漢文訓読語や翻読語を駆使し、語彙・表現を豊かにしている。和文は平安初期に成立した『古今集仮名序』『土佐日記』『竹取物語』など当初から漢文の表現を支えにしつつ、それを仮名・和語に置き換えることで文章を発展させてきた。平安中期の物語の最盛期に至っても漢語表現を下地にした和語によって表現することは意図的な営み、すなわち一種の表現手法にまでなって、表現を豊かに彩る役割を果たしたと言えよう。

築島（一九六三）は『源氏物語』を和文の典型とし、とりわけ地の文は純粋な和文の表現であると考えた。しかし、漢文訓読文に多い語が『源氏物語』にも多く見られた場合、一般的な和語だから和文体の部分にも多く用いられたと直ちに考えることは適当ではない。漢文表現の影響がある『源氏物語』においては、漢文に関係の深い語を意識的あるいは無意識的に多く取り入れる可能性があるという視点が常に必要である。他の作品の使用数とかけ離れて多く見える語や、他の作品では漢文の影響を受けた作品に偏る語などを、翻読語の面から考察する必要がある。

『源氏物語』の著名な冒頭句「いづれの御時にか」もそのような例の一つである。ここでは要点のみ述べておく。この句は通説では『伊勢集』の冒頭語を踏襲したとされるが、漢語「何時」を背景としつつ醸成された歴史がある。「いづれのとき」は、「荒津の海潮干潮満ち時はあれどいづれの時かわが恋ひざらむ」（『万葉集』17・三八九一）など上代の和歌に見える一方、宮内庁書陵部本『日本書紀』巻二十一の「何イツレの時にか」をはじめ漢文訓読文にも「いづれの時にか」は多くの例が見出せる。この表現は、漢文訓読で「何〜」を「いづれの」と読むことに関連し、「何時」「何処」を「いつ」「いづこ」でなく「いづれの時にか」「いづれの処にか」のように訓読されたことから生じた翻読表現である。『伊勢集』『源氏物語』では、「御」を付して「御世」の意味を持たせ応用的に用いた。紫式部は、日常語の「いつ」を避けて、『日本書紀』の他、漢詩類にも多く用いる「何時」の訓読表現「いづれの時にか」を文学的表現として換骨奪胎して冒頭に用いたのである。漢詩類が関わる点では、「いよいよ」と同じような背景が想定できる。このように見逃されている翻読語の例は、探索すれば他にも見出せるであろう。同じ語でも和文と漢文訓読文とで用法の違いがある語句も含め、広く慎重に考察していくことが必要である。

本章では、いくつかの語について漢文訓読語として考え直すべきものがあることを述べた。築島がB「源氏物語にも見えるが、用法や用例が限られているもの」とした語は、和文に取り入れられた漢文訓読語として検討していくべき語が多く含まれるであろう。さらにC「源氏物語にも見えるもの」（文体にかかわらず広く用いる日本語の基礎語と目されるものであろう）とした語群にも、なお訓読との関係を検証すべき語が含まれていると予測される。

注

（1）『源氏物語』の本文は『新編日本古典文学全集』（小学館）による。作品ごとの用例数については『日本古典対照分類語彙表』（笠間書院）を参照した他、索引類で確認した。使用した索引類は次のものである（編者名は省く）。『伊勢物語総索引』（明治書院）『大和物語語彙索引』（笠間書院）、『平中物語　本文と索引』（洛文社）、『宇津保物語本文と索引』（笠間書院）、『枕草子本文及び総索引』（和泉書院）、『夜の寝覚総索引』（明治書院）、『狭衣物語語彙索引』（笠間書院）、『浜松中納言物語総索引』（武蔵野書院）、『落窪物語総索引』（明治書院）、『堤中納言物語　校本及び総索引』（風間書房）、『栄花物語本文と索引』（武蔵野書院）、『今鏡本文及び総索引』（笠間書院）、『水鏡本文及び総索引』（笠間書院）、『増鏡総索引』（明治書院）、『保元物語総索引』（武蔵野書院）、『平治物語総索引』（武蔵野書院）、『延慶本平家物語　索引編』（勉誠社）、『三宝絵詞自立語索引』（笠間書院）、『今昔物語集索引』（岩波書店）、『打聞集の研究と総索引』（清文堂）、『法華百座聞抄総索引』（武蔵野書院）、『金沢文庫本仏教説話集の研究』（汲古書院）、『宇治拾遺物語総索引』（清文堂出版）、『発心集本文・自立語索引』（清文堂出版）、『撰集抄自立語索引』（笠間書院）、『十訓抄本文と索引』（笠間書院）、『古今著聞集総索引』（笠間書院）、『慶長十年古活字本沙石集　索引編』（勉誠社）。八代集は「中納言」と『八代集総索引』（大学堂書店）による。その他、『源氏物語辞典』（角川学芸出版）を参照した。漢籍類の検索は、文淵閣本『四庫全書』（漢字情報システム）および、『二十五史』『全唐詩』（いずれも凱希メディア・CD-ROM版）を用いた。

（2）なお、「愁へ＋名詞」の複合語には『増鏡』の「愁へ心」もある。元になる漢語として想定される「愁心」は、『白氏文集』にも3例が見られる。その他「憂心」も『後漢書』『毛詩』に見える。

（3）その他、「愁ふ」を含む同義的結合の例として、「愁へ迷ふ」が『浜松中納言物語』に「愁へ思ふ」が『夜の寝覚』に見られた。「愁へ思ふ」に構成が対応する「憂思」は「至二於爵禄患難之際、寤寐憂思之間一、誓レ心同帰、交感非レ一」（『白氏文集』巻六十「祭二微子一文」）のような例が見える。

参考文献

大坪併治（二〇一七）『石山寺本大智度論古点の国語学的研究　下』（風間書房）

神谷かをる（二〇〇八）「「─種」「─顔」という表現をめぐって─源氏物語の造語法からみて─」（『源氏物語の展望』四　三弥井書店）

小林芳規（一九六七）『平安鎌倉時代に於ける漢籍訓読の国語史的研究』（東京大学出版会）

竹内美智子（一九八六）『平安時代和文の研究』（明治書院）

築島裕（一九六三）『平安時代の漢文訓読語につきての研究』（東京大学出版会）

舩城俊太郎（二〇一一）『院政時代文章様式史論考』（勉誠出版）

山口仲美（二〇一八）『言葉から迫る平安文学1　源氏物語』（風間書房）

拙著（二〇一六）『院政鎌倉期説話の文章文体研究』（和泉書院）

第六章　『今昔物語集』における翻読語と文体

一　はじめに

これまで第一章～第五章で、いわゆる連文の漢語に基づいた翻読語の複合動詞が上代の『万葉集』『続日本紀宣命』や中古の『源氏物語』等の和文物語に存することを指摘し、その文体的意味について論じてきた。本章では、連文による翻読語が極めて多い『今昔物語集』（以下『今昔』）に見られる例を悉皆的に調査し、その中の高頻度語の分析を通し、『今昔』の文体形成における役割を考察していく。

二　『今昔物語集』における複合動詞の翻読語

本章では、連文に基づく翻読語の複合動詞を取り上げる。連文とは「熟語ノ一種デアツテ、一義ヲ通有セル二箇、又ハ稀ニ二箇以上ノ文字ガ、其ノ一義ヲ紐帯トシテ結合」（湯浅一九四一）した熟語である。翻読語は、奥村（一九八五）が「『漢文の構成の形のまま、国語に直訳し出したる』、『元来本邦には存せざりし語又は語法』のこと」とするものである。翻読語は「自作文章で、漢語を一字一字和語で直訳して作成した複合語」である。ただし、『今昔』では「やぶれそんず（破損）」「せしあたふ（施与）」など構成要素に漢語サ変動詞を含む例がある。翻読語は和語による直訳を典型とするが、直訳法のバリエーションとして、ここではこれを含めて扱うことにする。

漢語では同義的な連文の動詞が多いが、古代の和語では同義的結合の複合動詞は自然には生じにくく、もとを辿ると連文の翻読語であることが多い。例えば、青木（二〇一三）は古代語の複合動詞が現代語の複合動詞に比べ一語化の程度が弱い事例として、前項と後項を入れ替えても意味が同じである「あがめかしづく」「かしづきあがむ」を挙げている。青木論文で挙げている『源氏物語』の例は、『白氏文集』に見られる連文「崇寵」をもとに作られたと考えられる（石塚二〇一三・本書第五章）。前項・後項が同義的であり、文法的に緩い結合という性質は、連文の影響で作られた複合動詞に共通して見られる性質であって、作者の漢文知識を背景とした新語として生みだされる（第一章）。翻読語は、和歌では「しらくも（白雲）」「ふるさと（故郷）」など名詞の類が多いが、連文の翻読語である複合動詞は、漢文訓読調を含む散文に多く、漢語サ変動詞とともに和漢混淆文の「漢」の文体要素の一つと見做され、その全体像を把握することは語彙史や文体史の重要な課題である。

まず、『今昔物語集自立語索引』の全複合動詞を調査し、翻読語の動詞を悉皆的に抽出して示しておく。具体的手順は、『今昔』の漢字表記に対応する同義的結合の熟語項目が『大漢和辞典』にあり、それを和語で直訳した語形をとるものを翻読語の指標とした。『今昔』の漢字表記を全て示し、『大漢和辞典』の熟語項目と一致する漢字表記に傍線を付した。なお、熟語の構成要素が転倒している例や、『今昔』と異なる漢字表記の例を認めた例は〈　〉内に元となったと推定する『大漢和辞典』の熟語項目を示し傍線を付した。「かなしぶ」「かなしむ」のようなバ行・マ行の揺れは、例数が多い方に統一して示した。次に翻読語と考えられる複合動詞をAに示す。

A《翻読語と考えられる複合動詞》186語（例数の多い順に掲出、同数の場合は五十音順とする）

いできたる・いでく（出来465）、なきかなしむ（泣悲〈悲泣〉・哭悲・涙悲149）、なげきかなしむ（歎悲110〈悲歎〉）、おどろきあやしむ（驚怪・驚奇62）、おぢおそる（恐怖・怖畏・怖惶・惶懼61）、にげさる（逃去42）、おどろきさわぐ（驚騒32）、ばひとる（奪取32）、かへりさる（帰去27）、たづねもとむ（尋求23）、をさめおく（納置21〈収置〉）、おしはかる（押推・押量20〈推量〉）、つとめおこなふ（勤行19）、なやみわづらふ（悩煩17〈煩悩〉）、おどろきおそる（驚怖・驚恐・驚懼16）、たふとびうやまふ（貴敬14〈尊敬〉）、ぬすみとる（盗取14）、うけたもつ（受持12）、たづねとふ（尋問12）、あそびあるく（遊行11）、おどろきさむ（驚悟・驚覚11）、かなしびなげく（悲歎・哀歎9）、【8例】あきみつ（飽満）、あそびたはぶる（遊戯）、ゆきかよふ（行通）、【7例】あゆびゆく（歩行）、はなちゆるす（放免）、ひかりかかやく（光耀・光曜〈光輝〉）、もとめたづぬ（求尋〈尋求〉）、【6例】あはれびかなしぶ（哀悲）、うけひく（承引）、うやまひたふとぶ（敬貴〈尊敬〉）、かろしめあなづる（軽慢）、さめおどろく（悟驚〈驚悟〉・覚驚）、ときゆるす（解免）、ゆるしはなつ（免放〈放免〉）、よみならふ（読習〈読誦〉）、わらひあざける（咲嘲〈嘲笑〉）、【5例】いたりつく（至着・到着〈到著〉）、かなしびなく（悲泣・悲哭）、かむがへとふ（勘問）、くるしびいたむ（苦痛）、たすけすくふ（助救〈救助〉・助済）、つかれこうず（疲極・羸極）、なげきうれふ（歎愁〈愁歎〉・歎憂〈憂歎〉）、にくみそしる（慳謗〈譏悪〉）、にげかくる（逃隠）、にげのがる（逃脱・逃遁）、のこりとどまる（残留）、みちみつ（充満）、【4例】あがめたふとぶ（崇貴〈崇尊〉）あやしびうたがふ（怪疑・奇疑）、いのりねがふ（祈願）、うれへなげく（愁歎）、おそれおづ（恐怖）、きたりのぞむ（来臨）、すぎゆく（過行〈過去〉）、たふとびをがむ（貴礼〈尊礼〉）、ととのへそなふ（調備〈整備〉）、とひたづぬ（問尋〈尋問〉）、やぶれそんず（破損・壊損）、【3例】あざけりわらふ（嘲笑・嘲咲・嘲咲）、うやまひかしこまる（敬畏）、きえうす（消失）、くるしびわづらふ（苦煩）、こひねがふ（乞願・請願）、すきとほる（透通・透徹）、そしりにくむ（謗慳〈譏悪〉）、てりかかやく（照燿・照耀〈照爛〉）、ときをしふ（説教）、ととのへまうく（調儲〈整設〉）、はらひきよむ（掃清〈清掃〉・掃浄）、やしなひかしづく（養傅〈傅育〉）、わらひあなづる（咲蔑〈笑侮〉）、をがみたふとぶ（礼貴〈尊礼〉）、【2例】あがめうやまふ（崇敬）、あひむかふ（相向・相対）、あつまりあつまる（集集まる・聚集）、あやしびおどろく（怪驚〈驚怪〉）いたみかなしむ（痛悲〈悲痛〉）、うかびただよふ（浮漂）、うずくまりゐる（蹲居〈蹲踞〉）、うたがひあやしぶ（疑怪）、うちたたく（打叩〈打撃〉）、うやまひをがむ（敬礼）、おこしたつ（起立）、おぢかしこまる（恐畏）、おひはなつ（追放）、かしづきやしなふ（傅養〈傅育〉）、かなしびあはれぶ（悲哀）、くるしみくるしむ（困苦）、くゐふむ（蹴踏）、たはぶれあそぶ（戯遊）、たふとびあがむ（貴崇〈尊崇〉）、つつしみおそる（慎怖・慎恐〈畏怖〉）、とどまりゐる（留居）、とびかける（飛翔・飛播）、にくみいとふ（慍厭〈嫌厭〉）、ねがひこふ（願乞・願請〈請願〉）、のがれさる（逃去・遁去）、まぼりかくむ（守衛）、むさぼりあいす（貧愛）、やぶりみだる（破乱・壊乱）、われさく（破裂・剖裂）、【1例】あなづりかろしむ（蔑軽〈軽蔑〉）、あひあふ（相会）、あるきあゆぶ（行歩）、あれすたる（荒廃）、いたりちやくす（至着〈到著〉）、いとひにくむ（厭慍〈嫌厭〉）、いどみきほふ（挑競〈競争〉）、いひかたらふ（云語〈言語〉）、いひかたる（云語〈言語〉）、いやしびあなづる（賤蔑〈賤侮〉）、うつくしびかなしぶ（慈悲）、うやまひつつしむ（信敬）、うやまひほむ（敬讃〈礼賛〉）、うらなひさうす（占相）、うらなひさつす（占察）、うれへなやます（憂悩）、おいほる（老耄）、おきたつ（起立）、おちくだる（堕下〈落下〉）、おちさがる（落下）、おどろきおびゆ（驚愕）、おもひはからふ（思量）、おろしくだす（下降）、かくみめぐらす（囲繞）、かくれのがる（隠遁）、かしづきうやまふ（傅敬〈崇敬〉）、かなしみいたむ（悲痛）、かたらひいふ（語云〈言語〉）かまへつくる（構造）、かまへなす（構成）、からめとらふ（搦捕〈捉搦〉）、きざみゑる（刻彫）、きたりいたる（来至）、くづれこぼる（崩壊）、くづれやぶる（頽破〈頽毀〉）、くるしみなやむ（苦悩）、こがれただる（焦乱〈焦爛〉）、こがれやく（焦焼〈焼焦〉）、さきくだく（裂砕〈砕裂〉）、さづけあたふ（授与）、さわぎどうず（騒動）、しぼみしじまる（萎朘〈萎縮〉）、すぎとほる（過通〈通過〉）、すすめこしらふ（勧誘）、すたれわする（廃忘）、せしあたふ（施与）そうしあぐ（奏上）、そしりせむ（誚讓）、そそきあらふ（灌洗）、たてまつりあぐ（奉上）、たふとびあふぐ（貴仰〈尊仰〉）、たれさがる（垂下）、つきつらぬく（突貫）、てらしかかやく（照輝〈照爛〉）、ときはなつ（解放）、とぎみがく（瑩磨）、ととのへかざる（調荘〈荘厳〉）、とらへからむ（捕搦〈捉搦〉）、なげきくゆ（歎悔〈歎恨〉）、なやましわづらはす（悩煩〈煩悩〉）、なりひびく（鳴響）、にくみにくむ（憎惡〈憎悪〉）、ねがひいのる（願祈〈祈願〉）、ねんじいのる（念祈〈祈念〉）、のりそしる（罵謗〈罵譏〉）はかりあざむく（計欺〈謀詐〉）、はきはらふ（掃揮〈掃除〉）、はたりせむ（徴責〈責懲〉）、はなちまかす（放任）、はなれさる（離去）、ふみくゑる（踏蹴〈蹴踏〉）、ほうじこぼる（崩壊）、まじはりむつぶ（交睦〈交親〉）、まねきめす（招召）、めぐりめぐる（囲繞）、やけこがる（焼焦）、やぶりこぼつ（破壊）、やぶりそんず（破損）、やぶれやぶる（傷破）、ゆきつうず（行通）、ゆきとほる（行通）【以上】

高頻度の翻読語には、同字同義の漢語サ変動詞が存在する（「いできたる・いでく（465）―出来ス（1）」「なきかなしむ（149）かなしみなく（5）―悲泣ス（1）」「なげきかなしむ（110）かなしみなげく（9）―悲歎ス（1）」「おぢおそる（61）おそれおづ（4）―恐怖ス（2）」）。翻読語は漢語サ変動詞の直訳形と転倒形（――線）に当たる。転倒形（「なきかなしむ」「なげきかなしむ」「おぢおそる」）は天竺震旦部・本朝仏法部を中心に本朝世俗部にも用いているが、これらは中古の訓読調を含む和文にも見られ、物語用語として定着していた語であると思われる（三・一、三・二参照）。同義の漢語サ変動詞の例が少ないのは、その点が関連しているであろう。

低頻度の翻読語にも、同意の漢語サ変動詞（漢語名詞）が対応して存する語があり、転倒形が存する語もある（「あそびたはぶる（8）たはぶれあそぶ（2）―遊戯ス（12）」「あきみつ（8）―飽満ス（2）」「あそびあるく（11）―遊行ス（10）」「いのりねがふ（4）ねがひいのる（1）―祈願ス（1）」「いひかたらふ（1）かたらひいふ（1）―言語ス（1）」「うけたもつ（12）―受持ス（35）」「うけひく（6）―承引ス（2）」「うやまひをがむ（2）―敬礼ス（3）」「うれへなげく

（4）なげきうれふ（5）‐愁歎ス（1）」「おいほる（1）‐老耄ス（3）」「かくみめぐらす（1）めぐりめぐる（1）‐囲繞ス（14）」「かろしめあなづる（6）あなづりかろしむ（1）‐軽慢ス（2）」「くるしみなやむ（1）‐苦悩ス（2）」「つとめおこなふ（19）‐勤行ス（2）」「ときをしふ（3）‐説教ス（1）」「なやみわづらふ（17）‐煩悩（15）」「ねんじいのる（1）‐祈念ス（13）」「はなちゆるす（7）ゆるしはなつ（6）‐放免ス（2）」「みちみつ（5）‐充満ス（2）」「やぶりこぼつ（1）‐破壊ス（2）」）。

　高頻度の翻読語では対応する漢語サ変動詞が少ないが、低頻度の翻読語では「遊戯ス」「受持ス」「敬礼ス」「老耄ス」「囲繞ス」「苦悩ス」「祈念ス」「破壊ス」等、漢語サ変動詞の例数の方が上回る場合がある。これらは、部によって漢語サ変動詞と翻読語が使い分けられる傾向がある。「受持ス」「うけたもつ」を例に示しておく。

受持ス　天竺震旦部（巻一〜十）32　本朝仏法部（巻十一〜二十）3　本朝世俗部（巻二十一〜巻三十一）0

受ケ持ツ　天竺震旦部（巻一〜十）0　本朝仏法部（巻十一〜二十）12　本朝世俗部（巻二十一〜巻三十一）0

漢語サ変動詞は天竺震旦部に、翻読語は本朝仏法部に偏り、相補分布的である。漢語サ変動詞と翻読語は法文の享受を表す意味に差はなく、天竺震旦部の漢文は漢語サ変動詞で翻案し、本朝仏法部の漢文は翻読語で翻案するといった叙述態度の差によると思われる。一方、「遊行ス」は天竺震旦部に偏るのに対し、翻読語「あそびあるく」は天竺震旦部の他、本朝世俗部などにも広がりが見られる。意味は「遊行ス」が仏教者の諸国行脚の例が多くを占めるのに対し、「遊ビ行ク」はすべて非仏教者が「あちこち動き回る」意味であり、使い分けがある。

遊行ス　天竺震旦部（巻一〜十）8　本朝仏法部（巻十一〜二十）2　本朝世俗部（巻二十一〜巻三十一）0

遊ビ行ク　天竺震旦部（巻一〜十）5　本朝仏法部（巻十一〜二十）1　本朝世俗部（巻二十一〜巻三十一）5

Aの中には、同語反復形の「あつまりあつまる（聚集）」「くるしみくるしむ（困苦）」「みちみつ（充満）」「にくみにくむ（憎慳）」「めぐりめぐる（囲繞）」を含んでいる。これらは二字の漢字表記が異なり、それが『大漢和辞典』

の漢語に対応する点から、自然発生した語形ではなく漢語の翻読語として生み出されたと考えられる（同語反復形の副詞では「めぐるめぐる（廻々ル）」「おそるおそる（恐々ル）」と同字で書かれ、表記法が異なる）。例えば「囲繞」と関わる語は「囲繞ス」「かくみめぐらす」と同語反復形「めぐりめぐる」がある。一見不自然にも見える同語反復形を併用するのは、漢語を直訳し翻読語を自在に生み出す『今昔』の文章の特徴によるのである。

Aの他、『大漢和辞典』の熟語項目になく、独自に作られたと思われる同義的結合の複合動詞をBに示す。

B《同義的結合の複合動詞》37語（例数の多い順に掲出、同数の場合は五十音順とする）

かなしびたふとぶ（悲貴42、「かなしぶ」は讃仰の意）、たふとびかなしむ（貴悲25）、よろこびたふとぶ（喜貴24）、たえいる（絶入22）、ほめかんず（誉感・讃感・褒感20）、ほめたふとぶ（誉貴・讃貴20）、しにいる（死入13）、よろこびかなしむ（喜悲13、「かなしむ」は讃仰の意）、かなしびあいす（悲愛9）、【5例】かなしびよろこぶ（悲喜）、さわぎののしる（騒喤）、ねがひもとむ（願求）、【4例】まうけととのふ（儲調）、【3例】たふとびあはれむ（貴哀）、たふとびほむ（貴讃）、【2例】あいしかなしぶ（愛悲）、あわてまどふ（周迷・周章迷）、ほめかなしむ（讃哀）、【1例】あはれびたふとぶ（哀貴）、あはれびほむ（哀讃）、いたはりやしなふ（労養）、いつきかしづく（厳傅）、うるひけがる（湿汙）、かなしびたすく（哀助、「かなしぶ」は慈しむ意）、かなしびやしなふ（悲養）、したしみなる（親馴）、たえはつ（絶畢）、たふとみよろこぶ（貴喜）、ちかづきよる（近付寄）、つきをはる（尽畢）、はなちさる（放去）、はなれのく（離退）、ほめあはれぶ（讃哀）、もとめねがふ（求願）、やしなひあつかふ（養繚）わななきふるふ（ワナナキ篩）、わらひきようず（咲興）【以上】

Bは、翻読語の結合の自由さを背景に、応用的に創り出されたものであろう。Bでも「たえいる-絶入ス」のように漢語サ変動詞との対応例があるが、これは『法華験記』に見える「気絶入滅」のような表現から翻読語「たえいる」ができさらに和製漢語「絶入ス」ができたと思われる。「ねがひもとむ」「もとめねがふ」は、「願求」が

（表1）翻読語の割合

	複合動詞	翻読語	割合‰
万葉集	2766	61	22
伊勢物語	282	11	39
源氏物語	16235	346	21
大鏡	1033	34	33
今昔	15056	2350	156
宇治拾遺	2762	220	80
平家物語	4757	340	71

『大漢和辞典』にないためBに含めたが、仏典に多い語として仏教語に由来すると考えられる。Bの最上位を占める「かなしびたふとぶ」「たふとびかなしむ」については、三・三節で述べる。

三　『今昔物語集』における翻読語の諸相

連文の翻読語は、『今昔』の文体の中でどのような意味を持つであろう。第一章末には『日本古典対照分類語彙表』から抽出した同義的結合の複合動詞（翻読語）83語について、平安鎌倉時代の物語27作品での例数を表に示した。同表によると『今昔』の翻読語は異なり語数47語・延べ語数2350語である。これは本章で悉皆的に調査をした異なり語数186例の約4分の1分に当り、『今昔』は全作品中最も例が多いことがわかる。ただ、同別表の数値は作品の長短が考慮されていないため、単純な比較はできない。そこで（表1）に同別表に示された翻読語の総延べ語数が、複合動詞全体の総延べ語数に占める割合（相対度数）を求め『今昔』の傾向を見てみる。比較対象に歌物語『伊勢物語』、作り物語『源氏物語』、歴史物語『大鏡』、説話『宇治拾遺物語』、軍記物語『平家物語』を用いた。また歌集『万葉集』から、同別表に含まれる翻読語11語を対象に加えた。作品別の全複合動詞の総延べ語数は、『今昔』は『今昔物語集文節索引』、その他の作品は『日本古典対照分類語彙表』により調査した。

（表1）によると、『今昔』の翻読語の割合は7作品の中で突出している。『万葉集』『伊勢物語』『源氏物語』『大鏡』などの和歌・和文はいずれも『今昔』の4分の1以下で、中世の『宇治拾遺物語』『平家物語』は中間的な値を示す。漢文の典拠を多く含む『今昔』では、この種の翻読語を好んで用いる文体的傾向を指摘できる。二節で挙げたAの中には用例数が1～2例しか見られない語が総計110例見え、Aの半数以上を占めていた。これら少数例の語の背景には、出典漢文の直訳・翻案によって臨時的な語を生み出していく『今昔』独自の造語法があったと推測される。

そもそも翻読語は、『万葉集』の和歌などで漢詩語から歌語を造る方法として指摘された概念である（小島一九六四、佐藤二〇〇二など）。例えば『万葉集』に18例が見える「きたる」は、築島（一九六三）が漢語「来至」の直訳語として造られたと指摘し、小林（一九六七）は旅人・憶良・家持らの特定歌人か旅人周辺の官人など漢文訓読語を使いやすい人に例が限られるとする。中古和文の『源氏物語』でも、『白氏文集』や中国正史等の漢語に基づく翻読語が指摘される（石塚二〇一三、第四章・第五章参照）。『源氏物語』では、すでに翻読語は意識的に導入されているが、『今昔』に至ると動詞語彙の中で占める位置はさらに大きくなる。『今昔』では、和漢混淆文の文章で生み出された語もある一方で、中古和文の物語で発生し継承された語もある。そこで、本章では翻読語の来歴について、中古の和文物語の用語としていち早くに定着した語、漢文を踏まえた和漢混淆文で多く用いられた語、『今昔』で独自に造られた語に類別し、特に使用度数の高い語の文体的意味について考察していく。

三・一　歌物語に見られ、定着の早い翻読語

『今昔』の使用度数上位の翻読語を見ると、歌物語のように初期の物語に用いられた語が含まれている。本節では、Aの中でも例数の多い「おぢおそる」「にげさる」に、「いでく」「いできたる」を加えた4語を取り上げ、漢語サ変動詞の有無、出典の翻読例、他作品での使用状況等を検討する。語毎に、27作の物語〈歌物語〉伊勢物語、大和物語、平中物語、〈作り物語〉竹取物語、宇津保物語、源氏物語、夜の寝覚、狭衣物語、浜松中納言物語、落窪物語、

（表2）

	おぢおそる	にげさる	いでく	いできたる
巻1	2	1	3	9
巻2	3	1	0	14
巻3	1	3	2	5
巻4	5	3	18	0
巻5	2	3	16	1
巻6	2	3	0	6
巻7	2	0	3	9
巻9	5	2	0	6
巻10	6	2	0	6
小計	28	18	42	56
巻11	2	1	8	13
巻12	1	0	4	8
巻13	1	0	3	16
巻14	2	1	2	14
巻15	1	0	6	7
巻16	3	2	10	17
巻17	5	3	6	23
巻19	0	4	8	13
巻20	5	2	4	14
小計	20	13	51	125
巻22	0	0	2	4
巻23	0	0	0	14
巻24	4	1	3	12
巻25	3	0	2	10
巻26	0	1	16	32
巻27	3	2	0	16
巻28	2	1	17	32
巻29	0	2	16	11
巻30	0	0	0	0
巻31	1	4	10	10
小計	13	11	66	141
合計	61	42	159	322

堤中納言物語、〈歴史物語〉栄花物語、大鏡、今鏡、水鏡、増鏡、〈軍記物語〉保元物語、平治物語、平家物語、〈説話〉三宝絵、今昔物語集、宇治拾遺物語、発心集、撰集抄、十訓抄、古今著聞集、沙石集）での例数を示す。なお、作品名を記さない場合は例がないことを示す。（表2）に、『今昔』での巻別分布を示した。

「恐怖」の翻読語「おぢおそる」は、『大和物語』1例の他、歴史物語・軍記物語、説話に例がある。『今昔』では天竺震旦部を中心に巻二十以前に多いが、和文調に傾く巻二十二以降の本朝世俗部まで幅広く分布する。

●「おぢおそる」大和1、水鏡9、保元2、平家4、今昔61、宇治2、発心1、撰集1、著聞1

①郡司ヲ呼ビ出テ、「愁ヘ申シテ事ニ宛テム」ト云ヒ聞セケレバ、郡司恐ヂ怖レテ、（『今昔』巻二十四・20）

「おぢおそる（恐怖）」には、対応する漢語サ変動詞「恐怖ス」（巻三・15、巻二十二・4）がある。滋野（二〇〇二）は、「おぢおそる」が漢文訓読系統の語として生まれ、『今昔』では出典の踏襲でなく自由に用いられたとし、青木（二〇〇五）も、漢文出典に依拠した『水鏡』に多く、漢文翻訳文にふさわしい「漢文翻訳語」と述べている。

「逃去」の翻読語「にげさる」も、物語では『伊勢物語』『竹取物語』をはじめ『源氏物語』『大鏡』『水鏡』などにも見られ、特に鎌倉期の軍記物語・説話に多い。『今昔』では天竺震旦部を中心に巻二十以前に例が多いが、和文調に傾く巻二十二以降にも用いられる点は「おぢおそる」と同じである。

●「にげさる」伊勢1、竹取1、源氏1、大鏡1、水鏡2、保元3、平家5、今昔42、宇治3、発心1、撰集3、
十訓1、著聞3、沙石3

②銭ノ中ニ、蛇、銭ヲ纒テ有リ、人ヲ見テ逃去ヌ。（『今昔』巻十四・1）

「にげさる（逃去）」に対応する漢語サ変動詞は『今昔』に見えないが、②の例は出典『法華験記』（上7）に「見人逃去」とあるのを翻読した例である。なお、「逃散」による「逃ゲ散ズ」（巻六・20）もある。

Aで最も例数が多い翻読語は、「いできたる・いでく」の総計481例であった（例数は『今昔物語集文節索引』による）。

●「いでく」伊勢6、大和9、平中3、竹取4、宇津96、源氏129、寝覚19、狭衣20、浜松29、落窪27、堤中4、栄花87、大鏡22、今鏡26、水鏡22、増鏡30、保元8、平治4、平家73、今昔159、宇治96、発心5、撰集
9、十訓27、著聞20、沙石17

●「いできたる」水鏡5、平治5、平家2、三宝7、今昔322、発心3、撰集2、著聞15

③道ノ程可食物ナド船ニ入サセテ指出シケレバ、嶋ヨリ俄ニ風出来テ、時モ不替走リ渡ニケリ。
「いでく（連用形）」の例（『今昔』巻二十六・9）

④而ル間、臭香俄ニ出来ル。
「いできたる（終止形）」の例（『今昔』巻六・6）

第二章では、『万葉集』に見える「いでく」が翻読語である可能性を指摘した。『万葉集』の13例はほとんどが「雨隠る三笠の山を高みかも月の出で来ぬ夜はふけにつつ」（巻六・九八〇）のように山に隠れていた月が出てくる

意味の例である。しかし、平安時代になると、『古今集』以降の八代集には「いでく」の例は見られず、右に挙げたように、平安時代では散文の和文物語に多く継承される。和文に多い点は、和語の中で「いでく」が自然発生した可能性を示唆するように見えるが、八代集では一例も用いられない点から見ると、必ずしも一般的な語句とも言えない。さらに、築島裕『訓点語彙集成』によると、「いでく」が「出」の訓読語として用いられた例が、『法華文句』（平安後期点）『大毘盧遮那経疏』（寛治七年・嘉保元年）などに見られることも注意される。

漢詩漢文や仏典類などジャンルを問わず高頻度で見られる漢語「出来」は、上代の日本漢文でも『古事記』4例、『日本書紀』5例、『風土記』3例など、漢文には普通に見える語であり、万葉歌の作者にとっても周知の語であったと思われる。この点から考えれば『万葉集』に見える「いでく」が漢文の「出来」の影響で用いられた一種の翻読語である可能性は高いと思われる。「出」の訓読語に「いでく」を用いた例があることも、漢文との関係を示唆する。翻読語がもとの漢字の訓読語として使用された例としては、「来至」の翻読語「きたる」が「来」の訓読語に用いられた例や、「厭足」「飽足」の翻読語「あきだる」が「厭」「飽」「足」の訓読語に用いられた例が挙げられる。和歌での使用傾向においても、「きたる」「あきだる」「いでく」はいずれも平安以降の和歌に継承されず、漢文の影響の強い『万葉集』のみの用語である点で共通している。意味の面から見ると、『万葉集』の「いでく」の意味は、「出る」ことに重点がある点で、漢語「出来」と共通性が高い。『大漢和辞典』によると「出来」の意味は、中から（あるいは隠れていた所から）「出てくること」の意味であるが、『万葉集』の「いでく」も「出る」ことに重点がある。なお、「おこる。発生する。できる。できあがる」のような転義的な意味もあり、『大漢和辞典』では漢籍の例がなく日本漢文の例を挙げる（『漢語大詞典』では「出現・産生」として時代の下る宋代の例を挙げる）。事物の「出現・発生」の意味は「いでく」「出来」の「出てくる」意味からの転義と思われ、上代の漢文資料でも「然後、母吾田鹿葦津姫、自火燼中出来、就而称之曰」（『日本書紀』巻二・神代下）、「時有賊一人、以杖出来、打大使頭而退」（『日本書紀』巻二十・敏達天皇）のように「中から出てくる」意味と「出現する」の意味の両方が見られる。以上のように、「出来」と「いでく」の共通点の多さから考え、『万葉集』の「いでく」は漢文の頻出語「出来」による翻読語として使用された可能性が高いと思われる。中古以降に和歌の様式が確立すると漢語の直訳的な翻読語の「いでく」は避けられた一方、漢文の影響によって散文において多く定着し、一部の訓点資料に用いられたほか、特に和文物語で多く用いられるに至ったものと思われる。(2)

右に述べたごとく、「いでく」は「出来」の影響のもと翻読語として発生した可能性が高いと考えるが、和文の物語でも多く定着していたため、『今昔』においては漢語にもとづく翻読語という意識は薄くなっていた可能性がある。一方、「出来」には訓読語「きたる」を用いた翻読語「いできたる」がある。「いできたる」は、後述するように、「来る」意味に重点がある点や、変体漢文や和漢混淆文など漢文訓読的な文献に多い点で「いでく」とは異なる傾向があり、漢語にもとづく翻読語としての意識が強く窺える。次に「いでく」の意味と比較しながら、「いできたる」の確例を抽出し、特徴的な意味や出典漢文からの翻読例を指摘しておく。

「いでく」は、歌物語、作り物語、歴史物語、軍記物語、説話など、広い範囲に見られる。意味は事物の「出現」や「新しく生じる」などとされ（『日本国語大辞典』第二版）、『今昔』でも③の「風」の他、「火」「香」「心」「光」「雨」「雲」その他の事物が突然「出現・発生」する意味で用いている。「いでく」の例は「出来」と表記されるため「いできたる」でなく「いでく」であると送り仮名からは確定できないが、「出現・発生」の意味は和文の「いでく」に一般的に認められることから、『今昔』の事物の「出現・発生」の例を「いでく」と読む可能性は高い。『日葡辞書』（一六〇三）では、「いでく」の意味を「ある事が思いがけなく起こる、あるいは、もちあがる」意とするが、時代の遡る『今昔』でも、③の例は事物を主体にした「発生」の例と解され、「俄ニ」から意外・突然の語感も窺える。「いできたる」も④のように「発生」の例は「俄ニ」を上接しており、「いでく」と近い語感の例が認められる。

一方、『今昔』の「いできたる」の確例には「いでく」と異なる使用傾向が見られる。「いできたる」について、送り仮名によって読みを確定できる例に絞って検討すると、⑤の例のように人を主語とし「（中から）出て来る」意味を表す例が見られる。「いでく」にも、人を主語とする例は⑥のような例が見られるが、この例は「ニケリ」を伴う点から「いでき」と読まれる可能性が高い。意味は、前文にある「打出（現れる）」と同義で、尋常な人と思えない夷（胡人）が突如として現れる意と解される。これは、『源氏物語』の「物の怪、生霊などいふもの多く出で来て」（葵）などに近い用法であり、「出現」用法の一例と解されよう。

⑤此ニ依テ此ノ使、「此ノ獄十二年ヲ経タル比丘ヤ有」ト四五度許呼ブ時ニ、一人ノ優婆塞答テ出来レリ。

「いできたる（已然形）」（『今昔』巻三・17）

⑥胡国ノ人ヲ絵ニ書タル姿シタル者ノ様ニ、赤キ物ノ□□テ頭ヲ結タル、一騎打出。船ノ人此レヲ見テ、「此ハ何ナル者ゾ」ト思テ見ル程ニ、其ノ胡ノ人打次キ、員モ不知ズ出来ニケリ。

「いでく（連用形）」（『今昔』巻三十一・11）

このように、「いでく」では「いづ」に意味の重点があり、③⑥のように事物の「出現・発生」を意味するのに対し、「いできたる」では⑤のように人が「中から出て来る」意味と、⑦⑧のように人が「やって来る」意味があり、特に「きたる（来）」に意味の重点を置き、人を主体にして用いる例の多い点が相違点として指摘できる。

⑦其時ニ、見レバ、唐車ニ乗タル止事无キ人出来レリ。

（『今昔』巻十一・28）

⑧国ノ諸ノ人皆自然ラ此レヲ知テ蔵明ヲ帰依スルニ、弟子眷属出来リ、房ノ内豊ニ成ヌ。

（『今昔』巻十七・7）

次に、「いできたる」の確例の意味用法とともに、出典による例から翻読語としての性質を分析していく。「いでく」と「いできたる」の大きな相違点として、「いでく」では人を主体にした例が⑥のような例外的用法

（尋常でない者の出現）に限定されるのに対し、「いできたる」では⑤⑦⑧のような人を主体とした例が多く見られる点がある。[3]「いできたる」は、「出来」とのみ書かれる例が多いが、「出来ラム」「出来リ」「出来ル・出来タル（終止法）」「出来レル・出来レリ」のように語尾を記した確例47例に絞って動作主体を確認すると、「人」33例、「動物」4例、「軍・乱」3例、「物」2例、「鬼・竜」2例、「事」1例、「香」1例、「財」1例、で人を主語とする例が多くを占める。この点を鎌倉期の漢字片仮名交じり文である『延慶本平家物語』の仮名書きまたは語尾表記の例で検証すると、「いできたる」の確例17例中、人を主体とする例が8例と半数近くを占めるが、「いでく」では確例9例中、人が主体となるのは1例のみで、両語の動作主体に傾向差があることが確認できる。

人を主体とする「いできたる」は、⑦⑧のような「やって来る（＝到来）」意味が多い。次の『延慶本平家物語』の例でも、時間の経過を意味する「サルホドニ」、空間的な距離を示す「浜ノ方ヨリ」を承けることなどから、「いで（出）」の意味は希薄化し、単に「きたる（向こうからやって来る）」と言うのに近い意味に解される。

⑨サルホドニ猪俣党ニ四郎ト云者……浜ノ方ヨリ出来《いできたる》ル。　（『延慶本平家物語』第五本）

「やって来る」意味は、「人が（遠くから時間を掛け）到来する」意であり、「きたる」の語源「来・至る」の意味が全面に出る用法である。『大漢和辞典』『漢語大詞典』にこの意味の記述はないが、『日葡辞書』では「いできたる」を「出る、または、来る」意の「文書語」としている。これは人が「中から出て来る」意味とともに「やって来る」意味を認めて記述したものと解される。また、「文書語」としていることから、漢文・変体漢文やその影響のある文体では「中から出て来る」「やって来る」意味の「出来」表現があり、読みとして翻読語「いできたる」や漢語サ変動詞「出来ス」が用いられたと推測される。『日葡辞書』が漢語「出来（Xutrai）」の訓注を「いできたる（Ide qitaru）」とする点はこれと符合し、[4]「いできたる」は漢語「出来」の翻読語と考え得る。『今昔』に一例ある漢語サ変動詞「出来ス」も、「いできたる」と同じく人が「やって来る」意味である。

⑩新発ノ出来シテ、道心ノ事共云ホドニ、池ノ西ニ有ル山ノ後ヨリ笛笙ナド吹テ　（『今昔』巻十九・4）

「やって来る」意味は、変体漢文などで「出来」が「いできたる」と読まれることがあるため「きたる」の本来の意味を契機に生じた日本的用法であろう。[5]『今昔』においても、⑪の例のように、本朝仏法部の出典の変体漢文『法華験記』の「出来」の直訳箇所で「やって来る」意味の「いできたる」が生み出されている。

⑪為告此事、我出来也　（『法華験記』下・124）

→此ノ事ヲ申サム為ニ我出来レル也　（『今昔』巻十四・7）

この例は、語尾表記された確例であり、後続箇所で「我レ此ク来レル也」と言い換えているため、「やって来る」意味の「いできたる」の例とわかる。『法華験記』の「出来」12例中10例はこの意味の例であり、『今昔』では6例が直訳され継承されている（語尾表記はないが、意味から「いできたる」と読む翻読語と類推される）。

『法華験記』では「出来」を「やって来る」意味で用い、『今昔』の「いできたる」はこれを継承している。ただ同じ用法の漢語サ変動詞「出来ス」がある点も踏まえると、「いできたる」は出典の影響で発生したというより、変体漢文や和漢混淆文に定着していた「出で来たる」を使用したのであろう。「いできたる」は「いでく」と意味や文体位相を異にし、『今昔』の文体基調に関わる翻読語として全巻に広く使用されていたのである。

三・二　歌物語に見えず、定着の遅い翻読語

次に、Aから、歌物語には見えず、中古以降の物語では漢文訓読調の強い作品に多い3語を取り上げる。「なきかなしむ（泣悲）」「なげきかなしむ（歎悲）」は、『今昔』ではAの第2位と第3位を占める。この2語に対応する漢語サ変動詞「悲泣ス」（巻一・23）「悲歎ス」（巻四・20）があり、これの転倒形に当たる。一方で、直訳形の「かなしびなく（悲泣）」5例、「かなしびなげく（悲歎）」9例も見えることから、直訳形と転倒形はともに漢語サ変動

詞に対応する翻読語として意識されていたと考えられる(6)。

●「なきかなしむ」宇津1、浜松1、水鏡7、保元2、平治4、平家12、三宝5、今昔149、宇治7、発心5、撰集1、十訓1、著聞2、沙石4

●「なげきかなしむ」浜松2、水鏡3、保元1、平家9、今昔110、発心4、撰集2、著聞1、沙石2

⑫夢覚テ泣キ悲テ三井寺ノ僧ノ許ニ詣デ此ノ由ヲ告グ。（『今昔』巻十二・24）

⑬広高、本意ニ非歎キ悲ムト云ヘドモ、宣旨限リ有レバ、力不及ズ。（『今昔』巻三十一・4）

この2語は軍記物語や説話に例が多いが、中古の物語でも漢文訓読的な表現が含まれやすい『宇津保物語』『浜松中納言物語』や鎌倉初期の『水鏡』にも使用されている。「なきかなしむ」は、青木（二〇〇六）では、「おぢおそる」と同じく「漢文翻訳語」と指摘している。第五章で、漢文訓読語「かなしぶ」が『浜松中納言物語』『水鏡』等の物語に「なきかなしぶ」「なげきかなしぶ」などの翻読語の構成要素として多く用いられ、和漢混淆文の用語として定着していった流れを推定した。この2語は（表3）のように、本朝仏法部を中心に巻二十以前に例が多いが、巻二十二以降の本朝世俗部でも減少しつつ、ある程度の用例が見える。

（表3）

	なきかなしむ	なげきかなしむ	おどろきあやしむ
巻1	8	6	3
巻2	6	8	4
巻3	9	8	2
巻4	3	5	4
巻5	5	5	2
巻6	7	2	3
巻7	11	2	2
巻9	12	4	2
巻10	6	6	0
小計	67	46	22
巻11	3	0	4
巻12	8	7	3
巻13	10	8	4
巻14	11	6	2
巻15	5	5	6
巻16	11	10	1
巻17	15	4	6
巻19	3	9	4
巻20	4	2	3
小計	70	51	33
巻22	1	0	0
巻23	0	0	0
巻24	2	4	1
巻25	0	1	0
巻26	4	2	2
巻27	1	1	2
巻28	0	0	0
巻29	3	1	2
巻30	1	1	0
巻31	0	3	0
小計	12	13	7
合計	149	110	62

これに似た分布を見せるのがAの第4位「おどろきあやしむ」62例である。この語の分布も、本朝仏法部を中心に巻二十以前に例が多く、巻二十二以降の和文的な巻にも広がりを持つ点で共通している。ところが、この語は構成要素の「あやしむ（ぶ）」が漢文訓読語であることもあり、平安鎌倉時代の物語や説話では例がほとんどなく、『今昔』の他は、漢文訓読調の強い次のような仏教説話集に限定されている。

●「おどろきあやしむ」三宝4、今昔62、発心5

⑭其ノ時ニ、俄ニ微妙ノ栴檀・沈水香等ノ如クナル香出来ヌ、亦、日ノ始テ出ヅルガ如クナル光有。法師驚キ怪テ退テ見レバ、此ノ病人忽変ジテ観自在菩薩ト成リ給ヒヌ。（『今昔』巻六・6）

この語は『延慶本平家物語』に「驚怪《アヤシミ》テ」（第一本）のように漢字表記に振り仮名を付した例もあり、漢語「驚怪」に基づく意識が窺える。「驚怪」は、大正新脩大蔵経データベース（SAT2015）で383例が見え、天竺震旦部の主要出典である『三宝感応要略録』を始め『大智度論』『諸経要集』『経律異相』『法苑珠林』など本邦の説話集に影響した中国の仏教書に例がある。これらを読み馴れた人なら「おどろきあやしむ」を生み出す素地はあったであろう。拙著（二〇〇三）では、『今昔』の個性的文体に影響を与えた文献として本朝仏法部の有力出典『日本霊異記』『日本往生極楽記』『法華験記』を挙げたが、翻読語「おどろきあやしむ（驚怪）」も『日本霊異記』の「驚怪」（巻十二・14）、『法華験記』の「驚怪」（巻十三・20）「驚奇」（巻十六・25）、『日本往生極楽記』の「驚怪」（巻十五・26、36）等の直訳で生じた例がある。また、天竺震旦部の有力出典『三宝感応要略録』を典拠とする「驚異」(7)の直訳による例（巻六・9、巻七・2、巻七・8）もある。これらの利用度の高い出典を翻案する中で撰者の個性的文体に合致した愛用語となり、漢文の出典を持たない本朝世俗部の話にまで広く活用したのであろう。

その他、「おどろき〜」を含む翻読語は、「おどろきさわぐ（驚騒）」「おどろきおそる（恐懼・驚怖）」「おどろきさむ（驚悟・驚覚）」などがある。「おどろきさわぐ」は全32例中、巻二十二以降に11例があり、本朝世俗部にも広がりが見られる。他作品でも、源氏3、寝覚1、浜松3、大鏡1、水鏡3、増鏡3、平家3、発心2、撰集1、十訓1、著聞3、沙石2、のように和文的な物語にもある程度の広がりがある。この語は、中国正史類や『白氏文集』『元氏長慶集』などの漢詩類に見られる漢語「驚譟（噪）」「驚動」「驚騒」等の受容により、『源氏物語』以降、物語類で定着した語を受け継いだものと推測される。(8) これに対し、「おどろきおそる」は巻二十以前に15例中14例と偏っており、他作品では『三宝絵』（上）に「驚キ惶ル」の例があるのみで、漢文訓読調が強い語であると言える。これは仏典類に例の多い「驚惶」「驚恐」「驚怖」等からの影響と考えられる。(9)

三・三　個性的文体に関わる用語――翻読語擬きの応用例――

本節では、一般的な翻読語ではないが、同義的結合の複合動詞として例の多い「かなしびたふとぶ」「たふとびかなしむ」の2語を取り上げる。「かなしぶ」「たふとぶ」は前項と後項いずれにも多く、これらの合わさった「かなしびたふとぶ」（42例）、「たふとびかなしぶ」（25例）は、B「同義的結合の複合動詞」の上位を占めている。次のような例である。

⑮「実ニ此レ、法花経ヲ誦スル功ヲ積ルニ依テ、其ノ霊験ヲ顕セル也」ト知テ、泣々ク悲ビ貴ムデ、礼拝シテ返ニケリ。（『今昔』巻十二・31）

⑯弟子等、此レヲ見テ泣々ク弥ヨ念仏ヲ唱ヘテ、師ノ極楽ニ往生セル事ヲ貴ビ悲ビケリ。（『今昔』巻十五・8）

この2語は、他作品では後述の『三宝絵』の「たふとびかなしぶ」1例以外に例がなく、ほぼ『今昔』独自の語である。『今昔』では、巻十五の往生譚と巻十七の霊験譚を中心に本朝仏法部で用いられ、(10)『日本霊異記』『日本往生極楽記』『法華験記』等の出典話で仏や経の霊験、往生を讃える慣用句として話末に独自に付加した例が大半を占める。「不悲貴ズ」（巻十五・2）のように「悲貴」二字を跨ぐ「不〜ズ」の表記例があり、熟語的に意識された面も窺える。意味の面では、「かなしぶ」が一般的な悲傷や慈悲の意味でなく、次の例から窺えるように仏法に対する感動や讃仰の意味になっている点が注意される。[11]

⑰我ガ年老テ力ノ弱レルヲ悲ムデ泣ク也ケリト知テ、母、伯瑜ヲ哀ビ悲ブ事无限シ。　感動（巻九・11）

⑱藪ノ中ニ□ニ法花経ヲ誦スル音有リ。吉ク聞ケバ・明秀ガ生タリシ時ニ誦セシ音ニ似タリ。此ヲ聞テ、哀ビ悲テ、返テ人ニ語ル。　讃仰（巻十三・29）

次に、このような讃仰表現が作られた背景を考察してみたい。

『今昔』では「たふとぶ」を含む複合動詞に、「尊崇」「尊仰」「尊礼」による「たふとびあがむ」「たふとびあふぐ」「たふとびをがむ」などの翻読語がある。「あはれぶ」を含む複合動詞にも、「哀悲」「悲哀」による「あはれびかなしぶ」「かなしびあはれぶ」などの翻読語がある。撰者は、このような翻読語に多く用いられる「たふとぶ」「かなしぶ」を軸に、「あはれぶ」「よろこぶ」と組み合わせ、さらに次のような応用的な複合動詞を作り出している。

あはれびたふとぶ　たふとびあはれぶ
たふとびよろこぶ　よろこびたふとぶ
かなしびよろこぶ　よろこびかなしぶ

このように仏法への讃仰を意味する多様な複合動詞が用いられるのは、他の仏教説話集でも『三宝絵』『打聞集』などに見られるところである。[12]和漢混淆文の中でも特に仏教説話集は、その内容上、仏教的讃仰を表す語を多様に創り出しやすい。そのような事情が、最も例の多い「かなしぶ」「たふとぶ」を組み合わせた翻読語擬きの「かなしびたふとぶ」「たふとびかなしぶ」を応用的に生み出した背景にあると推測することができる。

ところで、「かなしびたふとぶ」「たふとびかなしぶ」の元になる漢語「貴悲（尊悲）」「悲貴（悲尊）」は『大漢和辞典』や大蔵経データベースでも検索できないが、『今昔』（巻十四・9）の出典『法華験記』に唯一「貴悲」の例が見出せる。これは、『今昔』撰者が、「たふとびかなしぶ」「かなしびたふとぶ」を生み出した直接的なきっかけであると思われる。撰者は、これを「貴ビ哀ブ」と翻読したことによって、『日本霊異記』『日本往生極楽記』『法華験記』等の翻案に際しても、応用的に用いるに至ったものと推定される。

⑲爰家人見此、哀悦無限。国史驚問。具陳情事。即驚貴悲。（『法華験記』下・108）

⑳家ノ人、此ヲ見テ喜ブ事无限シ。国ノ司、此ヲ聞テ驚テ召テ問フニ具ニ申ス。聞ク人皆此ノ事ヲ貴ビ哀ブ。（『今昔』巻十四・9）

⑲⑳の傍線部分はもともと『日本霊異記』（下13）に「大悲」とあり、それを関戸本『三宝絵』（中17）で「おほきにたふとびかなしびて」としている。おおもとの『日本霊異記』の例は、岩波日本古典文学大系本の「悲」の注では『類聚名義抄』のアハレブの訓を指摘し「たいそう感動する」意としている。『三宝絵』では『日本霊異記』の「悲」が讃仰を意味することを明確にするために「たふとび」を添えたのであろう。それらの表現を受け『法華験記』の「貴悲」が生まれたと思われる（「驚」は「おほきに」に対応する語であろう）。これらを承ける『今昔』が「貴ビ哀ブ」と表記するのも、讃仰の意味を表す意図があるのであろう[13]。

拙著（二〇〇三）で明らかにしたように、『今昔』は『法華験記』の表現の影響を大きく受けている。翻読語においても、撰者は『法華験記』の独自表現「貴悲」を翻案の過程で自らの使用語彙として取り入れ、『法華験記』や、『日本霊異記』『日本往生極楽記』等を典拠とする説話で「かなしびたふとぶ」「たふとびかなしむ」を自家薬籠中の表現として自在に活用したのである。『今昔』では翻読語を利用した新たな表現を生み出す現場が窺え、『今昔』の独自の文体を造り出す原動力の一つとして翻読語が位置づけられることを示している。

四　まとめ

以上、『今昔』に用いられた高頻度の翻読語を見てきたが、まとめると次の四類の層に分けることができる。

第一類は、「にげさる」「おぢおそる」など、初期の歌物語から見られる古い層の翻読語である。和文体の物語でもある程度定着し、『今昔』でも巻二十二以降の和文的な巻に例の多い語も見られる。

第二類は、「いできたる」「なきかなしむ」「なげきかなしむ」「おどろきさわぐ」など、平安中期以降に訓読調の物語用語として定着した語である。『今昔』では主に巻二十以前（特に本朝仏法部）を中心に用いるが、巻二十二以降の和文的な巻にも広がりが見られる。

第三類は、「おどろきあやしむ」「おどろきおそる」など、出典の仏典類に頻出する語の影響を受けたもので、特に漢文訓読調の強い文体の物語にしか見られない語である。『今昔』では巻二十以前が中心だが、巻二十二以降に例が及ぶ場合もある。

第四類は、「かなしびたふとぶ」「たふとびかなしむ」のように、特定の出典の影響を受けた、他の物語に見られない撰者独自の用語である。撰者は『法華験記』から見出した「貴悲」をもとに翻読語を造り出し、本朝仏法部を中心に出典説話にない独自の増補箇所で多く用いている。

第一類と第二類の語は、中古の訓読調を含んだ一部の和文や、『今昔』などの和漢混淆文によく馴染んだ翻読語であり、類型的文体としての和漢混淆文の指標になる語である。一方、第三類の語は出典の直訳による例も多く、第一類第二類に比べ漢文訓読的な巻に用いられやすいが、巻二十二以降に広がりを持つ語もある。第四類の「かなしびたふとぶ」「たふとびかなしむ」は、多くの例が本朝仏法部に限定されるが、仏教説話の主題に関わる仏法への感動・讃仰を表す慣用句として話末で独自に使用している点に撰者の個性的文体の側面が窺える。

拙著（二〇〇三）や本章で指摘したように、翻読語は漢語サ変動詞と置き換えられる内容を持っており、和漢混淆文の指標語の一つと言える。翻読語は、和文的な物語の中において物語用語の一部として作り出されては伝承されていったものがある。その他に、本作のように漢文的な物語を多く含む作品になると、和語の伝統的な用語では表し得ない内容を描くのに導入された翻読語がある。上代の『万葉集』や宣命において、歌やミコトノリの内容を作るのに漢文の表現を借りた翻読語が新たに創造された。『今昔』においては、漢語表現を翻読語として借用として取り込むのみではなく、すでに定着した語を活用するほか独自に案出した翻読語をも自らの表現として主体的に活用している。特に天竺震旦部、本朝仏法部の説話は、中国・日本の漢文出典を多く用いてが書かれているため、第三類や第四類などの新たな翻読語を生み出したのであろう。第四章と第五章で検討した『源氏物語』では、この種の翻読語は和文体を基調とする文章の中に漢的な要素を導入するに止まっていたが、『今昔』では、文体基調を作る要素として用いられている点に、その文体的価値の高まりを指摘できる。

注

（1）詳細な調査ではないが、参考に『文淵閣四庫全書』を検索すると総計3913例、『大蔵経データベース』（SAT2018）で「出来」検索すると1262例が得られる。貴族層に影響しそうなものでは、『太平廣記』23例、『全唐詩』27例、『白香山詩集』3例、『陶淵明集』1例、『李太白集』1例、『史記』1例、『三国志』1例などの他、仏教関連では『法苑珠林』9例がある。なお、「出来」は東京大学史料編纂所のデータベース（二〇二一年一月検索）で検索すると、古記録データベースでは『貞信公記』延喜十九年（九一九）を最古に1401例が得られ、また古文書データベースでは「東南院文書」天平勝宝二年（七五〇）を最古に2318例が得られ、変体漢文においても定着していたことが窺える。

（2）「て」を挿入した「いでてく」の表現が、『伊勢物語』『大和物語』『平中物語』『和泉式部日記』『源氏物語』に各1

例見られるが、これらは、和文的性格が特に強い歌物語に例が多いことから考えると、「いでく」の熟語性をなくすることで、「いでく」の訓読的な語感をさらに和らげようとした表現かと思われる。

（3）旧日本古典文学大系と新日本古典文学大系の索引で「いできたる」の例数を調べると旧大系本322例、新大系本270例と大きな差がある。これは「舅出来テ」（巻二十六・8）のように「人＋出来」を漢字表記した例を、旧大系本が「いできたり」と読むのに対し、新大系本は「いでき」と読む方針であることが大きな要因である（新編日本古典文学全集本も新大系本と近い方針）。「いできたる」の確例には人を主語とし「やって来る」意味が多い点から、旧大系本の読みに従うべき例が多いと考える。

（4）『日葡辞書』では、「出来（Xutrai）」の訓注に「出で来たる（Ide qitaru）」を挙げ、「何事かが到来したり、発生したり、また、何事かがなされること」と記述する。ただし、「出で来たる」という注は漢語を和語に置き換える方式の注釈であり、複合動詞「出で来たる」がそのまま漢語に対応したことを意味するわけではない。ここでは「来たる」を用いたことに注意した。

（5）築島裕『訓点語彙集成』に「イデキタル」の訓読例は見られないが、変体漢文では平安後期の『高山寺本古往来』（52）に「生草未夕出（テ）来ラ（未ス）」（生草が（送られて）来ない）のように「イデキタル」の例がある。人や物の到来を意味する「出来」の例は変体漢文に多く、例えば『御堂関白記』では「出来」25例中、人や物が「到来」する意味の例は12例（人7例、物5例）を占め、人や物が到来する意味の「出来」を「イデキタル」と読む訓法が変体漢文で定着していたと推測される。

（6）「なきかなしむ」に相当する漢語は、中国史書では、『漢書』で「哭泣悲哀」、『後漢書』で「涕泣悲哀」など四字句の形でしか見られないが、『日本書紀』では「哭泣悲哀」（巻二）「泣悲歎」1例（巻六）の他に、二字の「泣悲」も和習の漢文とされるβ群の巻に3例（巻七に1例、巻十一に2例）が見られ、本邦独自の使用が認められる。『日本書紀』には中国史書に一般的な二字の「悲泣」もα群の巻に1例（巻二六）があり、「泣悲」と「悲泣」とで元になる漢文の性格に違いが窺える。以降の和文や和漢混淆文では、漢語では「悲泣（す）」、複合動詞では「泣き悲しむ」が用いられ、定着していった。

（7）「驚異」は、「怪、異也」（『説文』「あやしぶ・いぶかる・まどう」意）の訓詁から「驚怪」と同様の語義と考えられる。「驚（おどろく）」は「おそる・さわぐ」意味で、「驚怖・驚恐・驚懼（おどろきおそる）」「驚譟・驚騒（おどろきさわぐ）」などの漢語から作られた翻読語にも関わる。「おどろきあやしぶ」は『今昔』の常用語であり、「驚怖」（巻一・28）、「大惶怖」（巻四・18）、「驚」（巻十二・33、巻十三・5、巻十五・18）、「怪」（巻十三・31、巻十四・32）をこの語で翻案した例も見られる。

（8）「おどろきさわぐ」の元になる「驚譟」は『後漢書』『元氏長慶集』『全唐詩』に見え、「驚動」は『史記』『漢書』『後漢書』『李太白文集』『元氏長慶集』『白氏文集』に見える。「おどろきさわぐ」は『蜻蛉日記』『源氏物語』『平家物語』に見える。

（9）大蔵経データベース（SAT2015）によると、「おどろきおそる」のもとになる漢語は、『今昔』に7例ある「驚怖」が2277例、『三宝絵』に1例ある「驚惶」が119例ある。今昔に8例ある「驚恐」は中国正史類にもあるが（『史記』10例『漢書』9例『後漢書』5例）、大蔵経に203例があり、仏典の影響が考えられる。なお、「おどろきさむ」も大蔵経で「驚悟」94例「驚覚」1011例がある。

（10）巻別の分布は、「たふとびかなしぶ」は、巻十二・4例、巻十三・2例、巻十四・1例、巻十五・9例、巻十六・2例、巻十七・6例、巻十九・1例。「かなしびたふとぶ」は、巻六・1例、巻九・1例、巻十一・1例、巻十二・1例・巻十三・1例、巻十五・21例、巻十六・2例、巻十七・13例、巻十九・1例。

（11）『今昔』では、讃仰を表す「讃歎」（『法華験記』下94）や「歎息」（『冥報記』中5）を「悲ビ貴ブ」で翻案した例（各々、巻十五・30、巻六・14）があり、「かなしびたふとぶ」を感動・讃仰の意味で用いていることがわかる。「かなしぶ」が感動・讃仰を表すことは、「かなしびよろこぶ」「よろこびかなしぶ」「ほめかなしむ」などの複合動詞を用いていることからも窺える。

（12）『三宝絵』には、讃仰を表す語に、「たふとぶ」「かなしぶ」を含む語に、「たふとびうやまふ」「たふとびかなしむ」「たふとびほむ」「たふとみよろこぶ」「うやまひたふとぶ」「よろこびたふとぶ」「かなしびよろこぶ」が見える。『打聞集』には「よろこびたふとがる」「をがみたふとがる」が見える。『三宝絵』は『今昔』の出典としての影響も大きいであろう。

（13）「哀ブ」は、『今昔』では「アハレブ」と読まれる例が多いが、『観智院本類聚名義抄』にある「カナシブ」で読める例もある。

参考文献

青木毅（二〇〇五）「『今昔物語集』における「オヂオソル」の文体的性格について―『水鏡』との比較を通して―」（『訓点語と訓点資料』114）

青木毅（二〇〇六）「平安時代における漢文翻訳語「ナキカナシム（泣悲）」について」『国語学論集』（小林芳規喜寿記念　汲古書院）

青木博史（二〇一三）「複合動詞の歴史的変化」影山太郎編『複合動詞研究の最先端―謎の解明に向けて―』（ひつじ書房）

石塚晴通（二〇一三）「日本語表現の原動力としての漢文訓読」（第108回訓点語学会研究発表会要旨）（『訓点語と訓点資料』131）

奥村悦三（一九八五）「和語、訓読語、翻読語」（『萬葉』121）

小島憲之（一九六四）『上代日本文学と中国文学　中』（塙書房）

小林芳規（一九六七）『平安鎌倉時代に於ける漢籍訓読の国語史的研究』（東京大学出版会）

佐藤武義（二〇〇二）「万葉語『朝＋〜』の考察」『国語研究　第9集　現代の位相研究』（明治書院）

滋野雅民（二〇〇二）「『今昔物語集』における「オヂオソル」について」（『山形大学紀要』15－1）

築島裕（一九六三）『平安時代における漢文訓読語につきての研究』（東京大学出版会）

湯浅廉孫（一九四一）『漢文解釈に於ける連文の利用』（朋友書店）

拙著（二〇〇三）『今昔物語集の表現形成』（和泉書院）

【使用した資料】（用例数の調査に用いた索引類は次の通りである）

『大和物語語彙索引』（笠間書院）、『平中物語　本文と索引』（洛文社）、『宇津保物語　本文と索引』（笠間書院）、『夜の寝覚総索引』（明治書院）、『狭衣物語語彙索引』（笠間書院）、『浜松中納言物語総索引』（武蔵野書院）、『落窪物語総索引』

（明治書院）、『堤中納言物語　校本及び総索引』（風間書房）、『栄花物語本文と索引』（武蔵野書院）、『今鏡本文及び総索引』（笠間書院）、『水鏡本文及び総索引』（笠間書院）、『増鏡総索引』（明治書院）、『保元物語総索引』（武蔵野書院）、『平治物語総索引』（武蔵野書院）、『延慶本平家物語　索引編』（勉誠社）、『三宝絵詞自立語索引』（笠間書院）、『今昔物語集自立語索引』『今昔物語集文節索引』（笠間書院）、『宇治拾遺物語総索引』（清文堂出版）、『発心集本文・自立語索引』（清文堂出版）、『撰集抄自立語索引』（笠間書院）、『十訓抄本文と索引』（笠間書院）、『古今著聞集総索引』（笠間書院）、『慶長十年古活字本沙石集索引編』（勉誠社）、『大日本国法華経験記　校本索引と研究』（和泉書院）、『訓点語彙集成』（汲古書院）、『文淵閣四庫全書』（迪志文化出版）、その他、『伊勢物語』『竹取物語』『源氏物語』『大鏡』『平家物語』の数値は『日本古典対照分類語彙表』（笠間書院）によった。『今昔物語集』本文の引用は、岩波日本古典文学大系本によったが、読点を適宜削除したところがある。

第七章　『打聞集』における漢字表記の生成
――連文漢語の利用をめぐって――

一　はじめに

『打聞集』は、院政期成立の仏教説話集で、全27話は『今昔物語集』『宇治拾遺物語』との類話を多く持ち、『宇治大納言物語』を共通祖本とすると推定されている。成立時期の近い『今昔物語集』と同じ漢字片仮名交じり文であるが、『今昔物語集』が当時の常用的な漢字を多く用いながら、自立語を漢字表記する整然とした宣命書きをとるのに対し、『打聞集』は、漢文的な表記をとる箇所が多い一方、宛字や仮名書き自立語も多く、表記に特殊な面が目立つ。また、振り仮名や捨て仮名などで独自の漢字表記を補完する点も特徴で、さらに重ね書きした修正箇所が多い点なども含め、当時の僧侶の書記行為の実態を伝える生の資料として貴重である。

このような本作の表記の特異性には、成立事情が深く関わっている。橋本（一九二七）は複製本の解説で、聞き書きによって出来た親本を転写したのが現存本とし、その後、貴志（一九七一）は現存本自体を聞き書きによると推定した。聞き書き説は長らく通説的に扱われたが、これら成立過程に聞き書き段階を想定する論は、本作に自由奔放な宛字が多い点を根拠としている。この説を批判したのが森（一九八二）で、根拠となる宛字が概ね平仮名テキストからの転写の過程で生じたことを明らかにし、成立論に一石を投じた。なお、制作意図については、小内

（一九七一）の学習ノート説があり、近年では川上（二〇一七）の説話集草案説が提出されている。

本章では、『打聞集』に見られる漢字表記の特徴について明らかにし、その背景に漢字の訓詁知識や、漢語の知識があることを論じる。資料には、東辻保和『打聞集の研究と総索引』（清文堂）を用い、基本的に同書の本文に付された行数によって用例の所在を示す。

二　『打聞集』の成立と漢字使用の問題

森（一九八二）は、本作の漢字表記を論じる前提になる注目すべき観点を含んでいる。その論の要点を次に列記する。

一　現存本はいったん文字に定着した本文を転写したものである。
二　宛字は親本の仮名表記を誤読したものが多い。
三　漢字に傍訓を付すのは漢字表記の特異なるゆえに生ずるかも知れない誤読を防ごうとしたものがある。特に宛字には付訓が多く、親本の形を付訓として残したことを物語る。
四　傍訓には、始めに仮名表記したものを後に漢字に直す例、始めに漢字表記したものを別の正しい漢字に直した例などがある。
五　その場で訂正した跡があり、誤った漢字を正しい表記にしたもの、仮名書きしようとしたものを漢字に書き直したものがある。
六　打聞集の略体表記は、打聞集の書写時にとられた表記法で、助詞・助動詞の省略として現れる。略体表記は物語の簡縮として現れるほか、紙面の変わり目や、話の冒頭や末尾に多く現れる。

森の論の大きな成果は、『打聞集』は一と二に述べるように、本作の宛字が、打ち聞きによるのではなく、もとにした平仮名テキストを漢字片仮名交じり文に変換する際に生じたことを指摘した点にある。『打聞集』第七話に「思めぐラカシテ」(110)と平仮名を一部交えている箇所があり、親本テキストの文字形態を垣間見せている。森の論は宛字の他、四の傍訓、五の誤字修正や仮名の漢字化などを含めた強固な立論と評される。ただし、三の漢字表記については、必ずしも「宛字」とは言えない「特異」な漢字の使用された背景・事情については十分論じられてはいない。また、六に説話の冒頭や末尾を中心に略体表記（本章の言う漢文的表記）が現れることが指摘されているが、『打聞集』のとるこのような漢文的表記法の内実についてはさらなる解明が望まれる。

ここでは、森の論を踏まえつつ、親本の平仮名を多用するテキストから、漢字を多用する漢字片仮名交じり文のテキストへ表記を変換する方法について、とりわけ森が三に述べた「特異」な漢字表記がなぜ用いられたのかについて論じたい。たとえば、僧侶なら「安置」を知らないわけがないが、撰者は「安持」と表記し、また「置く」を「持」で表記している。聞き書き説を採る貴志（一九七一）ではこれらを宛字とするのであるが、あえてこれらの表記をとる理由は説明されていない。本章では、親本の平仮名テキストを漢文的表記に変換する面とともに平仮名テキストの特徴も残す点、一見特異に見える漢字表記が漢字の訓詁や連文の知識に根拠を持つ例がある点、連文が翻読語やその表記に影響し独自の本文を作り出している点などを指摘する。これらから、院政期の和漢混淆文の実態を伝える資料として、本作の漢字表記の生成方法を明らかにしたい。

三　『打聞集』の表記への漢文の影響

『打聞集』は漢字片仮名交じり文の和漢混淆文であるが、『今昔物語集』『延慶本平家物語』と比べると表記の傾向が大きく異なり、和漢混淆文の常用字ではなく、撰者が読み馴れた漢文の表記や、漢字の訓詁知識に基づいた独自の表記が用いられることが多い。

漢文の影響による表記の端的な例を挙げよう。『打聞集』では連体詞「その」は『打聞集』では一般には「其」で表されるが、「そのときに」の場合には「尒（爾）」字が多く用いられる。内訳は「尒時」1例「尒時ニ」4例に対し、「其」は「其ノ時」1例「其時ニ」3例で「尒時（ニ）」の例数が上回っている。「そのときに」は仏典の慣用表現「爾時」の直訳によって生まれた翻読語である。仏教漢文の影響を受けた『今昔物語集』でも「そのときに」の例は多いが、常用字の「其」を用いて「其ノ時ニ」のように表記される例のみである。仏教者が関わるであろう『延慶本平家物語』でも「尒時」は1例のみで他の134例は「其時」を用いている。『打聞集』の撰者は僧侶が想定され、仏教漢文の表現の影響を受けていると思われるが、書き手が同じ位相の人物と想定されても『今昔物語集』『延慶本平家物語』では一般的な用字法に統一されており傾向が異なっている。撰者は外国種の話としてもとになった漢文の表現を想起できる人物であり、森のいうように平仮名テキストを漢字片仮名交じり文に直す際には、仏教漢文の表記に強く牽引されたことが想定される。

用字の使い分けは、意味の差に関わることがある。たとえば「すう」は、『今昔物語集』では「獄」に続く例はすべて「居」字で表記されている。

①此ノ男ヲ捕ヘテ獄ニ居ラレヌ。（『今昔物語集』巻五・19）

②春朝ヲ捕ヘテ勘ヘ問フニ、事顕レテ獄ニ居ヘツ。（『今昔物語集』巻十三・10）

③其ノ男、本ハ侍ニテ有ケルガ、盗シテ獄ニ居テ、後放免ニ成ニケル者也ケリ。（『今昔物語集』巻二十九・22）

『打聞集』では、「置いておく」意味では「居」を用いるが、次のように「ひとや（獄）にすう」の場合は「坐」で表記している。

④獄《ヒト》ヤニ坐テ、自今如是奇異事云物ハ、今コロシムベキナリトテ、獄ニ坐ラレヌ。（23『打聞集』第二話）

「坐」は、『観智院本類聚名義抄』に「スフ」とともに「ツミス」の訓をあげる。読みは「すう」でも、「ひとやに閉じ込めた」ことを「罪を与える」意味を持つ「坐」で表記するのは適切である。『打聞集』は和漢混淆文のように通用字「居」で一律に書くのでなく、漢字の字義に基づいて文脈に応じた適切な漢字を用いているのである。

『打聞集』の一見特殊な漢字使用には、漢字の訓詁的な知識によって支えられていると思われる例がある。そのような例として、「いよいよ」の表記を挙げよう。『今昔物語集』では「弥」が専用されるが、『打聞集』では「弥」は用いず通常「ますます」と訓読されることが多い「倍」「増」字を用いている。貴志（一九七一）では宛字の例とされているが、「倍」（19）（326）「増」（3）にはいずれも振り仮名「イヨイヨ」が付されている点から、撰者にとっても必ずしも一般的用字ではないとの認識はあったと思われる。

「イヨイヨ」の振り仮名を付した目的は、一つにはもとにした仮名本文の字面を再現するためと思われる。撰者は親本の「いよいよ」を漢字表記するのに、一般的な「弥」でなく、訓詁的な知識をもとに「増」「倍」を想起したのであろう。「倍」の用字には根拠があり、築島裕『訓点語彙集成』によると『菩薩戒経』長和五年（一〇一六）に「イヨイヨ」の訓読例がある（『大漢和辞典』では「倍」に「ますます・いよいよ」の意を挙げる）。「増」は『訓点語彙集成』に「イヨイヨ」の訓読例はないが、「マスマス」と読まれる例の他に、同義の連文漢語「倍増」を「マスマス」と訓読した例（『西大寺本金光明最勝王経』平安初期）があるから、「倍」と「増」は同義的な副詞と認識され得る契機がある。訓詁知識がある人ならば、実際の訓読例に触れなくとも、応用的に「増」を「イヨイヨ」と訓読する、あるいは逆に「イヨイヨ」を「増」で表記することはあり得よう。

「イヨイヨ」を「倍」「増」で表記するのは『今昔物語集』や『延慶本平家物語』がほとんど「弥」で用いるのとは全く異なる傾向である。『色葉字類抄』では「イヨイヨ」は「弥」を主見出しとしているが、「倍」「増」は掲出していない。『打聞集』は日常の常用字ではないが、撰者にとっては、臨時的な宛字というより、訓詁的な根拠のある表記であり、仏教漢文などを読解する場で馴れた用字を用いたのであろう。通用字ではない文字をあえて用いるのは、「尓」と同様、僧侶である撰者が日頃接する仏教漢文の訓読の経験に基づくと推定される。

四　『打聞集』の表記の多様性

次に、『打聞集』で、助詞・助動詞や、形式名詞「ため」「ところ」形容詞「なし」などが漢文的な表記をとる例を検討しておく。

　之（助詞の「の」）・如（助動詞「ごとし」）・為（形式名詞「ため」）・所・処（形式名詞「ところ」）・無（形容詞「なし」）・所以（形式名詞「ゆゑ」）・非（否定判断「あらず」）

「之」は、仮名表記が多い中で、「功能之由」（※3）「史弘之時」（※20）「六十人之貴僧」（※48）「高炉之煙」（56）「三代之王」（63）「梅檀之仏」（※147）「帰朝之後」（※289）「山座主之時」（※289）「仏法破滅之被宣下者」（※297）「合破滅之使」（※298）などが見え、※印を付した冒頭の例が多くを占める。話の冒頭の箇所に略体表記（漢文的表記）が用いられやすいことは森論文に指摘があるが、「之」の現れやすい箇所と符合している。「貴僧」「王」「仏」などの名詞や「由」「後」「時」などの形式的な名詞に続く例が多い。

「如」は「ごとし」であるが、22例中仮名表記は2例のみで、漢字表記が多くを占める。漢字20例のうち15例は返読の例で、「如是」9例を始め「如前」「如先」「如法」「如本」「如本意」など慣用的な表現が多い。特に「如是」は仏教漢文の常用語の影響である。

「為」は、「為見物」「為血縁」など漢語とともに返読して用いている。「為見物」は「非他事。只物ノ為見物也」

(334)のような漢文的表記の例で話の冒頭の例である。「為結縁」は、冒頭ではないが、「件聖ニ為結縁罷渡ル也」(12)のように漢文的表記で用いる。

「所」は、「〜する所の＋名詞」のような漢文的な句法で用いるが、位置は話の途中である。「処」は2例で、そのうち1例は、「衆人不得思処也」(296)のような漢文的表記の例である。この例は、二行のみからなる第十七話の例で、話全体が漢文的に書かれている。

「無」は、話の途中に用いるが、「王、無本意思テ」(8)「王、悔イ悲給事無限」(15)など翻読語的な「本意なし」「限りなし」を返読形式で表記した場合である(ただし无限〈18〉も一例あり)。一方、返読しない場合「限リ无シ」(9例)「並无キ」(1例)などのように「无」を用いており、「無」は返読表記にのみに現れている。

「所以」は、「其所以ハ」(62)とあり、「所」「以」の二字が重ね書きされ、全体に「ソノユエ」と振り仮名が付されている。「ゆゑ」を咄嗟に思いついた漢字表記で書こうとしたが書き損じてしまい、「其所以」全体に振り仮名を付して読みを補ったのであろう。

「非(あらず)」は、話の冒頭に「非他事」(334)、のような返読例が見られる。話の途中では「ず」に宛てた「有ニモ非有ニ」(388)の他「〜(ニ)非ズ」7例、「〜ニアラズ」1例など非返読でも用いる。

以上のように、漢文的表記の「〜之〜」「為〜」「非〜」は、冒頭に用いる例がある。「如」「所」「処」「無」は話の途中で用いるが、特に「如〜」「無〜」は類型的表現の返読表記に用いられる。

なおこの他、次のような変体漢文に特徴的な表記も含まれ、撰者が、日常的に実用的な漢文も作成していたことを示すであろう。

了・已(をはる)・目出(めでたし)・件(くだん)

以上のような漢文的な表記と違い、元になった平仮名テキストの表記法の影響と思われる例があることを指摘しておく。「のたまふ」は『今昔物語集』では一例の例外（巻二十・2）を除き全て「宣ラ」と表記されるが、『打聞集』では「ノ給フ」（216・219・278・316）のような交ぜ書き表記のみで、「宣」を用いることがない。その他にも、「イサ清ヨキ」（7）（「潔」（189）もあり）や、「方ブキ」（196）の例も見られる。交ぜ書き表記は、平仮名文の特徴で、[1]親本の表記を踏襲した結果生じたと推測される。その他、『万葉集』以降の仮名の歌集などに多く用いられる、助動詞「らむ」を「覧」で宛てる用字法（17・27・76・256・416）も和文的な表記の影響と解される。

『打聞集』の撰者は、平仮名テキストからの書き換えを行う際に、漢文や変体漢文の表記法を用いたが、平仮名文に見られる表記法をも残しており、結果として混質的な表記法をとったことが窺える。

五　連文を用いた熟字訓の表記

古代の漢文理解では、漢文の注釈のために同義の別漢字に置き換える訓詁の作業が重視された。訓詁の知識は同義の字の結合である連文として記憶され、理解とともに表現にも利用された。『打聞集』撰者は日常的に漢文の読解や述作を行う僧侶であり、身につけた漢字の訓詁知識や連文の知識を本作の述作にも利用している。本節では、連文漢語を和語一語に宛てた、いわゆる熟語訓の例を挙げる。

奇異（あやし）○獄ヒトヤニ坐テ自今如是奇異事云物ハ今コロシムベキナリ（23）

虚空（おほそら）○獄ノツカサ虚空ニ物ノ、ナリケレバ、（29）

長大（ひととなる）○童デ、長大マデ冠ヲモセデ御ケルガ、（383）

引導（みちびく）○尺迦如来、舎利ヲ残シテ、衆生ヲ引導ヘリ（36）

「奇異」は、『観智院本類聚名義抄』に「奇　アヤシブ」「異　アヤシム」が見える連文の熟語である。『今昔物語集』では「あやし」は一般には「怪」を用い、例外的に「異」「奇」などで表している。『今昔物語集』では「奇異」は「アサマシ」の宛字に転用している。右の『打聞集』の「奇異」に対応する『今昔物語集』本文は「怪キ」（巻六・1）であり、表記方針の差が現れている。「奇異」（あやし）のような熟字訓による表記は、「怪」一字で書くのに比べて漢文的な表記であり、漢文的な字面の「自今如是」に続けるのにふさわしい表記が取られたのであろう。

「虚空」は連文漢語で、「虚」「空」いずれも『観智院本類聚名義抄』に「オホソラ」の訓がある。『打聞集』では「ソラ」の振り仮名を付した「虚」（279）「空」（364）の例も見られる。「虚空」は「そら」もしくは「コクウ」と音読みする可能性もあるが、「虚空」は直前の「ヲホゾラ」（28）を受けている点から、「虚空」は「おほぞら」、「虚空」は「そら」と使い分けていると推測する。

「長大」も『観智院本類聚名義抄』に「長　ヒトトナリ（ル）」の訓があり、『大漢和辞典』で「長大」の意味に「生長する。成人する」の意味をあげており、連文の漢語の利用と認められる。

「引導」（ミチビク）も、『訓点語彙集成』によると「引」「導」それぞれに「ミチビク」の訓読例があり、連文としての漢語「引導」の理解のもとに「ミチビク」を「引導」で表記したものであろう。「引導ヘリ」の表記は、読みに含まれる「タマフ」の送り仮名「ヘ」を付したものであり、「ミチビキタマフ」全体を「引導」に宛てている点も注意される。「タマフ」の補読は漢文訓読文の意識が働いたもので、撰者の漢文訓読の経験を反映しているのであろう。

六　連文の応用による単漢字の表記

次に、連文漢語が単漢字の表記に影響した例を検討する。

例えば「あふ」は、「相ハデ」(216)「相《アハセ》テ」(367)「対《アヒ》ニ」(15)「対《アヒテ》」(347)など振り仮名や捨て仮名を付しつつ、「相」「対」字が専用されている。『今昔物語集』では「会」「値」「遇」が主で、「相」は「我ニ相」(巻一・17)「相ヘル者ハ定メテ離ル」(巻二・4)の二例があるが、「対」は見えず特殊な用字である。「対」の訓読例は、『訓点語彙集成』にも見えず、貴志(一九七一)は宛字としている。「相」は、『観智院本類聚名義抄』に「相　アフ」の訓があり、『訓点語彙集成』で『東大寺諷誦文稿』(平安初期)『金光明最勝王経』(永長十年点)をはじめ9例が確認できることから、仏教文献では「相＝アフ」の根拠が見出せるが、書記用の漢字としては一般的とは言えまい。『打聞集』の「相」と「対」は、「悪王ニ相テ」(26)「和尚ニ対《アヒ》ニ」(15)のようにともに対面の意味の例があるが、筆者は「相対」(むかいあうこと)のような連文知識を根拠に「相」「対」を用いていると思われる[2]。『打聞集』では振り仮名や捨て仮名を用いて読みを助ける場合が多いが、このような連文の利用の結果生じた特殊な漢字使用の読みを助ける役割も見受けられる。

例えば、「みかど」を「王」「帝王」で表記した例がある。『打聞集』では「王」に「ミカド」の振り仮名を付した例が3例、「王ド」の捨て仮名の例が10例あることから、「王」を「みかど」の表記として間違いない。他に「帝王ド」(408)の例もあり、「みかど」の表記に通常の「帝」をとらず、「王」「帝王」の表記をとっている。振り仮名や捨て仮名が付く例を含め全体で「王」47例、「帝王」17例であるが、『今昔物語集』では「みかど」はすべて「帝」と表記され、『色葉字類抄』でも見出しは「帝」である。撰者は「帝王」が「帝＝王」の連文であると考え、

「帝」が「みかど」であるなら、簡略な文字の「王」や二文字の「帝王」でも「みかど」を表記し得ると考え、あえて「王」「帝王」を選んだのであろう。ただし、「王」を「ミカド」と訓読する例は『訓点語彙集成』で、『楊守敬本将門記』（平安後期）『前田本日本書紀』（院政期）『図書寮本日本書紀』（永治二年〈一一四二〉）『大唐西域記』（長寛元年〈一一六三〉）等に例があり、撰者の訓読知識も関わるかも知れない。

右の「あふ」「みかど」と同様、複数の漢字表記を持つ語には、連文を背景にした用字と推測できる例が多く見出される。同様の例を示す（漢字表記・語・『大漢和辞典』の熟語の順で示す）。

集・聚　あつむ　あつまる（集聚）
顕・見　あらはす・あらはる（顕見）
発・起　おこる（発起・起発）
思・念　おもふ（思念）
談・語　かたる（談語）
悲・愁　かなし・なげく〈「愁」のみ〉（悲愁・愁悲）
清・浄　きよし（清浄）
早・速　すみやか（早速）
虚・空　そら（虚空）
玄・遠　はるかなり・とほし（玄遠）
奉・進　たてまつる（進奉）
尊・貴　たふとがる（尊貴）
上・昇　登　のぼる（上昇）

始・初　はじむ　はじめ（始初）
拝・礼　をがむ（拝礼・礼拝）

複数の用字をとる例は、『今昔物語集』でも多く見られるが、常用的な漢字を主表記とし、非常用的な漢字を副表記として交えるのが一般的である。それに対し、『打聞集』では二字ともに非常用的な漢字を用いる場合がある。たとえば『今昔物語集』では「はるかなり」は「遙・幽」、「とほし」は「遠」を用いているが、『打聞集』では「玄」「遠」を両語の表記に使用する。これは仏教漢文に例の見える連文「玄遠」による表記と考えられる。

⑤夫以天地之玄遠、陰陽之廣大……（『廣弘明集』巻十八）

『打聞集』には「玄カナル」(106)「玄カニ」(168)「遠カナル」(21)「ハルカニ玄《とほ》シ」(157)のように、捨て仮名が付された例がある。「玄」は『観智院本類聚名義抄』に「ハルカナリ（ハルカニ）」、『訓点語彙集成』によると14例の訓読例があることなどから「玄カニ」はいちおう読み得るとしても、「玄（とほし）」「遠（はるか）」は一般的ではないとの配慮があり、捨て仮名を加えたのであろう。

「かなし」「なげく」を表記する「愁」も特異である。「かなし」は「愁カル」(365)「なげく」は「愁キ」(19)など捨て仮名（送り仮名）で読みが確定される。「愁」で「かなし」を表記する例は『訓点語彙集成』にも例がない。撰者は「悲愁」の知識から「愁＝かなし」と解して用いたのであろう。また、「愁」で「なげく」を表記するのは、「愁歎」等の漢語知識からと推測できる。すなわち『今昔物語集』で用いる「悲＝かなし」「歎・嘆＝なげく」などの常用的な漢字と異なり、連文の知識をもとにして特殊な漢字を用いるのである。

『打聞集』で一字のみ漢字を用いる場合にも、「気（いき）」(380)「電（いかづち）」(236・237)「昔《イニシヘ》（いにしへ）」(367)など特異に見える表記例がある。これらも各々「気息」「雷電」「古昔」などの連文漢語の知識を背景にして、通用字と異なる方の漢字を用いた例と考えられる。貴志（一九七一）では、右の「遠」「愁」や「電」「気」「昔」

などを宛字の例とするが、連文漢語の知識をもとに常用字以外の漢字をあえて選択する撰者独自の表記法と解される。

七　連文による翻読語と表記

次に、連文による翻読語の例を挙げ、表記について検討する。

平安時代から見られる連文の翻読語の一つに、「推量」による「おしはかる」がある。『打聞集』では「推量」と表記されている。

⑥足カタノ付所ヲ推量ニ切ケレバ、二人ヲバ切伏ッ（231）

他の漢字片仮名交じり文での「おしはかる」の「推量」表記は、『今昔物語集』では1例、『延慶本平家物語』では「推量」2例のみで、他は「押量」と表記されている。『今昔物語集』『延慶本平家物語』が多くの例を「押量」で表記するのは、「オス」を常用字の「押」で統一的に表記しようとする態度である。『打聞集』では、総数1例ながら、「おしはかる」を語源「推量」に基づいて正しく表記する点に、漢文的表記としての正しさを志向する撰者の姿勢が窺える。

次に「おしはかる」以外の連文の翻読語の複合動詞を挙げる（漢字は『打聞集』の字であり、『大漢和辞典』に熟語項目があるもの）。

承引（うけひく）怖畏（おそれおぢ）切切（しきりにしきりて）造顕（つくりあらはす）啼泣（なきしほたる）習学（ならひまねぶ）逃去・逃散・逃遁（にげさる・にげちる・にげのがる）悦貴（よろこびたふとがる）

「しきりにしきりて」は同字反復の漢語「切切」による「動詞＋に＋動詞」の翻読語であるが[3]、他は「動詞＋動詞」の複合動詞の翻読語である。ここでは連文の「怖畏」「啼泣」の表記と読みに関して検討しておく。

⑦驚キナガラ其由ヲ王ニ申ケレバ、王、怖畏サハギ給ケリ。（31）

右の箇所は、類話の『今昔物語集』（巻六・1）で「□ヂ怖レ」、『宇治拾遺物語』（一九五）で「おぢおそり」とあり、いずれも「おぢおそる」である。また、東辻、中島、竹岡は「おそりおぢ」と読むが、「怖」「畏」は同義の連文であるため、類話のように「おぢおそり」とも読める。『打聞集』では「畏」に「ヲヂ」の振り仮名の例（227）があることと、『源氏物語』『枕草子』『今昔物語集』等に「おぢさわぐ」の複合動詞がある点などから考え、「おそれおぢさわぎ」と読む東辻らの読みは支持されるであろう。典拠の漢文『法苑珠林』巻十二には「驚怖」とある。「驚」は、馬がおびえさわぐ意味である点を踏まえると『打聞集』で「さわぐ」が続く点は「驚」の語感を伝える表現として適当である。「おそれおぢさわぐ」の表現が『打聞集』の創作であるか、親本によるかは確定できないが、帝の震え上がって怖がるさまをうまく表した表現になっている。

⑧尓時、帝王泣啼、立座ヲ。（381）

⑨驚、明朝、件所遣人尋。妻女、啼泣独居。（426）

「啼泣」の本文は、右のように二例とも漢文的表記に現れていて、特に381行では「泣啼」に反読符が付されて連文「啼泣」の語形にこだわりを見せている。東辻と竹岡『訓釈』は「なきしほたり」とし、中島『全注解』では「なきになき」とする。『観智院本類聚名義抄』に「泣々　シホタル」とあることなどから「泣」を「しほたる」と読むことは可能である。『打聞集』では「啼」は「涙」を表す「啼ヲ流」（420）の例もあり、涙を流し激しく泣く語感のある「しほたる」を含めた訓読は可能であろう。ただ、「しほたる」は『訓点語彙集成』によると『西大寺本金光明最勝王経』（平安初期）以外に例がなく、『拾遺集』『大和物語』『多武峰少将物語』等にも見える和文的な語である。そこで『訓点語彙集成』から「啼泣」の他の訓読例を探すと、『前田本日本書紀』（院政期）の「イサチナキ」の訓も見出される。「イサツ」は『日本書紀』の訓点資料に限って見られる（『訓点語彙集成』の16例は前田本、京都国立博物館本、秘蔵大観影印本、古典保存会影印本にある）。この他、『観智院本類聚名義抄』には「泣　ナクナク」があり、『今昔物語集』巻十五・27の対応箇所に「泣〻」とあるのに照らせば「なくなく」もあり得る。以上のように、「なきしほたる」「いさちなく」「なくなく」「なきになく」など、訓読の仕方は確定しにくく、さらに変体漢文として漢語の意識が強いなら音読の「テイキフ」も可能である。

右の426行の例は第二七話であるが、この話では会話文は片仮名を多く用いて親本をある程度正確に踏襲し、地の文は漢文的に簡略に書く表記になっている。地の文では省略の「云々」(4)や「件」「了」などの変体漢文用語や、「修行北山奥ニ」（421）「見之」（422）「入仏堂」（422）「遣人」（426）のような返読例も見られる。これらの漢文的な表記は、第一話から話の冒頭や末尾を中心に部分的に見られたが、第二七話では地の文全体に用いられている。撰者は第一話以降、平仮名テキストの本文を漢文的な表記に変換しつつも親本の表現を全体的には保存しようとしていた。しかし、変体漢文に近い第一六話・第一七話や、第二四話・第二五話でこの方針は破棄され、最終話の第二七話では地の文と会話文の表記を書き分ける折衷的な表記方針をとるに至っている。「啼泣」は読みの自由な変体漢文で書かれた地の文にあるため、訓読か音読か確定は困難である。

連文による翻読語は、形容詞にも見られる。「清クイサ清ヨキ」（7）は『今昔物語集』（巻六・3）では「清浄」が対応する。六節でも取り上げた「玄カニ遠」（168）は、『今昔物語集』（巻六・6）では「遙ニ遠キ」が対応する。「玄遠」も「遙遠」も連文漢語であり、翻読語「はるかにとおし」を作り出すが、「玄遠」は言説の深遠さを意味し仏教経典に特徴的な語である点に『打聞集』の特徴が現れる。(5) 翻読語の例は、168の他に「□《(玄)》ニ往末モ遠」（154）「ハルカニ玄シ」（157）などもある。撰者は、連文「玄遠」から「はるかにとほし」を生み出すと同時に、通常の訓を入れ替えた「遠《(はる)》カナル」（21）「玄《(とほ)》シ」（157）などの応用的な表記も生み出したのである。「玄遠」は同義字の結合だから訓を入れ替えてもいいという撰者の発想が窺えよう。

八　「安持」と「持（おく）」の場合

最後に、連文に関連して、漢文の常用的な表記から逸脱したかに見える例を指摘しておく。『打聞集』では「置」字が用いられず、「安置」ではなく「安持」（47）と表記されている。

⑩「速ニ塔ヲ造給テ、此舎利ヲ安持シ奉給ヘリ」（47）

これに関わるのが、次のような「おく」「もつ」「たもつ」に関わる『打聞集』独自の用字法である。

持　おく・しおく

持　もつ・たもつ

以　もつ・もて（もていく・もていたる・もてく・もてなす）

これらの関連語の文字表記を各語の出現順に挙げる。

○おく　ヲキタレ（24）ヲク（25）→持テ（41）（80）→持《オカル》（117）シ持《ヲキテ》（257）持《ヲキタル》（266）

○もつ　持テ（51）（56）→モタリ（104）→以イク（186）以リケル（255）以テ（277）以セテ（342）以テ（342）以ル（343）（344）以来（350）以到（352）以テ（360）以テナス（373）以セテ（416）

○たもつ　持（60）（68）（190）（367）

○安持す　安持シ（47）

右の用字法は連動している。「おく」は、はじめ（24）（25）で仮名書き表記したが、その後「持」（41）で表記し、6行後には漢語「安持」（47）を用いている。（117）以降の3例はいずれも振り仮名が付されており、表記の特殊性を認識していることが窺える。「もつ」は、はじめ「持」（51）を用いたが、その後仮名書き（104）を用い、さらに「おく＝持」と差別化して186行以降「以」で表記する。「以」を用いたのは、初出の「以イク」（186）のように複合動詞の接頭語的用法では「持」を用いるより適切と考えたのがきっかけで、以降は単独動詞の場合にも「以」を及ぼしたのであろう。その一方、類義語の「たもつ」は「持」で表し、「たもつ＝持」「もつ＝以」にように使い分けているのである。

41行で「おく」に「持」を用いた例を貴志（一九七一）は宛字とするが、「持」字を用いる理由は不詳のままである。「持」を使用するのは6行後に用いる「安持」と関連があると考えられる。「安持」は、類話『今昔物語集』（巻六・4）では「安置」であり、貴志は「安置」の宛字とするが、「安持」は仏典類で「安置」と同義で用いられる語である。また『前田本色葉字類抄』に「安（平）置（上濁）同アンチ」とあるため「安置」と同音語でもある。次に例を示す。

⑪右辺安置不空観自在菩薩虚空蔵菩薩地蔵菩薩慈氏菩薩等。（『如意寶珠轉輪祕密現身成佛金輪呪王經』第四）

⑫大壇中央安置佛舎利。（元海『厚造紙』三寶院僧都祈雨日記）

⑬於無量寿如来右辺、安持大摩尼宝菩薩。（『仏説大乗荘厳宝王経』巻四）

⑭像上安仏。右辺観音聖自在像。左辺建立金剛手像。従仏中間安持世像。（『聖持世陀羅尼経』）

⑮無量寿如来右辺安持大摩尼宝菩薩。（元海『厚造紙』）

⑫⑮の『厚造紙』は、院政期の真言僧・元海の著作で、真言宗の諸事に関わる秘伝を師の定海から伝承した記録である。[6] ⑫の例は永久五年（一一一七）の記事で「舎利」の「安置」を記しており『打聞集』の内容とも近い点が注目されるが、同書には⑮「安持」の例も見られる。両語は、仏典類でも⑪「安置」の仏像配置の例と用法の類似した⑬⑭「安持」の例がある（⑭に単独の「安」もあり「安」「持」「置」は同義に解されたと思われる）。元海は仏典類

の例を学び、「安置」「安持」を同音同義の連文漢語とする認識を持っていたであろう。仏教漢文に親しい『打聞集』撰者も同様の認識があったと考えられる。[7] さらに撰者は「愁（かなし）」「昔（いにしへ）」「王（みかど）」「玄（とほし）」「遠（はるかなる）」等多くの類例のように、同義の漢字間では訓を入れ替えることがあるため、「置」と同義の「持」に「おく」の訓を与えたのである。すなわち、撰者が「紺璃琉ツボヲ机ノ上ニ持テ」（41）と「持」を用いたのは、「舎利」が現れる「壺」を描く文脈で「安置」「安持」を想起し、「置」と同義の「持」字を用いたのであろう。東辻（一九七二）は、本集では「おく」に「持」を用いるために「安持」の表記が生まれたとしたが、むしろ逆に、「安持」の知識が「持（おく）」の表記を誘導したと考えられよう。[8]

撰者は仏教漢文の知識によって「安置」「置」でなくあえて特殊な「安持」「持」を用いたのである。撰者の表記法には、常用字より連文や訓詁知識による特殊な漢字表記を選ぶ傾向が強く現れる。

九　おわりに

本章では、『打聞集』の表記について、連文や漢字の訓詁の知識に基づいた特殊な漢字を使用する方法を指摘した。この中には従来宛字とされた例も多く含まれるが、撰者独自の表記法として捉え直した。本作には、漢字表記と仮名書きが併用される語も多く、漢字の用字も箇所によって変異する。自立語の小書きなど宣命書きとしては異例の箇所も多く、その表記方法は奔放で、全話に渡って試行錯誤の跡が窺える。本作の漢字表記の方法は、自らの漢字の知識に引きつけて書く独自のものであるが、連文の知識が和漢混淆文の文章の中で大きな役割を果たしていることを裏付ける面も見出せた。

『打聞集』は、平仮名テキストから漢字片仮名交じり文のテキストに表記を書き換えた事例として貴重な資料である。森・小内・川上らの論を踏まえつつ、『打聞集』の文章の生成の背景を考えるならば、漢文の訓読・作成には馴れているが、平仮名文や漢字片仮名交じり文には比較的不馴れな撰者が、仏教説話の習作を試みたが、私的な学習目的であったためか、標準的な書記法よりは漢文知識に固執した独自性の強い表記になったと推測できる。

注

（1）『平家物語』の平仮名テキストである高野本では「のたまふ」もしくは「の給ふ」の表記例が用いられ「宣ふ」は用いられていないが、片仮名テキストの延慶本では「ノ給フ」は二例「ノタマフ」一例のみで、他は全て「宣フ」で表記されている。

（2）もとに想定される漢語「相対」は、東京大学史料編纂所データベース（古記録データベース）に「相対」は次例など総計91例が見出される。〇左大将（藤原実頼）代中将源朝臣正明、相対而立於東頭（『九暦』天慶九年十月二十八日）

（3）「しきりにしきる」が「切々」の翻読語であることは、『岩波日本古典文学大系　今昔物語集　三』の巻十四の頭注補記（344頁）に述べられている。

（4）小林（一九七一）は変体漢文的な用語「云々」が、第二七話では省略を表す用法で用いていることを指摘している。

（5）元に想定される漢語「玄遠」は、大蔵経データベースに「玄遠」70例が見える。

（6）元海は、真言僧で一一三二年に醍醐寺座主、一一五六年に没。『厚造紙』の成立年次は未詳ながら、『打聞集』の成立下限である一一三四年と近い時期の著作と思われる。同書の例は当時の僧侶の用語に「安持」があった例証と捉えられる。

（7）東辻（一九七一）のあげる『教行信証』（六本九八）「安二置《タモツ》（上濁）是ノ人ヲ一」の例は、「置」を濁音の「ヂ」、かつ「持（たもつ）」の意と解した例である。

（8）なお、41行以降の「持（おく）」は特に仏に関連する文脈では用いていない。41行の「持」の例は、この表記を用い始めたきっかけにすぎないということである。

参考文献

川上知里（二〇一七）「『打聞集』論」（『国語と国文学』94-6）
貴志正造（一九七一）「『打聞集』における宛字の意味—成立論への試みとして—」（『打聞集　研究と本文』笠間書院）
小林保治（一九七一）「『打聞集』の特質と方法」（『打聞集　研究と本文』笠間書院）
小内一明（一九七一）「打聞集本文覚書」（『打聞集　研究と本文』笠間書院）
竹岡正夫（一九六四）「『打聞集』訓釈」（『香川大学学芸学部研究報告』18）
中島悦次（一九七〇）『宇治拾遺物語・打聞集全注解』（有精堂）
橋本進吉（一九二七）「山口光圓氏所蔵打聞集解説」（『打聞集』複製本　古典保存会）
東辻保和（一九八一）『打聞集の研究と総索引』（清文堂）
森正人（一九八二）「打聞集本文の成立」（『愛知県立大学文学部論集（国文学科編）』31、『古代説話集の生成』笠間書院　二〇一四に所収）

【使用した資料】

『日本古典文学大系　今昔物語集』（岩波書店）、馬淵和夫『今昔物語集自立語索引』、北原保雄・小川栄一編『延慶本平家物語　本文篇・索引篇』（勉誠社）、近藤政美他篇『平家物語〈高野本〉語彙用例総索引』（勉誠社）、築島裕『訓点語彙集成』（汲古書院）、正宗敦夫編『類聚名義抄』（風間書房）、大蔵経データベース（SAT2018）、東京大学史料編纂所「古記録データベース」

第八章　『平家物語』の翻読語と個性的文体

――延慶本と覚一本の比較――

一　翻読語と文体の問題

翻読語は、多く二字漢語を和語によって直訳的に生み出された複合語（また複合的な句を含む）であり、漢文訓読の場ではなく、自作の文章で用いる独自の複合表現として生み出された語である。翻読語は、語形成の源を漢語に持つという性格上、類型的文体としての漢文訓読調の文体指標の一つとなるが、一方で、作品内容によって独自に生み出されるため作者の表現意図を探る個性的文体の研究の観点においても有効である。

筆者は第一章～第六章で、『万葉集』『続日本紀宣命』『源氏物語』『今昔物語集』を取り上げ、翻読語の文体的な意味について論じてきた。本章ではこれまでの論考を承け、和漢混淆文の典型と目される『平家物語』における同義的結合の複合動詞を悉皆的に抽出し、平安和文にも見られる語、中世の和漢混淆文に多い語、『平家物語』に特徴的な語に分類し、『平家物語』の翻読語の性格や表現意図について考察する。『平家物語』の本文は、古態を留めるとされる読み本系の延慶本と、語り本の代表的テキストであり文学的表現として完成形態とも言える覚一本系統のテキストである高野辰之氏旧蔵本（覚一別本、以下、高野本）を用い、両テキストの文体の特徴や、表現志向の相違点について論じることを目的とする。

二 『平家物語』の翻読語の概要

漢文には、同義的な二字を並列した「連文」の漢語が多く見られる。「連文」の直訳に当たる複合動詞は「翻読語」として漢文の影響を受けた和文や和漢混淆文に広く用いられる。ここで扱う連文の翻読語は「同義的な二字漢語を和語の動詞二語で直訳して生み出された語」であるが、「制し止む（制止）」のように漢語サ変動詞を含む例も含める。

まず、高野本『平家物語』から連文の翻読語と目される複合動詞を悉皆的に抽出する。資料には『日本古典対照分類語彙表』（『平家物語〈高野本〉語彙用例総索引』による）を使用する。連文からの翻読語と考える基準として、同義的な二語の複合動詞について、『観智院本類聚名義抄』等の訓を根拠に漢字表記を想定し、それが『大漢和辞典』の熟語項目に表記や意味が対応して存在するものとする。次に該当例の高野本での例数と『大漢和辞典』の熟語項目にある漢語を傍線を付して示した（複合動詞が漢語の転倒形に当たる場合は括弧内に示した）。例は頻度順に示し、同頻度の語は五十音順で掲示する。また、同語彙表で高野本『平家物語』以外の作品に見られる場合、その作品名を注記し、さらに丸括弧内に『平安時代複合動詞索引』に見える作品名を略称で補った。さらに、和文や和漢混淆文に見られるか、『平家物語』に特徴的に見られるかによって、次の記号を付した。

■　平安和文にも広く見られる語。
★　和漢混淆文に多く見られる語。
★H　『平家物語』に特徴的に見られる語（一部、他作品にあるものも含む）。

なお、「来至」による翻読語と思われる「きたる」は、すでに「来」の訓読語として一語化していると考えて除いた。また、同義的結合であるが、「のぼりあがる」「せきふたぐ」のような適当な訓字が見つからない語や、「たえいる（絶入）」「たえはつ（絶果）」のような『大漢和辞典』に項目のない語も除いた。

《平家物語に見られる同義的結合の複合動詞》

いでく73　出来　■万葉　竹取　伊勢　土佐　蜻蛉　枕　源氏　紫　更級　大鏡　方丈　宇治　徒然
（平中　落窪　宇津保　和泉　寝覚　浜松　狭衣　栄花　堤　讃岐　法華百座　今昔　打聞
今鏡　とりかへ　宝物　古本）

をめきさけぶ30　喚叫　（叫喚）　★H（讃岐）

おしはかる19　推量　■蜻蛉　枕　源氏　紫　更級　大鏡　宇治　徒然（三宝　落窪　多武峰　和泉　寝覚
浜松　狭衣　栄花　堤　讃岐　源氏絵詞　今昔　今鏡　とりかへ　宝物　古本）

せめたたかふ19　攻戦　★H（今昔）

なきかなしむ13　泣悲　（悲泣）　★宇治　徒然（三宝　宇津保　多武峰　浜松　今昔　とりかへ　宝物　古本）

のこりとどまる12　残留　■源氏（今昔　梁塵口伝）

からめとる11　捉取　★宇治（今昔）

なげきかなしむ9　歎悲　（悲歎）　★（浜松　今昔　とりかへ　宝物）

あひしらふ6　応答　■源氏　徒然

おそれをののく6　恐慄　★方丈

にげさる5　逃去　■源氏　宇治（今昔　打聞）

あそびたはぶる4　遊戯　■源氏（三宝　法華　今昔　とりかへ）

おぢおそる4　怖恐　★宇治（大和　今昔）
うばひとる4　奪取　■源氏（三宝　宇津保）
おりくだる4　降下　★宇治（三宝　とりかへ　源通親日記）
きえうす3　消失　■万葉　竹取　蜻蛉　源氏（三宝　落窪　宇津保　浜松　狭衣　法華　今昔　とりかへ　宝物　源通親日記）
とりう3　取得　■竹取（三宝　寝覚　栄花　法華　今昔　とりかへ）
てりかがやく3　照耀・照曜　■竹取（三宝　宇津保　浜松　栄花　今昔）
ひきのく3　引退　★宇治（栄花　讃岐　今昔　打聞）
ほろびうす3　滅亡・亡失　★H
まひをどる3　舞躍　★H
あがめうやまふ2　崇敬　★H（今昔）
あきたる2　飽足　■万葉
あひあたる2　相当　★H（今昔）
うちたひらぐ2　討平　★H（三宝）
おいおとろふ2　老衰　■竹取　源氏　更級（三宝　落窪　宝物）
おどろきさわぐ2　驚騒　■蜻蛉　源氏　大鏡（宇津保　寝覚　浜松　今昔）
さきわかつ2　割分　★H
とりおこなふ2　執行　■源氏　徒然（三宝　栄花　今昔　今鏡）
にげかくる2　逃隠　■蜻蛉　源氏（三宝　落窪　宇津保　寝覚　浜松　今昔）

ばひとる2　奪取　■蜻蛉　宇治（宇津保　堤　今昔　とりかへ）
あきみつ1　飽満　★土佐　宇治（宇津保　今昔　古本）
あはれみかなしむ1　憐悲・憐哀　★H（今昔）
あらはれいづ1　現出　★大鏡　宇治（寝覚　浜松　狭衣）
いたはりなぐさむ1　労慰　★H
うけたもつ1　受持　★大鏡（三宝　今昔）
おこしたつ1　起立　■枕　宇治（今昔　今鏡　古本）
おつぱなつ1　追放　★H（今昔）
かへりさる1　帰去　■源氏（三宝　今昔　打聞）
せいしとどむ1　制止　★宇治
たづねとふ1　尋問　■源氏　更級　宇治（平中　三宝　宇津保　寝覚　浜松　栄花　今昔）
たづねもとむ1　尋求　★宇治（三宝　落窪　宇津保　浜松　今昔　とりかへ）
たへしのぶ1　堪忍　★徒然（法華　宝物）
つかれよわる1　疲弱　★H
とぢふさぐ1　閉塞　★H
とらへからむ1　捕捉　★宇治（今昔）
なりとよむ1　鳴動　★方丈
にげまぬかる1　逃免（逃遁）　★H（〈にがのがる〉今昔　打聞）
はきのごふ1　掃拭　★徒然（今鏡）

はなちやる1　放遣　■源氏（宇津保　今昔）
ほろぼしうしなふ1　滅亡・亡失　★H
むすびあつむ1　結集　★H

語によって、用いられる作品の範囲や用例数に大きな差があることが窺える。次節以降では、これらを、「平安和文にも広く見られる語」「和漢混淆文に多く見られる語」「『平家物語』に特徴的に見られる語」に分け、個性的文体の面から考察していく。

三　平安和文にも広く見られる語――「おしはかる」――

『平家物語』には、平安和文にも広く例が見られる語がある（■）。

いでく（出来）、おしはかる（推量）、のこりとどまる（残留）、あひしらふ（応答）、にげさる（逃去）、あそびたはぶる（遊戯）、うばひとる・ばひとる（奪取）、きえうす（消失）、とりう（取得）、てりかかやく（照輝）、あきたる（飽足）、おいおとろふ（老衰）、おどろきさわぐ（驚騒）、とりおこなふ（執行）、にげかくる（逃隠）、あきみつ（飽満）、おこしたつ（起立）・かへりさる（帰去）、たづねとふ（尋問）、はなちやる（放遣

最も例の多い「いでく」は次節で「いできたる」とともに論じることとし、ここでは次いで多い「おしはかる」について、その成立過程と類型化した用法について述べておく（第五章も参照）。

「おしはかる」は平安和文にもよく浸透しており、『日本古典対照分類語彙表』によると漢文の影響のある『蜻蛉日記』7例を始め（第四章参照）、『枕草子』10例、『源氏物語』94例、『紫式部日記』1例、『大鏡』5例があり、和

文体作品とはいえ、内容・文体において漢文の影響のある作品に例が偏っていることが注意される。(1)

①いらへもせで、ろんなう、さやうにぞあらむと、おしはからるれど、人の聞かむもうたてものぐるほしければ、……（『蜻蛉日記』康保三年四月）

②かくまでたどり歩きたまふ、をかしう、さもありぬべきありさまにこそはと推しはかるにも、わがいとよく思ひよりぬべかりしことを譲りきこえて、……（『源氏物語』夕顔）

③多かる中にも、いかに御心ゆき、めでたくおぼえてあそばしけむと推しはからるるを、御女の染殿后の御前に、桜の花の瓶にさされたるを、……（『大鏡』天・太政大臣良房・忠仁公）

また漢文訓読語としては、『観智院本類聚名義抄』には「推」の訓に「オシハカル」が挙げられ、訓点資料にも延喜の頃（九〇〇年頃）の例を最古として12例があり、(2)漢文訓読語としても用いられている。

翻読語「おしはかる」の元となる漢語の候補として、「推量」「推測」「推度」「推断」など複数の語が指摘できる。(3)さらに、『観智院本類聚名義抄』で「ハカル」訓のある字「忖」「度」による「忖度」や、『観智院本類聚名義抄』に「アキラム」「サトル」の訓のある「察」を含む「推察」も意味から見て関連があろう。

これらの中で「推測」「推度」は、『六国史』『国史大系』に含まれる日本漢文や和漢混淆文の資料に例が見出せないが、「推量」「推断」「推察」「忖度」は例が見られる（「推量」は後述）。「推断」の例が最も古く、『続日本紀』（七九七）に2例あり、その他『令義解』（八三三）4例、『三代実録』（九〇一）3例、『類聚三代格』（一一C）2例が見られる。「忖度」は『日本後紀』（八四〇）1例が古く、その他『菅家後集』（九〇三頃）1例、『日本紀略』（一一C）1例がある。「推察」は古例がなく『三代実録』1例、『扶桑略記』（一〇九四）1例、『古今著聞集』（一二五四）2例、『吾妻鏡』（一三〇〇頃）11例等が見られる。延慶本と高野本にも「推察す」の例は各1例見られる。

右の語群の中で、「推量」は『大漢和辞典』に項目があるが例示がなく、『全唐詩』『全唐文』『二十五史』などのデータベースにも例がない。『文淵閣四庫全書』では6例のみでそのうち唐代の例は樊綽『蛮書』のみである。[4] 大蔵経データベースには58件例が検索されるが、『維摩経略疏序』の1例を除いて全て国書の注疏の類での例が多くを占める。このように中国の古例は少なく、和製漢語と見る向きもある（陳二〇〇二）が、『四部備要』データベースによると賈公彦（唐代初期）の『周礼注疏』『儀礼疏』の例が見え、やはり漢語の翻読語と考え得る。

④冬日夏夜長短不レ同、是以推二量此次日辰之早晏一也。（『儀礼疏』巻四十七）

⑤総二結上文三者一故以二此義一推二量之一也。（『周礼注疏』巻四十一）

用例数は、『周礼注疏』3例、『儀礼疏』1例であるが、大学寮で講じられ、律令制度を支える重要な経書の一つとして本邦の官制に影響を与えた『周礼』『儀礼』の疏の注釈用語が貴族層に受容され広まった可能性が考えられる。一方、用字の面から「推量」の語形を受け入れやすい条件も指摘できる。『色葉字類抄』で「量《ハカル》《知多少》推抒商一量揣測……」のように、「量」「推」は「はかる」の最上位に掲載されている。すなわち、「推量」は「オス」「ハカル」を表す常用的な漢字同士の組み合わせとして日本人に馴染みやすい表記であったと考えられる。そのため、「推量」は、「推測」「推度」「推断」など「おしはかる」と読まれる中国の漢語を受容するとき、代表形のように認識されて定着しやすかったという事情が考えられる。

延慶本に至るまでの「推量」（「推量す」または「おしはかる」）の例を辿っておこう。

日本漢文では、和文の「おしはかる」が始めて見える『蜻蛉日記』（天延二年〈九七四〉頃）の成立時期を約一五〇年ほど遡る時期から「推量」の例が見られる。まず、国史類では「推量」の古例に平安初期『日本後紀』の弘仁三年（八一二）の例や、『続日本後紀』の嘉祥二年（八四九）の例などがある。

⑥依レ例勘返、判官主典、或仮或病、不レ可二署名一、推二量其理一。（『日本後紀』弘仁三年十一月）

⑦輒解二却之一、推二量意志一稍渉二不臣一。（『続日本後紀』弘仁三年閏十二月）

『日本国語大辞典（第二版）』の挙げる『田氏家集』（八九二頃）の漢詩の例もあり、貴族層による文学作品にも定着していることが窺える。

⑧暗記徐来長置レ榻、推量鐘対欲レ鳴レ琴。（『田氏家集』中・独座懐古）

公家日記や古文書などの変体漢文にも例が多く、東京大学史料編纂所フルテキストデータベースによると、「平安遺文」の『政事要略』承和六年（八三九）の例を最古に、「古記録」では『小右記』天慶元年（八三八）の例など総計146例、「古文書」では『東大寺文書』貞観元年（八五九）の例など総計380例が見える。

⑨宜下早仰二当国一推二量損戸一預令中交易上。（『政事要略』承和六年十月）

⑩原氏宗任大将、彼年有二射礼《節》一者、以レ是推量、大将雖レ闕、行歩射手結也云云。（『小右記』天慶元年五月）

⑪本少二治田一、有数見レ熟、推二量此一、是本寺田姦為二治田一。（『東大寺文書』貞観元年）

「古文書」の中には、次の天喜二年（一〇五四）の例などのように、「御」を冠した名詞「御推量」221例が見られ、中世〜近世の古文書で定着している。古い例を挙げておく。

⑫殊可レ在二御推量一也者、牒送如レ件（天喜二年〈一〇五四〉「王助時田地作手売券」）

これを受け、近世には、「御推量」を表す女房言葉「おす文字」も生み出された。

⑬恪気しらるる身の辛さ、御推もしと、ひんとする。（『浄瑠璃』丹生山田青海剣〈一七三八〉）

延慶本・高野本には漢語サ変動詞「推量す」はないが、土井本『太平記』では漢語サ変動詞「推量ス」と「おしはかる」がともに見える。古辞書でも『饅頭屋本節用集』『易林本節用集』『温故知新書』『運歩色葉集』は、「推量（スイリヤウ）」と「ヲシハカル（推量）」の両語を挙げる。『日葡辞書』では、「Suirio」の項に「Voxifacaru」の訓釈を挙げている。

延慶本の漢字表記では、『今昔物語集』も用いる「押量ル」の表記が12例見られる。「押《おし》」の漢字は意味によるのでなく「おす」「おし〜」の通用字を用いたもので、漢字仮名交じり文での用字である。延慶本では本来の表記である「推量」も3例が見え、(5)漢文由来の語という意識のためか、返読表記による⑮のような例も見られる。

⑭指当リテノ人目ノ恥シサ、心ノアヤシサ、ナゴリノ悲シサ、トニカクニ、推量レテ無慚也。（延慶本第一本・七）

⑮何計カハ悲カリケム、被推量テ、無慚也。（延慶本第六本・十一）

延慶本の「推量《おしはかる》」の表記は、右の国史類・記録類の「推量」表記を承けると考えられる。(6)

⑭⑮の例のように延慶本では「おしはかられて無慚なり」の例が見られる。これに対し、高野本では「むざん」は「心のうちこそ無慚なれ」（2例あり）の形があるのみで、「おしはかられて」との組み合わせは全て「あはれなり」が専用されている。すなわち、「おしはかる」の19例中17例が「心のうち……おしはかられてあはれなり」の形で用いられており、次のように人物の心情を推し量る表現が類型化している。

⑯さばかんの法務の大僧正程の人を、追立の鬱使がさきにけたてさせ、けふを限りに都を出て関の東へおもむかれけん心のうち、おしはかられて哀也。（高野本巻二・座主流）

⑰今はいとけなきおさなき人々ばかりのこりゐて、又こととふ人もなくしておはしけむ北方の心のうち、おしはかられて哀也。（高野本巻二・小教訓）

⑱北方大納言佐殿は、只なくより外の事なくて、つやつや御かへり事もし給はず。誠に御心のうち、さこそは思ひ給ふらめと、おしはかられて哀也。（高野本巻十・請文）

⑲さすが心づようとり出したてまつるにも及ばねば、わか公をかかへたてまつり、人の聞くをもはばからず、天にあふぎ地に臥して、おめきさけみける、心のうち、おしはかられて哀也。（高野本巻十一・副将被斬）

これらは、いずれも文脈から別離に伴う寂寥感や人物を失って悲嘆する人物の状況が描かれており、人物の心中を察して詠嘆する語り手の批評語として類型化した表現となっている。

延慶本の「おしはかる」も、人物の心中を察する意味で用いる例が大半を占めるが、高野本のように完全に類型化はしていない。「おしはかる」は一つの動詞として未然形、連用形、終止形、連体形の形式でも用いられ、「心ノ内ノ悲ハタダヲシハカラセ給ベシ」（第二本）などのような会話文の例も数例見られる。ただし、「おしはかる」40例の中で、「おしはかられて＋批評語」の型をとる例が約半数の19例見られ、後の高野本のような類型表現の萌芽となる例も見られる。その内訳は「おしはかられてあはれなり」8例、「おしはかられて無慚なり」7例が拮抗して用いられており、その他に「おしはかられていとほし」4例も含まれ、多様性がある。

「おしはかられて」に続く語の一つ「無慚」は、仏教語としては「罪を犯しながらみずから省みて恥じないこと」（『日本国語大辞典（第二版）』「むざん」による）であるが、中世の和漢混淆文では転じて「残酷なこと」の意味や、さらに「残酷な状態にあっていたたましいこと、またそのさま。深く同情すべきさま。不憫。気の毒。むぞう。」（『日本国語大辞典（第二版）』の説明による）のような心情に傾いた意味も生じている。⑭⑮の「おしはかられてむざんなり」の意味も、「（悲しい気持ちが）推し量られ、ふびんである」意味と解され、「おしはかられてあはれなり」と同義的と言える。延慶本の「おしはかる」には⑱と同じく「さこそ〜けめ」とともに用い「互ノ心ノ内、サコソハ有ケメト押ハカラル。」（第一末）「今ハ限ノ東地へ趣キ給心ノ内、サコソハ覚シケメト押量ラル。」（第六末）のように心中を推量する用法があるが、これが「あはれなり」「無慚なり」「いとほし」等の語り手の批評語と合わさり、次第に類型化したのであろう。

右の批評語が「おしはかられて」と組み合わさった表現は同趣の表現を作り出すが、一方で表現傾向には大きな差も認められる。それは、⑭〜⑲の例に見えるような批評対象となる共起語の相違である。次に延慶本から、批評対象となっている共起語を批評語ごとにまとめて示す（形容詞「悲し」名詞「悲しさ」は区別せず「悲し」とする）。

○おしはかられて無慚なり↓悲し（4）哀れを催す（1）涙せきあえず（1）心の中（1）
○おしはかられてあはれなり↓心の中・心の内（4）・心中（2）なごり（1）その他（1）
○おしはかられていとほし↓心の中悲し（2）心の内（1）その他（1）

「無慚なり」では「悲し」とその関連表現「哀れを催す」「涙せきあえず」が大半を占めており「心の中」の例は1例にとどまる。これに対して「あはれなり」では、「心の中・心の内」「心中」が多く、その他「なごり（惜別の情）」などが用いられているが、「悲し」は見えない。「いとほし」は「心の中こそ悲しけれ」のような両方の鍵語を含んだ表現と共起する例が2例見え、中間的な傾向を見せている。このように、「無慚なり」は「悲し」と、「あはれなり」は「心の中」と結びつく傾向が強く、「いとほし」は両方の性質を兼ねた面がある。表現としては、「無慚なり」では「悲し」と直叙的に心情を述べてそれを批評するのに対し、「あはれなり」では実質的には「悲し」の心情を意味しながらそれを「心の中」と表現するのにとどめて批評する表現と言えよう。文体から言うと前者は心情を明示しそれを漢語で批評する漢文訓読調の直截的表現と言え、後者は心情を明示せず「心の中」と暗示し、和文体の鍵語でもある「あはれなり」で批評する点から和文調の朧化的表現であるとも言えよう。延慶本ではこれらを混用しているのであるが、高野本では漢語表現を避けた「心の中、おしはかられてあはれなり」のみを用いてその心情を直叙しない表現を選択している。これは高野本が、より和文的な文学的表現を志向した結果である。

延慶本の「（悲しさ）おしはかられて無慚なり」は、「悲しさが推し量られ無慚である」と生硬な漢文訓読調で直接的に心情を提示し推測する表現であるが、この表現では、心情を解説する語り手の付加的な言説に止まってしまう。この点は、「おしはかられてあはれなり」の表現をとった場合でも同じである。次の⑳は悲痛な心情を描こうとする意図は窺えるが、語り手によって付加された感想の域を出ていないようにも思われる。

⑳（平家の人々の頸が懸けられているのを見て）主上、女院、内大臣、平大納言以下人々、北方、御船ニ召テ目ノ

当リ御覧ゼラレケリ。何バカリノ事ヲカ思食ケム、御心中ヲシハカラレテ哀也。（延慶本第五本・二十九）

高野本では、批評語が「あはれなり」に統一され、和文的な文脈に溶け込ませた格調ある表現に高められている。

㉑さる程に荻のうは風もやうやう身にしみ、萩の下露もいよいよしげく、うらむる虫の声々に、いなばうちそよぎ、木の葉かつちるけしき、物思はざらむだにも、ふけゆく秋の旅の空はかなしかるべし。まして平家の人々の心の中、さこそはおはしけめと、おしはかられて哀也。（高野本巻十・藤戸）

㉑の例では「心の中」を含み、その具体的な心情は前文にある「悲し」にあるが、それは人物の心情なのではなく空の様子について述べた表現となっており、人物の心情を直接「悲し」と表現することは巧みに避けている。「ふけゆく秋の旅の空はかなしかるべし。まして平家の人々の心の中、さこそはおはしけめと、おしはかられて哀也。」と、悲劇的な運命を辿る平家の人々の悲痛な心情を「ふけゆく秋の旅の空」と重ねつつ、「なんと哀れなことだろうか」と詠歎的に表現している。「（旅の空）かなしかるべし」を指示語「さ」で受け和文調の「あはれなり」で末尾をまとめる表現の構成は技巧的であり、延慶本と比べて洗練度の違いは明らかである。

四　和漢混淆文に多く見られる語――「いでく」「いできたる」――

『平家物語』以外にも、和漢混淆文的な文献に広く用いられる語がある（★）。『宇治拾遺物語』は中世の和文であり訓読調の語を比較的多く含み、『平家物語』と共通する用語もあるため、同作品に見られる語もここに含めた。

なきかなしむ（悲泣）、からめとる（捉取）、なげきかなしむ（悲歎）、おそれをののく（恐懐）、おぢおそる（怖恐）、おりくだる（降下）、ひきのく（引退）、あきみつ（飽満）、あらはれいづ（現出）、せいしとどむ（制止）、

たづねもとむ（尋求）、たへしのぶ（堪忍）、とらへからむ（捕捉）、なりとよむ（鳴動）、にげまぬかる（逃遁）、
はきのごふ（掃拭）

右の中で、上位を占める「なきかなしむ」「なげきかなしむ」「おぢおそる」は和漢混淆文や訓読調を含む一部の和文にも浸透した物語用語である（第五章参照）。もっとも例の多い「なきかなしむ」は次節で述べることとし、本節では延慶本に例の多い「いできたる」について、前節で和文に多い語として挙げた「いでく」と対比して述べておく。

第六章では、「いでく」は和文に多く、事物の「出現・発生」（突然現れる）を意味するのに対し、「いできたる」は『今昔物語集』や延慶本に多く、人物や物の「到来」（時間をかけやって来る）を意味する例が多いことを述べた。公家日記などの変体漢文では、人や物を主語としそれが到来する（人がやって来る、物が送られてくる）意味で、次のような例が数多く見られる。

㉒於二朱雀門前一礼二橋下一、僧廿人出来。（『小右記』永延一年二月一一日）

㉓召二入女房使一云、参二中宮御方一云。袴三十七出来。（『御堂関白記』寛弘元年二月五日）

㉔九日、癸卯、従レ寺帰、山城介真助朝臣出来、奉二仕雑事一、（『御堂関白記』寛弘四年六月九日）

㉕其後参二土御門殿一、右中弁親俊朝臣出来、聊御違例之由昨日中納言殿令レ承給。（『民経記』寛喜一年六月八日）

訓点を通常付さない変体漢文では「いできたる」と読んだ根拠となる付訓例が少ないが、次の例が見出される。
生草がやって来ない意味であり、「（物が）到来する」意味である。

㉖生草未夕出（テ）来ラ（未ス）。（『高山寺本古往来』（52））

「いでく」と「いできたる」の相違は、「く」（和文体）と「きたる」（訓読体）の文体の相違ではない。参考になるのは、『日葡辞書』（一六〇三）の記述である。同書では「いでく」の意味を「ある事が思いがけなく起こる、あ

るいは、もちあがる」とし、漢語「出来（xutrai）」の訓注で「いできたる（ide qitaru）」を挙げ、「いできたる」の項では「出る、または、来る」意としており両語は意味が異なる。「いできたる」は『訓点語彙集成』に例がなく、『平安時代複合動詞索引』では『三宝絵』『今昔物語集』『法華百座聞書抄』など一部の和漢混淆文に例があるのみであるが、公家日記や古文書類には㉒～㉖のような例が頻出しており、もとは変体漢文特有語と考えられる。『日葡辞書』は「いできたる」を文書語としているが、これは、この語が変体漢文に多いことと関わろう。和文に多い「いでく」と変体漢文に多い「いできたる」は意味も文体的性質も異なるのであり、後述のように平家諸本間で両語の使用に大きな差がある点は、文体の観点から大いに注目されるのである。

「いでく」「いできたる」は、いずれも漢語「出来」に関わる翻読語である可能性が高い。「中から出て来る」を表す漢語「出来」にもとづく翻読語「いでく」は『万葉集』に同様の意味で見られる（第二章・第六章参照）が、中古以降の和歌では用いられず、和文の物語で継承された。「いでく」は、後に「発生・出現」のような現象を表すようになるが、「いづ」に重点がある中国漢文の用法の延長と考えられるであろう。一方、変体漢文では「出来」から「いできたる」の語形が生じた。「いできたる」は「来」を漢文訓読語「きたる」で読んだ語形で、「きたる」の語源「来・至る」に意味の重点が置かれ、人や物がやって来る意味（到来）を表した。「いできたる」は、「いでく」と同様に「中から出て来る」「発生・出現」の意味を表す例もあるが、日本化した「到来」の意味が特色となっている。『今昔物語集』や『太平記』でも「出来ス」「出デ来ル」の両方の語形が見える。[7] これは、変体漢文で「出来」が「いできたる」とも、漢語サ変動詞「出来《しゅつらい》ス」とも読まれたことによると思われ、変体漢文やその影響を受けた和漢混淆文で定着した用法であると考えられる。

『日本古典対照分類語彙表』が元にした『平家物語〈高野本〉語彙用例総索引』によると、高野本では和文にも多い「いでく」が73例あるのに対し、「いできたる」の例は存在しない。ただし、語の認定のうえで問題となる例として、「祇王」段に「ぞ出来る」と表記された箇所が2例あり、金田一春彦編『平家物語総索引』や、新編日本古典文学全集テキストに基づいた「中納言コーパス」が「いできたる」として処理している例がある。

㉗……たかひに心をいましめて、竹のあみ戸をあけたれば、まゐんにてはなかりけり。仏御前ぞ出来る。

（高野本巻一・祇王）

㉘……かくなつてこそまいりたれ」とて、かつきたるきぬをうちのけたるをみれば、あまになつてぞ出来る。

（高野本巻一・祇王）

しかし、次のような諸点から、㉗㉘は「いできたる」の例と考えにくく、「ぞ・いでき・たる」の係り結び構文と解するべきと考えられる。その根拠を次に列記する。

○他の章段にない変体漢文特有語「いできたる」が和文調が特に強い祇王段に例外的に用いられたとすると文体的な齟齬が大きく、不自然な用語になってしまう。

○㉗㉘の前の文脈に「うちたたくもの出来たり」とあり、この「いでき・たり」を受け、文末表現を係り結びによって強調しつつ反復した表現と解釈できる。

○直前に条件句「見れば」があり、物語の常套表現の「見れば〜たり」構文（見ると〜ている）と解される。

○「ぞ〜たる」の係り結びが高野本に散見し、文末表現の基調の一つとなっている（「ぞ〜たる。」文は、94例）。

○語り本で古態性を含むとされる屋代本でも、同箇所は「ゾ出来タル」と表記されている。

これらの点を考え合わせると、『平家物語〈高野本〉語彙用例総索引』が「出来る」を「一つの漢字が二つ以上の単語にわたって表記されている場合」とし、「いでき・たる」を「出来る」と表記としたものと解して処理したのに従うべきである。なお、この表記の類例としては、屋代本に、

㉙ヨロボヒクルヲ見ハ、……片手ニハ魚ヲサケテ出来リ。」

（屋代本巻三・有王）

のように「見れば」を受け文末の「いでき・たり」を「出来リ」と表記した例も指摘できる。

以上の種々の点から考えて、高野本に「いできたる」の例はやはり存在しないと判断してよいであろう（龍谷大学図書館本は祇王段自体がない）。一方、延慶本では、索引によると「いできたる」は44例もあり、「いでく」37例を上回る例数が見える。語り本系統でも古態性を含むとされる屋代本には語尾を表記した「いできたる」の確例が9例見られる。(8)すなわち、語り本の中でも、とりわけ覚一本系統の高野本や龍谷大学図書館本において、「いできたる」を徹底的に回避する方針をとっていることが明瞭に窺えるのである。

このように延慶本と覚一本とで、「いできたる」の使用に対照的な傾向が生じるのは何故であろう。延慶本では、編集段階で変体漢文的な文体要素が多く影響し、「いできたる」が多くなったのであろう。一方、高野本では、「く」22例に対し「きたる」30例で、漢文訓読語の「きたる」自体を避けているわけではない。この事の意味するところは、「いできたる」の語形を『日葡辞書』が文書語としているように、文学性に乏しく、変体漢文に基盤を持つ記録語的な文章語として回避したものと考えることができるであろう。では、高野本が和文的な表現「いでく」に統一した意図は何であろう。前節で「おしはかられて無慚なり」のように漢語「無慚なり」との組み合わせより、和文的な「あはれなり」と取り合わせた「おしはかられてあはれなり」を使用する傾向を指摘した。これに照らせば、一つには、「いでく」によって文体を和文的にしようとしたことが考えられる。ただ、人や物の「到来」を表す場面は多いはずであり、「いできたる」を避ける理由には、表現効果や表現意図の面も強く関わってくるであろう。

この点を文末用法から確認すると、高野本の「いでく」は「いでき・たり」のように「たり」を加える例が29例であるのに対し、延慶本では同様の例は9例に止まる。物語の言語量（延慶本は覚一本の約1・7倍）も加味すると延慶本が「いでき・たり」の形式を使用する割合はかなり少ないと言えよう。その一方で、延慶本では「いできたる」の終止形用法が8例が見られるが、高野本には例がなく、延慶本のみの特徴となっている。

次に、延慶本が終止形の「いできたる」とするところで、高野本が「いでき＋て」「いでき＋にけり」「いでき＋たり」が対応している例を挙げておく（例㉚と例㉛、例㉞と例㉟は、同文的な箇所の例である）。

㉚廿八日亥時計ニ、樋口富小路ヨリ火出来ル。（延慶本第一本・四十）
㉛廿八日、亥剋ばかり、樋口富小路より、火出来て、……（高野本巻一・内裏炎上）
㉜其時又不思議ノ瑞相出来タル。（延慶本第一末・三十）
㉝かかる不思議もいできにけり。（高野本巻一・鹿谷）
㉞水嶋ガ津ニ小船一艘出来ル。（延慶本第四・十九）
㉟水島がとに小船一艘出できたり。（高野本巻八・水島合戦）
㊱其後十一年ト申ケルニ、トガノ尾ノ明恵上人ノ許ニ文学房出来ル。（延慶本第六末・三十六）
㊲さる程に文覚房もつと出きたり。（高野本巻一二・泊瀬六代）

延慶本の「いできたる」には㉚「火」㉜「不思議」などの「出現・発生」を表す例も見られるが、㉞「小船」㊱「文学房」などのように物や人が「到来する（やって来る）」意味の場合に「いできたる」が用いられる点に特徴がある。しかし、延慶本の例㊱「文学房出来ル」のような表現は、無人称的な客観視点による叙述となり、「やって来た」ことを記録的に述べるにとどまる。これに対し、高野本の例㊲は、突然の意の「つと」につづけて「いでき・たり」で文を終止させ、人物が「いでき（突然現れた）」たことを表現している。「いでき・たり」では、鈴木（一九九五）のいう「たり」のメノマエ性の機能が注意される。メノマエ性とは、話し手が移動動作の到着地点に視点を置いて、移動主体の到着の局面を描く性質のことである。つまり高野本の叙述では、物語の語り手の視点（あるいは現場にいた人物の視点）から、あたかも文覚が目の前に突如現れて来たのを待ち受けるかのような表現になるのである。高野本では、和文的な「いでく」の「出現」の意味と、「たり」のメノマエ性の機能との相乗効果により、叙述に臨場感をもたらしているのである。

五　『平家物語』に特徴的に見られる語――「をめきさけぶ」「せめたたかふ」――

軍記物語である『平家物語』に特徴的に使用される語がある（★H）。

をめきさけぶ（叫喚）、せめたたかふ（攻戦）、まひをどる（舞躍）、あがめうやまふ（崇敬）、あひあたる（相当）、うちたひらぐ（討平）、さきわかつ（割分）、あはれみかなしむ（憐哀）、いたはりなぐさむ（労慰）、おつぱなつ（追放）、つかれよわる（疲弱）、とぢふさぐ（閉塞）、にげまぬかる（逃遁）、ほろびうす・ほろぼしうしなふ（亡失）、むすびあつむ（結集）

右の中には他作品にもある語を一部含むが、軍記物語としてのテーマ・素材として戦闘・軍事に関わる漢語が翻読語として取り入れられた語が多い。例えば、「攻戦」にもとづく「せめたたかふ」や、「討平」にもとづく「うちたひらぐ」は、各々、敵と戦う意味、打ち倒す意味で、軍記物語らしい語である。「追放」にもとづく「おつぱなつ」、「逃遁」にもとづく「にげまぬかる」も戦闘による行為として意味的に対をなす。「滅亡」「亡失」等にもとづく「ほろびうす（ほろぼしうしなふ）」は、国家・君臣・寺社等が滅ぶ意味である。これらは漢語でもよいところを和語で置き換えたもので、意味的にも対応している。

一方、翻読語が元の漢語と異なった意味になる例もある。第六章では、『今昔物語集』に、漢語（仏教語）と翻読語の意味が異なる例として、「遊行《ユギヤウ》ス（仏教者の諸国行脚）」と翻読語「遊び行《ある》く（非仏教者があちこち動き回る）」を指摘した。『平家物語』でも、漢語「結集《けつじふ》」に元づく翻読語「むすびあつむ」が、元の仏教語としての「釈迦の教えを編纂する」意味ではなく、「布地を編み集める」意味に転換させた例を指摘できる。

㊳ヤセクロミタル法師ノカミギヌノキタナキガ、ワラワラトヤレタルガウヘニ、アサノ衣ノコヽカシコ結ビ集メタルヲ、ワヅカニカケツヽ、片ヤブレ失タルヒガサヲキタリ。（延慶本第六末・三十四）

㊴此尼のあり様を御覧ずれば、きぬ・布のわきも見えぬ物をむすびあつめてぞ着たりける。（高野本灌頂巻）

「むすびあつむ」は、高野本と延慶本に各1例が見えるが、『平安時代複合動詞索引』などにも例が見られず、『平家物語』特有語と言える。延慶本や高野本の作者にとって、仏教語「結集《けつじふ》」は親しい語であったはずである。それを元とした翻読語「むすびあつむ」を用い、尼や法師が、釈迦の教えならぬ、ぼろ布を編み集めた衣服を着ている様を描くのは、いかにも仏教者らしい発想の転換であり、洒落の効いた表現と評せよう。漢文訓読語が漢文訓読の場で何度も訓読され語形や意味が定着していったのと異なり、翻読語は、自作の文章中で漢語の語形を表現の枠組みとして借りるものであるため、作品中で臨時的な語を生み出すこともある。「むすびあつむ」は、『平家物語』の中で、語形を借りつつ意味をずらせて作られた掛詞的な表現で、一回的な翻読語の事例と考えられよう。

元の漢語と意味が異なる翻読語の中で、例数が多く注目されるのは、「叫喚」に元づく「をめきさけぶ」である。「をめきさけぶ」は、仏教語としては「地獄の苦しみに泣き叫ぶ」意味であるが、延慶本では「悲しみに泣き叫ぶ」、高野本では「大声を出して叫ぶ」意味で微妙に異なった用法で用いられる。以下「をめきさけぶ」とともに、この語と共起して用いられる「せめたたかふ」を中心に、両本における文体・表現の特徴を述べておく。

「をめきさけぶ」「せめたたかふ」は、翻読語全体の中でも使用度数が上位の語である。先行する『将門記』『陸奥話記』にも対応する漢語「叫喚」「攻戦」が見え、軍記物語の用語として継承されていることが窺える。

㊵遁レ火出者驚レ矢而還、入ニ火中一叫喚。（『将門記』）

㊶宗任、将ニ八百余騎一、場外攻戦。（『陸奥話記』）

もっとも例の多い「をめきさけぶ」は仏教語「叫喚」を直訳して作られた複合動詞と考えられ、高野本では、次のように漢語「叫喚」と共起させ比喩的に関連付けた例もある。(9)

㊷「残りとどまる人々のをめきさけびし声、叫喚大叫喚のほのほの底の罪人も、これには過ぎじとこそおぼえさぶらひしか」（高野本・灌頂・六道之沙汰）

仏教語「叫喚」は、地獄で熱などの苦しみに遭い、叫び喚く様を表す。翻読語「をめきさけぶ」も、悲惨な目に遭い、感情の昂ぶりから大声を出す意味で、基本義は通底する面があるが、特に自らや他者の悲惨な状況（死・離別・不遇等）を悲嘆する意味で用いる。悲嘆を意味する語には、和文にも浸透し物語用語となった翻読語「なきかなしむ」もある（四節参照）。延慶本には、次のような対句の例があり、両語の意味の近いことが窺える。

㊸親ハ子ヲ失ヒヲメキ叫、子ハ親ヲ失テ泣悲ム音、船中ニ充満セリ。（延慶本第六末・二十五）

両語には意味・用法の異なる点もある。「をめきさけぶ」は悲嘆する意味に加え、「をめく」「さけぶ」の語義から大声を出す動作に重点があるが、「なきかなしむ」は後項が「かなしむ」であるため心理的意味に重点がある点である。

延慶本の「をめきさけぶ」には、次例のように、「天に仰ぎ地に伏して」を前接し、悲嘆する意味を強調する表現がいくつか見られる。

㊹僧都ノ遺言ナムド細ニ語リケレバ、姫君天ニ仰ギ地ニ臥テ、ヲメキ叫レケル有様、サコソハ悲シカリケメ。（延慶本第二本・十八）

「天に仰ぎ地に伏して」は、中国漢詩に、元稹「仰天俯地」や王維「俯仰天地」（以上『全唐詩』より）、孟郊「仰天伏地」（『谷音』〈元〉、『文淵閣四庫全書』より）等の類句が拾える。日本の古記録類でも、『中右記』〈一〇九三等〉の「仰天伏地」3例、『平安遺文』（東寺百合文書〈一〇七一〉）や『鎌倉遺文』（安芸厳島神社文書〈一二四一〉

の「仰天臥地」各1例の例が見え、このような表現を元に成立した翻読表現と考えられる。その他、「仰天倒地」「臥地仰天」などの形を含め、中世以降の漢文や和漢混淆文において感情表現（主に悲痛）の強調に用いる慣用句として定着したとされている。(10) 延慶本では、この句を悲嘆する意味の翻読語「をめきさけぶ」と共起して用いる。感情に伴う動作を大仰に表す翻読表現「天に仰ぎ地に伏して」は、大声を出して悲嘆する意味の翻読語「をめきさけぶ」と文体的にも意味的にも相性がよかったのである。延慶本の「をめきさけぶ」は、その他「声を調へて（声を揃えて）」、「ふしまろびて（地面を転げ回って）」などの句と結びつき、悲しみ叫ぶ動作を強調する類型表現が見られる。

㊺波ノ底ヘゾ被入ケル。是ヲ見奉テ、国母建礼門院ヲ始奉テ、……女房達、声ヲ調テヲメキ叫給ケレバ、……（延慶本第六本・十五）

㊻……那智ノ浜ニテ身ヲ投給ニケリ』ト、御共シタリケル舎人武里ガ申シヽ」ト申セバ、北方、「サレバコソ奇シカリツル物ヲ」ト計宣テ、伏マロビテヲメキ叫給モ理也。（延慶本第五末・二十七）

古態を留めるとされる延慶本では、軍記物らしい悲惨な場面を描くのに「をめきさけぶ」が多く用いられたが、高野本においては、悲嘆する意味の中心は平安時代から和文的な物語にも浸透していた「なきかなしむ」に取って代わるようになる（他の物語作品については第二節を参照）。次に、「をめきさけぶ」と「なきかなしむ」の前接表現と合わさって作られる類型表現について、延慶本と高野本の意味用法をまとめて比較しておこう。

延慶本では、「をめきさけぶ」40例「なきかなしむ」12例で、「をめきさけぶ」が優勢である。「をめきさけぶ」と前接表現の慣用化した表現には、「天に仰ぎ地に伏してをめきさけぶ」4例、「声を調へてをめきさけぶ」5例「ふしまろびをめきさけぶ」6例など「をめきさけぶ」に共起する類型表現が多く見られる。「なきかなしむ」では「声を調へて」に近い表現の「声々になきかなしむ」1例があるのみである。延慶本の「をめきさけぶ」は、もとの「叫喚」と意味が近く、泣き叫ぶ意味を保っている点が注意される。

一方、高野本では「をめきさけぶ」30例、「なきかなしむ」13例で「をめきさけぶ」の方が多いが、「天に仰ぎ地に伏して」を用いる句は「天に仰ぎ地に伏してなきかなしむ」3例、「天に仰ぎ地に伏してをめきさけむ」1例で、「なきかなしむ」を用いた表現が優勢になっている。その他、「声々になきかなしむ」2例、「声を調へてなきかなしむ」1例など、「なきかなしむ」の例において悲嘆する表現の類型化が強まっている。

㊼有王むなしき姿に取つき、天に仰ぎ地に伏て泣かなしめ共かひぞなき。　（高野本巻三・僧都死去）

㊽若君・姫君も声々になきかなしみ給ひけり。　（高野本巻十・藤戸）

高野本でも「をめきさけぶ」は多く用いられるが、苦しみや悲嘆の意味は薄れ、単に大声で叫ぶ意味になっているようである。たとえば次の2例は祈る文脈の例である。大声を出して祈る動作に感情の昂ぶりはあろうが、悲嘆の意味は読み取れない。

㊾西光父子が命を召しとり給へや」と、おめきさけんで、呪詛しけるこそ、聞くもおそろしけれ。
（高野本巻二・一行阿闍梨之沙汰）

㊿（地震の度）声々に念仏申。おめきさけぶ事おびたゝし。　（高野本巻十二・大地震）

高野本の「をめきさけぶ」で注目されるのは、翻読語「せめたたかふ」と合わさり、「をめきさけんでせめたたかふ」という表現が8例見られ類型化している点である（その他「おめきさけんで攻め入る」2例がある）。この表現は、延慶本には一例も見られない。「せめたたかふ」と合わさる時の「をめきさけぶ」も、単に大声で叫ぶ意味であるが、戦闘場面を盛り上げる効果がある。[11] 次に、「をめきさけぶ」との共起例で、翻読語「せめたたかふ」を漢語「攻戦」を意識して漢字表記したと思われる例とともに挙げておく。

(51)源氏の兵是を事ともせず、甲のしころをかたぶけ、おめきさけんでせめ入ければ、桜間の介、かなはじとやおもひけむ、家子・郎等にふせき矢射させ、我身は究竟の馬を持ツたりければうち乗ツて、希有にして落にけり。

（高野本巻十一・勝浦）

(52)其勢百四五十騎、一の橋へはせむかひ、おめきさけんで攻《カウ》戦。

（高野本巻十二・六代被斬）

以上のように、延慶本では「をめきさけぶ」「なきかなしむ」はともに悲嘆に暮れる意味を持つが、大声を伴う「をめきさけぶ」の方が「天を仰ぎ地に伏して」と親和性が高かった。高野本では「をめきさけぶ」は単に大声で叫ぶ意味で戦闘場面で使う類型で用いられるようになり、和文や和漢混淆文に広く用いられた「なきかなしむ」が悲嘆に暮れる意味の中心となり「天を仰ぎ地に伏して」と結びついて類型表現を形成したのである。

六　文体指標としての翻読語

本章では、『平家物語』の個性的文体の視点から翻読語の運用方法を検討し、古態を留める延慶本では漢文・変体漢文的な翻読表現が混在していたが、高野本ではこれらを意図的に避け、和文的表現によって彫琢していく方法の一端を具体的に明らかにした。『平家物語』の特徴的な翻読語を指標に高野本と延慶本の文体比較を行うと、高野本では「おしはかられてあはれなり」の類型表現により、語り手が人物の心情に共感して述べる叙述をとっていた。また、変体漢文に多い「いできたる」により記録的な叙述をとる延慶本に対し、高野本では「いできたる」を徹底して避け「いでく」と「たり」の意味・機能により、人物の登場を臨場感をもって表現しようとしていた。「をめきさけぶ」は、延慶本では悲嘆する意味で用い「なきかなしむ」と類義的に用いていた。高野本では「をめきさけぶ」は大音声を挙げて戦闘する武士の姿を描くのに多く用い、「なきかなしむ」は人物の悲嘆の感情を伝える語として用いて、両語を使い分けていたことを述べた。

これらを大きくまとめるなら、延慶本では「おしはかられて無慚なり」「いできたる」「をめきさけぶ（悲嘆の意）」などの翻読語に漢文的・記録的文体の趣を残していた。高野本では「おしはかられてあはれなり」「いでき・たり」「なきかなしむ」など和文調に馴染む語句や翻読語を類型的に用い、より彫琢を加えた品位ある文体を志向していることが窺える。しかし、高野本が和文的傾向が強く延慶本が漢文訓読調に傾くといった点を指摘するだけでは、特に目新しい指摘とは言えない。ここでは、新たな観点として翻読語を取り上げ、「平安和文にも広く見られる語」「和漢混淆文に多く見られる語」「『平家物語』に特徴的に見られる語」などいくつかの層をなすことを示した。特に「『平家物語』に特徴的に見られる語」としたものは、軍記物語の表現に必要な語彙を翻読語として多く導入していることを示す点で注目される。また、これらの中には、語り手の批評語として類型化した「おしはかられてあはれなり」や、戦闘場面の類型表現である「をめきさけびてせめたたかふ」など、高野本『平家物語』の重要語と言える例が指摘でき、文章文体を作る語彙としての翻読語の重要性が確認できた。さらに、一回的・臨時的な語においても、「むすびあつむ」のように作者の社会的位相に関わるであろう個性的な用法も見出せた。

最後に、翻読語による類型的表現を指標として、両本の編者の表現の意図に基づく個性的文体の差異を具体的に述べておこう。高野本が変体漢文用語「いできたる」を回避する点は、和文化を志向した表現というより、文学的表現に徹し従来のテキストと一線を画そうとする意図が働いた結果であろう。また、高野本の「おしはかられてあはれなり」は、漢語による表現が語りの詞章に情感を込めるには不向きな面があることを考えての表現であろう。「（悲しさ）おしはかられて無慚なり」のような心情の直接的表現と漢語との組み合わせを避け、「（心の中）おしはかられてあはれなり」という和語同士の結びついた朧化表現によって、聞き手に人物の心情を想像させようとする意図が窺えよう。また、「叫喚、攻戦」のような漢語表現の組み合わせに基づく翻読表現「をめきさけびて、せめたたかふ」は、戦闘場面の慣用表現となり、武士達が大音声を上げて敵と戦闘する様をリアルに映し出し、かつ、リズムよく声に出して語るのに効果的である。筆者は、「をめきさけぶ」を漢語の原義からずらせて用いていると考えたが、このような理解はあるいは表面的に過ぎるかも知れない。高野本の作者が「をめきさけぶ」のもとになる「叫喚」の原義「〈地獄など〉悲惨な状況で泣き喚く」をも意識して使用した可能性を排除できないからである。高野本がそのような原義も意識しながら「大声を出す」意味に用いていたのならば、死を覚悟して戦闘する武士の悲壮な心情を滲ませた表現とも言えるのではなかろうか。高野本のテキストからは、翻読語を組み合わせた類型表現を生み出し、物語内容を律動的で文学的な表現で語り、聞き手に場面や人物の心情をより実感的に伝えようとする作者の意図を指摘することができる。

本章で見たように、『平家物語』において、漢字片仮名交じり文で書かれた延慶本では変体漢文の影響も大きく、翻読語の利用は漢文に近い用法で用いられる点もあるが、覚一本になると、和文体の文体の中で有効に働く翻読語が選び取られ、軍記物語の重要な場面に用いられたことが指摘できる。覚一本を和漢混淆文の到達点として見るならば、そこには、「いでき・たり」のような上代・中古から用いられ来たった和文に多い表現が専用されたり、「おしはかる」「なきかなしむ」のような中古物語に定着した語が他の和文調・漢文訓読調の表現と融合したり（「おしはかられてあはれなり」「天に仰ぎ地に伏て泣き悲しむ」）、「をめきさけびてせめたたかふ」のように軍記物語的な翻読語を微妙に意味を調整して用いるなど、和漢混淆文の中で彫琢された翻読語の姿が見出せるのである。

和漢混淆文の文体指標には漢語や漢文訓読語が使われることが多かったが、これらは物語の主題的内容に即して多く用いられる語彙ではないため、個性的文体を捉えるのには利用しにくい。この点で、作品毎に用いる語に特徴のある翻読語は、テキスト毎の文体的な個性をも窺いやすい。古くから物語に定着した語も多い反面、作者の表現志向を反映して独自に類型表現を作る場合もあることから、和文や和漢混淆文の文体について「漢」の影響面を把握する指標として有効である。特に例数の多い動詞の翻読語に着目するのは、漢語サ変動詞を中心になされてきた従来の文体研究に欠けていた視点である。

漢語の受容は、字音語による他、翻読語の形で多くなされるが、和語による翻読語の受容はこれまでの研究では等閑視されていた。日本語の歴史で漢語受容の流れを俯瞰して捉えると、まず宣命や、『万葉集』などの和歌や、『源氏物語』などの物語の文章中で翻読語として定着し、やがて中世以降の文章の中で漢語サ変動詞として定着していくといった道筋を辿るものがある。例えば、第六章や本章で取り上げた「いでく」「いできたる」が先行して定着し、後に「出来す」（「シュツライす」さらに「シュッタイす」となる）が定着する。「おしはかる」から「推量す」が定着していくのも大きく歴史的変遷の面では同様の方向である。本書第六章では『今昔物語集』に漢語サ変動詞と翻読語の併存例をあげておいたが、このような対応例は広く探索すれば少なくないであろう。従来は、字音語である漢語サ変動詞が文章に導入されたことをもって日本語への漢語の定着と見ていたとするならば、その後半の段階だけを対象にしていたことになる。日本文章史の中で、翻読語は漢語サ変動詞が本格的に表現語彙として定着する以前の和文や和漢混淆文において、漢語サ変動詞と同等の役割を担っていたのである。

注

（1）『平家物語』に多い「おしはかる」は『源氏物語』で94例もの多くの例が見られる。この他、「あそびたはぶる」「うばひとる・ばひとる」「のこりとどまる」など、『源氏物語』と『平家物語』とで共通して多く見られる語があるが、ともに漢詩・漢文からの影響が想定される。『源氏物語』は翻読語を用いやすい点において和漢混淆文に近い性質を持つのである（第五章を参照）。また、『日本古典対照分類語彙表』で『平家物語』の他に『万葉集』にのみ見える「あきたる（飽足）」も漢詩・漢文の影響で用いられたものである（第一章を参照）。

（2）『訓点語彙集成』によると、訓点資料に「オシハカル」は「推」9例、「忖」3例の付訓例が見られるが、最古例は九〇〇年頃の『金光明経文句』の例で、和文の『蜻蛉日記』の場合と同様、国史類の「推量」の初出例よりは遅れる。

(3)これら4語は「オシハカル」の訓読が可能である。「推度」「推断」「推測」の「度」「断」「測」は、『観智院本類聚名義抄』に「ハカル」の訓がある。

(4)『大漢和辞典』は、「推測」「推度」「推断」「忖度」「推察」で中国漢文の例を挙げる。「推量」は日本漢文に例が多いが、『大漢和辞典』では例示がなく、『漢語大詞典』『近代漢語大詞典』では立項自体がない。「推量」は、唐代以降に中国で用いられたが例数は少なく、中国では一般には「推測」が多く用いられたようである。

(5)「オシハカル」を「推量」で表記した例は、漢字片仮名交じり文では『今昔物語集』『打聞集』にも各1例が見える。『打聞集』は「推量ニ」とある名詞形の1例のみで、全一例のみであるが「推量」で書くのは漢文志向の表記をとる同書の性格によると考えられる。『今昔物語集』では巻三・14の「推量テ」とする例を除いて、他は全て「押量(押推)」の用字で表記している。これは「オス」を全て「押」で書く方針であるためである。その他、土井本『太平記』にも「すいりやうす(推量ス)」11例と「おしはかる」9例が見られる。「おしはかる」は慶長八年古活字本では「推量ル」のように漢字表記されている。

(6)古文書類の漢語「推量」の例は「加点者、以推量加之了」(『石清水文書』寛喜三年〈一二三一〉)のように概ね、ある事情の推量である。これに対し、『平家物語』の例は、すべて他の人の心の推量で、用法に偏りがある。

(7)「いできたる」の仮名書き例は『三宝絵』『法華百座聞書抄』に見え、『三宝絵』4例中2例が、『法華百座聞書抄』6例中4例が「到来」の意味で、他は「発生・出現」の意味のある。一方、漢語サ変動詞「出来ス」は、『今昔物語集』では1例が人物の「到来」の例で、慶長八年古活字本『太平記』では5例が見られ、「乱」などに用いている他、人物の「到来」の例も1例(「十方ヨリ人夫五六千人出来シテ」先帝船上臨幸事)見られる。「出来す」も「到来」の意味と「発生・出現」の意味と両方を担っていたようである。なお、『延慶本平家物語』にも変体漢文の部分に「風聞出来之後、賊徒追討、神戮不空歟」(第五末・兵衛佐院へ条々申上給事)のような字音語の例が1例見えるが、漢語サ変動詞の例は『太平記』の方に多く見えるのは、次第に翻読語が漢字サ変動詞に置き換わる和漢混淆文の表現の変遷によるものと推測される。

(8)屋代本では「去程ニ、義王取居ヘラレテ三年ト申ニ、又白拍子ノ上手一人出来ル。」(抜書・祇王)「打続キ宮アマタ出来ラセ給ケリ。」(巻八・山門御行)など、「いできたる」が9例が見られる。

（9）『太平記』にも「京白河ノ貴賤男女、喚キ叫ブ声叫喚・大叫喚ノ苦ノ如シ」（大内裏造営事付聖廟御事）のような共起例が見える他、「叫喚スル声ヲ聞バ、忝モ延喜ノ帝ニテゾ御在ケル」（『岩波日本古典文学大系』北野通夜物語事付青砥左衛門事）のような漢語サ変動詞の例も見える。なお、「をめく」は『類聚名義抄』に見えないが、「さけぶ」は「叫」「喚」の訓として見られる。連文は同義的結合であるため、転倒形も少数ながらあり得る。『大漢和辞典』で「喚叫」は「叫喚」と同じとして例を挙げないが、『百練抄』（鎌倉後期）の正暦三年（九九一）記事に「喚叫之声」とあるのが、転倒形に相当する。

（10）『中右記』の「仰天伏地」は「欣」「歎」「訴」など多様な表現に係り、悲嘆には限らない。これは中国の例に通じる性質である。欒（一九九九）は、中世の「仰天伏地」では慣用化が進むとともに具体的動作性を失い、「悲痛・歎息」などの感情表現の程度の甚だしさを表すようになったと指摘する。

（11）土井本『太平記』でも「をめきさけびてせめたたかふ」4例、「をめきさけびてたたかふ」4例、「をめきさけびてせむ」1例などがあり、軍記物語の慣用句となっている。

参考文献

鈴木泰（一九九五）「メノマエ性と視点（1）―移動動詞の〜タリ・リ形と〜ツ形、〜ヌ形のちがい―」（『築島裕博士古稀記念　国語学論集』汲古書院）
陳力衛（二〇〇一）『和製漢語の形成とその展開』（汲古書院）
欒竹民（一九九九）「「仰天」のよみと意味」（『鎌倉時代語研究』22　武蔵野書院）

【使用した資料】

『延慶本平家物語』の用例検索・引用は『延慶本平家物語　本文編上・下』（勉誠出版）『延慶本平家物語　索引篇上・下』（勉誠出版）、高野本『平家物語』は『平家物語〈高野本〉語彙用例総索引』（勉誠出版）で検索し、引用は新日本古典文学大系本を用いた。高野本の検索には「中納言　日本語歴史コーパス」も使用している。『将門記』『陸奥話記』の引用は新編日本古典文学全集（小学館）を利用した。その他、『三宝絵詞自立語索引』（笠間書院）『法華百座聞書抄総索引』（武蔵野書院）、

『土井本太平記　本文及び語彙索引』（勉誠社）、『日本古典対照分類語彙表』（笠間書院）、『平安時代複合動詞索引』（清文堂）、『訓点語彙集成』（汲古書院）、古記録・古文書・『平安遺文』『鎌倉遺文』について東京大学史料編纂所データベース、『六国史』『国史大系』『全唐詩』『全唐文』『四部備要』（凱希メディアサービス）のＤＶＤ版、『文淵閣四庫全書』（迪志文化出版）のＤＶＤ版、大正新脩大蔵経データベース（SAT2018）により検索した。古辞書は『古本節用集研究並びに総合索引』（勉誠社）、『中世古辞書四種研究並びに総合索引』（風間書房）、『邦訳日葡辞書』（岩波書店）を利用した。

第二部　和漢混淆文の語彙・語法

第九章　和漢混淆文の動詞語彙

――『今昔物語集』の特徴語――

一　はじめに――『今昔物語集』の語彙と文体をめぐる研究史――

本章では、和漢混淆文の一つとして『今昔物語集』における動詞語彙の有り様を概観しつつ、和漢混淆文の要素となる特徴語を見出す観点から述べていく。

今昔物語集（以下『今昔』）の語彙の研究は、文体の研究と密接に関わってなされてきた。『今昔』の研究は大正期の坂井衡平『今昔物語集の新研究』（一九二三）以降に本格化するが、文体が巻二十以前は漢文訓読調に、巻二十二以降は和文調に傾くことが指摘され、そのような傾向に当てはまる語を指摘する研究が多くなされた。この方面の研究においては、漢文訓読語を整理した築島裕『平安時代の漢文訓読語につきての研究』（一九六三）、また変体漢文では、峰岸明『平安時代古記録の国語学的研究』（一九八六）などの著作が『今昔』の語彙の研究に大きな影響を与えた。和文体と漢文訓読文体と変体漢文体は平安時代の三大文体とされ、これらの文体の特有語をとりあげ『今昔』の巻による変異に着目する研究が多く見られる。一方、『今昔』全巻に分布する語に着目する研究がある。その転換点となったのは、山口（一九六四）（一九六六）であり、巻毎の分布において変化ばかりではなく不変の側面を見せる語が見られ、それを撰者固有の文体もしくは和漢混淆文の文体が想定されるとした。山口の論は、撰者の基本とする文体は変体漢文に近いと述べており、類型的文体との関わりを含んでいた。そのため以降の研究は、類型的文体との関わりから『今昔』の文体を捉える方向へ進んでいったが、類型的文体として「和漢混淆文」の存在を積極的に主張するためには、その特徴となる語彙の性格を詳しく解明することが大きな課題となっている。

和漢混淆文の形成過程については、旧く佐藤（一九六六）や春日（一九八三）が和漢混淆文は「漢」に基盤があることを指摘し、木田（二〇一三）も「訓読文体は少しずつ、原文の制限を受けた窮屈な訓読文の表現から離れてゆき、和文体の要素を増やして、和漢混淆文と言われる文体へ変わってゆく」と指摘している。和漢混淆文の古い例として、平安初期には僧侶が経典類の欄外に注記した漢字片仮名交じり文や、同様の表記で書かれた『東大寺諷誦文稿』もあるが、和漢混淆文の本格的な形成期は、和文体の定着した平安中期以降と見ることができる。説話の場合で見ると、平安初期〜中期には『日本霊異記』や『法華験記』のような漢文体で書かれた作があり、平安中期に『日本霊異記』の訓読を基盤に和文語法を交えた『三宝絵』が現れる。『三宝絵』は平仮名文の関戸本（東大寺切れ）がもとの表記と推測されるが、訓読調の強い中に和文的要素を含めた文体である。これらを受けた『今昔』は、和漢の出典の影響を受けながら、全巻を通じた語彙・語法も多く和漢混淆の生成ををおし進める。院政期には『今昔』より和文性・口語性のやや強く現れる『打聞集』がある一方、『今昔』よりも漢文訓読調の強い『金沢文庫本仏教説話集』も見られ、和漢混淆文は作品によって混淆度に違いもある。和漢混淆文の代表とされる『平家物語』でも、古態を留める延慶本は漢文訓読調が強いが、文学的な洗練が加わる覚一本では和文調の度合いが増している。僧侶が生み出した和漢混淆文の系統は、仏教漢文に含まれる基礎的な漢文訓読語や漢語を基盤に成立し、さらに文学化・平易化の必要がある場合に和文語・口頭語・記録語等を取り入れ、また漢文訓読語自体の性質をも変化させせながら生成された文体と見られる。このような見方からすれば、仏教漢文の出典が明らかになっている『今昔』は、出典の改変・増補に用いた語彙を具体的に知ることができ、第四の文体としての和漢混淆文が生成される際に現れる漢文訓読要素（和漢混淆文の基礎的要素）を析出するための手がかりを与えてくれる資料と言える。『今昔』の漢文訓読語（漢文訓読文に特有の語とされるものを指す。ここでは漢語の直訳による複合語の「翻読語」を含む）については、次のような点がこれまで指摘されている。

（1）漢文訓読文に用いる場合と意味用法に違いのある場合がある。感情表現の強調に用いる「～事无限シ（とかぎりなし）」という表現がある。山口（一九六九）はこのもとになる漢文の「～無限」という用法は中国の漢文に見られないが、平安時代の和文の中にも一定数見られることからこれを「和文脈製訓読語」と位置づけた。後に拙著（二〇〇三）は、「～（コト）＋無限」は中国の『文選』や『白氏文集』に見られ、日本では『日本書紀』や『菅家後集』などで感情表現を強調するのに用いており、それが漢文訓読の影響を受けた和文や『今昔』などに受け継がれたとした。しかし、日本漢文での例は決して多いわけではなく、むしろ和漢混淆文の特徴語と言える（特徴語は、本来は出現頻度をもとにある分野に関連の深い語を統計的に抽出したものを言う。ここでは頻度が少なくとも、他文体にない「特有語」的なものや、用法や語形に他文体にない特徴のある語を含めて考える）。

（2）漢文訓読文とくらべ用法が制限される場合がある。山本（一九八八）は『今昔』の「速やかに」は命令表現に多く用いられ、漢文訓読文では幅広い活用を持つ形容動詞であるのと異なって用法に制限があるとした。

（3）漢文訓読文と異なる表現形式をとる場合がある。春日（一九五九）は漢文訓読語の「ごとし」が訓読的な「ごときなり」より国文脈化した「ごとくなり」の形で『今昔』に多く用いられるとした。また、原（一九八九）（一九九〇）は、「まさに～なむとす」から「すでに～なむとす」、「さだめて～知る（等）」から「さだめて～推量」など、呼応語の変化を指摘している。

（4）特に高頻度で用いられる表現がある。遠藤（一九六七）では漢文訓読的な用法の「り」が『今昔』において数多く用いられること、遠藤（一九六九）では、『今昔』の会話引用末尾には漢文訓読文で少ない「『会話』ト。」

形式が多いことなどを述べている。拙著（二〇〇三）では仏典語「爾時」の翻読語である「其ノ時ニ」が、『今昔』で常用され文章展開の上で重要な役割を持つことを指摘した。

これらのように、『今昔』で意味用法や語形・頻度などに特徴のある漢文訓読語は、和漢混淆文の特徴語である可能性が高い。このような見通しについて、舩城（二〇一一）も、中世の説話の類に多い漢文訓読語「イヨイヨ」を取り上げ、これを当時の口頭語的要素を含んだ和漢混淆文の用語として捉える見解を示している。他にも、『今昔』の文体を漢文訓読文らしさの感じられる「漢文翻訳文」とし、動詞句や複合動詞をその用語と捉える青木毅の一連の研究や、『今昔』の「来たる」の観察から「和漢混淆語」を提起した李（二〇一四）なども、和漢混淆文を類型的文体として捉え、その文体の指標となる語彙があることを見越した論として注目される。しかし、このような見通しを持つ研究はいまだ少なく、どのような語がそれに該当するのか明らかにされているわけではない。本章では、『今昔』が出典漢文の翻案に用いた動詞をとりあげることによって、和漢混淆文の基盤となった特徴語にどのようなものがあるのか、動詞語彙を中心に展望してみたい。

二　『今昔物語集』の高頻度語の特徴

まず、『今昔』の本朝部（巻十一〜三十一の説話）の動詞の高頻度語を取り上げ、『源氏物語』『宇治拾遺物語』『覚一本平家物語』の動詞と対照する。『今昔』以外の作品については、『日本古典対照分類語彙表』（笠間書院）のデータを利用した。『今昔』については、国立国語研究所「中納言」（日本語歴史コーパス・底本は新編日本古典文学全集本）の長単位検索を利用して本朝部（巻十一〜三十一）に見られる単純動詞と「動詞連用形＋動詞」の複合動詞を抽出した。動詞に「給ふ」（四段・下二）「奉る」「申す」「候ふ」「聞こゆ」「賜はす」などの敬語補助動詞、「く」

の接辞、「る・らる」「しむ」などの助動詞が続く例が検索されるが、これらは、単純動詞とした。

これらの資料による使用度数の上位20語を（表1）に示した。これによると、『今昔』では、「いふ（まうす）」「あり」「す」の三語の頻度が突出している。上位語の傾向は『宇治拾遺物語』や『覚一本平家物語』と類似するが、『源氏物語』は「いふ」の頻度がやや低い点に相違がある。

『今昔』の「有り」は、主要な人物の提示に「人物＋あり（て）」の形で定型的に用いられる。これは、漢文訓読文に「有り」が主格表現に用いられる用法によると指摘されている（岩波日本古典文学大系2・90頁頭注）。人物の存在提示の「（人）有り」の例は、冒頭では次のように出典に対応する例が見られる。

（例）今昔、震旦ノ隋ノ代ニ庾抱ト云フ人有ケリ。（巻九・35）

→隋有二庾抱者一（『冥報記』下・17）

物語や説話の冒頭で読者に未知の人物を提示して物語に導入する「（昔）～あり（けり）」のような「あり」の用法を金水（二〇〇六）は「初出導入文」と名付けた。このように冒頭で人物を導入する用法は抽象的であり、メノマエにあることを述べる空間存在文の用法とは異なっている。一方、この存在用法に対応する「昔有～」は、大正新脩大蔵経データベース（SAT2018）で1671例、『文淵閣四庫全書』に5314例の例が見られる。この表現が日本語で自然発生する可能性もなくはないが、漢文に数多く見られることから考えると、物語でのこの表現の創出や固定化に漢文表現の影響があることが推定される。「けり」を付して和文化したとするなら、和漢混淆的表現とも言えるであろう。さらに『今昔』では、展開部でも「人物＋あり（て）」が数多く見られる。これは冒頭用法が定型化したもので、既に導入されている人物であっても、動作主の確認のような意味合いであえて用いるのである。『今昔』の個性的文体による用法と言えよう。

（例）譬バ父母多ノ子有リ、……（子）深キ泥ニ堕入ヌ。父有テ、泥ニ入テ……（巻六・15）

（表１）『源氏』『今昔』『宇治』『平家』の動詞上位20語

例数	平家物語	例数	宇治拾遺物語	例数	今昔物語集	例数	源氏物語	順位
1857	す	1409	いふ	6551	いふ	4450	あり	1
1490	あり	1214	あり	6332	あり	3060	す	2
1073	まうす	1117	す	4645	す	2468	おもふ	3
925	さぶらふ	559	おもふ	2780	おもふ	1843	おぼす	4
728	いふ	548	みる	2606	みる	1839	みる	5
540	なる	296	なる	1529	いく	1659	きこゆ	6
479	おもふ	296	まうす	1435	きく	1228	いふ	7
440	さり	295	さぶらふ	1095	なる(成)	1124	のたまふ	8
421	みる	223	まゐる	1040	もつ(持)	1095	はべり	9
378	まゐる	217	さり	998	しる	1080	さり	10
343	のたまふ	190	とふ	816	きたる	919	なる	11
268	きこゆ	189	ゆく	772	とる	890	みゆ	12
247	とる	180	しる	696	かたりつたふ	790	まゐる	13
237	みゆ	172	とる	636	かへる	765	おぼゆ	14
227	うつ	151	ゐる	654	まうす	705	かかり	15
204	いづ	143	みゆ	576	いづ	591	しる	16
197	おぼゆ	139	きく	570	いる(入)	552	つく	17
187	きく	130	いる	554	ゐる	535	きく	18
184	およぶ	128	かへる	550	しぬ	526	ものす	19
182	しる	124	いづ	525	とふ	443	おはします	20

注）『今昔物語集』では、「しかる（而）」「よる（依）」「きはむ（極）」の例は、形式的な用法であるため表から除いた。「もつ」は「持つ」の他、形式的な「を以て」の例を含む。

↓譬如父母有二多子一。……堕二於深泥一。父入二深泥一…（『三宝感応要略録』上・7）

右の冒頭の例のように、登場人物の初出箇所で「有り」とともに「と云ふ」を用いて「と云ふ（人）有り」のような表現によって提示する類型もある。このように対象を「といふ」と客観的に捉える表現は、『竹取物語』の「竹取の翁といふものありけり」や、『土佐日記』の「男もすなる日記といふものを……」など漢文的な表現の影響を受けた初期の仮名作品にも見られるもので、『今昔』の用法もそのような漢文的発想の表現として捉えられる。特に『今昔』では、慣用化した「と云ふ」が物語の主要人物の紹介などを始め、年号・地名を提示する箇所などに類型的に用いられる。このような慣用的な「といふ」は訓点資料でカナやヲコト点で補われる例が極めて多いことに関わり、また僧侶による自作の文章においても散見する用法であるため、仏教説話集である『今昔』において特に高頻度で用いられるのであろう。また、「云ふ」は、会話引用での「云はく」が高頻度（本朝仏法部1172例、世俗部で384例）であることも顕著な特徴で、「いふ」の例数が増える原因になっている。

また、『今昔』では、李（二〇一四）が「和漢混淆語」とする「来たる」の例数が多い。「来たる」は単独動詞では816例であるが、複合動詞を含めると1217例がある。『源氏物語』で同義的な「来（く）」が171例に止まっている点からすると、このように高頻度であるのは、文体の点のみならず物語の描き方の差にもよると思われる。「来たる」は「来至る」による語であるが、『三宝感応要略録』の「来至」（中・52）から『今昔』で「来たる」（巻七・7）とする例もあり、漢語の翻訳語としての意識が強いようである。『延慶本平家物語』でも、「来（く）」14例に対し「来たる」は159例と多く見られる。人物の登場を描くのに和文語の「来（く）」でなく「来たる」を用いる点は、「云はく」とともに、和漢混淆文の目に付きやすい特徴語の一つである。なお、「来たる」は、後出の「出で来たる」等の複合動詞でも頻用されるが、この形は変体漢文的であるため、延慶本に多いが、覚一本では用いられていない。

三　漢文出典との比較から見る『今昔物語集』の語彙

『今昔』は、『平家物語』のように創作的な文章として自由に記述されるのと異なり、漢文説話を出典として書かれたものが多く含まれるため、和漢混淆文の生成の問題を考えるのには好適の資料である。ここでは漢文との関連を見るために、天竺震旦部の主要な出典である『三宝感応要略録』『冥報記』を出典とする説話を主に取り上げる（各62話、46話が該当）。その中に用いられた動詞には、出典を受け継いだ語とともに、出典と重ならず独自に使用された語がある。語によっては『今昔』撰者に独自の表現もあるであろうが、ここでは和漢混淆文の語彙として一般性があると思われる要素について、先行研究を参照しながらその概要を示すことにしたい。

次に、『三宝感応要略録』および『冥報記』の出典話について、動詞語彙の翻案状況を示す（『三宝感応要略録』は小林保治・李銘敬『日本仏教説話集の源流』（勉誠出版　二〇〇七）、『冥報記』は説話研究会編『冥報記の研究』（勉誠出版　一九九九）による）。『今昔』の本文について、これらの訓読文と比較して、次のように分類する。

①踏襲（出典と同じ動詞を『今昔』が「踏襲」する場合）
②翻案（出典と違う動詞で『今昔』が「翻案」する場合）
③補足（出典にない箇所に動詞を『今昔』が「補足」する場合）

また、出典と対応する『今昔』の動詞を次のようなカテゴリーに区分する。

○単純動詞（以下「単純」）
○複合動詞（動詞連用形＋動詞の形、以下「複合」）
○漢語サ変動詞（「す」を伴わない漢語名詞の場合を含める。以下「漢語」）

なお、比較に訓読文を用いたため、出典と動詞のカテゴリーが異なっても、動詞の表記や字訓が出典と共通する場合に同じ動詞と見なし「踏襲」とした場合がある（例：出典「驚喜す」→「驚き喜ぶ」、出典「落馬す」→「（馬より）落つ」、「蘇活す」→「活る（よみがへる）」等）。また、複合動詞の前項と後項を入れ替えただけの場合も「踏襲」とする（例：出典「悲しみ泣く」→「泣き悲しむ」）。ただし、出典が単純動詞である場合、『今昔』が複合動詞や漢語サ変を用いた場合は、漢字や字訓が共通していても変化の多いものと考え、「翻案」として処理する（例：出典「還る」→「返り来たる」、出典「属る（あたる）」→「付属す」等）。これによってまとめた例数を（表2）（表3）に示した。

表によると、いずれの出典でも、②翻案③補足の比率は高く、天竺震旦部の動詞が出典の直訳によるものばかりではないことがわかる。出典別では、『冥報記』による話で①踏襲が53％であるのに比べ、『三宝感応要略録』による話では同44％で、②③に用いる比率の方が高く、出典の表現を離れる傾向がより強く見られる。また、いずれの出典でも、複合動詞の場合においては、②③の総数が①よりも大きく上回っている。すなわち、出典の翻案に際しては、複合動詞が漢語よりも自由に駆使されていることがわかる。次節では、これを踏まえ、動詞の語彙的特徴を整理する。

（表2）『三宝感応要略録』を出典とする話

	①踏襲	②翻案	③補足
単純	1281	385	1144
複合	69	122	111
漢語	273	123	153
合計	1623	630	1408

（表3）『冥報記』を出典とする話

	①踏襲	②翻案	③補足
単純	2352	580	1401
複合	152	217	114
漢語	253	66	80
合計	2757	863	1595

四　『今昔物語集』の複合動詞の特徴

ここでは最も自由に用いられる複合動詞について、『今昔』の出典と対照して傾向を見る。

次に、出典に忠実な傾向のある『冥報記』による説話から、出典の複合動詞もしくは漢語サ変動詞を直訳した①踏襲について、2例以上の語をあげておく。

云ひ畢る（12）勘へ問ふ（3）交はり遊ぶ（3）将て行く（3）相ひ知る（2）相ひ報ず（2）相ひ見る（2）驚き歎く（2）驚き喜ぶ（2）還り去ぬ（2）来たり坐す（2）困しみ苦しむ（2）奏し畢る（2）立ち向かふ（2）泣き悲しむ（2）守り衛む（2）免し出す（2）喜び悲しぶ（2）将て去る（2）

また、②翻案で2例以上用いられた語を出典別にあげておく。

（三宝）泣き悲しむ（4）出で来たる（4）驚き怪しむ（3）持て来たる（3）将て来たる（3）請け取る（2）送り遣る（2）書き畢る（2）返り来たる（2）枯れ失す（2）造り畢る（2）歎き悲しむ（2）逃げ散る（2）見聞く（2）将て至る（2）

（冥報）語り伝ふ（14）出で来たる（6）泣き悲しむ（5）将て行く（5）放ち免す（4）見張る（4）押し得（3）驚き騒ぐ（3）将て至る（3）相ひ具す（2）云ひ合ふ（2）云ひ置く（2）云ひ尽くす（2）恐ぢ怖る（2）思ひ出づ（2）思ひ知る（2）隠し置く（2）返り来たる（2）消え失す（2）乞ひ請く（2）悟り得（2）尋ね問ふ（2）造り儲く（2）釣り係く（2）取り出づ（2）持て来たる（2）見付く（2）見返る（2）読み畢る（2）読み畢ふ（2）将て入る（2）将て返る（2）

翻案によるものでは「泣き悲しむ」「出で来たる」などがともに上位に入る。「恐ぢ怖る」とともに、これらは第七章で論じたように、和漢混淆文の特徴語として翻案に際して多く用いられたものである。

さらに、③補足の上位語をあげておく。

（三宝）語り伝ふ（56）思ひ遣る（5）泣き悲しむ（4）恐ぢ怖る（3）歎き悲しむ（2）請じ入る（2）以下略

（冥報）語り伝ふ（23）出で来たる（4）見聞く（3）持て来たる（3）泣き悲しむ（2）将て来たる（2）驚き騒ぐ（2）以下略

出典未詳話の多い本朝部で、50例以上の高頻度の複合動詞を挙げると次のようである（「中納言コーパス」による）。

語り伝ふ（696）出で来（227）出で来たる（119）思い掛く（85）泣き悲しむ（79）見付く（78）歎き悲しむ（65）聞こし召す（64）思し召す（62）見聞く（60）取り出だす（58）返り来たる（55）聞き継ぐ（55）籠もり居る（50）差し出づ（50）

本朝部は和文調とされるが、「出で来たる」「泣き悲しむ」「歎き悲しむ」などの和漢混淆文の特徴語が含まれる。

次に、複合動詞における用語の性格を整理しておく。

①踏襲には、例に挙げた語に含まれているように、「相ひ〜」「〜畢る」の構成要素を含む例が多い。これらは、漢文訓読的な語感を持つ接頭辞・接尾辞的な語であって、応用的に複合動詞を作る場合がある。なお、「畢」の用字は、本朝部では「ハツ」の用字としても使用されるようになる。これは『冥報記』で漢文訓読語「ヲハル」で訓読した字を和文語の「ハツ」の表記に応用したものである。

②翻案③補足に多い「泣き悲しむ」「出で来たる」は本朝部にも例が多い。これらは『源氏物語』に例がないが、『延慶本平家物語』にも各々12例、43例が見られ、和漢混淆文の特徴語の一つと目されるものである。「泣き悲しむ」は、出典では「悲泣」が用いられる（『三宝』2例、『冥報』2例）が、訳語としては、いずれも転倒した「泣き悲しむ」の形で固定している（なお「悲しみ泣く」は天竺震旦部4例、本朝仏法部1例）。一方、「出で来たる」の構成

要素「来たる」は、二節で見たように単純動詞でも例が多いが、複合動詞では本朝部で「来たり〜」57例「〜来たる」341例（「出で来たる」120例を含む）と多く見られる。人物の出現・到来を表す「出で来たる」は、『三宝感応要略録』と『冥報記』に踏襲の例が各1例あるが、補足（『三宝』4例、『冥報』4例）や翻案（『三宝』4例、『冥報』6例）にも用いられる。話の展開部分で出典の「有り」を「出で来たる」に翻案する例（『今昔』巻六・9、巻七・22）も見られ、人物の存在を提示する「有り」に準じる機能を持つ語と見られる。

意味の面からは、同義語・類義語の組み合わせが多い点も特徴と言える。②③にも「恐ぢ怖る」「勘へ問ふ」「尋ね問ふ」「歎き悲しむ」「放ち免す」など、漢語（連文）を翻案したものがある。青木（二〇〇五）（二〇〇六）は、『今昔』の文体について漢文をもとにした「漢文翻訳文」と規定し、「恐ぢ怖る」「泣き悲しむ」を漢文翻訳調の文体を作る用語（漢文翻訳語）とした。ただ、この語は出典の翻案や補足にも例が多く、分布上、和文体に傾く本朝世俗部にも見え（「恐ぢ怖る」13例「泣き悲しむ」12例）、翻訳文の域を超えて使用している。「おづ」は和文語「おそる」は漢文訓読語とされるが、意味の上では同義的であるため「おそれおづ」も用いられるが、巻二十以前に4例が見られるのみである。「おぢおそる」は『延慶本平家物語』でも5例が見られるが、「おそれおづ」はなく、語形が固定化している点は「泣き悲しむ」と同様である。なお、このように「恐ぢ怖る」や「泣き悲しむ」のような語形が好まれるのは、少音節＋多音節のリズムの安定性によると思われ、そこには口頭語にした際の語呂の良さも関わっていると思われる。

総じて、複合動詞の構成要素としては「来たる」の他、「将て〜」「相ひ〜」「驚き〜」「持て〜」「〜畢る」が共通して多く用いられる。「将て〜」「相ひ〜」「〜畢る」は、出典の踏襲が多いのであるが、翻案の箇所にも例が多い。翻案によって会得された語が応用的に用いられるに至ったことが推測される。読みの明らかな「相ひ〜」の分布で言えば、本朝仏法部に76例、本朝世俗部に50例が見られる。「持て〜」の構成も多いが、和文のような接頭辞的用法ではなく、実質的意味（〜を持って）で用いる。「持て〜」の形で418例見られ、そのうち「持て来たる」107例「持て行く」50例など固定的に用いられる複合動詞もある。「驚く」を含む複合動詞は、本朝部では「驚き〜」84例「〜驚く」24例が見られる。拙著（二〇一六）では、「驚き怪しむ」（『延慶本平家物語』に2例）のように前項に用いて後項の感情動詞に強調的意味を添える形式をとることが和漢混淆文の特徴であることを指摘している。

『冥報記』による場合で最も例の多い「語り伝ふ」は『冥報記』の話末の慣用句「しかいへり（尓云）」に対応する例である。『冥報記』による話では、転倒形の「伝へ語る」も2例見られ、うち1例（巻七・31）は出典の直訳例である。『冥報記』は、天竺震旦部において利用度の高い出典であるが、『今昔』の話末に慣用句「トナム語リ伝ヘタルトヤ」を用いるのは「尓云」や「伝語」などのような漢文表現の影響も考えられる（「語り伝ふ」は『源氏物語』『枕草子』にも各3例）。

このように、『三宝感応要略録』『冥報記』による用語は、『今昔』本朝部を含め作品全体にまで影響を及ぼすものが含まれ、和漢混淆文の生成過程で、漢文からの摂取された用語の影響が大きいことが窺えるのである。

五　『今昔物語集』の漢語サ変動詞の特徴

『今昔』の漢語サ変動詞について傾向を見る。（表2）（表3）によると、漢語サ変動詞は各549例・399例あるが、出典の漢語の踏襲は各273例（50％）・253例（63％）であり、翻案や補足の場合も多い。次に出典別に漢語サ変動詞の頻度の高い上位10語程を挙げ、本朝仏法部、本朝世俗部の傾向と比較しておく。

『三宝感応要略録』による説話

書写す（46）供養す（27）修す（24）受持す（24）死す（22）講ず（18）誦す（17）生ず（16）歓喜す（14）命終

す（13）信ず（11）念ず（10）

『冥報記』による説話

修す（40）死す（31）食す（25）信ず（21）読誦す（18）坐す（15）感ず（8）書写す（8）講ず（7）害す（7）謝す（7）録す（7）

『今昔』本朝仏法部（巻十一～二十）

誦す（255）読誦す（206）礼拝す（116）供養す（112）具す（101）住す（101）修す（98）往生す（91）出家す（80）念ず（77）講ず（72）

『今昔』本朝世俗部（巻二十二～三十一）

具す（155）御覧ず（36）制す（21）奏す（18）存す（17）懐妊す（15）懸想す（15）念ず（15）住す（11）感ず（10）領す（10）

使用頻度の高い語は「死す」「修す」「誦す」「信ず」「供養す」「書写す」「読誦す」などの仏教的内容の語で、踏襲のみならず翻案・補足でも多く用いられる。

本朝部世俗部の巻二十二以降になると、和文にも多く用いられる漢語サ変動詞が上位を占め、傾向が異なる。特に「具す」の頻度が高いが、この語は和文の『源氏物語』においても24例が見られる。四節で見た「相ひ～」は踏襲とともに翻案・補足に多いが、これを「具す」とともに用いた「相ひ具す」がある。これは『源氏物語』に用例がないのに対し、『今昔』では天竺震旦部31例、本朝仏法部26例、本朝世俗部8例で、偏りはあるが全巻に広く見られる。『冥報記』による話では、「相ひ具す」は②翻案に2例、③補足に2例がある。翻案の2例はいずれも「将る」の箇所である。青木（二〇〇七）によれば、この語は漢文訓読文には見出されず、『今昔』の出典の一つである『注好選』（日本漢文）や古記録類さらに『水鏡』のような漢文の翻訳文に例が見られることから、もと記録語として発生し、「漢文翻訳文」に相応しい「漢文翻訳語」として『今昔』や『水鏡』で用いられるに至ったとする。青木は、漢文訓読文での「具す」は「ある性質が身に備わる」意味であるが、『今昔』での中心的な意味は和文的な「引き連れる」「伴う」であると指摘する。「相ひ〜」も、漢文訓読文での意味（互いに）と異なって意味が希薄化しており、「相ひ〜」「具す」は各々単体では漢文訓読に関わる語でありながら、いずれも和文的な用法で結合している。このような性質によって、和文的文体にも馴染みやすく和漢混淆文の用語になったのであろう。「あひぐす」は、平安時代の和文物語には見られないが、『平家物語』では「人を引き連れる」「人に付き従う」「ものを携える」「夫婦になる・連れ添う」など多様な意味で用いられるに至り（延慶本68例、覚一本22例）、和漢混淆文の特徴的な用語として定着している。

また、上位の語では「死す」「命終す」など死に関わる語が特徴をなしている。「死す」は天竺震旦部76例、本朝仏法部13例、本朝世俗部10例と全巻に広がりを見せる。一方、「命終す」は天竺震旦部に29例見られるが、本朝部以降には例がない。本朝仏法部では訓読した「命終わる」が57例見られるが、これも本朝世俗部には例がなく偏りがある。出典との関係では『三宝感応要略録』による話の「命終す」13例中6例が出典の踏襲であることも考えると、このような分布の制約があるのは「命終す」や「命終わる」が仏教語的な語感の強い語として意識されたためと思われる。これに対し「死す」は『源氏物語』や『枕草子』（能因本）などの和文にも各1例が見られるが、『平家物語』では延慶本15例、覚一本2例などが見られる。「死す」は、硬い語感のある文章語としての性質を持ち、和語動詞「死ぬ」とともに一部の和文や和漢混淆文で広く用いられるのであろう。

六　『今昔物語集』の動詞の用法の特質

和漢混淆文における動詞では、意味において特徴的な用法を獲得している場合がある。一つは動詞の意味が極度に抽象化して「文法化」した場合であり、いま一つは漢文の意味の影響を受けた「意味借用」の場合である。

文法化した場合としては、原因理由や手段を表す「に依りて」「を以て」などの漢文訓読に関わりのある語が極めて多く見られる。また、漢文訓読に由来する可能表現として「動詞＋事を得」があり、出典に対応する例とともに対応しない箇所でも見られる（『冥報記』では、27例中、対応例は21例）。漢文訓読に由来しながら、和漢混淆文に溶け込んだ用語と言えるであろう（第十一章参照）。『源氏物語』のような和文では複合動詞の「動詞＋得」の形が13例見られるのみである。『今昔』では「動詞＋事を得」は本朝仏法部44例・本朝世俗部3例、「動詞＋得」は本朝仏法部95例・本朝世俗部79例で、「動詞＋事を得」の形の方が漢文訓読的な本朝仏法部に例が偏っている。「動詞＋事を得」は、『平家物語』でも延慶本5例、覚一本4例が見られ、次のように中国の故事を引く漢文調の箇所で限定的に用いる。次に例を示しておく（延慶本と覚一本の共通の2例は覚一本のみ示す〈第一例と第三例〉）。覚一本では、第四例のように『文選』が直接的な影響を与えた箇所の例も見られる。

（延慶）彼項羽ハ、挿公ヲ以テ、秦ヲ滅ス事ヲ得タリキ。

（『延慶本平家物語』第二末・二七「平家ノ人々駿河国ヨリ逃上事」）

（延慶）漢高祖ハ、韓信ガ軍ガ囲レテ危カリケルニ、天俄ニ霧降テ、闇ヲナシテ、高祖遁事ヲ得タリキ。

（『延慶本平家物語』第四・二五「木曽法住寺殿へ押寄事」）

（覚一）（漢高祖が治療を断った故事を踏まえ）又非業たらば、療治をくはへず共、たすかる事をうべし。

（『覚一本平家物語』巻三「医師問答」小松の大臣が使者の盛俊に伝えた会話文）

（覚一）徒に舟のうちにて老、天水茫々として求事をえざりけん蓬莱洞の有様も、かくやありけむとぞ見えし。

（『覚一本平家物語』巻七「竹生島詣」）

（覚一）金銀・珠玉をも掠めず、徒に函谷の関を守ッて、漸々にかたきをほろぼして、天下を治する事を得たりき。

（『覚一本平家物語』巻九「樋口被討罰」）

（覚一）鳥羽の南の門、つくり道・四基までひしとつゞいて、いく千万といふかずを知らず。人は顧る事をえず。

（『覚一本平家物語』巻十一「一門大路渡」『文選』一・西都賦の「九市開レ場貨別隧分、人不レ得レ顧、車不レ得レ旋」とあるのを踏まえ、身動きできない様を言う）

和漢混淆文では、『今昔物語集』『平家物語』いずれにおいても、「動詞＋事を得」は漢文訓読調の表現と意識して文体や場面に応じて導入している。

「得」は、『今昔物語集』では「病を得」（巻七・9）「罪を得」（巻七・9）のような用法でも用いるが、病になることの表現は「病を受く」が優勢である。青木（一九九二）（一九九四）は和文的な「病付く」に対して、『法華験記』などにも見える当時一般的であった漢語表現の「受病」の影響があることを指摘している。

いまひとつの場合に、ジスク（二〇一〇）（二〇一二）が述べる「意味借用」によるものがある。これは、漢文訓読の中で漢字の読みに当てられたために本来の意味を離れ、漢字のもつ抽象的な字義で用いられるようになる場合である。「〜事を得」のように文法化した場合も広義的にはこれに含まれる。次に、『三宝感応要略録』と『冥報記』の翻案の中で、出典の漢語表現に影響されて、和文とは異なる用法で用いられるに至った動詞を挙げる。

明くる（「明くる日」〈何か事のあった次の〉）

（例）明ル日ノ食時ニ至テ、三騎ノ人並ニ歩率数十人出来ヌ（『今昔』巻九・29）（『冥報記』下・12に「明日果有三

騎並歩卒数十人」とある箇所の直訳）

（例）智感暴ニ死ヌ。明ル日活テ……（『今昔』巻九・31）（『冥報記』下・25に「一夜暴死。明日而蘇」とある箇所の意訳）

至す（「心を至す」〈心を尽くす意味〉）

（例）実ノ心ヲ至シテ仏ヲ廻リ奉リテ、前世ノ悪行ヲ懺悔シテ（『今昔』巻四・38）（『三宝感応要略録』上・23に「至心懺悔」とある箇所の直訳）

（例）心ヲ至シテ懃ニ勤メ行テ、（『今昔』巻九・28）（『冥報記』下・19に「精勤苦行」とある箇所の意訳）

至る（「時に至る」〈ある時になる〉）

（例）明日ニ至テ、汝ヲ当ニ可殺キ也（『今昔』巻九・29）（『冥報記』下・12に「官追汝使明日至、汝当死也」とある箇所の直訳）

至る（「に至りては」〈ある事態に及ぶ〉）

（例）、『今昔』で「父ヲ罵シ事ニ至テハ、此レ、懺悔ノ後ノ事也」（『今昔』巻七・48）（『冥報記』下・24に「至如張目罵父」とある箇所の直訳）

得（「病を得」「罪を得」〈事態の受容〉）

（例）武徳二年ト云フ年ノ潤三月ニ身ニ重キ病ヲ得タリ（『今昔』巻七・9）（『三宝感応要略録』中・57に「武徳二年閏三月得患」とある箇所の直訳）

（例）誤用シテ罪ヲ得ル事无限シ（『今昔』巻七・9）（『三宝感応要略録』中・57に「汝互用三宝得罪無量」とある箇所の直訳）

受く（「身を受く」「病を受く」「苦を受く」「生を受く」「楽を受く」など〈抽象的な事柄の受容〉）

（例）彼ノ鹿ハ姚待ガ母也、……各業ヲ造レルガ故ニ此等ヲ身ヲ受タリ。（『今昔』巻六・45）（『三宝感応要略録』中・31に「各依業故受異身」とある箇所の直訳）

（例）皆堕テ苦ヲ受ル事无量也（『今昔』巻七・23）（『三宝感応要略録』中・65に「在中受苦」とある箇所の直訳）

発す（「心を発す」「願を発す」など〈感情の発生〉）

（例）然レバ、目ヲ閉テ、心ニ願ヲ発ス。『願クハ、経ノ義理ヲ悟テ、衆生ノ為ニ演ベ説カム』ト。（『今昔』巻七・42）（『冥報記』中・15に「因閉目、発心、願解経義、為衆演説」とある箇所の直訳。ただし、「願ヲ発ス」は、元は「心を発し、願はくは……演説せむ」の構文と解される）

追ふ（「追ひて」〈死者を追想する。「追福す」の意味借用〉）

（例）彼等ガ為ニ追テ善ヲ修セム（『今昔』巻九・25）（『冥報記』下・7に「為諸鳥追福」とある箇所の「追福」を「追テ善ヲ修ス」と意訳したもの。他にも巻九に3例同様の表現例がある）

及ぶ（「力及ばず」〈不可能〉）

（例）自ラ訴フルニ、力不及ズ（『今昔』巻九・14）（『冥報記』中・4に「无由自訴」とある箇所の意訳）

傾く（〈傾注する意味〉）

（例）家ノ財物ヲ傾ケテ、功徳ヲ修シ、門ヲ合セテ専ニ善根ヲ労ケリ（『今昔』巻七・31）（『冥報記』下・4に「傾家追福、合門練行」とある箇所の直訳。ただし『岩波日本古典文学大系　二』頭注は「傾家」「合門」が対句であることから本来「家」は「全家族」の意とするが、傾注する意味は変わらない。）

挙る（「挙りて」〈あげての意味〉）

（例）世ノ人挙テ此レヲ神母ト云フ（『今昔』巻七・3）（『三宝感応要略録』中・48に「人挙名称神母」とある箇所の直訳）

去る（「去ること〜」〈距離の程度〉）
（例）上ニ登テ先ヅ壁ノ上ヲ見レバ、地ヲ去ル事六七尺許ニ壁ノ上ニ高キ所有リ。（『今昔』巻七・26）（『冥報記』中・14に「去地六七尺有隆高」とある箇所の直訳）
進む（〈進言する味〉）
（例）司徒、進テ帝ニ申サク、「悉ク沙門ヲ殺シ、……（『今昔』巻九・38）（『冥報記』下・1に「進説殺沙門」とある箇所の直訳）
過ぐ（「日月の光にも過ぎたり」〈まさるの意味〉）
（例）此ノ光、日月ノ光ニ過タリ。（『今昔』巻七・2）（『三宝感応要略録』中・43に「過日月光明」とある箇所の直訳）
造る（「罪を造る」「福を造る」〈抽象的な事柄の形成〉）
（例）兼テ罪ヲモ福ヲモ造レルヲ（『今昔』巻九・14）（『冥報記』中・4に「兼作罪福」とある箇所の直訳）
似る（「〜に似たり」「に似ず」〈比喩的用法〉）
（例）今ニ免ルル有ヲ得タリト云ヘドモ、今、不免ヌニ似タリ（『今昔』巻九・30）（『冥報記』下・15に「云似不免」とある箇所の直訳）
臨む（「時に臨む」〈時間の接近〉）
（例）遂道弥命終ノ時ニ臨テ（『今昔』巻六・40）（『三宝感応要略録』中・24に「臨終夜」とある箇所の直訳）
経（「月を経」「一宿を経」〈時間の経過〉）
（例）其ノ後、三月ヲ経テ（『今昔』巻七・24）（『三宝感応要略録』中・66に「経三月後」とある箇所の直訳）
行く（「十里許を行く」〈距離の説明〉）

（例）官府ノ門舎有リ、十里許ヲ行クナルベシ。東西ノ街ニ可到シ（『今昔』巻七・42）（『冥報記』中・16に「可行十里許至東西町」とある箇所による）

「明くる」は、「明旦」「明日」の翻読語として「明くるあした・あくる朝」「明くる日」のような形で現在にも残るが、元は右のように漢語の直訳によって生じたのである。「あくるあした」はすでに『万葉集』巻十五・三七六九に（安久流安之多）のような例が既に用いられている。右の用法の多くは現在にも文章語的表現として残るが、漢文を直訳する中で生じていることに注意したい。右の中で「心ヲ至ス」については、片寄正義『今昔物語集の研究　上』（藝林舍）が『今昔』の指導精神を「至心」にあるとしているが、この語の「至す」にも出典の表現の影響が見られる。「力及ばず」は和漢混淆文では慣用化していた表現であり、「中納言」（日本語歴史コーパス）で平安鎌倉時代の例を検索すると、『源氏物語』1例、『今昔（本朝部）』15例『宇治拾遺物語』3例、『保元物語』13例、『平治物語』6例、『平家物語』23例、『十訓抄』7例などが用いられている。「病を得」「罪を得」等の「得」は本書第十一章に述べるが、『源氏物語』などをはじめとする和文にも「罪得方」（「得罪」になるような類い）のように日常化したと見える表現もあり、平安時代の貴族にも漢文的表現として広く知られた用法であったらしい。右に『今昔』から挙げた諸語の用法は、ほとんどが出典の直訳により発生しており、その意味では受動的な使用と言えるが、これらが訓読調を含む和文や和漢混淆文の要素として定着し、それが現代にも文章語的表現として伝承された用法も多い。一方、この中には、「追ひて」のように直訳した結果、語義がわかりにくくなった例もある。また、「傾く」のように出典の誤訳と思われる例もあり、出典の表現を受動的に受け入れる『今昔』の態度が窺える。「傾く」（下二段活用）は『日本国語大辞典（第二版）』では「ある物事に、力や精神などを集中させる」という意味で近代の『和英語林集成』の例を挙げているが、『今昔』の例は大きく時代が遡る。このような直訳による例は偶然に生じた可能性もあるが、現在でも残る「注意を傾ける」のように「傾注する」の意味用法でもちいるきっかけが、このような漢文の翻案の場にあったことを暗示しているように思われる。

七　まとめ

以上、『今昔』の動詞を取り上げ、頻度、語形、用法などの面から、撰者が漢文の翻案に積極的に用いた語彙について概観した。次に和漢混淆文の特徴となる語彙・表現について整理しておく。

(1)「(人)有り」(存在)、「云はく」(引用)、「と云ふ」(解説)、「(人)来たる」(到来)などの基礎的な語が固定的な用法で高頻度に用いられる。特に「云はく」「来たる」が和漢混淆文では特徴語となろう。

(2)「泣き悲しむ」「出で来たる」「恐ぢ怖る」などをはじめ、漢語と関わりのある複合動詞(特に同義的結合の複合動詞)の翻読語が特定の語形で固定的に用いられる。

(3)「相ひ〜」「驚き〜」「持て〜」「将て〜」「〜来たる」「〜畢る」などのように、漢語の翻訳によって生じた造語力のある複合動詞の構成要素が多く用いられる。「畢」字は「ハツ」にも用いるなど、用字にも影響した。

(4)「死す」のような硬い文章語として一般化したと思われる漢語サ変動詞や、「相ひ具す」のような意味用法が和文的であったり、語形に特徴のある漢語サ変動詞が見られる。

(5)「に依りて」「を以て」「事を得」など、動詞が抽象化・文法化した語が高頻度で用いられる。

(6)「明くる」「致す」「得」「受く」など、漢語の意味を借用し和文では用いない用法の語が多く見られる。

和漢混淆文が、作品間に混淆の程度の差はあれ一つの類型的文体として存在するなら、言語的基盤となる要素が存在するはずで、漢文訓読に関わりのあるこれらの諸特徴は一つの指標になるであろう。特に、翻案・補足に多く用いる複合動詞の中には和漢混淆文特有語的なもの(「泣き悲しむ」「恐ぢ怖る」「相ひ具す」や「驚き+感情動詞」等)

も含まれていることが注目される。『今昔』では、これらを巻二十二以降の和文調の巻にも用い、本集全体に和漢混淆文の性質を与えている。撰者は編纂にあたり幅広い出典の文体・表現に対応するため、これらを和文的な説話においても利用したのである。これらの特徴は、『平家物語』や、『打聞集』、『金沢文庫本仏教説話集』、『法華百座聞書抄』、『発心集』、『沙石集』など、院政鎌倉期の仏教説話集の類にも幅広く見られる。『今昔』の成立以前にも、和漢混淆文の基底をなす要素としてすでに定着しつつあったのであろう。

参考文献

青木毅（一九九二）「いわゆる「出典に左右される文体」を通して観た『今昔物語集』撰者の文体志向―〝発病〟を表す動詞句「病ヲ受ク」「病付ク」の分布の偏りが意味するもの―」（『国文学攷』134）
青木毅（一九九四）「『今昔物語集』撰者の用語選択に関する一考察―〝発病〟を表す動詞句の改変をめぐって―」（奥津春雄編『日本文学・語学論攷』翰林書房）
青木毅（二〇〇五）「『今昔物語集』における「オヂオソル」の文体的性格について―『水鏡』との比較を通して」（『訓点語と訓点資料』114）
青木毅（二〇〇六）「平安時代における漢文翻訳語「ナキカナシム（泣悲）」について」（『国語学論集』（小林芳規博士喜寿記念）　汲古書院）
青木毅（二〇〇七）「『今昔物語集』における「アヒグス（相具）」の文体的性格について」（『国文学攷』194）
遠藤好英（一九六七）「今昔物語集における助動詞「り」について―その文章史的一考察―」（『国語学研究』7）
遠藤好英（一九六九）「今昔物語集の文章の性格と史的位置―会話の引用の～様形式の考察を中心に―」（『訓点語と訓点資料』40）
春日和男（一九五九）「ゴトシといふ語の形態と位相」（『文芸と思想』18）
春日政治（一九八三）『国語文体発達史序説』（勉誠社）

木田章義（二〇一三）「第七章　文体史」（木田章義編『国語史を学ぶ人のために』世界思想社）
金水敏（二〇〇六）『日本語存在表現の歴史』（ひつじ書房）
小久保崇明（一九八〇）「『今昔物語集』の語法「只今、命終リナムトス」考―「命終ル」の発生と、その位相について―」（『日本大学文理学部三島研究年報』28）
佐藤喜代治（一九六六）『日本文章史の研究』（明治書院）
ジスク・マシュー（二〇一〇）「意味の上の漢文訓読語―和語「あらはす」に対する漢字「著」の意味的影響」（『訓点語と訓点資料』125）
ジスク・マシュー（二〇一二）「啓蒙表現における漢字を媒介とした意味借用―和語「あかす」の意味変化過程における「明」字の影響」（『国語文字史の研究』13　和泉書院）
高橋敬一（一九九二）「今昔物語集における漢語サ変動詞「死す」の用法」（『国語国文学研究』28）
原栄一（一九八九）「陳述副詞「まさに」の代替語「すでに」について」（『金沢女子大学紀要（文学部）』3）
原栄一（一九九〇）「副詞「さだめて」は訓読語か」（『金沢女子大学紀要（文学部）』4）
舩城俊太郎（二〇一一）『院政時代文章様式史論考』（勉誠出版）
山口仲美（一九六九）「今昔物語集の文体に関する一考察―「事无限シ」をめぐって」（『国語学』79）
山口佳紀（一九六四）「今昔物語集の漢文訓読体と和文体―夢の引用形式をめぐって―」（『国語研究室〈東京大学国語研究室〉』3）
山口佳紀（一九六六）「今昔物語集の文体基調について―「由（ヨシ）」の用法を通して―」（『国語学』67）
山本真吾（一九八八）「今昔物語集に於ける「速ニ」の用法について」（『鎌倉時代語研究』11）
李長波（二〇一四）「『今昔物語集』の比較文体史的考察―訓点語「来タル」と翻訳話を中心に―」（『類型学研究』4）
拙著（二〇〇三）『今昔物語集の表現形成』（和泉書院）
拙著（二〇一六）『院政鎌倉期説話の文章文体研究』（和泉書院）

第十章　「べし」の否定形式の主観的用法
――「否定推量」の発生と定着――

一　「べし」の否定形式の問題点

助動詞「べし」は、多様な意味を持つ点とともに、各意味に対応する否定表現を多く持つ点において、特徴のある助動詞である。「べし」の否定表現として「まじ」「べからず」についてはつとに大野（一九五六）や小林（一九七七a）（一九七七b）の研究がある。小林によると、『今昔物語集』の「まじ」は特に本朝世俗部に例が多く、否定推量を中心に否定意志や禁止・不適当の用法で用いていると言う。一方、「べからず」は「不可」による漢文訓読語であるため漢文訓読語の影響がある『今昔物語集』で多く見られ、特に天竺震旦部で「べからず」を否定推量の意味で広く用いていることを指摘している。漢文訓読から生じた「べからず」の形に否定推量の用法が生じたのは、「まじ」等の和文に用いる否定形式の意味用法が「べからず」に影響を与えた可能性を示唆しており注目される。

ところが、「まじ」は会話文に偏って用いられる口頭語的な語であり、地の文にも用いられ文章語的な面を持つ「べからず」とは文体位相の異なる面があるため、一概に比較できない面がある。そこで本章では、地の文にも多く見られる「べし」の否定形式として「べくもあらず」「べきに（も）あらず」「べきならず」を取り上げ、「べからず」と対照し検討することにする。これらはいずれも「べし」を「あら・ず」で否定する形式であり、地の文にも用いる点で共通する。これらの形式については、大野・小林の後にも高山（一九九五）・川村（一九九六）・田中（一九九七）等の論があるが、本章はこれを承け、和漢混淆文における「否定推量」用法の発生と定着について論じる。

二　「べし」の否定形式の主観性

「べし」の意味区分については諸説がある。個々の意味分類の検討は措き、ここでは「べし」および「べし」の否定形式の意味に含まれる主観性についてこれまでの先行研究を踏まえて検討しておきたい。

「べし」の主観的意味については、中西（一九六九）北原（一九八一）で、客観性の高い意味（当然・可能など）と主観性の高い意味（推量・意志など）に分けられるとする論が見られる。一方、「べし」の推量などの主観的意味は限定的なものと見る論がある。堀口（一九七九）は、「べし」の意味を上接する動詞の性質により「成立相（様相・事情）」「推量」（上接動詞は「自然の動き」）、「適合・可能」（上接動詞は「意志的な動き」）、「適当・義務」「命令・決意」（いずれも上接動詞は「当為の動き」）に分類し、「推量」や「命令・決意」のような意味は、上接動詞の意味に関わりつつ、特に終止用法に用いられた場合に「付き添う」ものであるとしている。これによるなら、「べし」の本来の用法は「様相」「可能」「適当」などの客観的意味であり、「推量」「命令」「決意」などの主観的意味は終止用法に限定される用法ということになる。堀口は終止用法において推量の意味が付き添う理由について、「咲わたるべし」（『万葉集』5・八三〇）を例に、終止用法では「咲キワタルトイウ事態ガ確実ニ成立シソウダト断定スル」ということが、「咲キワタルトイウ事態ガ成立スルト推測スル」ということに結び付くからであるとしている。「べし」の主観的意味は、北原（一九八一）が述べたように「連体なり」に下接する場合にも現れる。北原は助動詞の承接順序と意味の関連に着目し、「連体なり」に上接する助動詞を客観的な意味を持つ助動詞であり、下接する助動詞を主観的な意味を持つ助動詞とした。この論によると、「連体なり」に上接する「べきなり」では「べき」は「当然」「可能」等の意味に、下接する「なるべし」では「べし」は「推量」の意味になり、「べし」は主観的意味と客観的意味と両方にまたがる用法を持つことになる。

（1）「……日ごろも、またあひ見たまふまじきことを聞こえ知らせつれば、今はましてかたみに御心とどめたまふまじき御心づかひをならひたまふべきなり（気持チニオナリニナルベキデアル）」とのみ聞こゆ。　（『源氏物語』椎本）

（2）宿直申しの声聞ゆるは、丑になりぬるなるべし（ナッタノデアロウ）。　（『源氏物語』桐壺）

（3）少納言の乳母とぞ人言ふめるは、この子の後見なるべし（世話役ナノデアロウ）。　（『源氏物語』若紫）

（1）は、話主の阿闍梨の判断として、八の宮が今そうあるべき状況にあるということを述べる文であるのに対し、（2）は、宿直の声が聞こえたことをもとに時刻を推量する例である。（3）は動詞に続く「連体なり」ではなく体言接続の例であるが、堀口（一九七九）高山（一九九六）が述べるように、「なるべし」の形式では、体言や準体言的な内容を受ける「なり（断定）」の場合でも、その事態に対する話者（ここでは垣間見する源氏の視点に重ねる）の主観が現れ「推量」の意味になるのが一般である。高山（一九九六）は、例の多い客観的意味を中心的な用法と見て、「べし」そのものが推量の意味になるのではなく、「なむよかるべき」「なるべし」「ざるべし」等に含まれる「あるべし」が推量を表すという見通しを述べ、「なるべし」の複合辞化にも言及している。（2）（3）のような「なり」に「べし」の下接する例が主観的意味となるのは、終止形を採ることとも関わりつつ、断定の「なり」に下接することで推量用法を明示する形態が作られているためと解することができよう。

高山の言うように、断定の助動詞「なり」（広く言えば形式動詞「あり」）に「べし」が下接すると主観的意味になるという現象は、「べし」の否定形式においても見られる。「べし」の否定形式の中で、「べからず」には、「なるべからず」の終止形で主観的な「推量」の意味と判断できる場合がある。これは中古には例がないが、次のように中世の和漢混淆文に見られる。

（4）道者は、内外を論ぜず、明暗を択ばず、仏制を心に存じて、人見ず、知らざれども、悪事を行ずべからざるなり（行ウベキデハナイ）。（『正法眼蔵随聞記』二ノ一四）

（5）貧賤の時、仕へ随へる女。富み栄えてのち、去るべからざるなり（離別スルベキデハナイ）。（『十訓抄』中・五ノ八）

（6）弥陀の本願、実におはしまさば、釈尊の説教、虚言なるべからず（虚言デアルハズガナイダロウ）。（『歎異抄』一ノ三）

（7）「……今汝が所望達せば、山門いきどほツて、世上しづかなるべからず（静カデアルハズガナカロウ）」とて、御ゆるされもなかりき。（『平家物語』三・頼豪）

（4）（5）の「べからざるなり」は、ある行為を行わないことの必然性を述べた表現である。これに対し、（6）（7）の「なるべからず」は、「なる」が体言や形容動詞語幹につく例ではあるが、（3）の「なるべし」の場合と同様「なる」に続く形で主観的意味が現れ、事態が成立しないことを推量していると解することができる（波線は推量判断を帰結句とする仮定条件を示す。以下同じ）。

堀口の論では「べし」の意味を「成立相（様相・事情）」「適合・可能」「適当・義務」を基本義と見て、特に終止法において「推量」「命令・決意」などの主観的意味を認めている。「べし」の否定形式においても、基本義の否定にあたる意味の他に、特に終止形ではより主観性の強い「否定推量」「否定意志」「禁止」の意味が見られる。次に、中古の物語から「べからず」の他、「べくもあらず」「べきに（も）あらず」「べきならず」の例を挙げ、各意味の特徴を記述しておきたい。調査に用いた作品は原則として『新編日本古典文学全集』によるが、「否定推量」用法を中心に考察するため、扱う対象は、この用法が現れる終止形の例に絞る。[1] 括弧内には可能な訳語を示した。

①「必然否定」（〜べきではない・〜はずがない・〜しそうにもない・〜する必要がない）

（8）……かかる御世に逢ひて、空しく過ぐすべからず（過ゴスベキデハナイ）と見えて、劣らじ負けじとその方を勧めおこなふ。（『栄華物語』一五）

（9）横たはれ広ごりたる松の木の陰にて、人見つくべくもあらず（見ツケルコトモナサソウナ様子デアル）。（『夜の寝覚』一）

（10）「中宮におきたてまつりては、東宮おはしませば、申すべきにあらず（申シ上ゲル必要ハナイ）。……」（『夜の寝覚』五）

「必然否定」は、ある事態についてあれこれ仮想をし、事態が成立しないことの必然性を述べる用法である。仮想というのは、するべきかしないでよいかというような二者択一的な選択であることが多いであろう。例えば（8）では、道長の仏教奨励の（かかる御世）の中で僧侶達はどんな態度で過ごせばよいかあれこれ考えたときに当然「空しく過ごすべきではない」と考えるという意味である。ある事態の成立の必然性（べき・べく）を否定する（あらず）ことは、事態が成立しないことの必然性を肯定することでもあるから、これを「空しく過ごさないでいるべきだ」とも言い換えられる。つまり、形式上は否定文であっても、必然性を単に否定するのではなく、むしろ「事態の不成立の必然性」（〜しないでいるべき状況である）を表す文を作っている。「必然否定」の細分類としては、（8）のような「当然・義務否定」の他に、（9）のような「無兆候」（〜シソウニナイ→〜シナサソウダ）、（10）のような「不必要」（〜スル必要ガナイ→〜シナクテヨイ）などもあるが、これらは事態の必要や成立の有無（実現するか否か、必要があるか否か）を仮想した上で、事態の不成立を必然のこととして述べる点では共通すると考え、これらを包括して「必然否定」としてまとめることにする。

②「不可能」（～できない）

(11) 無見頂の頭より、千輻輪の足まで具へたまへる相好、申しつくすべからず（申シツクスコトガデキナイ）。（『栄華物語』一七）

(12) 道交ひにてだに、人か何ぞとだに御覧じわくべくもあらず（オ見分ケニナレナイ）。（『源氏物語』明石）

(13)「……人の悪しとも言ふべきにあらず（言エルコトデハナイ）。……」（『夜の寝覚』二）

「不可能」は、①のような仮想された事態について判断するのでなく、ある場面で現実的に行おうとする動作が実現不可能な状態にあることを表す。「主体にその能力がないこと」（→(12)）「状況によって許されない状態にあること」（→(11)(13)）等の意味を表す。

③「否定推量」（～ないだろう・～はずがない・～ないはずだ・～まい）

(14) 数ならぬ身のいささかのことせむに、神も見入れ数まへにたまふべきにもあらず（数ニ入レテクダサルハズガナイ）。（『源氏物語』澪標）

(15)「出家したるか。さるにてもただ今は都のうちを離るべきにあらず（離レテイナイハズダ）。よくよくあされあされ」（『栄華物語』八）

(16)「……うち垂髪にて都のうちにありとも、我が身はなにの頼もしげあるべきにもあらずは（アルハズガナイ）」。（『夜の寝覚』五）

①が仮想された事態の不成立に必然性の判断を加えるものであるのに対し、「否定推量」は、仮想される事態の不成立を強く推量する用法である。なお、(14)は心話文の例である。用法の詳細は次節で述べることにする。

④「否定意志」（～つもりはない・～ないつもりだ・～まい）

(17)「けしうはあらぬ者どもなめるに、衛門が導きなれば、足らはぬことありとも、言ふべきにあらず（言ワナイツモリダ）」とうちのたまへば、……（『落窪物語』三）

(18)「……いかなることなりとも、思しおきてん筋をば制しきこゆべきにもあらず（邪魔シナイツモリダ）。……」（『狭衣物語』二）

(19)「題はこと心求むべきならず（探サヌコトニシヨウ）。ただこの間近く見ゆることをこそは」とて、……（『栄華物語』三二）

「否定意志」は会話文や心話文の中で主体の心的態度として、その行為を実行しない意志を述べる用法である。

⑤ **「禁止」**（〜するな）

(20) 職員令に、「太政大臣にはおぼろけの人はなすべからず（任ジテハナラヌ）。その人なくは、ただにおけるべし」（『大鏡』天）

「禁止」は、①のような事態の必然性を否定する内容に加え、聞き手・読み手に対する行動の規制を直接的に求める心的態度が加わった用法である。

三　「べし」の否定形式の推量用法

ここで、③の「否定推量」に注目する。この用法について大辞典類の「べからず」の項目を参照しても、『小学館古語大辞典』では「当然の否定」「不可能」「禁止」を、『日本国語大辞典（第二版）』でも「禁止」「しない意志」「事態の起こらない予定」「不可能」をあげるのみで「否定推量」にあげていない。(2) 先行研究の記述では、中古の「べシ」の否定形式を検討した高山（一九九五）・川村（一九九六）や、中世の「べからず」等の形式を検討した小林（一九七七a）・田中（一九九七）があるが、小林と田中の論では「否定推量」を一用法として記述している。[3] 筆者は、中世の文献に「否定推量」と解せる「べからず」があるのみならず、遡って中古の「べからず」や「べきに（も）あらず」などの形式にも「否定推量」に解釈できる用例が少なからず見られることを主張する。本節では、特に「べきに（も）あらず」の「否定推量」の用法について、「必然否定」との関連を検討する。

肯定の「べし」が主観的な意味を生じる要因については、モダリティの観点から論じた大鹿（一九九九）（二〇〇四）がある。大鹿は、「べし」が本来持つ「必然性」や「可能性」の様相的意味の中には、作用的意味が「未分化」なまま含まれているとする。その上で、「ある事態が内在する状態」を表す「べし」の様相的意味は、終止形で言い切る場合「ある事態が現実に起こることは可能である／必然である、と把握する（述べる）」という作用的意味に「変質」し、「内在する事態の表現が現実に現れる可能性の把握になる」としている。大鹿は「べし」の作用的意味を「推量」と見ず、終止形で言い切ることによって生じる叙想法（「必然性判断」「可能性判断」）のモダリティと捉えている。作用的意味は終止形に限るとする点では、「推量」を終止用法に「付き添う」とした堀口（一九七九）の見方に近いが、「べし」の作用的意味を「必然性判断」と見るか「推量（判断）」と見るかで見解が分かれる。

この点は「べし」の否定形式（終止形）においても問題となる。筆者はこの点について、前節の否定形式の意味区分で①「（事態の不成立の）必然性」と③「（事態の不成立の）推量」の両用法を認めた。「必然性判断」と「推量（判断）」は、ともに言い切りで現れるが、地の文にも用いる「必然否定」は客観的な状況描写の面を持つ（～しないでいるべき状況である）のに対し、ほぼ会話文専用の「否定推量」はより主観的である。両者の差は、後述のように、主体の事態の認知のあり方から、既知の事態のあり方を判断する「必然性」と、未知の事態について推論する「推量」の違いと考える。「べし」の否定形式（終止用法）では、「必然否定（事態の不成立の必然性）」を判断する文になるが、さらに主観化した「否定推量（事態の不成立の推量）」判断になる場合もあるということである。以下、この点について述べる。

「べし」の否定形式の意味を記述する際には、各否定形式の機能差を考慮しておく必要がある。「べき」が「連体なり」に上接する「べきならず」の形では、北原（一九八一）の論じたように「べき」は客観的（様相的）意味になる。したがって「否定推量」になりやすいのは「べきならず」（融合形）ではなく、「べきに（も）あらず」（分離形）ということになる。融合形と分離形の用法を『源氏物語』で見ておくと、文中の条件用法は「べきならねば」9例「べきにもあらねば」4例「べきにもあらねど」3例「べきならねど」2例「べきにあらねば」1例「べきにあらねど」1例で、融合形の「べきならね」が優勢である。一方、文中の連体用法は分離形の「べきにもあらぬ」15例が専用され、文末の終止用法でも「べきにもあらず」16例が専用される。大鹿（一九九九）は「べし」の作用的意味は終止形と連体形に現れるとしたが、[4]「べし」の否定形式でも分離形がこれらの活用形で専用されている。このため、融合形の否定形式の意味は客観的なものにとどまるが、分離形の否定形式は終止用法において「事態の不成立の必然性」の意味から「事態の不成立の推量」の意味へ転じる契機を持つのである。なお、分離形で多く「も」が挿入されるのは、どう考えてもそうはならないだろうという強調的な判断形式を作りつつ、分離形を慣用的に保つ役割をもはたしていると考えられる。

「べきに（も）あらず」のように、否定文の形式を取りながら主観性を持つに至った表現は、現代語にも「はずがない」「そうにない」などがあり、[5]①③の訳語としてもしばしば用いられる。「はずがない」については、松木（一九九四）が「はず」によって表わされた心的態度を否定する表現ではなく、表現全体によって心的態度を表すとしている。松木は、「プロのカメラマンなら、絶対に〝逃がす〟はずがない」の「はずがない」は「逃がす」を推論の対象とし、「プロのカメラマンなら」という条件のもと「はずがない」という「現時点での推論を行ったことになる」とする。この場合、逃がしたか否かは認知できない状態であり、仮定的な条件をもとにその事態の不成立を強く推量している。一方、篠崎（一九八一）が「推量」と区別して立てる「道理」用法あるいは高橋（一九七五）の言う「さとり」用法の「これじゃ落ち着いて勉強できるはずがない。ひどい騒音だもの」（松木の挙例）のような例は、否定的事態が成立していることをすでに認知している立場から、その否定的事態の必然性を強調する用法である。このように、現代語の「はずがない」には、事態の認知の差によって、既知の事態の不成立が必然的であることを述べる用法と、未知の事態の不成立を強く推量する用法とが区別される。

現代語の「はずがない」と同様に、「べし」の否定形式の「必然否定」と「否定推量」にも、否定的事態に対する認知のあり方に相違が指摘できる。「必然否定」では、(10)や後出の(29)(31)(32)のように会話文や心話文で人物の判断を表す例もあるが、(8)(9)や後出の(21)(28)のように、地の文で状況や人物の心理をよく知る、いわゆる全知の語り手の立場から判断を述べる例も多い。一方、(14)(15)(16)や後出の(23)(25)(27)(30)のような「否定推量」では、ほとんど会話文や心話文で人物の判断を表すが、人物の立場からは事実はあくまで知らないままである。すなわち、「必然否定」は、事態をよく認知している立場から事態の不成立の必然性を叙述する。一方、「否定推量」は、事態をよく認知しない立場から事態の不成立を推論するのである。

このような「必然否定」と「否定推量」の性格の違いは、構文的特徴にも反映している。「否定推量」は未知の事態を推量する表現であり、文全体が仮想性を帯びやすい。そのため、(14)〜(16)のように仮定条件を承け「もし〜ならば、〜ないはずである」「たとえ〜ても、ないはずである」のような未知の事柄を仮定し推量する文に用いる。(14)の『源氏物語』は「身分の低いものが何をしようと」、(15)の『栄華物語』は「さほど時間がたっていない今なら」、(16)の『夜の寝覚』は「髪を長く垂れて都の中に暮らしたとしても」を仮定条件とした推量判断である（その他、「否定推量」の例の仮定条件に相当する箇所にすべて波線を付した）。これに対し、「必然否定」では、既知の事態を承けてある事態の不成立の必然性を述べるため、(10)や後出の(28)(32)のように確定条件を承け

「〜だから、〜必要はない・べきではない」「〜であるが、〜べきではない」のような構文を採るのが一般的である。(6)

なお、ここでは「否定意志」用法については多く触れられなかったが、『日本国語大辞典（第二版）』は「べからず」に「しない意志」の意を認めており、「べきに（も）あらず」の形式でも（17）（18）のように「否定意志」（〜しないつもりだ）に相当する用法が見られる。これに漢文由来の「べからず」の「禁止」用法を加えると、「べし」の「推量」「意志」「命令」などの用法に対応し、否定形式にも「否定推量」④「否定意志」⑤「禁止」などの主観的な用法が存在していたと言えることになる。一方、「否定推量」用法の専用形式としては「ざるべし」もある。これは漢文訓読と関わることもあり中古の日記・物語での例は少ないが、多義的な「べし」の否定形式に対し「否定推量」のみを表す表現として和文にも導入されたものであろう。(7)

四　中古の「べし」の否定形式

前節で見た「べし」の否定形式の意味用法は、中古の物語ではどのような形式で用いられているであろうか。本節では、中古の作り物語に見られる用例を抽出し、「べくもあらず」「べきにあらず」「べきならず」「べきにもあらず」「べからず」の5形式に分けてその意味用法の特徴を検討する。取り上げるのは、『竹取物語』『伊勢物語』『大和物語』『落窪物語』『源氏物語』『浜松中納言物語』『夜の寝覚』『狭衣物語』『栄華物語』『大鏡』『住吉物語』の11作品である。(8)（表1）に意味用法と表現形式についてまとめた。

5つの形式の中で、「べくもあらず」だけは主観的な用法と判断できる例が見られない点に特徴がある。また、この形は必ず「も」を伴う点や、『大和物語』『夜の寝覚』『狭衣物語』に「べくもなし」が各1例見られる点など、形式面にも特徴がある。(9)「べくもあらず」は、ほとんどが地の文の使用例であり（『源氏物語』で39例中36例は地の文

（表1）中古物語の「べし」の否定形式

	竹取	伊勢	大和	落窪	源氏	浜松	寝覚	狭衣	栄華	大鏡	住吉	合計
べくもあらず･必然否定	4	1	0	3	17	7	27	2	3	0	0	64
べくもあらず･不可能	1	0	2	2	22	1	10	2	13	0	0	53
べくもあらず･否定推量	0	0	0	0	0	0	0	0	0	0	0	0
べくもあらず･否定意志	0	0	0	0	0	0	0	0	0	0	0	0
べくもあらず･禁止	0	0	0	0	0	0	0	0	0	0	0	0
べきにあらず･必然否定	0	0	0	3	0	3	2	1	17	2	0	28
べきにあらず･不可能	0	0	0	1	0	0	3	0	8	0	0	12
べきにあらず･否定推量	0	0	0	1	0	1	5	0	4	1	0	12
べきにあらず･否定意志	0	0	0	1	0	0	0	0	0	0	0	1
べきにあらず･禁止	0	0	0	0	0	0	0	0	0	0	0	0
べきならず･必然否定	0	0	0	0	0	4	0	5	1	7	0	17
べきならず･不可能	0	0	0	1	0	0	0	0	2	2	0	5
べきならず･否定推量	0	0	0	0	0	0	0	0	0	3	0	3
べきならず･否定意志	0	0	0	0	0	0	0	0	1	0	0	1
べきならず･禁止	0	0	0	0	0	0	0	0	0	0	0	0
べきにもあらず･必然否定	0	0	2	5	3	4	10	5	12	0	0	41
べきにもあらず･不可能	0	0	0	0	3	2	2	1	14	0	1	23
べきにもあらず･否定推量	0	0	0	0	6	0	2	0	3	0	0	11
べきにもあらず･否定意志	0	0	0	0	4	0	0	2	0	1	0	7
べきにもあらず･禁止	0	0	0	0	0	0	0	0	0	0	0	0
べからず･必然否定	1	0	0	2	1	1	0	0	2	1	0	8
べからず･不可能	0	0	0	0	0	0	0	0	2	0	0	2
べからず･否定推量	0	0	0	1	0	0	0	0	0	0	0	1
べからず･否定意志	0	0	0	0	0	0	0	0	0	0	0	0
べからず･禁止	0	0	0	0	0	0	0	0	0	1	3	4

の例)、次のように語り手の立場から強調的に場面状況を描写する例が多い。『竹取物語』『伊勢物語』など中古初期の物語から見え、漢文訓読語「べからず」に対する和文的表現として「必然否定」「不可能」に用いたと思われる。

(21) (必然否定) さるは、いとあさましうめづらかなるまで写し取りたまへるさま、違ふべくもあらず (紛レルハズモナイ)。　(『源氏物語』紅葉賀)

(22) (不可能) 諸大夫の女などは数へつくすべくもあらず (数エ尽クスコトモデキナイ)。　(『栄華物語』三六)

これらの特徴は、この形式が必然性や可能性が否定される状況にあることを述べた状況描写文を作るものであることを示していよう。「べくもあらず」の意味は「必然否定」の方がやや優勢 (総計で「必然否定」64例「不可能」53例) であるが、『源氏物語』や『栄華物語』などでは「不可能」の意味で多く用いられている。

中古中期の物語から用例の増える「べきにあらず」「べきならず」「べきにもあらず」の3形式には、いずれも主観的な用法の例が見られ、「べくもあらず」と異なる傾向が見られる。3形式では、『落窪物語』『大鏡』以外の全ての作品で、「べきにもあらず」が「べきにあらず」「べきならず」よりも用例数が多く見られる。使用箇所も会話文の例が多く見られ、『源氏物語』の「べきにもあらず」16例中では、会話文の例は14例、地の文は2例 (その中の1例は草子地の例) で、「べくもあらず」と対照的である。

長徳・長保 (一〇〇〇前後) 以前成立とされる『落窪物語』には、「べきにあらず」に主観的用法の「否定推量」「否定意志」と解せる古い例がある。

(23) 帯刀、衛門にあひて、「さらにな思ひ疑ひそ。この世には御心憂かるべきにあらず (辛イハズガナイ)」と、……　(『落窪物語』二)

(24) 「けしうはあらぬ者どもなめるに、衛門が導きなれば、足らはぬことありとも、言ふべきにあらず (言ワナ

イツモリダ）」（『落窪物語』三）

『源氏物語』では、「べきにあらず」「べきならず」の形が全く見られず、もっぱら「べきにもあらず」を用いている点が特徴的である。意味用法でも主観的な「否定推量」がもっとも多く見られ、慣用的表現として用いられていたことが窺える。「べきにもあらず」は、『源氏物語』以降、『狭衣物語』『栄華物語』などでも多く見られる。一方、(27)『夜の寝覚』のように、「べきにあらず」を「否定推量」に多く用いている作品も見られる。

(25)（否定推量）「……かの六条の大臣は、げに、さりとももの心得て、うしろやすき方はこよなかりなむを、方々にあまたものせらるべき人々を知るべきにもあらずかし（気ニスルコトモアルマイ）。……」（『源氏物語』若菜上）

(26)（否定意志）もはら、さやうのほとりばみたらむふるまひすべきにもあらず（シタクナイ）、となむのたまひつる。（『源氏物語』東屋）

(27)（否定推量）「……おのづからなり上りなむ。大納言の北の方は、ただ今の定めにては、うしろめたかるべきにあらず（気ガカリナコトモナイダロウ）。まことにすぐれて深き御心おはせずとも、おはしつきなむ。……」（二重線は隣接する他の推量表現、以下同じ）（『夜の寝覚』二）

主観的意味ではない場合では、概ね「不可能」よりも「必然否定」の例の方が優勢で、『栄華物語』では「べくもあらず」が「不可能」（→(22)）、「べきにあらず」が「必然否定」（→(28)）という使い分けの傾向も現れている。また、主観的意味では、(27)や後出(45)のように、他の推量表現が前後に並立する例も見られる。

(28)（必然否定）何ごとも女房のなりなども、人々そこらもて参り集れば、善悪を人の聞ゆべきにあらず（申シ上ゲルベキデハナイ）。（『栄華物語』四）

「べきならず」は、平安後期に向けて増加している。本来は「必然否定」になりやすい語形であるが、「べきに

（も）あらず」の用法が成熟したのを背景に簡略形として増加したのであろう。『狭衣物語』『大鏡』では「べきにあらず」の例数を凌ぎ、意味も「必然否定」を中心にしつつ、主観的な用法も見られる。特に『大鏡』では「べくもあらず」が用いられず、「べきにもあらず」も少なく、「べきならず」の用例に大きく偏っている。(10)

（29）（必然否定）「……今日、この御寺のむねとそれを授けたまふ講の庭にしもまゐりて、あやまち申すべきならず（戒ヲ破ルワケガナイ）。……」（『大鏡』人）

（30）（否定推量）「まことにさもおはしますものならば、片時も後れ申すべきならず（後レルハズガナイ）。……」（『大鏡』道長）

以上の形式に対し、「べからず」は「不可」の訓読に基づいており、用法も漢文の用法に対応して「必然否定」「不可能」の他「禁止」の用法がある。「必然否定」や「不可能」の用法は和文に見える否定用法とも対応し、和文と漢文訓読文の文体の差に基づく対立語形となっている。最も古い例は『竹取物語』のくらもちの皇子の例で、『源氏物語』にも僧都の詞の例が知られている。会話部分では和文的な否定形式が用いられる中で漢文訓読語的な表現を役割語的に使用しているものと推測される。

（31）（必然否定）この皇子、「今さへ、なにかといふべからず（言ウベキデハナイ）」といふままに、縁に這ひのぼりたまひぬ。（『竹取物語』蓬萊の玉の枝）

（32）（必然否定）「人の命久しかるまじきものなれど、残りの命一二日をも惜しまずはあるべからず（大事ニスベキデアル）。」（『源氏物語』手習）

中古後期の『栄華物語』『大鏡』『住吉物語』では、「べからず」は地の文にも各1例が見られる。

（33）（不可能）無見頂の頭より、千輻輪の足まで具へたまへる相好、申しつくすべからず（申シツクセナイ）。（『栄華物語』一七）

(34)（必然否定）みづからの菩提を申すべからず（申ス必要モナイ）。（『大鏡』道長）

(35)（禁止）これを見ん人々、ゆめゆめ人のため後ろ暗きことを、振る舞ひ思ふべからず（思ッテハナラナイ）。（『住吉物語』下）

『栄華物語』は女性の作であるが、用例は本作で訓読調の混じりやすい仏教記事での例である。『大鏡』も漢文訓読語が取り入れられた作品であり、『住吉物語』の例は物語末尾の教訓を述べる箇所での例である。これらは漢文「不可」の用法に対応する「必然否定」「不可能」「禁止」の意味で、漢文訓読語の和文への浸透の例と見られる。その中で、早く『落窪物語』の「べからず」には「否定推量」の用法が1例見られ注目される。『落窪物語』は男性作者が想定されるが、語り手による「草子地」に用いた例であり、男性の用語と見ることができる。『落窪物語』の会話文では(23)のように「べきにあらず」の「否定推量」の早い例もあり、それに繋がる用法と言えよう。

(36)（否定推量）初の男君は、十二にて、いと大きにおはすれば、宮仕するとも、あやまちすべからず（粗相スルコトハアルマイ）。（『落窪物語』四）

ここは地の文であるため、口語的な「まじ」を用いず、硬い語感の「べからず」を「否定推量」の用法で用いたのであろう。しかし、『落窪物語』のような「べからず」の主観的な用法は、単に「まじ」の影響だけではなく、「べきに（も）あらず」のような否定形式が「否定推量」を表し得る慣用的な表現として定着していたことを背景に説明すべき事象であろう。

五　中世の「べし」の否定形式

次に中世の説話『宇治拾遺物語』『十訓抄』『沙石集』と軍記物語『保元物語』『平治物語』『平家物語』の用法を

見ていく。中古と同様の分類で調査した結果を（表2）に示した。

中世の和漢混淆文では、中古まで「必然否定」「不可能」の中心的な形式であった「べくもあらず」が『宇治拾遺物語』の少数例を除いて見られなくなる（ただし『平家物語』では「べうもなし」が8例見られる。内訳は必然否定

（表2）中世物語の「べし」の否定形式

	宇治	十訓	沙石	保元	平治	平家	合計
べくもあらず・必然否定	1	0	0	0	0	0	1
べくもあらず・不可能	1	0	0	0	0	0	1
べくもあらず・否定推量	0	0	0	0	0	0	0
べくもあらず・否定意志	0	0	0	0	0	0	0
べくもあらず・禁止	0	0	0	0	0	0	0
べきにあらず・必然否定	6	6	4	0	0	3	19
べきにあらず・不可能	0	1	1	0	0	2	4
べきにあらず・否定推量	4	0	0	0	0	2	6
べきにあらず・否定意志	2	0	0	0	0	0	2
べきにあらず・禁止	0	0	1	0	0	0	1
べきならず・必然否定	0	0	0	0	0	0	0
べきならず・不可能	0	0	0	0	0	0	0
べきならず・否定推量	0	0	0	0	0	0	0
べきならず・否定意志	0	0	0	0	0	0	0
べきならず・禁止	0	0	0	0	0	0	0
べきにもあらず・必然否定	1	0	2	1	0	6	10
べきにもあらず・不可能	1	0	0	1	0	0	2
べきにもあらず・否定推量	0	0	0	0	2	0	2
べきにもあらず・否定意志	0	0	0	0	0	0	0
べきにもあらず・禁止	0	0	0	0	0	0	0
べからず・必然否定	3	13	81	10	8	22	137
べからず・不可能	7	7	18	5	0	9	46
べからず・否定推量	0	5	18	5	2	12	42
べからず・否定意志	1	2	0	1	0	1	5
べからず・禁止	12	14	8	5	2	29	70

7例、不可能1例）。また、中古後期にある程度用いられた「べきならず」もまったく見られない。「べきにあらず」「べきにもあらず」の用例数は大きく後退するものの、「必然否定」「不可能」とともに「否定推量」「否定意志」の用例でも見られる（『平治物語』の「否定推量」2例は「べきにても候はず」の形）。中世で残ったのは、このような慣用的な語形を採る形式である。

一方、もともと漢文訓読の中で成立した「べからず」は、語形の固定性もあり、「禁止」「必然否定」「不可能」に加え、『落窪物語』にその萌芽が見られた「否定推量」や「否定意志」など主観的な用法にも広く用いられるようになる。（表2）によれば、「べからず」は、形式面で近い「べくもあらず」「べきに（も）あらず」をも圧倒し、「べし」の否定形式の中で中心的な形式になっていることがわかる。

（表2）によると、中世の「べからず」の「否定推量」用法は42例（14％）である。遡って院政期の『今昔物語集』でも「べからず（終止形）」が多く見られる。詳細は略すが全309例（岩波日本古典文学大系本による）の大半は漢文訓読的な「禁止」「必然否定」「不可能」用法であり、「否定推量」の用法は、13例（4％）が見られるにとどまる（内訳は、天竺震旦部8例、本朝仏法部4例、本朝世俗部1例）。いくつかの例を各部から示しておく。

(37)「……項羽、心ノ武キ事人ニ勝レタリ、亦、軍ノ員可合キニ非ズ。然レバ、高祖罰ム事、疑ヒ无シ。高祖被罰バ、君、亦、命ヲ不可存ズ（生きていられまい）。……」ト。　（巻十・2）

(38) 僧都、此聞テ、涙ヲ流テ云ク、「此レ、百千万ノ御祈ニ増ル。此ノ御心、仏ノ教ヘ也。我ガ身ヲ棄テ　人ヲ哀ブハ、无限キ善根也。三宝必ズ加護シ給ヒナム。然バ、御祈無ト云共、恐レ不可有ズ（恐れることはあるまい）」ト云テゾ返ケル。　（巻二十・43）

(39) 侘シト思ツル心モ忽ニ晴テ思フ様、「国ニ下着テ、道ノ程ノ様ニ被用テ任ヲ通シタリトモ、金、此許儲ケム事不可有（儲けることもできまい）」ト思テ、……　（巻二十六・14）

「べからず」の「否定推量」用法は、本来漢文訓読的用法ではないにもかかわらず、用例が天竺震旦部・本朝仏法部に集中している。一方、小林（一九七七b）の調査によると、「べきにあらず」は各部で均等に使用されるのに対し、「まじ」（終止形）は天竺震旦部・本朝仏法部で選択されにくいとのことであるから、「べからず」の推量用法とは相補分布的な関係にあると見られる。[11] すなわち、漢文訓読調の説話の会話文・心話文では「まじ」を用いにくいため漢文訓読調の「べからず」で代用していると推測され、『落窪物語』と近い事情が考えられる。『今昔物語集』全般では「べからず」は漢文訓読的な用法が中心であり、「否定推量」のような和文的・口語的な用法が広く定着するまでの前段階の様相を示していると推測される。

中世の説話や軍記物語の「まじ（終止形）」は、話末評語的な例を除くとほとんどが会話文の例であり、「否定推量」「否定意志」の意味で多く用いられる（小林（一九七七a）によると『平家物語』（覚一本）で46例（83％）が「否定推量」）。一方、「べからず」は会話文にも用いられるが、用法は（表2）に示したように「禁止」「必然否定」「不可能」などの漢文訓読的な意味に傾いている（表2）によると『平家物語』では漢文訓読的な「禁止」29例「必然否定」22例「不可能」9例の合計60例（82％）が中心で、「否定推量」は12例（16％）にとどまる）。中世の「否定推量」の例は、次のようである。

(40) 君もし愚かなりとも、賢臣あひ助けば、その国乱るべからず（乱レルハズガナイ）。（『十訓抄』六ノ序）

(41) 主亡なば、その財、国の外に出づべからず（出ナイハズダ）。皆王の心なるべきに、……（『十訓抄』一〇ノ七四）

(42) からぶえを突き通して土に突き付けたりける疵、むねとの大事の手にてありければ、「なにさまにも助かるべからず（助カルマイ）。首を取りて行け」と云ひけれども、（『沙石集』二ノ四）

(43) 恭敬の心も、信仰の思ひも、誠に深くまめやかに懇ろなれば、生身の利益に少しも違ふべからず。（違ワナ

イハズダ）　（『沙石集』二ノ五）

(44)「……君の御ためには、弥奉公の忠勤をつくし、民のためにはますます撫育の哀憐をいたさせ給はば、神明の加護にあづかり、仏陀の冥慮にそむくべからず（背クコトハナイハズダ）。……」（清盛の詞）

（『平家物語』二・教訓状）

(45)「……いまの都福原の新都へのぼらうに三日に過ぐまじ。院宣うかがはうに一日が逗留ぞあらんずる。都合七日八日には過ぐべからず（ナラナイハズダ）」とてつきいでぬ。（文覚の詞）　（『平家物語』五・福原院宣）

『平家物語』では「否定推量」の「べからず」は、(44)のように上位の人物が緊張感を伴う場面・内容で用いる例が多い。(45)などは砕けた場面での使用ではあるが、僧侶文覚の言葉であり、いずれも役割語的な例と推測できる。小林（一九七七a）は『平家物語』で会話の例が増えたことから「ある程度口語の世界にも取り入れられ、『まじ』と勢力を張りあう存在となっていた」と述べる[12]が、このような傾向を踏まえると基本的には中古の和文の場合と同様に文章語（漢文訓読語）としての性質を保っていたと考えた方がよいのではなかろうか。中世の説話集では、(40)～(43)の『十訓抄』『沙石集』のように訓読調の強い批評解説の部分に多く見られ、擬古文の『徒然草』や漢文訓読調の強い『正法眼蔵随聞記』『歎異抄』などでも、漢文訓読的な「禁止」「必然否定」「不可能」とともに「否定推量」が多く見られる[13]。特に『徒然草』では「べからず」54例中12例（22％）が「否定推量」で、この用法の使用比率が調査作品の中で最も高い。『徒然草』は、和文語のみならず、漢語や「あへて」「いはむや」「すべからく」「たとひ」「たとへば」などの漢文訓読語も多く用いている。「べからず」の「否定推量」用法は、これらとともに筆者の論理を展開する随筆文に適した用語として多く用いられたのであろう。次に漢語や漢文訓読語「たとひ」「ずして」「ごとくして」を含む例を挙げておく。(47)は「禁止」用法と並列した例である。

(46)たとひ望ありとも、勢ある人の貪欲多きに似るべからず（同様デナイダロウ）。　（『徒然草』五八）

（47）一事を必ず成さんと思はば、他の事の破るるをもいたむべからず。人の嘲りをも恥づべからず。万事にかへずしては、一の大事成るべからず（成就スルコトモナイダロウ）。（『徒然草』一八八）
（48）次に、銭を奴のごとくして使ひもちゐる物と知らば、永く貧苦を免るべからず（ノガレラレナイダロウ）。（『徒然草』二一七）

中世の「べからず」は筆者の主張や見解を表す随筆や法語などの評論的な文章の基幹用語として定着していた。口語的な「まじ」は現代でも「まい」の形で長く生き残っているが、「べからず」はこのような性格から「否定推量」用法を持つに至っても中世以降も口語に十分定着することなく、現代まで漢文訓読語的な文章語としての性質を保ちつつ用いられたと推測する。

六　まとめ

以上、本章で述べた主要な点をまとめておく。

（1）「べし」の否定形式の「べきに（も）あらず」「べからず」の形式では、終止用法において、既知の「事態の不成立の必然性」（必然否定）の他、未知の「事態の不成立の推量」（否定推量）でも多く用いられた。

（2）最も古くから用いられた「べく（も）あらず」は、中古物語では地の文を中心に多く用いられた。意味は「不可能」や「必然否定」などの意味にのみ用いられ、主観的意味の例は見られない。中世では「べくもあらず」は見られなくなり、「べくもなし」を用いた。

（3）「べくもあらず」に後れて用いられた「べきに（も）あらず」「べきならず」は、中古物語ではもとは「必然否定」で用いられたが、『源氏物語』以降の作品では「否定推量」「否定意志」など主観的な用法でも用いられ、中世物語においても用いられた。

（4）「べからず」は、漢文訓読で生じた語形で、中古和文では「必然否定」「不可能」「禁止」などで少数用いられたが、「否定推量」の例も『落窪物語』に一部見られた。中世の和漢混淆文になると、「べからず」が「べし」の否定形式として定着し、「否定推量」の用法も含めて文章語として広く用いられた。

本章では、「べし」の否定形式の用法について検討し、中心的な「必然否定」や「不可能」の用法とともに「否定推量」と解釈できる用法が発生していることを述べ、中世和漢混淆文で定着するまでを述べた。和漢混淆文の文体という環境の中で発生した新たな文法機能の展開として捉えることができるであろう。ここでは「べからず」の「否定推量」用法を、会話文の例も含め文章語的なものと推定したが、その文体位相については広く時代や資料を見渡してさらに検証する必要があるであろう。

注

（1）本章では、地の文および会話文の終止用法の終止形を対象とする。ただし、『新編日本古典文学全集』で、「この次第書きつくすべきにあらず、こちよりてのことをぞしるすべき」（『栄華物語』一）のように読点で切っていても解釈によって終止用法と解せる例は含めている。なお、「べし」の否定形式として中世から例の増える「べき＋事＋にあらず・ならず」のような形式名詞を含む表現も本章の内容に関わるが、主観的意味では用いられないため考察対象から省く。

（2）その他、『日本語文法大辞典』（明治書院）の「べからず」の項でも「不適当・禁止・不可能」（秋本守英執筆）を挙げる。『角川古語大辞典』には項目がない。なお、『日本国語大辞典（第二版）』で、室町頃の「此七文字を心にかけてたもたば、敢て悪き事有べからず」（『栂尾明恵上人物語』）の例を挙げ、「事態の起こらないことを、確信を持って予定することを表わす」とする例は、本章の言う「否定推量」とも解せる。

（3）小林（一九七七a）は「べからず」の用法を「否定推量」「否定意志」「禁止・適当」の三用法に分け、「否定推量」では「不可能」の推量が多いと述べる。小林の言う「否定推量」は本章の「否定推量」「必然否定」「不可能」を含む広い内容である。なお、田中（一九九七）では『法華験記』『江談抄』『注好撰』など変体漢文系統の文章での「否定推量」の例も指摘されている。中世の和漢混淆文の「べからず」に「否定推量」の例が多い背景には、こういった文献での使用が関連していると思われる。

（4）大鹿（一九九九）は、「べし」の作用的意味は終止形・連体形・ミ語法に分布することを指摘している。「べし」の否定形式においても終止形および連体形に推量用法が用いられやすいと考えられる。『源氏物語』でも連体形に「おぼろけならんがいとかく驚かるべきにもあらぬ（心ヲ奪ワレルコトモナカロウ）を、なほたぐひなくこそはと見たまふ」（若菜上）「めざましきものになど思しゆるさざらむに、かうまで御覧じ知るべきにもあらぬ（目ヲカケテハクダサリマスマイ）を、かたはらいたきまで数まへのたまはすれば……」（若菜上）など会話文に推量と解される例がある。

（5）「べし」の否定形式の現代語訳に用いられる「はずがない」や「そうにない」に推量の用法と様態の用法があることは、高橋（一九七五）・松木（一九九四）の他、豊田（一九九八）・大場（一九九九）などでも論じられている。

（6）「〜ならば、〜すべきではない」「〜ならば、〜できない」のように、仮定条件を承ける「必然否定」「不可能」の例はあってもおかしくないようだが、実例ではほぼ確定条件を承けている。『源氏物語』の調査では、「べくもあらず」は、「必然否定」「不可能」で確定条件を承ける例が17例があるのに対し、仮定条件を承ける例は1例のみである。そのうち、「〜であるが〜できない・そうにない」のように、逆接の確定条件を承ける例が12例で優勢である。一方「べきにもあらず」の「否定推量」は仮定条件を承ける2例、「必然否定」「不可能」は確定条件を承ける4例である。

（7）「ざるべし」は、③「否定推量」と用法が近く、今回の対象作品では11例（『源氏物語』7例、『浜松中納言物語』1例、『狭衣物語』3例）が見られ、その他では、『日本書紀』2例、『土佐日記』2例、『宇津保物語』1例、『紫式部日記』1例、『松浦宮物語』1例が見られる。漢文訓読体の影響が推測される作品に多い。

（8）なお、上代では『万葉集』に「べし」の否定形式の例として「ぬばたまの妹が乾すべくあらなくにわが衣手を濡れていかにせむ」（三七一二）のように「必然否定」の「べくあらなく」の例がある。一方、「ましじ」は「不可」で表記される例が4例見られるが、これは上代から定着していた「べくあらず」もしくは「べからず」の訓を前提とした義訓用法と思われる。中古に「べからず」に対応する和文的表現として生じた「べくもあらず」には「否定推量」用法が生じなかったが、「べからず」は「まじじ」と対応して理解され、「否定推量」が生じる背景になったと推測される。

(9) 小林（二〇〇〇）は『大和物語』『源氏物語』『和泉式部日記』『更級日記』の写本に「べくもなし」の例が存在することを挙げ、中古に「なし」の補助用言用法が成立していたと推定している。筆者は「も」が必ず付く点と「あらず」が「なし」に変わる点から、「べく」は体言的なもので「なし」はその述語であると考える。このように考えることは、「べくもあらず」に「否定推量」が見られない理由ともなる。

(10) 渡辺実は『平安朝文章史』（東京大学出版会）で、『大鏡』の文章を『源氏物語』の「韻文の延長のような文章」から決別した「詩的言語ならざる言語形式としての対話体」とし「源氏ばなれ」した文章と評したが、『源氏物語』に多い「べきにもあらず」を用いず簡潔な「べきならず」を用いる点はその一つの現れとも考えられよう。

(11) 小林（一九七七ａ）によると、「まじ」（終止形）は天竺震旦部2例、本朝仏法部7例、本朝世俗部20例であり、巻二十以前の漢文訓読調の巻では低調である。

(12) 小林（二〇〇〇）では中世の「べからず」は、口語的表現の「べくもなし」に対する文語的表現としている。「べからず」の口語性は『平家物語』の会話文の例などをどう評価するかという点にも関わる。筆者は『平家物語』などの会話文の例を直ちに口頭語の反映とは見ず、役割語的な使用とみる。

(13) 「べからず」の「否定推量」用法は『徒然草』の全54例中12例、『正法眼蔵随聞記』の全79例中9例、『歎異抄』の全11例中2例を占める。

参考文献

大鹿薫久（一九九九）「「べし」の文法的意味について」（森重先生喜寿記念『ことばとことのは』和泉書院）
大鹿薫久（二〇〇四）「モダリティを文法的に見る」（『朝倉日本語講座6　文法Ⅱ』朝倉書店）
大野透（一九五六）「ベシ・ベカラズ・マシジ・マジについて」（『国語学』25）
大場美穂子（一九九九）「いわゆる様態の『そうだ』の意味と用法」（『東京大学留学生センター紀要』9）

川村大（一九九五）「ベシの諸用法の位置関係」（『築島裕博士古稀記念　国語学論集』汲古書院）
川村大（一九九六）「ベシの表す意味―肯定・否定・疑問の文環境の中で―」（『山口明穂教授還暦記念　国語学論集』明治書院）
北原保雄（一九八一）『日本語助動詞の研究』（大修館書店）
小林賢次（一九七七ａ）「院政・鎌倉時代におけるジ・マジ・ベカラズ」（『言語と文芸』84、『中世語彙語史論考』清文堂　二〇一五に所収）
小林賢次（一九七七ｂ）「院政・鎌倉時代における否定推量・否定意志の表現―ジ・マジ・ベカラズの周辺―」（『香川大学教育学部研究報告』43、『中世語彙語史論考』清文堂　二〇一五に所収）
小林賢次（二〇〇〇）『狂言台本を資料とする中世語彙語法の研究』（勉誠出版）
篠崎一郎（一九八一）「「ハズ」の意味について」（『日本語教育』44）
高橋太郎（一九七五）「ことばの相談室『はずがない』と『はずじゃない』」（『言語生活』289）
高山善行（一九九五）「助動詞ベシと否定」（『宮地裕・敦子先生古稀記念論集　日本語の研究』明治書院、『日本語モダリティの史的研究』ひつじ書房　二〇〇二に所収）
高山善行（一九九六）「助動詞ベシの成立」（『国語語彙史の研究』16　和泉書院、『日本語モダリティの史的研究』ひつじ書房　二〇〇二に所収）
田中雅和（一九九七）「中世和漢混淆文における『ベシ』の否定表現―和文語「マジ」との関係から―」（『鎌倉時代語研究』20　武蔵野書院）
豊田豊子（一九九八）「「そうだ」の否定の形」（『日本語教育』97）
中西宇一（一九六九）「「べし」の意味―様相的推定と論理的推定―」（『月刊文法』44-12）
堀口和吉（一九七九）「助動詞の意味―〝べし〟をめぐって―」（『山邊道』23）
松木正恵（一九九四）「「〜はずだった」と「〜はずがない」―過去形・否定形と話者の視点―」（『早稲田大学教育学部学術研究（国語・国文学）』42）

第十一章　古典語動詞「う（得）」の用法と文体

――漢文訓読の用法と和漢混淆文の用法――

はじめに

本章では、動詞「う（得）」の意味用法に漢文訓読の影響から生じたものがあり、一部の和文や和漢混淆文に影響を与えていることを論じる。漢文訓読文においては、「う（得）」の目的語が物や人ではなく抽象的内容の名詞になる場合があり、また、複合動詞の後項に用いて可能の意味を添えることがある。さらには「～事を得」の形式で可能の意味を表す場合が見られる。これらの用法は漢文訓読によって生じた用法であるが、これらは『源氏物語』などの和文にも影響を与え、とりわけ『今昔物語集』などの和漢混淆文に多く取り入れられて頻用されている。「う（得）」のこれらの用法は和漢混淆文の指標ともなるものである。

一　問題の所在

古代日本語の類型的文体として漢文訓読文体と和文体が存在した。漢文訓読体の典型は漢籍・仏典を直訳的に翻訳した文体であるが、山本（二〇一七）が指摘するように、単に漢文訓読文に見え和文に見えないというだけでは、典型的な漢文訓読語と言うべきではない。和文体に見えず漢文訓読文に用いられたとしても、それはたんに非和文体用語であるにとどまるものが含まれる可能性もある。一方、漢文の影響により生じた形式や、語の意味が漢文に即して変化を起こし定着した語は典型的な漢文訓読語と目される。漢文訓読語を考えるときは漢文訓読によって生じた語形や意味を中心に考えるべきである。

これに対し、和文体は宮廷のみやびな世界を描く物語や随筆などに典型的に見られる文体である。漢文訓読体と同じく、和文体も一種の文章語であるが、用いられる語彙や語法の面で典型的な漢文訓読体と対照すると、和文体の文章の言語的な特徴は、語彙や文法の面で漢文訓読の影響のない要素であるという捉え方もできる。もし和文的な文章に上記のような意味での漢文訓読語が含まれている場合には、作品の文体や表現内容の影響によって漢文訓読語の混入したものと把握することができる。

このような漢文訓読の影響の有無という視点から文体を特徴づけることは有効な観点と思われる。従来多くとられたような、漢文訓読語と和文語を類義（同義）の対立語形として捉える方法では、同じ語が文体により意味用法の面で異なる場合は埒外となる。しかし、両文体に共通する基礎的な語が漢文訓読文に用いられ、その語形や意味用法において漢文の影響を見出すことができる場合、その影響度によって和文体や和漢混淆文体を特徴づけるための指標にすることができる。その指標としては次のような点があげられる。

(1)　語の意味が、和文に例がなく、漢文訓読によって生じた場合
(2)　語の意味に根本的な相違はないが、和文にない目的語や主語をとる点に漢文訓読の影響がある場合
(3)　語の形式が、和文にない複合的形式をとる場合（いわゆる翻読語）

(1)のような漢文の影響を受けた意味用法については、ジスク・マシューが「意味借用」として漢語・漢文受容のあり方の一つとして包括的に捉える枠組が提出されている。(2)のような目的語の面からは、青木毅の動詞句の一連

の研究がある。また、(3)についてはいわゆる翻読語の問題としてこれまで多く取り上げられている。[1]

本章では、頻度の高い基本語の一つである動詞「う（得）」（以下「得」で示す）を取り上げ、その意味用法によって分類し、意味毎に漢文との関連を考察する。資料としては、中納言（日本語歴史コーパス）により中古から中世にかけて、『竹取物語』『古今和歌集』『伊勢物語』『土佐日記』『大和物語』『平中物語』『蜻蛉日記』『落窪物語』『枕草子』『源氏物語』『紫式部日記』『堤中納言物語』『更級日記』『大鏡』『今昔物語集（巻十一〜三十一）』『方丈記』『宇治拾遺物語』『十訓抄』『徒然草』『海道記』『東関紀行』『十六夜日記』『とはずがたり』の23作品を用いる。このうち『今昔物語集』『方丈記』『東関紀行』『十訓抄』『徒然草』『海道記』は、和漢混淆文の性格を帯びて、漢文訓読の影響を受けた用法が現れやすいと予測される。また、本書第四章・第五章で述べたように、『源氏物語』は漢文訓読の影響を受けた語彙を使用する傾向があることが指摘され、「得」の用法においてもそのような面が出る可能性がある。本章では、動詞「得」において、漢文訓読によって生じた用法が、和文や和漢混淆文などにどのように現れるかを検証し、和漢混淆文の指標となる要素を明らかにしようとする。

二　用法の分類

ここでは、築島裕編『古語大鑑』（東京大学出版会）の意味分類を参考にしつつ、「う」の用法を次のように分類する。

①主に物品を獲得する。我が物にする。獲得する目的語は具体的な物品が主であるが、他に「人」や、「暇」「けしき（寵愛の意）」「証」「順風」「便」「ついで」「時」「体（てい）」「様」「姓」「請（依頼）」のような抽象名詞、「いたはり」「教へ」「かたり」「頼り」「慰め」のような動作性の弱い転成名詞を含める（これらの抽象名詞と転

成名詞の類の延べ語数は、総324例中24例〈7％〉である)。

②善悪の果報としてある状態が、また賞罰・許可などが与えられる。目的語としては、「罪」の他、「験」「報」「徳」「果」「極楽の迎へを得」を含める。

③心情や道理などを悟る。理解する。わかる。名詞として「心」の他、「智恵」「悟り」「道」などが続く場合を含める。

④優れた力・能力などを身につける。「～力を得」の例である。

⑤(「官(つかさ)を得」「冠を得」などの形で)ある資格を与えられる。その他「身(を)得」「所(を)得」を含める。

⑥(「名を得」の形で)評判を取る。そのものの性質を表すような名を付けられる。

⑦動作性の漢語名詞である「往生」「礼拝」「羽化」などを目的語にとる場合である。『古語大鑑』にない意味項目であるが、漢語の意味に可能の意味を加える用法である。

⑧(動詞の連用形に付いて)可能である。出来る。複合動詞の後項に用いた場合である。

⑨(多く漢文訓読において、「～事得」「～事を得」「～事は得」の形で用言の連体形に接続して)～であることが実現可能である。することが可能である。なお『古語大鑑』では「～事を得」の形で「機会を与えられる。好機がもたらされる」の意味を別に立てるが、可能の意味と区分しがたい場合も多いので、この形はすべて⑨の用法として扱う。

これらの作品別の用例数を(表1)にまとめた。本来の用法と考えられる①の物品を獲得する意味は、ほとんどの資料において見られる。一方、②～⑥のように抽象的な事柄を目的語にする用例は、『源氏物語』や『今昔物語集』など特定の作品に多く、特に⑦⑧⑨は『今昔物語集』に用例が偏っていることがわかる。ここでは、①～⑥は目的語の意味内容による場合、⑦⑧⑨は動詞の意味に「可能」の意味を添える場合として大きく分けて検討する。

（表１）「う（得）」の意味用法別の用例数

	①	②	③	④	⑤	⑥	⑦	⑧	⑨
竹取物語	3	0	0	0	0	0	0	4	0
古今和歌集	2	0	2	0	2	0	0	0	0
伊勢物語	7	0	0	0	0	0	0	1	0
土佐日記	1	0	0	0	0	0	0	1	0
大和物語	8	0	0	0	0	0	0	0	0
平中物語	2	0	0	0	0	0	0	0	0
蜻蛉日記	0	1	0	0	0	0	0	0	0
落窪物語	13	0	0	0	6	0	0	0	0
枕草子	18	6	2	0	12	0	0	6	0
源氏物語	33	18	20	0	17	1	0	31	0
紫式部日記	1	0	2	0	0	0	0	0	0
堤中納言物語	1	0	0	0	0	0	0	2	0
更級日記	2	0	2	0	0	0	0	0	0
大鏡	2	1	2	0	2	0	0	3	0
今昔物語集	161	32	39	4	21	1	6	176	50
方丈記	2	0	0	0	0	0	0	0	1
宇治拾遺物語	34	4	13	0	2	0	0	8	0
十訓抄	27	1	4	0	1	4	0	22	1
徒然草	6	2	1	0	2	1	0	8	2
海道記	3	3	0	0	0	1	2	3	2
東関紀行	0	1	0	0	0	1	0	0	0
十六夜日記	0	0	0	0	0	0	0	2	0
とはずがたり	1	0	2	1	2	0	0	2	0
合計	324	69	89	5	67	9	8	269	56

三　「得」の意味用法と漢文訓読の影響

ここでは、以下のような点から、漢文訓読から和漢混淆文への影響を考える。

(1) 本来の意味である具体物の取得ではなく、抽象的な目的語をとる用法がある。
(2) 複合動詞の「返り得」「見得」のように、動詞に可能の意味を添える用法がある。
(3) 「〜事を得」のように、漢文訓読文の影響によって固定化した可能表現がある。

以下に、意味項目毎に例を挙げ、用法や分布の特徴と漢文との関連を検討していく。

三・一　目的語として具体物ではないものをとる用法

三・一・一　①具体物や人を取得する用法

①の意味は具体的な物や人などを取得する意味である。

（1）この忠岑がむすめありと聞きて、ある人なむ、「得む」といひけるを、「いとよきことなり」といひけり。
（『大和物語』一二五段）

（2）中将、とほぎみ、せり河、しらら、あさうづなどいふ物語ども、一ふくろとり入れて、得てかへる心地のうれしさぞいみじきや。
（『更級日記』家居の記）

①は、総数の少ない『蜻蛉日記』『東関紀行』『十六夜日記』を例外として、ほとんどの作品に見られる。『伊勢物語』『大和物語』『平中物語』『落窪物語』『枕草子』『源氏物語』『更級日記』『方丈記』『宇治拾遺物語』『十訓抄』『海道記』では①の例が最も多く用いられている。また、分布の上で、『大和物語』『平中物語』のように①の例し

か見られない作品がある。『伊勢物語』には、⑧の複合動詞とした次の例（3）があるが、これは「男に」に続くため「男に出会って、得る」意味と解されるので、『伊勢物語』でも実質は①の例に限られると言える。

（3）むかし、世心つける女、いかで心なさけあらむ男にあひ得てしがなと思へど、…

（『伊勢物語』六三段）

これらの点から見るに、具体的な物や人を取得する意味がこの語の基本的意味であると見て間違いないであろう。ただし、「人を得」の表現は、論語・雍也「女得人焉耳乎（汝、人を得たるか）」のように優れた人材を得る意味があり、『十訓抄』「帝も「われ、人を得たること延喜、天暦にも」とご持参ありける」（一ノ二一）のような例に漢文の影響を考えることもできる（その他、「人を得」は『源氏物語』3例、『今昔物語集』3例がある）。

一方で、②〜⑥の意味では、抽象的な名詞の目的語をとる例がある。たとえば「罪を得」「心を得」「位を得」「名を得」などは、「得罪」「得心・得意」「得位」「得名」のような漢語との関係が考えられ、また、⑦の「礼拝を得」「往生を得」のように、動作性の漢語名詞を目的語にとる場合、取得の意味ではなく可能の意味を表している。これらは、ジスク・マシュー[2]が述べた、漢文から語義・用法の影響を受けた「意味借用」に当たると言えよう。

三・一・二　②賞罰・許可

②の賞罰・許可を表す場合では、「罪」をはじめ「験」「報」「徳」「果」等を目的語とする例が見られる。次に「罪」を承ける具体例を挙げる。

（4）「ひが目しつれば、ふと忘るるに、にくげなるは、罪や得らむとおぼゆ。このことはとどむべし。すこし年などのよろしきほどは、かやうの罪得方のことは書き出でけめ、今は罪、いとおそろし。

（『枕草子』三一段、説教の講師は）

（5）かく今日明日におぼゆる命をば何とも思したらで、雀慕ひたまふほどよ。罪得ることぞと常に聞こゆるを、心憂く」とて、「こちや」と言へば…

（『源氏物語』若紫）

（6）知らざりしさまをも聞こえん。憎しとな思し入りそ。罪もぞ得たまふ」と御髪を撫でつくろひつつ聞こえたまへば、答へもしたまはねど、…（『源氏物語』総角）

（7）聖に劣りはべらぬものを、まして、いとはかなきことにつけてしも、重き罪得べきことはなどてか思ひたまへん、さらにあるまじきことにはべり。（『源氏物語』夢浮橋）

（8）「其ノ蛇、己レニ免シ給テムヤ。生タル者ノ命ヲ断ツハ罪得ル事也。今日ノ観音ニ免シ奉レ」ト。（『今昔物語集』巻十六・15）

②の用例は、『源氏物語』と『今昔物語集』の用例が多くを占めている。最も例の多い「罪」を承ける例は、『源氏物語』12例、『今昔物語集』7例の他、『枕草子』6例、『宇治拾遺物語』2例、『蜻蛉日記』1例、『大鏡』1例などで、院政鎌倉期の説話以外でも平安和文に比較的多くの例がある。『枕草子』や『源氏物語』に見える「罪を得」の表現は、仏教的な罪意識が背景にあるようである。『枕草子』の例（4）は、にくらしい顔の説教師を聞くのはよそ見がちになるという罪で、このようについ仏罰をうける筋の話（罪得方）もしてしまうというのであり、仏教的意識が強く窺える。『枕草子』のその他の5例もいずれも仏教的文脈の例である。『源氏物語』の17例は、他者の心を乱した人物の意識の例が多いが、それを含めて概ね仏教的な罪を得と考えられる。例（5）では生き物を捕まえることの罪、例（6）では一つのことを思い詰めて悩むことが来世の苦果を招く罪、例（7）ではたわいもないことで道心を乱す罪であり、いずれも仏教的な罪を得たこと意味している。『枕草子』の「罪得方」や『源氏物語』の「罪得がまし」など成句的表現も見られ、仏教的知識に基づく語として日常化していると思われる。

『今昔物語集』でも、例（8）のような明らかな仏教的な文脈の例が多くを占める。「罪を得」の元になる「得罪」は仏教漢文に多く、大正新脩大蔵経データベース（SAT2015）によると1277例がある。諸橋轍次『大漢和辞典』（大修館書店）では毛詩、韓詩外伝、劉長卿詩などを挙げる。本邦の仏教説話では、『日本霊異記』に3例、『沙石集』に1例が見られる。

（9）故以是義故、殺害蟻子、猶得殺罪、殺一闡提、無有殺罪（故れ、是の義を以ての故に、蟻子を殺害するだに、猶ほ殺罪を得るも、一闡提を殺すは、殺罪有ること無し）。（『日本霊異記』巻中・二二）

その他の「験」「報」「徳」「果」など仏教的概念を承ける例も、例（10）の『源氏物語』の他では、『今昔物語集』などの和漢混淆文に多く、いずれも仏教的文脈で用いた例である。

（10）多くの願立て申したまひき。今都に帰りて、かくなむ御験を得てまかり上りたると、早く申したまへ」とて、八幡に詣でさせたてまつる。（『源氏物語』玉鬘）

（11）「我レ、前ノ世ニ福ノ因ヲ殖ズシテ此ノ世ニ貧シキ報ヲ得タリ。…」（『今昔物語集』巻十二・15）

（12）「…此ヲ供養ズル人ハ、無量ノ功徳ヲ得テ、無量ノ福徳ヲ得ル也。況ヤ、我ガ身亦僧ノ形也。…」（『今昔物語集』巻十七・11）

（13）若し是、過去の福因を植ゑずして、現在の貧果を得たるか。先報によるべくは、仏の誓、憑むや否や、……（『海道記』三二）

これらについても、次の日本霊異記などに見られるような「得功徳」「得報」「得験」の漢語表現の影響が考えられる。

（14）為己施一切、得報如芥子（己が爲に一切に施せば、報を得ること芥子の如し）。（『日本霊異記』巻上・二九）

（15）居住俗家端心掃庭、得五功徳（俗家に居住し、心を端しくして庭を掃へば、五功徳を得）。（『日本霊異記』巻上・十三）

（16）或殉道積行、而現得験、或深信修善、以生霑祐（或るは道を殉め行を積みて現に験を得、或るは深く信け善を修めて生きながら祐を霑る）。（『日本霊異記』序）

三・一・三　③心情・道理

③の心情や道理を得る意味は、ほとんど『源氏物語』『今昔物語集』『宇治拾遺物語』の３作品の例で占めている。例としては、③の総計87例中「心（を）得」が75例を占めており、『今昔物語集』32例、『源氏物語』19例、『宇治拾遺物語』11例が見られる。

（17）鳥の跡久しくとどまれらば、歌のさまを知り、ことの心を得たらむ人は、大空の月を見るがごとくに、古を仰ぎて…（『古今和歌集』仮名序）

（18）思すまじき御心ざまを見知りたまへれば、思しよりて、「ものの心得つべくはものしたまふめるを、うらなくしもうちとけ頼みきこえたまふらんこそ心苦しけれ」と……（『源氏物語』胡蝶）

（19）亦、法文ヲ習フニ、智リ有テ其ノ心ヲ得タリ。（『今昔物語集』巻十三・32）

（20）女低テ、「泣ニヤ有ラム」ト見エ、墓々シク答フル事モ無ケレバ、心モ得デ、父ノ男ヲ呼べバ出来テ、前ニ平ガリ居タリ。（『今昔物語集』巻二十二・7）

『源氏物語』では例（18）のような「ものの心」をうける例が９例ある。秋山虔・室伏信助編『源氏物語辞典』（角川学芸出版）では「心う」の意味を「①理解する。納得する」「②嗜みがある。精通している」としている。例（17）の古今集仮名序の「ことの心」の例も含め考えると、もとは「ものの本質をわかっている」意味と思われる。「心を得」の漢語表現との関わりは未詳とせざるを得ないが、「心を得」と「を」を介する例が調査範囲全体で19例見られ、特に仏教説話集の『今昔物語集』に９例と多く見られることから漢文訓読に発生契機を想定することができ、仏教語として漢語「得心」の影響が考えられる。『大漢和辞典』では「得心」は「心の満足を得る」意味として孟子・晋書等をあげ、「よく心にわかる」意味を立てるが挙例はない。大正新脩大蔵経データベース（SAT 2015）によると「得心」は1790例が検出され、仏教語としては「有所得心」「得心自在」などの成句がある。また、例（17）～例（19）の「心（を）得」の意味が「事理を悟る・理解する」の意味であることからすると、「得意」の影響も考えられる。同データベースによると「得意」は3037例が検出される。『本朝文粋』にも次の例がある。

（21）恐不得意知理者、謂我后偏専内寵（恐らくは、意を得、理を知らざる者は、我が后偏に内寵を専らにすと謂はむ）。

（『本朝文粋』巻九・二四四、菅贈大相国）

（22）竊以不得意人、所陳宜然（竊に以れば、意を得ざる人、陳ぶる所宜しく然るべし）。

（『本朝文粋』巻十三・四一一、慶保胤）

「得」は、目的語をとらず「得たる」のかたちで「優れた」と解される場合がある。

（23）ここに、古のことをも、歌の心をも知れる人、わづかに一人二人なりき。しかあれど、これかれ得たる所、得ぬ所、互になむある。

（『古今和歌集』仮名序）

例（23）の古今集仮名序の例に見られる「得たる所」「得ぬ所」は「長所」「短所」と訳されている（新編日本古典文学全集）が、その文脈から見ると例（17）の「歌のさまを知り、ことの心を得て」と同じ発想で、歌の本質をとらえた歌とそうでない歌があると解することができる。つまり、目的語として「心」を補って考えることができるのであり、背景に「心を得」の用法を想定できると思われる。『今鏡』（第九）では漢詩について「文作る、得たる所、得ぬところのありさま問はせ給ひ」のように用いた例もあるが、「得意・長所」や「不得意・短所」などの現代語訳は結果的に当たっているにせよ、「（歌や漢詩の）心（を）得」（「得意」「得心」の翻読語）を前提にした理解が必要な例であろう。

なお、用法上では「心（を）得」75例中45例が「ず」をうける例で、「心（も）得ず（で・ね）」のような否定形の成句を作る傾向も窺える。特に『今昔物語集』の32例中23例が、例（20）のような形で「わけもわからず」の意味（特に本朝世俗部では21例中19例はこの形式である）であることに鑑みると、この用法の本義は次第に忘れられ、院政期以降ではこの形式が慣用的になっていたと思われる。

その他、「智恵を得」（『今昔物語集』3例）「道を得」（『今昔物語集』2例）「悟りを得」（『源氏物語』〈匂宮〉1例）などは、仏教語の影響が考えられる。『大漢和辞典』では「得智」を仏教語として挙げ、「得道」は仏教語として『法華経』の例を挙げる。『法華文句』（平安後期点）に「得ェテ道ヲ」の例がある。『今鏡』第十に「いとその人歌詠みなども聞こえざりけれども、得つる道になりぬれば、かくぞ侍りける」とある。中村元『広説仏教語大辞典』（東京書籍）では「得悟」は「さとりを得ること」として『一枚起請文』の例を挙げる。その他の例を挙げておく。

(24) 還来者、景戒所願畢者、令得福徳智恵也（還り来らむとは、景戒が願ふ所畢らむには、福徳智恵を得令めむとなり）。（『日本霊異記』巻下・三八）

(25) 乃至、今日値我得道（乃至、今日我に値ひて道を得）。（『金沢文庫本仏教説話集』13ウ）

三・一・四　④力・能力

④の力・能力を得る意味は、「〜力を得」の形で用いるものである。総数は少ないながら、『今昔物語集』に用例が偏っており、本朝世俗部でも例（27）を含む3例が見られる。

(26) 俄ニ長義ガ両目盲テ物ヲ見ル力ヲ得ズ。（『今昔物語集』巻十四・33）

(27) 此ノ引ヘタル木ノ葉ノ強ク思ケレバ、其ニ力ヲ得テ捜ケレバ、「木ノ枝也ケリ」ト思ヘケレバ、……（『今昔物語集』巻二十六・3）

このような用法を用いる背景には、次のような『日本霊異記』の影響があると思われる。

(28) 作餅供養三宝者、得金剛那羅延力（餅を作りて三宝に供養すれば、金剛那羅延の力を得云々）。

(29) 誠知、先世殖大力因、今得此力矣（誠に知る、先の世に大力の因を殖ゑて、今此の力を得たることを）。（『日本霊異記』巻中・二七）

（『日本霊異記』巻中・四）

その他には、『延慶本平家物語』に「聊通力ヲ得タル人類也。此ニツイテ三アリ。一ニハ天魔、二ニハ破旬、三ニハ魔縁」（第二本）の例があり、仏教的な内容の文脈で用いている。

三・一・五　⑤官位・境遇

⑤の官位・境遇を得る意味では、『枕草子』『源氏物語』の平安期の和文と『今昔物語集』において多く例が見られる。目的語は「所」21例、「冠」（14例）、「身」13例、「官（司）」8例、「位」2例などである。

(30) 物の怪なども、かかる弱目にところ得るものなりければ、にはかに消え入りて、ただ冷えに冷え入りたまふ。（『源氏物語』夕霧）

(31) かく言ふは播磨守の子の、蔵人より今年かうぶり得たるなりけり。（『源氏物語』若紫）

(32) なほまた同じき五月八日、准三宮の位にならせたまひて、年官・年爵得させたまふ。（『大鏡』人　太政大臣道長）

(33) その秋、太上天皇になずらふ御位得たまうて、御封加はり、年官、年爵などみな添ひたまふ。（『源氏物語』藤裏葉）

『今昔物語集』では目的語として「身」10例があるが、うち9例は本朝仏法部での使用で、偏りが見られる。他では、『宇治拾遺物語』1例、『とはずがたり』2例などがある。「身」には境遇を表す修飾語が加えられる。

(34)「…然レバ、今此ノ下劣ノ神形ヲ棄テヽ、速ニ上品ノ功徳ノ身ヲ得ムト思フ。…」（『今昔物語集』巻十三・34、出典の『法華験記』下・一二八に「今欲捨此下劣神形、得上品功徳之身」とあるのに対応した例。）

(35)「…前世ノ宿報拙シテ、貧キ身ヲ得タリトモ、『観音ハ誓願他ノ仏菩薩ニハ勝レ給ヘリ』ト聞ク。…」

（『今昔物語集』巻十六・29）出典未詳話

本朝世俗部では、「冠」5例、「所」4例、「官」1例、「身」1例で、おおむねは平安和文と対応した傾向である。本朝仏法部に例の多い「身を得」は、次のような出典漢文の影響で多く用いられたと考えられる（「〜身を得」は、『日本霊異記』8例、『法華験記』18例）。

(36) 誠知、貪銭因隠、得大蛇身、返護其銭也（誠に知る、銭に貪り隠すに因りて、大蛇の身を得て、返りて、其の銭を護りしことを）。

（『日本霊異記』巻中・三七）

(37) 依其因縁、今得人身（其の因縁に依りて、今人身を得）。

（『法華験記』上・二五）

その他、「身」をうける例は、『宇治拾遺物語』「人の身を得」の例や、『とはずがたり』「女の身を得」の例も仏教的な文脈の例であり、いずれも漢文表現の影響と考えられる。

一方、「所」「冠」「官」「位」をとる例は、漢籍や古記録類に見える。『大漢和辞典』では「得所」の例として孟子をあげ「相当した場所に就く」意味をあげる（その他、『論語』子罕など）。『平安遺文データベース』（東京大学史料編纂所）によると『類聚三代格』にも「拠㆑法任㆑理彼此得㆑所、如㆑此則公私共平」（貞観十年六月二八日）など4例が見える。「得位」は『大漢和辞典』で「位を得る」意味で『中庸』の例をあげる。『平安遺文データベース』によると「求㆓官位㆒之者、忽得㆓官位㆒」（石清水田中家文書、保延六年十月十四日）があり、『日本霊異記』にも次のように「得官位」「得位」の例が見られる。

(38) 唯惟之者、若得長命矣、若得高官位矣（ただ惟ふには、若し長命を得むか、若し官位を得むか）。

（『日本霊異記』巻下・三八）

(39) 景戒得伝灯住位也（景戒伝灯住位を得たり）。

（『日本霊異記』巻中・三八）

「所を得」は、『古今和歌集』2例『枕草子』4例『源氏物語』5例『落窪物語』1例『今昔物語集』本朝仏法部

2例・本朝世俗部3例『十訓抄』1例『宇治拾遺物語』1例『徒然草』2例と、文体の枠を超えて広がりがあり、口頭語レベルでもすでに定着していたと思われる。「冠を得」も、『枕草子』2例『源氏物語』6例『落窪物語』1例『今昔物語集』本朝世俗部5例で、「官を得」も、『枕草子』4例『源氏物語』1例『大鏡』1例『落窪物語』1例『今昔物語集』本朝世俗部1例で、いずれも和文系の作品の中で定着していたと考えられる。『枕草子』には「得たるはよし、得ずなりぬるこそいとあはれなれ」（正月一日は）のように、目的語を取らず「官（を）得」を意味する用法があることも、慣用度の高い一証である。一方、「位を得」は『源氏物語』の2例のみで、例（33）のように記録風の叙述の箇所に用いていることから、「位（を）得」のみは漢文訓読的な表現としての性格を残していると見られる。

三・一・六　⑥名声・評判

⑥の「名を得」の例は、『源氏物語』『今昔物語集』『十訓抄』『徒然草』『海道記』『東関紀行』など漢文の影響のある作品に限られる。「得名」は「名声を得る」の意味で、『大漢和辞典』では『中庸』の例を引いている。

（40）この世に名を得たる舞の男どもも、げにいとかしこけれど、ここしうなまめいたる筋をえなむ
（『源氏物語』紅葉賀）

（41）徳たけ、人に許されて、双なき名を得る事なり。天下のものの上手といへども、始めは不堪の聞えもあり
（『徒然草』一五〇段）

築島裕『訓点語彙集成』によると、漢文では『三教指帰』（久寿2年点）「得ェ號ナヲ」の例をあげる。『三教指帰』には「周処改心、得忠孝名。」〈上〉「雖然、泰伯得至徳之号。」〈下〉などの例がある。院政期の『中山法華経寺蔵本三教指帰注』に「忠シ何（二）シテカ将軍ノ名ヲハ可キ得ウ」（十九ウ①）、『今鏡』第九に「大師の御名を得給て」とある。『源氏物語』にも例（40）のように1例が見られるが、他は和漢混淆文の文章ばかりであり、『源氏物

語』の例も漢文の影響を受けた結果と思われる。

三・一・七　⑦動作性名詞

⑦の動作性の漢語名詞を目的語とする場合は、『今昔物語集』に特徴的な用法である。

(42)「我等官ニ参リ向ハム時、寺ノ南ノ門ヲ開テ我等ガ礼拝ヲ令得メ、亦、我等ガ刑罰ヲ蒙ラム時、鐘ヲ撞テ其ノ音ヲ令聞メヨ」ト。(『今昔物語集』巻十二・16)

(43)…仏ノ掌ノ中ノ小浄土ノ相ヲ令写メテ、一生ノ間此レヲ観ジテ、智光亦遂ニ往生ヲ得タリケリ。(『今昔物語集』巻十五・1)

この場合の「得」は可能の意味を帯びている。『訓点語彙集成』によると、動作性・状態性の漢語の目的語をうける例に、『護摩密紀』(長元八年点)「得ゥ解脱を」、『金剛頂瑜伽経』(康平六年点)「得ェしむ歓を」、『大毗盧遮那経疏』(康和四年点)「深信を得ぅ」「増広を得ェ令して」「歓楽を得ぅ」、『大慈恩寺三蔵法師伝』(天治三年点)「得ット願ヲ」、『仏説陀羅尼集経』(長寛二年点)「不れ得麁悪を」などがある。また、『金沢文庫本仏教説話集』(保延六年)にも「得便ヲ」「得自在ヲ」の例がある。例えば「解脱」「深信」「自在」などを目的語とする場合、「解脱する事を得」「深く信ずる事を得」「自在なる事を得」などとするところを、「事」を介さず漢語名詞を目的語として訓んだものと解される。このような例は典型的な訓読語法ではないようであるが、『今昔物語集』などの和漢混淆文ではこのような用法を受け入れる素地があったのであろう。

三・二　⑧複合動詞と⑨「〜事を得」

漢文の動詞「得」は「取得」を意味するが、「得＋動詞」の形で可能を表す助動詞的な用法がある。訓読文では一般に「〜事（を）得」の形で訓まれるが、「〜得」と複合動詞で訓まれる場合もある。一方、「動詞＋得」の形で可能を意味する用法があり、『古代漢語虚詞詞典』によると戦国時代末からの用法とされている。この場合「～得」と複合動詞で訓まれる。

⑨「～事を得」は漢文訓読に特有の語形である。表によると『今昔物語集』の例が多くを占めており（⑨の93%）、『徒然草』『方丈記』『海道記』など漢文訓読の影響を受けた文献にも例が見られる。その他、観智院本『三宝絵』2例『金沢文庫本仏教説話集』1例『中山法華経寺蔵本三教指帰注』1例『法華百座聞書抄』10例『発心集』（寛文十年刊本）6例『沙石集』（米沢図書館本）4例『古今著聞集』（書陵部本）3例『延慶本平家物語』5例、など和漢混淆文系統の作品に広く用例が見られる。『今昔物語集』の例をあげておく。

(44) …東西ニ走リ求ルニ、経ノ音許ヲ聞テ、主ノ体ヲ見ル事ヲ見ル事ヲ得ズ。（『今昔物語集』巻十三・2）

(45) 第八巻ニ至ルニ、忘レテ暗ニ誦スル事ヲ得ズ。（『今昔物語集』巻十四・18）

(46) 大臣ニ向テ云ク、「我レ君ノ恩徳ニ依テ、蛇道ヲ免ルル事ヲ得テ、年来ノ念仏ノ力ニ依テ、今極楽ニ参レル也」ト云テ、……（『今昔物語集』巻十四・1）

これらの使用傾向から、「～事を得」は和漢混淆文の特徴を示す表現の一つと思われるが、『今昔物語集』での50例という用例数の多さは、本集の画一的表現の志向によると思われる。

一方、⑧「～得」の複合動詞の場合、①の161例を上回る176例を用いる『今昔物語集』を筆頭に、『源氏物語』の31例、『十訓抄』の22例の三作品に集中している。『源氏物語』以降は、『堤中納言物語』『大鏡』『今昔物語集』『徒然草』『十六夜日記』『とはずがたり』で①より⑧の例数が優位である。このような傾向は、『源氏物語』以前で竹取物語以外の作品は概ね①の基本的意味が中心であるのと対照的で、次第に中心的用法に変化したようである。

⑧のように複合動詞の後項で可能の意味になる例は漢文訓読文に見出すことができる。築島裕『訓点語彙集成』によると、原漢文で「得」が動詞に後接し、可能を意味する（取得と兼ねる場合も含む）と思われる訓読例として、

『法華論義草』（東大寺図書館、平安中期点）「所ノ顕ハシ得ル之理ヲ」、『日本往生極楽記』（天理図書館、應徳三年点）「訪ヒ得（タ）リ」「捜サクリ得タリ」、『楊守敬本・将門記』（平安後期）「拘トラヘ得タリ」などの日本の漢文や、『大慈恩寺三蔵法師伝』（天治三年点）「分チ得テ」「簡ヒ得っ」、『大唐西域記』（建保二年点）「救ヒ得テ」の例がある。原漢文で「得」が動詞に先行する場合でも、『南海寄帰内法伝』（大治三年点）「得ウ養」、『作文大体』（鎌倉中期点）「不ル可カラ得ウ逢」のような訓読例が拾える。元の漢文が「動詞＋得」の形であれば訓読時に「〜得」と複合動詞的に読むことは自然であるが、この訓法が「得」が動詞に後続する場合はもちろん、動詞に前接する場合にまでも用いられたのであろう。遡ると上代の『続日本紀宣命』にも「不行阿流己止不得」（28詔）「忘得末之自美奈毛」（58詔）のように「事」を伴う例とともに複合動詞の例も見られ、漢文訓読の影響を受けた文体においては、上代から複合動詞の形で可能の意味を表す場合があることが窺える。『続日本紀宣命』で「事を得ず」とともに「〜得ましじ」の用例が見られることから考えると、「〜得」は訓読的な表現として奈良時代末期においてすでに用いられていた可能性もある。

上代では、「〜得」は『万葉集』にも14例が見られる。第一章第二章で見たように、漢文表現の影響が指摘できる歌人である柿本人麻呂に3例、大伴家持1例をはじめ、大伴坂上郎女、中臣朝臣宅守、光明皇后などに見られる。このうち9例は不可能表現で「聞きてあり得ねば（聞いておれないので）」（人麻呂、巻二・一九九（泣血哀慟歌））のような表現である（その他、「あり得ねば」2例、「数へ得ず」1例、「忍び得ず」1例、「過ぐし得ぬ」1例、「立ち得ぬ」1例、「尽くし得ぬ」1例、「留め得ぬ」1例の9例。その他も、「復（を）ち得て」1例、「あり得るものにあれや」1例、「あり得むや」2例、「留め得む」1例など可能性を意味する表現がある）。平安以降の八代集では傾向が大きく異なり、例数は4例（後拾遺1例、詞花1例、新古今2例）しかなく、用法も「待ち得たる＋名詞」3例、「名詞＋待ち得て」1例のように、「（名詞を）待って手に入れる」の類型で、和文物語と同じく「取得」の意味で用いている。このような差異は、『万葉集』では漢文の影響により漢文訓読的な可能表現がいち早く用いられたが、平安以降は和語本来の「取得」用法に置き換わっていることを示すのであろう。

これらのことから、⑧の可能の意味を表す「〜得」の複合動詞と、⑨の「〜事を得」とは、ともに漢文訓読的な文体的価値を持つ表現であると考えられる。調査範囲では、⑧と⑨の動詞として共通するものに「見る」「返る」「出づ」「助く」「読む〈暗誦す・誦す〉」「悟る」がある。これらの動詞につく場合、動詞に可能の意味を加えた表現を作ると考えられる。

可能の意味を表すかに見える「〜得」の例は、『枕草子』や『源氏物語』などの和文にも一部見られる。

（47）人の歌の返しとくすべきを、えよみ得ぬほども、心もとなし。（『枕草子』一五四段、心もとなきもの）

（48）「もし見たまへ得ることもやはべると、はかなきついで作り出でて、消息など遣はしたりき。…」（『源氏物語』夕顔）

和文で最も例の多い「思ひ得」「尋ね得」などの「得」は、取得の意味が関わると思われる。調査資料全体で最も例の多い「思ひ得」（総54例、例の多いのは『今昔物語集』の35例、『源氏物語』の15例など）は、「思いあたる。考えつく」の意味であり（秋山虔・室伏信助編『源氏物語辞典』）、取得の意味が基本にあると思われる。その他調査資料の総数から3例以上見られた語では、「求め得（18）」「尋ね得（12）」「習ひ得（11）」「返し得（9）」「辞び得（6）」「聞き得（6）」「逃げ得（6）」「浮かべ得（5）」「取り得（5）」「買ひ得（4）」「見得（4）」「搦め得（3）」がある。これらの中で、「思ふ」「求む」「尋ぬ」「習ふ」「聞く」「取る」「買ふ」「見る」「搦む」などの前項は、「得」の手段や状態を表し「〜することで・〜して、取得する」の意味を表す複合動詞であると解され、明確に可能の意味と解せる例は（47）のような例外的な場合にとどまっている。[3] 例えば、「見得」は「見付け出す」意である。

一方、これ以外の「返す」「辞ぶ」「逃ぐ」「浮かぶ」や、例数が2例と少ない「案ず」「罰つ」「行ふ」「織る」「隠る」「捜す」「待つ」「養ふ」「譲る」などでは、「得」が動詞に可能の意味を加える表現を作っていると解することができる。『今昔物語集』では、「思ふ」「求む」の例が多いのは『源氏物語』と同じであるが、その他に可能の意味と解される例も多く用いられている。『今昔物語集』で3例以上の例には、「思ふ（35）」「求む（15）」「尋ぬ（11）」「す（9）」「習ふ（9）」「返す（8）」「辞ぶ（6）」「浮かぶ（6）」「逃ぐ（5）」「買ふ（4）」「伝ふ（4）」「悟る（4）」「搦む（3）」「取る（3）」「見る（3）」などがあり、この中には「返す」「辞ぶ」「浮かぶ」「逃ぐ」「伝ふ」「悟る」などは、可能の意味と解される例である。

（49）而ルニ、此ノ僧銭ヲ貯テ人ニ借シテ、員ヲ倍シテ返シ得ルヲ以テ、妻子ヲ養ヒ、世ヲ渡ケリ。（『今昔物語集』巻十四・38）

（50）「此ハ何ニ」ト云ヘドモ、辞ナビ可得クモ無キニ合セテ、夢ノ告ヲ憑テ、云フ事ニ随ヌ。（『今昔物語集』巻十六・7）

なお、⑧⑨では否定表現の使用頻度が少ない点に注意しておきたい。⑧の複合動詞の場合では、否定形は全268例中95例、⑨の「～事を得」では、否定形は54例中17例に止まっている。他の可能表現「べし」「る・らる」「え～ず」「能ふ」等の可能表現が実際の用例では不可能に傾きやすい傾向があるとされるのに比べると、可能が不可能よりかなり多い点は大きく異なる傾向である。(4) このような傾向は、「得」が「取得」の意味を基本に持つため、肯定的な可能の意味になりやすいためではないかと推測される。

また、複合動詞の場合、例（47）の『枕草子』の例の「え～得ず」や例（50）の「～得べくも無き」のように不可能表現において可能表現が二重に表現される例が見られることも注意される。『今昔物語集』には、例（50）の「べくもなし」や例（51）の「え～得ず」のように、和文的な不可能表現と組み合わせた和漢混淆的な例がある。また、例（52）～例（54）の「助け得る事能はず」「習ひ得る事を不得ず」「上り得べからず」などのような漢文訓読的な不可能表現と組み合わさった例も見られる。

(51) 然レバ、此等ダニ、此ク読損ヒ候ヘバ、増テ公任ハ否不読得候モ理ハリナレバ、尚免シ可給キ也」ト、……

（『今昔物語集』巻二十四・33）

(52) 彼ノ国ヲ助ケムガ為ニ数ノ眷属ヲ引キ具シテ、彼ノ国ニ行ニケリ。而ル間、助ケ得ル事能ズシテ、眷属モ皆失ニケレバ、独リ有ケルニ、……

（『今昔物語集』巻十九・30、「〜得る事能はず」は他に巻十七・45にもあり）

(53) 幼ニシテ山ニ登テ出家シテ、師ニ随テ法花経ヲ受ケ習ハムト為ルニ、愚癡ニシテ習ヒ得ル事ヲ不得ズ。

（『今昔物語集』巻十三・16）

(54) 然レドモ、居タル所ヨリ穴ノ口マデ遙ニ高クシテ不可上得ズ。

（『今昔物語集』巻十四・9）

これらの表現が生じたのは、複合動詞の場合「得」が必ずしも可能表現にならないため、不可能表現であることを明示する、より強調的な表現が必要とされたのかも知れない（右の例では、例(53)は取得の意味を含むとも解される）。しかし、明確に可能表現を繰り返している例もあることから、これらはいずれも可能表現の重複によって不可能を強調した表現と見ることができよう。「〜得」は、和漢混淆文のこなれた可能表現として、「え〜ず」「こと あたはず」「ことをえず」「べからず」など不可能表現と組み合わせた形で自由に用いているのである。

四　まとめ——文体指標としての「得」の用法——

以上述べたごとく、「得」が抽象的な内容の目的語をとる②〜⑥の用法や、可能表現を作る三用法、すなわち、⑦動作性の漢語名詞を目的語とする用法、⑧複合動詞の「〜得」の用法、⑨「〜事を得」の用法が、漢文訓読の影響を受けた要素であることは概ね承服されるであろう。個々の語の詳細については今後さらなる検討を待つべき点も多いが、大きな傾向として②～⑨の用法が、和漢混淆文の指標となるものである点を確認できよう。

和文系統の文章では、①具体物・人に対する例が中心的用法であり、②～⑨の用法は限定的である。その中で、『源氏物語』では、②賞罰・許可、③心情・道理、⑤官位・境遇、⑧複合動詞の後項の例などが多く見られ、さらに少数ながら⑥名声・評判などの場合において漢文表現の影響が窺えた。これは、『源氏物語』の文体に内在する漢文的表現の影響が関わるものであろう（第四章・第五章参照）。これらの中には、例数の多い「罪を得」「心を得」「所を得」「冠を得」など、当時すでに日常語としてかなり浸透していた可能性のあるものも含まれている。

一方、和漢混淆文系統の『今昔物語集』においては、④力を目的語とする用法の他、⑦動作性の漢語名詞を目的語とする用法、⑧複合動詞の「～得」の用法、⑨「～事を得」などの可能の意味を表す意味の用法が多く見られ、これらが本集の文体形成にも大きく関与していると考えられた。特に⑧⑨の用法は、他の和漢混淆文にも広がりを持っており、文法的な面に現れた和漢混淆文の指標となる要素として注目すべきものである。

注

（1）動詞の意味に対する漢文の影響は、ジスク（二〇〇九）（二〇一〇）（二〇一二）（二〇一五）（二〇一七）などで論じている。動詞の目的語に関わる影響については、青木（一九九二）（一九九四）などが論じている。語の形式については翻読語の面から佐藤（二〇〇六）など万葉語の一連の研究をはじめ文学研究でも論が多い。散文に現れる翻読語の特徴に関しては拙著（二〇一六）で論じた。

（2）ジスク・マシューの論では、特に啓蒙や学問、書記行為などの大陸からもたらされた文化概念を的確に表す際に意味借用が起こりやすいことを指摘する。「得」においても仏教や学問・律令制度などの分野が大きく関わっている。また、文法的な可能表現にも影響が及ぶ点に注意したい。

（3）例（47）『枕草子』の「え詠み得ぬ」のように動詞に可能の意味を加えたと思われる複合動詞は、『枕草子』では

「謀り得」（二五八段）「払ひ得」（二七段）、『源氏物語』では「書き得」「え念じ得ず」（ともに箒木）「弾き得ることは難き」（常夏）などがある。

（4）　吉井（二〇〇二）では、平安時代の可能表現においては、否定形（不可能表現）の例がほとんどであるとし、助動詞「る・らる」、副詞「え」、補助動詞「あへず・やらず」、補助動詞「かぬ」などがほとんど不可能表現として用いられることを指摘している。これに対して、「得」の場合は、取得の意味から転じて、補助動詞や「〜事を得」の形式で、肯定形において多く用いられている。

参考文献

青木毅（一九九二）「いわゆる「出典に左右される文体」を通して観た『今昔物語集』撰者の文体志向―〝発病〟を表す動詞句「病ヲ受ク」「病付ク」の分布の偏りが意味するもの―」（『国文学攷』134）

青木毅（一九九四）「『今昔物語集』撰者の用語選択に関する一考察―〝発病〟を表す動詞句の改変をめぐって―」（『日本文学・語学論攷』翰林書房）

佐藤武義（二〇〇六）「歌語「故郷」源流考」（『日本語辞書学の構築』おうふう）

ジスク・マシュー（二〇〇九）「和語に対する漢字の影響―「写」字と「うつす」の関係を一例に―」（『漢字教育研究』10）

ジスク・マシュー（二〇一〇）「意味の上の漢文訓読語―和語「あらはす」に対する漢字「著」の意味的影響」（『訓点語と訓点資料』125）

ジスク・マシュー（二〇一二）「啓蒙表現における漢字を媒介とした意味借用―和語「あかす」の意味変化過程における「明」字の影響」（『国語文字史の研究』13　和泉書院）

ジスク・マシュー（二〇一五）「漢字・漢文を媒介とした言語借用形式の分類と借用要因」（『日本語語彙へのアプローチ』おうふう）

ジスク・マシュー（二〇一七）「和語の書記行為表現「のる」「のす」の成立をめぐって」（『訓点語と訓点資料』139）

山本真吾（二〇一七）「訓点特有語と漢字仮名交じり文―延慶本平家物語の仮名書き訓点特有語をめぐる―」（『訓点語と

訓点資料』139）
吉井健（二〇〇二）「平安時代における可能・不可能の不均衡の問題をめぐって」（『文林』36）
拙著（二〇一六）『院政鎌倉期説話の文章文体研究』（和泉書院）

【使用した資料】（辞典・データベース以外で使用した本文・索引をあげる）

『日本霊異記』『本朝文粋』（岩波新日本古典文学大系）、『沙石集』『古今著聞集』（岩波日本古典文学大系）、藤井俊博『日本霊異記漢字総索引』（笠間書院）、藤井俊博『本朝文粋漢字索引』（おうふう）、馬淵和夫監修『三宝絵詞自立語索引』（笠間書院）、藤井俊博『大日本国法華経験記　校本・索引と研究』（和泉書院）、小林芳規『法華百座聞書抄総索引』、山内洋一郎『金沢文庫本仏教説話集の研究』（汲古書院）、築島裕・小林芳規編『中山法華経寺蔵本三教指帰注総索引及び研究』（武蔵野書院）、榊原邦彦・藤掛和美・塚原清編『今鏡本文及び総索引』（笠間書院）、北原保雄・小川栄一編『延慶本平家物語　本文篇』（勉誠出版）、築島裕編『訓点語彙集成』（汲古書院）、西崎亨『法華文句」古点の国語学的研究』（桜楓社）

第三部　和漢混淆文の文章構造

第十二章　『覚一本平家物語』の「き」「けり」のテクスト機能

——枠づけ表現と係り結び——

一　本章の目的

言語表現が文章として内容上の纏まりをなすとき、内容の開始や終了の目印となる言語形式が要請される。そのような内容の纏まりや区切りの目印となる機能をテクスト機能と称する。どのような言語形式がそれを実現するかは、文章論的研究の一課題である。

これまで古典物語における文章論的な研究として、阪倉（一九八九）による「けり」の「枠づけ」説がある。阪倉は『竹取物語』を題材に、段落や物語全体の冒頭・結末に「けり」が用いられ、あたかも「けり」が物語内容の枠づけの機能を果たしているとした。阪倉の論以降、この機能を認めることは定着しているが、具体的な「けり」の形式・用法を分析し古典作品の文章構造を本格的に論じたものは案外少ないのが現状である。[1]

筆者は、これまで「けり」の枠づけ機能について、院政鎌倉期の説話作品を取り上げて検証してきた。[2]その結果「けり」の枠づけ機能は、単に「けり」を使用することで現れるのではなく、説話の中の位置によって多様な表現形式をとって現れていることを明らかにした。これまで筆者が論じてきた要点は次のようである。

(1)『今昔物語集』『宇治拾遺物語』『古本説話集』など古態を留めた説話作品では、冒頭第一文には「(あり)けり」、終局部の文末には「にけり」が多く、また「なむ〜ける」「ぞ〜ける」「ける（連体形終止）」「こそ〜けれ」などが一話の枠づけに用いられている。また、観智院本『三宝絵』のように、冒頭と末尾に「き」を枠とする例も見られる。

(2) 鎌倉期に入ると、『発心集』では始発部に「なむ〜ける」、終局部に「ぞ〜ける」が多く用いられる。『沙石集』では「なむ」は姿を消し、「けり」「ぞ〜ける」「ける（連体形終止）」「こそ〜けれ」「にけり」「てけり」「ぬ」「き・し」等、終局部の表現が多様化する。

本章では、『覚一本平家物語』（以下「覚一本」と略称。本文は龍谷大学図書館蔵本を底本とする岩波日本古典文学大系本。国文学研究資料館データベースによる）に見られる「き」「けり」のテクスト機能について分析する。覚一本の「き」「けり」については、「けるとぞきこえし」等の表現で、終止形による眼前的な叙述を語り手の解説的叙述で結びつつ場面転換させるとする志立（二〇〇四）の指摘や、延慶本よりも覚一本の助動詞が統一された使用傾向が見られるとする菅原（一九八九）の調査がある。覚一本では語り手の立場が「き」「けり」によく表され、文章構造に関わる機能がより整理された形で見られることが期待できる。

二　『平家物語』の文章の分析方法

覚一本全十二巻および灌頂巻には192の章段があり、そこには地の文が5834文（和歌・会話で終わる文を含む）含まれている。各章段が前後の章段と連合し大きな物語を作ることは言うまでもないが、同時に各章段は小さな物語として内容上の纏まりを持つ。章段内はさらに場面・内容によって小段落に分けられ、最終場面の後には説話の話末評語に相当する解説・批評の文が付される場合も多い。そこで、これまで筆者が説話に用いた手法を応用し、覚一本の章段の内容の切れ目に用いられる文末表現を調査し、テクスト機能を検討していく。

ここでは、日本古典文学大系本の章段および段落に基づき、次の位置に用いた文の文末表現をとりあげてその形式や用法を検討する。

章段冒頭　章段冒頭の第一文
段落冒頭　第二段落以降の段落冒頭の一文
段落末尾　段落末尾の一文（章段末尾を除く）
終局部　　章段の中心的出来事の最終部分の一文
章段末尾　章段最末尾の一文（終局部もしくは話末評語）

章段冒頭と段落冒頭は、内容の始発部分であり、段落末尾と終局部と章段末尾は内容の終結部分である。（表1）は、これらに用いた形式について使用度数4以上の例数を示したものである。分類は、大きく用言の場合と助動詞の場合とに分け、それぞれを終止形の場合と係り結びの場合、および連体形終止の場合に分けて示した。助動詞は複合形式も細かく区別し（「にけり」「てんげり」等）、係り結びの組み合わせ（「こそ～にけれ」「こそ～てんげれ」等）も区別した。助動詞「る・らる」を含む例は動詞の一部として扱った。なお、評語がある章段では、終局部と章段末尾（評語）を分けて数えたが、評語がない章段では、終局部を章段末尾として数えた。また、章段末尾以外の評語部の例数と、展開部（右の切れ目以外の部分。ただし評語は除く）の例数も参考に示した。

次に（表1）の冒頭部分と終結部分で、例数が上位を占める表現を挙げる。

章段冒頭	①動詞終止形	70	②「ぞ～ける」	27	③「けり」	24	④「ず」	11
段落冒頭	①動詞終止形	212	②「ぞ～ける」	52	③「けり」	50	④「なり」	31
段落末尾	①「ぞ～ける」	117	②動詞終止形	79	③「けり」	40	④「なり」	39

(表１) 章段の各箇所の例数

		章段冒頭	段落冒頭	小計	段落末尾	終局部	章段末尾	小計	評語	展開部	総計
用言・終止形	動詞	70	212	282	79	6	6	91	85	1073	1531
	～なし	5	8	13	4	0	1	5	14	84	116
	形容詞	3	3	6	0	0	0	0	3	21	30
	～がたし	0	0	0	2	0	1	3	4	6	13
	形容動詞	0	0	0	4	0	0	4	0	5	9
用言・係結	ぞ～動詞連体	0	0	0	4	4	4	12	2	19	33
	ぞ～なき	1	2	3	2	0	0	2	1	18	24
	ぞ～形容詞連体	0	1	1	1	2	1	4	1	10	16
	ぞ～形動連体	1	1	2	1	2	0	3	1	4	10
	こそ～形容詞已然	1	3	4	16	2	12	30	4	30	68
	こそ～形動已然	0	2	2	8	0	5	13	2	10	27
	こそ～動詞已然	0	3	3	0	1	0	1	0	6	10
助動詞・終止形	けり	24	50	74	40	8	8	56	23	312	465
	ず	11	28	39	23	0	11	34	22	285	380
	なり	10	31	41	39	1	19	59	45	218	363
	たり	9	29	38	11	1	4	16	9	217	280
	ぬ	6	20	26	14	5	3	22	9	110	167
	り	5	13	18	10	0	1	11	12	104	145
	にけり	2	8	10	11	15	7	33	1	39	83
	かりけり	3	6	9	17	0	6	23	2	48	82
	ざりけり	0	5	5	3	0	2	5	3	40	53
	てんげり	0	1	1	5	4	1	10	0	36	47
	ごとし	1	0	1	0	0	0	0	3	37	41
	たりけり	0	1	1	1	0	1	2	0	20	23
	き	0	4	4	0	0	0	0	1	10	15
	けむ	0	0	0	3	0	1	4	2	15	21
	にき	0	0	0	0	1	0	1	2	2	5
	かりき	0	0	0	0	0	0	0	1	4	5
	べし	0	1	1	0	0	0	0	1	3	5
	つ	0	1	1	1	0	0	1	0	2	4
助動詞・係結	ぞ～ける	27	52	79	117	37	35	189	20	455	743
	ぞ～たりける	2	7	9	12	3	8	23	4	85	121
	ぞ～し	1	4	5	26	6	17	49	12	55	121
	ぞ～たる	1	14	15	3	1	2	6	1	73	95
	ぞ～かりける	0	1	1	0	0	0	0	0	8	9
	ぞ～てんげる	0	0	0	0	0	0	0	0	4	4
	ぞ～なる	0	1	1	0	0	2	2	0	1	4
	こそ～けれ	1	5	6	20	7	10	37	5	53	101
	こそ～たれ	1	1	2	1	1	4	6	0	21	29
	こそ～たりけれ	0	3	3	6	0	0	6	0	15	24
	こそ～けめ	0	1	1	0	0	0	0	2	12	15
	こそ～かりけれ	0	1	1	3	0	3	6	1	0	8
	こそ～てんげれ	0	0	0	2	0	1	3	0	4	7
	こそ～にけれ	0	1	1	1	0	3	4	0	1	6
	こそ～しか	0	0	0	1	1	0	2	1	2	5
他	けるとかや	0	0	0	1	1	3	5	4	10	19
	ける連体形終止	0	1	1	0	0	0	0	1	12	14

終局部	①「ぞ〜ける」37	②「にけり」15	③「けり」8	④「こそ〜けれ」7
章段末尾	①「ぞ〜ける」35	②「なり」19	③「ぞ〜し」17	④「こそ〜形容詞已然」12

大きな傾向としては、始発部分では動詞終止形が多く、終結部分では「ぞ〜ける」が中心であることがわかる。

（表1）では、用言と助動詞といずれでも、終止形より係り結びの例数が終結部分に多い傾向が見られる。典型は「けり」の場合で、終止形「けり」は段落末尾40例、終局部8例、章段末尾8例であるが、「ぞ〜ける」は段落末尾117例、終局部37例、章段末尾35例でり、終結部分に大きく偏っていることがわかる。もっとも終止形でも、「〜がたし」「形容動詞終止形」「なり」「けむ」など終結部分に多いものがあるが、これらは語り手の解説・批評の部分に用いられやすい語である。一方、終局部に多い「にけり」など終止形の中でも終結機能を発揮する表現もある。本章では、終結機能を担う表現の主流として「ぞ〜ける」の他、終局部に多い「こそ〜けれ」と、章段末尾に多い「ぞ〜し」の文章機能を中心に検討する。

次に係り結びの「ぞ〜ける」「こそ〜たりけれ」「ぞ〜し」を終結部分に用いた典型例を、文末表現を抜き出す形で示しておく。

《一・御輿振》

【第一段落】動詞終止形→ず→動詞終止形→動詞終止形→動詞終止形→動詞終止形→動詞終止形→けり→動詞終止形→こそ〜たりけれ

【第二段落】動詞終止形→動詞終止形→ごとし→動詞終止形→なり→たり→ぞ〜ける

【第三段落】動詞終止形→たり→動詞終止形→ぞ〜ける（終局部）→動詞終止形

《九・越中前司最期》

【第一段落】動詞終止形→動詞終止形→たり→ぞ〜ける

【第二段落】動詞終止形→なり→ぞ〜し→なり→ず→ず→ず→動詞終止形→会話→動詞終止形→たり→動詞終止形→たり→動詞終止形→動詞終止形→たり→ぞ〜ける（終局部）

以下、特徴的な形式について、始発機能・終発機能の特徴を見ていくことにする。

三　始発機能の表現

（表1）で最も例数の多い文末形式である「動詞終止形」は、章段冒頭や段落冒頭に多く見られる。章段冒頭では「動詞終止形」が最も多く、用言と助動詞の終止形の全例を合わせると149例（全章段の81％）に登る。章段冒頭の表現の主流は枠づけ表現の指標とならない動詞と助動詞の終止形であると言えよう。助動詞では「けり」が章段冒頭24例・段落冒頭50例など多く見られ、特に「ありけり」の形で章段冒頭5例・段落冒頭7例がある。章段冒頭の「ありけり」は、説話に多く見られる人物提示ではなく、「通夜するおりもありけり」（二・卒塔婆流）「六度までをん落馬ありけり」（四・橋合戦）「木曽冠者義仲不快の事ありけり」（七・清水冠者）など、章段の背景や発端を説明する表現である。その他、「ず」「なり」「たり」「り」も始発部分で状況を説明する表現として用いられやすい。

これに対し、係り結びの「ぞ〜ける」が章段冒頭に27例あるのは「けり」の24例より多く、段落冒頭でも「ぞ〜ける」52例で、「けり」50例を上回っており注目される。詳しくは五節で述べるが、「ぞ〜ける」は、始発部分と終結部分の枠づけに用いる他、展開部でも多く、覚一本においては物語を叙述する基調表現であると言える。

さらに、「ぞ〜たりける」も、始発部分では終止形の「たりけり」1例に対し9例と多く見られる。また、「ぞ〜たる」も、「たり」よりも例は少ないが、終結部分6例より始発部分に15例と多く見られる。次に「ぞ〜たりける」と後述の「こそ〜けれ」とによって段落の枠とした例を挙げる。

①小松殿にさはぐ事ありと聞えしかば、西八条に数千騎ありける兵共、入道にかうとも申も入ず、ざゞめきつれて、皆小松殿へぞ馳たりける。すこしも弓箭にたづさはる程の者、一人も残らず。其時入道大に驚き、貞能をめして、「内府は何とおもひて、これらをばよびとるやらん。是でいひつる様に、入道が許へ射手なンどやむかへんずらん」との給へば、貞能涙をはらはらとながいて、「人も人にこそよらせ給ひ候へ。争かさる御事候べき。申させ給ひつる事共も、みな御後悔ぞ候らん」と申ければ、入道内府に中たがふてはあしかりなんとやおもはれけむ、法皇むかへまいらせんずる事もはや思とゞまり、腹巻ぬぎをき、素絹の衣にけさうちかけて、いと心にもおこらぬ念珠してこそおはしけれ。（二・烽火之沙汰・第四段落）

「ぞ〜たりける」や「ぞ〜たる」が始発部分に用いられやすいのは、「たり」を含むために状況説明的な面がより強く現れることによると思われる。「ありけり」が始発部分に用いられ、一種の状況説明として用いられるのと近い用法である。

四　「にけり」「てんげり」の終結機能

「ぬ」は、鈴木（一九九九）西田（一九九九）が述べたように変化や移動を表す動詞について場面起こしや場面閉じを表す機能がある。（表1）によれば、段落冒頭20例など始発部分に用いる例が多いが、段落末尾14例、終局部5例・章段末尾3例などの用例もあり、終結機能も窺える。上接動詞では「なる」21例「うたる」12例「うす」11例が多い。「遂に」を伴う例が14例あることからわかるように、状況が推移しとうとうある事態が「発生」したという意味を持つ。この語義によって、②のように段落冒頭で場面の発生に用いる例が多いが、③のように章段を閉じつつ次章段へ繋ぐ例も見られる。

②さる程に、十月廿三日にもなりぬ。　段落冒頭（五・富士川）

③能登守教経は、度々のいくさに一度もふかくせぬ人の、今度はいかゞおもはれけん、うす黒といふ馬にのり、西をさいてぞ落給ふ。播磨国明石浦より船に乗て、讃岐の八島へわたり給ひぬ。　章段末尾（九・坂落）

「にけり」は、場面閉じの機能をもつ「ぬ」と終結機能を持つ「けり」が結びついた表現で、院政鎌倉期の説話で終局部に多く用いられるが、(3) 覚一本でも終結機能を表す文末表現の代表的なものの一つである。上接動詞に「なる」28例「うたる」14例などが多いのは「ぬ」と同様であるが、「ぬ」が終結部分より始発部分がやや多いのに対して、「にけり」は終結部分の例が始発部分の三倍以上もあり、終結機能が強く見られる。

④加賀房はわが馬のひあいなりとて、主の馬に乗かへたれども、そこにてつゐにうたれにけり。　段落末尾（二・山門滅亡堂衆合戦）

⑤あさましかりつる年もくれ、治承も五年に成にけり。　章段末尾（五・奈良炎上）

係り結びによる「ぞ〜にける」は、次例のように終局部に1例見られる。「こそ〜にけれ」も、段落末尾1例、章段末尾3例（後出⑮⑳㉑参照）と終結機能が強く現れる。

⑥太刀のさきにつらぬき、たかくさしあげ、大音声をあげて、「この日来日本国に聞えさせ給つる木曽殿を、三浦の石田次郎為久がうち奉たるぞや」となのりければ、今井四郎いくさしけるが、是をきゝ、「いまはたれをかばはんとてかいくさをばすべき。是を見給へ、東国の殿原、日本一の甲の者の自害する手本」とて、太刀のさきを口に含み、馬よりさかさまにとび落、つらぬかッてぞうせにける。　終局部（九・木曽最期）

「てんげり」は、推移を経て到達した事態の「結果」に焦点を当てた表現である。終結部分で段落末尾5例、終局部4例、章段末尾1例が見られる。上接動詞は「うちじにす」7例「すつ」7例「きる」6例などが上位で、戦闘が決着する場面に例が多い。

⑦其弟若狭守経俊・淡路守清房・尾張守清定、三騎つれて敵のなかへかけ入、さんざんにたゝかひ、分捕あまたして、一所で討死してンげり。　段落末尾（九・知章最期）

⑧服部平六平家の祗候人たりしかば、没官せられたりける服部返し給はッてンげり。　章段末尾（十二・泊瀬六代）

係り結びの「こそ〜てんげれ」は7例で、段落末尾2例、章段末尾1例を含む。7例中5例は、「こそ〜しッてんげれ」の形で、露見した結果に焦点を当てる類型的表現である。

⑨只一目見まいらせて、袖をかほにおしあてて、涙をながされけるにこそ、宮の御頸とはしりてンげれ。　段落末尾（四・若宮出家）

⑩さてこそ清盛公をば慈恵僧正の再誕なりと、人しッてンげれ。　章段末尾（六・慈心房）

その他、始発部分にも見られた「ぞ〜たりける」は、段落末尾の12例など終結部分にも23例と例が多く見られる。章段末尾の例を挙げておく。

⑪さればかの信施無慙の罪によッて、今生に感ぜられけりとぞみえたりける。　（三・有王）

五　「ぞ〜ける」の終結機能

「ぞ〜ける」は、始発部分でも多く用いていたが、終結部分に倍以上の例があり終結機能が強く窺える。次に、「ぞ〜ける」で始発部分や終結部分を枠づけた例を追加しておく。（傍線は「ぞ〜ける」、点線は「けり」表現）

《十・熊野参詣》

【第一段落】けり↓ぞ〜ける↓ず↓動詞終止形↓ず↓なし↓なり↓ける連体形終止↓こそ〜形容詞已然形↓なり

（表２）文末表現と文長との関係

文字数＼文末	動詞終止形	ぞ～（たり）ける	けり
1～100	1381	653	342
101～200	102	139	57
201～300	30	41	10
301～400	8	13	3
401～500	1	3	1
501～600	0	5	1
601～700	0	3	0
701～800	0	2	1
801～900	0	1	0
901～1000	0	0	0
1001～	1	4	0
合計	1523	864	415

【第二段落】ぞ～ける→たり→動詞終止形→つべし→つべし→なし→たり→ぞ～ける→ぞ～ける（終局部）

《十一・一門大路渡》

【第一段落】動詞終止形→けり

【第二段落】動詞終止形→ぞ～ける→動詞終止形→り→ぞ～たる→動詞終止形→ず→にけり→り→ず→ず→なり→動詞終止形→り→ず→ず→ず→ぞ～し→ず→たり→かりけり→けむ→こそ～けめ→かりけり

【第三段落】なり→ず→ける連体形終止→ぞ～ける

【第四段落】動詞終止形→たり→ぞ～ける→こそ～けれ→けり→り→動詞終止形→こそ～しか→き→き→ぞかし→ず→ぞ～ける

【第五段落】ぞ～ける→ず→けり→ぞ～ける（終局部）

右のように「ぞ～ける」は終結機能を示す例が多く見られるが、この機能は「ぞ～ける」の長文を纏める機能と関わっている。（表２）に、一文の文字数によって動詞終止形と「ぞ～（たり）ける」「けり」の例数を比較した。これによると、動詞終止形と「けり」は殆ど400字以下の文に集中するのに対し、「ぞ～（たり）ける」の形では400字以上の文にも広く分布しており、長文を統括する枠機能がこの表現に備わっていることが窺える。

一方で、「ぞ～ける」は、次のように段落の展開部で短文に連続的に用いた例も見られる。

⑫熊野別当湛増は、平家へやまいるべき、源氏へやまいるべきとて、田なべの新熊野にて御神楽奏して、権現に祈誓したてまつる。白旗につけと仰けるを、猶うたがひをなして、白い鶏七つ赤き鶏七つ、是をもッて権現の御まへにて勝負をせさす。赤きとり一もかたず、みなまけてにげにけり。さてこそ源氏へまいらんとおもひさだめけれ。一門の物どもあひもよをし、都合其勢二千余人、二百余艘の舟にのりつれて、若王子の御正体を船にのせまいらせ、旗のよこがみには、金剛童子をかきたてまッて、壇の浦へよするを見て、源氏も平家もともにおがむ。されども源氏の方へつきければ、平家はけうさめてぞおもはれける。又伊予国の住人、河野四郎通信、百五十艘の兵船にのりつれてこぎ来たり、源氏とひとつになりにけり。判官かたがたのもしうちからつくてぞおもはれける。源氏の船は三千余艘、平家の舟は千余艘、唐船少々あひまじれり。源氏の勢はかさなれば、平家のせいは落ぞゆく。元暦二年三月廿四日の卯剋に、門司赤間の関にて源平矢合とぞさだめける。

（十一・鶏合壇浦合戦）

右の中で「こそ〜さだめけれ」「ぞおもはれける」「ぞおもはれける」「落ぞゆく」の4文は、点線を付した直前の文とともに小さな場面内容の纏まりを形成し、場面の転換が連続的に描かれている。「ぞ〜ける」等の係り結びには、このように広狭さまざまな叙述内容を纏める統括機能があると考えられる。

六　「こそ〜けれ」の終結機能

前節に述べたように「ぞ〜ける」は、叙述内容を統括するという特徴を持っていたが、本節で取り上げる「こそ〜けれ」は、統括する機能に加え、さらに語り手の立場から主観的な評価を加える点に特徴がある。また、（表1）から、「ぞ〜ける」に比べ「こそ〜けれ」は総数は少ないものの、終結部分に偏る傾向が強いことが読み取れた。

（表3）「ぞ〜ける」「こそ〜けれ」の終局部分の比率

	ぞ〜ける	こそ〜けれ
段落末尾の総数	117例（15・7％）	20例（19・8％）
終局部の総数	37例（5・0％）	7例（6・9％）
章段末尾の総数	35例（4・7％）	10例（9・9％）
全体の総数	743例（100％）	101例（100％）

（表3）に終結部分の比率を改めて示したが、いずれにおいても「こそ〜けれ」の比率が上回っていることがわかる。

次に「ぞ〜ける」と「こそ〜けれ」「こそ〜形容詞已然形」が段落末尾と終局部で繰り返され、「ぞ〜し」で章段末尾を閉じた例を挙げておく。

《七・一門都落》

【第一段落】けり→けり→動詞終止形→こそ〜けれ
【第二段落】ぞ〜し→けり→なり→ぞ〜ける→んずらん→ぞ〜ける
【第三段落】動詞終止形→こそ〜形容詞已然形
【第四段落】ぞ→なり→こそ〜形容詞已然形→動詞終止形→和歌→なり
【第五段落】動詞終止形→動詞終止形
【第六段落】けり→こそ〜けれ（終局部）→ぞ〜し

右の例に含まれる「こそ〜形容詞已然形」や、「こそ〜形容動詞已然形」のような表現が、章段末尾の話末評語に例が多いのは、「ぞ」に比べ主観性の強い「こそ」の特徴である。章段末尾の「ぞ〜形容詞連体形」は、「人にさへなしたてまつるぞあさましき」（四・通乗之沙汰）の1例のみであるが、章段末尾の「こそ〜形容詞已然形」は12例、「こそ〜形容動詞已然形」は5例が見られる。

⑬新大納言も、かやうに賢きはからひをばし給はで、よしなき謀反おこいて、我身も亡、子息所従に至るまで、かゝるうき目をみせ給ふこそうたてけれ。（二・徳大寺之沙汰）

⑭狂言綺語のことはりといひながら、遂に讃仏乗の因となるこそ哀なれ。（九・敦盛最期）

このように主観性の強い形容詞・形容動詞に、主観的強調の「こそ」が対応することで詠嘆的に章段を閉じる表現が作られる。この用法は、形容詞已然形と同じ音形式を持つ助動詞「けれ」が続く表現にも影響を与えていよう。助動詞「けり」の語義にも、もともとダッタトサと訳されるような語り手の立場による詠嘆性が含意されるが、主観的に強調する「こそ」と結びついた「こそ〜けれ」にも詠嘆的傾向が認められる（①⑮⑯⑰㉑参照）。

「こそ〜けれ」の終結機能の強さは、次のように終結部分で「ぞ〜ける・ぞ〜ける」→「こそ〜けれ・こそ〜けれ」の順序で用いている例からも窺える。

⑮かくして十郎蔵人、五百余騎が纔に卅騎ばかりにうちなされ、四方はみな敵なり、御方は無勢なり、いかにしてのがるべしとは覚えねど、おもひきッて雲霞の如なる敵のなかをわッてとをる。されども我身は手をはず、家子郎等廿余騎大略手負て、播磨国高砂より舟に乗、をしいだひて和泉国にぞ付にける。それより河内へうちこえて、長野城にひッこもる。平家は室山・水島二ケ度のいくさに勝てこそ、弥勢はつきにけれ（終局部＝章段末尾）。（八・室山）

⑯木曽殿の方より宇治橋かためたるせいども、しンばしさゝへてふせきけれ共、東国の大勢みなわたいてせめければ、散々にかけなされ、木幡山・伏見をさいてぞ落行ける。勢田をば稲毛三郎重成がはからひにて、田上供御の瀬をこそわたしけれ（終局部＝章段末尾）。（九・宇治川先陣）

⑰大音声をあげて、「この日来日本国に聞えさせ給つる木曽殿を、三浦の石田次郎為久がうち奉たるぞや」とのりければ、今井四郎いくさしけるが、是をきゝ、「いまはたれをかばはんとてかいくさをばすべき。是を見給へ、東国の殿原、日本一の甲の者の自害する手本」とて、太刀のさきを口に含み、馬よりさかさまにとび落、つらぬかッてぞうせにける（終局部）。さてこそ粟津のいくさはなかりけれ。（九・木曽最期）

「こそ」を用いた終結用法の例は他の助動詞にも見られる。「たり」は、「ぞ〜たる」の用法では、次例のような段落冒頭の例が多い（14例）。

⑱源三位入道の嫡子仲綱の、其比伊豆守にておはしければ、その沙汰として、東海道より船にてくだすべしとて、伊勢国へゐてまかりけるに、法便両三人ぞつけられたる。（五・文覚被流）

これが「こそ〜たれ」の形式になると、次例のような章段末尾の例が4例見られる。

⑲二月十六日の丑の剋に、渡辺・福島をいでて、あくる卯の時に阿波の地へこそふきつけたれ。（十一・逆櫓）

四節で見たように、もともと終結機能の強い「にけり」に主観的な「こそ」を加えた「こそ〜にけれ」は6例が見られ、そのうち3例が次のような章段末尾の例である（1例は⑮）。

⑳武蔵房弁慶を先として、都合其勢一万余騎、同日の同時に都をたッて丹波路にかゝり、二日路を一日にうッて、播磨と丹波のさかひなる三草の山の東の山口に、小野原にこそつきにけれ。（九・三草勢揃）

㉑それよりしてこそ平家の子孫はながくたえにけれ。（十二・六代被斬）

特に㉑は巻十二の最終章段「六代被斬」の章段末尾の例であり、大きな切れ目を意識した例と言えよう。文末の「にけり」を「こそ」で主観的に強調し、平家滅亡後の一族の末路について語り手の立場から深い感慨を込めて締め括った表現と評することができる。

このように「こそ〜けれ」の終結機能は、「ぞ〜ける」よりも主観的・詠嘆的な態度で内容を纏める特徴を持つ。右のように、「たりけり」「にけり」だけも終結機能が認め得るが、更に「こそ」を加え、「こそ〜たれ」「こそ〜たりけれ」「こそ〜にけれ」の形で終結機能をより強めた表現を作っている。この他、「こそ〜てんげれ」「こそ〜かりけれ」「こそ〜しか」等も、より強い終結機能を持つ詠嘆的表現として用いられたと見られる。

七　「ぞ〜し」の終結機能

前掲の（表1）で最も終結部分に偏る文末表現は「ぞ〜し」であった（終結部分での比率は、「ぞ〜ける」25％、「こそ〜けれ」36％、「ぞ〜し」40％）。「ぞ〜し」の形式は121例見られるが、内訳は「とぞ聞えし」91例、「とぞ見えし」30例であり、「きこゆ」「みゆ」に繋がる例のみである点が注意される。[4] このような類型性から、「とぞ聞えし」等の表現は、「けり」「ぞ〜ける」を叙述の基軸とする覚一本の中で、文章統括機能によって意図的に用いられた表現であると推測される。「ぞ〜し」は、始発部分では章段冒頭1例、段落冒頭4例と例が少ない一方、覚一本の最終章段「女院死去」をはじめとする章段末尾の例が17例、終局部6例、段落末尾26例など終結部分の例が多いことがそれを物語っている。

段落末尾や章段末尾に例が多いが、章段冒頭でも次の1例が見られる。

㉒同九月廿三日、平家の余党の都にあるを、国々へつかはさるべきよし、鎌倉殿より公家へ申されたりければ、平大納言時忠卿能登国、子息讃岐中将時実上総国、内蔵頭信基安藝国、兵部少輔正明隠岐国、二位僧都全真阿波国、法勝寺執行能円備後国、中納言律師忠快武蔵国とぞきこえし。（十二・平大納言被流）

この例では、平家の配流の命令があったことを「けれ」を含む条件節で示し、「きこえし」で配流先を伝聞の形で示し文を纏めている。次に段落末尾の例を挙げる。

㉓同正月十一日、木曽左馬頭義仲院参して、平家追討のために西国へ発向すべきよし奏聞す。同十三日、すでに門いでときこえし程に、東国より前兵衛佐頼朝、木曽が狼藉しづめんとて、数万騎の軍兵をさしのぼせられけるが、すでに美濃国・伊勢国につくと聞えしかば、木曽大におどろき、宇治・勢田の橋をひいて、軍兵共をわ

かちつかはす。折ふしせいもなかりけり。勢田の橋へは大手なればとて、今井四郎兼平八百余騎でさしつかはす。宇治橋へは、仁科・たかなし・山田次郎・五百余騎でつかはす。いもあらいへは伯父の志太三郎先生義教三百余騎でむかひけり。東国よりせめのぼる大手の大将軍は、蒲御曹司範頼、搦手の大将軍は九郎御曹司義経、むねとの大名卅余人、都合其勢六万余騎とぞ聞えし。（九・生ずきの沙汰）

木曽軍の動静を「奏聞す」「つかはす」「なかりけり」「さしつかはす」「つかはす」「むかひけり」の文末で表し、最後に「聞えし」で叙述を纏めている。「聞えし」の伝聞内容は頼朝軍の情報であるから、第二文の「さしのぼせられける」に付随する情報であるが、これを解説的情報として末尾に配して段落を纏めている。また、章段末尾では、次のような解説9例や後日談8例で締め括っている例が見られる。

㉔同十二月八日、皇子東宮にたゝせ給ふ（終局部）。傅には、小松内大臣、大夫には池の中納言頼盛卿とぞ聞えし。　解説（三・頼豪）

㉕…主とうしろあはせに東国へこそおちゆきけれ（終局部）。宇都宮をば貞能申あづかッて、情ありければ、そのよしみにや、貞能又宇都宮をたのんで下りければ、芳心しけるとぞ聞えし。　後日談（七・一門都落）

これら㉒～㉕の「とぞ聞えし」は、いずれも「ということ（噂）であった」という意味の伝聞表現と解することができる。これらは、「けり」や動詞終止形で描かれる物語内容を承けつつ、それに付随する伝聞内容を直接体験の「し」によって語り手が回想する形で解説し、文章の流れを纏めている点で共通している。

日下（一九九七）は、「けるとぞ聞えし」の形式は覚一本の「章段において、一話の結び句あるいは話末の文脈中の一句、付加的後日談の結語」などで用いられ、「完了した事実の伝聞」を表すと指摘している。「けるとぞ聞えし」の形は、34例中、段落冒頭3例、段落末尾11例、終局部1例、章段末尾11例が用いられており、強い終結機能が認められる(5)。一方、日下は、「ける」を伴わない「とぞ聞えし」については「基本的には、過去の時点における風聞の、空間的な伝播を伝えるに過ぎない」が、話末で用いる場合は「けるとぞ聞えし」と近い機能を持つとした。「とぞ聞えし」は、57例中、段落末尾12例、終局部3例、章段末尾3例で、「けるとぞ聞えし」に比べ章段末尾の例が少ないものの、やはり終結機能が窺える。また日下の論には、終結機能とともに、語り手による伝聞、人々による伝聞という両面の指摘が含まれている。日下の論に導かれ、覚一本で類型的に「（ける）とぞ聞えし」の形式を用いた理由を文章構成上の機能と表現効果の面から考えてみる。

「（ける）とぞ聞えし」は、物語最末尾の灌頂巻「女院死去」の末尾文「みな往生の素懐をとげけるとぞ聞えし」にも用いられるが、これは冒頭章段「祇園精舎」の「皆とりどりにありしかども、六波羅の入道前太政大臣平朝臣清盛公と申し人のありあさま伝承るこそ心も詞も及ばれね」と呼応していると見られる。冒頭との対応について日下は、冒頭の祇園精舎の「伝へ承るこそ心も詞も及ばれね」と末尾の「けるとぞ聞えし」とが伝承表現として呼応し、物語世界である「過去との往還」を表しているとした。筆者は、祇園精舎の段のみが、過去表現がすべて「し」「しか」によって叙述されている点に注目したい。祇園精舎は、語り手が物語に導入するナレーションとして解説する部分であり、殿上闇討以降の「けり」を基調とする物語内容のいわば前枠として機能している。一方、延慶本の冒頭は「平清盛入道、法名浄海ト申ケル人」のように「ける」で叙され、物語最末尾も「トゾ、時人申沙汰シケル」であり、「し」を枠とする構造が見られない。覚一本では、物語結尾で「けるとぞ聞えし」とし、物語世界を主に叙述する虚構的過去の「ける」に体験的過去の「し」を続けて話を終えている。語り手の解説的立場を表す冒頭と末尾の「し」「しか」が呼応し物語全体を枠づけていると解されるのである。

また、その表現効果も注目される。直接体験の回想の「し」を含む「（ける）とぞ聞えし」は、終結部分で用いる場合、語り手の立場による伝聞体験の回想と解されやすい。一方、㉓の「と聞えしかば、木曽大におどろき」のような例では、登場人物の木曽の「聞え」であるため、「しか」は木曽による伝聞体験の回想と解する余地が出てくる。ただそう解すると叙述の主体が変わることになるため、「けり」の場合と同様に語り手の立場による回想と一応は考えられる。現にこの箇所は延慶本は「聞ケレバ」（第五本・上一八八10）としており、語り手の立場による回想となっている。ところが、覚一本では文末はもとより文中でも「聞え」には「し」「しか」が結合する傾向が極めて強い（「きこえける」1例「きこえけれ」1例に対し、「きこえし」15例「きこえしか」36例）。このような表現の統一にはどのような意図があるのであろうか。「聞えし」は知覚表現に関わる「きこゆ」に直接体験の回想の「し」を付した極めて主観性の強い表現であり、共感的表現を作りやすい。覚一本では、通常の「けり」叙述と意図的に区別し、語り手の伝聞体験を当時の人々（登場人物や民衆達）の伝聞体験と重ね合わせた共感的表現としてこれを用いていると解されるのではなかろうか。(6) すなわち㉒〜㉕の「（ける）とぞ聞えし」は、語り手の立場からは「語りの場」から伝聞体験を回想する意味を、当時の人々の立場（㉓の例では木曽を含む）からは「物語の今」よりも前に起こったことを噂に聞いたという意味を含むと解される。知覚表現を用い当時の人々と共感して章段を終える例としては、⑩「さてこそ清盛公をば慈恵僧正の再誕なりと、人しッてンげれ」も同趣のものとして指摘できる。こう考えるならば、㉓㉔㉕など終結部分の「（ける）とぞ聞えし」は㉓の「きこえし程」「聞えしかば」の例と連続的であり、当時の人々による伝聞という側面は完全には排除できないことになろう。このような共感的表現を用いつつ、物語世界を「し」により事実的なものとして見つめる視点を採る点に、覚一本の文学的な表現技巧を窺うことができる。

八　係り結びとテクスト機能

以上、覚一本のテクスト機能に関わる文末表現を検討した。用例が多く枠づけの基軸となっている「ぞ〜ける」

を中心に、詠嘆的に締め括る「こそ〜けれ」、伝聞形式で大枠を作る「ぞ〜し」の三形式が終結機能の主なものであった。このように、係り結びが終結に関わるテクスト機能に深く関わっていることがわかる。

「ぞ〜ける」を多く用いる傾向は、拙著（二〇一六）で検討した『沙石集』（米沢図書館蔵本）にも見られた点であり、覚一本が鎌倉期の仏教説話と共通する性質を持っていることが窺える。一方、『沙石集』が終結部分で連体形終止「ける」と「ぞ〜ける」を同程度で用いているのに、覚一本では14例用いる連体形終止「ける」を終結部分では用いていないという相違点も窺える（表1）。覚一本が終結部分で専ら係り結びを選択するのは、内容を纏める文章機能を重視した結果であろう。岩波日本古典文学大系（上）の解説では、「ぞ」「こそ」は「単に文尾のとめに変化を与える助詞に転じかけている」と述べているが、それは表面的な変化ではなく文章機能に関わる変化と考えるべきである。説話では終止形の「にけり」による終結表現が多いが、覚一本では展開上重要な位置や内容である場合、より強い終結表現として「ぞ〜にける」や「こそ〜にけれ」などの係り結びの形式が使い分けられている。ただし、覚一本の終結部分には「けるとぞ聞えし」の「ける」のように係助詞が先行しない用法がある。覚一本の「けるとかや」19例（表1）や、『沙石集』の「けるとぞ聞えし」1例とその省略形「けるとぞ（なん・こそ）。」10例等においても、「ける」には係助詞が先行していない。これらは「と＋係助詞」が後続する場合の用法で、係り結びの重用を避けたための例外と思われるが、この用法の「ける」にも「ぞ〜ける」と同等の終結機能があると考えられる。これに「とぞ聞えし」を加えることで、二重の係り結びの効果を持つ強いテクスト機能の表現が作られ章段末尾に多く用いているのである。

本章では覚一本から「き」「けり」のテクスト機能を持つ表現を析出したが、古態とされる延慶本をはじめ他の平家諸本の中ではどのような様相を見せるか、今後個々のテキストの表現構造に即して検討していく必要がある。

注

（1）阪倉論文以降に出た「けり」の枠機能に関する研究として、中川（一九九一）、須藤（一九九五）、西田（二〇〇〇）など『源氏物語』の論がある。近年では、井島（二〇一一）や渡瀬（二〇一三）が、中古の和文や説話について考察している。

（2）筆者の論は、拙著（二〇一六）参照。

（3）「にけり」が説話で終結機能を持つ代表的表現であることについて、拙著（二〇一六）で述べた。

（4）覚一本では「と見えけり」「とぞ見えける」の表現は見られず、「とぞ聞えける」2例や終止形の「と聞えけり」5例「と見えたり」4例もあるが少数である。

（5）『平家物語』の「けるとぞ聞えし」について、志立（二〇〇四）は「〈物語の今〉とは異なる時間に属する出来事を解説的に挿入」した「伝聞表現」とする。佐倉（二〇一一）は「とぞ聞えし」は「語り手が、表現世界内の噂の伝声を表現世界外の享受者に向かって提示する姿勢を顕現する」とする。

（6）志立（二〇〇四）は、覚一本の語り手が場面を臨場的に語るときに語り手の姿勢が顕在化するが、さらに場面をまとめる際に「けるとぞきこえし」等で解説的に叙述することで「物語の場とそこに立って物語る語り手の姿をテキストの中に顕在化させている」と言う。語り手の目撃体験として場面全体が位置づけられたとき、語り手の解説や批評は、語り手が平家の一門や当時の人々の感情を踏まえて述べていると想定されるが、志立は「おしはかられて哀也」の「おしはかられて」に見られるように、語り手は第三者的な立場を保ちつつ批評していると言う。「けるとぞ聞えし」も、語り手の「聞え」を通した視点である点で、第三者的な立場を保つ面が見られる。なお、室町時代の天草版平家物語でも口語化した「タトキコエタ」の表現が60例と多数見られる。軍記物語の実際の「語り」に関わる表現と思われる。

参考文献

井島正博（二〇一一）『中古語過去・完了表現の研究』（ひつじ書房）
阪倉篤義（一九五六）「『竹取物語』の構成と文章」（『国語国文』31-11、『文章と表現』角川書店　一九七五に所収）

日下力（一九九七）『平治物語の成立と展開』第四章・第二節「琵琶語りとの関連」（汲古書院）
佐倉由泰（二〇一一）『軍記物語の機構』（汲古書院）
志立正知（二〇〇四）『『平家物語』語り本の方法と位相』（汲古書院）
菅原範夫（一九八九）「平家物語の文末表現―覚一本と延慶本との相違について―」（『鎌倉時代語研究』12）
鈴木泰（一九九九）『改訂版　古代日本語動詞のテンス・アスペクト―源氏物語の分析―』（ひつじ書房）
須藤明（一九九五）「『源氏物語』における文末『けり』について―宇治十帖における『けり』の役割―」（『文学論藻』69）
中川正美（一九九一）「源氏物語の本文と『けり』」（『源氏物語研究』1）
西田隆政（一九九九）「源氏物語における助動詞『ぬ』の文末用法―場面起こしと場面閉じをめぐって―」（『文学史研究』40）
西田隆政（二〇〇〇）「源氏物語横笛の巻の段落構成―助動詞「けり」による段落構成の巻々―」（『大分大学教育福祉科学部研究紀要』22―1）
渡瀬茂（二〇一三）『王朝助動詞機能論―あなたなる場・枠構造・遠近法―』（和泉書院）
拙著（二〇一六）『院政鎌倉期説話の文章文体研究』（和泉書院）

第十三章　『屋代本平家物語』の「き」「けり」のテクスト機能

――覚一本との比較――

一　「き」「けり」の機能と『平家物語』の文章

筆者はこれまで、院政鎌倉期の説話作品に用いられた「けり」について検討し、阪倉（一九五六）が指摘した枠づけ機能が様々な作品に見られ、説話の文章構成において重要な働きを持っていることを検討してきた。説話においては、単純に「けり」を冒頭や事件の終局部で用いる場合もあるが、時代を追って「なむ～ける」「ぞ～ける」などの係り結びによって文章が纏める様式が一般化することを指摘した。さらに長編物語として軍記物語の『覚一本平家物語』（以下、覚一本）を取り上げ、係り結びによる様々な文末形式が内容を締め括る機能を持っていることを指摘した。覚一本においては、各章段を小さな物語として纏まりを持つと考え、「けり」の諸形式が各章段の末尾や段落末尾に用いられて内容を締め括る機能を持っていることを見出した。覚一本では、係り結びによる「ぞ～ける」が章段や段落の内容を締め括る枠づけ表現として最も多く用いられること、「こそ～けれ」やさらに強調的な「こそ～にけれ」「こそ～てんげれ」などの強調的、詠嘆的な枠づけ表現があること、さらに、「ぞ～し」が作品全体の大枠として用いられていることなど、多層的な形式が覚一本の文章構造に見られることを指摘した。(1)

本章では、これらを受けて、『屋代本平家物語』（以下、屋代本、使用テキストは麻原美子・春田宣・松尾葦江編『屋代本高野本対照平家物語』（新典社））を取り上げる。屋代本は覚一本と同じ語り本系統の一つであるが、語り本の完成形態とされる覚一本との関係はいまだ不明な点が多い。琵琶語りの正本である覚一本に対し、屋代本には古態性が指摘されていたが、近年では屋代本の本文のもつ後次性や独自の指向性も指摘され、その要因について延慶本などの読み本との関係も視野に入れた検討がなされている(2)。

屋代本は巻四・巻九を欠くこともあり、その総文数の4298文（剱巻を除く。以下同じ）は、覚一本（岩波日本古典文学大系の龍谷大学図書館蔵本による数）の5834文の74%の分量にとどまる。また、屋代本には170の章段が存在しているが、使用テキストによって、その内容に対応する高野本の章段数を数えると、149段に過ぎない。これは、覚一本（龍谷大学図書館蔵本や高野本）の章段は内容によって大きく纏められているが、屋代本では編年体をとっており章段分けが細かくなっているためである。このような性質の違いから、覚一本と屋代本の文章構造に関わる相違点も見られる。すなわち、覚一本が内容の関わる記事をなるべく一カ所に集結させて、記事同士の関連づけを強めようとする傾向があるのに対して、屋代本は編年体により記事を並列的に配列している。そのため各章段には内容的な独立性が見られ、また本文の叙述は簡略で装飾性に乏しいとも評される(3)。

このような文章の性質の相違点から、屋代本では章段毎の叙述のまとめ方にも覚一本とは異なる点があると予測される。覚一本に見られた枠づけの基本となる表現形式である「ぞ〜ける」や、「き」による大きな枠づけ表現はどのような様相を見せるであろうか。本章では、これらの問題について、覚一本において特徴が見出された「ぞ〜ける」「こそ〜けれ」「ぞ〜し」などの表現が、屋代本においてどのように現れているかを中心に検討していくことにしたい。

二　「き」「けり」の概観

本節では、始発部分と終結部分における使用傾向を概観しておきたい。覚一本と比較するため、覚一本を分析した第十二章で用いた分析方法を踏襲する。屋代本の各章段が内容上一定の纏まりを持っているものと考え、各章段の始発部分や終結部分の文末表現を見ていく方法である。具体的には、章段内部の特定の位置に現れた文末表現に注目していく。すなわち、章段冒頭文と章段末尾文の文末表現、および、『屋代本高野本対照平家物語』の設定する章段内部の形式段落の段落冒頭文と段落末尾文を調査する。また、章段の最終段落についてその章段の最終動作を叙述した文を「終局部」として調査する。さらに「終局部」の後に続く、話末評語に相当する解説・批評の文も評語部として調査する（章段末尾文を除く）。これらに入らない展開部分の文末における様相も参考に示す。これによって、「章段冒頭」と「段落冒頭」を「始発部分」とし、「段落末尾」「終局部」「章段末尾」を「終結部分」として調査し、その他に「評語部」「展開部」に分けて、傾向を分析する。これらの中で、とりわけ「終局部」や「章段末尾」の例が終結機能をになう表現として注目されるものである。

屋代本の総文数4298文（剱巻を除く）を対象として調査し、（表1）に用例数が2例以上ある文末表現を分類して示した（ただし、和歌で終わる場合の文末は対象から除く）。大きくは用言の終止形用法と係り結び用法、助動詞の終止形用法と係り結び用法に分けて示した。なお、文末表現の区分は、覚一本に見られるが屋代本に用例の見られない「たりけり」「ぞ～てんげる」「こそ～かりけれ」を削除し、「ぞ～にける」を「ぞ～ける」から区分して加えたこと以外は、前章と同様である。また、動詞終止形には「る・らる」の終止形の場合を含めている。(4)

次に、（表1）に基づきながら、次に用言と助動詞に分け、各々、終止形用法と「ぞ」「こそ」の係り結びに用い

（表１）章段の各箇所の例数

		章段冒頭	段落冒頭	小計	段落末尾	終局部	章段末尾	小計	評語	展開部	総計
用言・終止形	動詞	76	139	215	69	3	25	97	32	945	1289
	～なし	0	6	6	8	0	1	9	9	77	101
	形容詞	2	1	3	0	0	1	1	2	14	20
	～がたし	0	0	0	2	0	0	2	1	9	12
	形容動詞	0	4	4	6	0	3	9	2	18	33
用言・係結	ぞ～動詞連体	0	2	2	6	2	3	11	1	14	28
	ぞ～なき	0	2	2	3	0	0	3	1	10	16
	ぞ～形容詞連体	0	2	2	1	0	2	3	2	14	21
	ぞ～形動連体	0	1	1	0	0	2	2	2	4	9
	こそ～形容詞已然	1	3	4	7	0	11	18	7	17	46
	こそ～形動已然	0	0	0	2	0	3	5	1	8	14
	こそ～動詞已然	0	1	1	0	0	1	1	0	2	4
助動詞・終止形	けり	13	38	51	30	8	14	52	16	233	352
	ず	9	10	19	8	0	9	17	12	163	211
	なり	4	20	24	24	0	7	31	13	168	236
	たり	5	13	18	9	0	2	11	4	116	149
	ぬ	5	8	13	3	0	3	6	6	63	88
	り	6	5	11	2	0	5	7	5	67	90
	たりけり	0	4	4	2	0	0	2	1	11	18
	にけり	2	6	8	3	5	9	17	0	30	55
	かりけり	3	4	7	5	0	7	12	3	41	63
	ざりけり	0	3	3	3	0	0	3	0	17	23
	てんげり／てけり	1	1	2	4	2	0	6	0	19	27
	ごとし	0	2	2	0	0	0	0	2	20	24
	き	1	3	4	0	0	0	0	0	10	14
	けむ	0	1	1	5	0	1	6	0	6	13
	にき	0	0	0	0	1	0	1	0	1	2
	かりき	0	0	0	0	0	0	0	0	1	1
	べし	0	0	0	3	0	0	3	2	13	18
	つ	0	0	0	0	0	0	0	0	5	5
助動詞・係結	ぞ～ける	20	64	84	86	33	33	152	9	498	743
	ぞ～たりける	1	4	5	7	1	6	14	0	55	74
	ぞ～し	2	1	3	5	4	5	14	3	36	56
	ぞ～たる	1	6	7	7	4	3	14	1	45	67
	ぞ～かりける	1	1	2	1	0	0	1	0	4	7
	ぞ～にける	1	2	3	6	6	1	13	0	20	36
	ぞ～なる	0	1	1	0	0	2	2	2	4	9
	こそ～けれ	1	8	9	11	2	2	15	5	33	62
	こそ～たれ	1	0	1	0	0	0	0	0	4	5
	こそ～たりけれ	0	0	0	0	0	0	0	0	4	4
	こそ～けめ	0	0	0	1	0	0	1	0	3	4
	こそ～てんげれ	0	0	0	2	0	1	3	0	0	3
	こそ～にけれ	0	0	0	0	0	1	1	0	3	4
	こそ～しか	0	0	0	1	0	0	1	1	0	2
他	けるとかや	0	0	0	2	3	2	7	0	6	13
	ける連体形終止	0	2	2	0	0	0	0	0	9	11

（表２）用言の比較

	始発部分	終結部分
動詞・終止	215	97
ぞ〜動詞・連体	2	11
なし	6	9
ぞ〜なき	2	3
形容・終止	3	1
ぞ〜形容・連体	2	3
こそ〜形容・已然	4	17
形容動詞終止	4	9
ぞ〜形動・連体	1	2
こそ〜形動・已然	0	5

（表３）助動詞の比較

	始発部分	終結部分
けり	51	52
ぞ〜ける	84	152
たり	18	11
ぞ〜たる	7	14
にけり	8	17
ぞ〜にける	3	13
こそ〜にけれ	0	1
てけり	2	6
こそ〜てんげれ	0	3
き	4	0
にき	0	1
ぞ〜し	3	14
こそ〜しか	0	1

られる表現形式について、始発部分と終結部分の傾向を確認しておく。

（表２）は、用言の終止形と係り結びの用例について抜き出し、始発部分と終結部分の総数を対比して示したものである。これよると、動詞の場合は終止形が始発部分に用いられやすく、係り結び（とくに「こそ」によるもの）は終結部分に用いられやすい傾向が窺える。一方、「なし」「形容詞」「形容動詞」の場合、係り結びが終結部分で用例が多い傾向は見られるものの、終止形においてもある程度の用例が見られ、特に「なし」「形容動詞」の終止形では終結部分の数が始発部分の例数を上回っている点が注意される。このような傾向は覚一本でも、「形容動詞」終止形に見られたが、「なし」の場合には見られなかった傾向である。屋代本で多いのは、次のような、「なし」を含む熟語的な表現や、「形容動詞」による評価表現による慣用的表現で内容を終わる例であり、終結機能が強く現れる表現を作っている。

①然ニ其恩ヲ忘テ、此一門ヲ可滅之由、無外人所ニサルヘキ者共語ライテ、共営ノ外ハ他事モナシ。（一・新大納言成親卿以下謀叛事）

②兵衛佐バカウコソ目出坐スルニ、木曽ハ、都ノ守護シテ有ケルカ、貌ハ吉男ニテ有ケレトモ、立居ノ振舞、物云タル詞ハ連陋ナル事無限。（八・木曽義仲於洛中振舞事）

③「楽尽テ悲来」ト書タル江相公ノ筆ノ跡、被思知テ哀ナリ。（二・重盛卿父禅門諷諫事）

④行幸ノ儀式有様、浅猿ナントモ愚カナリ。（八・法住寺殿合戦事）

特に「～テ哀ナリ」の定型表現は9例があり、段落末に4例、章段末尾に2例が見られる。

（表3）は、助動詞の主要な形式について同様の方法でまとめたものである。これによると、「けり」「たり」「き」などの終止形が始発部分に用いられやすいのに対して、対応する係り結び形式の「ぞ～ける」「ぞ～たる」「ぞ～にける」「こそ～てんげれ」「ぞ～し」「こそ～しか」などは終結部分に用いられやすいことがわかる。しかし、終止形でも「にけり」「てけり」「にき」など「に」を伴う場合は終結機能が認められる。これらの傾向は、第十二章で見た覚一本において「ぞ～たる」のみは始発部分に例が多く傾向が異なっているが、その他は同様の傾向である。（表1）によると係り結びの「ぞ～たりける」も始発部分5例に対して終結部分14例と多く、「ぞ～たる」とともに終結機能が強く見られる。

総じて、「けり」「き」「たり」は、終止形では始発部分の例が多いが、係り結びでは終結部分の例が多くなる。さらに終止形で終結部分の例が多い「にけり」「てけり」になると、係り結びを組み合わせた場合にはさらに終結部分への傾斜が大きいと言い得よう。これらの大きな傾向は、章段の構成方法が異なる覚一本と比べても変わらない点である。本章では、主として屋代本の終結機能を担う表現を中心に覚一本と比較しながら傾向を述べていく。

三　終結機能の諸相

三・一　終止形用法の機能――「にけり」「にき」「てけり」「かりけり」等――

（表1）によると、終止形の助動詞の中で、「にけり」「てけり」「かりけり」のような複合形式、「なり」「けむ」「べし」などの主観性を持つ助動詞は終結部分に多く傾斜して用いられる。その他、1例のみ終結部分に多い「けり」や始発部分と終結部分が同数の「ざりけり」も、終結機能に関わる表現と思われる。

「けり」の場合は、始発部分51例に対し終結部分52例で1例のみながら逆転している。一方、覚一本の「けり」では始発部分74例、終結部分56例で、他の助動詞と同じく始発部分の例が上回っている。細かく見ると、覚一本の終局部8例、章段末尾8例に対し、屋代本では終局部8例、章段末尾14例で、特に章段末尾の例が上回っている。巻十二の物語最末尾においても、「其ヨリシテ平家ノ子孫ハ絶終ケリ。」（十二・六代御前于時三位禅師被誅之後平家一門跡絶事）で終えており、覚一本が「それよりしてこそ平家の子孫はながくたえにけれ。」と強調的であるのに比べて物語全体を語り終わる表現としては平板という印象は免れない。屋代本の章段分けは覚一本より細かく、編年体的な構成を取っているため必ずしも内容上の大きな切れ目ではない部分が章段末尾になる場合も多い（屋代本の章段末尾14例中の7例は、覚一本の対応箇所では章段の展開部に位置する）。このことを踏まえると、屋代本の「けり」は、終結機能を本格的に担う表現というわけではなく、平板な叙述で章段を終える屋代本の表現傾向を示していると推測される。

「ざりけり」と形容詞カリ活用に続く「かりけり」のようなラ変につづく「けり」には、内容を詠嘆的に締め括る場合もある。

⑤有王ハ是ヲ聞ニ付テモイトヽ心憂シ。山ノ方カ覚束ナク覚ケル間、遥ニ奥ヘ尋入リ、峯ニ上リ谷ヘ下レ共、白雲跡ヲ埋ミテ往来ノ道モサタカナラス。青嵐夢ヲ破テ、真面像モ見サリケリ。（段落末尾）

（三・有王丸鬼海島尋渡事幷俊寛死去事）

⑥「当座ノ恥辱ヲ為レ遁レンカ帯刀之由露スト云ヘトモ、後日之訴訟ヲ存知シテ、帯木刀ヲケル用意ノ程コソ神妙ナレ。携弓箭ニ者ノ計事ハ、自元合コソアラマホシケレ。兼又郎従主ノ恥ヲスヽカント思テ潜ニ参候之条、且ハ武士之郎等ノ習ナリ。忠盛カ科ニ非ス」ト還テ預叡感ニ上ハ、敢テ罪科之沙汰モ無リケリ。（章段末尾）

（一・忠盛昇殿事）

「なり」「けむ」「べし」などは、語り手の批評を差し挟んで段落などを閉じる場合である。

⑦伝教大師当山草創ノ昔、阿耨多羅三藐三菩提ノ仏達ニ祈申サセ給ケム事ヲ思出テ読タリケルニヤ、イトヤサシウソ聞ケル（終局部）。八日ハ薬師ノ日ナレトモ、南無ト唱ル声モセス、卯月ハ垂跡ノ月ナレトモ、捧幣帛人モナシ（評語部）。明玉垣神サヒテ、注連縄ノミヤ残ケム（章段末尾）。

（三・山門学匠堂衆不快事）

⑧「果報コソ目出クテ大臣ノ大将ニ至ラヌ。容儀体拝人ニ勝レ、才智才覚サヘ世ニ越ヘシヤ」トソ、時ノ人ハ被感ケル（終局部）。国ニ諫ムル臣アレハ其国必ヤスク、家ニカラカフ子アレハ其家必タヽシトモ、加様ノ事ヲヤ申ヘキ（章段末尾）。

（二・重盛卿父禅門諷諫事）

終止形「にけり」は終結部分に多く、（表3）のように係り結びの「ぞ〜にける」を上回る例が見られる。特に章段末尾で9例が見られ、覚一本での同7例よりも多い点が注目される。「にけり」は、章段の冒頭にも末尾にも用いられ、次のように時間や空間の経過を表すのに多く用いられる。広くいえば事態の推移に関わる表現を作っているために終結機能が現れやすいのであるが、これは『伊勢物語』など古典物語以来の傾向である（第十四章）。

⑨サル程ニ八月十日アマリニモ成ニケリ。（章段冒頭）　（三・小督局事）
⑩松坂、四宮河原ト思へ共、関山ヲモ打越テ、大津浦ニモ成ニケリ。（章段冒頭）
（十二・六代御前高尾文学請取事）
⑪サル程ニ歳暮テ、治承モ二年ニ成ニケリ。（章段末尾）　（二・彗星事）
⑫サル程ニ歳去年来テ、治承モ四年ニ成ニケリ。（章段末尾）　（三・明雲大僧正天台座主還着事）

「にけり」が典型的な終結機能を示すのは、次のような終局部の例である。物語や説話に多い慣用句「やみにけり」は覚一本には用いられていないが、屋代本では⑭のように一例用いている。

⑬様々ノ御願ヲ立、ヲコタリヲ申サセ給シカトモ、御平癒無リシカバ、御母北ノ政所、是ヲ御歎キアテ祈申サセ給シカバ、暫シバ御平懸ト聞ヘサセ給シカ、遂ニ永長二年六月廿六日、御病垂ラセ給テ、同廿八日、御年三十八ト申ニ薨御成ニケリ。　（一・後二条関白薨御事）
⑭「此法師ヲ可行死罪歟、又流罪カ」ト沙汰有シカトモ、大小事ノ怱劇ニ打紛テ止ニケリ。
（六・平家諸方祈禱不成就事）

「てけり」も終結部分に多いが、「にけり」に多く見られる章段末尾の例は一例も見られない。討死等の場面を強調的に描いて段落を閉じる例が中心で、終局部にも1例用いられている。

⑮同七日、煙ト成奉テ、骨ヲハ円実法眼頸ニ懸テ、福原ニ下テ納テンケリ。（終局部）
（六・入道相国疾患事同被薨事）
⑯次日、北条五百騎ニテ幡差セ、赤井河原ニ行向テ、ソコテ十郎蔵人ノ頸ヲハ終ニ切テケリ。（段落末尾）
（十二・三郎先生義憲十郎蔵人行家被誅事）

「にき」も、展開部以外では終局部にのみに用いており、屋代本の「燕大子丹謀叛事付感陽宮事」の終局部に見られる。終結機能が顕著であるが、次のように中国の逸話の部分であり、例外的と言える。「にき」は漢文訓読文体の枠づけ表現が現れた場合と言えよう。章段全体の文末の表現を抜き出すと次のようである。

ゾ〜ケル↓ゾ〜ケル↓ゾ〜ケル↓動（終）↓動（終）↓コソ〜ケレ↓ズ↓動（終）↓動（終）↓ゾ〜ケル↓コソ〜ニケレ↓動（終）↓タリ↓ル・ラル↓動詞終止形↓ゾ〜ケル↓動（終）↓タリ↓ゾ〜ケル↓動（終）↓ケリ↓動（終）↓動（終）↓ケリ↓ゾ〜タリケル↓動（終）↓ゾ〜ケル↓ナリ↓ナリ↓リ↓ケリ↓ゾ〜ケル↓動（終）↓ズ↓ヌ↓動（終）↓動（終）↓タリ↓ゾ〜ケル↓動（終）↓動（終）↓動（終）↓ナリ↓ヌ↓ル・ラル↓動（終）↓ズ↓ゾ〜ケル↓動（終）↓タリ↓ゾ〜タリケル↓動（終）↓コソ〜ケレ↓ヌ↓ル・ラル↓ニキ↓コソ〜シカ↓カリケリ

次にこの章段の末尾部分を引用しておく。

⑰……王ハ是ヲ聞知テ、袖ヲフツト引キリ、七尺ノ屛風ヲ踊越テ、銅ノ柱之陰ニソ逃隠給ケル。荊軻イカテ剣ヲ投懸奉ル。折節番ノ医師ノ御前ニ候ケルカ、薬ノ袋ヲ剣ニムズト投合セタリ。剣薬ノ袋ヲ被懸ナカラ、口六尺ノ銅柱ヲ半マテソ切タリケル。荊軻剣ヲ二モタネハ、ツヽイテナケス。王立帰テ、我剣ヲ召寄テ、荊軻ヲ八割ニコソセラレケレ。秦舞陽モ切レヌ。軄軍兵ヲ遣テ燕丹ヲモ被亡。秦始皇ハ遁テ、燕丹遂ニ滅ニキ。「恩ヲ忘レ契ヲ変スル者ハ、昔モカウコソ有シカ。サレハ今ノ頼朝モサコソアランスラメ」ト色代スル人モ多カリケリ。

この章段は、「異国ニ昔ノ先縦ヲ尋レハ、燕太子丹、秦ノ始皇ニトラバレテ誠ヲ家事十二年、燕丹涙ヲ流シ、『我本国ニ老母有。暫ノイトマヲ給テ彼ヲ見』トソ申ケル。」で始まり、「けり」「ぞ〜ける」を基調とした文末表現で進められる。「こそ〜けれ」「こそ〜にけれ」で大きな纏まりを付けながら、終局部に「にき」を用い話を終え、それに続く評語部にも「コソ有シカ」を用いている。最末尾の「多かりけり」では、「にき」「しか」で終結した説話内容から『平家物語』本来の筋に戻り、「かりけり」を用いて章段を終結させるという構造である。

三・二　「ぞ」の係り結び――「ぞ〜ける」「ぞ〜たりける」「ぞ〜にける」――

係り結びの表現は多く終結部分に用いられる。叙述の基本となっている係り結びの「ぞ〜ける」は屋代本でも終結部分に多いことが認められるが、覚一本に比べるとその割合は少ない。すなわち、覚一本の始発部分79例、終結部分189例と比べて、屋代本の始発部分84例、終結部分152例で、総数は同じ743例であるから、覚一本の方がより終結部分に偏っていることがわかる。用例は展開部に最も多いので、展開部における使用比率を終止形「けり」と比較すると、（表1）によれば屋代本の展開部では、終止形の「けり」233例に対して「ぞ〜ける」498例と倍以上が見られる。覚一本の展開部では「けり」312例、「ぞ〜ける」455例であるから、屋代本では展開部に係り結びが多く用いられていることがわかる。このことからも、覚一本に比べ屋代本では「ぞ〜ける」の終結機能を担う面は弱いと言えるであろう。

一方、「に」を伴う「ぞ〜にける」の形になると強い終結機能が現れる点は、覚一本と同様の傾向が見られる。次に示すように、屋代本では、特に終局部ではこの形は覚一本より例数が多い。

《覚一本》章段冒頭0　段落冒頭3　段落末尾10　終局部3　章段末尾3　評語0　展開部26

《屋代本》章段冒頭1　段落冒頭2　段落末尾5　終局部6　章段末尾1　評語1　展開部21

また、屋代本の終止形「にけり」との比較でも、（表1）によれば、章段末尾では少ないものの、段落末尾や終局部では終止形の「にけり」より多く、「ぞ〜にける」の終結機能の強さが窺える。次に、屋代本で例数の多い終局部の例を挙げておく。

⑱大衆是ヲミテ、ヒハルニ不及、涙ヲ流シ、尤モ〳〵ト同シテ、谷々ヘクタリ坊々ニソ入ニケル。（一・平大納言時忠山門勅使事）

⑲聴テ出家シテ、打伏事十余日有テ、遂ニ思死ニソ死ニケル。（七・長井斉藤別当真盛錦直垂事）

⑳平家ハ、日数フレハ、都ヲハ山河ノ程ニ隔テ、雲居ノヨソニソ成ニケル。

（七・平家一門落都趣西国事）

㉑既ニ此京ハ、無主里トソ成ニケル。

（八・法皇自鞍馬寺山門御幸事）

三・三　「こそ」の係り結び――「こそ～けれ」「こそ～形容詞已然形・形容動詞已然形」――

「こそ」による係り結びは、「ぞ」よりもより主観的・強調的な語感を持つ。例の多い「こそ～けれ」の形式は、覚一本では101例、屋代本では63例が見られる。「ぞ～ける」の例数がたまたま両本とも743例であるのを基準に見ると、屋代本の「こそ～けれ」の使用比率はかなり低いことがわかる。これは屋代本は主観的・強調的な叙述が少ないことを示すと思われる。

「こそ～けれ」は、次のように、評語部に多く見られる。

㉒経ノ島ト申ハ、石面ニ一切経ヲ書テ被築タリケル故ニコソ、経ノ島トハ申ケレ。

（六・入道相国疾患事同被薨事）

㉓天性此僧正ハ情深キ人ニテ、或時郭公ノ蹄ヲ聞テ、聞タヒニメツラシケレハ時鳥イツモ初音ノコ、チコソスレト読レタリケルニヨテコソ、初音僧正トモイハレ給ケレ。

（六・興福寺別当花林院僧正逝去事）

終結部分で、語り手による詠嘆的表現で締め括る例が見られる。

㉔矢種射尽シテ、打物抜テ戦ヒケルカ、矢七八射立ラレテ、立死ニコソ死ケレ。

（七・砺波山黒坂志保坂篠原等合戦事）

㉕又或者カ申ケルハ、「……太政殿ワルヒレ給フモ理也」ト申テコソ、恥ヲハ少シ助ケケレ。

（十一・宗盛清宗父子関東下向事）

「にけり」の強調形式である「こそ～にけれ」でも、章段末尾を強調的に締め括る例が1例見られる。

㉖平家ハ新中納言知盛一万余騎、千余艘ノ舟ニ乗、播磨国へ押渡テ、室山ニ陣ヲ取ル。十郎蔵人聞之、平家ト軍シテ木曽ニ中直リセントヤ思ケム、二千余騎ニテ室山ニ推寄テ一日戦暮ス。サレトモ平家ハ多勢、御方ハ無勢ナリケレハ、散々ニ打散サレテ引退ク。播磨ヲハ平家ニ恐レ、都ヲハ木曽ニ恐テ、船ニ乗リ和泉国へ推渡テ、河内国長野城ニソ籠ケル。平家ハ室山ノ軍ニ勝テコソ、弥大勢付ニケレ。（八・播磨国室山合戦事）

このような強調的・詠嘆的用法は、形容詞や形容動詞の結びの場合に通じるものであろう。二節では「形容動詞終止形」に終結機能がある場合に「〜テ哀ナリ」のような慣用表現が用いられることを述べたが、これを係り結びで強調した表現が「こそ〜哀れなれ」であり、より強調的な終結機能の表現となる。屋代本では9例が見られ、次のように章段末尾にも3例が見られる。

㉗我国ハ粟散辺地境、濁世末代トハ云ナカラ、澄憲是ヲ付属シテ、法衣ノ袂ヲ押ヘツヽ、被返ケルコソ哀ナレ。（二・先座主明雲罪科儀定事同配流事）

㉘然ニ此君達、無程実ノ墨染ノ色ニナラレケルコソ哀ナレ。（三・小松内府熊野参詣事）

㉙朝ニ替リタニ変スル世間ノ不定コソ哀ナレ。（十二・北条四郎時政上洛事）

屋代本の「こそ」による強調形式は、例数は少なくとも終結機能を担う表現の一つとして指摘できるものである。

三・四　「き」の機能――「ぞ〜し」の機能――

「き」系統では、終止形の「き」が始発部分のみに用いられるのに対して、「ぞ〜し」はほとんど終結部分に偏っている。屋代本においても、「ぞ〜し」「にき」は「ぞ〜ける」「にけり」と同様に、終結機能を担っていることがわかる。

（表1）によると屋代本においても覚一本と同様に、「ぞ〜し」は終結部分に偏って用いられ、終結機能が窺える。

しかし、一方で大きな相違点も見られる。覚一本の「ぞ〜し」は121例であるのに対し、屋代本の「ぞ〜し」は56例であり覚一本の半分程度しか例が見られない点である。また展開部の例数と比べても、覚一本では終結部分49例に対し展開部55例と差が少ないのに対して、屋代本では終結部分14例に対し展開部36例と、終結部分での使用がかなり少ない。さらには、「一・新大納言成親卿以下謀叛事」「二・重盛卿父禅門諷諫事」「三・中宮御産事」などでは「ぞ〜し」が近い位置で続けて用いられる例も見られる。これらのことから考えると、「ぞ〜し」は、覚一本のように内容を大きく纏める機能は弱いと思われ、語り手による解説内容をあたかも当時の人々の風聞のような形で挿入する表現に止まる場合が多いことが指摘できる。

㉚中宮御産ノ時、御局ヲ進セラル、事ハ、寛弘ニ上東門院御産ノ時、御堂殿ノ御局ヲ進セラレタリシ其例トソ聞ヘシ。（三・中宮御産事）

㉛花山院前大政大臣忠雅、大宮大納言隆季、此人々ハ後日ニ布衣著シテ、大政入道宿所へ被向ケルトソ聞ヘシ。（三・中宮御産事）

㉚は段落途中の例、㉛は段落末尾の例である。㉚のような先例の解説をする例は、次の㉜のように段落末尾にも見える。

㉜諒闇ニ賊首ヲ渡サル、事ハ、堀河天皇崩御ノ時、前対馬守源義親カ首ヲ被渡タリシ典例トソ聞ヘシ。（六・木曽冠者義仲於北国謀叛事）

次の例は、評語部で連続使用した例であるが、登場人物（大臣殿）に共感した叙述の例である。

㉝古ニシ緋玉垣、二度カサルトソ見シ。七日参籠ノ明方ニ、大臣殿御為ニ、御夢想ノ告アリ、御宝殿ノ御戸ヲ押開キ、ユ、シクケタカキ御声ニテソ聞ヘシ。世ノ中ノウサニハ神モナキ物ヲ心ツクシニ何祈ル覧。大臣殿打驚キ、胸打騒キ、何ニスヘキトモ不覚給。（八・平家豊前国宇佐宮参詣事）

「き」による係り結びでは、動詞が「聞く」「見る」に偏るのは覚一本と同じであり、第十二章で論じたように、これにより登場人物や当時の人々と共感する表現を作っている点は同様と思われる。しかし、大きく相違するのは覚一本では特定の表現形式が終結機能を担っている点である。覚一本では「とぞ聞こえし」91例「とぞ見えし」21例で、特に「とぞ聞こえし」に大きく偏っているが、屋代本では、「とぞ聞こえし」27例「とぞ見えし」25例と差が少なく、他に「とぞ覚えし」3例も見られる。「とぞ聞こえし」という形式が特に強いテクスト機能を持っている覚一本と異なり、屋代本では、冒頭章段や解説的部分で語り手の立場にもとづく「し」「しか」が用いられるに止まっているのである。

　個別表現では、覚一本では、特に終結機能が強い表現である連体形終止の「ける」を伴う「けるとぞ聞こえし」が34例も見られるが、屋代本では9例に止まる。もっとも屋代本の9例の中の6例が終結機能（3例は章段末尾の例であるから、この形式には一定の終結機能があるようにも見えるが、全体では少数に止まっている。この点は作品全体の文章構成の面にも関わる。覚一本では、冒頭の祇園精舎では「しか」を用い、また灌頂巻の最末尾でも「素懐をとげけるとぞ聞こえし」（女院死去）で作品を纏めており、「けり」で叙述される物語世界を冒頭と末尾の「し」「しか」によって統括する文章構造であると考えられた（第十二章）。しかし、屋代本では祇園精舎に対応する冒頭章段では「上総介ニ成給シヨリ以来」のような「き」もあれば、「未《リ》レ放《リ》ニ殿上ノ仙籍ヲ一ケリ」のように「けり」も用いていて一貫性がない。また巻十二の物語最末尾でも「長谷観音ノ御利生トゾ聞コヘケル。其ヨリシテ平家ノ子孫ハ絶終ケリ」（六代御前（于時三位禅師）被誅之後平家一門跡絶事）のように平板な「けり」終止形で締め括っている。すなわち、覚一本では「けるとぞ聞こえし」を物語全体の枠として意図的に用いていたが、屋代本においてはこの表現をもって物語全体の枠づけとする意識はなく、単に風聞や批評を挿入する話末評語的な用法に止まっていたのである。(5) 逆に言えば、物語全体を枠づける表現を用いる意識すらなかった屋代本に対し、覚一本では、それ以前のテキストに用いられていた話末評語的な「けるとぞ聞こえし」を作品全体の枠組みの表現として利用し、物語全体を構造化しようとする作者の意図を見ることができる。覚一本は、「語りの場」の「今」で始まり「語りの場」の「今」で終わるという物語の伝統的な枠組みを踏襲しようとしたのである（第十四章参照）。

四　まとめ

以上、屋代本の傾向について検討した。覚一本とは章段構成が食い違う場合が多いにもかかわらず、大きな傾向としては共通点が見られた。終止形の「にけり」や、係り結びの「ぞ〜ける」「ぞ〜にける」「こそ〜けれ」「こそ〜にけれ」「ぞ〜し」などの表現に終結機能が見られる点などである。

一方、終結部分の「ぞ〜ける」「こそ〜けれ」「ぞ〜し」の例は覚一本に比べて使用比率が少なく、終止形「けり」の使用比率が高い傾向も窺えた。屋代本において特徴的であるのは、終結部分でも終止形の「にけり」が多い点であり、覚一本に見られない「止みにけり」も用いていた。このように「けり」「にけり」を終結部分に多く用いるのは院政期の説話と近く、表現面での古態性を指摘できよう。これは、覚一本のような係り結びによる強調的・詠嘆的表現を語りに応用する態度とは異なる傾向である。また、覚一本と同じく「けるとぞ聞こえし」の形式に強い終結機能が窺えるものの、用例は少なく、覚一本のように物語の大枠を作る面は見られなかった。

このように、章段の構成が意識された覚一本においては終結機能の表現も様々に工夫されているが、屋代本では章段や段落をまとめる表現には平板な面が見られた。これは屋代本が編年体をとるため終結部分で強調してまとめる表現がとられにくいためとも推測できる。屋代本は読み本の延慶本などとの共通点も指摘されている。読み本系統における使用傾向をさらに見ていく必要がある。

注

（1）拙著（二〇一六）および本書第十二章を参照。
（2）屋代本の後次性や指向性については、千明（二〇一三）を参照。
（3）『平家物語大事典』（東京書籍）の「覚一本平家物語」（志立正知執筆）を参照。
（4）動詞終止形には「る・らる」を含めている。これを分けて示すと次のようであり、これを除いた動詞終止形比較しても、始発部分に多く偏り同じ分布傾向であることがわかる。助動詞としては「る・らる」は始発部分に現れやすい助動詞と見ることもできる。
章段冒頭（11）段落冒頭（16）段落末尾（14）終局部（2）章段末尾（5）評語部（6）展開部（104）
（5）前掲の「燕大子丹謀叛事付感陽宮事」にもあるように、漢文説話の内容を受ける評語部に「こそ～しか」が見られた。屋代本において「き」の使用は、事実な記述に重きを置く場合に用いられると言えよう。

参考文献

阪倉篤義（一九五六）「『竹取物語』の構成と文章」（『国語国文』31-11、『文章と表現』角川書店　一九七五に所収）
千明守（二〇一三）『平家物語屋代本とその周辺』（おうふう）
拙著（二〇一六）『院政鎌倉期説話の文章文体研究』（和泉書院）

第十四章　過去・完了助動詞による枠構造の史的展開

――国字本『伊曽保物語』への展開――

一　物語の始まりや終わりに用いる表現

時枝（一九七七）がかつて述べたように、文章はそれ自身で内容上の纏まりをもつ言語単位の一つであり、いわゆる「質的統一体」の側面を持っている。そのような内容的な纏まりを作ることから、特に虚構の世界を描く「物語」の文章では、文章や段落の冒頭や終わりなど切れ目の部分に現れやすい表現が見られる。たとえば、林（一九七三）が指摘したように、「いつ・どこ・だれ」の要素は始発部分に用いられやすい。古典物語では「今は昔」「昔」のような始発部分の類型表現が見られる。また、仮想世界の人物を提示する「昔々、おじいさんとおばあさんがありました」のような表現は、古典物語でも「ありけり」が慣用的に用いられる。終結部分に用いられやすい表現としては、現代語ではノダ文に「た」がついた「～のであった」がある。物語文でのノダ文は語り手による説明表現であり、物語の終わりに用いることで語り終わりを印象づけることができる。これに相当するものに古典助動詞の「けり」があり、とりわけ「ける」の形で係り結びもしくは連体形終止に用いる場合が典型である。その他、現代語の「た＋伝聞表現」（～たということである。～だったとさ。だってさ）に相当する「～とや」などをあげることができる。

本章では、過去・完了系助動詞の文章機能を和漢混淆文の形成期の作品『今昔物語集』などを通して概観し、ナラトロジー（以下、物語論）の観点から古典語「けり」の文章機能を述べ、古典語助動詞が文語化した中世末期の物語での使用方法について国字本『伊曽保物語』を例に述べる。

二　テクスト機能を持つ古典語助動詞

古典語の助動詞には、過去・完了の助動詞の種類が多く、「ぬ」「つ」「り」「たり」「き」「けり」等が用いられる。これらの語は、本来の文法機能とともに、用いられる位置によって文章の切れ目を示し内容に纏まりを与える効果がある。このような助動詞の文章機能を「テクスト機能」と称する。これら助動詞に、文章最末尾で用いられる伝承の「と」や、強調的伝達の「係り結び」を加え、文法機能とテクスト機能をまとめると次のようである。

〈文法機能〉

①「ぬ」「つ」　↓事態を発生・完了の相として認識する。

②「り」「たり」　↓事態を結果・存続の相として認識する。

③「き」「けり」　↓事態について回想・確認する。

〈テクスト機能〉

①「ぬ」「つ」　↓動作の発生・完了に焦点を当てることで、ある場面の開始や終了を表現する。

②「り」「たり」　↓事態の結果・状態に焦点を当てることで、ある事態の開始や終了を表現する。

③「き」「けり」　↓語り手の立場から物語世界を捉えることで、物語の事態の開始や終了を表現する。

④「係り結び」　↓物語の展開の最終部分を強調的・解説的に述べることで、物語の内容を終了させる。

⑤「と」　→声に出し語り終えた内容が本や伝承によることを示し、物語を完全に終了させる。

この中で、「けり」は語り手の確認を表すムード性を持つが、語り手が顔を出して話を纏める表現を作るために、テクスト機能が現れやすい。また動作の相に関わる「ぬ」も移動・変化を表す動詞につくとテクスト機能が現れてくる（うせぬ・なりぬ等）。これに「けり」が結合した「にけり」では、事態を発生・完了した相として描きつつ、さらにそれを語り手が確認する表現となるため、テクスト機能は強まる。『今昔物語集』の末尾の慣用句「けるとなむ語り伝えたるとや」のように、聞き手への伝達に関与する係り結びや、本や伝承によることを表す「と」が組み合わさるとテクスト機能はいっそう強く現れる。

三　物語言語における主体のあり方と「けり」の意味・機能

三・一　物語地の文の「けり」はどのような働きを持つか

上記のテクスト機能に関わる助動詞群の中で中心的な役割を果たす「けり」はどのように用いられるであろうか。鎌倉時代の『宇治拾遺物語』第18話「利仁、芋粥の事」を例に、「けり」の使用の特徴を見てみよう。

（1）今は昔、利仁の将軍のわかかりけるとき、其時の一の人の御もとに恪勤して候けるに、正月に大饗せられけるに、そのかみは、大饗はてて、とりばみと云ものを、払ひて入れずして、大饗のおろし米とて、給仕したる恪勤の者どもの食けるなり。その所に、年比になりて、きうじたる者の中にはところえたる五位ありけり。そのおろし米の座にて、芋粥すすりて、舌打ちをして、「あはれ、いかで芋粥にあかむ」と云ければ、利仁、これを聞きて、「大夫殿、いまだ芋粥にあかせ給はずや」と問ふ。五位「いまだあき侍らず」といへば、「あかせ奉りてんかし」といへば、「かしこく侍らん」とてやみぬ。

（今は昔のこと、利仁の将軍がまだ若かった頃、その当時の摂関家の屋敷に侍としてお仕えしていたが、正月にご主人が大臣就任を披露する大饗宴をなさったが、その当時は、その饗宴が終わっても、残り物を食べる下賤のもの達を追い払って中に入れず、大饗のお下がり物といって、そこに仕えている侍達が食べたものである。その屋敷に長年お仕えしている者の中に先輩顔で振る舞う古参の五位の侍がいた。そのお下がり物をいただく席で、芋粥をすすって舌打ちをして、「ああ、なんとかして芋粥を飽きるほど食べてみたいなあ」と言ったので、利仁はこれを聞いて、「大夫殿、まだ芋粥を飽きるほど食べたことはないのですか」と尋ねる。五位が、「まだ飽きるほど食べたことはありません」と言うので、「飽きるほどご馳走してさしあげましょうか」と言うと、「それは忝いことです」と言って、その場は終わった）

この例は冒頭部分であるが、1～2文目では文中・文末に「けり」が用いられ、物語の背景と登場人物を紹介している。3文目に入ると場面が動き出すが、「～と云ければ、利仁、これを聞きて、『大夫殿、いまだ芋粥にあかせ給はずや』と問ふ。」のように、文中で「けれ」をとりながら文末は動詞基本形をとっている。これ以降、展開部分の文末は基本的に動詞基本形を中心とした現場的叙述になり、場面の切れ目や解説的な部分にのみ「けり」が用いられている。一話の末尾でも次のように「けり」が用いられる。

（2）かやうにする程に、むかひの長屋のきに、狐のさしのぞきてゐたるを、利仁見つけて、「かれ御らんぜよ。候し狐の見參するを」とて、「かれに物食はせよ」といひければ、食はするに、うち食ひてけり。

かくてよろづのこと、たのもしといへばおろかなり。一月ばかりありてのぼりけるに、けおさめの装束どもあまたくだり、又たゞの八丈、綿、きぬなど、皮子共にいれてとらせ、はじめの夜のとのゐ物、はたさらなり。馬にくら置きながらとらせてこそ送りけれ。

（そうしているときに、向かいの長屋の軒に狐がのぞいているのを利仁が見つけて、「あれをご覧なされ。昨日の狐が来ていますぞ」と言って、「あれに物を食わせよ」と命じたので、食わせると、食べてしまった。こうして万事につけて裕福なことは、言葉にできないほどである。一ヶ月ばかりたって京に上ったときには、五位は、普段着や晴着の装束を幾揃えも、また普通の八丈絹や綿、絹などを幾行李も送られ、最初の夜に出した夜着類はむろんのことである。利仁は鞍を置いた馬を五位に与えて送り届けたのであった）

「けり」は、一話の冒頭や末尾の解説的部分に集中する特徴がある。ただし、冒頭部分の3文目では文中で「けり」を使用しながら文末で使用していない。時間表現とすると時制の不一致となるが、どのように解釈すべきであろうか。また、一話の末尾では「にけり」や、係り結びの「こそ〜けれ」など強調的表現をとる例が多いが、「けり」は文章のまとめ方（テクスト機能）にどのように関わるのであろうか。本節では「けり」が物語でどのような意味・機能を担って用いられるのか、物語論の立場を踏まえ述べておこう。

三・二　物語論における「語り手」と「視点」

「けり」の文法的な本義は「過去・回想」か、「気づき・詠嘆」かという問題があるが、これに大きく関わる観点として、物語論（ナラトロジー）の理論を踏まえて虚構世界を描く文学的文章の特殊性を捉えるか否かという点がある。物語論は、日常言語とは異なる物語言語の独特の性格を踏まえつつ虚構の世界を描く物語の表現機構を明らかにする研究分野である。その基礎理論はジュネット（一九八五a）（一九八五b）などの著作で確立されており、物語言語の研究を実践するのに必要な「語り手」「視点」などの重要な概念を含んでいる。

物語論では、作者の脳裏に観念的に生み出された表現主体として語り手を設定する。語り手は一文を創り出すレベルで働く機能であるが、福沢は「文の語り手」を、物語世界を描き出す各種の「視点」（知情意の視点・判断の視点・文型の視点）を統括し、「言語記号の配列として完成する主体」（福沢二〇一五：91頁）と定義している。[1]一方、「作者」は最終的に内容を文字化し、文章全体を統合する主体として、「語り手」とは厳密に区別されている。小説

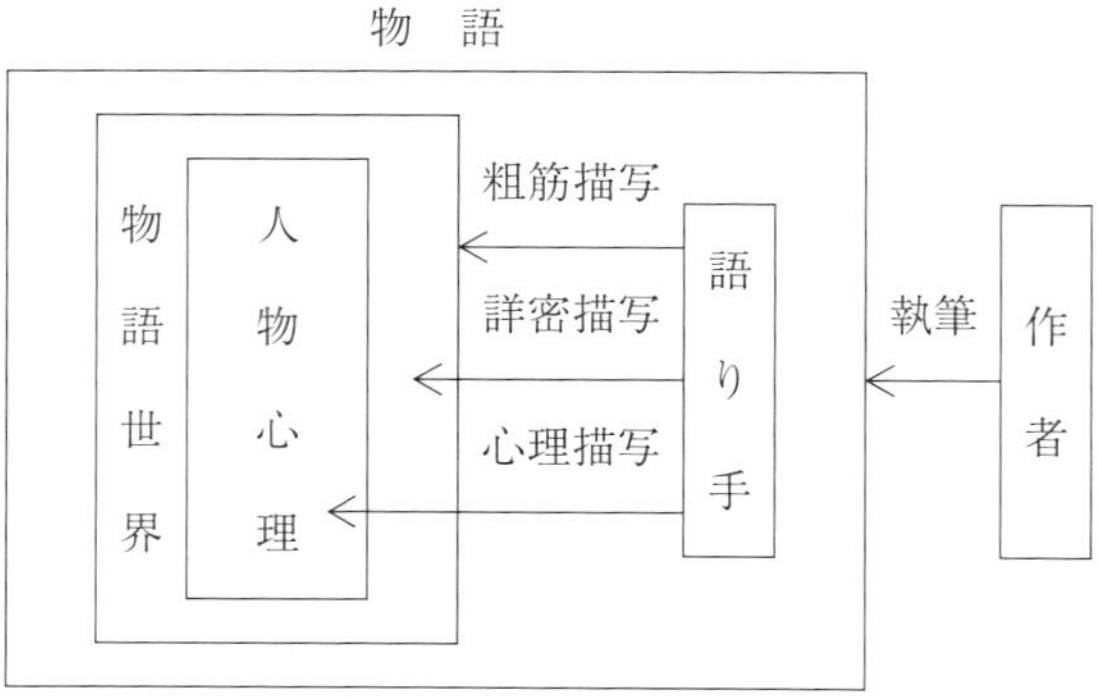

物語世界・語り手・作者のモデル

や物語を対象にした文法研究で「語り手」という言葉が使われることがあるが、その中には「作者」と同列の実体的存在として使われている場合も間々見受けられる。物語の文章を対象にする際には、基礎概念としてこれらを厳密に区別しなければならない。

物語世界を映し出す種々の「視点」によって、物語言語では日常言語と異なる文法事象が見られる。視点というと見え方の問題のようだが、知覚・感情・思考・判断など多様な面が関わってくる。たとえば感情の面では、「彼は悲しかった」のように日常言語では非文になる心理描写が、物語言語では語り手の視点（知情意の視点）が人物の視点と「共感」するため人称制限が解除され、可となることはよく知られている。

拙著（二〇〇三）、橋本（二〇一四）、石出（二〇一六）など物語論を踏まえた論では、物語世界の事態は、物語の「読み」の時間に伴って現れるというジュネットの捉え方に基づき[2]、「けり」「た」の機能を語り手による物語世界を「対象化」したことを表すと考えている。「けり」「た」を過去の助動詞とみる文法研究では、物語を語る（書く）時点より過去のことを表すと解釈されがちだが、物語論の立場では、「語り手」は特定の時間の基準点を持たず、物語世界との時間関係を持たない点的な存在と捉える。語り手による描写においては文法上は過去形であっても過去を表さず、単に物語世界の外に視点をおくことを表すと解する[3]。上図には「対象化」の中身を三種に類別して示した。「けり」は、矢印で示した語り手と物語世界との関係の判断に関わる。「けり」は、要約的な「粗筋描写」で用いられやすいが、「詳密描写」や「心理描写」では使われにくい。これは継起的に描く「詳密描写」や

「心理描写」では現場の場面や人物心理に語り手が入り込んだ共感的な表現になるため、対象化を明示する表現が不要になりやすいためである。

三・三　物語テクストにおける「けり」の意味・機能

物語地の文の「けり」について、かつて竹岡（一九六三）は「あなたなる世界」を表すとし、過去・回想の助動詞とする旧来の説と異なる理解を示した。竹岡の論は、「けり」の文法的意味というより、物語言語における特有の機能に関わるものであったため文法研究の枠組では否定的に扱われることも多かった。しかし、「けり」は本来の文法的意味を基盤にしつつ物語言語に特有の機能を持っている。竹岡の論はそのような機能に触れる点があるとともに、「けり」が物語の枠を作るという特徴についても有力な観点を提供してくれる。

物語論を踏まえた論として注目すべき説に、糸井（二〇一七）がある。糸井は、物語地の文の「けり」を「作者」の生み出した架空の「語り手」の立場からはじめて認知・自覚したことを示すムード的表現と捉えている。糸井によれば、「けり」は「発話時（『今・ここ』）において、これまで時空間にわたって認知していなかった『もの・こと』の存在を今（『私』が）認知している、あるいは認知したことを示す、主体的な表現―モダリティ性をもった語」であり、「『けり』文末文」は、「（語り手が）事態の存在をことさら注視させ」「今そういう事態を知らされた、実は…だった、という軽い驚きをこめて、聞き手に投げ出している」（糸井二〇一七：53頁～54頁）とする。この考えは、文法的意味の説明でいえば「気づき・詠嘆」にあたる。（1）（2）のように文章に用いられた「けり」を「気づき」の用法の延長で説明するのは一見そぐわないようであるが、文字化された物語が成立する以前には「口語り」の段階が想定されており、そこで発生し定着した表現と考えれば納得しやすい。(4)

拙著（二〇〇三）では、物語地の文の「けり」を「語り手の視点から出来事や人物を対象化した表現」（拙著二〇〇三：310頁）とした。糸井の論が物語の「けり」の文法的意味の指摘であるのに対し、「対象化」というのは、それを基盤にして成り立つ物語言語での機能の説明であり、竹岡の「あなたなる世界」という解釈とも重なる。糸井のいう「新たな認知」は、「私も知らなかったが実は〜だったのだ」のような語感で、語り手が事態を新たに認知領域として把握したことを表すというものである。いいかえると、それまで語り手の認知外であった事態を今「対象化」して把握したということであり、そこに物語世界を確認し解説する機能も発生すると考えるわけである。

一方、古典文法研究の分野では、物語地の文の「けり」を「過去」の意味として解釈する考えが一般的である。最近の代表的な説をあげると、大木（一九九八）は、「作者あるいは語り手」（256頁）が「物語外の視点で物語の出来事を過去の事態として描く場合に『けり』が用いられる」（264頁〜268頁）としている。井島（二〇一一）（二〇一六）は、語り手の視点が物語世界（ウチ）にある場合は過去助動詞を用いない（「物語時制現在」）のに対し、語り手の視点が物語時のソトにあるときは、「表現時現在は、物語時現在のずっと未来に『定位』され、そこから振り返ってしばしば全知の立場で描く」とし「相対的時制過去」の「けり」をとると述べている（井島二〇一一：29頁〜30頁）。

学校文法でも「けり」は「過去」の助動詞とされ、「気づき・詠嘆」は和歌などの特殊な用法のように考えられがちである。しかし、吉岡（一九九六）によると、『源氏物語』の会話文・心話文・和歌の悉皆調査では「けり」は「気づき・確認」の意味が中心であるという事実がある（全1392例中、「気づき・確認」924例、「非体験ないし不確実な事柄の回想」337例、「その他」131例）。物語言語は日常言語の延長上にある応用的なものとすると、地の文の例を「過去」とする説はこの事実と整合せず、実は容易に成立しない。むしろ文法論で「けり」を過去の助動詞とするのは、物語地の文の例から帰納された面もあろう。しかし、地の文の例では物語独自の表現機構を考慮しなければならない。この点、糸井の「認知（気づき）」説では、物語論の説く「語り手」を基礎としつつ、会話文の傾向と整合した説明が可能である。

物語論の立場からは「過去」説はどう見られるであろうか。大木（一九九八）では語り手を作者と同じ現実的・実体的な存在として想定している（271頁：注8）点で物語論と相容れない面がある。井島（二〇一六）では、作者が「現実世界」に属するのに対し、語り手は「物語世界」を語る主体として「表現世界」に属するとする立場は物語論と同じである。ただし、井島の説では、「表現時現在」から「物語時現在」を描くのに、「これが時制表現として実現されるには、もう一つ表現時現在と物語時現在との時間関係、端的に言えば、表現時現在は物語時現在に対して、以前、同時、以後のいずれになるか、仮構しなければならない」（井島二〇一一：29頁）というように、二つの時の関係を「時制」として「仮構」するべきと言う前提がある。しかし、地の文の「けり」の意味が「過去」であるという前提で説明することは、物語論の理論と大きな矛盾が生じ、また前述の吉岡の会話文・心話文の調査とも整合しない。文法論の分野には「対象化」に相当する概念がないとはいえ、かといって文法的解釈に収斂させるため物語時現在の時間軸の延長上（ずっと未来）に表現時現在を「仮構」することには無理がある。物語時現在のずっと未来に表現時現在があるなら、詳密描写や心理描写など現場的な描写にあえて用いる「けり」は説明し難い（三・四参照）。物語論の説く表現機構を踏まえると、物語世界の外にあり時間軸を持たない語り手の立場から、物語を対象化したとき「けり」が用いられると解される。

井島が「けり」を説明するために語り手の属する表現世界（ソト）の視点による表現とした点は、物語論の説く語り手と必ずしも齟齬しないが、ただ、日常言語的な「時制」にこだわる点が問題なのである。一方、糸井の認知説は、口語りの段階のみならず文字化された物語に定着した「けり」の説明としても音読を前提とすればなお有効といえる。「けり」が解説的叙述や話の冒頭・末尾に枠として使用されやすい点は、「認知」の意味の表出により、物語世界を「対象化」するというテクスト機能が文章表現に現れた結果と解釈される（三・五参照）。

古典文法の研究では、物語論の解明した表現機構に関する成果が十分活用されていないように思われる。文法研究では、助動詞を話し手（主体）のイマ・ココを基準に用法の説明がなされる。それは日常言語の説明には有効であるとしても言語の普遍的な説明にはなりえず、独自の表現機構を持つ物語言語には準用できない面がある。物語テクストを対象とした分析のためには、物語論の説く「語り手」概念を踏まえた別のパラダイムが必要である。

三・四　古典物語における「けり」選択の意図

前節では「けり」が物語世界を対象化して捉えることを述べたが、この性質から「けり」は物語冒頭の解説的部分などに現れやすい。しかし、展開部の詳密描写や心情描写に用いる例もないわけではない。例えば、『竹取物語』の次の一節である。

（3）「くらもちの皇子は優曇華の花持ちて上り給へり」とのゝしりけり。これをかぐや姫聞きて、我は皇子に負けぬべしと胸うちつぶれて思ひけり。（「くらもちの皇子は優曇華の花を持って上京なさった」と大騒ぎしたのである。これを、かぐや姫が聞いて、「私は、この皇子に負けてしまうにちがいない」と、胸が潰れる思いでいたのである）

（『竹取物語』蓬莱の玉の枝）

現代小説の「た」でも、詳密描写や心情描写につく用法は普通に見られる。しかし、このような用例では、井島のような「物語時現在のずっと未来」から描くといった解釈は馴染みにくい。物語論による立場からは、物語世界の具体的動作や心理内容をことさらに「対象化」して捉えた表現と考えるべきところである。

『竹取物語』では、章段の冒頭や末尾に「けり」の枠の見られることは阪倉（一九七五）の指摘がある。（3）の例は、章段冒頭の「けり」文をうけ非「けり」文8文が続いた後の箇所で、この直後に「かかるほどに」という場面転換の表現をはさみ再び非「けり」文4文が続くため、展開部ながら章段の途中の小さな切れ目に当たるともいえる。ここで、かぐや姫の心理を特に強調的に伝えようとする主体的立場が現れたと解釈できる。「けり」の使用は、典型的には章段の冒頭や末尾の部分の例であるが、このような展開部においても、語り手から読み手に卓立的に伝えたい事態と判断されれば「けり」が随時用いられるわけである。このような例は、「けり」が物語世界の事態をことさらに対象化して表現するかどうかが、語り手の主体的な選択に委ねられることを示している。『今昔物語集』ではすべて用言基本形で叙述する話もあれば、逆に多くの文末を「けり」で叙述する話もある（現代小説でも芥川龍之介が「六の宮の姫君」で意図的に文末を「た」で終わる叙述を実践している）。「けり」の使用不使用は、作品や場面によって大きな変異があるが、これは話に枠を作ろうとする構成上の意図や、「事態の存在を殊更注視させ」（糸井二〇一七：54頁）ようとする意図に大きく左右される。前出の（1）（2）の例で、文末が「非けり」の文の文中に「けり」を用いた例が見えた（「あはれ、いかで芋粥にあかむ」と云ければ）が、これも説明したい部分に細かく焦点を当てた結果なのである。

三・五　古典物語における枠構造の形成

三・五・一　あらすじ的叙述・解説的叙述が作り出す枠

物語には、現場的・迫真的に詳しく語られる中心的場面があるが、そのような場面の叙述だけでは表現として纏まりをなさない。その前後に事件の経過や背景となる情報を配することで、物語の文章に一定の統一感を与えることができる。古典物語（典型は説話）では内容の冒頭や末尾の部分に、人物や背景についての解説的な叙述や、核心事件に至るあらすじ的な叙述や後日談が記されることが多い。読者を虚構世界の中心場面へ往還させる出入り口に相当する部分に、物語世界を対象化する表現と解される「けり」が用いられると、冒頭や結末を示すテクスト機能が発揮される。大坪（一九九四）が述べるように仏典の訓読では過去の助動詞「き」においてもこの機能が認められる。また完了の助動詞「ぬ」「つ」は場面の始まりや終わりに用いられることも指摘されており（鈴木二〇〇九、西田一九九九など)、古典物語では「ぬ」「つ」「き」「けり」などの助動詞全体が大小の枠を作ることに参与している。

「けり」が枠構造を作り出すことは、物語の「過去形は必ずしも過去を表さない」とする物語論にも重要な示唆を与える。日本語の古典物語においては、典型的な過去の助動詞「き」よりも、ムード性（気づき）を帯びた「けり」が中心的に用いられることは、物語の基調を作る助動詞が純然たる過去表現ではなくてもよいことを示すからである。ここでは、平安時代の『伊勢物語』『源氏物語』『今昔物語集』を取りあげ、巻・段・話の終局部（事件の最終局面の動作を描いた文の文末。後日談・話末評語を除く、それ以前の部分）に用いられた表現の傾向を見ておこう。

（表１）伊勢物語の終局部と段末尾

表現	終局部	表現	段末尾
和歌	93	なむ～ける	4
にけり	18	なるべし	4
なむ～ける	12	なり	3
けり	3	けるとぞ	1
ぞ～ける	2	とや	1
なむ～にける	2	は	1
りけり	1	や	1
てけり	1	形容詞終止形	1
や～けむ	1	なむや	1
ずかし	1	なりけり	1
ざりけり	1	て	1
べし	1	ず	1
動詞終止形	1	とも	1
にけりとなむ	1	名詞	1
けりとや	1	になむ	1
ずかし	1	けり	1
形容詞終止形	1	や～けむ	1
合計	141	ぞ～なる	1
		よ	1
		感動詞	1
		合計	28

平安初期の歌物語である『伊勢物語』の各段の物語内容の終局部と、終局部に続く話末評語的な内容の部分（段末尾）での文末表現の例数を（表1）に示した。

物語の性格上、和歌で終わる例が最も多いが、和歌に続く表現がある場合、終局部には「にけり」「てけり」「りけり」などの複合表現、「なむ〜ける」「ぞ〜ける」「なむ〜にける」などの係り結び、また「と」でうける「にけりとなむ」「けりとや」が見られる。これらは、後の説話や軍記物語にも用いられる類型的な話末表現である。段末尾では、説明・批評的な表現が多いため終局部とは大きく傾向が異なるが、やはり「なむ〜ける」「けるとぞ」「とや」などを含み、終局部と同様の傾向が窺える。このように「けり」は、係り結びと親和性が高く、また物語の枠には話末の「と」による伝承の諸形式が重要な役割を担っていることがわかる。

次に、平安中期の長編物語である『源氏物語』の五四巻の末尾文の文末表現を取り上げる。特徴となるのは、次の三類の表現である。

（「けり」を含む表現）10例

○けり（花散里・澪標〈なりけり〉・行幸・藤袴〈けりとや〉・横笛〈けりとぞ〉・早蕨・宿木）

○ける（朝顔〈ぞ〜けるとや〉・東屋〈なむ〜けるとぞ〉・手習〈けるにや〉）

（係り結びを含む表現）11例

○ぞ〜める（関屋・玉鬘・蛍・夢浮橋）

○ぞ〜ぬや（葵）

○ぞ〜る（紅葉賀）

○いかが〜ぬ（松風）

○や〜けむとぞ（薄雲）

○ぞ〜けるとや（朝顔）
○ぞ〜動詞連体形（紅梅）
○なむ〜けるとぞ（東屋）
（「と」を含む表現）16例
○となむ（桐壺〈けるとぞ〜たるとなむ〉・浮舟〈りとなむ〉）
○とぞ（帚木・蓬生・薄雲〈や〜けむとぞ〉・横笛〈けりとぞ〉・夕霧・幻・東屋〈なむ〜けるとぞ〉・夢浮橋〈とぞ、本にはべめる〉）
○とや（朝顔〈ぞ〜けるとや〉・野分・藤袴〈けりとや〉・真木柱〈めりとや〉・総角〈とや〉）
○とかや（蜻蛉）

末尾文の中には、「ぬ」（須磨）、「り」（少女・梅枝・橋姫）、「たり」（椎本）などのように、語り手の立場があまり現れない例も見られる。長編物語では、巻によっては次の巻との接続が意識され、終結を明確に表示しない場合もあるのであろう。これらを除けば、『源氏物語』でも、「けり」「係り結び」「と」など、終結機能を伴う表現で巻を締める例が多くを占める。ただ、『伊勢物語』に多く見られた「にけり」は用いられていない。また、『伊勢物語』では、係り結びの「ぞ・なむ〜ける」に「とぞ」を続けた例はなく、「ける（連体形終止）とぞ」あるいは「けりとや」の形をとるが、『源氏物語』では、「けり」の関わる形式10例のうち、「けりとや」（藤袴）「けりとぞ」（横笛）のように終止形「けり」に伝承表現「とや」「とぞ」を加えた表現とともに、「ぞ〜けるとや」（朝顔）「なむ〜けるとぞ」（東屋）のように係り結びの「ぞ・なむ〜ける」と伝承表現「と」と組み合わせた、より終結感を伴う例も用いられている。特に桐壺巻では、「けるとぞ言ひ伝へたるとなむ」のように、「ける（連体形終止）と＋ぞ〜たる（係り結び）＋となむ」の強調形式が見られる。また、物語の最末尾では「とぞ、本にはべめる」と、物語世界全体を「本」として対象化し物語を終えている。巻の位置によって、終結機能の強い表現がとられている。

三・五・二　『今昔物語集』に見られる意図的な枠

一一〇〇年頃に成立した『今昔物語集』は、一千余話を含む一大説話集である。その構成は、天竺震旦部（巻一〜十）、本朝仏法部（巻十一〜二十）、本朝世俗部（巻二十二〜三十一）からなり、文体の面からは、漢文の出典による部分が多い巻二十以前の話が漢文訓読調の文体に傾き、巻二十二以降が和文の出典による部分が多いことから和文調の文体に傾くとされている。しかし、『今昔物語集』ではこのような巻による文体の異なりがあるにもかかわらず、「けり」で話の枠を作る例が全体に広く見られる。ここでは、『今昔物語集』の中の一話の終局部（以降では、後日談や話末評語を除いて、事件の最終局面の動作を描いた一文の文末をさす）に用いられた表現の傾向を見ておこう。（表2）は、『今昔物語集』の終局部の文末に用いられた表現をまとめたものである。

巻一〜二十までの出典漢文には当然「けり」が用いられていないが、『今昔物語集』では全巻にわたって終局部に「けり」「にけり」「てけり」が用いられている（3形式の総計で天竺震旦部＝143例、本朝仏法部＝219例、本朝世俗部＝171例）。これは、巻二十以前で出典漢文の内容に基づきつつ話を作る際にも、最末尾文に「けり」「にけり」「てけり」を用いて枠構造を作ろうとするためである。ただし「ぞ・なむ〜ける」の係り結びによる例は巻二十以前には多くない（天竺震旦部＝12例、本朝仏法部＝26例、本朝世俗部＝68例）。「ぞ・なむ〜ける」は平安時代の和文物語の枠づけに用いられたものであるが、『今昔物語集』の編纂に際し、係り結びによる枠づけは外国の話ではあまり用いず、日本種の話に多く用いている。日本の話では従来の物語を踏襲して「にけり」や「ぞ・なむ〜ける」の枠づけ表現を自由に用いたが、インドや中国の仏教の歴史叙述の面のある天竺震旦部の内容では「ぞ・なむ〜ける」のような聞き手に向けたような強調的な語り方はふさわしくないと考え、文章語的あるいは漢文訓読語的な表現が多くなるのであろう。このような異同はあれど、『今昔物語集』において「けり」による枠構造は基本的には全巻に

（表２）今昔物語集の終局部

	ニケリ	テケリ	ケリ	ゾ〜ケル	ナム〜ケル	コソ〜ケレ	ナム〜ニケル	ゾ〜ニケル
巻１	10	2	10	0	0	0	0	0
巻２	4	0	29	0	0	0	0	0
巻３	2	1	9	0	0	0	0	0
巻４	3	1	8	1	0	0	0	0
巻５	8	3	6	1	0	0	0	0
巻６	3	0	7	0	1	0	0	0
巻７	1	4	6	0	1	0	0	0
巻９	4	1	9	0	2	0	0	0
巻10	5	1	6	4	2	0	0	0
巻11	8	0	2	0	0	0	0	0
巻12	2	2	7	3	3	0	0	0
巻13	17	2	10	1	1	0	0	0
巻14	5	1	8	1	0	0	0	0
巻15	37	1	10	1	1	0	0	1
巻16	7	2	16	2	1	0	0	0
巻17	14	0	12	1	0	0	0	0
巻19	23	2	7	1	2	0	0	0
巻20	9	0	15	7	1	0	1	0
巻22	2	1	1	2	0	0	0	0
巻23	3	3	2	2	0	0	1	1
巻24	18	3	8	9	11	0	3	3
巻25	7	1	0	2	0	0	0	0
巻26	7	2	6	1	2	0	0	0
巻27	27	1	3	4	6	0	0	0
巻28	19	2	3	6	7	0	0	3
巻29	22	2	1	4	3	1	1	0
巻30	4	0	2	2	3	0	0	0
巻31	15	0	6	1	3	1	1	0
合計	286	38	209	56	50	2	7	8

認めることができるのである。

このような語り方の意識の差は、天竺震旦部で、例外的ながら終局部に事実的過去を表す「き」を用いた次のような例があることからも窺える。

（4）其の時に、阿修羅王責め来ると云へども、帝尺の返り給ふを見て、軍を多く添へて又返りて我れを責め追ふ也けりと思ひて逃げ返りて蓮の穴に籠りぬ。帝釈負けて逃げ給ひしかども、蟻を殺さじと思ひ給ひし故に勝ちて返り給ひにき。

されば、戒を持つは、三悪道に落ちず、急難を遁るる道也と仏の説き給ふ也けりとなむ語り伝へたるとや。

（その時、阿修羅王が攻めて来たが、帝釈が引き返されるのを見て、帝釈は多数の援軍を得て反転してこちらに追撃をかけるのだと思い、逃げ帰って蓮の穴に籠もってしまった。帝釈は負けてお逃げになったが、蟻を殺すまいと思ったがために勝って帰られた。されば、戒を持つことは三悪道に落ちず、また急難をまぬがれる道であると仏は説き給うのであった、と語り伝えているということだ）　（『今昔物語集』巻一・30）

この話では冒頭から「けり」「き」を一切使わず結びのみを「返り給ひにき」で終えている。これは仏典の訓読に際して枠として「き」が用いられたという大坪（一九九四）の指摘を踏まえると、漢文訓読文的な締め括りの方法がとられた例と考えられる。つまり、この話では漢文訓読文の枠表現「き」を、和文系の枠表現「にけり」との類推から「にき」の形で用いていると解される。

三・五・三　冒頭句「今は昔」に反映する枠構造

『竹取物語』『今昔物語集』は、冒頭句「今は昔」をとるが、この冒頭句の意味するところは、両作品の文章構造と大きく関わっている。「今は昔」は、「今ではもう昔のこと」（『日本国語大辞典』第二版）などと訳されることが多いが、「今ではもう」のように「で」「もう」を補って「昔」に係る修飾語とするのは不自然である。素直に読めば主題＋題述の構文であり、「今は昔である」の判断文と解されるが、それでは矛盾した不可解な表現にも感じられ、古来さまざまな解釈がなされてきた（その他の説については、拙著二〇〇三を参照）。次に、「今は昔である」という判断文が、どのような意味を持ち、物語の枠構造とどう関わるかについて考察してみよう。

『伊勢物語』などの冒頭句「昔」は、物語世界の時間を表すが、文法的には文末の述語「ありけり」に係る修飾語に過ぎない。一方、「今は昔」は、語り手が話の時間について解説した文と見られる。この「今」の時間は、『竹取物語』ならば物語最末尾の「その煙、いまだ雲のなかへ立ち入るとぞ言ひ伝へたる」、『今昔物語集』ならば話末の「となむ語り伝へたるとや」の「いまだ」や「言い伝へたる」「語り伝へたる」に示される「語りの場」の「今」と解される。「今は昔」の物語は、「語りの場」の「今」で始まり「語りの場」の「今」で終わる。「今は昔」は、話の末尾の語句を用いて肉付けをするなら、「今語る話は、昔からの言い伝えである」などと訳せよう。

かつて馬淵和夫（一九五八）が「今は昔」を「このはなしのときはむかしなのです」「それはむかしのことなのです」のように訳して注目された。馬淵は「今」を過去のあるときに自分をおいた歴史的現在と説明した。歴史的現在ならば「このとき」と訳すべきであるが、前に承ける内容がない冒頭文では不自然になる。馬淵のように「このはなし」「それは」のように訳すと自然になるが、「このはなし」では物語全体を外から捉えた意味にならざるを得ず、歴史的現在とは言い得ない。また、馬淵が根拠とした漢文の「（某年）、今年〜也」の用法も、歴史的現在ではなく、指示用法（「このとき」の意。『説文』に「今、是時也」）による「某年」についての解説であり、「コノ年ハ〜ナリ」を意味する文と理解される。物語論の面から言えば、物語世界の外側に「語り手」が属する「語りの場」が存在することは、読み手にとって了解事項である。この前提により語り手は語りの場を「今」と指示し、旧情報を表す「は」で提示できる。読み手側も「今は」を語り手の解説表現と受け取り、「今は昔」を物語の時間を解説した文と理解できる。馬淵説は、「今」を歴史的現在と説明した点には問題があったが、「今は昔」を物語の時間を解説した一文相当の表現と理解した点において、正しく語源的意味を捉えていたと評せよう。

物語の冒頭に「昔」をとる場合、文末は「けり」が相応しい。「今は昔」を用いる『竹取物語』『今昔物語集』でも、冒頭第一文の文末には「けり」をとる傾向が強い（拙著二〇一六参照）。一方、『今昔物語集』の漢文出典話などでは「今昔、震旦の并州ニ一ノ寺有リ。名ヲバ石壁寺ト云フ。其ノ寺ニ一人ノ老僧住ケリ。若ヨリ三業ヲ犯ス所无クシテ、常ニ法花経及ビ金剛般若経ヲ読誦シテ怠ル事无シ。」（巻七・10）のように、「非けり」をとる例も多く見られる。しかし、「今は昔」で始まる物語では、冒頭文が「非けり」であるか「けり」であるかを問わず、語り手の「今は」という表現によって物語の背景となる情報を解説する叙述が立ち上がるという共通点がある。『今昔物語集』で言えば、冒頭部で「昔」という時間を説明し、続けて、人物の名前、住む場所、人物の性質や状況などを解説してから事件の展開部に移っていく類型がある（三・五・四参照）。この解説部分が、大きくは話の前枠となり、話末評語の後枠と対応するのである。話の枠づけをなす冒頭部の解説的な内容に合わせて、既存の冒頭語「昔」と対をなす「今」を用いた新しい表現を工夫したのであろう。「今は昔」を含む冒頭部分と話末評語は、ともに語り手の解説・批評の叙述であり、物語全体の枠となるのである。なお「今は昔」は、書名にも含まれる漢語「今昔《こんじやく》」をヒントに生み出された句と思われるが、「今と昔」という漢語の意味と異なる。その点で漢語と意味用法が近い一般的な翻読語とは異なるが、成立に間接的に影響したという意味で翻読語的な表現とも言い得よう。

次に、話の冒頭で解説する主体として姿を見せた語り手の、展開部での役割を見ておこう。

冒頭に「昔」を用いる物語には、『伊勢物語』『大和物語』などのように「けり」叙述で和文調を基調とする類型と、『三宝絵』のように「非けり」叙述で訓読調を基調とする類型の二つがあった。文末の違いはあれど、「昔」で始まる物語は、話の筋書きを語る叙述を基本としており、人物の視点から行為や心情を生き生きと描くという点では限界があった。これに対し、『竹取物語』『宇津保物語』『落窪物語』『今昔物語集』など「今は昔」を用いる物語群では、解説的内容の部分を冒頭と結末に置く枠構造の叙述を積極的に採ろうとする。「けり」の部分では語り手の視点から解説的叙述が展開されるが、「非けり」の部分では筋書き的な語りから脱し、人物の視点に移動して場面を生き生きと描き出し、結末で再び語り手が解説的に叙述を締め括るのである。この構造の中での語り手は、冒頭部での解説を終えると、新たな「今」を描く叙述を展開する。語り手は、展開部に至ると物語の現場に入り込み、さらには人物の内面に同化し、演技する主体として「物語の今」を語り出すのである。

「今は昔」の物語には、「けり」叙述から「非けり」叙述へ転換するきっかけを作る装置のような表現がある。『竹取物語』においては、翁の紹介の後に続く「あやしがりて寄りて見るに、筒の中光りたり。」とある「見るに」「たり」がそれである。この表現について、室伏（一九九五）は、「今」と隔絶した「昔」の世界に新しい「今」の空間を持ち込む表現と解し、次のように述べる。

「今」と「昔」を峻別するところから出発した古代の物語が、（筆者注：「見るに〜たり」により）その間隙に他者の体験を盛り込み、表現空間を著しく拡大することに成功したが、同時に語り手の存在が登場人物の行為や心情に寄り添う表現になって示されるために、描き出された対象はもはや登場人物なる他者ではなく、語り手と一体化した存在としての生なましさを必然的に抱えこむことになる。（50頁）

「見るに」「見れば」という描写は、単に見る描写ではなく「見る」主体の視点への同化を伴う。室伏が「昔」の空間から「新しい『今』の空間へ転換する作用」をもつという「たり」は、この「見るに」と合わさり、語り手が登場人物の視点に移動し、人物のメノマエにある事態を描く表現となる。すなわち「見るに・見れば〜たり」の文は、語り手が登場人物の視点と一体化し、メノマエで生起した事態を述べる共感話法の文である。この文をきっかけに、語り手は人物視点（非けり叙述）に同化したまま臨場感のある描写を継続できる。この「見るに・見れば〜たり」表現を「中納言　日本語歴史コーパス　CHJ」で調べると、「昔」をとる『伊勢物語』『大和物語』では、『伊勢物語』に「見れば〜り（歌）」1例、『大和物語』に「見れば〜り（歌）」2例、「見れば〜たり（歌）」2例で、すべて歌を導く例である。また、『伊勢物語』に「見れば〜ざりけり」、『大和物語』に「見れば〜なりけるを」など「けり」が続く例もあり、「見れば」は「非けり」叙述に転換させる装置とは見做せない。一方、「今は昔」をとる『竹取物語』では「見れば〜たり」2例の他、「見れば〜あり」1例、「見れば〜なり」2例、「見るに〜たり」1例、「見るに〜なし」2例など、「見れば」「見るに」を契機に登場人物の視点に移動する表現が散見している。後の『今昔物語集』では「見れば」「見るに」の例数は、『今昔物語集文節索引』によると703例・515例が得られ、一話に一例以上の割合の例数で、特に巻による偏りもなく用いている。用法は定型化し「見れば〜たり」112例、「見れば〜り」40例、「見るに〜たり」52例「見るに〜り」15例を始め、「あり」「なり（なりけり）」「ず」「なし」「ごとし」や動詞現在形などの述語が後続する形で用いており、全て登場人物の視点で描き出された事態の描写である。『今昔物語集』の「けり」叙述は、語り手の視点から概括的な解説（人物、場所・人物属性）に用い、登場人物の目を通した「非けり」叙述の描写では場面を動画的に想像させ、読者（聞き手）に臨場感を与える。語り手の視点から、人物視点に転換し、会話文を織り交ぜる語りは、登場人物の目に映る「物語の今」を生々しく描き出す「落語」のような語りであり、音声による「語り」を前提にすることも想像されよう。

「今は昔」をとる『竹取物語』『今昔物語集』の文章構造は階層的である。『今昔物語集』の「今は昔〜となむ語り伝へたるとや」という定型表現は、冒頭段落と話末評語の語り手の枠表現の一部となる。さらに物語内には「けり〜非けり〜けり」の枠もあり、「非けり」叙述の部分に臨場感あるクライマックスが描かれるのである。

三・五・四　『今昔物語集』に見られる枠表現の形式化・強調化

事件の経過や背景の解説を内容とする枠の中でも、特に冒頭第一文や最末尾文の文末における「けり」は、慣用化する傾向がある。冒頭第一文で人物の存在提示をあらわす「（人）ありけり」は多くの物語に見られ、あたかも物語の始発を告げる合図のようである。最末尾文の「けり」は、展開部の「非けり」文と対比的に捉えられ、「けりをつける」という慣用句も生まれているように、語り手の立場で締め括る表現となる。

「けり」の枠によって迫真的描写を挟み込んだ典型例を『今昔物語集』から挙げておく。次の例は、六五〇年以降成立の唐臨撰『冥報記』を出典とした話である。本書は『今昔物語集』の典拠としても全53話中49話が採られている。

（5）【冒頭部】今は昔、震旦に韋の仲珪と云ふ人有りけり。心正直にして、父母に孝する心尤も深し。亦、兄弟を敬ふ心有り。然れば、郡里の人皆、仲珪を哀ぶ事限り無し。

【展開部】仲珪、十七と云ふ年、郡の司に成れり。而るに、此の人の父は、資陽郡と云ふ所の丞として彼の郡に有る間、年老いて忽に帰り来る事無し。而るに、武徳の間に、仲珪が父、資陽郡にして身に病を受けたり。子の中珪、帯を不解かずして父の所に行きて、懇に此を養ひ繚ふ。父久く悩む間に遂に死にぬ。其の後、仲珪、妻子を離れて、彼の父が墓の辺に行きて、菴を造りて其に居て、専に佛教を信じて法花経を読誦し奉る。昼は土を負ひて墓を築き、夜は専に法花経を読誦し奉りて、父の後世を訪ふ。更に誠の心怠らずして、三箇年を経たりと云へども、家に還らず。

其の程、一の虎有りて、夜菴の前に来りて蹲踞して、経を読誦するを聞く、久しく有りて去らず。仲珪、此を見て心に恐る事無くして云く、「我れ、悪しき獣に向はむ事を願はず。虎、何の故有りて来れるぞや」と。虎、此を聞きて、即ち、立ちて去りぬ。亦、其の明る朝に墓を巡りて見るに、蓮花七十二茎生ひたり。墓の前に当りては次第に直しく生ひ次けり。人の態と殖ゑたるが如き也。茎は赤くして花は紫也。花の広さ五寸也。色及び光り妙にして例の花に異也。

隣の里の人、此の事を聞きて来りて見て、遠く近き人に告ぐ。刺史辛君、及び別駕沈裕と云ふ人等、此の事を聞きて、共に墓の所に来て此れを見る間、忽に一の鳥出来れり、鴨に似たり。其の鳥、一尺許の二の鯉を含みて飛び来りて、刺史君昌の前に来りて魚を地に置きて去りぬ。君昌等、此を見て奇異也と思ふ。此の蓮花をば取りて国王に奉りて、此の由を奏聞しけり。

【話末評語】此、偏に、法花経の威力也となむ云ひて、見聞く人皆、讃め貴びけるとなむ語り伝へたるとや。

(今は昔、震旦に韋仲珪という人がいたという。正直者で、父母に対する孝心がひじょうに深く、また兄弟を敬愛した。そこで、彼の住む郡・村の者はみな仲珪をこのうえなく愛した。仲珪は十七歳のとき、郡の役人となった。ところで、彼の父は資陽郡の丞の役についていたので、老年になっても家に帰って来なかった。そのうち、武徳年間になって、その父が資陽郡で病気になった。子の仲珪は父のもとに出かけて行き、日夜帯も解かずに熱心に介抱した。父は長い間病床に臥していたが、ついに死んだ。その後、仲珪は妻子を残したまま父を葬った場所の近くに庵を造り、そこにこもってひたすら仏法を信仰し『法華経』を読誦し奉った。昼は土を背負って来て墓を築き、夜はもっぱら『法華経』を読誦して父の後世を弔い、真心の薄らぐことなく三年が過ぎた。それでも家に帰ろうとしなかった。そのころ、ある夜一頭の虎が庵の前に来てうずくまり、仲珪が読誦する経の声を聞いていた。いつまでたっても立ち去ろうとしない。仲珪はこれを見てすこしも恐れず、「私は恐ろしい獣に向かいあっていたいとは思わない。おまえはなにゆえここに来たのか」というと、虎はこれを聞いて即座に立ち上って去っていった。その翌朝、墓の周囲をまわって見てみると、蓮花が七十二本生えていた。墓の前面では順序正しく並んで生えている。まるで人がわざと植えたようである。茎は赤く花は紫色をしており、花の大きさは五寸もあって、色といい光沢といい、ふつうの花とは違っていた。隣村の人がこのことを聞き、やって来てこれを見て、遠く近くの人々に告げ知らせた。州の刺史君昌や別駕沈裕などがこれを聞いて、ともどもこの墓の所にやって来てその蓮花を見ていると、突然一羽の鳥が飛んで来た。鴨に似ている。その鳥は一尺ほどの鯉を二匹くわえており、刺史君昌の前に来て、その鯉を地上に置いて飛び去った、君昌らはこれを見て不思議に思ったが、この蓮花を取って国王に奉り、事の次第を奏上したのである。このことを見たり聞いたりした人々は、これはひとえに『法華経』の霊験であるといってほめ尊んだのである、とこう語り伝えているということだ）

（『今昔物語集』巻七・27）

漢文出典をもとに話を作るに際し、冒頭部第一文と展開部末尾の一文および話末評語に「けり」「なむ〜ける」を枠として付加している。展開部では第一段落で事件の粗筋を述べ、接続語「其の程」で区切られたクライマックス部分の第二段落と第三段落には「見るに、〜たり。〜り。〜なり。」「見る間、〜り。〜たり。」を用い迫真的に描いており、典型的な枠構造の例と言えよう。特に、話末評語では、話の終局を印象づける表現が念入りにとられる。「なむ〜ける」の係り結びは、語り手の視点による解説的表現であり、語り手の立場に戻ったことの目印となり、物語の終結を印象づける効果を持つ。最末尾の「となむ語り伝へたるとや」は『今昔物語集』の話末の慣用表現であるが、「なむ〜たる」は語りの場において「今、語り伝えている」と解説的に述べる表現であり、物語世界を離れ、語りの「今」に戻ることで終結を印象づける効果がある。さらに「となむ」と「とや」と二重に「と」を用いた表現も、物語世界から離れることを含意するため、読み手に話の終わりを印象づける表現となる。

このように、冒頭第一文に用いて話の始まりを表す機能を「始発機能」、最末尾文に用いて話を終わらせる機能を「終結機能」と称することにする。これらは、話の始まりや終わりを強調的に明示しようとする語り手の意図が関わる。しかし、平安初期成立の『竹取物語』の冒頭段は「ありけり。〜つかひけり。〜（なむ）いひける」で始まり、「なりにけり。〜つけさす。〜つけつ。〜あそぶ。〜（ぞ）しける。〜あそぶ」で終わるように、「けり」が冒頭や末尾に集中しているというだけで、冒頭第一文や最末尾文が特に意識されているわけではなかった。つまり、『竹取物語』の場合は、事件の経過や背景の解説を内容とする複数の文で、語り手が対象化した内容に「けり」が集中して作られたため結果的にできた枠なのである。一方、『今昔物語集』では、『竹取物語』と同様の傾向の話もあるが、天竺震旦部などでは、(5)の例のように「けり」が冒頭と末尾の文にのみ配置されている例も多く、枠機能が形式化していることが窺える。これは『竹取物語』のようなあらすじ的叙述や解説的叙述に用いていた用法が慣用化し、冒頭第一文や最末尾の一文に「けり」を用いるべきという意識が固定化していったことを示している。つまり、物語は「けり」で始まり「けり」で終わるものだという類型意識を『今昔物語集』の撰者は持っていたということである。『今昔物語集』でも本朝世俗部になると、冒頭や末尾の複数の文中・文末に「けり」「ける」「けれ」が多用されるようになるが、そのような中でも一話の最末尾文(話末評語を除く)に用いる「にけり」「てけり」「なむ・ぞ〜ける」など強調形式が「大枠」として用いられる例が多い。このような強調形式は、「けり」が持つムード的な意味を強める効果をもち、単独の「けり」よりも強い終結機能を発揮でき、「けり」の使用が多い話でもなお枠構造を維持することができる(拙著二〇一六)。

四　『伊曽保物語』に見る枠構造

前節で見た『今昔物語集』の説話では、終結機能を持つ表現として「にけり」(286例)が多く、その他に終止形の「けり」(209例)や係り結びの「ぞ・なむ〜ける」(106例)が多く用いられた。この傾向は鎌倉時代の説話や軍記物語にも引き継がれる。次に、平仮名で書かれた和文系の説話集である『宇治拾遺物語』(一二二一年頃成立)と、『古本説話集』(平安末期頃成立)、また片仮名で書かれた漢文訓読の影響を受けた仏教説話集である『発心集』(鴨長明作、一二一二年から一二一六年頃成立)と『沙石集』(無住作、一二七九年以降成立)、『平家物語』(鎌倉時代初期頃成立、使用した覚一本は一三七一年成立)での傾向を見ておく。

(表3)に、「にけり」「てけり」「にり」と、「けり」を係り結びおよび連体形終止で用いた例について、特に終

（表3）中世物語の終局部

	にけり	てけり	けり	ぞ〜ける	なむ〜ける	こそ〜けれ	ける
宇治拾遺物語	43	13	41	14	6	9	10
古本説話集	12	4	6	5	2	0	3
平家物語	15	4	8	37	0	7	0
発心集	18	0	2	18	8	0	8
沙石集	28	14	34	24	0	2	25
合計	**116**	**35**	**91**	**98**	**16**	**18**	**46**

（表4）伊曽保物語の終局部

文末	例数
ぬ	20
ぞ〜ける	18
けり	10
ける	8
動詞終止形	8
にけり	4
てけり	3
なん〜ける	3
動詞＋なり	2
けるなり	2
べし	2
なし	2
り	2
りけり	1
けるとぞ	1
にけるとかや	1
き	1
る・らる	1
ぞ〜動詞連体形	1
ぞ〜にける	1

局部に用いた使用度数を示した。これによると、『今昔物語集』と比べ、「にけり」「てけり」「けり」などが安定的に用いられる点は同様であるが、中世の物語では係り結びの「ぞ〜ける」が「けり」「にけり」と同程度にまで増加している点に新たな傾向が見られる。このように「ぞ〜ける」が安定的であるのに対し、中古までは多かった「なむ〜ける」は口頭語ではいち早く消滅するため用例は減少傾向であり、代わって「こそ〜けれ」が増加している。また、連体形終止用法の「ける」が、『沙石集』を始め多く見られる点も、中世の新しい傾向である（拙著二〇一六）。

このような流れを承けて、本節では中世末に成立した『伊曽保物語』における枠構造を見ておきたい。『伊曽保物語』は、童話集『イソップ物語』の翻訳で、ここで取り上げる国字本は漢字平仮名交じり文の文語体で書かれており、口語体で書かれたローマ字本「エソポのハブラス」と兄弟関係のテキストである。後掲の例にあるように、漢文訓読的な「いはく」と和文的な「いふやう」を含んでおり、和漢混淆文の一種と見なすことができる。本作の時代では「き」「けり」「つ」「ぬ」などの助動詞や係り結びなどの文法要素はすでに口語の世界では使用されず、「た」「ている」が用いられた時代である。したがって、これらの助動詞は文語的な表現として用いられていることになる。

（表4）に、『伊曽保物語』各話の終局部の文末表現を示しておいた。これによると、前の時代に多かった「ぞ・なん〜ける」「けり」「にけり」「てけり」の他「ぬ」「り」「き」など多様な表現が見られる。そこで、本節では、本作に多い「ぬ」「ぞ〜ける」「ける（連体形終止）」をとりあげて、中世末期〜近世初期の使用傾向を見ておくことにする。

四・一　「ぬ」による終結機能

『今昔物語集』や中世説話で最も多かった「にけり」は少なく、「ぬ」が最も多い。平安鎌倉時代までの物語では、「ぬ」は小さな場面の切れ目に用いるのが一般的で終局部には見られず、「にけり」が終結機能を主に担っていた。しかし、この時代では「ぬ」と「にけり」の用法差が意識されなくなり、「ぬ」の用法が終局部まで拡張している。上接動詞は、「去る」7例の他、「至る」「出づ」「入る」「追ひ出す」「退散す」「免さる」など移動に関わる意味を表す動詞が各1例、「殺す」3例の他、「起き上がる」「絶ゆ」「滅ぼさる」「滅ぼす」などの主体や対象の変化を表す動詞が各1例である。終局部で移動に関わる動詞に付く例が多い傾向は、『今昔物語集』や中世説話の終局部で用いられる「にけり」の傾向と同じである。

（6）ある時、師子王其足に株を立て、その難儀におよびける時、悲しみのあまりはすとりのほとりに近づく。はすとるこれをおそれて、我羊をあたへてけり。師子王、羊を犯さず、わが足をはすとりの前にもたぐ。はすとりこれを心得て、その株を抜いて、薬をつけてあたへぬ。それより獅子王山中に隠れぬ。

ある時、かの師子王狩に囚はれて籠に入られ、罪人を入れて是を喰らはしむ。又、かのはすとり、その罪あるによ（っ）て、かの獅子籠にをし入。獅子王敢へてこれを犯さず。かへつて涙を流いてかしこまりぬ。しばらくあつて、人々籠の内を見るに、さしもに猛き獅子王、耳を垂れ、膝を折つて、かのはすとるを警固す。物の具を入れて犯さんとするに、獅子王是をかなぐり捨つ。主此事を聞きて、「汝なにのゆへにかかくけだものにあはれまれけるぞ」といひければ、件の子細を申あらはす。人々此由を感じて、「かゝる畜生に至るまで、人の恩をば報じけるぞや」と感じあはれみける。これによ（っ）て、獅子王もはすとるをもゆるされぬ。

其ごとく、人として恩を知らぬは、畜生にも劣る物也。人に恩をなす時は、天道これを受け玉ふなり。いさゝかの恩をも人に請ば、これを報ぜんとつねに思へ。

（ある時、獅子王はその足に棘を立ててしまい難儀することになった時、悲しみのあまりハストルの側に近づいた。ハストルはこれを恐れて、自分の羊を与えた。獅子王は、羊を襲わず、自分の足をハストルの前に持ち上げた。ハストルはこれを理解して、その棘を抜いて、薬を付けて与えた。その後に獅子王は山中へ隠れてしまった。ある時、例の獅子王が狩りに捕らえられて籠に入れられて、罪人を入れてこれを食べさせようとした。また、例のハストルを、その罪があることによって、例の獅子王のいる籠に押し入れる。獅子王はあえてこれを襲わない。かえって涙を流して平伏した。しばらくして、人々が籠の中を見ると、あれほど獰猛な獅子王が、耳を垂れ、膝を折ってあのハストルを警護している。武器を差し入れて襲うが獅子王はこれを引ったくって投げ捨てる。主がこのことを聞いて「おまえはどういうわけでこのようなけだものに慈悲をかけられたのか」と言ったので、先の事情を告白し申し上げる。人々はこの事に感動し「このような畜生に至るまで人の恩を返そうとするのであるなあ」と感動し哀れに思うのであった。このことによって、獅子王もハストルも許し放たれた。そのように、人でありながら恩を知らないものは畜生にも劣るのである。人に恩を施

す時は、天帝がこれを受けなさるのである。少しの恩でも受けたらこれに報いようと常に思え）　（中・三十一）

この話では、「てけり」「けれ」「ける」を一部含むが、文末は用言終止形を基調としつつ、場面の切れ目と話の終局部では「ぬ」を用いている。中世になると終局部に「ぬ」を用いた例が、『宇治拾遺物語』22例、『古本説話集』1例、『発心集』1例、『沙石集』11例のようにある程度見られるようになる。『伊曽保物語』の用法はこのような中世説話の流れを汲むものであるが、これらの作品と異なり、例数では「ぞ〜ける」「にけり」よりも多く用いている。当時文語化していた「ぬ」は、「けり」「き」などとの使い分けが不明瞭になっていたようである。(5)（表2）から、物語の枠を作る用語は「けり」や「ぬ」であって、典型的な過去の助動詞の「き」ではないという点は物語の叙述方法として注意すべきである。

四・二　「ぞ〜ける」による終結機能

「けり」の用法でも、係り結びによる「ぞ〜ける」は院政鎌倉期の説話で終局部に多く見られたが、『伊曽保物語』でも終局部に最も多く見られる。

ぞ〜ける→終局部（18例）・展開部（15例）・冒頭文（7例）・評語部（5例）・段落末尾（2例）

係り結びは、係助詞の上接語を強調する面があるが、一方で語り手から聞き手への伝達を強調する面を持つため、終局部に現れやすい。説話の終局部で「にけり」がつくことが多かった移動動詞や変化動詞にも「ぞ〜ける」が多く付いている。院政鎌倉期の説話では、（7）の例のように終局部で移動動詞や変化動詞に「にけり」が付いて話が終わる類型があり、『伊曽保物語』でも「なりにけり」2例、「うせにけり」1例、「帰りにけり」1例など、4例が見られる。

（7）その時、われとわが身に怒つて、ひとりごとをいふやう、「誠に道理の上よりこれを天道計らひ給ふ。其故は、人の物を盗まんとする者は、かへつて盗まるゝ物なり」といひて、あかはだかにて帰りにけり。（その時、自分自身に怒って、独り言を言うことに、「本当に道理によって天帝は考えておられるのだ。つまりは、人のものを盗もうとする者はかえって盗まれるのだ」と言って、真っ裸で帰ってしまったのである）（下・一三）

右にあげた移動動詞の「帰る」で見ると、『今昔物語集』の終局部での例数は、「帰りにけり」を用いるのが一般的であるが、『伊曽保物語』の終局部では、次のような「ぞ帰りける」の例の方が優勢である。(6)

（8）狼の符よかりけん、その身を外れて縄を切られ、ほうほうと逃げてぞ帰りける。（狼の運がよかったのだろうか、その身から縄が切れて外れ、ほうほうの体で逃げて帰ったのである）（下・五）

（9）橋の上にのぼりて、「こゝにきたれ」と申けるを、家猪我子をつれて行さまにつと寄りて、橋より下に突きおとし、我身は家にぞ帰りける。（橋の上に登って、「ここに来い」と申し上げたが、ぶたは我が子を連れて行くやいなやすぐに近寄って、橋から下に（狼を）突き落とし、自分は家に帰ったのである）（下・七）

『伊曽保物語』では、院政鎌倉期までの作品で終局部に最も多かった「にけり」に代わり、「ぞ〜ける」が終局部の類型として定着している。係り結びは口頭語では既に用いられないのだが、文章語にはかえって活発に用いている。文章語ならではの特徴を文章の枠づけに生かしたのである。

四・三　連体形終止「ける」による終結機能

四・三・一　連体形終止「ける」の特異性

鎌倉期の『沙石集』などで終局部に例が多かった連体形終止の「ける」も8例が見られる。「ける」は次のように展開部にも多く見られる。

ける→展開部（19例）・終局部（8例）・冒頭文（5例）・段落末尾（3例）・段落冒頭（1例）・評語部（1例

「ける」の例が多いことは、活用語の連体形終止が当時一般化していたことの反映と考えられそうであるが、連体形終止が多い傾向は「ける」のみに見られるため単純にそうとは言えない。『伊曽保物語』に用いられる「ぬ」「なり」「ず」「べし」「り」「たり」「にけり」など主要な助動詞は、本来の終止形で結ぶのが通例であるが、「けり」のみは係り結びや連体形終止の場合に例が突出して多く見られるからである。[7] このことは、「けり」が本来の終止法であることは知りながらも、連体形の「ける」を意図的に用いていることを示している。ではなぜ「ける」は位置を問わず用いられやすいのであろうか。次に終局部に用いられた連体形終止の「ける」の構文的特徴や話の中で使用される位置に注目し、その使用方法について見ていこう。

四・三・二　「ける」「けるなり」「ぞ〜ける」の文法的意味

文末の連体形終止「ける」に準じる表現として「なり」の付いた「けるなり」の形がある。「ける」と「けるなり」とは形態上は「なり」がつくか否かの差であるが、二つの形について中村・碁石（二〇〇〇）は、「連体形＋なり」は「事情説明」や「ある事態が生起した要因についての解明、聞き手の知らない内容の紹介や解説、眼前の事態に対する評価や判断」などに用いて「（じつは）〜なのだ」という説明的・主観的なムードを表すとし、「なり」をとらない連体形終止文でも同じムードを表す例があるとしている。また、「ける」と「なむ・ぞ〜ける」とは係助詞があるか否かの差であるが、小池（一九六七）は、連体形終止文は解説的叙述に用いられるとし、阪倉（一九九三）は、「〜ける」と「なむ・ぞ〜ける」とはともに解説的表現として同等の性質を持つと述べている。これらのことから、「ける」「けるなり」「ぞ〜ける」の三形式は現代語でいうノダ文に近く、ある主題をうけ、それについての解明・解説・判断などを表す構文を作っていると考えられる。このような構文が生じるのは、これらに共通する準体言の連体形「ける」が、現代語のいわゆる「ノダ」文の「の」と同等の効果を発揮するためと考えられる。これらの表現は、語り手の主観・判断を表す面が強いため、使用箇所も冒頭文や終局部に用いられやすい。[8]

次に三形式について、『伊曽保物語』の使用方法を比較していこう。

「けるなり」の4例は、終局部の2例の他では、語り手の立場が出やすい解説的な冒頭文1例や評語部1例などに現れている。

(10) ある蝤蝶、あまた子を持ちけるなり。〈冒頭文〉

(ある蝤蝶が、多くの子どもを持っていたということである)　(下・一九)

(11) たとひをろかにする共、謙りて従はんにはしかじと見えける也。〈評語部〉

(もしも自分を粗略に扱っても、へりくだって従うのに越したことはない思われたのである)　(下・三二)

終局部の「けるなり」の2例は、次の例である。

(12) しやんと、いそほを召して仰けるは、「汝なにのゆへをもつてか風呂には人一人といひけるぞ」と問ひ給へば、いそほ答云、「先に風呂の門に、出入りに障りする石ありけり。人あまた是に悩まさるゝといへども、これを除く。それよりして出入り平案に候間、かの人一人と申候」と答へけるなり。

(しゃんとがいそほを召し寄せておっしゃることには、「おまえはどうして風呂には人が一人と言ったのか」と問いなさるので、いそほが答えて言うには、「前に風呂の門に、出入りに支障のある石があったのです。多くの人がこれに悩まされていたが、これを除いた。その結果出入りが障りなくなりましたので、あの人一人(一人者)と申しました」と答えたのである)　(上・六)

(13) 又、伊曽保申けるは、「此宝を取り出すにおいては、譜代の所を赦免あるべしと堅く契約ありければ、今より後は、御ゆるしなしとても、御譜代の所をばゆるされ申べし」といひけるなり。

(また、伊曽保が申したことには、「この宝を取り出すに際しては、奴隷であることを免じると固く約束なさったのですから、今から後は、お許しがなくとも、奴隷であることは免じていただこうと思います」と言ったのである)

（上・八）

(12)の「いはく」、(13)の「申けるは」は解釈上「こと」が補え、体言性の句を作る表現であり、これを主題とし「主題＋解説」の構文をとっていると考えられる。(13)の「申けるは〜といひけるなり」は、「申したことは、（何かと言えば）〜と言ったのである」の意味で会話内容を解説する文である。終局部に用いる「ける」8例も、「けるなり」の場合と同様の用法がある。

(14)さるによりて、いそほは科なく、傍輩どもは罪をかうむりける。　（上・三）

（そのため、イソホは罪がなく、仲間たちは罪を被ったのである）

(15)やゝあつて後、いそほ高座の上より云けるは、「鷲守護の御ゆびがねを奪い候事は、鷲は諸鳥の王たり。守護は王に勝つ事なし。いか様にも他国の王よりこの国の守護を進退せさせ給ふべきや」と云ける。

（しばらくして後、イソホは高座の上から言ったことには、「鷲が守護の指輪を奪いましたが、鷲はもろもろの鳥の王である。守護は王に勝つことはないのです。おそらく他国の王がこの国の守護を支配なさるのでありましょう」と言ったのである）　（上・九）

(16)ある時、主人外より帰りける時、馬主人の胸にとびかゝり、顔を舐り、尾を振りてなどしければ、主人是を見てはなはだ怒りをなし、棒をおほ取（っ）て、もとの厩におし入ける。

（ある時、主人が外から帰った時、馬が主人の胸に飛びかかり、顔を舐め、尾を振ったりしたので、主人がこれを見て大いに怒り、棒を執って、もとの厩に押し込めたのである）　（中・二二）

(17)その時、燕申やう、「所詮、御辺たちと向後與する事あるべからず」とて、諸鳥に変つて、燕は人の内に巣をくふ事も、これや初にて有ける。

（その時、燕が申すことには、「しょせんは、あなたがたとは今後ご一緒することはありますまい」と言って、もろもろ

の鳥たちと違って、燕は人の家の中に巣をかけることも、はじめてだったのである）（中・二四）

（18）その時、烏もとの傍輩にいふやう、「我よしなき振舞をなして、恥辱を受くるのみならず、さんざんにいましめられぬ。御辺たちは若き人なれば、向後その振舞をなし給ふな」とて申ける。（その時、烏がもとの仲間達に言うことには、「私はつまらぬ振る舞いをして恥辱を受けただけでなく、散々に咎めを受けた。あなたたちは若い人なので、今後そのような振る舞いをなさるでないぞ」と申したのである）（中・二七）

（19）（小さき猪）その時こそ、「無益の謀叛しつる物かな」と、もとのいのしゝらに降参しける。（その時、「つまらぬ計略をしたものだ」と猪に降参をしたのである）（下・二）

（20）孤申けるは、「これを通らせ給ふは、たれ人にてわたらせ給ふぞ。（中略）よくよく見候へば、いつぞや師子王によしなき訴訟し給ふ狼なり」とてあざけりける。（狐が申したことには、「ここを通っておられるのはどなたであられるだろう。（中略）よくよく拝見しますと、いつか獅子王につまらぬ要求をなさった狼である」と言って嘲ったのである）（下・六）

（21）僧これを聞ひて、思ひの外に勇む気色にていふやう、「さてもさてもかゝるありがたき心ざしはたゞ事にあらず。（中略）われもろともにかの跡を懇に弔ふべし」とて、此ゑのこの心ざしを、奇特なりとて貴まれける。（僧はこれを聞いて、存外勢い込んだ様子で言うことには、「このような有り難いお志はなみなみのことではありません。（中略）私が一緒に故人の弔いを致しましょう」と言って、この子犬の志を、奇特なことだと貴びなさったのである）（下・二九）

（14）（16）（19）は、述語で主語の人物の動作を「何と～のだ」のような意味で強調的に解説する用法である。（17）は事柄の主語を受けた名詞述語による解説の用法である。これ以外の例は、いずれも会話引用文を含んだ例で、「言うことには～と言うのだ」という解説の用法である。（15）は「いひけるは、～といひける」の構文を採っており、形の上でも「けるは〜けるなり」の場合と最も近い典型的な例である。(20)も「申けるは」を「とて」でうけ動詞は「あざけり」に代わっても(15)と同趣の構文と言えよう。(18)は「いひけるは」に準じる「いふやう」をうける例であり、(21)は会話の内容を「とて」でうけつつ「貴まれける」まで述語部分を敷衍しているが、いずれも(15)と近い形の例と言えよう。これらから、「ける」は「けるなり」と同じ内容の表現と考えられ、会話内容を解説として提示して話を終わる点も同じである。

このような主題化した「けるは(いはく・いふやう)」をうけ、発言内容を解説するのに用いた「ける」の用例は、係り結びの「ぞ〜ける」による会話引用文でも、次のような例が見られる(総計9例)。

(22) 主上御悲しみの余にの給ひけるは、「さてもいそほを失ひ給事、我なすわざといひながら、ひとへにわが国のほろびなん基」とぞのたまひける。

(帝が悲しみのあまりにおっしゃったことは、「それにしても伊曽保を失いなさったことは、自分がしたこととはいいながら、ひとえに我が国が滅ぶ原因となろう」とおっしゃったのである)　(上・一九)

(23) 驢馬申けるは、「かゝる憂き目にあはんよりは、しかじ、たゞ死なばや」とぞ申ける。

(驢馬が申し上げたことは、「このようなつらい目に遭うよりは、むしろ、ただもう死にたい」と申し上げたのである)　(中・三七)

一方、終止形の「けり」にはこのような例は見られない。すなわち、文末の「けるなり」「ける」「ぞ〜ける」と、「けり」とでは、「けるは」の主題をうけた解説の文をつくるか否かで異なっている。三形式は会話行為があったことを「いひける(こと)は」として主題化し、その会話内容を解説する引用表現を作り、「〜が言ったことは(何かと言えば、実は)、〜と言ったのであったよ」の意味を表している。特に「いひけるは〜いひける」の表現は、「言ったこと」(主題)についての解説・紹介の面とともに、聞き手への強調的提示(詠嘆性)の面も含んでいることが終結機能を生み出す原因である。

四・三・三　「けるは〜ける」構文のテクスト機能

「けるは〜ける」を用いた会話引用文は平安時代にも例が見られる。下河部（一九七六）は、『今昔物語集』の15例の他、『竹取物語』『源氏物語』『栄花物語』などに各1例、『大鏡』に2例しかないことから男性的表現ではなかったかと指摘している。そこで鎌倉時代の文献を調査すると、『平家物語』の古態のテキストとされる『延慶本平家物語』（一三〇九年書写）と標準的テキストとされる『覚一本平家物語』（一三七一年成立）で「けるは」による会話引用文が各々592例・247例にも及んでいる。「けるは〜ける」の構文は、中世においては和漢混淆文を特徴づける表現の一つにまでなっていたのである。

ここで、『今昔物語集』と『伊曽保物語』とで「けるは」をとる文型を比較してみよう。『今昔物語集』（岩波日本古典文学大系本）の「けるは」について、会話引用文とそれ以外に分けて解説構文の用例数を示す。

（会話引用文）16例（なお、下記の「いひ」は発言動詞・思考動詞の様々な語を代表させたものである）

ア（文中引用）「いひけるは〜と（なむ）いひければ」2例・「いひけるは〜となむいひて」1例・「いひけるは〜といふに」1例・「いひけるは〜といひけれども」1例

イ（連体形終止）「いひけるは〜といひける」2例

ウ（係り結び）「いひけるは〜とぞいひける」8例

エ（結びの省略）「いひけるは〜となむ」1例

（非会話引用文）13例

ア（係り結び）「けるは〜（こそ）むずらめ」1例・「けるは〜にてぞありける」1例・「けるは〜にてこそはありけめ」1例

イ　（「なり」）「けるは～けるなり」3例・「けるは～けることなり」1例・「けるは～ためなり」1例・「けるは～けるにや」1例・「けるは～けるなめり」1例

ウ　（「なりけり」）「けるは～なりけり」1例・「けるは～にてありけれども」1例・「けるは～にてありければ」1例

『今昔物語集』では、会話引用文アの（文中引用）の例を除くと、文末では係り結びや連体形終止「ける」でうける例が多い。会話引用文では「いひける」「とぞいひける」、非会話引用文で「にてぞありける」「にてこそはありけめ」「けるなり」「けることなり」「なりけり」などをはじめ、係り結びや「なり」「にてあり」を含む判断文の例が多く見られる。このように『今昔物語集』では、「けるは」を用いる構文は、会話引用文以外にも用いており、広く主題「けるは」をうけた解説の用法のノダ文な表現を作っていることがわかる。

これに対し、『伊曽保物語』では、「けるは」は120例と多く見られるが、1例の例外を除き、すべて会話引用文で「いひけるは」の形で用いている。

（会話引用文）119例

ア　（文中引用）「いひけるは～といひければ」51例・「いひけるは～とて」10例・「いひけるは～といひて」6例・「いひけるは～といへば」5例・「いひけるは～といひけるところに」1例・「いひけるは～といふところに」1例・「いひけるは～といへども」1例・「いひけるは～といふに」1例

（文末引用）「いひけるは～といふ」27例・「いひけるは～となり」1例・「いひけるは～（会話）」3例

イ　（「けるなり」）「いひけるは～といひけるなり」1例

ウ　（係り結び）「いひけるは～とぞいひける」6例・「いひけるは～となんいひける」2例・「いひけるは～とぞいひき」1例

（連体形終止）「いひけるは〜といひける」1例

エ　（結びの流れ）「いひけるは〜となんいひければ」1例

全体では、アの「いひけるは〜といふ」などの例が最も多く見られ、展開部において会話引用の類型として定着している。その中で、イ・ウの引用形式のように、ノダ文的な例と解せるものもある。これらの使用箇所は、語り手の立場が現れやすい冒頭部や終局部に例が偏っており、テクスト機能との強い関わりが窺える。(9)

『伊曽保物語』のように終局部に連体形終止の「ける」を用いるのは、鎌倉期の説話集でも、『宇治拾遺物語』10例、『古本説話集』3例、『発心集』1例、『沙石集』25例がある。中でも会話引用の「〜といひける」で話を締め括る例が『沙石集』に17例と多く見られる。笑話的な性格を持つ話を多く含む『沙石集』では、次のような会話内容をオチとする話型においてこの用法が類型を成しており、これが『伊曽保物語』にも継承されたのであろう。

(24) また、馬を朝野に放ちて、夕方取るに、よろづの人の馬を、見会ふに従ひて取りけるを、馬の主咎むれば、「いさ、面つらが合うたれば、法師が馬と思ひて」と云ひける。

（『沙石集』巻八・二・二）

（また、朝に馬を放牧し、夕方に連れ戻すが、僧は誰の馬であっても、目に付くままに連れ戻すので、馬の持ち主が注意すると、「おや、顔が同じだから、私の馬だと思って」と言ったのだ）

(25) また、「大」と打ち上げて、「般若」を見知らで「船か」と言ひける。

（『沙石集』巻八・三・一）

（また、ある僧は「大」と読み上げて、「般若」という漢字を知らず、「船か」と言ったのだ）

『伊曽保物語』の連体形終止の「ける」や「けるなり」「ぞ〜ける」は、ノダ文的な解説用法が用いられる。この用法は、現代語でいえば、「た」と「のだ」の組み合わせ「〜のでした」「〜たのです」などで物語を語り終えるのと近い表現で、語り手が顔を出して解説的に話を終える形を作っている。元来「けり」は事態を対象化して確認・解説する機能を持っていたため、解説的な表現である係り結びとも親和性が高かったのだが、文語化しその語感が薄らいだ段階ではもっぱら連体形「ける」の解説的用法によってこの機能を表す場合が多くなったのであろう。

五　おわりに

本章でとりあげた『伊曽保物語』では、鎌倉時代まで終局部に多かった「にけり」に代わり「ぬ」が多くなり、また「ぞ〜ける」や連体形終止の「ける」が多く用いられていることを述べた。「ぞ〜ける」「ける」の解説的表現は、語り手の立場が強く現れるため終結機能を担いやすい。「けり」「にけり」を使用するだけで終結機能を表し得た時代に比べると、その語感は衰えたであろうが、解説的な構文に支えられ前代からの文章機能を受け継いでいる。これらの傾向は、助動詞についての作者独自の意識による面もあろうが、文語化していた「けり」をいかに駆使して物語をまとめるかについて当時ある種の定型意識が存していたらしいことは注目に値する。中古の『竹取物語』などの和文系統の物語に発し、和漢混淆文の形成期の『今昔物語集』などで典型的に見られた形式は、中世末においても物語の定型的な枠組みとして継承されていることを示している。

注

(1) 福沢（二〇一五）は、語り手の視点を「〈言及対象〉を捉える（例えば、見る）位置」とし、「知情意の視点」＝「〈言及対象〉たる物事を知覚し、或いは〈言及対象〉の情意の担い手となって、〈言及対象〉を命題として構成する主体」、「判断の視点」＝「命題に対して推量・断言等の判断の担い手となる主体」としている。日常言語（ハナシ）

では、話者が知覚した現実の事態を言語によって表すのに対し、物語言語（カタリ）では、架空の事態を各種の視点を通して生み出すのである。

（2）ジュネット（一九八五a）（一九八五b）は、「物語言説の時間」は「読みの時間」という「疑似時間」にすぎず、「物語内容」は「物語言説」と同時にしか存在しえないことを述べている。つまり物語では、文末まで一語一語読むことで初めてある事態が読み手の脳裏に立ち上がってくるのであり、その繋がりの中に物語の時間軸が生まれてくるのである。

（3）物語論の基礎理論を確立したジュネット（一九八五a）は、後置的な語り（過去形の物語）について「物語内容は日付を確定することができても、語りの方は日付を持たない」とし語りの「非時間的な本質」（260頁）を見ている。鈴木（二〇〇九）、橋本（二〇一四）、福沢（二〇一五）、溝越（二〇一六）も結論として同様の見解をとる。鈴木は、「けり」は一定のテンス的意味を持たず、「すでに存在していた物語を紐解くというしかたでその内容をとりあげることを表している」（鈴木二〇〇九：452頁）とする。福沢は、「〈語り手〉の時間軸と〈視点〉の時間軸が独立して存在しているのみであり、両者の間に文法的な過去性が見受けられるわけではない」（福沢二〇一五：277頁）と述べる。外国語でも、溝越では英語・ドイツ語の過去形、フランス語の半過去形などを「語りの時制」とし、これらは「話者・聞き手のいるいま・ここからの時間的距離を示すものでない」「英語の場合でいえば「仮定法」と同じように、「別世界」を作り出す働きをしている」（溝越二〇一六：171頁）とする。なお、古典物語で、ある場面より過去の場面に言及するときには「き」を用いる。

（4）平安初期に『伊勢物語』『大和物語』のような歌物語が成立する以前、実在の人物の和歌がどのような事情で詠まれたかを口承で伝える「歌語り」があった。宮廷サロンの場で聞き手に周知の人物（伊勢物語なら在原業平）の歌に関する伝承を「（私も知らなかったのだが実は）～たのだ」のように驚きを込めて確認するのが、語りの場で発生した「けり」の用法で、文字化された物語でもこれが継承されたと考えられる。

（5）ロドリゲス『日本大文典』で、「ぬ」は「にけり」「にける」「けり」「ける」「き」「し」などとともに「過去の辞」とされており、当時の意識としては「ぬ」は「けり」「き」と近い意味機能を持つ過去の表現と意識されたようである。

（6）『今昔物語集』では「返りにけり」43例、「返りけり」2例、「ぞ〜返りたりける」2例、「なむ〜返りたりける」2例、「なむ〜返りける」2例で、「にけり」が多くを占めるが、『伊曽保物語』では「ぞ帰りける」4例、「帰りけり」1例、「帰りにけり」1例で、「ぞ〜ける」が優勢である。

（7）文末に各種の助動詞が用いられた場合、終止形では「けり」は終止形全体の16％に過ぎないが、連体形終止では「ける」が全体の91％にも上る。連体形終止の「ける」が用いられやすいことは、連体形終止一般の問題ではなく、「けり」の文末用法の問題であることがわかる。係り結びでも「ぞ・なん〜ける」が全体の79％を占め、「けり」は説明的構文を作る係り結びや連体形終止と親和性が高いことが窺える。

（8）山内（二〇〇三）は、「ける」は「完全な終止ではなく、半終止の気息をもっている」と指摘したが、山内が後文に「しかるに」「しかる間」などの接続詞や指示語が来る例が多いとした点は、むしろ文章の切れ目に用いやすい傾向を示していると見られよう。

（9）イの「けるなり」で結ぶ例は終局部1例。ウの係り結びの9例中7例は冒頭文3例・終局部4例、連体形終止の例は終局部1例。エの結びの流れは冒頭文1例。いずれも冒頭文や終局部に偏って見られる。

参考文献

石出靖雄（二〇一六）『漱石テクストを対象とした語り言語の研究』70頁〜127頁（明治書院）

井島正博（二〇一一）『中古語過去・完了表現の研究』51頁〜71頁（ひつじ書房）

井島正博（二〇一六）「過去・完了の助動詞」『品詞別学校文法講座　六』120頁〜152頁（明治書院）

糸井通浩（二〇一七）『日本語論の構築』46頁〜58頁（清文堂）

大木一夫（一九九八）「古代語『けり』の意味機能とテクストの型—語の意味とテクストとの関わりをめぐって—」『国語論究　7』248頁〜275頁（明治書院）

大坪併治（一九九四）「説話の叙述形式として見た助動詞『き』『けり』—漢文訓読文を中心に—」「説話の叙述形式として見た助動詞『き』『けり』—『今昔物語集』を中心に」『国語史論集　上』316頁〜365頁（風間書房）

小池清治（一九六七）「連体形終止法の表現効果—今昔物語集・源氏物語を中心に—」（『言語と文芸』54）12頁〜21頁

阪倉篤義（一九七五）『文章と表現』8頁～23頁（角川書店）
阪倉篤義（一九九三）『日本語表現の流れ』213頁～273頁（岩波書店）
下河部行輝（一九七六）「保元・平治物語の文章―その会話導入形式「―けるは」をめぐって―」『佐藤喜代治教授退官記念　国語学論集』231頁～262頁（桜楓社）
ジュネット・ジェラール（一九八五ａ）花輪光・和泉涼一訳『物語のディスクール　方法論の試み』27頁～308頁（水声社）
ジュネット・ジェラール（一九八五ｂ）和泉涼一・青柳悦子訳『物語の詩学　続・物語のディスクール』16頁～164頁（水声社）
鈴木泰（二〇〇九）『古代日本語時間表現の形態論的研究』373頁～455頁（ひつじ書房）
竹岡正夫（一九六三）「助動詞「けり」の本義と機能―源氏物語・紫式部日記・枕草子を資料として―」（『言語と文芸』5（6））2頁～15頁
時枝誠記（一九七七）『文章研究序説』1頁～269頁（明治書院）
中村幸弘・碁石雅利（二〇〇〇）『古典語の構文』60頁～64頁（おうふう）
西田隆政（一九九九）「源氏物語における助動詞「ぬ」の文末用法―場面起こしと場面閉じをめぐって―」（『文学史研究』40）41頁～52頁
橋本陽介（二〇一四）『物語における時間と話法の比較詩学―日本語と中国語からのナラトロジー―』77頁～207頁（水声社）
林四郎（一九七三）『文の姿勢の研究』27頁～73頁（明治図書、二〇一三年ひつじ書房より復刊）
福沢将樹（二〇一五）『ナラトロジーの言語学―表現主体の多様性―』247頁～281頁（ひつじ書房）
馬淵和夫（一九五八）「説話文学を研究する人のために」（『国文学　解釈と教材の研究』3-11）
溝越彰（二〇一六）『時間と言語を考える』162頁～178頁（開拓社）
室伏信助（一九九五）『王朝物語史の研究』44頁～70頁（角川書店）
山内洋一郎（二〇〇三）『活用と活用形の通時的研究』115頁～191頁（清文堂出版）
吉岡曠（一九九六）『物語の語り手　内発的文学史の試み』105頁～190頁（笠間書院）

拙著（二〇〇三）『今昔物語集』の表現形成』239頁～336頁（和泉書院）
拙著（二〇一六）『院政鎌倉期説話の文章文体研究』13頁～169頁（和泉書院）

【使用した資料】

『今昔物語集』『宇治拾遺物語』『伊曽保物語』『覚一本平家物語』は「岩波日本古典文学大系」によった。ただし『今昔物語集』の例は漢字平仮名交じり文に改めた。『古本説話集』は『古本説話集総索引』（風間書房）、『延慶本平家物語』は『延慶本平家物語　本文編』（勉誠出版）、『発心集』は『発心集　本文・自立語索引』（清文堂）、『沙石集』は「新編日本古典文学全集」（小学館）によった。

第十五章　『雨月物語』『春雨物語』の過去・完了助動詞と文章構造

一　問題の所在

かつて阪倉（一九五六）は、『竹取物語』の文章構成法について、物語の枠として「けり」を章段の冒頭と結末に配し、それに挟まれる展開部を訓読語を交えた叙述で纏める構成法（梅鉢式）を指摘した。阪倉は「この物語の作者は、創作に当たって、素材を竹取説話に求めた時、これを物語るにふさわしい「（なむ）……けり《ける》」という形式の文を採用して、先ずその筋書に従って、この物語の輪郭を描いてしまった。さてそのように「段取り」した上で、次に、こうした枠づけの中で、各の話に興味深い趣向を加える創作がなされた訳であるが、その場合に用いられたものは、男性の作家であった彼が用いなれた、訓読文によって養われた文章であった」と述べている。『竹取物語』の創作過程がそのようであったかはなお吟味が必要であるが、物語の和文的な叙述法である「けり」「なむ～ける」等が内容の枠のように配され、展開部を訓読調を含む文体で書く叙述法は、文章構成上の和漢混淆現象として注目される。その後、筆者は拙著（二〇一六）において、『今昔物語集』などの和漢混淆文の説話集に幅広くこの構成法が見られることを指摘した。その典型は『今昔物語集』天竺震旦部や本朝仏法に含まれる説話であり、中国漢文の出典を翻案した内容を「非けり」で叙述し、その話末に「けり」を排して物語を終わる（冒頭の一文に

「けり」を伏すこともある）方式なのであった。このような和漢混淆文の叙述方式は中世以降のものについてはこれまで検証されていない。本章では和漢混淆文の物語として著名な上田秋成『雨月物語』『春雨物語』を取り上げてこの点を検証したい。

二　物語の文章構成とテクスト機能

現代語において過去・完了の表現が「た」「ている」「ていた」等で表されるのに対し、古典語では完了に「つ」「ぬ」「たり」「り」、過去に「き」「けり」があり、古典物語の叙述ではこれらに用言終止形を加え、多様な文末表現がとられる。そのような多様な文末表現は文章構造に関わり、文章の切れ目や話のまとまりの標識となる機能すなわちテクスト機能に関わる。筆者は、中古〜中世の物語・説話において、助動詞「けり」を中心とした過去・完了の助動詞のテクスト機能に着目し、いくつかの論を発表してきた。その大要は拙著（二〇一六）において、明らかにした。しかし、中世以降以降、過去・完了の助動詞が文語化して用法差が曖昧になると、「けり」以外の助動詞もテクスト機能に関与するようになってくるが、近世以降の文語の物語についてはこれまで本格的な考察がなされてこなかった。本章では、近世読本の名作である上田秋成の読み本『雨月物語』『春雨物語』を題材に、過去・完了の助動詞の文末用法に着目し、文章構造との関わりについて考えたい。

三　過去・完了の文末表現と文章構造の問題

古典語助動詞のテクスト機能は、「けり」をめぐる二つの考察が端緒になった。すなわち「あなたなる世界」を表すとした竹岡正夫（一九六三）と、『竹取物語』を題材にして「けり」がいわゆる内容をまとめる「枠づけ」の機能を持つとした阪倉（一九五六）の論がそれである。竹岡の論は、「けり」は語り手の場から物語の世界を「あなたなる場」として位置づけるもので、「けり」は物語世界の対象化して捉えた語として物語論（ナラトロジー）的な観点から新たな視座を与えられた。そのような表現態度の面とも関わって、語り手の対象化の立場が現れやすい物語内容の冒頭や結末に「けり」が用いられやすいという文章論的な観点から「けり」の機能を説いたのが阪倉の論であり、段落や文章全体を枠づけて内容にまとまりを付ける文章上の機能が指摘された。

「けり」その他の助動詞のテクスト機能はどのように発展、展開したであろうか。『竹取物語』や『伊勢物語』など初期の物語では、「けり」の使用は語り手の立場が現れやすい物語内容の冒頭と結末に集中して自ずと枠を作っていた。また、『伊勢物語』では「にけり」が話の末尾に用いられて話を締めくくる用法も認められた。『源氏物語』のような長編物語でも小段落の切れ目の標識として「けり」が用いられることは西田隆政（一九九九）などで指摘されているが、そのような区切りを付ける「枠づけ」としての機能が意図的に活用されていると見られるのが、『今昔物語集』の天竺震旦部や本朝仏法部の説話であり、冒頭と結末の一文に「けり」を用いるような典型例が多く見られる。

鎌倉期の説話にいたっても「けり」の枠づけ機能は確認できるが、末尾部においては平安時代に見られた「けり」「にけり」に加え、「ぞ・なむ〜ける」の係り結びや連体形終止法の「ける」などをはじめ「けり」を強調した例が多くなってくる。さらに『沙石集』では「き」や「ぬ」が末尾部に用いられる例も多く見られるようになり、末尾部の表現が「けり」によらない傾向も出てくる。もともとは過去の「き」「けり」は語り手の立場からの物語世界の捉え方を表すのに対して、「つ」「ぬ」「り」「たり」など完了の助動詞は、動作の相を表すにとどまるためテクスト機能に関与しにくい。しかし、鎌倉時代以降、古典語助動詞が口頭語の世界で衰退するにつれ、本来の文法機能による使い分けが不可能になってくると、特に話の末尾において、「き」「けり」だけでなく「ぬ」「つ」「り・たり」など完了の助動詞が話を終わる表現のバリエーションとして並行的に利用されるようになってくる。

たとえば『覚一本平家物語』では段落末尾・章段末尾に用いる表現は、平安時代に用いられた「けり」「にけり」の他、「き」や、「たり」「つ」と組み合わせた「たりけり」「てんげり（てけり）」が用いられ、「ぞ〜ける」「ぞ〜たりける」「ぞ〜し」「ぞ〜たる」「こそ〜けれ」「こそ〜たりけれ」「こそ〜てんげれ」「こそ〜にけれ」などのように係り結びの形式をとった強調的な表現形式も末尾部に多く用いられている（第十二章）。一方、観智院本『三宝絵』では「き」が話の冒頭部と末尾部に用いられる型をとっており、『覚一本平家物語』でも「平朝臣清盛公と申しし」（祇園精舎）「し（き）」で物語を始め「往生の素懐をとげけるとぞ聞こえし」のように「し（き）」で物語全体をくくる枠として用いられている場合も指摘でき、「き」の枠機能も認められる（拙著二〇一六）。このように「き」「けり」によって文章をまとめる用法は、近世の物語においてどのように受け継がれているであろうか。

本章では、古典語の過去・完了の助動詞を文語として駆使する近世の読本作品において、中世までの傾向をいかに受け継ぎ、どのように助動詞を使い分けて文章を構成しているかについて検証・考察する。対象とする上田秋成の『雨月物語』（一七七六年刊）『春雨物語』（一八〇八年成立）は、和文と訓読文の二形対立語を含む和漢混淆文の性格が指摘され（坂詰二〇一五）、各話の末尾に話末評語が付される点で古代・中世の説話集と共通面があり、文章構成法を比較するのに適している。ここではテキストに岩波日本古典文学大系本を用い、段落構成の区別もこれによる。

四　『雨月物語』『春雨物語』の文末表現の概観

（表1）（表2）に、『雨月物語』と『春雨物語』の地の文について、文末表現の大まかな傾向を見るため、文末の最終要素（「にけり」なら「けり」をとる。「けり」はここでは分類上は過去とする）を次の項目に分類し、使用比率とともに示した。

「動詞」「形容詞」
「過去」……「き」「けり」
「完了」……「つ」「ぬ」「たり」「り」
「断定」……「なり」
「推量」……「む」「じ」「けむ」「べし」「けらし」
「助詞」……「と」「なむ」「ぞ」「か」「や」「こそ」「を」

なお、「その他」としたのは、会話文で終わる場合がほとんどで、その他に名詞で終わる場合を少数含んでいる。

（表1）雨月物語の文末表現

例数	比率%	
300	47	動詞
46	7	形容詞
96	15	過去
67	10	完了
19	3	断定
11	2	推量
14	2	助詞
89	14	その他
642	100	総計

（表2）春雨物語の文末表現

例数	比率%	
548	51	動詞
47	4	形容詞
73	7	過去
180	17	完了
54	5	断定
25	2	推量
47	4	助詞
91	9	その他
1065	99	総計

いずれの作品においても、動詞終止形による文末表現が約半数を占めていて、古代の物語に見られた傾向が認められる。現代語の動詞終止形が過去形に対して、現在形・未来形の意味を持つのに対して、古典語の動詞終止形はテンス的には無標であるとされる。動詞終止形が多いが、これは物語の事態を裸のままに伝える表現であり、過去・完了の助動詞が語り手の主体的表現であるのと対照して捉えられる。『雨月物語』『春雨物語』において、動詞終止形が中心に用いられていることは、話の展開そのものは無標の表現であることを意味するが、『今昔物語集』のように「けり」が大きな役割を果たす。それに加えて、『雨月物語』『春雨物語』では、過去・完了の助動詞の多様な組み合わせがテクスト機能に関与して用いられている。

両作品の「過去」「完了」の助動詞に注目すると、『雨月物語』で「動詞」の比率がやや低く「過去」の比率がやや高いこと、『春雨物語』で「動詞」の比率がやや高く「完了」の比率が高いことなど、両書には過去表現を採るか完了表現を採るかにおいて傾向の違いが見られる。具体的な考察は次節以降に譲るが、「たり」の使用は動詞終止形の使用と連動する面があり、具体的叙述の連続を作りやすい。一方、「けり」は語り手の立場から物語世界を対象化する表現であるため、物語内容の区切りに大きく関わってくる。先取りして言うならば、『雨月物語』において「動詞」の比率が低く「けり」の比率が高いことは、段落末尾や文章末でも「けり」が活用されテクスト機能を発揮しやすいことに繋がる。これに対し、『春雨物語』においては展開部を中心に全体に「動詞」や完了「たり」の比率が高いが、これらの表現は内容の大きな区切りには寄与しにくいため、段落末尾や文章末尾では他の文末表現が採られる。それが『春雨物語』では、文章末で「けり」よりも「助詞」の「しとぞ」「しとなむ」など「けり」とは別の形式が活用されるといった相違に繋がっている。

その他の表現では、「断定」「推量」「助詞」などの比率には大きな差がない。これらの表現はいずれも語り手の主観的態度を表す表現が一定程度含まれていることを意味する。話末評語では、「過去」の他、「断定」や「推量」

の助動詞を用いた表現が多くなるのは当然としても、話の本体においても「助詞」による文末が多い点が注意される。これらの主観的表現の中でも「助詞」が、場合によってテクスト機能に関わって用いられることを示唆している。

五　『雨月物語』の文章構造と文末表現

五・一　過去・完了を含む表現の考察

まず、『雨月物語』の全文末に用いられた過去・完了の助動詞の表現について、使用度数の多い順に整理して（表3）に示す。これによると完了の助動詞では「ぬ」が圧倒的に多く「たり」「り」などは少数である。「たり」は係り結びや連体形終止、「にたり」など強調的表現で用いるが、「ぬ」は語形の上では終止形が多く固定的である点が注意される。

過去の助動詞では、「けり」の系統が圧倒的であり、連体形終止「ける」と終止形「けり」が拮抗する。「けり」はその他、「にけり」「なりけり」「ぞ〜ける」「にける」「なむ〜ける」「けるとなり」「ぞ〜にける」「けるものを」「けるなりき」「たりけり」「なりける」など、完了の助動詞「ぬ」「たり」、断定の助動詞「なり」、助詞「と」などと結びつき、また係助詞「ぞ」「なむ」による係り結びで用いるなど多様な用法で用いている。『雨月物語』の文末表現の中においては、助動詞「けり」の比重が大きいことが窺える。

次に、『雨月物語』の段落末尾や文章末尾に用いられた過去・完了の助動詞に着目する。（表4）の段落末尾は、日本古典文学大系において設定された形式段落による段落の末尾である。また、（表5）の文章末尾は、話末評語の直前の一文（話の本体の末尾）である。これによると前節で見たように、段落末尾・文章末尾のいずれにおいても、過去・完了の助動詞が多くを占めている。しかし、段落末尾と文章末尾では異なる傾向も窺える。

（表３）過去・完了の助動詞

	過去
37	ける
32	けり
6	にけり
4	なりけり
4	ぞ〜ける
2	し
2	にける
2	なりき
2	なむ〜ける
2	けるとなり
1	けむ
1	なりけらし
1	ぞ〜にける
1	けるものを
1	けるなりき
1	たりけり
1	なりける
1	ぞ〜き
	完了
48	ぬ
11	たり
6	にけり
5	り
1	ぞ〜たる
1	にたり
1	たる

（表４）段落末尾の助動詞

7	けり
6	ける
6	ぬ
1	ぞ〜ける
1	なむ〜ける
1	ぞ〜にける

（表５）文章末尾の助動詞

2	なりけり
1	けり
1	ける
1	ぞ〜ける
1	なむ〜ける
1	にけり
1	となり
1	ぬ

段落末尾では、表には示していないが、動詞終止形15例も見られ、必ずしも「けり」「ける」「ぬ」等によって終わるわけではない。これは使用したテキストの形式段落の設定による面もあろう。しかし、その中で「けり」の終止形や連体形の例は多くを占め、また「ぞ」「なむ」による係り結びの例も含めて「けり」が段落を区切る枠として用いられていることがわかる。また、完了の助動詞では、「場面閉じ」（鈴木一九九二）に用いられるとされる「ぬ」が多く見られることも特徴に挙げられる。このような傾向は、中古の物語以来の傾向と似通っている。

文章末尾では、動詞終止形は見られず「ぬ」も1例のみと少ない。その一方で「なりけり」「にけり」「となり」などのような、文章の区切りをより明確化した表現が見られる。文章末尾を明示するため強調的な「けり」の表現によって締め括ることは、古代・中世の説話集などに見られた傾向と同様である。

五・二　典型例の考察

次に典型例として「夢応の鯉魚」の例を挙げておく。ここでは一文を一行に収めるために、文の前半部分を省略し、「……」で示しておいた。

【第一段落】

△むかし延長の頃、三井寺に興義といふ僧ありけり。

絵に巧なるをもて名を世にゆるされけり。

嘗に画く所、仏像山水花鳥を事とせず。

……其魚の遊躍を見ては画きけるほどに、年を経て細妙にいたりけり。

……ゆめの裏に江に入（り）て、大小の魚とともに遊ぶ。

……みづから呼（び）て夢応の鯉魚と名付（け）けり。

……鯉魚の絵はあながちに惜みて、人毎に戯れていふ。

「生を殺し鮮を喰ふ凡俗の人に、法師の養ふ魚必（ず）しも与へず」となん。

其絵と俳諧とともに天下に聞えけり。

【第二段落】

……人々にむかひ「我人事をわすれて既に久し。幾日をか過しけん」。

衆弟等いふ。

……今や蘓生給ふにつきて、「かしこくも物せざりしよ」と怡びあへり」。

興義点頭ていふ。

……彼人々ある形を見よ。我（が）詞に露たがはじ」といふ。

……家の子掃守など居めぐりて酒を酌ゐたる、師が詞のたがはぬを奇とす。

……先箸を止て、十郎掃守をも召具して寺に到る。

興義枕をあげて路次の労ひをかたじけなうすれば、助も蕎生の賀を述ぶ。
興義先問（ひ）ていふ。
……かの漁父文四に魚をあつらへ給ふ事ありや」。
助驚きて、「まことにさる事あり。いかにしてしらせ給ふや」。
……或はここち惑ひて、かく詳なる言のよしを頻に尋ぬるに、興義かたりていふ。

【第三段落】

……（夢内容）終に切（ら）るるとおぼえて夢醒たり」とかたる。
……従者を家に走しめて残れる鱠を湖に捨（て）させけり。
興義これより病愈て杳の後天年をもて死ける。

【話末評語】

画ける魚紙繭をはなれて水に遊戯す。
ここもて興義が絵世に伝はらず。
其弟子成光なるもの、興義が神妙をつたへて時に名あり。
生る鶏この絵を見て蹴たるよしを、古き物がたりに載たり。

上記の段落分けは日本古典文学大系本によると、第三段落は長大な夢内容の語りを含む第1文が本話の中心であり、これに続く第2文「捨てさせけり」を文章末としている。しかし、続く「……死ける」は後日談的だが、これを文章末と見てもよいと思われる。そう考えると（表5）の文章末尾を終止形「けり」で終わる例はなくなる。

第一段落では、主人公の人物像の紹介をする部分で9文中5文に「けり」が用いられている。「ありけり」で始まるのは説話の慣用的な表現であり、以降の終止形「けり」で解説的な語感で読み手に説明する部分である。筆者は平安時代の物語の「けり」はテンス表現ではなく物語世界を語り手の立場から解説的に述べるモダリティ的な表現（なんと～たのだ）と解する（拙著二〇〇三・二〇一六）が、平安時代の『竹取物語』冒頭のように語り手の解説的な叙述部分に集中的に用いるの場合と同じである。

第二段落では、一転して動詞終止形と会話文によって物語を進行させる。第一段落とは異なり「けり」を用いない叙述によって、物語世界に入り込んだ表現を作っている。

第三段落の冒頭第1文は、この話の中心となる夢語りである。その文の末尾は動詞終止形「かたる」で閉じられて、全体が迫真的描写として語られるクライマックス部分となっている。それを受け、「捨てさせけり」、後日談的な「死ける」が続いて話が終結する。これらの「けり」「ける」は、終結を表すテクスト機能を担う表現と見なすことができる。

この例は、冒頭に解説的な「けり」があり展開部を動詞終止形で展開し、話末を「けり」「ける」で終わるという構成であり、『今昔物語集』などの説話に見られた典型的な構造を採っている例と言えよう。その構造は、次のように示すことができる。

（冒頭）けり → （展開）非けり → （末尾）けり・ける → （話末評語）非けり

この例のように文章末尾に連体形終止の「ける」が活用される例が多いが、連体形終止は「ぞ」「なむ」を伴う係り結びの連体形と表現機能は同じであり、「～のであった」のような解説的な表現を作る。この意味を明示した表現形式が、次のような文章末尾の「なりけり」であって、全4例が見られる。これらはすべて語り手の解説的な表現の箇所の例である。

○幼主海に入らせたまへば、軍将たちものこりなく亡びしまで、露たがはざりしぞおそろしくあやしき話柄なり―

けり。（白峯）

○……此亡人の心は昔の手兒女がをさなき心に幾らをかまさりて悲しかりけん」と、かたるかたる涙さしぐみてとゞめかぬるぞ、老は物えこらへぬなりけり。（浅茅が宿）

古典語の「なりけり」は「実は～であったのだ」のような気づきの意味で用いるが、この場合は現代語の「のであった」に相当する意味で終結感の強い表現を作っているのである。

六　『春雨物語』の文章構造と文末表現

六・一　過去・完了を含む表現の考察

次に『春雨物語』の文末に用いられた過去・完了の助動詞の表現について、使用度数の多い順に整理して（表6）に示す。なお「序」と「歌のほまれ」は対象外とする。なお、過去の例の中に次の11種類が見られたが、いずれも該当例が1例のみであるため表から除いている。

こそ～けれ、なむ～たりける、にけむ、けむかし、なりける、りける、にけり、てけり、なむ～りける、けるとなむ、なむ～ける

完了の助動詞では「たり」が120例で「ぬ」より遙かに多い点が注目される。『雨月物語』には少なかった連体形終止の「たる」3例や、係り結びの「なむ～たる」2例も見られるなど「たり」の強調的な使用も比較的多く見られ、大きく様相が異なっている。「たり」は、平安和文では（登場人物にとって）メノマエ的な描写を作るとされる（鈴木一九九五）ため地の文の基調となることはないが、『春雨物語』の文章では、現代小説の「た」「ている」に通じる用法（場面の確認）で多用されていると思われる。

（表６）過去・完了の助動詞

	過去
15	けり
9	なりけり
8	しとぞ
7	りき
6	たりき
6	ぞ〜ける
5	しなり
5	りけり
5	たりけり
4	き
3	し
3	たりける
2	しとなむ
2	けむ
	完了
120	たり
40	ぬ
14	り
3	たる
2	なむ〜たる
1	る

（表７）段落末尾の助動詞

6	ぬ
5	たり
3	けり
2	たりけり
1	りき
1	たりき
1	にけり
1	り
1	りけり

（表８）文章末尾の助動詞

2	しとぞ
2	とぞ
1	しとなむ
1	となむ
1	なむ〜りける
1	なむ〜ける

過去の助動詞においても、大きく異なる傾向が見られる。「けり」について見ると、『雨月物語』で最も多かった連体形終止「ける」は、複合形の「りける」「けるとなむ」の形で各1例見えるのみであり、係り結びも「ぞ〜ける」6例の他、「こそ〜けれ」「なむ〜たりける」「なむ〜りける」「なむ〜ける」の各1例しか用いていない。これに代わって活発に用いられるのは「き」である。「き」は係り結びでは1例のみであるが、「しとぞ」「りき」「たりき」「しなり」「き」「し」「しとなむ」など単独形のみならず複合形でも活発に用いている。連体形終止「し」も単独3例と「しとぞ」8例「しとなむ」2例をも合わせると13例が見られ、連体形終止の主流は「ける」から「し」に移っていることが窺える。「き」の全活用形の総数37例は、「けり」の総数52例（「けむ」を除く）には及ばないが、強調的語形や「しとぞ」「しとなむ」のような助詞との複合形式でも慣用化していることから、テクスト機能の面では注目すべき点がある。

そこで次に、『春雨物語』に含まれる各作品の段落末尾や文章末尾に用いられた過去・完了の助動詞を（表7）（表8）に示しておく。なお、「樊噲」上下は「下」のみを対象とする。「歌のほまれ」は対象外とする。

段落末尾、文章末尾に用いる用法においても、『雨月物語』とは大きく異なっている。

段落末尾では「ぬ」とともに「たり」が多く、「たりけり」「たりき」など複合形式も見られる。『春雨物語』では「たり」を含む表現にバラエティーがあり、『雨月物語』で用いていなかった表現を採る傾向が見られる。

文章末尾では、終止形「けり」は段落末尾に見られた（3例）が、文章末尾では用いないのは『雨月物語』と同じ傾向である。『雨月物語』に見られない用法として、「し」が「とぞ」「となむ」と組み合わさった形が多くなっている。その他では、動詞終止形の例が1例ある点や、文章末尾の係り結びでは係助詞「ぞ」でなく「なむ」のみを用いている点も相違点である。係助詞「ぞ」による10例すべてが展開部で用いているのに対して、「なむ」による例は文章末尾に用いる例が6例中2例見られる。これは、「なむ」の方が語り口調として意識されやすいことによるのかもしれない。

六・二　典型例の考察

次に典型例として、『土佐日記』をモチーフとした「海賊」を挙げておく。なお、第四段落の5文目以降は大系本では改行しているが、4文目の「副書」の引用であるから一連のものとして切らずに5段落による構成として挙げた。

【第一段落】

……承和それの年十二月それの日、都にまうのぼらせたまふ。

国人のしたしきかぎりは、名残をしみて悲しがる。

……父母の別れに泣（く）子なしてしたひなげく。

……酒よき物ささげきて、哥よみかはすべくする人もあり。

……思の外に日を経るほどに、「海賊うらみありて追（ひ）く」と云（ふ）。

……朝ゆふ海の神にぬさ散して、ねぎたいまつる。
舟の中の人々こぞりてわたの底を拝みす。
……さる国の名おぼえず、今はたゞ和泉のくにとのみとなふる也けり。
……都に心はさせれど、跡にも忘られぬ事のあるぞ悲しき。
……舟の人皆生（き）出（で）て、先、落居たり。
嬉しき事限なし。

【第二段落】
……たいめたまはるべき事ありとて追（ひ）来たる」と、声あらかに云（ふ）。
……風波の荒きにえおはずして、今日なんたいめたまはるべし」と云（ふ）。
「すは、さればこそ海ぞくの追（ひ）来たるよ」とて、さわぎたつ。
……ゆるさせよ」とて、翅ある如くに吾（が）ふねに飛（び）乗る。
見れば、いとむさむさしき男の、腰に広刃の剣おびて、恐しげなる眼つきしたり。
……帯（び）たるつるぎ取（り）棄（て）て、おのが舟に抛（げ）入（れ）たり。

【第三段落】
……とへ。猶云（は）ん。咽かはく。酒ふるまへ」と云（ふ）。
酒な物とりそへてあたふ。
……おのが舟に飛（び）うつり、舷たたいて、「やんらめでた」と声たかくうたふ。
つらゆきの舟も、「もうそろもうそろ」とふな子等がうたひつるる。
……はやいづ〔く〕に〔か〕漕（ぎ）かくれて、跡しら波とぞ成（り）にけエり。

【第四段落】

都にかへりて後にも、誰ともしらぬ者の文もて来て、投（げ）入（れ）てかへりぬ。

……手はおにおにしくて清からねど、ことわり正しげにろうじたり。

……然生而得人望、死而耀神威。有徳之余烈、可見、赫々然于万世矣哉。

言のこはこはしき、ほしきままなる、かの海賊が文としらる。

又副書あり。

……あらあらしく憎さげに書（き）て、杢頭どのへ〔と〕書（き）つけたり。

【第五段落】

……さてなん罪にあたらずして、今まで縦横しあるくよ」とかたりしとぞ。

【話末評語】

是は、我欺かれて又人をあざむく也。

筆、人を刺す。

又人にささるれども、相共に血を不見。

第一段落はつらゆきが都に上る場面の描写で、「まうのぼらせたまふ」「悲しがる」「したひなげく」「あり」「云ふ」「ねぎたいまつる」「拝みす」と動詞終止形で事態を描写し、末尾4文の強調的な「也けり」「ぞ悲しき」「落居たり」「限なし」で終わる。コメント的な「限なし」除くと直前の「たり」文によって第一段落は統括されていると見られる。

第二段落は、海賊が登場する場面で、「云ふ」「云ふ」「さわぎたつ」「乗る」「したり」「入れたり」のごとく動詞終止形と「たり」を連ねた迫真的描写が続く。「眼つきしたり」は存続「ている」の意味であるが、その後の「入れたり」は「入れてしまった」のようなパーフェクトの意味であり、段落末で内容を統括する役割を果たしていると解される。

第三段落の第1文は、海賊が学識を持って和歌や政治についてつらゆきを問い糾す長大な台詞の部分で、展開部の重要場面である。台詞の後に「あたふ」、「うたふ」、「(うたひ)つるる」(「つ」の連体形「つる」の強調形(長音形)と思われる)をつらねて盛り上げ、段落末尾を「とぞ成りにけェり」で場面の大団円をまとめている。この「ぞ〜けェり」の部分は連体形になっておらず係り結びとしては誤用であるが、表記が長音になっているように強調的語感がクライマックス的な結末を演出している。「けェり」の表記は謡曲「船弁慶」を踏まえた口調を利用し、長台詞の場面を詠嘆的に締めくくる趣向なのであろう。

第四段落は、都に帰ってから海賊からの書(菅相公に関する論と、先の長い台詞で言い落としたことを書き添えた手紙)の内容である。これは後日談的部分であるが、「かへりぬ」「ろうじたり」「しらる」「あり」「つけたり」などの文末で構成される。

第五段落は、それを読んだ「学文の友」が、海賊の正体を文屋秋津だと見破った最終場面で、「〜とかたりしとぞ」と結んでいる。これを受け「我欺かれて又ひとをあざむく也。筆人を刺す」という話末評語が続く。

この例では「けり」は話を中間で大きく区切る役割を担っており、末尾の「しとぞ」は話全体をまとめる働きをしていると解される。これを図示すると「海賊」の文章は、次のように「たり」「けり」「し」を用いた重層的構造であると解される。第一段落・第二段落・第四段落などの小さな内容の纏まりの末尾には「たり」、第三段落の大きな話の切れ目には「けり」が配され、第五段落の大末尾には「しとぞ」が配されるという構成である。

(冒頭)たり　↓　(展開)たり　↓　(末尾)けり　↓　(後日談)たり

しとぞ　↓　話末評語

七　『春雨物語』における過去の助動詞の機能

「海賊」のように「し」で大枠をつくる構成にはどのような意図があるのであろう。

『春雨物語』の序文に「人に欺かれしを、我又いつはりとしらで人をあざむく、よしやよし、寓ごとかたりつづけて、文とおしいただかする人もあればとて」とある。意味は難解だが趣旨は、「まことと思って読んだ書に欺かれ、また、自分の書いたものも偽りと知らないで人を欺く。空ごとを語りながら、文（正史、立派な書）として読ませる人もある」意と解される。ここには事実性（まこと）と虚構性（そらごと）の境の曖昧さの認識があるように思われる。『春雨物語』は、「血かたびら」「天津処女」「海賊」のような冒頭三編の歴史物語的な話が原型とされ、巷説に取材したとされるその他の物語などが後に加えられて成立したと考えられている。歴史物語的な話では過去の事実と捉える「き」が多く選択されるが、そこには虚構性の要素もあるため「けり」も同時に用いられる。逆に、巷説に取材した話では、「けり」を主にしながら「き」が用いられる場合もある。序文に読み取れる事実性と虚構性の問題は、「き」と「けり」の使い分けとも関わると思われる。

「き」とともに注目されるのは、伝承形式の「と」である。『春雨物語』では、全体に「と」による文末が多く使用され、総計「とぞ」27例（うち文章末尾4例）、「となむ」5例（うち文章末尾で2例）などが見られるが、『雨月物語』では、「となり」3例（うち文章末尾1例）、「となむ」1例、「とかや」1例が見られるにすぎない。また、過去の助動詞と「と」を組み合わせた例では、『春雨物語』に「しとぞ」8例「しとなむ」2例があるが、『雨月物語』では「けるとなり」2例があるのみで、「し」と組み合わせた例は見られない。このように『春雨物語』において意図的に「とぞ」「となむ」を導入しており、しかも加藤（一九九八）が歴史的事実・公的事実を意味するとした「し」と連動して用いている。

そこで次に、「しとぞ」「しとなむ」などの表現がどのように用いられているか見ていこう。「海賊」の例のように文章末尾を「と」で終わる例は、(表8)で示したように8話中6話である。6話の中でも「天津処女」は「とぞ」「となむ」を展開部に特に多く用いており、典型的な使用傾向を窺うのには都合がいい。次に同話から全8例を引用する。[1]

○「今一たび取(り)かへさまほしくおぼしぬらん」と、ひたいあつめて申(し)あへりとぞ。

○……賢臣等いさめ奉(り)しはまこと也けり」と、漢書のそれの巻さぐり出(で)て、今をあをぎたてまつりしとなん。

○……時々「文よめ」「歌よめ」と御あはれみかうふりしかば、いつとなく朝政もみそかに問(ひ)きき給へるとぞ。

○……帝五八の御賀に、興福寺の僧がよみて奉(り)しを見そなはして、「長歌は今僧徒にのこりしよ」と、おほせありしとぞ。

○かく男さびたまへば、宗貞がさがのよからぬを、ひそかににくませたまひしとぞ。

○太后是をも、逸勢が氏のけがれをなすとて、「重く刑せよ」と、ひとりごたせたまひ〔し〕とぞ。

○「いかでとどめざる」と、打(ち)うめかせたまひぬとぞ。

○僧正花山と云(ふ)所に寺つくりて、おこなひよく終らせたまへりとぞ。

「天津処女」の段落末尾を並べると「動詞終止形→りき→たりき→なりける→なりけり」と続き、助動詞「き」と「けり(ける)」が主に用いられていることがわかる。[2] つまり、上記の8例は、最後の例を除けば、特に段落末尾に用いているわけではなく、展開部の説明的な叙述で多く用いているのである。例えば次の箇所のような例である。

　淳和のきさいの宮、今、太皇后にてましませり。橘の清友のおとどの御むすめ也。円提寺の僧奏聞す。「「橘の氏の神を我寺に祭るべし」と、先帝の夢の御告ありし」とぞ。帝さる事にゆるさまくおぼすを、太后の宮聞（こ）し召（し）て、「外戚の家なり。国家の大祭にあづからしむるは、かへりて非礼也」とて、ゆるさせたまはざりし也。葛野川のべ、今の梅の宮のまつりは是也。かく男さびたまへば、宗貞がさがのよからぬを、ひそかににくませたまひしとぞ。伴の〔健岑〕・橘の逸勢等、さがの上皇の諒闇の御つつしみの時に乗（じ）て謀反ある事を、阿保親王のもれ聞（き）て、朝廷にあらはしたまへば、官兵即（ち）いたりて搦めとる。太后是をも、逸勢が氏のけがれをなすとて、「重く刑せよ」と、ひとりごたせたまひ〔し〕とぞ。太子は此反逆のぬしに名付（け）られて、僧となり、名を恒寂と申（し）たまへる也。「嗟乎、受禅廃立のあしきためしは、もろこしの文に見えて、是にならはせたまふよ」とて、憎む人多かりけり。帝は嘉祥三年に崩御ありて、御陵墓を紀伊の郡深草山につきて、はふり奉るなべに、深くさの帝とは申（し）奉（る）也けり。

（「天津処女」第五段落）

　この例から文末を抜き出すと、「『り→也→奏聞す→とぞ→し也→也→しとぞ→搦めとる→しとぞ→る也』→けり（後日談）→也けり（話末評語）」のように変遷している。「也」の説明や「動詞終止形」などと関わりながら解説的叙述の中で「とぞ」「し也」「しとぞ」が使われており、段落末尾は「けり」「也けり」で結ばれている。すなわち、この例の「し」「とぞ」は、「也」などと同列の解説的描写に用いているわけであるが、段落末尾の区切りの役割は「天津処女」においても、あくまで助動詞「けり」が担っているのである。

　このように歴史物語的な話でも「けり」の枠は見られるが、もともと多く用いられる「き」「し」を含む文末表現を枠の位置で用いることもある。文末の「き」は、「血かたびら」4例、「天津処女」14例、「目ひとつの神」1

例、「宮木が塚」1例「樊噲」1例であるが、「天津処女」で段落末尾に2例が見られる。「し」においても、「血かたびら」5例「天津処女」5例で、「血かたびら」で文章末尾に「しとなむ」を用いている。このように歴史物語の性格強い話では、枠として「けり」とともに、「き」「し」も活用される。

一方で、歴史離れした「海賊」や、虚構性の高い「死首のゑがほ」では、文章末尾で「しとぞ」を1例用いているのみである。これらの文章末尾の「し（とぞ）」は、「き」のもつ事実性の認識の表出よりは、文章を統括するテクスト機能の側面が強く表れた用法であると言えよう。

八　おわりに

以上、上田秋成の読本『雨月物語』『春雨物語』に用いられた文末助動詞のテクスト機能を考察した。『雨月物語』では、解説的叙述の箇所で「けり」を用いるが、段落末尾では「ぬ」、文章末尾では連体形終止の「ける」や係り結びの「ぞ〜ける」「なむ〜ける」が用いられて枠構造を造っていた。このような「けり」や「ぬ」を軸にした文章構造は平安時代以降の物語の形式を受け継ぐものであると言えよう。

一方、『春雨物語』では、全体に過去「き」「し」完了「たり」が多い点に特徴が見られた。段落末尾では「けり」「ぬ」の他、「たり」による場合も見られた。とりわけ段落末尾や文章末尾で「しとぞ」「しとなむ」などがテクスト機能を持つ表現として用いられる点に、『雨月物語』と異なる特徴が見られた。

総じて、「けり」「ぬ」によって枠を作る文章構造は基本的に両作品に認められるが、完了の助動詞「たり」や「き」「し」などが多く活用される『春雨物語』の叙述に新たな表現の工夫があると言えるであろう。

過去・完了の助動詞の使い分けの問題は、作品の意図にも関わる重要な観点である。秋成は『雨月物語』では伝統的な物語の用いる「けり」の枠によって虚構の物語世界を作っていた。これが、『春雨物語』になると、歴史物語的な話に「たり」「けり」の枠とともに歴史的過去「き」「し」による枠を導入するのみならず、歴史物語的な話以外でも「しとぞ」の形で文章の枠構造を作り出していた。「し（とぞ聞こえし）」を文章全体の枠に用いる点は、第十二章で見た『覚一本平家物語』にも見られた手法であり、それにより物語に現実味を与え、語りの現場から歴史的事実のように捉え直す叙述を実現していると言えよう。総じて、秋成作品では、「けり」「き」「ぬ」「たり」等を異なるテクスト機能によって用いており、和漢混淆文の物語の文章構成に新たな展開を見ることができる。

注

（1）「しとぞ」は本来「しとぞ聞こえし」であろうが、「し」の重複を避けて省略されるのであろう。なお、「とぞ聞こえし」は『春雨物語』に1例が見られる（樊噲（上））。「とぞ聞こえし」は、『平家物語』などで中世に慣用化していた表現であり、『覚一本平家物語』の最終文にも用いており、中世の語りの方法を踏襲した表現である。

（2）「天津処女」で、過去の助動詞の使用傾向について見ると、文末に「き」「し」をとる例が総計19例に対して、「けり」は10例であるが、「けり」は枠機能も認められる。

参考文献

加藤浩司（一九九八）『キ・ケリの研究』（和泉書院）
阪倉篤義（一九五六）「竹取物語における「文体」の問題」（『国語国文』25-11、『文章と表現』角川書店　一九七五に所収）
坂詰力治（二〇一五）「和漢混交文としての『雨月物語』の文章―二形対立の用語を中心とした一考察―」（『近代語研究』18　武蔵野書院）
鈴木泰（一九九五）「メノマエ性と視点（1）―移動動詞の～タリ・リ形と～ツ形、～ヌ形のちがい―」（『築島裕博士古

稀記念　国語学論集』汲古書院）
鈴木泰（一九九二）『古代日本語動詞のテンス・アスペクト―源氏物語の分析―』（ひつじ書房）
竹岡正夫（一九六三）「助動詞「けり」の本義と機能―源氏物語・紫式部日記・枕草子を資料として―」（『言語と文芸』5‐6）
西田隆政（一九九九）「源氏物語宿木の巻の構成方法」（『大分大学教育福祉科学部研究紀要』21‐2）
拙著（二〇〇三）『今昔物語集の表現形成』（和泉書院）
拙著（二〇一六）『院政鎌倉期説話の文章文体研究』（和泉書院）

初出一覧

※本書の各章は次の論考をもとにしているが、一緒にまとめるにあたり形式的な統一を図るとともに、内容に大幅な修正・加筆を施している。

序　章　書き下ろし
第一章　「連文による翻読語の文体的価値―「見れど飽かず（飽き足らず）」の成立と展開―」
（『国語語彙史の研究』39　和泉書院　二〇二〇年三月）
第二章　「『万葉集』における連文の翻読語―「春さりくれば」「春されば」の解釈におよぶ―」
（『人文学』202　二〇一八年一一月）
第三章　「続紀宣命の複合動詞―漢語との関係を中心として―」
（『国文学論叢』34　一九八九年三月）
第四章　「『源氏物語』の翻読語と文体―連文による複合動詞を通して―」
（『同志社国文学』91　二〇一九年一二月）
第五章　「『源氏物語』における漢文訓読語と翻読語―「いよいよ」「悲しぶ」「愁ふ」「推し量る」―」
（『同志社国文学』92　二〇二〇年三月）
第六章　「今昔物語集における翻読語と文体」
（『国語語彙史の研究』41　和泉書院　二〇二二年三月）
第七章　「打聞集における漢字表記の生成―連文漢語の利用をめぐって―」
（『同志社国文学』98　二〇二三年三月）
第八章　「『平家物語』の翻読語と個性的文体―延慶本と覚一本の比較―」
（『人文学』211　二〇二三年三月）
第九章　「『今昔物語集』の語彙―動詞から見る和漢混淆文の特徴語―」
（『シリーズ〈日本語の語彙〉2　古代の語彙―大陸人・貴族の時代―』　朝倉書店　二〇二一年七月）

第十章　「「べし」の否定形式の主観的用法―「否定推量」の発生と定着―」
（『日本語文法史研究』3　ひつじ書房　二〇一六年一二月）

第十一章　「古典語動詞「う（得）」の用法と文体―漢文訓読的用法と和漢混淆文―」
（『同志社日本語研究』21　二〇一七年一二月）

第十二章　「覚一本平家物語の「き」「けり」のテクスト機能」
（『国語と国文学』平成二十七年二月号　二〇一五年二月）

第十三章　「屋代本平家物語の「き」「けり」のテクスト機能―覚一本との比較―」
（『同志社国文学』84　二〇一六年三月）

第十四章　「『伊曽保物語』の助動詞と枠構造―ナラトロジーから見た解釈―」
（『「研究プロジェクト」時間と言語　文法研究の新たな可能性を求めて』ひつじ書房　二〇二一年二月）

第十五章　「『雨月物語』『春雨物語』の過去・完了助動詞のテクスト機能」
（『同志社大学　日本語・日本文化研究』17　二〇二〇年三月）

あとがき

本書は、拙著『今昔物語集の表現形成』『院政鎌倉期説話の文章文体研究』に次ぐ、筆者の三冊目の著作である。書名を『和漢混淆文の生成と展開』としたが、これまで本のタイトル（主題）に、「和漢混淆文」を使った著作はないようである。この言葉は範囲が大きすぎるし、また中身が曖昧なところがあるから、はたしてそれを主題にして纏められるのかと思われる方もあるだろう。しかし、これまで和歌を中心に論じられてきた翻読語の観点を散文の文体を考える手段として捉え直したことで、私は和漢混淆文の流れをつかむ一つの視点を得たと考えた。翻読語は、漢語をもとにした和語表現という意味でまさに「和漢混淆語」であり、漢語サ変動詞に対応する内容を持つ点で和漢混淆文の本質に関わる語群の一つと考えるようになった。

本書では、翻読語の観点から和漢混淆文の生成と展開を捉えようとした。『今昔物語集』のように翻読語が多い文章を読んでいると、作者が踏まえた漢語・漢文が透けて見えてくるように思われることがある。翻読語は漢語を背景に持つ和語表現であるから、その背後にある漢文的表現やそれを駆使して新たな表現を作ろうとしたところに書き手の意図を読み取る必要がある。翻読語の観点を通して、上代和歌に用いられた「見れど飽かず（飽き足らず）」「春去れば」や『源氏物語』の「いづれの（御）とき」など各時代の作品を彩った語句や、「出で来たる（出で来）」「推し量る」など一般化した語句などを始めとして、このような観点から説明できる語句や表現が多くあることを見出した。語彙史の観点で従来取られていない方法ゆえ、この方法への評価については今後の研究者に委ねるしかないが、新たに文体史の展望を開いた面もあると密かに自負している。

第一部の各章は、「生成と展開」の流れをイメージしやすいように、初出の論文から大きく加筆・修正している。

この中には、若い頃の論文を含んでいる。第三章の宣命の翻読語と漢籍仏典の関係を論じた論は、大学院生の頃に国語語彙史研究会（第二一回　一九八五年）で発表したものである。発表当日は、阪倉篤義先生・小谷博泰先生らに質問をいただいたこともよく覚えている。当時在籍していた龍谷大学大学院では、小島憲之先生のお教えを受けることができ、日本文学における漢語の受容や和歌の翻読語について学んだ。その成果が研究会の発表に繋がったものである。また、当時ご指導いただいていた秋本守英先生からは『土佐日記』『大和物語』などの和文の特質も学んだ。思えば、大学院生の頃に、私の将来進む道は和漢混淆文の研究に決まっていたようなものである。

もう一つ古くから考えていたテーマに、第十章の「べし」に関する論がある。これは卒業論文で「べし」の複合形式の意味を考えたことに端を発し、同志社大学在籍時に松下貞三先生のご指導によったものである。卒業後は龍谷大学の大学院に進み、研究職に就いてからも「べし」の研究に手を付けることがなかったが、二〇一六年にそれまで研究してきた文体論的な観点と絡め文法的意味を考察した論を纏めてみた。この論は青木博史氏ら編集の『日本語文法史研究』第三号に掲載いただくことができた。それまで古典の文体について研究した経験を経て、文体に関わる文法現象という視点でこの語を扱えることができたと、我ながら感慨深くも思う。

「べし」の論は、私にとって初めての文法の論文であるが、実はこの道に入るきっかけが古典文法が好きであったことによる。中田祝夫先生の『考究古典文法』には高校時代に魅了され、今でもたまに紐とくことがある。そのような古典文法好きの私であったはずだが、長く文法論の論文を書くことがなかった。文法に関しては物語に用いられる「けり」に関して糸井通浩先生のご論の影響で二〇〇三年頃からその本質を考えるようになった。ただ、これは語り論ないしは文章論的研究の内容というべきである。本書の第十二章～第十五章で「けり」の枠機能を和漢混淆文の「和」の要素として取り上げたが、これは文章レベルでの和漢混淆現象なのだと考えている。和漢混淆文の標準的な文章構成法のあり方として「けり」の枠としての使用方法を考えた。語のレベル、文のレベル、文章のレベル、表記のレベル等、様々な面に和漢混淆文の特徴が現れると考えている。

第一章の万葉集の論は、国語語彙史研究会（第一二〇回　二〇一八年）の発表を纏めたものであるが、発表当日の私は体調が悪く不十分な発表であったと思う。第六章の今昔物語集の論とともに『国語語彙史の研究』に掲載いただいたが、成稿の際にも国語語彙史研究会の方々から暖かいご助言をいただいたことに感謝申しあげたい。

第十四章の『伊曽保物語』の「き」「けり」の論では、「語り論」から物語の「けり」を捉えることの重要性を説いている。この論は、高山善行氏らによる『研究プロジェクト　時間と言語』に収めていただいたが、その際の近接の分野の方々との研究交流も私にとっては思い出深いものであり、当時の参加者各位にも感謝申しあげたい。

同志社大学の科目で指導してきた第七章の『打聞集』についての論も、長年授業を通してこの作品に接してきた成果と言えるものである。多くの受講生が発表した内容が、本論文の中のどこかに反映しているはずであり、これまでの受講生の諸君にも感謝したいと思う。

本書は、文法、表記、語彙、文章の諸側面を通じて和漢混淆文というテーマに私なりに迫ったものであり、私の研究の集大成になると思う。本書はこの難題に対してわずかな観点を提起したに過ぎないものであると自覚している。本書の指摘したことが研究者の目にとまり、評価を得る事があるならば私にとって幸甚と言うほかはない。

最後に、本書の出版を引き受けていただいた和泉書院、廣橋研三社長に厚くお礼を申しあげる。

なお、本書は独立行政法人日本学術振興会令和六年度科学研究費助成事業（科学研究費補助金）（研究成果公開促進費　学術図書）JSPS 科研費 JP24HP5044 の助成を得て刊行するものである。

二〇二四年秋

著者記す

索　　引

凡例
・本索引は、主要語句、事項・書名、人名の三部からなる。
・主要語句索引は、本書に取り上げた語句の中で、特に重要と思われる語句や表現を採取し、歴史的仮名遣いの読みによって五十音順に配列した。
・事項・書名索引は、本書の趣旨に関わる重要語句や、主要な古典資料の書名を採取した。
・人名索引は、本書に引用した論著の著者名を採取した。ただし、使用した資料の著者は含まない。

［主要語句索引］

あ

い

う

え

お

か

き

く

け

［事項・書名索引］

［人名索引］

か行

さ行

た行

な行

は行

ま行

や行

ら行

わ行

■**著者紹介**

藤井俊博（ふじい　としひろ）
京都橘女子大学専任講師、助教授を経て、現在、同志社大学大学院文学研究科教授、博士（文学）。専攻、日本語学。
二〇〇四年、第三十二回金田一京助博士記念賞を受賞。

（主な著書）
『今昔物語集の表現形成』（和泉書院）
『大日本国法華経験記校本・索引と研究』（和泉書院）
『本朝文枠漢字索引』（おうふう）
『日本霊異記漢字総索引』（笠間書院）
『院政鎌倉期説話の文章文体研究』（和泉書院）

研究叢書576

和漢混淆文の生成と展開

二〇二五年二月二〇日初版第一刷発行
（検印省略）

著者　藤井俊博
発行者　廣橋研三
印刷所　亜細亜印刷
製本所　渋谷文泉閣
発行所　有限会社　和泉書院

大阪市天王寺区上之宮町七－六
〒五四三－〇〇三七
電話　〇六－六七七一－一四六七
振替　〇〇九七〇－八－一五〇四三

ISBN978-4-7576-1113-9　C3381